海 公 案

清·佚名 著
苏 子 校注

金盾出版社

内 容 提 要

《海公案》是与《包公案》《狄公案》齐名的中国古代三大公案传奇小说。该书由海公大红袍、海公小红袍、海刚峰先生居官公案传三部分组成。小说以海瑞为原型敷演而成，情节曲折，跌宕起伏，悬案迭起，引人入胜，生动地塑造了一个疾恶如仇、刚正不阿、不畏权贵、清正廉洁、体恤百姓的清官形象。

图书在版编目(CIP)数据

海公案/(清)佚名著;苏子校注. —北京：金盾出版社,2017.9
ISBN 978-7-5186-1364-9

Ⅰ.①海… Ⅱ.①佚…②苏… Ⅲ.①侠义小说—中国—清代
Ⅳ.①I242.4

中国版本图书馆 CIP 数据核字(2017)第 160815 号

金盾出版社出版、总发行

北京太平路 5 号(地铁万寿路站往南)
邮政编码:100036 电话:68214039 83219215
传真:68276683 网址:www.jdcbs.cn
封面印刷:北京印刷一厂
正文印刷:双峰印刷装订有限公司
装订:双峰印刷装订有限公司
各地新华书店经销

开本:880×1230 1/32 印张:19.5 字数:540 千字
2017 年 9 月第 1 版第 1 次印刷
印数:1~4 000 册 定价:58.00 元

前言

中国古代公案传奇小说是中华传统文化的一个重要组成部分,虽然就其文学价值而言,它们比不上中国古典四大名著《红楼梦》《三国演义》《西游记》《水浒传》,但在中国古代小说大家庭中,仍然具有一定的文学价值。被称为中国古代三大公案传奇小说的《包公案》《狄公案》《海公案》,当属中国古代公案传奇小说的代表作;《施公案》又将公案与侠义合璧。这四部公案传奇小说,情节生动,通俗易懂,自问世以来一直深受大众的喜爱。

《海公案》是伪托明人李春芳而作。作者究竟为何人,已无从所知。小说是以民间广为流传的有关海瑞的故事为素材,经加工整理敷演而成,详细描写了海瑞与奸相严嵩,以及权臣张居正之间的官场斗争,塑造了一个刚正不阿、清正廉明、疾恶如仇、为民除害的清官形象。

海瑞(1514—1587),字汝贤,号刚峰,广东琼山(今属海南)人。明朝著名清官。海瑞一生,经历了正德、嘉靖、隆庆、万历四朝。

1549年(嘉靖二十八年),35岁的海瑞参加乡试,中得举人,初任福建南平教谕。1562年(嘉靖四十一年),海瑞入官场,先后被任命为浙江淳安和江西兴国知县,推行清丈、平赋税,打击贪官污吏,并屡平冤假错案,深得民心,升任嘉兴通判。

1566年(嘉靖四十五年),吏部尚书陆光祖主张文官选举,于是海瑞被选拔为户部云南司主事。后因政绩显著得到提升,历任户部主事、兵部主事、尚宝丞、两京左右通政、右佥都御史等职。为官期间,他打击豪强,疏浚河道,修筑水利工程,力主严惩贪官污吏,禁止徇私受贿,并推行"一条鞭法",强令贪官污吏退田还民。由于他对上敢于直言进谏,匡正皇帝的过失,对下能够疾恶如仇,惩恶扬善,为民请命,因此被百姓尊称为“海青天”“南包公”,并有“北包拯,南海瑞”之说。

1587年(万历十五年),海瑞病死在南京右都御史的任上,享年73岁。朝廷赐祭八坛,封太子少保,谥号忠介。明神宗给予海瑞“直言敢谏之忠臣”的褒词,并派官员许子伟护灵柩归葬。出殡当日,南京城万人空巷,商人罢市,农夫辍耕,自发为海瑞送殡。海瑞去世时,他的妻女早已去世,丧事只能由别人料理。经过清点,海瑞的遗物只有八两银子,一匹粗布和几套旧衣服。靠同僚的资助,他的灵柩才得以运回故乡。

1589年(万历十七年),皇帝派许子伟专程到海南监督修建海瑞墓。坐落于今海口市西郊滨涯村的海瑞墓,是国家级重点文物保护单位。

为便于读者阅读,本书校注时,除修改错别字外,对疑难字词做了注音和注释。

编 注 者

自 序

海刚峰先生，直谏人也。当肃皇帝[①]末年，斋居静摄。惟时方士陶仲文等，导以斋醮[②]引年之术，群臣将顺，莫有言其非者。刚峰先生时为比部郎，无言责之任，乃奋然起曰："是尚可以缄默为乎？"乃抗疏反覆累千言，大指欲反其昔日之误，置其身于尧舜禹汤之上。肃皇帝大为感悟，日取读数过，惜未及施行，不幸宾天。

穆皇帝[③]甫继大宝，即首出先生于狱，擢为大理寺丞。盖承先皇帝之志，知先生为最深也。先生益自感愤，其理冤狱、拔幽滞，诸所称腊肉干者，悉以先生为归，人称为神明。昔人云："关节不通，有阎罗包老"，先生之风大类是。累功历官至都御史，虽其所行宁便于民，而不便于缙绅。诸言事者，摘其过端上之，穆皇帝素知先生之为人，未尝一加罪焉。

先生历事三朝，其直声，在朝廷；其实惠，在黎庶；其清风，在

---

① 肃皇帝：明世宗朱厚熜（1507—1567），汉族，明宪宗朱见深之孙，明孝宗朱祐樘之侄，兴献王朱佑杬之子，明武宗朱厚照的堂弟。明朝第十一位皇帝，1521 年至 1566 年在位，年号嘉靖，后世称嘉靖帝。

② 斋醮（zhāijiào）：亦称斋醮科仪，道教仪式。俗称"道场"，也就是法事。其法为设坛摆供，焚香、化符、念咒、上章、诵经、赞颂，并配以烛灯、禹步和音乐等仪式仪程，以祭告神灵，祈求消灾赐福。

③ 穆皇帝：明穆宗朱载垕（hòu）（1537—1572），汉族，明朝第十二位皇帝。明世宗朱厚熜第三子，明世宗病死后继位。少年因其母亲杜康妃失宠，又非长子，所以很少得到父爱。登基前的内忧外患使他关心朝局。他登基后，宽仁大度，勤俭爱民，留心边陲之事，处理政务恰到好处，实行革弊施新的政策，海内外得到大治，史称隆庆新政。但因为沉迷媚药助兴，导致荒于政事，在位 6 年，因病去世，庙号穆宗。

宇内；其公论，在人心。先生盖钟扶舆[①]之口气，而为熙朝[②]之名臣矣乎！

先生生于濒海之外，前有丘琼山[③]先生以文章著海内，后有海刚峰先生以直声震朝野，后先继美，非圣朝作人弘化，讵能于濒海外得人，亦若斯盛乎？且所称谏者，不贵口而贵改，不贵说而贵绎[④]，先生之于肃皇帝，盖不徒改而绎者。穆皇帝擢召用，俾得见诸实事。驯至[⑤]今上，犹能大为擢拔，使得二三臣如先生者，布列中外，何患天下之不治平哉？然而决狱惟明，口碑载道，人莫不喜谭之。

时有好事者，以耳目所睹记，即其历官所案，为之传其颠末。余偶过金陵，虚舟生为予道其事若此，欲付诸梓，而乞言于予。余亦建言得罪者，忽有感于中，因喜为之序。

万历丙午岁[⑥]夏月之吉，晋人羲斋李春芳[⑦]书于万卷楼中。

---

① 盖钟扶舆：形容声名如洪钟之声盘旋升腾。扶舆（fú yú）：犹扶摇，盘旋升腾貌。汉·王褒《九怀·昭世》：“登羊角兮扶舆，浮云漠兮自娱。”唐·韩愈《送廖道士序》：“气之所穷，盛而不过，必蜿蟺扶舆，磅礴而郁积。”明·刘基《满庭芳·寿石末公》词：“收拾尽，乾坤清淑，为瑞在扶舆。”

② 熙朝：光耀的盛世，多用以称颂本朝。宋·曾巩《贺元祐四年明堂礼成肆赦表》：“讲兹钜典，属在熙朝。”

③ 丘琼山：丘濬（1421—1495），字仲深，号深庵、玉峰、琼山，别号海山老人，海南琼山人。明代著名的学者和政治家、经济学家，官至户部尚书、武英殿大学士。

④ 不贵说而贵绎：重要的是抽丝剥茧，理出事物的头绪。绎（yì）：演绎，由一般原理推出关于个别事物、现象的结论的推理方法。《论语》：“绎之为贵。说而不绎，从而不改，吾末如之何也已矣。”

⑤ 驯至：也作“驯致”。逐渐达到、逐渐招致。《易·坤》：“履霜坚冰，阴始凝也；驯致其道。”

⑥ 万历丙午岁：万历（1573年9月4日—1620年8月18日）是明神宗朱翊钧的年号，明朝使用万历这个年号一共48年，是明朝使用时间最长的年号。丙午年，应为1606年。本书自序显系伪托李春芳之名所作。因为自序写于“万历丙午岁夏月”，即1606年夏，而此时李春芳已经作古22年，显然不可能为该书作序。

⑦ 李春芳：（1511—1584），字子实，一字石鹿。祖籍江苏句容，曾祖迁兴化。嘉靖二十六年（1547）廷试鼎甲第一，高中状元。隆庆二年（1568）接任首辅，史称“状元宰相”。《明史》有传。他与吴承恩亲密至深，是古典文学名著《西游记》的策划者和校订者。

目　录

海公大红袍

海公小红袍

海刚峰先生居官公案传

海公大红袍

第一回　海夫人和丸画荻

人生南北多歧路，将相神仙，也要凡人做。
百代兴亡朝复暮，江风吹倒前朝树。
功名贵显无凭据，费尽心机，总把流光误。
浊酒三杯沉醉去，水流花谢知何处？

这几句鄙词，不过说人生世上，承父母之精血，秉天地之灵气，生而为人。人为万物之灵，自当做一场刮目惊人的事业。

虽不能流芳百世，中正纲常，使人志而不忘，以为君子；即不能与世争光，亦当遗臭万年，此亦君子小人之两途也。然君子之流馨，事愈远而人心愈近；小人之遗臭，事虽近而人心欲远之，唯恐其稍近也。君子观之，能不惊然而惧乎？我于是有说。

却说前明正德间，粤省琼南有海璇者，字玉衡，世居琼之睦贤乡，离琼山县治不过数里。玉衡娶缪氏，乃同县缪廪生之妹也。缪氏生于诗书之家，四德三从，是所稔悉。自适海门以来，夫妻和顺，相敬如宾，真不愧梁鸿之配孟光[①]也。玉衡屡试不中，遂无意功名，终

① 梁鸿之配孟光：梁鸿孟光，东汉一对恩爱夫妻。汉·班固《后汉书·梁鸿传》："梁鸿为人赁舂，每归，妻为具食，不敢于鸿前仰视，举案齐眉。"举案齐眉典故，是形容妻子恪守妇道，敬夫如宾。后人常用举案齐眉表示珍贵的夫妻关系。

日在家诗书自娱，行善乐施而已。

又过数年，玉衡已是四十三岁，膝下无儿。夫人缪氏，每以为忧，常劝丈夫立妾，以广子嗣。玉衡正色道："我与你素行善事，况海氏祖宗皆读儒书，历行阴德，今我谅不至绝嗣，姑待之。"缪氏道："相公之言，可谓不碍于理者。然妾今年四十，天癸[①]将止，诞育之念已灰，不复望弄璋、弄瓦[②]矣。故劝相公立妾者，乃是为海氏祖宗起见，相公何故不以为然？"玉衡笑道："夫人所知者，情与理也。但今之世，人心浇薄，循理者少，悖理者多。但见人家妻妾满室，妒急纷然。何者？为丈夫者不无偏爱，本欲取乐而反增懊恼，我不忍见之。使璇命果有子，夫人年尚壮健，岂不能育子耶？璇如合绝嗣，即使姬妾罗列，亦不过徒事酒色而已，何益之有？"夫人见丈夫如此坚执，也不再说。此后夫妇更加相爱。玉衡历行善事，家虽不丰，而慷慨勇任。凡有亲友邻里稍可资助者，无不竭力为之。

于是又过三年，缪氏夫人年已四十三岁。一日，天忽大雨，雷电交加，阴云四起，暴雨奔腾。玉衡正在书房闲坐，忽见一物从上而下，恶貌狰狞，浑身毛片，金光夺目，奔向玉衡书案之下，倏忽不见。玉衡知是怪异避劫，乃任其躲藏，反以身障翼书案。少顷，雷电之光直射入书房，向着玉衡身上射来。这也古怪，那雷火一到玉衡身旁便灭。如是者约有半个时辰，那雷声渐渐退去，火光亦熄。玉衡不胜惊惶，随走开书案。此时天气复亮，雨止雷收。只见那怪兽从案下出来，向着玉衡作叩首之状。玉衡明知其故，乃叱之去。那物出了书房、不向外边，却往里面去了。玉衡诚恐夫人受惊，随即跟进，方至内堂，就不见了。心中好生疑惑，只是事属怪诞，隐而不言。

未及半月，夫人竟然癸水不至。初时尤以为年老当止，三五月间，不觉腹中隆然矣，此际方知缪氏怀孕。玉衡大喜，对缪氏道：

① 天癸：妇女月经的代名词。

② 弄璋、弄瓦：璋是好的玉石；瓦是纺车上的零件。男孩弄璋、女孩弄瓦，体现了古时候父母对于子女的期盼。《诗经·小雅·斯干》："乃生男子，载寝之床，载衣之裳，载弄之璋。……乃生女子，载寝之地，载衣之裼，载弄之瓦。"

“天庇善人，今日信否?”缪氏亦笑道：“此乃相公福德所至，妾藉有赖矣。”玉衡道：“凡人好善，天必佑之。况夫人贞淑贤德，幽闲婉静，不才亦拳拳好善，感格上天，怜于海氏，待赐麟儿矣!”从此心中欢喜，更勇于为善。

光阴迅速，日月如梭，不觉将近十月，胎期满足，早晚就要分娩。海公预早雇了乳母、稳婆，在家伺候。

一夜，海公方才合眼睡熟，忽见三人身穿青衣，手持金节，向前揖曰：“奉玉帝敕，赐你一子，你其善视之!”旋有人拥一怪兽入。海公见其与前次避雷之兽无异，便问道：“既蒙玉帝赐子，怎么将这兽物带来?”持金节者笑道：“你哪里知道，此乃五指山之豸兽也，性直而喜啖猛虎，卫弱鸟，在山修炼七百余年，数当遭劫，故彼曾避于君家书案之下。君乃善人，神鬼所钦，故雷火不敢近君，即回复玉旨，此兽因君得免其劫。然上天有制，凡羽毛苦修，性未驯善，不遭雷劫，即当过胎出世，先成人形，后归正果。今上帝怜你行善有功，故特赐予你为之。日后光大海氏门户者，诚此子也。”说毕，将那兽推到内堂去了。忽听得霹雷一声，玉衡吃了一惊，不觉醒来，却是南柯一梦。忽见丫鬟来报：“夫人产下一位小相公!”玉衡闻言大喜，正应梦中之事。急急来到房中，见婴儿已经断脐，包裹停当。玉衡持烛一看，果然生得眉清目秀，心中大喜，口中不言。一面安慰妻子好生调养，吩咐丫鬟们小心服侍。三朝洗儿，弥月请酒，自不必说。乃取名海瑞，这也不在话下。

且说玉衡因有了儿子，万事俱足，遂飘然有世外之想，把“功名”二字真是置之度外。正是：有子万事足，无官一身轻。

海公无事，以儿为乐，或到名山胜境去游玩，也觉优游。

时光易过，又是几年。海瑞已经七岁，虽在孩提之中，性至孝友，更兼资质聪明，耿直无私。每与邻儿共游，饮食之物，必要公同分食。若有多取者，瑞必詈之。玉衡教他读书，过目辄能成诵。又过了三年，海瑞年已十岁。无书不读，诗词歌赋，靡有不通。是年玉衡一病身亡，海瑞哀痛欲绝，夫人亦痛哭不已。瑞痛父身亡，未能尽子道，意欲结庐于墓侧，少展孝思。

夫人劝阻曰："你虽性至孝顺，但你年纪幼稚，郊外无靖，倘有不测，我何赖焉？此欲尽孝而反增不孝也。"瑞闻母谕遂止，在家守制。夫人便昼夜令他诵读，虽夏暑不辍。

未几服满，瑞年已十三。或有劝瑞应童子试者，瑞对曰："我年尚幼，经史未通，若出应试，必被人笑，徒费笔墨。不如闭门苦读，待我淹贯了，然后去也未为迟。"夫人闻瑞在外答友之言，私喜曰："此儿不务矜浮，日后必有实学。"于是更加约束，母子二人，切磋严如师弟一般。

瑞性傲好菊，不喜趋承。尝有《品菊》诗曰：

绕篱一二费平章，五色迷离满径香。
晚节岂容分上下，蓬门毕竟育低昂。
范村谱订名多误，郦水空传种最良。
欲向澹中寻更澹，鬓丝愁落满头霜。

《伴菊》诗云：

柴门重闻日悠悠，愿向闲花稳卧游。
俗骨不堪同入梦，芳心曾许独探幽。
性情淡处常相对，靖冷香中过此秋。
莫遣风仙借婢职，夜深墙角已低头。

夫人见其诗雅淡，知瑞他日晚节独坚，必为一代忠臣者，尝谓之曰："你终日读书，不求闻达，究有何益哉？"瑞曰："儿苦读书，非不欲进取。但念母亲年届喜惧，儿恐一旦成名，就要远离膝下，故此忍隐，不欲为母亲忧也。"夫人怒曰："为人子者，不欲扬名显亲，岂欲我死后你方进取耶？马鬣虽封①，铭旌②七尺，我亦不得亲见也！"瑞闻母怒，跪而慰之，谢罪不迭，夫人怒始稍息。瑞从此益励诗书，

① 马鬣封：坟墓封土的一种形状。亦指坟墓。宋·胡继宗《书言故事·坟墓》："称坟曰马鬣封。"

② 铭旌：古代丧俗，人死后，按死者生前等级身份，用绛色帛制一面旗幡，上以白色书写死者官阶、称呼，用与帛同样长短的竹竿挑起，竖在灵前右方，称之为铭旌。大敛后，以竹杠悬之依灵右，葬时取下加于柩上。

以图进取。

次年学院按临，瑞便出应试，果掇芹香。夫人喜曰："你得一衿，我死瞑目矣。"簪笑同庠诸友劝同赴省，以夺秋魁。瑞每以母在家无人侍奉终日，不欲行。及至其母听了瑞答友之言，遂勉之曰："你每以我在家，无人侍奉为辞，不欲相离左右。但功名大事，我尚强健，你可前去，不必挂念。"瑞见母如此吩咐，不敢有违，遂打点行李，会齐诸友，望着海康而去。

到了雷州，舍舟登岸赶路。一夜，月明风轻，瑞在旅店里睡不着，偶步园中。时已三更向后，店中诸客俱已熟睡。仰望星斗满天，万籁俱寂。忽闻有人说道："昨夜前村张家祭鬼，我们正好前去寻些饮食，偏偏又碰着这位海少保在此。土地爷好没来由，却要派我们在此伺候，他老人家便安然坐着，好不教人忿气呢！"一人道："你莫怨他，他乃是一方之主，你我都是受他管的，怎么不听使令？这是应该的，不必多说。恐怕这老儿听见了，又要责罚呢。"一人道："怕什么？此老太不公道，但是有得奉承他的，便由人去横行滋扰；若是我等穷鬼，他便专以此劳苦的事来派着呢！"一人道："你且说他怎的不公平呢？"那人道："即此张家一事，就可见其不公矣。张家的女儿，昨因上墓拜扫，遇了这个王小三，在路上撞见了。欺她孤儿寡妇，随后就跟了回去，作起祟来。她家好不惊慌，不知被他弄了饮食。那日，张寡妇到此老儿处祷告，求他驱除。这老儿初时甚怒，立刻拘了王小三到庙，说什么要打、要罚他。后来王小三慌了，即忙应许了些金帛。这老儿便喜欢到极处，不但不责罚他，反助纣为虐，任他肆扰呢！"一人道："怪不得张家今夜大设饮食，他便安安稳稳的前去受领，却遣我们在此伺候这海少保呢。"一人道："怪不得你说他。"海瑞听得明白，才知是鬼在此议论，暗喜自己有了少保的身份，不觉咳嗽一声，倏而寂然，海瑞亦回房中安息，自思土地亦受鬼贿，心中大怒。

至天明起来，梳洗了，诸友便要起程。海瑞道："且慢着。今日有一奇事，待我弄来你们看看。"诸友不解其故，快问道："荒郊野店，有什么奇事？不如莫管闲事，赶路要紧呢！”海瑞道：“列位有所不知。这里有一张家，她是个寡妇，有一女儿，被野鬼王小三作祟，大索祭祀。本坊土地反与鬼通同扰搅，你道奇么？”诸友问道：“你怎的知道？”海瑞便将夜闻鬼言备细告知，但不说鬼称自己是少保。诸友听了，各各惊异。况且都是少年，未免好事，各人都怂恿海瑞，要看他怎么处置那土地。海瑞便向店主人问明，哪里是土地庙并张家的住址。用了早饭，便望着那土地庙而来。正是：

正气能驱魅，无私可服神。

毕竟海公到了那里如何，且听下回分解。

第二回　张寡妇招婿酬恩

三生石上旧姻缘，萍生朱陈百载坚。

信是嫦娥先有意，广寒已赠一枝先。

却说海瑞在旅店，因前夜闻得众鬼说那土地不公，纵容野鬼王小三在张家搅扰，图其祭祀饮食的话，遂忙用早膳，携着诸友，取路先来至那土地庙。

只见那庙是靠着路旁的，高不满三尺，阔才二尺，上塑神像。唯是香烟冷落，庙内的蛛丝张满。有一张尺余高的桌案，尘积寸许。众人见了，不觉大笑曰："如此荒凉冷落，怪不得他要收受贿赂。不然，十载都没有一炷香呢！"

海瑞听了，不胜大怒，便指着那神像骂道："何物邪神，胆敢凭陵作祟，肆虐村民！今日我海瑞却要与你分剖个是非。为神者，正直聪明，为民捍卫殃难，赏善罚恶，庶不愧享受万民香烟。何乃不循天理，只顾贪婪！既不能为民造福，倒也罢了，怎么却与野鬼串通，魅人闺秀，走石扬沙，百般怪祟，唬吓妇女，索诈楮帛祭食？此上天所不容，人神所共愤。我海瑞生平忠正侠直，午夜扪心，对天无愧，羞见这等野鬼邪神！"遂以手指着，喝声："还不服罪！"说尚未毕，那泥塑的神像，一声响亮，竟自跌将下来，打得个粉碎。众人见了，哈哈大笑。内中一人道："虽然土地不合，到底是个神像，今海兄如此冒渎，故神怒示警，竟将本身显圣。海兄总当赔个不是才好呢！"海瑞听了怒道："你们亦是这般糊涂！怎么还不替我将这鸟庙拆了，反来左袒？真是岂有此理！"

众人看见海瑞作色，乃道："海兄正直无私，即此鬼神，亦当钦服。如今既已示辱于神，这就算了事。我们还是到张家去走遭，看是怎的。”海瑞道：“如此才是正理呢。”一行人远离了土地庙，赶路望着张家村而来。话分两头，暂且按下不表。

再说张家村离大路不远，村中二百余家都是姓张的。那被魔的女子，就是张寡妇的女儿，年方一十六岁，名唤宫花，生得如花似玉，知书识礼，又兼孝顺。其父名张芝，曾举孝廉，出仕做过一任通判，后来因为倭寇作乱，死于军前。夫人温氏，携着这位小姐，从十岁守节至今。事因三月清明，母女上山扫墓。岂料中途遇上这野鬼王小三，欺她孤寡，跟随到家，欲求祭祀。是夜宫花睡在床中，忽见一人，披发吐舌，向她索食。

宫花吓得魂不附体，大喊起来。那野鬼即便作祟，弄得宫花浑身发热，头目晕花，口中乱骂乱笑，唬得温夫人不知所措。请医诊治，俱言无病，系为祟所侵。夫人慌了，想道，此病定是因上坟而起。细细访之，始知路旁有一土地庙宇。想道：“山野坟墓之鬼，必为土地所辖。”便具疏到土地庙中祷告，求神驱逐。祭毕回家，谁知宫花愈加狂暴，口中乱骂道：“何物温氏，胆敢混向土地庙处告我么！我是奉了玉旨救命来的。只因你们旧日在任时，曾向天许过心愿，至今未酬。玉帝最怒的是欺诳鬼神，故此特差我来索取。你若好好地设祭就罢，否则立取你等之命去见玉帝呢！”

温夫人听了，自思往时自己却不曾许过什么心愿。女儿年幼，是不必说的，就是老爷在日，忠直居心，爱民若子，又没有什么不好之处。且平日不喜求神许愿的，怎么说有这个旧愿？自古道：“宁可信其有，不可信其无。”这是小事，就祭祀与他，亦不费得什么大钱财，只要女儿病愈就是了。乃向宫花道：“既是我家曾经许愿，年深日久，一旦忘了，故劳尊神降临。今知罪咎，即择吉日，虔具祭仪酬还。伏乞尊神释放小女元神复体，则氏合家顶祝于无既矣。”只见宫花点头应道：“你们既知罪戾也罢。后日黄道良辰，至晚可具楮镪品物，还愿罢了。”温氏唯唯答应。

至期，即吩咐家人，买备祭品香烛之类。到了点烛的时候，虔诚拜祭一番。只见那宫花便作喜悦色，说道：“虽道具祭，只是太薄歉了，可再具丰盛的来。明日三更，我即复旨去也。”温氏又只得应承。这一夜，宫花却也略见安静些。

次日，夫人正要吩咐家人再去备办祭品，只见宫花双眉紧皱，十分惊慌的模样，在床上蹲伏不安，口中喃喃，不知何语。夫人正在惊疑之际，只见家人来说道：“外面有一位秀才，自称海瑞，能驱邪逐魅。路过于此，知我家小姐中了邪魔，如今要来收妖呢！”夫人听了，半信半疑，只得令家人请进。

少顷，海瑞领着那几个朋友，一齐来到大厅，两旁坐下。温夫人出来见了众人。见过了礼，便问道：“哪一位是海秀才呢？”众人便指着海瑞道：“这位便是。”温夫人便将海瑞一看，只见他年纪最轻，心中有几分不信，便问道：“海相公有甚么妙术，能驱妖魅？何以知道小女着祟？请道其详。”海瑞道：“因昨夜旅店听得有几个鬼私自在那里讲，本坊土地放纵野鬼作祟索祭的话，故此前来驱逐妖魅。”

温夫人听了好生惊异，心中却也欢喜，说道：“小女倘得海相公驱魔，病得痊愈，不敢有忘大德。”便吩咐家人备酒。海瑞急止之曰：“不必费心破钞，我们原是为一点好意而来，非图饮食者也。”再三推让。温夫人道：“列位休嫌简慢，老身不过薄具三杯家酿，少壮列位威气而已。”海瑞见她如此真诚，便说道：“既蒙夫人赐饮，自古道，‘恭敬不如从命’，只得愧领了。但是不必过费，我们才得安心。”温夫人便令家人摆了酒菜，就在大厅上坐下。邻居的堂叔张元，前来相陪。

海瑞等在厅上欢饮，温夫人便进女儿房中来。只见宫花比前夜大不相同，却似好时一般。见了夫人进来，便以手指着榻下的一个大瓦罐，复以两手作鬼入罐内的形状。夫人已解其意，即时出到厅上，对众人说知。海瑞便道：“是了，这是个邪鬼，知道我们前来，无处躲避，故此藏入罐内。可将罐口封了，还怕他走到哪里去？”众人齐声道：“有理。”

于是夫人引导到来绣房，小姐回避入帐。海瑞便问：“罐在何处？”夫人令侍婢去拿。只见侍婢再三掇不起来，说道：“好奇怪！这是个空罐，怎么这样沉重！”海瑞道：“你且走开，待我去拿。”便走近榻前，俯着身子，一手拿了起来，并不见沉重，笑道：“莫非走了么？”众人说道：“不是不是，他既走得去，早就走了，又何必入罐？自古道‘鬼计多端’，故此轻飘飘的，想哄我们是真呢！”海瑞道：“且不管他，只是封了就是。”遂令人取过笔墨，先用湿泥封了罐口，后用一副纸皮，贴在泥头之上。海瑞亲自用笔写着几个字：“永远封禁，不得复出。海瑞笔亲封。”写毕，令人将罐拿了出去，在山脚下埋了。温夫人一如所教，千恩万谢；张元便让众人复出厅前饮酒。

夫人便私问宫花道：“适间你见甚么来？”小姐道：“适间只见那披发的恶鬼慌慌张张的自言自语道：‘怎么海少保来了？’左顾右盼，似无处藏躲之状。忽然欢喜，望榻下的罐子，将身子摇了几摇，竟缩小了，钻在罐内。孩儿就精神爽快了。故此母亲进来，不敢大声说出，恐怕他走了，又来作祟。适间哪位是海少保？他有何法术，鬼竟怕他呢？”

夫人听了，心中大喜：“他乃是一个秀才，鬼竟称他为少保，想必此人日后大贵。”忖思女儿的命是他救活的，无可为报，不如就将宫花许配了他为妻。我膝下有了这样的半子，尽可毕此余生了。于是便将海瑞听见群鬼之言方知你的病源，故此特来相救的话，说了一遍。宫花听了叹道：“如此好人，世上难得，况又兼有少保禄命。不知他父母几多年纪，才得这个儿子呢？”夫人道：“我儿性命，都亏相公救活，无可为报，我意欲将你许配这海恩人为妻。我家得了这样女婿，亦足依靠，光耀门间。二则你身有所靠，不枉你的才貌。你心下如何，可否应允？”

宫花听了，不觉涨红了脸，低头不语。夫人知她心允，便着人请了张元进来，细将己意告知，并乞张元说合。张元道：“此事虽好，唯是别府人氏，侄女嫁了他家去，未免要远渡重洋，甚是不便，如何是好？”夫人道：“女儿已心允了，便是我亦主意定了。烦叔叔一说，就感激不尽了。”

张元听说，便欣然应诺，走到前边，对着海瑞谢了收鬼之恩，然后对着众人说知夫人要将宫花许配海瑞之意。海瑞起立谢道："岂有此理，小姐乃是千金之体，小生何敢仰攀！况小生是为好意，仗义而来，今一旦坦腹东床[①]，怎免外人物议？这决使不得的。烦老先生善为我辞可也！"说罢，便欲起身告辞。

张元道："海兄且少屈一刻，老朽复有话说。"海瑞只得复坐下，便又问道："老先生有何见教？"张元道："相公年纪，恰与舍侄女差不上下，况又未曾订亲。今舍侄女既蒙救命之恩，天高地厚，家嫂无可酬报的，要将侄女许配，亦稍尽酬谢之心。二者乃是终身大事，又不费海兄一丝半线的聘礼，何故见拒如此？想必相公嫌我们寒微，故低昂不合，是以却拒是真呢！"

海瑞听说，忙答道："岂敢。区区之事，莫足言恩？瑞乃一介贫儒，家居遥远，敢累千金之体耶？故不敢妄攀，实非见弃，唯祈老先生谅之。"张元复又再三央恳。

众人见了，也替张元代说道："海兄何必拘执至此？夫人既有此意，理当顺从才是呢！"海瑞道："非弟不肯，但是婚姻大事，自有高堂主张，非我可主之也，故不敢自专。倘蒙夫人不弃，又叨张老先生谆谆教谕，敢不敬从。但是未曾禀命高堂，不敢自主，以增不孝之罪。尚容归禀，徐徐商议可也。"

张元听了这话，知他坚执不从，只得进内对夫人说知。夫人笑道："叔叔可问他们现寓何处，店名什么，我自有妙计，包管叫他应允就是。"张元乃出来陪着众人，问道："列位今客寓何处？"众人道："现在张小乙店中暂宿一夜，明早即欲起程。因有尊府之事，故而迟延。明日定必起程。"说完，海瑞决意告辞。张元只得相送出门，屡称感谢。海瑞称谢，与众人回店中去了。正是：

　　姻缘本是前生定，五百年前结下来。

毕竟海瑞后来能否与张氏宫花成亲，且听下回分解。

---

① 坦腹东床：指女婿。南朝·宋·刘义庆所著《世说新语·雅量》："王家诸郎，亦皆可嘉，闻来觅婿，或自矜持，唯有一郎在东床上，袒腹卧，如不闻。鉴曰：'正此佳婿邪！'访之，乃羲之也，遂以女妻之。"

第三回　喜中雀屏[①]反悲失路

却说海瑞与众人回到旅店，诸友皆言这头亲事应该允诺才是，如此美缘，怎能失之交臂？海瑞笑而不言。暂且按下不表。

再说那温夫人见海瑞坚执不肯，遂用一计：着堂叔张元问明海瑞住址，便令人请了族中一位绅衿[②]到来，求他作伐。这绅衿名姓张国璧，乃是进士，曾任过太平府知府，以疾告休还乡。

他与张元是个九服叔侄，为人正直多才，素为乡间仰望，远近皆钦服，所以夫人请他前来。当下国璧来到，与夫人见了礼，坐下用茶。夫人道："今日特请贤侄到来，非为别事，要与你妹子说桩亲事，非贤侄不可，望勿推却。"国璧道："妹子的病现在尚未痊愈，如何便说亲事？"夫人笑道："却因你妹子的病一旦好了，所以立要说亲呢。"国璧听了愕然道："怎么说妹子的病一旦好了？却要请教。"夫人遂将海瑞封禁野鬼王小三之事，并将野鬼称海瑞为少保之言，以及要将女儿许配与他怎奈不肯之故，详细说知。国璧道："怎么竟有这些奇事？我倒要会一会这位相公。"夫人道："只因这海秀才未曾禀过父母，故不敢应允。我想他是个识理的人，必重名望，故唤贤侄代说，彼必允矣。"国璧道："甚好，但不知住哪里了？"夫人道："就是前面张小乙店中。"国璧便即告辞，回到家中，冠带而来到张小乙店中。时已将暮，急令小乙进去通报。

小乙领命，走到客房，正见海瑞与那几个同帮的在那里用饭。小

---

① 喜中雀屏：指被选为女婿。

② 绅衿：绅，绅士，有官职而退居在乡者；衿，青衿，生员所穿的衣服，指生员。泛指地方上体面的人。清·蒲松龄《聊斋志异·盗户》："章丘漕粮徭役，以及征收火耗，小民常数倍于绅衿。"

乙便上前叫道："海相公，外面有人拜候你呢？"海瑞道："什么人？姓甚名谁？与我相识的么？"小乙道："是我们这里的一位大绅衿，张国璧大老爷，他说是特意前来拜访尊驾。"海瑞满腹疑虑，自忖素无一面之交，何以突然而来？且去见了便知。遂同小乙出来，就在大柜旁见了，彼此施礼坐下。

国璧道："素仰山斗，今日得识荆颜，殊慰鄙怀，幸甚，幸甚！"海瑞道："学生不才，僻居海隅，尚未识荆，敢请阀阅①？"国璧道："不敢。在下姓张名国璧便是，驾上昨日相救的女子，正是舍妹。"

海瑞听了，方才醒悟，便道："原来是张老先生光降，有何见谕？"国璧道："特为舍妹而来。适蒙先生收妖，俾舍妹之病一旦痊愈。家婶沾恩既深，无以为报，故愿将舍妹侍奉巾栉②，少报厚恩。何期先生拒弃如此，使家婶有愧于中，故令不才趋寓面恳。倘不以弟为鄙，望赐俞允，则弟不胜仰藉矣！"

海瑞道："后学偶尔经过贵境，忽闻鬼语，故知令妹着魔原委，无非因鬼逐鬼，有何德处，敢望报耶？适蒙夫人曾挽张元先生代说过了。后学只因未禀母命，不敢自专，非敢见却也。唯老先生谅之。"国璧道："先生之言，足见孝道。但事有从权，君子达变。今家婶所殷殷仰望着足下也。足下既有拯溺之心，又何必峻拒若此？倘得一言之定，则胜千金之约矣！"海瑞见他说得有理，不好再却，只好勉强应道："既蒙老先生谆谆见教，后学从命就是。但要待赴场后归禀家慈，方可行聘。"国璧说："这个自然，总须足下一言为定。"遂告辞归家，告知夫人。

温夫人大喜，以为女儿终身得人，宫花闻之亦喜。母女二人，私下默祝，望其早日成名，以遂心愿。暂且按下。

再说海瑞送了国璧出门，询问店主人，方知国璧是个进士，曾任

---

① 阀阅：功勋、功绩和经历。阀也作伐，指功劳，阅，指经历。汉·王充《论衡·程材》："儒生无阀阅，所能不能任剧，故陋于选举，佚於朝廷。"

② 巾栉：手巾和梳篦。泛指盥洗用具。《礼记·曲礼上》："男女不杂坐，不同椸枷，不同巾栉。"

黄堂。即回房对诸友说知，众人莫不为他欢喜。次日，海瑞便与众人上路，回头留下一柬，交与张小乙："若国璧来此，就说是我为着场期迫近，故而匆匆就道，不获辞谢，总伺场后相会就是。"叮咛而去。便与众人起身，望高州一路而来。饥餐渴饮，一十余日，才到省城。

海瑞初次观场，况兼又未曾到过省城的，落下了客寓，便到街上去游玩。所有海幢、广孝坡、山西禅、白云浦涧，诸般胜景，无不遍览。一连走了七八天，正遇天气大热。此时七月时候，三伏将收，秋风乍起。海瑞走了回来，身子是滚热的，洗了一个冷水澡，不觉冒了些暑。到了晚上，竟病将起来，浑身火热。请医诊视，皆言伤暑，不觉日加沉重起来。心念功名，又恐误了场期，心中愈加烦闷。卧病在床，日复一日，直至八月初旬，犹自恹恹伏枕，不能步履。海瑞此际，自知急难痊愈，进取之意已灰。诸友纷纷打点入场，海瑞眼巴巴地看着，心中好生难过。

又过了十余日，场期已过，他们俱已回寓，听候发榜。有一位自以为必售的，谁知发榜只中得一名副榜。乃是文昌县人，姓刘名賨宾。

海瑞时此病渐愈，遂偕诸友勉强下船回家。一路无聊，时复嗟叹，自怨命运不济，功名无份。乃作《落第》诗一首，聊以自遣。诸友见了，慰道："海兄大才，故大器晚成，何必戚戚？"海瑞道："列位有所不知，非弟念切干禄。弟在家奉慈母之命，谆谆勉励。今一旦名落孙山，将何以报老人？故而戚戚也。"诸友闻之，无不叹其纯孝。

一日到了雷州，海瑞想起张国璧之约，昔曾言定，今虽功名不就，岂可失信于人？遂与诸友分路，望张家村而来，复到小乙店中住下。张小乙便向着海瑞作贺道："海相公必是高中了，衣锦而归，可喜可贺！"

海瑞听了，默然良久，叹道："名落孙山，惭愧，惭愧！"小乙道："怎么相公如此高才反落第了？这是何故？"海瑞便将在省患病，不能入场的事，备细说知。小乙笑道："这是相公之气运未到耳！且自欢心成了亲事，再回去罢。"海瑞道："做亲这却不能，只是我曾与张老爷有约，故此特来拜访。烦贵主人代为相传一声，说我在店等候一会，即便起程。”

小乙应诺出来，便到张府报道：“海相公回来了。只因在省患病，不能入场，空走一遭。如今回来了，特命我来相请大老爷至店中一会，即便起程的。”国璧听了笑道：“何令人之不偶也！”遂即与小乙来到店中。见了海瑞，劝慰道：“大器晚成，文星未显，足下不必介意，只是徒劳跋涉耳！”海瑞自觉十分汗颜，乃道：“不才无学，即试不售，只以家慈有命，不得不随众观场也。昔蒙老先生之约，故后学不敢有负，迂道特来践约，伏望善言拜上令婶，容瑞归与家慈商议，迟日报命。”

国璧道：“蒙君一言，胜如金诺，不必多赘。但君新愈，须当保重。倘蒙不弃，少留时日，稍尽宾主之情若何？”海瑞道：“后学本拟明日即行，今蒙老先生厚意，少驻一天，明日到府请安。”二人又谈了些羊城的新闻，然后相别。国璧再三叮咛而去。

再说那温夫人，正在盼望着海瑞成名的捷报，忽见国璧来说：“海瑞回来了，因病不曾进场，已到这里，特来见我，便要明日起程回家。亲事一项，要禀过母命，然后回复。小侄再三挽留住了，故此特来说知。”温夫人听了，心中闷闷不乐，说道：“‘功名’二字，倒也平常。只是你妹子终身大事要紧，只恐回去后便抛撇了，这便如何是好？贤侄要想个妙策出来，务要成了亲事，方免浮议呢。”

国璧听了，想了一想道：“如今我却有一计：明日先将妹子抬到我家去，预备下洞房。小侄再请他到家饮酒，将酒灌醉了，送他入洞房。过了一宵，这就乾坤定矣。不知婶娘意下如何？”温夫人听了大喜道：“此计甚妙，依计而行就是。即烦贤侄回家备办。明日清晨，送你妹子过来便了。”国璧依允，即时回家收拾房子，备办筵席不提。温夫人便对女儿说知，宫花允诺。夫人大喜，便即时预备，不多赘。

再说海瑞本欲见了国璧即便登程，谁知见国璧情甚殷勤，故此无奈住了。次日清晨，国璧就着家人来至店中，见了海瑞，遂拿出帖子说道：“家爷请相公午间小酌。”海瑞看了帖，即对来人说道：“承你家老爷宠召，下午即去尊府。原帖缴回，烦为善言，说不敢领当。”家人应诺回去。海瑞即便整冠束带。忽催帖又到，海瑞遂随着张府来人而去。

到了张府门首，只见一座高大门楼，上有金字匾额，横“中宪第”三字。随有家人开门，只见国璧衣冠而出，迎接到大厅上坐。海瑞道：“后学承老先生见召，老夫人处，理应请安，伏望指引，待后学叩见。”国璧道：“岂敢。拙荆①年老多病，常卧床褥，不敢劳先生贵步。”随有家丁献上香茗。茶罢，复让到书房里来。海瑞进内，果见明窗净几。四壁琴书，是一个幽雅所在。海瑞道：“老先生真是轩昂！观此幽居，足见风采矣！”国璧又谦了一回。家人摆上酒肴，就是国璧、海瑞对酌，殷勤奉劝。

海瑞本量浅，三杯之后，便觉酩酊。国璧是个有意的，再三相劝，渐以大斗奉敬。此际海瑞已有八分醉意，欲待不饮，怎奈国璧再三央恳敬劝。一则是主人美意，二来是个长者，却不过了，只得强饮一斗，已有十二分醉意。须臾之间，竟觉头晕眼花，身不由已，坐不安席。一阵酒涌上来，就按捺不住，当着筵上呕吐狼藉，人事不晓，伏在椅上。国璧知他醉了，便进内对温夫人说知此事。温夫人已将女儿宫花小姐送在新房内，国璧大喜。即唤侍婢扶挽海瑞入房，到床上安歇，反扣着房门而出。这才是：

一枕邯郸甘醉梦②，三生石③上强栽莲。

毕竟他二人能否成其亲事，且听下回分解。

---

① 拙荆：又作“山荆”“荆室”，或简称为“荆”，是旧时丈夫对妻子的一种谦称。

② 邯郸梦：即《邯郸梦记》写于1601年，是年汤显祖52岁。作品借助《枕中记》黄粱一梦的故事，写卢生在邯郸旅店住宿，入睡后做了一场享尽一生荣华富贵的好梦。醒来的时候小米饭还没有熟，因有所悟。后世说的“黄粱梦”或“邯郸梦”，都从此而出。明代吕天成在《曲品》中说：“《邯郸梦》，穷士得意，兴尽可仙。先生提醒普天下措大，功德不浅。即梦中苦乐之至，犹令观者神遥，莫能自主。”

③ 三生石：三生，分别代表前生、今生、来生，源于佛教的因果轮回学说。三生石后成为中国历史上意涵情定终身的象征物。

第四回　图谐鸳枕忽感居丧

却说众丫环将海瑞送进房中，反扣双扉而去。那宫花小姐躲入床后，只闻鼻息呼呼，心中不胜忐忑。直至三更，海瑞方才醒来。开目只见灯烛辉煌，身卧于纱帐之内，锦衾角枕，粉腻脂香，便坐在床上冥想道："适间是与张太守共饮，何以得至此地？看此情形，乃是幽闺深阁，幸喜是我一人在此偃息，倘有女眷在此，则我何以自明？"正在冥想之际，忽闻床后轻轻咳嗽。海瑞听得，不胜毛骨悚然，只道有鬼，乃正色道："何物鬼魅，敢在我跟前舞弄！曾不知收禁妖魅之事耶？"只听得娇声婉转答道："君试猜之，人耶鬼耶？"海瑞道："我以正直居心，不论是人是鬼，阴阳总属一理。但我今日为张太守召饮，偶尔在此，并非有意入人闺内者。既非鬼物，可即出见。"

宫花小姐自思终身大事要紧，我以奉母命赘伊为婿，即是名正言顺的夫妇，怎不可见他？遂走出床后，冉冉而来。到了灯下，手执屏障而说道："相公不必惊疑，妾实非鬼物，乃是张姓之女，温夫人即我母也。昔妾身被邪魔，多蒙相公驱逐，俾妾病退身安。家慈以相公深恩难报，故欲使妾侍君箕帚，挽家叔元、家兄国璧说合。蒙君见诺，不弃细流，约以槐黄期候定情。今场期已过，相公因病未得观场，此所谓得失有数，功名不以迟早为数，君何怨怼如是，岂达士所为耶？今夕妾奉母命，侍奉君子。祈望原谅，毋以怪物见斥，则幸甚矣。"

海瑞听了，方才醒悟，方知适间国璧再三强饮，皆因为此。遂正色道："小姐请坐，尚容剖达。不才一介儒生，毫无知识，谬蒙令堂大人不以寒微见弃，愿将小姐姻配村愚，实难当对。故小生屡屡坚辞，诚以一介贫儒不敢累小姐也。迨国璧先生旋强执柯，小生势不容辞，故勉应台命。今者名落孙山，见人每为汗颜，诚不欲见夫人者。然午夜扪心，岂容失约？故不避嫌疑，特为迂道拜谒张太守，是欲明订后约，即当归禀命于母亲，以遂此三生之愿。不虞张公设阱，陷瑞于此。小姐且请便。自古男女授受不亲，幸毋自弃。”

小姐听他如此推却，似有不纳之意，因说道：“妻非文君、红拂等辈。缘今夕奉慈命与君花烛的，君何出此言，使妾无所倚靠耶？”海瑞笑道：“小姐之言差矣！我与花容素未亲炙。昔者偶尔之事，何须频荐齿颊？虽令堂与有成言，然终身大事，若非宗庙告祭，洞房花烛，莫能成合？唯小姐思之，毋蹈非礼也。”宫花听了，知他是一个非礼勿言、非礼勿听的人，乃道：“君固君子，但今夕与君同室，就如同床一般。明日如何持论，此实妻所无以自解也，唯君思之。”

海瑞听了这一句话，自思彼必欲我与她成亲，以全此事。我若不肯成亲，是负彼之心与夫人之德也。况张氏戚属，明日无不知者。今夜果然冰玉自信，明日诸眷属岂肯信耶？况张氏既奉母命于归，今使彼空守洞房，独对花烛，于理于情似甚不合。遂将身佩的一只椰子雕花的墨盒除了下来，放在桌上，指谓宫花道：“小姐之心，不才早已稔悉矣。但小生素性耿直，最恼淫逸。今夕之事，非小姐之故，亦非海瑞之错，乃令堂之心意也，于你我何与？但不才善体人情，洞悉世态，今有些微之物，敬奉妆台，倘蒙不弃。即赐收下。”宫花道：“蒙君不弃，惠赠记物，妾当什袭宝藏，以为定聘可也。”于是大声叫门。

时已五更，丫鬟们听得，急急到房，将门开了。小姐随到温夫人房中，说知如此如此，这般这般。温夫人笑道：“真君子也！”

未几天明，夫人便吩咐家人，先备下酒筵，即请国璧进内说道：“海瑞真乃诚实君子，即坐怀不乱①之柳下惠、程明道再生，亦不过如此，殊令人敬仰。今请你来，可与他订定行聘日期可也。”国璧应诺，便来到房中。只见海瑞端端正正坐在那里，看见国璧进来，便即起身迎接道：“先生险些陷我于不义也！”国璧道：“洞房花烛，人生最乐

① 坐怀不乱：形容男子在两性道德方面情操高尚，作风正派。

之事，何说陷君？”于是二人携手出了房门，来至中堂。

温夫人早已坐候。海瑞见了，便走上前见礼，遂口称“夫人”。夫人正色道：“君何背义若此！昨夜小女方侍君子，今早便忘却耶？‘岳母’二字，岂亦吝之乎？”海瑞听了，只得赔着笑脸，改口道：“岳母大人请端坐，容小婿拜见。”便拜将下去。夫人急忙亲手挽住道：“不用大礼，只此就是。”此时海瑞既称了婿，就要行起子婿之礼来。国璧亦与对拜了几拜，妹夫、大舅相称。夫人上坐，海瑞居于客位，国璧主席相陪。须臾，丫鬟、家仆等俱上来叩见新姑爷，并与夫人贺喜。夫人大喜，各各有赏。

海瑞道：“小婿因患病未得观场，致负岳母之望，殊增惭愧。今又蒙岳母未以不才见弃，曲意周全，使小婿感激不尽，殊不自安。”夫人道：“功名得失，自有定数，何须介意？小女既蒙救活，今既事君子，贤婿归家，即当禀明令堂，早来娶去。我非以聘物为望也。”海瑞拜谢道：“小婿一介贫儒，仰叨岳母大人格外垂青。今即归里，禀明家慈。随传羔雁①就是。”温夫人便吩咐家人摆酒，家人们领命。须臾之间，席已摆齐。海瑞便要把盏，夫人不肯，就令家人摆下，如行家人礼一般。三人劝酬之间，备极欢洽。席中又说了些亲切的话。海瑞乘机告曰：“小婿离家，直至于兹，屈指三月，家慈不免倚闾望切，小婿明日便要拜辞。”温夫人道：“令堂切念，贤婿念亲，两般都是美事。明日即当送贤婿回府。”海瑞即席拜谢，尽欢而散。夫人仍留海瑞宿于洞房，宫花小姐却只闷闷而坐，海瑞秉烛待旦而已。

到了天明，海瑞即便出房，见了夫人，一番言语申谢。随即令人到小乙店中，取出行李，望着夫人拜了四拜。夫人再三叮咛，自不必说，并请了国璧前来代送一程。海瑞那肯当此，出了张府的大门，便要分袂。国璧是必要送，海瑞无奈，只得与国璧携手同行了几里。海瑞说道：“小弟就此拜别，不劳远送了！”国璧道：“我固知送君千里，

① 羔雁：小羊和雁。用作征召、婚聘、晋谒的礼物。南朝宋·范晔《后汉书·陈纪传》：“父子并著高名，时号三君。每宰府辟召，常同时旌命，羔鴈成群。”雁，实则是指家禽鹅。

终当一别，但情不能已，殊属恋恋。弟有鄙句奉赠，虽然不成章句，无奈略展微忱耳。”因口占一律，依依不舍。海瑞亦有留恋之意，谢道：“叨承尊舅厚意，并惠佳章，足证亲爱。不才敢不以狗尾续貂耶？”亦口占一律，以为酬答之意。国璧道：“句语清新，用意深醇，不失诗人之旨。妹丈诚明敏之资也！”海瑞称谢不已，相与珍重道别，向琼南一路进发。

不几日，已抵家门。海瑞见了缪夫人，倒身下拜，自称：“孩儿不肖，为着蜗角虚名，遂致远离膝下，有缺甘旨。又因初到省垣，水土不服，于七月初旬，忽然染起病来，睡卧床上四十余日，不能步履。眼看诸友进场，好不暗羡！及放榜后，始觉健康，当觉十分不得意。无奈，即欲买舟而回。却怪二竖①歪缠，直至此际方回，殊缺晨昏之礼。幸望母亲鉴原，恕孩儿不孝之罪于万一。”夫人道：“功名迟早，自有一定之数，此却不必介意。起凤腾蛟，自有时候，不得强争。你且宽心，奋志经史就是。”海瑞唯唯而退。

回自书房之内，自思张家之事，固不敢说，然亦不敢隐讳，左难右难，无计可施，只得对那书童说知原委，令其向夫人说知。夫人听了儿子不费半文，又得美妇，遂唤海瑞细究其详。海瑞不敢隐讳，即以在旅店步月，如何得知张家女被鬼魅的事，备细说知。夫人道：“彼女若何？儿曾见过否？”海瑞又将那夜以酒灌醉送入洞房的事尽情实说。夫人私喜儿子诚朴，便许允了。吩咐家人，到街坊上择日吉期，备些各项礼物，前往行聘。只因路途遥远，迎亲吉期，约在本年腊月十五迎娶。

温夫人念着女婿清贫，况且路远，便如所请，重赏来人回去。家人们归到海家，备言新亲家之德，好不欢喜。便是夫人，亦喜欢过望。未免将就些收拾一间新妇房屋，造几套新郎的衣服。

不觉又是十二月初旬，吉期逼近。夫人预早央挽了近房的族老，前往迎亲。这里温夫人预先备了妆奁，极其丰盛，至期将女儿打发出

① 二竖：两个孩童，后用以称病魔。春秋·左丘明《左传·成公十年》：公梦二竖子曰：“彼良医也，惧我，焉逃之？”其一曰：“居肓之上膏之下，若我何？”

阁。并令妥当的媳妇、丫鬟，陪送过海。恰好十五日辰时，彩舆到门。海瑞此时，方与宫花小姐成亲。夫妇相敬如宾，邻里啧啧叹羡。况且张氏为人性最孝顺，事姑过于孝母。缪夫人见她如此孝顺，心中欢喜，视张氏胜如亲女，姑媳和洽，真足称也。

未几，缪夫人一病不起，百计千方，调治不愈。张氏与海瑞亲侍汤药，衣不解带，备极艰辛。何期天年有限，大数难逃，至次年正月底，缪夫人竟呜呼哀哉了。海瑞此际，痛不欲生，尽哀尽礼，七七修斋，建醮超度，把那有限的家资，十去八九。过了百日，把缪夫人的灵柩送上山去，与父亲合茔。葬毕，居家守礼。幸赖张氏勤俭，凡事经理得宜，所以海瑞得以稍暇，闭门读书，终日埋头，足不履外，专候服阕进取。正是：

养成羽翼冲天汉，飞入秋霄到月宫。

毕竟二人后来如何，且听下回分解。

第五回　严嵩相术媚君

却说海瑞丧母，幸赖张氏维持家事，海瑞守制在家，奋志经史，暂且按下不表。

再说那正德皇帝①自接位以来，天下承平。帝性好色，耽于安逸，选民间女子万人，以充宫掖。只是无子，不以为忧。其时帝正在昏迷之际，虽有三五大臣亟谏，劝其早建储嗣，帝只不听。未几，帝有疾，皇后大恐，每对帝言及国储之事。帝曰："方今诸王正盛，虎视眈眈于宝位。朕若拣近派之子建储，恐启诸王之衅，故未有定议。今朕病矣，储嗣故宜早建。微卿言，朕竟忘之矣！"于是，宣文华殿大学士朱琛进宫密议。

这朱琛亦是宗室亲臣，原是太祖嫡派，为人忠直耿介，故帝甚信之。今宣进龙榻之前，屏退内侍，问道："寡人心有隐忧，卿能知否？"朱琛俯伏奏道："陛下之隐忧，臣窃料之。"帝曰："卿事朕最久，必知朕意，卿试言之。"朱琛道："臣窃料陛下以皇嗣为虑，不知有当圣意否？"帝道："真知朕心者也！"敕令平身，近榻问话。朱琛谢了圣恩，立于龙榻之侧。帝曰："朕登九五以来，曾未见后宫诞育。今年老病沉重，诚念皇业之艰难，欲建储嗣以承大统，不知宗室中谁最贤德，可堪入嗣朕躬，试举为朕言之。"朱琛道："陛下欲立近派，则在诸王之中立其最长者。若欲立贤能仁睿者，则访察外藩，若有此等贤能，宣入朝来，陛下面训，以承大统，则天下幸甚矣。"帝曰："朕见诸王之中子弟辈，各皆安逸惯习，不知治道。若以之主，则天

---

① 正德皇帝：明武宗朱厚照（1491—1521），明孝宗朱佑樘和张皇后的长子，明朝第十位皇帝。

下生灵不胜其苦矣。且诸王之中，每怀虎视之心，若立一人，余者则各相谋为不轨，立起争端，不特不能安天下，承社稷，适足以滋外患而倾宗庙矣。故欲访察外藩而入继。卿历事年久，访探必悉，倘有贤能堪绍大统，为朕言之。”朱琛道：“臣昔奉命豫章时，曾见信阳王之裔孙朱某某，贤能廉介，礼贤下士。今现为吉州别驾，所在大著仁声，百姓倚之如父母。陛下诚能召入，以绍大统，则天下幸甚矣。”帝便问别驾朱某某为谁。朱琛奏道：“文皇帝[①]朝见有五服亲王，俱蒙分封藩镇，维屏国家。信阳王乃文皇帝之从弟，分封于广信。今朱某某乃信阳王之七世孙也。信阳王传失爵，故朱某某以荫生[②]授吉州别驾。昔臣在豫章，常与朱某某计及大事，无一不知，所言事多奇中。性且廉俭，不事奢侈，好交结名流，是以知其能统天下者。不知陛下圣意如何？”帝曰：“如卿所言，足当入嗣大统，即可召之入朝。”便欲发诏往宣。朱琛奏曰：“陛下要召朱某某，若以诏召之，是速其祸。”帝问：“何故？”琛曰：“今诸王日恒眈眈于宝位，恨不得陛下立时宾天，好争大宝。今恩诏一出，满朝无不知之。倘有妒忌者，或遣亡命邀杀于路，此际如何是好？是欲贵之，反陷之也！有失陛下大事。此决不宜发诏迎入明矣。”帝听了沉吟半晌，乃道：“卿言不错，然则如何万全？为朕言之。”琛曰：“以臣愚见，不若以反间之计行之，可保无虞。”帝问：“何计？”琛曰：“陛下令发缇骑[③]，将他锁拿回京。众人不解何故，皆恐波及。再着一人与他随行，如此则可保其来京矣。伏望陛下睿裁。”帝点头称善，计议已定，朱琛谢恩。

次日，帝传旨，着廷尉发缇骑三十名，兵部差官持火票[④]一纸，

---

① 文皇帝：明成祖朱棣（1360-1424），明朝第三位皇帝，朱元璋第四子，受封为燕王，后发动靖难之役，夺位登基，在位 22 年，年号永乐。谥号体天弘道高明广运圣武神功纯仁至孝文皇帝，庙号太宗。

② 荫生：因先世荫庇而入国子监读书的称荫生。明代荫子入监有两种：凡按品级取得的称为官生，不按品级而由皇帝特给的称为恩生。

③ 缇骑：禁卫吏役或随从卫队。缇（tí）：橘红色缇衣（古代骑士的服装）。

④ 火票：递送紧急公文的凭证。清·徐珂《清稗类钞·物品·火票》：“凡马递公文，皆用兵部凭照，令沿途各驿接递，谓之火票。言其急速如火也。”

立即到江西锁拿吉州别驾朱某某到京问话。亲封紫金锁链九条，然后一并前往。原来皇家分藩的，向有规矩：凡是皇上宗室亲派，不问所犯何事，理应拿问者，皆从大内发出紫金锁链，然后缇骑方敢拿人。此际兵部差官奉了金锁，领着缇骑，一路望着江南大路而来，暂且不表。

再说那吉州别驾朱某某，初生时红光满室，异香经数日不散。及长，又生得面如冠玉，唇若涂朱，龙眉凤目，两耳垂肩，两手过膝，真乃龙凤之姿，天日之表。自幼便有大志，为人至孝，以父荫得今职。朱某某自为吏治民，民爱之如父母，在这吉州一十六载，虽三尺之童，无不喜他。当下正在公堂议事，忽报朝廷缇骑差至。朱某某听得，不知何故，不觉失色，只得出迎。

那差官到了堂上，口宣皇帝圣谕，朱某某急忙俯伏在地。差官高声道："钦奉圣旨，锁拿罪官朱某某进京问话，不得稽延！"说毕，就有缇骑将朱某某衣冠剥下，取出紫金链，将朱某某锁了，不容分说，竟自蜂拥出了署门而去，望着大路进发。将印信交于该抚，令人委署。此际朱某某魂不附体，又不知所犯何事，只是暗中自忖，满腹惊疑。然既锁拿，只得由他们所为，遂一路上望着江南进发。那些差官缇骑知道他本是宗室，是以格外徇情。自在公衙上了锁之后，一路都是拥护而行，并不把那囚车与他坐，这个是官官相护留情之处。所过地方，守土之员亦来迎送，皆因各人知他为人好处，是以有此。朱某某幸赖他们留情，在路上倒不觉十分凄楚，暂且按下。

却说江西广信府分宜县，有一人姓严名嵩，家住城内，年纪三十余岁，父母双亡，家资有限。这严嵩又喜交游，挥金如土，不几载就弄得上无片瓦，下无立锥之地，流落江湖，无可资生，乃以测字相面为生，昔日在江西一带地方混过日子。此人胸中略有才学，且口才舌辩大有过人者，所以在江湖上，很可以混得过去。

这日，恰好严嵩正出门做生计，将布篷撑起，摆在路上打尖闹热之处，好去趁钱。谁知这日就是兵部的差官，领着缇骑押解朱某某起身。时已将午，一行人到了打尖之处，各皆下马落店，用点心饮酒止饥解渴。严嵩正坐在篷子内，一眼看见了朱某某，不觉肃然起敬，自思："此是一个大贵人的相格，何以如此？"遂随入店内来。只见朱某某红光满面，紫气冲霄，暗思此人不是等闲富贵，乃是九五贵格。观此气色，早晚就是一个帝王的，如何反在缧绁①之中？甚属不解。心中此时自恨无由可入，况是个犯官，不敢上前说话。乃在桌子对面坐下，唤人取酒过来，饮下三杯，乃佯作醉状，朗声笑道："人人说我是个神仙，怎么并无一人知我，前来问问休咎②？"

朱某某听了，忽然触动隐情，便对桌问道："先生会阴阳么？"严嵩道："相面第一，命理卦理，了如指掌。"朱某某道："在下正有一件心事，待问休咎，先生肯见教否？"严嵩笑道："不用尊驾开口，便知心事。"朱某某道："你试说来，如果灵应，厚谢先生。"严嵩道："亦不用说出，只我写在纸上，务要合着你的心事才算呢！"众人听了，都要试他的灵验，齐声合口道："好，好，好！如果灵验，我们大家都要问问休咎。"嵩道："没有纸笔，如何写得？"其时店小二在旁说道："有，有。"遂三脚两步，把纸笔取了来。严嵩取纸在手，蘸饱了笔，写了几句：

君忽忧中我更乐，缧绁虽加非罪过。

十年民牧欢太平，一日冲霄归凤阁。

忧忧忧，乐乐乐，一判今人我不觉，此会祥云龙见角。

写毕，又在旁写了几行小字，其略云："若问休咎，今日却见紫气冲天，面有红光，逢凶化吉。虽有惊恐，日后大安。"递与朱某某手上。朱某某接了来看，不禁大笑道："是了，是了。"于是众人也要争看，朱某某将纸递了出来。众人看了，帮道："灵验。"内中差官，看他灵验，也向严嵩求问前程。嵩向他面上看了几下，说道："好好好，得官早！"乃执笔写了几句道：

羡君高耳有浮轮，即日当朝一品臣。

刻下身曾与日并，今宵也要伴龙孙！

---

① 缧绁（léixiè）：捆绑犯人的黑绳索。借指监狱；囚禁。

② 休咎：本义指吉与凶；善与恶。休：休整，休假，休闲。咎（jiù），过失，罪过。

写毕，递与差官看了，不觉惊得呆了。自思此人如此灵验，莫非是个神仙前来点化我们不成？遂与朱某某来到楼上，携了严嵩，细细问他休咎。嵩道：“相貌乃是一定之格，不能强说得的。若要知其人如何心事，则以理机窥之，无不吻合。”朱某某道：“先生，你可知我是个什么人？”嵩道：“只要尊驾写上一个字来，我便知道。”朱某某便随口说了一个“问”字。嵩想了一想，说道：“再请尊驾亲手写一个字来，合测便知。”

时朱某某手拿鞭竿，即向地上一画。嵩连忙跪下说：“小相士有目无珠，伏望万岁恕罪！”朱某某急止之曰：“我乃犯官，如今被拿进京的，怎么说我是万岁？这就是不验了。”嵩道：“你说不验，待我解与你听：顷言‘問’字者，以手按着左边，是这个君，又以手按着右边，仍是个君字。左看是君，右看还是君。土上加一，就是一个王字。岂不是君王么？是以知之。”

朱某某大笑道：“先生错解矣！”遂问道：“今我被拘至此，此去京城可能生还否？”嵩将一纸写了篇言语，递与那朱某某观看。朱某某接来展开细读一遍，不觉满面喜色。那差官不知其故，便接过手来仔细看去，见了不觉吐舌。正是：

因此几句话，欢喜上眉尖。

毕竟这严嵩写的是什么言语，且听下回分解。

第六回　海瑞正言服盗

却说严嵩取纸笔写了一篇言语，递与朱某某看了。那差官便上前接来细看，只见上写道：

详观贵相，双眉八彩，两耳垂肩。书云：“耳主家业，眉权运气。耳轮厚珠，主承大业。”更喜廓高弦朗，必膺社稷。书又云：“尧眉八彩。”此古帝王之贵相，主运气旺，而统八方之贵。观此二者，足观大贵之有在。其余龙行虎步，双手过膝，亦主天日之兆。今际天庭略暗，故稍有缧绁之惊。更喜紫气辉于天堂，早晚即登九五。据实详观，祈为自爱！

那差官看了，不觉吃了一惊，道：“先生之言，无乃太过耶？”严嵩道：“一非在下荒唐，实乃依书而说。在下博观群书，所有奇门遁甲，风鉴诸书，无不遍览。唯风鉴之书，独得其奥。故敢自信，实非大言欺人。”

朱某某听了，半信半疑地笑道：“此去若能保得生命足矣，焉敢过望？倘如君言，他日敢不厚酬！”严嵩曰：“在下阅人多矣！从未有如君者。此去若不膺大宝，在下当去此双目！”那差官道：“诚如君言，则某亦藉光荣矣。”严嵩道：“大丈夫遇真明主而不倾心待之，交臂失去，诚为可哂①，今将军眉间喜气正旺，早晚必为总阃②。如不灵验，愿以首级相赌如何？”那差官道：“诚如君言，他日敢忘衔结③？敢请问阀阅。”嵩道：“在下分宜县人氏，姓严名嵩，曾读诗

---

① 可哂（shěn）：可笑。

② 总阃（kǔn）：阃的本义指门槛，引申为统兵在外的将军。

③ 衔结：衔环结草。结草：把草结成绳子，搭救恩人；衔环：嘴里衔着玉环。比喻感恩报德，至死不忘。

书。只因屡试不售，遂无意功名。后因家中多事，家业飘零，无奈流落江湖，于此行当，言之殊为汗颜。”

朱某某听了道：“阁下即具此大才，何不再理旧业？倘他日得志，正可与国家作用，岂可自弃耶？”严嵩道：“在下亦非不欲读书进取，只为家贫，营火告乏，不得已辍业的。”朱某某叹道：“贫乏困人，真是大难为计！”遂唤从人，在行李中取了五十两银子相送与他，并叮咛道：“先生持此，即可改业。倘一朝得志，自有用处。”严嵩叩谢。

时已日暮，不能前进，朱某某就吩咐在这店中暂住下，明日再行。那差官应诺，吩咐将牲口喂了，行李搬到店内。是夜，朱某某特留严嵩做伴，与其畅论大计，言语中窍。朱某某大喜道：“倘不才果如君言，当屈先生总理政务。”严嵩听了，即便叩头谢恩。

再说那差官姓张名志伯，现为兵部武库司之职，原是个武进士出身。今奉差来提朱某某，见严嵩之言，十分信而无疑。又见他说是早晚当为总阃，心中大喜，便加意奉承。故此朱某某说声如何，他就凛遵，反加趋奉。当下张志伯对朱某某面前说道：“严嵩之言，谅不荒唐。但愿别驾早应其言，则某亦叨荣矣！”朱某某道：“诚如其言，将军他日功亦不小。”张志伯连忙叩谢。

一宵已过，次日起行，严嵩相送十里余方回。自此后旧业复理，昼夜苦读，自不必说。

再说张志伯一行望着大路而行，饥餐渴饮，晓行夜宿，不觉已抵都城。因是内戚，不敢停留，即时到部销差。该部立即入奏。帝见朱某某已到，即时宣进宫来。朱某某俯伏榻前叩安伏罪。帝赐平身，敕令开锁，召至面前谓曰：“朕年老病重，势将不起。念先皇创业艰难，不敢稍托非人，故特召卿来京，托以后事。卿体念朕意，务以爱民省敛为首务，则社稷自安，朕亦无憾矣。”朱某某叩首奏道：“臣乃外职，无才无德，焉敢妄居大位？况陛下现有诸王在藩者，不下十余人，岂无一二贤能堪以继绍大统者？臣不敢奉诏，唯陛下谅之。臣实不胜幸望之至！”帝曰：“凡为君者，总天下之权，群黎共戴，须当择有德者继之，不论亲疏。朕意已决，卿勿再辞。不必多奏，朕甚厌闻。”朱某某不敢再奏，只得奉诏。帝令内侍领朱某某到昭阳恭调国母，随令左丞相草禅位吉诏，以朱某某为太子，继绍大统。这诏书一出，朝中文武谁敢异议？择于本年八月初三日庚午，帝亲以玉玺授朱某某。朱某某拜受恩命讫，然后升殿受诸臣朝贺，山呼万岁。却不敢改建年号，以正德尚在故也。帝闻知，遂亲书“嘉靖[1]元年”四字，令人授朱某某。

朱某某接着，当天祷告，先谢了恩命，然后将“嘉靖元年”四字，颁发天下，遂尊朱某某为嘉靖皇帝，尊正德为太上皇帝，尊皇后为国母皇太后。册妻为皇后，掌昭阳正院。升唐元直为文华殿大学士，董芳源为华盖殿大学士。其余文武官员，皆加一级。所有正德爷行事的律例，一一遵依，概不改易厘毫，所以臣民悦服。升张志伯为步军总督都指挥。随即发诏，颁报各省藩王。

未几，正德病情加重，召嘉靖至榻前遗嘱后事。是夜三更，崩于宫中。嘉靖大哭，几次晕去复苏，如丧考妣，即传左右丞相入宫，共议丧事，发哀诏颁行天下。帝哀毁过度，几已染病。

皇太后转以为忧，时以温旨慰之。百日小祥[2]，帝奉正德灵柩葬于敬陵，小心侍奉太后。太后大喜，特赐恩旨，令帝追尊父母为皇帝后，帝再三辞谢。太后曰：“父母养子者，原以子贵而身荣，而人子亦藉以报父母也。今你尊为天子，岂可令先父母漠漠无荣耶？你其凛遵，即举大典，无负至意可也。”帝遂命六部九卿拟议。六部议得太后现在，不宜加尊太字，宜以皇帝皇后尊之。帝允议，遂尊父为孝昭皇帝，尊母为孝昭皇后，大祥后举行大典。直省乡榜，加中七名，中

---

① 嘉靖：明代皇帝朱厚熜（1521—1566 年在位）的年号。他是明朝的第十一位皇帝，宪宗之孙，兴献王朱祐杬之子，正德皇帝的堂弟，16 岁登基，60 岁去世，在位 45 年。

② 小祥：起源于周朝，汉族丧礼仪式之一，父、母丧后一周年（即第十三个月）举行的祭礼叫“小祥”；两周年（即第二十五个月）举行的祭礼，叫“大祥”。在服丧期间的各个阶段，一切言行（衣食住行）都有不同的规定。后世似乎不完全一致。清·毕沅《续资治通鉴·宋神宗元丰八年》：“今群臣虽易月而人主实行丧故十二日而小祥期而又小祥；二十四日而大祥再期而又大祥。”（参阅宋·王溥《唐会要·服纪下》）

省加五名，小省三名。这恩旨一下，天下各省遵行。

时海瑞亦已服阕①，闻得有这个恩典，即对妻子说知，打点赴省入场。张氏道："妾愿君掇功名回归告墓，少报公婆劬劳②之恩，则妾幸甚矣！"海瑞道："深荷娘子维持家计，使我无内顾之忧。此去倘得侥幸，即当早回，以报娘子也。"遂约了几个朋友，同伙前往。海瑞此际已收拾一切，遂择吉起程。那乡中亲友相助的程仪资斧，共有一百余两。海瑞就留下五十两在家，余者尽藏于书箱之内。次日告祭了祖宗，又到爹娘墓祭毕，方与诸友起程。张氏叮咛相送出城，方才分别。

是夜海瑞与诸友宿于店中。其时有偷儿王安、张雄二人，惯在店中偷劫客人财物。因知海瑞有盘费银两，遂随到店中，亦宿在这店内。是夜三更以后，二人便来动手。海瑞此际却不曾合眼。只听房门响处，知是有贼来到，遂起身坐在床上，以观其事。少顷，房门开了，二人潜步而入，若听床上。海瑞故意作呼呼鼻息之声，见一人以手指着帐内作喜状，旋以手指皮箱。那人在身上取了一把钥匙，便来开锁。须臾，将箱内的衣服并银子拿了一空。正待要走，被那海瑞跳下床来，以身蔽着房门。二人惊慌无措，便欲夺门而走。

原来海瑞虽是一个儒生，不知身上倒甚有力量。以手撑着两扇房门，二人再不能扳扯得动。二贼惊惶无地，谅难得脱，只得将衣服银两放下，跪在地上叩头哀恳道："小人有眼不识泰山，致有冒犯，实缘贫困所逼。今望相公宽宥，下次再不敢如此。"海瑞大笑道："天下事尽可谋生，何以做贼？触犯王章，身名俱丧。二君今晚幸是遇我，倘若遇着别人，只怕君等被拴矣！我看你二人年力尚壮，何事不可作为，即食力佣工，亦可资生。一旦甘心做贼，我诚为君等耻之！也罢，你等既已知悔，我亦不苛求，且放你去罢。"遂走到床前，让二人出去。

---

① 服阙：指服丧期满。阙（què）：终了。

② 劬劳：劳苦、苦累的意思。劬（qú）：劳作、苦干，形容劳累、疲劳。《诗经·小雅·蓼莪》："棘心夭夭，母氏劬劳。"

二贼自思："哪里有这等好人？我们要问他一个名姓，日后亦好报答与他。"遂复走回海瑞床前，叩了几个头谢道："小人不合偷窃相公银两衣服，被相公拿住，以为万死不赎。今蒙相公如此大义，释放我等，正所谓恩同再造，德被二天。小人等虽系窃贼，亦晓得知恩报恩的，敢恳相公明示尊姓大名，俾得小人等日后衔结。"

海瑞道："我姓海名瑞，乃琼山县人氏，现在睦贤乡内居住。亦不望你等报答，但愿你们改邪归正，便似报答我一般。请问壮士高姓尊名？"那王安道："小人姓王名安，他名张雄，二人都是绿林中朋友。只因家贫，无可谋生，不得已而为此事。如今蒙海相公这番恩典教训，我们自愿改邪归正，再不做贼了。"海瑞喜道："你等既愿改邪归正，但是无资可做营生。我当稍有相助。"随将银包解开，每人赏他一锭五两重纹银，道："你们且拿去做个小营生，觅个糊口之计罢。"

二人看见他如此慷慨，哪里肯受，谢了说道："蒙海相公释放，已自感激了，还敢受赐么？银子是绝不敢受的。如今小人们既不做贼，无处安身，情愿随海相公做个家人，执鞭随镫，也是好的。不知相公肯赐收录否？"海瑞连说："不敢，君等皆有为之士，岂可屈于我下。还是拿了银子去找些生计糊口的是。"王安道："小人们见了相公如此大义慷慨，哪里舍得，必要求相公收录。"说罢，跪在地下，不住的叩头，哀哀求恳。

海瑞见他们如此恳切，乃扶起道："你等既欲相随我，但我乃是一个穷秀才，如今要到省城赴科，只恐你们受不得这些苦楚呢？"二人齐道："但得相公肯赐收录，小人等现有米饭，还可自行预备，不须相公忧虑。"海瑞道："这个却不能用你的。既然如此，就要听我的话，方才可以相随，不然不敢为伴了。"二人道："相公有甚的吩咐，小人们无有不依的。求相公教诲就是。"

海瑞道："一不许你等盗劫他人银钱衣物，二不许贪婪，三不许饮酒滋事，四不许管人闲事，五不许赌博。兼之，朝夕俱要在我身旁，凡事俱要公道，不得一毫徇私。此数者，稍有一件不从，我亦不敢奉屈了。”二人齐声应诺道：“相公吩咐，怎敢妄为？无不禀遵的！”海瑞即改张雄为海雄，改王安为海安。二人此后就改邪归正，甘心服役。次日海瑞便将二人之事，对众友说知，无不服其大义正气，能化偷儿之顽梗。正是：

只因正气人钦服，真顽到此亦生灵。

毕竟海瑞这回赴考，可能得中否？且看下回分解。

第七回　奸人际会风云

却说海瑞收了海安、海雄二人，会同诸友，渡过重洋，望着雷州进发，并去探望岳母张夫人并张国璧。数载重逢，诉不尽契阔的话。张夫人备了一席丰盛酒筵，一则与女婿接风，二则与女婿润笔，席中备极亲情。夫人道："姑爷，我看你这回面上光彩，今科必定高中的。"海瑞道："叨藉岳母福庇，倘若侥幸博得一榜归来，亦稍酬令嫒一番酸楚矣。"夫人道："小女三从不谙，四德未闻，幸配君子，正如蒹葭得倚玉树①，何幸如之！"海瑞道："不是这等说。小婿家徒四壁，令嫒自到寒门，躬操井臼，备尝艰苦，小婿甚属过意不去。倘叨福庇，此去若得榜上有名，方不负她呢！"二人席上叙说衷肠，是夜尽欢而散，就在张家下榻。

次日，国璧又来相请过去。酒至半酣，国璧笑道："我老矣，恐不复见妹丈飞腾云霄也。"海瑞慰之曰："尊舅不必过虑，生死有命，富贵在天，又岂人所能逆料？"相与痛饮。次日张夫人送了十两程仪，复招往作饯。国璧亦有盘费相赠。海瑞告别，即与诸友起身，望着高州进发而去。

舟车并用，不止一日，已抵羊城，觅寓住下。考遗才，却幸高列，在寓所静候主考到来。是年乃是江南胡瑛为正主考，江西彭竹眉是副主考，二人都是两榜出身，大有名望的。这胡瑛现任太常寺卿，帝甚重其为人，故特放此考差。彭竹眉原是部属，亦为帝所素知。二人衔了恩命，即日就道。八月初二日，已抵省垣，有司迎入公署。至

① 蒹葭玉树：成语，比喻地位低的人依附地位高的人。蒹葭（jiānjiā）：芦苇。蒹，没有长穗的芦苇；葭，初生的芦苇。

初六日，一同监临提调各官入闱。

初八日，海瑞与诸友点名进院。三篇文艺，珠玉琳琅，二场经论，三场对策，无不切中时弊，大为房师叹赏，故得首荐。至揭晓日，海瑞名字列于榜上第二十五名。此时报录的纷纷来报，喜煞了海安、海雄二人。那些同来的朋友，没一个中的。是年庚午科，琼属就是中了海瑞一人，诸友皆来称贺。到了会宴之日，海瑞随同诸年友诣巡抚衙门，簪花谢圣，好不闹热。

过了几日，海瑞就要回家。或止之曰："兄不日就要领咨入京会试。今又远返，岂不是耽延时日？不若莫归，打发家人回府报喜就是。"海瑞道："不然，古人云：'富贵不还乡，如衣绣夜行。'今我虽不是甚的身荣，然既侥幸得中，必要亲自谒墓，少展孝意。况拙荆在家切望，岂可因往返之劳，致父母之墓不谒？拙荆倚门，不能睹丈夫新贵之荣颜耶？我决不忍为此。"闻者无不敬服。海瑞拜谢过了房师，并会过诸同年，即与诸友同伴回琼，一路上好不欢喜，所喜得有以报命于岳母并张国璧也。

非止一日，来到雷州。海瑞便要到岳家去拜谒，恐诸友因此耽搁，便令海安持书随诸友回家报知。自与海雄来到张府拜谒岳母。夫人看见女婿得中，喜得手舞足蹈，自不必说，即命家人备酒称贺。海瑞道："还有舅兄处，亦要走走。"夫人听了，叹口气道："国璧前月死了，至今停丧在家，犹未出殡。"海瑞听了，不觉放声大哭道："惜哉舅兄！痛哉舅兄！"连酒都不吃，直望着张府而来，直至灵前，哭倒在地。

原来张公无子，只有嫡侄张遂承嗣。此际海瑞哭了又哭，直至张遂来劝，再三慰止。海瑞道："始以赴场之日，与公叙话，斯时尊大人即惧会死；我犹以正理慰之，不虞今日果死矣！回忆昔日之言，真乃今日之谶也。不料转瞬之间即成隔世之悲，不见故人，徒增双泪。"说罢又哭，乃取笔墨亲题一律以唁之。张遂看了，不禁泣下。少顷，张夫人着人来请回去饮酒，就请张元来相陪。海瑞心切国璧，是日酒席之间，不能尽欢。

次日，海瑞即欲回琼。张夫人道："贤婿路上劳顿，昨又过舍侄那边，哀毁太过，暂且息两天，然后回去不迟，老身还有话说。"海瑞道："小婿住便住下，只是夫人有话，即请见教。"夫人道："今喜贤婿高中乡魁，即当赴试春闱①。但此去经年累月，小女无人照拂。老身意欲接了小女回来住着，待等贤婿高中，再做道理。一则贤婿心无内顾之忧，二者小女亦有老身照管，你道好吗？"海瑞自思："果是自己去了，家中无管理之人。夫人此话，诚为爱我者也。"遂拜谢道："小婿屡承岳母提挈，今幸侥幸，怎奈又以妻子带累府上，小婿于心何安？"夫人道："自家儿女，说什么带累二字？"海瑞再三称谢，住了两天，便拜辞而去。

不一日，已到家门。张氏听得丈夫回来，喜不可言，即时相迎。入到中堂，先与丈夫相贺，然后对拜了四拜。海瑞又对着张氏拜了两拜，道："仆若不得夫人内助，何能用心读书，致有今日？"张氏道："操持井臼，乃是妾身本分，老爷何必如此说话，折煞妾身也。"海雄也上来参见了，海瑞便将他二人之事，对张氏说知。张氏道："改邪归正，便是好人，可嘉可尚。"安、雄二人谢了。随有各戚友牵羊担酒，临门称贺。

海瑞足足忙了三四日，方才清净了些。随将岳母之意，对妻子说知。张氏自无不允的。夫妻二人，把家中各项托与亲邻看守，一同来到张家。母女相逢，喜不必说。更可喜者，张氏昔日之同伴姊妹，相别数载，今一旦归来，人人都称她做奶奶，其乐可知。

过了两日，夫人便将银子一百两相助海瑞上京使用，即便催促起程。海瑞收拾了行李，带领海安、海雄，一路望着省城而来，一路念着夫人恩惠不止。

到了省城，已是十一月时候。海瑞急便即时具呈到藩司处，领那进京水脚。谁知藩司衙门自有陋规，凡是新旧科举子领取进京会试路费，必要在库科内用些银子，方才得快。若是没有陋规，他们便故意

---

① 春闱：会试由礼部主持，因而又称礼闱，考试的地点在京城的礼部贡院。由于会试是在乡试的次年，故会试又称"春试""春闱""春榜""杏榜"等。

延搁。海瑞那得有银子与他们使用？所以一直候了十余日，还不见有牌悬出，不禁焦躁。若是银子，倒也罢了。唯是咨文十分紧要，若是没有了，便不能前去会试的。

时已十二月初旬，海瑞心中好生着急，又不肯使陋规，无奈候着那藩司出府，拦舆喊禀。那藩司得知书吏舞弊，方将银子发给出来，咨文申送到巡抚处，即将舞弊书吏责革不提。海瑞急急到巡抚处，领了咨文路票，立即雇船。此时所有会试的都已去了，欲要自雇一只，又因盘费有限，无奈只得搭了江西的茶叶船前去。暂且不表。

再说那严嵩，自从得了这五十两银子，即时改业，昼夜苦攻诗书，以图进取。未几，闻得朱某某果然登了大宝，改元嘉靖，不觉惊喜欲狂，自负道："嵩自此只忧富贵不忧贫矣！"是年，学院按临，即便进了学。他本来有点小聪明，这一回连捷就中了举。此时一举成名，就有许多朋友资助，竟公然请咨上京。他原籍江西，进京又是捷径，不一月，已到皇都。到了三月初九日头场，严嵩在场内分外精神，三艺俱完。二三场经策，越发得意。

谁知嘉靖自登极以来，心念严嵩不置，但是无由可召至。

忽阅各省乡榜，看见严嵩名字在上，乃喜曰："此人今已入彀。我在豫章时，稔悉此人才学，今已得荐，倘此人若进士点状元，朕有赖矣！"时张斌在侧，亲自听闻记之。次日钦点大总裁，帝以目视张斌，即放张斌为大总裁。斌乃吏部侍郎，亦是江西人，以会帝意，故自一到点名之时，默嘱点名官，暗记字号，并知会房师帘官，要首荐严嵩的卷子。及揭晓时，嵩高高中在第九名进士。殿试传胪，亦列高等。到临轩对策，帝大喜悦，钦赐状元及第，即用为翰林修撰，兼掌国子监，一时宠幸无比，暂且按下不表。

又说海瑞一则误了日期，二则搭的却是货船，从长江而走，比及到得京城，已是四月。眼看不得进场，住在那张老儿的豆腐店中，即欲回家。海安、海雄齐道："老爷千里万里，经了多少跋涉，方才来到京都。虽则未得入场，今日空回，岂不费了一腔心血么？不如且在这里老儿店中住下，再宿一科，亦不致抱恨呢！"海瑞道："虽然住在这里宿科是极好的事，但家中盼望，却怎好？”海安道：“不妨。奶奶如今在老夫人府中，如今有老夫人料理，即使十载不回，亦不用挂心的。况且同年李纯阳老爷新点了翰林，也要在京候了散馆，方才回去。在省时，与老爷最称相知的，即有什么薪水不敷，亦可望他资助，决然不吝的。”海瑞听了，自思二人之言也自有理，便道：“如此且宿一科，修书回家报知，使他们免得挂念才好。”遂立时修了书信，就挽了传驿递回粤东，转寄琼南。从此海瑞便在京宿科，就在张老儿豆腐店中住下。

再说那张老儿本是南京人，只因少年时到了京都来，娶了一房妻子仇氏。这仇氏自嫁到张老儿手上，并未生男，数载之间，产下一女。却也古怪，不知怎的，当那仇氏生产女儿之夕，只闻天上音乐嘹亮，比及分娩之时，只见异香满室。生下地来，却是带着一个紫色包。加以剖开时，却是一女。因见此异，张老儿知此女日后必贵，即也欢喜，全不以生女为恨。及至七八岁，便生得如花似玉。仇氏略知诗书，恰好这女儿又喜的是文字，不去游嬉，却要母亲教她识字。自己取了个名儿，唤做元春。正是：

只因生相多奇异，致有椒房宠信恩。

毕竟那元春后来如何大贵之处，且看下回分解。

第八回　正士遭逢坎坷

却说元春自幼好随着母亲学习认字。却也古怪，她的母亲不过略识数行而已，唯这元春，不上二年间，竟比她母亲多识几倍字。却这般聪慧颖悟非常，所以俨然一个女才子。每日只管央父亲去买各项书籍以及各家书钞回来细看。不数月，竟会作起诗来。这张老儿看她如此聪明，心花都开了，爱如掌珠，诸事多不敢拗她，虽属小小生意，家道贫穷，然元春说要那一本书看，她便十分委曲，都买了来与她。再不道这豆腐店的女儿，竟堆了一案的书籍。

其妻仇氏见老儿过爱得狠，常谏道："我们如此清贫，有了个女儿，只望她做些针线，添补家计，怎么还顺着她混乱花费钱钞？东一部西一本的，买着许多书纸做什么？我当日亦是父母把我贵气，教我读书识字，只望我后来不知怎的带挈她。后来嫁到个胡经历，不五年我便做了寡妇。此时父母又死了，哥嫂不情，无奈才嫁了你。如今只落得做一个当炉赁舂的卓文君。看来女子识字，十个中再没一个好命的。今后再休骄纵惯她，还是叫她做些针线，帮帮家用才是呢！"张老儿道："这是她小儿女的性情，管她则甚？然做些针线亦是正事。你的女儿，你难道说不得她么？"说过之后，其母便屡屡止这元春不要读书作诗，做活帮家才是。这元春听了母亲的言语，不敢不遵，便日里帮着母亲做活，夜里稍暇，仍背地执著书卷，不忍释手的看。

其时，元春已是十五岁了，海瑞在她店中住的时节，常常见她。然海瑞是正气的人，虽见了这般如花似玉的美女，却也不大留心她。所以元春见了他也不十分躲避。张老儿看了海瑞这样至诚，常道："我儿，这位海老爷自从到我们店中以来，不曾偷眼看人，不曾说过一句无礼的话，况且又待我们这般情义，只如家人父子一般，你也不必故意躲避了。况且他常在这里住的，要躲避时，奈房子又小，怎么躲避得许多呢?”因有了这句话，元春也就不用故意躲避了。暂且不表。

再说那严嵩自从得幸，常在帝前供奉。帝唯其言是从，唯其计是听，一时显赫无比，此际已为通政司了。他在京建府第，买僮畜婢，娶了两房夫人，又终日与张志伯在外面卖官鬻爵，广收贿赂。他的家人严二，自称为严二先生，在严府门下很得主子重用，而严嵩亦倚之为爪牙，算得心腹家人。这严二便倚着主子的权势，在外边重利放债，抽剥小民。

这京都地方，最兴的是放官债并印子钱。何谓印子钱呢?譬如民间有赤贫的小户，要做买卖，苦无资本，就向他们放债的借贷。若借了一千文，就要每日摊匀若干文，逐日还他，总收以利加二为率。每日收钱之时，就盖上一个私刻的小铃记，以为凭据，就叫作印子钱，其利最重。贫民因为困乏，无处借贷，无奈为此，原是个不得已的事。这严二就干了这门生意，终日里便去放印子债。人家晓得他是严府得用的家人，哪个敢赖他的?所以愈放愈多，得利不少。

是年京城大旱，粮米昂贵，张老儿生意又淡，兼欠下地税，奉官追呼，迫如星火，正在设法借贷。一日，张老儿送豆浆到严府里来。此刻严二正在门房上坐着，看见张老儿双眉不展，没情没绪的。因问道：“老头子，我见你这几天眉头紧皱，却到底为甚事来?”张老儿见问，叹了口气道：“不瞒二先生说，这几日竟开不得交了，所以愁闷呢。”严二道：“你家口有限，靠着这老店，很够滋藉，怎么说开不得交?难道官债私债，被人催逼么?”张老儿道：“正是为此。近来米粮昂贵，店里生意又甚淡薄，所赚的都不敷用。在往时，还有十余伙客在我们店里住，如今竟没有，只得一位海老爷，又不在店中吃饭，主仆三人自开火的，不过每月与我一两的房税。如今地税又过限，府里公差日日登门追呼，又没处去借贷，所以烦闷呢。”严二笑道：“这些地税，有甚大事，要这样烦闷?”张老儿摇首道：“不是这般说。我们生意人，若欠了钱粮，那府里提将去，三日一比，五日一卯，只怕这老屁股经不得几下大毛板呢!”严二道:“如此厉害吗?何不向住房的先讨过些房租抵纳,也免得受苦呢。”张老儿道:“说来好笑,我在这都城,开了二十年的客店,不知见过了多少客人,从没有见过这位海老爷如此悭吝的呢!”严二道:“他既是个老爷,想必是个有前程的,要体面的人,怎么这般悭吝?”张老儿道:“他不是有职缺的人员,乃是广东的一个穷举子,又没运气。是前次进京会试的,走得迟了,来到京中,已是四月,过了场期。又不肯空走一道,便在我们店中住下宿科。不独银子有限,可怜他主仆三人,衣服也不多得两件。这位海老爷外面一件蓝布道袍,自到店来就不曾离了身上一日,至今还是穿着呢!他与翰林李老爷是个同年乡亲,每到院里去,都是这一件衣服,即此就可以见得。只是他为人诚实,再不多一句话的。却也介廉,自到店来,水也不曾白吃过我们一日,如何便向他开口呢?”

严二听了,便不觉大笑起来,道:“这样的穷举子还想望中么?罢了,我看你是一个老实人,值这样急迫之时,我这里借与你几两银子,开了这个交如何?”张老儿听得严二有银子肯借与他,恰如坐监逢赦的一般,满面堆下笑来,说道:“二先生,你老人家是个最肯行善的,若肯相信,挪借几两银子,免我吃苦呢!这是再造之恩,利钱多少,子母一并送还就是。”

严二道:“我的银子是领了人家来的,亦要纳回利息与那主儿的。只是每两扣下二钱,加三行息,一月清楚。若是一月不能清,偿利就是。”

张老儿听了,自思八扣加三的银子,如此重利,是用不得的了。只是事属燃眉,舍此更无别法可以打算。自忖不过吃些亏,一个月还了他就是,好过明日吃棒,终然拖欠不得的。且顾了这眼前,宽了一限,再作道理。打定了主意,便向严二道:“这是本应的,但得二先生肯借,我们就顶当不起了。不知二先生肯借我多少呢?”严二道:“你要借么?十两罢。”

张老儿听得肯借十两,除了几两交纳,还剩得几两充充本钱,一发好得很。便道:“这就是二先生相信得很呢,小老不知将何以报大德？”严二道：“周急之事常有，亦不用你报答，只要你依期交还就是。若要银子时，可即写个借券来，我就有银子给你的。”张老儿道：“小老不晓得怎么写法，求二先生起个稿儿，待我照着写罢。”严二道：“这个使得。”便引了张老儿到房内，自己磨墨饱笔，写了一纸借券稿儿，自己读了一遍，随与张老儿观看。张老儿连忙接来一看，只见上写着：

立借券人某，现在某处。今业某生理某店，只因急需，无法挪借，蒙严某慷慨，代挪纹丝银锭十两，每两每月加息三钱。以一月为限，依限子母交还。如有迟误过限，另起利息，并本计算。今欲有凭，立券为照。

嘉靖某年月日立借券某的笔。

张老儿看了，却不解得后面这两句。只道是一月不还又与一月利息的意思。随执笔照着写了，一字不曾增减，画了花押，复递与严二观看。

这严二接了借券笑道：“果然一字不差的。”遂收了券，随在床上枕畔，取了一锭来，交与张老儿手上道：“这是八两头，除了扣头，共算十两。这是上足成色的元丝锭儿，你亲自看过。”此际天然将昏，张老儿略看了一看，便纳于怀中，说道：“好的，你老人家是个至诚的，哪里还有伪假的银子呢？”千声“多谢”、万句“蒙情”，出门而去，满心欢喜，一直往店中而来。

时已将晚，只见妻子怨道：“怎么去了这半天？可怜那府里两个公差又来呼唤，不见你，被他狠狠地骂了一顿。好言语还不肯走，说是堂上十分严催得紧，明日扫数了。若是不纳了这项银子，恐怕带累他们，他们是难做情的。这般说，竟坐着等你同去见官呢。亏了海老爷并两位管家小哥，费了多少唇舌，方才劝了他去。已经约了明日一早清款。你却不知在外边做些甚么，到这个时候才回，却不知家里了。”张老儿道：“你不必操心，我有主意在此。包管明日有银子上纳就是。”不住的微笑，只管叫取晚饭来吃。其妻埋怨道：“偌大年纪，全一些不知忧虑。四处无门可贷，还在那里说梦呢！”张老儿道：“这不是梦，是实话。你不信，我把件东西你看看。”遂在怀里拿出银子来，放在桌上，道：“这都是梦话么？”妻见大喜，也不问银所自来。夫妻大喜，用过夜饭，一宵无话。

次日张老起来，要将银子到银号里交纳，找回些来充本。及至到了银号内，那银号的人看了，说声：“不好的！”把张老儿吓呆了。正是：

只因以己忠诚处，今日方知中奸谋。

毕竟张老儿怎么了，且看下回便知。

第九回　张老儿借财被骗

却说张老儿听得那银号的掌柜说银子不好，心中大惊，待了半晌说道："怎么见得是不好的？"那掌柜的道："这明明是夹铅的，外面用银子包皮，这就是不好的，休要强辩。难道我们当了这一辈子库号，还不认得么？"张老儿此际无以自凭，只叫得苦，便三脚两步走出了银号，望着严府而来，要寻严二的晦气。

比及到得严府问时，那严二跟随严嵩入朝去了，又不知几时才回。没奈何，只得在对面一家门首蹲着等候。自怨不小心，有了这项银子都不看过，却上了人家的当。倘若不认，这怎么好？又想着严二是个大有作为的人，料然是被人家骗了的，却不是故意与我的。且看他昨日这般好心看承我，他决不肯不认的。只管在那里胡猜乱想，足足等到午时，方才回来。

这严二随着主子马后，早已一眼看见了他，更佯作不曾见到，随着主子进去了，故意不出来。张老儿是送惯豆浆的，所以府中的人也些许相认得，但逢出来的，便问严二先生在里面做什么？或曰："他如今现在上面伺候爷的饭，饭毕还要帮爷签押发稿。几多事情，哪里得空闲出来？你要见他，只可明日来罢。"张老儿道："小老要将一件东西交还与他呢。既是差事不得空，敢烦尊驾代为交与如何？"这人道："使不得。他的性情是最古怪的，我们同辈差不多都不与他交谈。你有什么东西，且待明日当面交与他罢。"说毕，各有事去了。这老儿只得又在门首等了许久，天色差不多要晚将下来，肚中又饿，方才走回店中。

甫入店门，只听得里面几个公差的声音，在那里大惊小怪地说道："躲得去的不成么？"张老儿此际无奈，走到里面，对那一众公差道："不躲的，我来了。"公差见他回来，骂道："真是个顽户，怎么走了去躲着，这时悄悄回来？料道我们去了，所以走回来吃饭。睡到天明，一个黑早就走了。这个方法，是你拖欠钱粮的伎俩。如今我们却不管你有没有，我只带你到堂上去面回官去！"便一手揪着张老儿的胸膛，扯住便走。张老儿慌了，大叫："且慢且慢，有话慢慢商量。"他的妻女都来相劝，公差哪里肯依，只顾乱拖。

彼此相嚷，却惊了海瑞也来劝。公差道："海老爷，你不要管这闲事罢。"海瑞道："列位且息雷霆，容我分说。不合再任你们发落就是。"内中一人道："如此且略松一松手，谅他也走不上天去。且听海老爷有什么说。"公差听了，才放了张老儿。海瑞道："张东家，这是钱粮，不是私债，该早日打算，亦免得有今日。你如今且说有什么打算呢？"张老儿叹道："列位又哪里知道我这样委曲？银粮的欠项，哪有不上紧的道理。如昨日我去了这一天，也是为着此项。不知用了多少唇舌，才向一家财东借了八两银子。回家只望今日去号里交纳，谁知是夹铅的，即找原主回换，又怎晓得银主就偏偏有事，不得空闲，连面也不曾得见，直等到这时候才回。大抵要明日方能够回换呢。烦列位再为宽限一日如何？"公差叹道："亏你几十岁的人，说出这样孩子的话来！你又不是三两岁的孩子，怎么银子都不看一看好歹，就竟收了去号里上纳，这话哄谁。"张老儿道："不是我说谎，列位不信，待我拿出来与你们观看便知。"遂向腰间取了那锭假银出来，放在桌上。

众人看了，只冷笑不肯相信，反说是故意借此假的推却。便问道："这银是哪里借来的？我们却还要问你一个用假银的罪名呢！"张老儿道："那不干我事，现在原主在呢。"公差道："你说银主是谁？"张老儿道："不是别人，就是新通政严府的家人严二先生借与我的。"公差听了叹道："这就怪不得你说了！你好端端的，却向这人借贷？这严二本是扬州人氏，做了半世的光棍，在这北京城里，做过了多少次数的犯案，也不知几回的了。后来打听得严府权势，他便投在严府充做家奴。他并不姓严，本唤李三尖。'严二'这两个字，是主人改的呢！如今你上了当，也不用到那里去换了。若是换时，他决不肯认的。还说是主人赏他的银子，你白赖他，立时回了主人，将个帖儿，送你到兵马司去，还要吃他二十大板，一面大枷呢！我们目见过数次的，你这晦气的，休想去换，只得快些打算完纳罢。”

张老儿听了这一番言说，不觉紧皱双眉，舌头伸出唇外，半晌缩不进去，叹道：“我真要死也！”说罢，哭将起来。妻女闻知，亦不禁泣下。海瑞在旁叹道：“哪有这样的人，这便如何是好？”张老儿到了此际，夫妻两口面面相觑，呆呆地立着，形如木偶一般，公差们又要作威。

海瑞看见如此，心中也觉可怜，便相劝道：“列位不必如此，钱粮一项是不能拖延的。如今他又着了骗，又无门可贷，在下情愿暂为代纳，不知要多少银子才够呢？”众人道：“既是海老爷有这番好心，连我们的茶东，共是四两五钱银子就够了。”海瑞道：“如此，容易得很的。”遂急急回房，取了四两五钱银子来，替张老儿代纳。公差接了银子，反复细看了一回，收了说：“多承海老爷了，俺们改日再会。”一齐拱手出门而去。

张老儿看见公差去了，便率妻女到海瑞面前叩谢。海瑞连忙扶起道：“东家不必如此，些许小事，何必介怀！”张老儿道：“若非老爷见怜，今日被他们拿了进去，免不得吃那老棒呢！但不知将什么报答你老人家哩！”夫妻两口千恩万谢的，自不必说。

到底张老儿心中不服，到了次日清晨，就到严府来等那严二。到了早饭后，方才得见。严二问张老儿道：“你送豆浆来的，这时候来此何干！”张老儿便将昨日事情告知，便把银子交还。那严二故意作色道：“你今却又来了。我的银子是上人赏下来的，怎么说是假的？休再说了，被人听见了笑个大口呢！”张老儿道：“明明是二先生的银子，我们做买卖的人怎敢相欺？现有某银号银匠及公差人等可以作证。”

严二大怒道：“胡说，好丧良心的人！你被人催迫得紧，上天无路，入地无门，怎么样的哀恳我，方才借这银子与你，把官钱还了，剩下做了资本。怎么还要赖捏我是假银，这还了得！别人可以入你圈套，却不想想我是什么人？快快回去打算还了我罢，否则回了我家老爷，只怕你受不得这些苦呢！”一顿骂得张老儿哑口无言，含着一眶眼泪，只得仍旧拿着假银锭出了严府。

一路上好不气怒，走到店内，妻女连忙来问是怎么样了。张老儿顿足捶胸，指天画地地骂道：“丧心的千家奴，竟不肯认，还拿话来吓我呢！”元春道：“父亲过于忠厚，一时被他骗了。他这般居心的，哪里还肯认账？只算是自家倒运就是。”张老儿道：“虽是这般说，不久就是一月限期。倘若他来讨时，却又作何究竟？总要设法方好呢。”元春道：“倘彼来讨时，还请那位海老爷对他说说。或者以理谕之，庶获免偿，亦未可定。父亲年老，有限精神，不必过于忧虑，且由他去。”

张老儿虽则口中应允，心内实是忧焦，日夕烦闷，竟然染起病来。元春对父亲百般宽慰，延医服药，只是不应。元春衣不解带，日夕侍奉。张老儿道：“我本来没有什么病症的，只因忧虑所致，如今也不用服药了。只是恐这奸奴来催账呢！”元春道：“纵然他来讨账，看见父亲这般卧病在床，料亦不至十分催逼。”张老儿听了不言，心中自思：“到底是我女儿看得透彻，即我欠他的债，看我这个光景，谅亦见谅。”于是心中稍稍宽慰。

过了十余日，已是一月期满。严二看张老儿久不送豆浆来，方知是染疾，也不介意。及至到期满，亦不见张老儿来偿债。等了两天，就忍耐不住，遂到店里来。张老儿听得严二亲到，便急忙扶病而出。严二道：“今已满限两日，怎么不来还银？反要劳动我来亲讨么？”张老儿道：“岂敢相劳二先生玉趾。只是我近日染了病症，不能步履，连生意也做不得，故此豆浆许久不曾送到府上，二先生谅亦知道。前蒙相借的银子，只因有事不得打算。还望二先生宽限，待下月并利息子母一齐奉还就是。”

严二听了怒道：“怎么，偌大年纪的人，做事这般胡混？当初原说过一月清还的，怎么又说下月？有这样推延！我实对你说，我严某领了主人的银子出来放债，官府借的，不是一万，就是八千，至少三五千，都是八扣三分，三月为期。若是零星的小意思，就一月一清，哪个不是这般的！偏你这老儿，就有这多古怪。拿了银子，过了两三夜，又说是假的，什么夹铅夹铜，想来骗我。幸我不上你的当。如今却又说患病，不能做生意，要推下月，利息又不与一毫半丝。难道借了人家的银子，推说有病，可以不用还的么？”

张老儿忙忙谢道：“不是这样说。只因小老是个做经纪的人，若是闲住了手，便歇住了口，连三餐也不敷给，哪里还有银子来还？二先生你这人原是个最善心的，不念别的，只可怜我老病缠绵，高抬贵手，宽限一月，那时就怎么样，我亦要送还的，再不敢说推延的话。”严二道：“你当初说什么话来？”张老儿道：“果然，初时说是一月清楚的，实不料染病，还望二先生原谅，则小老感激不尽了。”

严二哪里肯依，即时乱嚷起来。元春母女在后面听得，知事情不好，无奈走了出来，代张老儿哀恳。这严二一眼看见了元春，不觉失了三魂，散去七魄，一双邪目，盯在元春身上。正是：

利心还未息，邪念又兴来。

毕竟严二看见了元春如此出神，怎么说话，且看下回分解。

第十回　严家人见色生奸

却说严二忽然一眼看见元春，如此美貌，真是闭月羞花，沉鱼落雁，不觉神魂飞越，呆了半晌，遂把怒气全消，反怒为喜，便道："贤母女请起，这不干你们的事，我自与这老狗算账!"仇氏道："二先生，且息雷霆之怒，容我母女一言。拙夫为着钱粮催迫，不得已向二先生告贷，得蒙救援，已感激不浅。起初本想如限归还，孰料天不从人，偏偏这老者又患起病来，连豆腐也磨不得，半月来坐在家，睡在床的。百凡需费，典尽衣衫，这两天连吃的也没了。心中实在为着这项银子，只是有心无力，惊悚不安。故欲哀求恩宽一线，乞二先生再宽限一月，必当加利奉还的。"说罢又要跪将下去。(原夹注：奴才恃主权势，重利放债，逼勒凶恶。阅此，令人殊堪发指。)

严二用手挥令起来，说道："你的言语还带着三分道理。也罢，看在你母女面上，暂且宽缓，展限一月。只是此际他又病着，没银医治，做不得生意，哪里赚钱还我呢？自古道：'为人须到底。'也罢，我这里尚有几两散碎银子，只索性与了你罢。可将来医治，早日做回生意，免得临时又要累你母女呢。"说毕，频以目看元春。

元春被他看得慌了，低着头走进里面去了。仇氏却不敢受这项银子，呼之不应，又赶不上，只得权将银子收贮，告诫老儿切勿浪费了，又要费一番张罗。老儿看见如此光景，因念严二初时这般狠恶，如今却这般好意，真是令人猜摸不着。只是身子困乏得很，也管不得许多，走到床上睡下不表。

再说仇氏对元春道："这位严爷，甚屑古怪的气性，起先就如狼似虎一般，令人不敢犯颜。不知怎的，后来这样好说话，又把银子相助我们，真是令人不解。"元春道："母亲，我看这严二蛇头鼠眼，大非善良之辈。且看他适间言语行为，可以知其大概矣。故意卖弄他的好处，特将些银子在你我面前卖好，却又把个天大的情分卖在我们身上，这却是歹意。其居心实不在十两银子呢！”仇氏道：“这也不要管他。只是欠他的还他就是，理他做什么！”

不说仇氏母女猜疑，再说那严二见了元春，就满腔私欲，恨不得登时把元春抱在怀中，与她作乐。只碍着她的母亲、父亲在旁，不敢启言，故将计就计，竟把一个绝大的情分，卖在他们母女身上，故意将银买好。一路上思慕不已。

及至回来，呆呆地在门房里坐，连饭也不要吃了，便走上床去。合眼便见这美人在前，把他的心猿意马，拴系不住。自思：“我于今有了个啖饭之处，幸而弄得如此大财，也算得人生一大快事，只是不曾娶过妻子。我若得这老儿的女儿为妻，也不枉了我严二这番经营了。只是我的年纪老了，他的女儿，我看她不上十六岁，怎肯嫁我？我看这也是虚想的了。”一回又想道：“我将重金为聘，谅张老头子这个穷鬼决不会不肯的。一百两不肯，我便加几倍，不怕他不肯。”再复又回思：“我混了大半世，不知费了多少心血，受了多少苦楚，才有今日。怎么为着一个女子，便把雪花白的银子轻易花去？到底是银子好。”那悭吝之心生了，就把爱美的念头抛下。谁知不一刻，那邪念复起，又想道：“有了银子，没有悦人的妻，也是枉然的，我好歹都要弄她到手，才得我心愿了。”却不舍得银子，便翻来覆去的，在床上思量妙策。忽然想起一条计策，说道：“是了，是了！”连忙爬起身来，将张老儿的借券取来，详细审视，看到那一十两这个“一”字，不觉拍掌笑道：“谁想我这个妻子，却在这‘一’字上头呢！”拿起笔来，改了一个“五”字，便是五十两。笑道：“五十两加上十两利息，一个月便是六十两，若隔得三个月不去催他，这就可以难着他了。”

主意已定，把借券收好，便上床去睡。从此竟将这一项事情暂时按下，以至美人的心事也权时收拾，专待他日用计。正是：放下一星火，能烧万仞山！

暂将严二之事按下，又表那张老儿之病，心事略宽，渐渐地便觉愈了，唯是恐怕严二前来逼债。不想过了一月，亦不见他来，自己放心不下，故意前往严府中来。见严二此际却大不相同，不特不提及银子，而且加倍相敬，又请他吃饭饮酒。这老儿却尚未解其意，只道他行好发财的人物，不计较这些零星小债，千恩万谢地去了。

回来对妻女说知，仇氏喜欢不过，说道："这该是我们尚有几分采气，不致被逼，看来他也不上心这些银子的。如今且将铺子开张，做回生意，倘得有些利息，大家省俭了些，还他就是。"元春叹道："母亲可谓知其一，而不知其二也。父亲一时之错误，借了他的银子，故彼得以此挟制于我。先日汹汹到门，动辄白眼相加，父亲虽有千言，而怒终莫解；及儿与母亲一出，向彼哀恳，而严二则双目注儿，不曾转睛，复又以眼角调情。儿非不知者，唯是既在矮檐之下，非低头莫过。故不得已立母之后，以冀能为父宽解。岂料奴才心胆早早现于形色，目视儿而言。临行又特以金帛弃掷娘侧，恣意卖弄，实怀不善之心也。故儿特早归房，诚亦杜渐防微之意。今彼不来索债，反而厚待于父，其意何为，母亲知否？"仇氏道："你却有这一番议论。但我未审其实，你可为我详言之。"元春道："母亲诚长者。父亲欠他的银子，两月未与他半丝之息，况当日也曾责备严词。今何前倨后恭，其意可想。儿实不欲言，今不得已为母亲言之。这严氏之反怨为德者，实为儿也。"仇氏道："你何由知之？"元春道："娘勿多言，时至即见。"仇氏也不细究，只知终日帮着丈夫做活而已。

光阴迅速，日月如梭，又早过了两月。张老儿此际也积得有些银子，只虑不敷十两之数，自思倘若二先生到来，我尽将所有付之，谅亦原情。不期再过两月，亦不闻严二讨债消息。张老儿只当他忘怀了，满心欢喜，只顾竭力营生。直过了七个月头，每见严二不来，心中安稳，此际已无一些萦念，安心乐意，只顾生意。

忽一日，有媒婆李三妈来到。仇氏接入，问其来意。李三妈先自作了一番寒温之语，次言及儿大当婚，女大当嫁之事。仇氏道："我家命中无儿，只有一女，今年已是一十五岁了，尚未婚配人家。倘奶奶不弃，俯为执柯，俾小女得个吃饭之处，终身安乐，亦感大德无既矣。”李三妈道：“你我也不是富贵人家，养下女儿，巴不得她立时长大，好打发她一条好路，顾盼爹娘。只‘配婚’两字却说不得的。”仇氏道：“男女相匹，理之当然，怎说这话？”

李三妈道：“大嫂，你有所不知，待我细说你听。但凡你我贫家，养了女儿，便晦气够的。无论做女儿在家的时节，一切疴痒皆关隐痛。及至稍长，则恐其食少身寒，又复百般调养。迨及笄之岁，一则愁无对头之亲，二则恐有失和之事，此为父母者，养了这一件赔钱货，吊胆提心，刻无宁息。迫至出嫁后，始得安然。可知养女之难，而出嫁之非易也。今见侄女年已及笄，却又生得一表才貌，谅不至他日为人下贱。故老身特为侄女终身而来的。”

仇氏道：“很好，我正要央挽你，你却自来，岂不是天赐其便么？小女今年已长成一十五岁了，正要挽人说合亲事，今得妈妈至此，大合鄙意。倘不以小女为可厌，就烦略一吹嘘，俾他日有所归就，皆为妈妈所赐矣。”

李三妈乘势说道：“目下就有一门最美的亲事。但只怕令爱福薄，不能消受耳！”仇氏道：“小女荆钗布裙，但得一饭足矣，又何敢过望？”李三妈道：“非也。女生外向，又道贫女望高嫁，亦料不定的。今有内城通政司严府掌权的严二先生，他要娶一房妻子，不拘聘金。我想严府如今正盛，这位二先生家资巨万，相与尽是官员，哪一个不与他来往？若是令爱归他家，就是神仙般快活呢！今早二先生特唤我去吩咐，立找一头亲事，年纪只要十五六岁的，才得合式。我想令爱人品既称双美，年纪又复合式，正合他意，故此特命老身来说。倘若大嫂合意，写纸年庚交与老身带去，是必撮得来的。”仇氏问道：“你说二先生，莫非就是通政司署中严爷的家人么？”李三妈道：“正是。怎么你也晓得！”仇氏道：“他曾与我老儿有些交手，故此认得。”李三妈道：“既是有相与的，最容易的了。到底大嫂之意若何？”

仇氏道：“女儿虽则是我生的，然到底是她终身大事，不得不向她说知。妈妈请回，待老身今夜试过小女如何声口，明日回话就是。”

李三妈道：“这个自然，只是那二先生性气迫得紧呢，大嫂今夜问了，明日我来听信就是。”仇氏应诺，李三妈便作别出门而去。

不说李三妈去了，再说仇氏三脚两步，走到元春房中，便将李三妈的言语，对她备细说知。元春听了，不觉呆了，大叫一声：“罢了！”遂昏迷过去。正是：

预知今日，悔不当初。

毕竟元春气昏了过去，不知还能活否？且看下文分解。

第十一回　张仇氏却媒致讼

却说元春听了仇氏这一番言语，不觉气倒在地，唬得仇氏魂不附体，慌忙来救，急取姜汤灌了几口。良久，方才醒转来，叹道："儿果知有今日也！"仇氏道："终身大事，愿否皆在我儿心意，何必自苦如此！"元春叹道："母亲真是泥而不化者也。今严二先使媒来说亲，从则免议，却则逼讨前债以窘我也。如此将何以解之？"

仇氏听得，方才省悟，急来对张老儿说知。老儿道："怪不得他几个月头都不到我家来问债，却预先立下这个主意。我虽是个贫户人家，今年偌大年纪，都要靠着女儿生养死葬的。这贼奴如今现在严府，若是我女儿嫁到他家，就如生离死别一般。正所谓'侯门深似海'者，欲见一面是再不能够的了，怪不得他呢。"仇氏道："女儿亦是为着如此，故心中不愿呢。"张老儿道："且自由他。他若到时，只索回绝了他就是了。"仇氏道："不是这般说，只因你欠下他的银子，你若回绝了他，只怕他反面无情，却来逼你还债呢！"

张老儿道："欠债还钱，杀人偿命，自不必说的。他若逼我们还债，我就拼了这条老命，只索偿了他罢。"仇氏道："你休要拼着老命去撞人家，还是打算还他好。"张老儿道："你休烦聒，我有主意。"暂且按下不表。

再说李三妈次日又到张家店内来讨回信。仇氏道："小女尚小，今年与她推算，先生说是不宜见喜，说要过了三载之后，方可议婚。故此有妨台命，罪甚之至。"李三妈听了，不觉两颊通红，心中好生焦躁。正是：怒从心上起，恶向胆边生。李三妈冷笑道："昨日大嫂说的话，怎么都改变了，是甚么缘故？我昨日已将你的言语回明严二先生了，他叫我今日来讨实信，并问要多少聘礼。昨日定议这般说，你到了此际又说这些话头，却不是弄送我么？这却使不得！”

仇氏道：“昨日妈妈到此，我原说要求吹嘘为小女议配的。迨后听得妈妈说有了这门好亲事，斯时不禁狂喜，故即向小女说知。奈小女于前月请了一个极有名的先生，唤做冯见，十分应验的，把她八字一算，说是今年命犯红鸾，更带羊刃，不宜见喜。否则必有血光之灾，更兼不利夫家。昨夜始知，故此不敢应允，非是故却，祈望原谅。”李三妈冷笑道：“昨日这般说得好，今日忽然变卦，还有许多言语支吾。我也不管得许多，只是回复二先生去，看他怎生发落就是。”悻悻出门而去。

一竟来到严府门房里面，寻着了严二，便将仇氏推却之言，备细告知。严二满望成就这件亲事的，今忽闻此言，恰如冷水浇头一般。正所谓：我本将心托明月，谁知明月照沟渠。

此际严二不禁大怒道：“这老儿好不知好歹，倘不收拾他，何以消得我这一口气！”乃对李三妈道：“相烦你再走一遭，说我如今不想娶他女儿，立即要他把券上银子还了我就罢。如若不然，只怕他到兵马司处吃不起棒呢！”

李三妈见他发怒，不敢怠慢，即时应允，急急的来到店中，对仇氏说道：“我说是你要害我挨骂，如今你却吃苦了。”仇氏道：“怎么累你着了骂语？我却怎么吃苦呢？婚姻大事，岂是强为得的？且说来我听。”李三妈便将严二要他立即还银子的话，备细说了一遍。

仇氏道：“我家不过是穷了，借他十两银子，他便欲以此挟制于我。这也不妨，自古道：‘讨得有，讨不得没有。’如今我们现在这里开店，又不曾拖他的，任他怎么厉害，也要凭个理性，为什么以此制人？我只不服！就烦你去回复他，说我家欠了他的银子，自然还他。若说是婚姻之事，却不烦饶舌了。”李三妈见仇氏说得如此决裂，也不再劝她，带怒而去。见了严二，又加了些说话。

严二听了不胜之怒，斥退李三妈，自思：“仇氏如此可恶，我必显个手段叫她看看。”便即时走到兵马司衙前，请人写了一纸状词，并那张老儿亲笔借券粘了在内。到署内寻着了兵马司的家人，说了原委。他们当常差的，都是一党之人，便满口应承，说道："二哥的事，就是弟的事一般。待等敝上人回来的时节，送了上去，批发过了，立即拘来追缴。"严二听了，不胜称谢而别。

再说这兵马司指挥姓徐名煜邦，原是广东人，由进士出身，现受今职。管门的名唤徐满，当下受了呈状，专待徐煜邦回署呈送上去。少顷，喝道之声来近，果是徐公回衙。徐满即忙相帮下了轿子，入到内堂。只见徐满走到面前，打了一个千，说道："奴才有下情，要求爷恩准。"徐公道："有什么事情，只管说来。"徐满道："是严府的家人严二，因被张老儿赖了他些许银子，故此有个禀呈来到，要求爷代他追理。"说罢，遂将那状词呈上。徐公一看，只见状词上写的是：

具禀人严二，现充通政司署严家人。为赖欠不还，乞恩追给事：原小的随主到家，数年以来，叠蒙恩赏，积有银子五十两。有素识之开豆腐店张老儿借去，言定一月还清，每月三分起息，过期利息加倍。此是张老儿自愿，并非小的故意苛求。兹已越五月而不见还。小的家有老母，年届八旬，皆藉此养赡。今被张老儿吞骗，反行骂辱，情难哑息。只得沥情匍叩台阶，恳乞赐差拘追给领，则感激洪慈靡既矣。沾恩切赴大爷台前，作主施行。

计粘张老儿亲笔借券一纸呈审。

嘉靖年月日禀

徐公看了问道："这是你的相好朋友么！"徐满道："小的在京，随着爷日夕巡查，哪里衙门的人不认得的？况且他在严通政衙门走动。闻得这严二乃是嵩爷心腹的家人，求爷赏他主人一个情面，恩准了状子，批准追理。将来不独严二爷感恩典，即严通政亦感爷的盛情，乞爷详察。"徐公听了道："我却不管得情面不情面的，但我今当此职，理宜主管此事。批准公差唤来，谁是谁非，当堂一讯，清浊分判矣。"遂提起朱笔来在状尾批道：

具禀是非，一讯即明，着即拘赴案质讯。如张老儿昧良赖欠，亟应追还，并治之罪。如虚坐诬。粘券附词，批发出去。

那经承禀遵批语，立即缮稿送上。徐公看了票稿，打了行字，仍旧发出。该房即便缮正送进。徐公立时签押讫，发了出去。

差役领了朱票，即时来到张老儿店内提人。恰好张老儿正在店中打那豆腐皮，突见两个差人手持朱票走进店来，不分清白，只说得一声“有人告你”，便一把扯了张老儿出门而去。

张老儿不知为了何事，急忙问道：“二位，到底我犯了甚事，你们前来拿我？要说个明白，我方才去呢！”差人道：“你休要装聋作哑！你欠了严二的银子，你却不还，如今他到兵马司衙门告你赖欠。我们大老爷准了他的状子，现有朱票在此，你还推不知么？”

张老儿听了，方才醒悟，说道：“既有朱票，烦你取来观看如何？”差人道：“你偌大年纪，想必晓得衙门中规矩。快些拿利市来，好开票你看。”张老儿道：“这个是本应的，但这次不意而来，手头未便。烦你与我看了，改日相谢如何？”差人道：“也罢。说过多少才好上账，谅你是欠不得我的。”张老儿道：“区区微意，二钱罢？”二人不肯。又加上一钱，差人还不应允。张老儿道：“官头，你老人家总要见谅。只索送你五钱银子就是。”方才应允，把票子打开，递与张老儿观看。只见上面写道：

五城兵马司指挥徐，为差追拘讯事：现据严二禀称“小的跟随家主通政司严在京数载，屡蒙家主赏赐，致积有银子五十两。有素识之张老儿，现开豆腐店生理，称因缺本，向小的贷银五十两充本。约以一月为期。兹越五月，屡讨弗偿。张某欺小的异乡旅家，以为易噬。只得匍伏台阶，叩乞拘追给领”等情。据此，除批具禀，是非一讯自明，候差拘赴案质讯。如果张老儿昧良赖吞，亟应追给，并治之以罪。如虚坐诬。粘券附词在案外，合行拘讯。为此票差本役，即速前去豆腐店，拘出该张老儿带赴本司，以凭当堂迅追。去役毋得缓延，藉票滋事。如违责革不贷。

速速须至票者，原差任德、张成。

嘉靖年月日承发房呈司行限一日销

张老儿看了说道：“是了，这是你们不错的。我与你们去就是了。”于是三人同来到衙门。任德即时具了带到的票呈，里面批了出来，随堂带讯。任德、张成二人便小心伺候，自不必说。

再说那仇氏，正在里面与女儿闲话，急急出来，只不见丈夫。只有几个邻人在店中说道："张老儿到底为什么事情，致被拘摄？"仇氏听了，方才知道。便急急赶来打探。正是：

无端风浪起，惹起一天愁。

毕竟仇氏赶到衙门如何，且听下文分解。

第十二回　徐指挥守法严刑

却说仇氏听得丈夫被官差拘去，便没命地走到各处探听丈夫消息。却原来未知影响，逢人就问，恰如疯了的一般。幸遇着了对门的刘老四，问起情由，方知张老儿现在兵马司署内。仇氏即便来到署前，却又不敢直进，只得在外面东张西望。恰好张成出来，看见喝道："你这妇人，在此东张西望的，到底为甚么？"仇氏道："我是豆腐店里张老儿的妻子，闻知丈夫被拘在此，故来看看丈夫的。"张成道："原来你就是张老儿的妻子。你丈夫现在班房内候讯，不便放你进去。你若要看他，明日再来。他不过欠衙门些钱债细故，不必大惊小怪。"说罢竟自进去了。

仇氏听了，方才明白，只得转回家中，对女儿说知。元春听得父亲被系，放声大哭道："我想父亲今日之苦，皆因为我所致。如今捉去，不过是要还银子而已。也罢，孩儿受双亲深恩，怎忍见父吃苦？母亲何不将儿卖了，得银还了此项，免得父亲受苦。不然，那严二暗中行贿，致嘱官吏，那年老多病的人怎生受得这般苦楚？诚恐一旦毙命囹圄，则儿万死不能赎其罪也！"仇氏道："儿不必如此。我想钱债细故，官府也不能把他老者怎么样委曲呢。待等明日，做娘的前去探听如何，再作道理。"多方劝慰，元春方才收住眼泪。这一夜，母女的忧愁，笔墨难以尽述。

再说是日午后，徐公升堂，吩咐张成把张老儿带上堂来，问道："你这老儿，偌大年纪，怎么昧良吞赖人家的血本，是何道理？"张老儿叩头道："小的果是欠了严某银十两，并无五十之多。今严二因说亲不遂，挟恨浮理，以此挟制小的是真。"徐公道："欠银就是欠银，怎么又说起婚姻事来？难道严二要与你做个亲家，亦不辱没于你，其中显有别故，你可将始末从实招来！”

张老儿叩头道：“事因本年五月，小的欠了官租，无处措置。严府是小的惯送豆浆的，严二所以认得。小的因提及追呼之事，严二一时慷慨，许借小的银子十两。实则八扣，每月加三利息，一月为期，期满子母缴还。此际小的迫于还税，只得允肯，即时立券，严二收券发银。时已天黑，小的携银归家，不及细看。比及次日到银号里还税，将银一看，乃是夹铅的。此际小的即赶到严府回换，奈严二不见。直候至第三日，始得一面。此际严二立心撒赖，哪肯认错。还说他的银子是上人赏与他的官宝，哪有官用夹铅银子的道理？把小的詈骂一番，还说要将小的送来老爷处打腿枷号等语。小的此际无以自明，只得回家。比及到门，公差喧嚷。幸得店中住寓的那位海老爷看见，一时慷慨，借了几两银子，才得把房税清楚。至期严二就来讨债，此时小的就为这项银子忧思成疾，卧于床上，连豆腐也磨不得。哪有银子还得？严二在店中大声嚷骂，立要讨偿。此际小的妻女都来恳求。岂料严二心怀私念，就时假卖人情，不但不来讨银，反将一小锭银子放在小的家中，说相助小的衣食药费，如今银子现在家中。从此严二一连五个月头，都不来讨偿。于三日前忽遣李三妈来小的家中说亲，要娶小的女儿为妻。想女儿今年才得一十五岁，那里配得严二？所以小的不允。孰料触怒了严二，复令李三妈来说：若是不允亲事，便要立即还银。故此到老爷台前冒告是实。”

徐公道：“你说来虽则如此，但是你现有借券在此，怎么说是浮理？”张老儿道：“小的亲手书卷的时节，是十两数目，如今卷上不知多少写的？”徐公道：“现在是五十两呢！”张老儿道：“天冤地枉，这是哪里说起！必然是严二故意改写，以此挟制小的了。求老爷详察。”徐公道：“真假皆当质讯明白。唤了严二到来，浊清立分矣。”吩咐将张老儿带候差馆候质，遂将一通名帖，差了张成到严府提取严二到案相质，即便退堂。

再说张成拿了徐公的名帖来到严府，恰好严二正在门房上坐着。张成便走上前去，唱了一个大喏道：“严二先生，我们是兵马司那里来的，有话儿要面见大老爷，就拜烦相传一声。”严二不知就里，接了名帖，便即来到内宅。时严嵩正退朝回来，在书房内看稿。只见严二手持一个名帖，走近身边说道：“兵马司徐爷，有名帖到后，并差人有话面说。”

严嵩接过帖来一看，只见上写道：“年家眷晚生徐煜邦顿首拜。”严嵩看过道：“他与我素无来往，今日差人至此何事？只管传了进来，看他有甚话说？”严二领命，立时传了张成进内。张成连忙叩头，嵩唤起来说话。张成道：“小的奉了家老爷命，有帖子请安。二者因为尊管严二爷，昨日有状子到本衙门，控追豆腐店张老儿银两，本衙业已将张老儿拘到，即时审讯。奈张老儿不服，称说只欠十两，并无五十两之多，非对质不足以服其心。故本官特差小的到爷府上说明，要请二爷过去对质。”

严嵩听了笑道：“原来如此，这是应该。”便吩咐严二道：“你既告了人，如今要去对质，即随该差前去就是。原贴带回，代我请安。”严二不敢不遵，便与张成叩谢了，随即出府而来。暂且不表。

再说仇氏探听丈夫审过，押在差馆，听候质讯。自思严二势大，倘若徐公徇情，如何是好？便与元春女儿商酌。元春道：“母亲所虑极是。如今两造打官司，一则要有钱，二来要情面。他那边是财势俱全的，我们只怕吃亏呢。想那海老爷，十分卫护我们，如今何不向他求个计策？倘幸而超脱，也未可知。”仇氏道：“微你言，我几忘之矣。”于是母女一齐来到客房，见了海瑞，备细将丈夫的情由，对他说知，并要求他拔救。说罢，母女跪在地上，叩头不起。海瑞连忙把仇氏扶起说道：“尊嫂不必过礼，此事尚容酌议。如今尊夫不过是候质而已，总之缴足十两银子，还了他就是。”仇氏道：“欠债还钱，固是本该的。只是目下没有银子，如何是好？况且严府上的人，财势俱有。倘若徐公受了人情，却不把拙夫难为么？”海瑞道：“不妨，这位徐爷本是我的乡亲，我常与他来往的。也罢，待我到他署中，把你丈夫的真情对他说知，求他格外施恩于他罢。只是银子是要缴的，你家却又没有，我尚有二十余两银子在此，只索借十两罢。当日这锭假银子并严二放下的银子，都要一并拿去缴了，如此情证俱有，自然严二无能为的。”仇氏听了说道：“前日官税又累了海老爷代垫，尚未偿还，如今又怎好再取老爷的客囊呢？”海瑞道：“这个不妨。你可拿了那日前的南项东西来，立即与你前往就是。”仇氏母女再三称谢，便将一锭假银，几两碎银，一并交与海瑞。海瑞就在箱内取了十两银子，一同包好，别了仇氏母女，命海安拿了名帖，一径望着兵马司署而来。

时徐公上衙门方回，门上的传进海瑞的帖子来，说是亲拜。徐公即令开门延入，彼此相见，略叙寒温。海瑞道：“小弟今日之来，特有一事相求乡台作情者。”徐公笑道：“海兄，你我乡亲，怎么说了客套的话出来？岂不令人笑煞呢！”海瑞道：“不是小弟之事，乃为他人之事，理应如此。”徐公道：“到底为何人之事？只管说来，弟无不代为尽力。”海瑞遂将张老儿告贷严二之银始末对徐公说知。

徐公道：“我昨日堂讯张老儿之时，也亦疑到严二改写券数，故此特令人到通政司要了那厮前来对质。帖子已去，谅不久便到。想奸奴如此肆害，这还了得！小弟是个不避权势的，须要办他。”海瑞道：“现在假银碎锭在此。如今小弟代张老儿还缴十两，一并带来了。”即唤海安拿上来与徐公观看。徐公叹道：“再不料奸奴如此，言之令人发指！”遂吩咐家人，将三项银子立时交与张老儿，叫他到对质时拿来呈缴。海瑞道：“仰蒙乡台照拂，如弟身受也。”徐公道：“不是这般说，小弟生性最好锄奸去暴的。”海瑞谢别而去。

少顷张成来报，严二业已唤到，请爷示期带讯。徐公听得严二唤到，即吩咐各役在大堂伺候。少刻升堂，徐公坐在公座上，吩咐先带严二上堂。严二来到大堂，见徐公打千请安。徐公大怒道：“怎么见了本司不跪？那里来的偌大的家奴？”吩咐左右揸下去，先打五下脚拐。两旁答应一声，把严二揸下，重重地打了五下。严二叫痛连声，只得跪下。徐公道：“你控告张老儿欠你五十两银子，可是真的么？”严二道：“怎么不是真的？现有张老儿亲手书券为据，求爷详察。”徐公笑道：“张老儿欠你十两银子是真的，这是原券上的银子数。那实在的银子，却是夹铅的，难道本司不知么？”严二道：“银子真假，张老儿难道不认得？况且事隔三日，方才来换，便可概见矣。”徐公道：“可又来，既说是五十两，怎么又只赖你一锭？这还有什么辩处？”严二不服，徐公即唤左右带张老儿上来。

须臾张老儿到堂，徐公问道：“你的话有无捏骗？今日对着本司质证。”张老儿便将严二如何起意借银，如何逼债，如何遣媒来说亲事，备细说知，并将三项银子呈上堂去。徐公道：“严二，你的假银子现在此处，至于放下买好的银子亦在此处。你还有何说？”严二道：“假银不在今日言之。这几两银子，是我一时可怜，故此帮他的，难道有什么不是么？”徐公大怒道：“你在本司面前，如此矫强，其横暴可知。本司要先办你一个假银骗陷，恃势挟制的罪名。”吩咐取大枷过来，先将这厮枷示通衢，然后再行申办。严二听得要枷他示众，急忙叩头说道：“求爷恩典，容小的剖诉。”正是：

人心似铁非为铁，官法如炉铁铸熔。

毕章严二说出什么话来，且听下回分解。

第十三回　三部堂同心会审

却说严二听得堂上吆喝，要取大枷来，将他枷号。那时严二慌了手脚，无奈叩头哀乞道："小的借银与老儿，本非歹意。今蒙老爷枷号，则主人之面目何存？恐于理不顺。"徐公喝道："该死的奴才，自知有罪，却不自悔，动辄以主人权势吓人。别个可以被你吓得，我徐某既奉圣旨来守职，唯知执法如山，再不肯半分徇私的。你恃着主势重利放债，律例峻严，自应按议。何况又以假银坑陷贫民，加写券约，种种不法，言之令人发指。本司只知照公办事，分毫不苟。"吩咐左右："快将大枷来！"各差役答应一声，急急将顶大极重一面大枷，抬到堂阶，看时约有一百斤重。徐公喝道："来给我快些上了！"须臾之间，把严二上枷。徐公亲执朱笔，标判枷由。写着：

五城兵马司指挥枷号恃势骗陷犯人一名严二示众。枷号三月，限满号办。发仰正南门示众。

枷子上颈脖，严二此时无可奈何。徐公吩咐将严二发出去。这张老儿只许缴银八两，另有假碎各银，均交库吏收贮，判毕退堂。

书吏领了赃银进内禀道："老爷，适间枷号严二，固属情理均有。但伊主严嵩现任通政，威权正盛。今老爷将他家人按律严办，不无忌恨之念。老爷既已秉公办理，即当申奏朝廷方是正理，庶有质证，望老爷详察。"

徐公听了点头道："非你言，我几忘之矣。须要通详方可冀邀代奏，如此你可即速缮详文送阅，以定行止。"书吏应诺，即到外厢连夜书缮详文，立即送入。

徐公接来一看，只见写的是：

五城兵马司指挥徐煜邦为奸奴恃势欺压赤贫，业已审实，特详以期俯察事：窃照南城张老儿开张豆腐小店，一向守分。夫妻无子，只有一女，年将及笄。父母三口，相依为命。

迨因本年张老儿店中生意淡泊，拖欠地税，屡奉严催。张老儿无以为计，忧焦莫解。适送豆浆前往严府，而严二素日认得张老儿，见其面带愁容，偶尔询及。张老儿备将始末罄诉。严二即佯为慷慨，许借银子十两，约以八扣加三，一月清还。张老儿迫于交税，明受重利，希图应手，即日书写借券，交严二收执。时已日暮，严二故以假银相授，张老儿不暇细验，即将银袖回家。次日即至银号兑纳。

孰料该银夹铅，系严二有心坑陷。此际张老儿既不能上纳国帑，复又受骗，随即赴府寻觅严二回换。而严二预知隐匿，使张老儿欲见无由。直至第三日，始得见面。严二即责以不早来之词。张老儿并述不得见面之由。严二正在行计之秋，哪里便甘易换，说银是通政赏赐，焉有假夹之理。原以张老儿贫老无依，噬肥混赖为词，将要面禀严通政送司究办。

张老儿本乃市佣，忽闻此言，如稚子乍闻轰雷，心胆俱裂，只得抱憾而归。甫及店门，而公役追迫之声喧阗一室。正在无可如何之处，恰值住居客人见其情景难堪，不忍见彼狼狈，特捐囊代纳税项。

迨至期满，严二即到逼讨。时张老儿亦因欠债无偿，忧思成病，卧床闭铺，自治不暇，妻女枵腹，莫能及偿？故严二得肆詈骂，百般索诈。张老儿妻仇氏、女元春，见严二迫逼，遂面恳稍宽期限。严二遇见元春美貌，便欲共赋桃夭。先自包藏祸心，立宽期限，复以碎银相助，佯为慷慨而去，实盖欲藉此以买好于仇氏母女也。迨去后五月不来，实有预算。旋遣李三妈为媒说亲，而张老儿夫妻以为其女与严二年纪不当，坚执不允。严二怒，复遣李三妈致词，称说如不允婚，即要还银。窃将借券加改一十两为五十两，欲藉多久以为挟制之术，前来控追。

经职唤张老儿到案，再三研讯，所供不讳，明无遁词。随即唤严二赴质，经张老儿面证其非，所有假银并碎银等项，当堂呈缴。而严二恃势不服，违抗堂判，实属目无法纪。忖思京都会至大，岂容此等奸奴作恶，将来必至效尤。又查律载“家主作官，失约家奴，致作奸犯科，罪止军徒者，主照失检律革职”。今通政严嵩，身为通政大员，不能觉察一家奴，遂致坑陷良民，抗藐地方官员，实属不能防范，有亏职守，理合查照国律按议。其家奴严二合问议恃势剥民重例，杖一百，发口外宁古塔充军。其家主照滥职失约律，照例革责。理合先行具禀宪台察夺。除已将严二枷号候办，合行详候宪台察夺施行。特此申详。

右申

五城都察监察御史王

嘉靖年月日兵马司徐煜邦

书吏把缮稿呈进，徐煜邦看了，立时书了行字。书吏即刻缮正送进用印，立时申详到监察道处。

这监察道御史姓王名怨，原是山东临城人，由进士出身，历任部属，特授今职，最是一个忠直之臣。见了详文，即时收了进内，批道：

如果严二不法，重利剥民，并用假银陷害贫户，大干功令，仰即严究历来所犯次数，录供详报，候具奏请旨定夺。先将张老儿保释，如质讯，再行传唤，毋得滥行羁押。粘抄并发。

这详文一批，发了兵马司，敢不领遵。即命张老儿取保回家候讯，暂且按下不表。

再说那王恕即日具本奏知。嘉靖帝看了本章，私忖道：“严卿为何失察家人，致被有司参奏？”这是国家定例，碍难辗转，遂朱批道：

通政司严嵩，有无纵容家人滋事，着三部大臣，秉公确讯具奏。如虚坐诬。先将该指挥承审缘由录报，候旨定夺。

旨意一下，三部大臣领旨，即来请严嵩赴质。

看官，你道三部大臣是谁？小子说来。兵部尚书唐瑛，刑部尚书韩杲，太常寺卿余光祖，这就是三部大臣。明朝定例，凡有在京大小官员作奸犯科者，皆传三部会讯。当下严嵩听得有旨，发到法司衙门候勘，不禁惊恐，埋怨道："这奴才好没来由！有限银子，怎么闹出这般大事来，连累于我。既今奉旨，不得不去。"遂换了青衣便服，来到三法司衙门。恰好三位大臣升堂，严嵩只得低声下气的报门而进。正所谓：既在矮檐下，怎敢不低头？

严嵩既进了大堂，只见三位大人端然坐于座上，严嵩只得上前行参。韩杲道："通政司少礼，请厢房少坐，有话再来相请。"嵩揖退。

少顷韩杲吩咐左右，将人犯带上堂来。须臾，张老儿、严二俱已带到，跪于堂下。韩杲吩咐把枷松了，然后问话。左右立即把枷脱松，仍带严二上堂跪下。韩杲道："你就是严二么!"严二叩头道："奴才便是严二。"韩杲道："你身充通政司家人，自有吃着，何故重利放债，假银骗陷，改写借券，藉制贫户？复敢勒娶人家闺女，这就罪不容诛了。你可知死么？"严二叩头："奴才并不敢索赖良民。借银图利，这是有的，求大人参详就是。"韩杲道："既是奴才，哪有许多银子借与人家？敢是在外勒诈人家的么？"严二叩道："这个奴才怎敢？此项银子，乃是家主平日赏赐的。"韩杲道："哪有赏赐得许多？我也明白了，必是你家主交与放债的是真，你却于中侵易，故意骗人，可是的么？"严二道："家主身为大臣，焉敢放债图利？还望大人详察。"

韩杲看见严二口供太坚，不肯成招，便令带了下去，遂唤张老儿上堂，细问一遍。张老儿就照着前供直禀。唐瑛听了，想一想，便向韩杲耳边称说："如此如此，这般这般。"韩杲点头，便令把张老儿缴的假银并碎银二项呈了上堂，又唤左右，请严嵩说话。

须臾嵩至，唐瑛道："通政不合与银子这奴才放债，故有今日。如今这锭假银，严二坚供是通政原兑银子，说这般如此，只恐有累足下矣。"严嵩只道真是严二所供，乃作揖道："在下原有些许银子，交与严二生息，俾其藉此养赡，并非图利肥囊，哪有假银之理？只是奴才自行换易是真。列位大人，休听此人谎供。"韩杲道："银子现在这里，足下可看一看是原物否？"遂将假银递与严嵩观看。严嵩接着看了笑道：“哪里是在下的？即在下的银子交与此奴手上，俱有字印。列位大人不信，可即令此奴来面证可也。”韩杲便令取过严二上堂。

严嵩一见大怒，骂道：“该死的奴才，私用假银，还敢赖我？我平日交与你的银子，皆有字印的。为什么在各位大人面前诬主？”严二听了不知所以，含糊应道：“爷平日交与小的银子，果有字印的。此锭无印，乃是张老儿换转了的。”唐瑛听道：“是了，是了，你主是个高官，哪有这项假银来？都是你换了的。”遂请严嵩方便，随即令左右将严二仍复上了长枷，把张老儿释放回家，吩咐退堂。

三位大人商酌，要将严嵩容纵家人出本放债字样，具本申奏。唐瑛点头道：“如此甚善。”三人遂联衔上本入奏。嘉靖看了，心中偏袒着严嵩，乃亲批本尾云：

> 严二借主放债是实，干连家主，殊属有因。此所谓城门失火，殃及池鱼者也。朕已洞悉其情。兹着将严二枷号三个月，期满杖释，以警将来。严嵩着革职留任，以示失察之咎。张老儿免议。钦此。

旨意下了，三部大臣只得遵旨发落。正是：

> 世上无财不为悦，
> 朝内有人好做官。

要知后事如何，且听下回分解。

第十四回　大总裁私意污文

却说圣旨一下，三部大臣只得遵旨办理。严嵩奉调革职留任，严二枷号不提。光阴荏苒，日月如梭，不觉又过三个月余。其时严二业已松枷，复回严府，严嵩亦开复原职。唯严二挟恨张老儿，时刻要寻事陷害，所恨无隙可寻，暂且隐忍。

又说元春见海瑞屡次有恩于父，心中十分感激。时对父母说道："海老爷在我们店中，将近住了两年。父亲屡屡受他大恩，自愧我们毫无一些好处报效，心中甚是过意不去，如何是好？"张老儿道："海老爷是一个慷慨的人，谅亦不在于此。只是我们须记在心上，好歹报一报他的大恩就是。"

一日元春偶见海瑞足上的鞋子破了，便对父亲说道："你看海恩人的鞋子也穿破了，我意欲亲做一双送他，聊表我们的心，以为报恩之意。不知可否？"张老儿道："如此甚好，亦使他知我父女的心。"便即时到街上去，买了鞋面上等南缎、丝绒布里等项。买齐回家，交与元春。元春道："父亲可到海老爷房中，寻他一只旧鞋来，做个样子，大小不致失度呢。"

张老听了，急急走到海瑞房中，见了海瑞道："海老爷，我意欲与你老人家借件东西，不知肯否？"海瑞道："你老人家要什么去用，只管说来。"张老儿道："小老看见老爷云履十分好样，意欲借一只去，依样造双穿穿，不知肯否？"海瑞道："这有什么要紧？"便亲自取了一只旧鞋，交与张老儿。张老儿接过鞋来，就揖道："改日送还。"遂相别，直拿到里面交与元春，元春便收下。

次日照着式样，把缎子裁了四页鞋面，亲自用心描绣。不数日已经绣起，果然绣得如生的一般。又将丝线滚锁好了，随又拿白布裁砌成底，不数日业已告竣了，是日将新并旧一齐递与父亲送去。张老儿接鞋一看道："我儿果然做得华丽。"即便欣然手舞足蹈，急急地到街上买了一盘馒头，回家将一个盒子盛了，送进客房，见了海瑞，纳头便拜。海瑞不知其故，忙挽起说道："老人家，此礼何来？"张老儿道："小老屡屡蒙老爷恩庇，无可为报。昨小女亲绣朱履一双，送与老爷穿着，聊表寸心而已！"海瑞道："不过略为方便，何足为念？又劳姑娘费心，断不敢领惠。"张老儿道："小女区区薄意，岂足为敬。老爷如不肯赏脸，使小老合家不安。"海瑞道："既蒙你父女一番心意，在下只领一只足矣，余者绝不敢领。"张老儿笑道："鞋是一对的，哪有受一只之理！"海瑞道："我本不敢收的，只是你老人家一番厚意，故此不得已收下一只，以为他日纪念。"张老儿道："收下一只，也就罢了。只是这几个点心，还要望老爷再一赏脸如何？"海瑞道："受了鞋，这就够了，点心是绝不敢领的。"张老儿再三央求，海瑞决不肯领，张老儿无奈收回。海瑞受了这一只鞋子，看见果然刺绣得好，玩视良久，收置箱中。暂且按下不提。

又说严二一心挟恨着张老儿，恨不得一时寻事陷害于他。适值嘉靖有旨，要选宫妃，凡有人间美女，俱着有司送京候选。这旨意一下，各省钦遵，纷纷挑选，陆续进京，自不必说。严二听了这个消息，满心欢喜，自思此恨可消矣。遂将元春名字面貌令画工绘了，就假传严嵩之意，送到大兴县来。那大兴县姓钟名法三，见了画图，吃了一惊，说道："天下哪有这样的美女子，真天姿国色也！"遂即时来到张老儿店中，把张老儿唤了出来，倒把张老儿吓了一跳，战战兢兢地出来跪着。知县道："闻得你的女儿生得美艳，当今皇上，亦已知道。现有画图发下，着本省前来相验。可即唤出来，待本县验过，好去复旨。"张老儿道："小女乃是村愚下贱，蒲柳之姿，怎能配得天子？"知县道："这是皇上旨意，好好叫她出来一看就是。"张老儿不敢有违，只得进里面把元春唤了出来。

元春大惊失色，只得随父亲出来，见了知县，深深下拜。知县定睛一看，果然勾人魂魄，说道："果与画图上不差。今可随了本县回署，令人教习礼仪，待等香车宝马送进宫去，管教你享不尽富贵。”就即吩咐左右，立唤一乘小轿上来，将张氏先送进署去。张老儿哪肯容去，急急唤了仇氏出来，一齐跪在地下哀恳。知县哪里肯，吩咐速速上轿，如违以抗违圣旨定罪。张老儿不敢再抗，眼巴巴望着女儿上轿而去，知县押后而行。仇氏哭倒在地，反是张老儿再三劝慰。时海瑞亦来相慰道：“二位不必悲泣，令爱具此才貌，此去必伴君王的。二位就是贵戚，富贵不绝的。况他是奉旨来召，纵是哭留，也是无用。”

张老儿听了，方才渐渐止了哭泣，只得安心静听消息。正所谓：眼望捷旌旗，耳听好消息。

再说元春被知县喝令左右强扶上轿，来到内署，幸有知县夫人为她宽慰。元春自思薄命红颜，今已至此，亦不悲泣了。知县大喜，立时令人制造香车宝马以及锦绣衣服。忙了半月，诸事停当，此时元春亦习熟了见君的大礼。钟知县便来见内监王恺，将元春来历备细告知，恳托王恺代奏。王恺应允，乘便奏知。

嘉靖大喜，即命王恺以宫车载入内庭。果见元春生得如花赛玉，虽西子、太真无以过之，龙心大悦。令备宴在西华院，与元春欢宴。是夜，帝与元春共寝，十分欢喜，次日即册为贵妃。令内监持千金赐予知县，将张老儿钦赐一品，仇氏为承恩一品夫人，另有彩缎、黄金、玉璧等项，赐赍甚厚。

此际张老儿乍膺显爵，又得钦赐许多东西，竟不知所措，唯有望阙儿叩而已。又来叩谢知县。钟法三看他是个国戚，急急开门迎接，备极谦厚。张老儿道：“小女若非大老爷，焉有今日！此恩此德，何时可报？”知县道：“岂敢，此是娘娘洪福，与仆何干？但是国戚，向有定制。公今既为贵戚，自当珍重，旧业合行弃却矣。”张老儿道：“大老爷吩咐，本当从命。但是小店尚有一位海老爷在店中，住了二载有余。今一旦改业，岂不撇下了他？”知县道：“这是客人，哪里住不得？何必介意。”张老儿道：“不是这般说。这位海老爷虽是个客人，然有大恩于我家者也。今得富贵，岂忍弃之。”知县道：“既是恩人，不忍相弃，就留下这店与他居住就是。大人与夫人可到敝衙来住。待等造了府第，然后迁去便了。”

张老儿应诺，告别回店，将此事对海瑞说知。瑞曰：“这是本该如此。但宝店物件太多，只恐在下一时不能照拂，若有遗失，心中过意不去。况且场期在即，会试后即便言旋。久欲迁住别店，恰好相值，就此交还老大人便了。”张老儿道：“如此岂非是老拙故意推出恩人么？这却反为不美。如今恩人且再屈些时，待会试后再去不迟。若今日迁去，人皆说我负心人也。”再三强留，海瑞只得住下。未几便是场期，海瑞打点会试，自不必说。

再说是岁会试大典，嘉靖帝钦点几贤大臣为大总裁。你道哪几位？

大总裁通政司严嵩，大总裁礼部尚书郭明，副总裁兵部侍郎唐国茂，副总裁詹事府左春坊胡若恭，提调官兵部侍郎王琅，监试官太仆寺卿沈蔚霞，巡风官光禄寺卿应元，监试官内阁学士刘彬。

内帘同考官：翰林院侍读学士朱卓云，翰林院检讨伍相，刑部主事刘瑾，工部郎中李一敬，户部郎中果常，给事员外郎白亮祖，太子洗马邹升，翰林院侍读学士吕知机，侍读学士胡湍，太常寺少卿陆和节。

外总巡察官：步军统领一等承恩齐国公张志伯，左卫都指挥开国诚意伯刘椿。

其余在事人员，不必多赘。到了三月初六日，各官入闱时，严嵩是个大总裁，自然另具一番模样。各官俱不心服。严嵩与众人大不相能，所以各怀异向之心，暂且不表。

到初八日，各省举子纷纷入闱，海瑞亦到贡院，点名已毕，各归号舍。初九日五更就出题目：

首题：“大学之道”一章。

次题：“君子务本”一节。

三题：“足食足兵”一章。

诗题：“赋得春雨如膏”得速字五言八韵。

题目一下，各举子潜思默想。海瑞更不思索，一挥而就。头一个交卷，就是姓海的。到了二场，五经文论，海瑞作得十分流利。三场策问，亦中时弊。海瑞自忖今科幸或获售，亦未可定，遂在店中静候放榜。

再说海瑞的卷子，是朱卓云首荐上去，三位总裁俱称叹不已，以为会元非此卷却再没有第二卷可得的，佥谓宜置第一。唯严嵩怀恨妒忌，自忖他们看我不上眼，我是个正总裁，主政在我，我却偏偏不中他，遂在卷上面故意弄了油脂在上面。

到揭晓日，四位总裁都在至公堂上，共议五魁，三位都说此卷可以中元。唯严嵩摇首道："不得，不得。"众问何故。严嵩道："列位还不曾看见么？你看上面沾有油脂，这却不得越例的了。"郭明道："这是我们里面沾了的，却不与举子相干。若是自行打污的，收卷官就有证明，房师也不荐上来了，岂可因此屈了此人之才！"严嵩道："但看其文理尤甚平常。"竟不中之。故意将卷子撒开，另取别卷抵换。正是：

功名皆命定，偏遇丧良人。

毕竟后来如何，且听下回分解。

第十五回　张贵妃卖履访恩

却说严嵩心怀妒忌，要显自己厉害，故意把共荐的会元卷子撤了开去，另换一卷上去抵补，把榜放了。故此海瑞名落孙山，无情无绪的，不禁长叹。海安道："老爷不必如此。今科不得高中，明科再来就是。"海瑞道："功名得失，固不必怨。但此刻盘费都没有，如何归家？"海安道："昔日张老儿贫困时，老爷屡捐客囊相济。如今他已富贵了，何不向他略借百余两，以作路费？下科赴考带来还他就是。"海瑞道："你们哪里知道，张老儿到底不是读书的人。今者偶因女儿乍富乍贵，我却向他借贷，则平日护卫他的心事，也尽付之流水。况我曾有言说过，会试后便迁居的。如今名落孙山，复有何颜再去伊人相见？迁居之后，再图归计。你二人可到外边寻觅旅店，迁了出去，再作道理。"海安不敢多言，便去寻觅旅店不提。

再说张老儿因女儿乍得富贵，此际就有许多官员与他来往。这一日是哪一位大人相请，那一日是哪一位尚书部堂邀饮，所以无一时空闲时节。这仇氏亦不时到宫里伴侍女儿，那店中并无一人往来。海安寻着了旅店，便来说知。海瑞看见张老儿不来店中，遂做一书札，以为留别之意。其书云：

萍水相逢，竟成莫逆。三载交契，自谓情殷。诸承关注，感荷良深。更喜天宠乍加，椒房亚后，贵勋之庆，欣慰故人。瑞命途多蹇，仕路蹭蹬。两科不售，徒有名落孙山之叹。今议图归计，故以暂别东道主人。近因老丈贵务纷纭，不获面辞。所有店中什物，俱已照点，如数封志完固，并请邻人跟同点齐，封锁店门，以候翁归检点。所有厚恩，统候将来衔结可也。定期归日，另当躬亲拜辞。专此布达，并候升祺不一。

晚生海瑞顿首

海瑞把书信写了封固，另将房内什物，逐件开注明白，命海雄请了左右邻人来到，告知备细，并请他们眼同检点一次。什物各件，交付清楚，随与邻人告别，一竟搬到东四牌楼旅店住下，徐图归计。

比及张老儿回时，海瑞已经搬去两日。邻人备将言语告知，张老儿不胜赞叹其忠厚。及进里面，看见了遗札，自悔不该前日到某人家去饮酒，以致不能与海瑞恩人一饯，深以为恨。暂且不表。

再说元春既蒙恩宠，贵掌椒房，然时刻念着海瑞之恩，未尝须臾忘报。这一日看了新科进士录，却不见海瑞的名字，叹道：“何斯人之不偶也！他的才学以及心术，慢说一名进士，即使状元亦不为过，怎么偏偏名落孙山，这是何故？想起当日我父母被严二强迫之时，若非海恩人相救，焉有今日之荣，受恩岂可不报？但恐他看见榜上无名，即议归计，我纵在皇上面前提挈他也是枉然的。”

左思右想，忽见仇氏进宫而来。元春便问道：“母亲，近日海恩人在店中作何景况？”仇氏道：“他见榜上无名，竟迁去了。临别之际，你父亲不在店中，他便邀了左右邻人到店内，将他房内所有的物件，逐一公同查点明白交付了，然后迁去，又不说是迁到哪里。及你父亲回店，始知备细。又得见留别书札，只言不日就要起程，再来面辞等语。我想此人真是个诚实君子，来去分明，真是令人起敬也。”元春道：“不独诚实，而且义侠。我家若不得他卫护，只恐此时你我不知怎生样子了。只可惜他中不得一名进士。我如今却有心要弄顶纱帽与他，只是不知他还在京城否？”仇氏道：“以我料之，此人必不曾去。”元春道：“母亲何以知之？”仇氏道：“海恩人说话，是一句只说一句的。他书中曾言有了定期，亲到辞行。若是回去，必来我家辞别的。今不见他来，是以知其必不曾去。但是京城地方如此宽阔，东西南北，不知他住在哪间店儿里面。况且他是个最沉潜的，在我们店中住的时节，你也见的，无事不肯出门少立一回。就是他两个家人，亦不许出外走走，如此实难寻觅的了。此是你有此心，而彼无此机会也。”元春道：“只要用心访寻，哪有个寻访不着之理？我想起当日在店中，曾做了一双绣鞋相送与他。他只受了一只，以为日后纪念。此时我亦将这一只收拾好了，如今现在什袭之中。明日我只唤一个内监，拿了这一只绣鞋，在各门内呼卖鞋子。只是一只，再没有别人肯买的。若是有人呼买，就是海恩人了。此却最妙的。见了海恩人之时，我另有话说，叫他在此候着。我却在皇上面前代他弄顶纱帽，亦稍尽你我报恩心事。”仇氏道：“岂不闻古人云：‘有恩不报非君子，有仇不报非丈夫。’这两句说话，你我正当去做呢。”元春点头称赞。

到了次日，元春唤了个内监名唤冯保，吩咐道：“我昔年在闺中，绣有一双鞋子。及后失了一只，再没心神再做了，如今这一只尚在这里。我意欲命你袖了此鞋，悄悄地出了宫门，到街坊上去，只将这鞋叫卖。若有人叫买，你便卖了他，但只要问那人姓甚名谁，即来回我，不得张扬，自有重赏。”遂将一只鞋子交与冯保手中。

冯保接鞋叩谢，悄悄地出宫而来，一路上逢人便叫：“卖鞋！”人人看见是一只鞋，只管叫卖，个个掩口而笑，都说他是呆的。冯保一连走了两日，却不曾遇着一人叫买。直至第三日，在宫中吃了早饭，却从东四牌楼这边走出来，亦是一般样叫唤，暂且按下。

又说海瑞自搬出了张老儿店来。终日思想归计，只是没有银子，如何回得粤东？意欲向同乡亲朋告贷，自念交游极少，只有潮州李纯阳在翰林院内。就是徐煜邦在兵马司任内，其缺亦是清苦。余者都没甚来往，怎生开口求人？又念妻子在家必要悬望，谅此时亦已得见新科录了。知我落榜，不知怎生愁闷呢！自思自想，好生难过。无奈只得往李纯阳处走走。

刚出门来，恰好遇着冯保，手拿一只绣鞋叫道：“卖鞋！”连声不断。海瑞看见，就愣了眼，猛省道：“这一只鞋，我好像见过的一般。是了，是了，不错的！就是张老儿的令爱相送与我的。此际只收了一只，现在箱子内，如今这一只，怎么落在这人手上？谅必有个什么缘故。待我唤转他来，再作道理。”便急赶上前去，叫道：“买鞋，买鞋！”唤了几声。那冯保方才听见，回转头来，问道：“相公你要买鞋么？”

海瑞道："正是。请到小店议价如何？"冯保暗中欢喜不迭，遂随了海瑞，来到店房坐下。冯保问道："相公，果是要买么？"海瑞道："果然要买。不知此鞋一只，还是一对的？"冯保见问，心中疑惑，因给之曰："一对，哪有一只卖得钱的道理？"海瑞道："如此不合式了。"冯保急问："何故不合式？"海瑞道："在下也有一只，与尊驾这只相同，故此要买。若说是一对，只恐剩了你的一只，岂不屈了你的么？"冯保问道："原来相公也有一只么？乞借一观，可相像否？相公意下如何？"海瑞道："这又何妨？"便令海安开箱，取了出来。

冯保接过手来，将自己的一并，就是一对儿所出的，丝毫不错，因暗暗称奇，喜意浓浓的说道："相公，这一只果然与在下的合式，想又都是一手所出的了。怎么只有一只？倒要请教呢！"海瑞道："这一只鞋儿，却有个大大的缘故呢！待我说来你听！"便将始末备细说了一遍。

冯保听了，始知原委，因问道："相公高姓尊名？"海瑞说了姓名。冯保听了道："原来就是海老爷，失敬了。如今在此久居的呢，还是暂寓的呢？"海瑞道："本拟即归，只因缺乏路费，难以走动，故而迟延至今。左思右想，郁郁无聊，只得散步，往李翰林处走走。刚出门来，偶见此鞋，因而触起旧日之情。请问驾上，这鞋儿却从哪里得来的？乞道其详。"

冯保道："说来话长了，我有几句话儿，你试猜一猜看。"海瑞道："烦说来，待在下试猜中否？"冯保朗吟道：

> 家住京城第一家，有人看你赏宫花。
> 三千粉黛归我约，六院娥眉任我查。
> 日午椒兰香偶梦，夜深金鼓迫窗纱。
> 东君喜得娇花早，故伏甘霖夜长芽。

吟毕。海瑞道："猜着了，莫非驾上是宫内来的么？"冯保道："怪不得你们读书的这般厉害，一猜便猜中了。我直对你说，咱家不是别人，乃是内宫西院的司礼监。昨奉张贵妃娘娘之命，着咱家拿这鞋子出来叫卖，说是有人要买，就要问了姓名，立时复旨。却原来皇家娘娘受过老爷大恩的，故此着咱家前来密访，想是要报老爷的恩了。老爷可住在这里，听候咱家的信，自然不错的。”遂即告别起身，回宫而来。

见了张妃，跪下说道：“娘娘，奴才为主子访着了。”张妃便问：“访着什么？”冯保道：“容奴才细奏。”便将如何遇海瑞，叫唤买鞋，逐一说知。张妃听了道：“是了，是了，不错的。你可认定了他的住址么？”冯保道：“奴才已经认得了，故此回来复旨。”张贵妃道：“你明日可将他那只鞋儿拿来我看，我自有话说。”冯保应诺。

次日天明急急起来，连早膳也不用，一径来到东四牌楼，到海瑞房内，彼此相见了。冯保备将张贵妃要看绣鞋一节，对海瑞说知。海瑞道：“谨遵台命。”乃起身取出来，交与冯保手带回宫去。冯保大喜，作别而去。正是：

山穷水尽疑无路，柳暗花明又一村。

不知冯保将鞋拿进宫去，张贵妃怎么发落？且听下回分解。

第十六回　海刚峰穷途受敕

却说冯保取了鞋儿，急忙来到宫中，见了张贵妃，将鞋儿呈上。张贵妃看过，果是原物。乃吩咐冯保道："你可去传我的话，称他作'海恩人'，请他暂且安心住下。旬日之间，必有好音报他就是。"冯保领命，复到海瑞店中，口称："海恩人老爷，娘娘见了鞋儿，认得是自己原物。叫我来对恩人说暂且安居。旬日之间，自有佳音相报等语。"海瑞谢道："下士乡愚，有何德能，敢望娘娘费心？相烦公公代奏，说我海瑞多承娘娘锦念，已是顶当不起，焉敢再廑清怀！善为我辞，则感激不尽矣。"冯保道："咱家娘娘是个知恩报恩的人，老爷只管宽心住着，咱家告辞了。"海瑞送出店门，冯保又叮咛了一番，方才回宫复命不表。

元春此时既知海瑞下落，便欲对嘉靖皇帝说知，求赐一官半职，以报厚恩。只是海瑞与己无亲，如何敢奏？左思右想，忽然叫道："有了，有了！就是这个主意。"少顷，驾临西院，元春接驾。山呼毕，帝赐平身，令旁坐下。内侍把三峡水泡上龙团香茗。帝饮毕，对元春说道："今天天气炎热，挥汗不止。与卿到荷花香亭避暑，看宫女采莲罢。"元春道："臣妾领旨，谨随龙驾。"内侍们一对对的摆队，一派鼓乐之音，在前引导。帝与元春携手，来到荷花香亭上坐着。

那亭子是白石雕砌成的高厂，四面尽是玲珑窗格，对着荷池。那池里的荷花，红白相间，下面有数十对鸳鸯，往来游戏。又有画舫数对，是预备宫娥采莲的。此时帝与张妃坐于亭上，只见清风徐来，遍体皆爽。即令宫女取瓜果雪藕之类及美酒摆在亭中，与妃共饮，帝在居中坐。张妃再拜把盏，帝饮数杯，令宫娥弹唱一曲。只见张妃眉头不展，帝笑问道："卿往日见朕，欢容笑语，为甚今日愁眉不展，却是为何？莫非有甚不足之意么？”元春连忙俯伏，口称：“妾该万死。臣妾市井下贱，蒲柳之姿，蒙陛下不弃，列以嫔妃之职，则恩施二天，妾实出望外。受恩既深，常恐不足以报高厚。臣妾实有下情，敢冒奏天颜，伏乞恕罪。”帝笑令宫娥挽起，道：“卿且坐下，有事告朕，朕当为卿任之。”

元春再拜奏道：“臣妾本乃下贱之辈，昔在父母豆腐店中，饥寒莫甚。上年一家俱病，父母将危。幸有广东琼山举人海瑞，在妾店中作寓，见妾一家无依，亏他慷慨，屡捐客囊，为妾一家医药，遂得生全。今妾得侍至尊，父母俱贵，唯海瑞落魄京城，不得归家。妾闻此情，心中实不忍。自恨弱质，不能少报其德，故此闷闷不乐。不虞为陛下察觉，妾万死不容辞矣。”

帝听罢大笑道：“朕只道卿为着什么，却原来为此。这乃小事，何须介意？他既是举子，怎不赴试，甘于落魄呢？”元春复奏道：“彼曾入闱，怎奈名落孙山。”备将海瑞初次入京误过场期，逐细奏知。帝道：“此人功名不偶，命运坎坷。朕当与卿代为报德就是。”元春连忙谢恩，欢呼万岁。帝即令取了纸笔，亲书道：

海瑞怀才不售，功名不偶，此你命数使然。朕特起之，着赐进士及第。吏部知照，即以儒学提举铨用。钦此。

写毕，递与元春看道：“卿意云何？”元春复山呼拜谢。帝令内侍即将上谕发与吏部知道。随与元春共饮数杯，方才散席回宫。

再说海瑞在店中，思想冯保取鞋去了，不知作何景况？正在沉思之际，忽闻外面一片声喧，瑞急令海安出看。海安走出店来，只见几个报录的，内中一个手捧报条一张道：“哪位是新进士海老爷？快请出来，待我们叩贺。”满店人都道他是疯癫的，这个时节连殿试都过了，武闱又没有恁早，报什么进士？

大家都笑起来。海安道：“我家老爷姓海，既是中了进士，可拿报条来看。”那人便将手中的报条展开，只见写道：“捷报贵寓大老爷海瑞，蒙旨特赐额外进士及第。”海安看了，心中暗暗称奇。便把报条拿进里面，对海瑞说知。海瑞大喜，即望阙谢恩。打发报子去了，正欲回身，又见有人来报说：是吏部差来的。海瑞接了展看，原来是签授浙江淳安县儒学。海瑞心中不胜大喜，即打发了报人。次日冠带伏阙谢恩，随到吏部拜谢。

那吏部看见海瑞是格外恩赐的人，料为天子所知的，便加意相待，自不必说。次日即令人送其文凭到寓。

海瑞此际既得了文凭，只是苦无盘费，不得赴任。想起李纯阳与他最厚，便连夜来见纯阳，欲借银子赴任。李纯阳笑道："似此小弟实属不情了！弟自到京以来，今已六载，家中付过两次银来京。现在拮据之状，莫可名言。但弟与兄相交最厚，义不容辞，十两之资，可以勉为应命。幸故人勿以不情见怪也。"海瑞道："弟亦知兄拮据，但事在燃眉，不得已而犯夜行之戒。"纯阳道："兄莫言此，令人惭愧。"遂令人取十两银子出来，亲手递与海瑞道："微敬勿哂。"海瑞再拜称谢道："蒙兄分用，此德当铭五中①。"闲话一回，方才别去。

回至寓中，只见冯保手捧一个黄锦包袱坐在店里。一见了海瑞，喜笑相迎，说道："恭喜老爷荣任，娘娘特着咱来道喜，并有程赆②相赐呢！"说罢，把包袱双手送与海瑞。海瑞接来，觉得沉重，说道："海瑞何德何能，屡费娘娘厚意？"便望阙谢恩，然后收下。冯保道："娘娘说，恩人老爷路上须要保重。莅任放心做官，有甚事情，自有娘娘担当。"说罢，起身告辞。海瑞嘱道："烦公公代奏，说海瑞不能面谢娘娘恩典，唯有朝夕焚香顶祝，愿娘娘早生太子。"冯保应诺而归。少顷，人报张大人到。海瑞急急出迎，却原来是张老儿前来道喜，并送程仪。彼此闲谈了一番，方才别去。海瑞将张妃锦袱打开看时，却是三百余两纹银。又将张老儿的拆看，是一百两元丝。此时海瑞有了四百两银子，计及到浙盘费之外，尚剩三百余两。满心欢喜，急将适间所借李翰林十两银子，原封包好。另将一百两银子，包在一处。作书一札，其意略云：

异乡拮据，形倍凄然。弟以冷曹累兄，实不得已而为之也。

---

① 五中：即儒家五德，仁、义、礼、智、信。

② 程赆（jìn）：临别时赠送给远行人的路费、礼物。同程仪。

幸而天假我便，承西院张贵妃惠我三百金。又叨张贵妃父张公惠我百两。值此涸辙之际，忽西江之水直苏救涸鱼。除应用费用外，尚余三百两奇。故人亦在涸竭之候，我敢不施一西江水而苏涸鲋乎？除将原银归赵外，另具百数，少表故人之情，幸勿见却。专候升祺不备。

海瑞恭拜

写毕，将原银并百两一包的，连书着海安送去。随又修下家信，亦是一百两银子，令海雄交与千里马，附回粤东省城，转寄琼州。打点明白，立即收拾行李起程，主仆三人出京去了。

再说严嵩自从开复以来，百计夤缘，每在帝前献媚，今日暗奏这一部大臣贪赃，明日冒奏那一班武将怠玩。帝无不准，不知黜革了多少官员。帝十分宠他，不数月就升了刑部侍郎。严嵩威权愈大，势焰愈炽，心恨张老儿不死，反得大官，身为内戚，每每思欲中伤之。岂知天不从人，海瑞去后，张老儿一病不起，数日便死了。帝念其国戚之贵，赐银开丧，赠太师，谥贞侯，严嵩愈加恼恨。

此时严嵩威权日盛，文武多有依附其势者。步军统领张志伯，因嵩得封国公。嵩生子名世蕃，未周岁，张志伯即以幼女攀亲，其女长世蕃一岁。二人即订了亲，彼此勾结作奸，鬻爵卖官，种种不法。帝颇有所闻，而不一问。嵩又建造府第，阔十顷，其中花园亭榭，与宫中相等。正是：天上神仙府，人间宰相家。嵩又以美女十名，教以歌舞，各穿五彩云衣，每当筵前舞蹈，望之如五色云锦，灿烂夺目，名为“霓裳舞”。唱演既精，送嘉靖帝作乐。帝愈宠贵，即加太保衔，升吏部尚书，兼协办大学士。

张志伯在京既久，意欲讨个外差，出去快活快活，就来央求严嵩。嵩道：“外差不过指挥、巡按，公乃一品武职，两缺俱不合例。除非钦差方好。”张志伯道：“近闻各省多有侵销帑项，库中多有亏空者。大人何不奏请圣旨，差某前往清查，藉此可以少伸心志。倘有所入，敢不与大人南北么？”严嵩点头称善，即日具疏入奏，以各省亏空太多，非专差大臣清查不可。倘用文臣，未免官官相卫。武职出巡，则有公无私。查步军统领为人忠厚廉明，可充此职，帝即允奏。正是：

一封朝奏入，百害日滋生。

毕竟张志伯可得外差否，且听下回分解。

第十七回　索贿枉诛县令

不提严嵩专权，再说那张志伯奉了圣旨，即日收拾起程，由直隶、山东巡察而来。一路上好不威严，头旗写的是“奉天巡察”四字，带领兵部骁骑百余人，请了尚方宝剑，所过州县地方，有司无不悚然。额外的供应，俨如办理皇差一般。张志伯满望席卷天下财物，故以先声夺人。方出京来，便擅作威权，首先挂出一张告示：

钦差总巡天下纠察御国公张，为晓谕事：照得本爵恭膺简命，总巡天下各省钱粮以及贪官污吏。受恩既重，图报犹艰。本爵唯有一秉至公，饮水茹藻，以期仰副圣意。所有各省仓库钱粮，均应彻底清查。如有亏空，即行具奏。并各省命盗奸拐重情，如有贪官污吏希图贿赂，故意出入者，一经察觉，或被告发者，亦照实具题，决不稍为宽贷。各宜自爱，毋致噬脐！预告。

这告示一出，沿途州县无不心惊胆战。传递前途，以作准备。谁知这张志伯立法虽严，而行法实宽，只管打发家人预通关节，所过州县，勒要补折夫价银一万，照办则免盘诘，否则故意寻隙陷害。所以地方有司，莫不送财，以图苟免了事。

一日，巡至山东历城县地方。这历城县知县姓薛名礼勤，乃是山西绛州人氏，由进士出身，即用知县。为人耿直廉介，自从到任以来，只有两袖清风，并未受过人间丝毫财贿。阖县百姓，无不知其贤能，素有廉吏之声。这日接得前途递到公文，报称张国公奉旨巡察各省钱粮、官吏。并有私书，单道其中陋规之意。这薛知县乃是一个穷官，哪有许多财宝奉承与他？况且自思到任以来，并无一毫过犯，案牍清理，谅亦无妨，只备下公馆饭食夫马等项而已。

先一日，就有张府家人来打头站，带领二十余人来到县中，高声大叫知县姓名。这薛知县已在堂听得明白，心中大怒，只得走将出来相见。那家人端坐堂上不动，问道："你系知县么?"薛公应道："只某便是。"那家人笑道："好大的县尹！既知国公爷奉旨到此纠察，你为什么一些都不预备?直至我来，仍是这般大模大样的。你可知我家公爷尚方宝剑的厉害吗?"

薛公听了道："敝县荒凉，没有什么应酬的。只是夫马饭食，早已备下了，专等公爷经过就是。"那家人便道："怎么这般的胡混，难道前途的有司，都没有一毫知会与你么?"薛公故意道："前途虽有公文先到，亦不过知会预备快马迎送而已。"那家人大怒，骂道："你这不知好歹的东西，故意装聋作哑。少顷国公到来，好好叫你知道!"说罢径自去了。知县颇知不妙，只是不肯奉承，任他的主意便了。

少顷，张志伯领着一行从人来到，薛公只得出郭迎接。张志伯吩咐进城歇马，知县便在前引导。迎到公廨，张志伯坐定，薛公入见，请了安，侍立于侧。张志伯问道："贵县仓库，可充足否?"知县打拱回道："仓库充足，并无亏空。"志伯又问道："县中案牍可有冤抑久滞不申者否?"知县道："卑职自莅任以来，案无大小，悉皆随控随问，并无久悬不结之案。"

志伯所问言语，不过是故意恐唬的，好待知县打点。谁知这薛公毫不奉承，对答如流。志伯心中有些不悦，便作色道："既是贵县案牍无滞，钱粮充足，本爵钦奉圣旨，是专为稽查纠察来的。贵县虽则可以自信，然本爵亦须过目，方可复旨。就烦贵县立备清单，好待本爵查闻。"知县不敢有违，打拱道："谨遵台命，待卑职回署，立着书吏开列呈上就是。"志伯道："不须回去商酌，就在这里开注。"便令人取过纸笔，放在面前，勒令书写，不容迟缓。

薛公无奈，只得当堂写明。先把仓库钱粮开列，后把各房案件开注呈上。志伯观看，只见写着是：

历城县知县薛礼勤，谨将县属管下仓米谷石开列。计开：

天字第一廒，贮米一千五百六十九石零三升六合七勺。

地字第二廒，贮米一千二百三十二石二升七合八勺。

玄字第三廒，贮米一千七百二十五石六斗一合一勺。

黄字第四廒，贮米一千零七十三石零二合。

宇字第五廒，贮米九百二十五石一升七合三勺。

宙字第六廒，贮米一千零十二石零三合。

洪字第七廒，贮米八百石零七升二合三勺。

荒字第八廒，贮米九百一十二石三升三合七勺。

常丰仓谷石列后：

东字廒，贮谷二千八百二十五石三升八合三勺。

南字廒，贮谷一千石无零。西字廒，贮谷一千零五石二升九合一勺。

北字廒，贮谷九百一十五石七升一合。

上下中末四廒，每廒贮陈谷三百一十三石无零。

库存钱粮：

地丁银，除报销外，实存银三万八千七百五十三两六钱三分七厘。

各房案件开列：

刑房命案未结共一十三件，已结共一十八件。

兵房盗案未获共二十八件，已获共一十三件。

礼房拐奸两案未结案共五件，已结案共一十一件。

又户房婚案未结共一十六件，已结共一十六件。

户房田土案已结共一十七件，未结案共二十一件。

粮屯两房未结案共一十七件，已结案共八件。

吏工两房并无未结案件。

志伯看毕，把清单收了，对薛公道："贵县今夜且在公廨歇宿一宵，待本爵明日一起跟同查验可也。"薛公应诺，晚上令人取了酒饭上席，志伯一概不食，仍旧发还出来。那些家人们要这样要那样，稍有不到，百般辱骂。薛公明知他们有意寻衅，只是诈作不闻，任由他们絮絮叨叨，只是不理。

到了二更时候，忽有一自称张志伯的心腹家人进来，与知县攀谈。自言姓汤名星槎，因与知县言及钱粮仓库之事。知县道："本县原亦有亏空，乃是前任相沿下来的。在下接篆之时，业已禀明列位上宪，方才出结的，现在收准移定之后，并无一毫亏空。"汤星槎笑道："太爷固是不曾亏空一毫，其如上手中清，何以混接？只恐国公不准。向来钦差出巡，皆有定例，所过州县，均有备补依价银两，以免苛求毛疵。今太爷何不仍循旧例，可免明日多事，不知尊意如何？倘若有意，某情愿先为绍介。"

知县笑道："管家有所不知，想在下一介贫儒，十载寒窗，青毡坐破，铁砚磨穿。一朝侥幸，两榜成名，筮仕远方，两袖清风，一琴一鹤之外，别无长物。家有老妻幼子，尚且不能接来共享此五斗折腰之粟，其中苦况，不待絮言，而管家谅能洞悉也。哪有银子来作夫价？倘若国公不肯作情，明日吹毛求疵，亦唯付之命数而已。"汤星槎见他坚执不从，遂长叹而出。回见志伯，备将言语说知。志伯笑道："你且退，我自有以处之。"

次日黎明，志伯吩咐从人，摆了队伍，一对对的来到县衙，知县随后亦至。志伯升堂坐下，先点过了书吏差役名册，随唤户仓粮三房书吏上堂，吩咐导引到仓廒，点视仓储米谷。书吏领着米役看廒报数，斗役当面量报，果然与清单所开相符。一连查阅八廒，并无差错。又来查视谷石，亦皆照数，并无少欠。

志伯道："米谷照依开列现在数目，固无少欠，但不知从前还有亏空的否？"知县忙打躬道："历有亏空，共计一万八千石有奇。只是上手之事，卑职接任之际，业已禀上宪报明在案的。"志伯颔之，复到库房查点银数，亦合现在清单。志伯道："一县的库，只有这些须之数？当时前任，亦有亏空否？"知县道："自正德三年王县令手上起，至前令止，共亏空三万八千余两，亦有通报卷宗可据。卑职接准移交的时节，只有这些数目，并未侵蚀半丝。"志伯不答，复行升座，令各书吏将所有未结案卷抱上堂来查阅。须臾，各书吏抱着案卷上堂，逐件报了案由。

志伯点过了数目，总奈不多一件，无可如何，心中转怒，指着知县道：“你说自到任以来无亏空，怎么仓库两项均有亏空？且多过贮的？不是你侵吞，更赖哪里去？却如此贪墨，要你何用？蠹国肥家，法难宽纵，若不正法，何以肃官方而警将来也？”吩咐：“左右与我绑了！”左右缇骑答应一声，不由分说，抢上前来，把薛公的乌纱除下，五花大绑起来。志伯请出尚方宝剑，令中军官斩讫报来。左右已将知县簇下。此际虽有同城文武在侧，只得自顾自己，谁敢上前说个“保”字？只听得薛公大骂奸贼，挟私假公，枉杀民社，引颈受戮。百姓观者无不下泪而暗恨志伯，几欲生啖其肉。

此时志伯既杀了薛知县，即令县丞陆亨泰暂署县事。又令人榜知县之罪于通衢，以为打草惊蛇之计。次日志伯起马望着江南进发。前途地方官闻知此信，各各心怀畏惧，唯恐贿赂不足，竭尽民脂以填贪壑。正是：

奸权擅作祸，百姓尽遭殃。

毕竟后来张志伯如何，且看下回分解。

第十八回　抗权辱打旗牌

却说张志伯擅作威福，枉杀了薛知县，暂且按下不表。再说那海瑞领了文凭，带着海安、海雄一路上水陆继进，不一日来到省垣。先到藩司处禀见，验看过了，然后到任，望着淳安县内来。那学里的生员、同寅，都来迎接。海瑞一一相见过了，上任视事。在学里也没甚的事情，只好邀了那些生员到来训遵经义。所以生员们都喜爱他，说他认真司铎。

一日，海瑞偶然想起：我今已得一职在此为官，却把妻子抛弃在岳母处，心中有所不忍。乃修书一札，取了五十两银子，交与海雄回粤，迎接家眷。海雄领了银札，拜辞海瑞，搭了海船，望粤东南而来。

又说那张氏夫人，自从丈夫入京之后，就在娘家过活。谁知身中已怀六甲，到了十个月足，生下一女。张太夫人好不欢喜，诸事亲为料理。满月之后，取名金姑。此际张氏一面抚育女儿，专盼丈夫的捷报。到了次年五月以后，还不见一些声息。及阅南宫试录，方知海瑞名落孙山。未几有书寄回，称说留京宿科。张氏又只得安心守待。至本年的七月内接得京中家信，始知丈夫不曾得中正榜，不知为何叨蒙朝廷特赐进士，改授淳安儒学，又有百两银子付来安家。此时张氏母女喜得眉开眼笑。张氏夫人说道："女婿是终不在人下者，今日果然。但他如今到任上去了，谅不日会来接你。"

过了数月，忽然海瑞差了海雄持书而回，称说奉命来接家属，并有书信与太夫人请安。张氏大喜，即拆书札来看。其略云：

别卿数载，裘葛四更。幸借福荫，博得一官。现在分发浙江淳安县儒学，虽属冷曹，亦感朝廷格外之典。兹已抵任，身子幸获粗安。古人云：富贵不忘贫贱友，身荣敢弃糟糠妻？特遣海雄来家迎接，幸即随同到任，俾得一酬杵臼之劳，亦少慰夫妻之意。书到之日，即便束装。

岳母大人处，另有禀帖请安，毋庸多及。此字。

张氏贤夫人妆次。

刚峰手书

太夫人亦将书信看了。海雄道："小的来时，老爷有五十两银子交付小的，以作太夫人路费，此项却不用过虑了。但不知太夫人何日起身？待小的好去雇备船只。"张夫人道："择吉起程就是。"海雄应诺，便先行雇备了船只，专待吉日解缆不提。

再说海瑞自到学任以来，用心训迪，又禀知上司，除了学中几处陋规。上宪嘉其廉能，大加叹赏说："海提学才干卓异，可司民牧①。"为他具题，请改授州县以资委用。本下，帝批准了，发回本省。该抚即便拆开来看。只见朱批是：

奉旨：该抚所题淳安儒学海瑞，才干卓异，堪为民牧，乞改授州县，以资委用。所奏如果属实，着即出具考语具题，遇有州县缺出，即行委署。如堪治理，另题实授，钦此。

该抚看了朱批，即时发下藩司，着将海瑞改注候委县册内，听候委用。

未几，淳安县知县以贪墨被百姓上控免职，该抚就以海瑞委署淳安县知县事。海瑞此际身膺民社，益励精忱，凡有兴利除害之事，无有不为。不避怨嫌，只顾为民为国，一清如水，那些百姓爱之有如父母。上任不一月，盗贼顿息，民歌乐业，竟然有路不拾遗之风。海瑞不惮劳苦，每夜带领二仆改装访察，不知拿了多少匪人，审判如神。书差畏其明察，不敢欺隐。百姓号之为海爹，如婴儿之呼父也，其依之如此。未几，海雄接家眷至任所，夫妻相会，又见了四岁的女儿，海瑞之欢喜，自不必说。

---

① 民牧：旧时指治理民众的君王或地方长官。明·刘基《送海宁尹知州之官序》："天子有民不能徧（遍）治，故托之守令。故守令谓之民牧。"

过了两月，人传朝廷差张国公稽查各省钱粮案牍，纠察官吏廉墨，头旗大书“奉天纠察”四字。现在朝廷赐他尚方宝剑，十分威肃，一路盘查将来。闻得山东历城县知县薛礼勤，一言不合，为他所杀。所过地方供应快马，十分烦剧。倘有怠慢，立时有事。海瑞听了叹道：“天子为何差这样的人来此，适足以扰民矣！且自由他，我这里是没有许多供应的。”

过了几日，邻县就有文书移知，并有私说，说是国公之意，如此如此，否则必遭参革。海瑞笑道：“岂有此理！我一毫也不备办，看他奈何。”遂命人于前途哨探。

果然不三日，张府的家人头船来到，只见淳安县城中，十分冷落，并没有半个人儿在外招呼。怎怪那张府的家人气恼，盛怒而来，走到县里，仍是这般冷悄悄的，那家人就是汤星槎。当下汤星槎怒气不却，来到二堂，坐在一把椅子上，大声道：“怎么国公的差事都不备办？知县到底往哪里去了？”海安、海雄忍耐不住，便齐声问道：“驾上是哪里来的？请道其详。”星槎冷笑道：“你们在此做什么的？”海安道：“是跟随海太爷办事的。”星槎笑道：“却原来你们既是充当县里的长，就该晓得官场中礼套的。我们国公是奉旨来稽查纠察的钦差，邻县谅有文移知。你等怎么这般冷落，莫非欺藐我们么？”海安道：“我们这里乃是一个极贫极苦的县份，现在衙中米薪都不敷用，哪里还有余项来供应差务？只请驾上方便些须就是。”汤星槎听了大怒，忿然而去。临行恨恨地说道：“你们且看仔细，少顷便是了。”遂悻悻而去。

再说海瑞在内厅，听得外面喧嚷，心中大怒，遂悄悄地走在屏风后窃听。正听得海安与星槎问答，不觉得怒从心上起，恶向胆边生。亲听得星槎含恨而去，随即唤了海安、海雄入内，吩咐道：“适间来的就是张巡按的家丁，方才你们与他口角，彼必然迎上前途，搬弄是非，要来我县糟蹋了。你等且到外边私行打探，国公船只车辆共有多少，急来回复，不得有误。”海安、海雄二人领命飞奔而去，小心打探。

去了二十余里，正好迎着张志伯的坐船蔽天而来。海安等故意坐在一只渔船之内，只顾跟着官船而走。原来张志伯的船只，除官船之外，大小共三十余号，每一船都是沉重满载的。海安、海雄二人看在眼里，急急走来回报。海瑞听了，自忖他是从京中出来的钦差，又没家眷，随来不过一两只船就够了，为什么有许多船只？想必是装载赃物的了。且自由他，看他来意如何，再作区处。

正说之间，人报张国公差旗牌官胡英来到，称："奉令箭到此，请爷出去迎接。"海瑞道："国公奉旨而来稽查地方，本县理应迎接，亦不过护送出境而已。怎么差来的贱役，也要本县去迎，这款是何人设的？"衙役禀道："历经州县，都是这般迎候，老爷不可抗违，国公是不好惹的呢！如今旗牌现在衙前，专等老爷迎候。"海瑞不觉勃然大怒，就吩咐三班衙役，排班升堂。这话一传出去，那三班的差役，各房书吏，俱各纷纷上堂站立，分列两边。

三梆已罢，海瑞升堂于暖阁之内，书差们陆续参叩毕，海瑞道："今日本县特为本衙门与万民争一口气的，你等休要畏缩，须要照依本县眼色行事，如违，责革不贷。"两旁书差唯唯听命。

海瑞吩咐开门，传旗牌入见。左右答应一声，把头、仪两度大门开了，大声唤叫："本县太爷，着来差报名进见。"那差官是惯受人家奉承的，所过州县，无不谄谀之，满以为知县出来迎接，得意洋洋地站在署门。初听此言，犹以为唤别处的差官。未半刻，只见两个衙役走上前来说道："差官，你怎么耳聋了么？如此呼唤，你却不听见？如今老爷现在堂上，立唤你进去说话呢！"那旗牌听了此言，不觉三尸神暴跳，七窍内生烟，勃然大怒，道："狗奴才，你在这里絮絮叨叨的，叫哪一个？"衙役道："是特唤你进去，俺家太爷坐了堂，等你呢！"

那旗牌冷笑道："好大的知县！待我进去看他怎的！"遂大踏步盛怒而入。

海瑞见他手持令箭，乃起身离座，对着令箭拜了两拜，请过一边供着。然后复行升座。旗牌看见知县复行从容的升座，心中大怒，道："请问贵县高姓大名？"海瑞笑道："你既为差役，不向本县报名叩见，倒也罢了，怎么反来问起本县的姓名？本县的姓名，已有在那万岁爷前传胪册上，谅不用说你亦知道。你今至此何事，可对本县说知。"那旗牌笑道："俺奉了国公令旨，特来着你等预备夫马、供应船只、纤夫、水手等项。毋得刻延，如违听参。"海瑞道："这话是国公说的，还是你说的？"旗牌笑道："令在手上，就是我说的。"海瑞道："原来如此。我们县中大荒之后，百姓死亡者半。现在力田之际，那有闲丁当役？且请国公自便罢。"旗牌道："怎么说'自便'两字？你这厮想必做厌了这知县么？只顾弥天的大胆，胡言乱语冒渎。我亦管不得许多，只要立刻取齐一百名纤夫，又要五十号大船，前去缴令就是。"

海瑞道："国公的坐船不过一只，那用得百名纤夫，又要五十号大船何用？"旗牌道："你只管预备就是，哪里管得许多闲事！"海瑞笑道："本县自蒙圣恩授此县以来，所用一文皆动支库项。今你勒要如许船只，将来的开销却在哪一项上？这却不能从命。若是国公的坐船需人牵缆，本县就立刻督率众役当差便了。"旗牌哪里肯依，骂道："放屁！哪里来的偌大瘟官，谁敢抗违国公令旨？你敢下座来，与我去见国公，算你是个好汉儿的！"说罢哈哈大笑。海瑞听了大怒，说道："哪有如此大胆藐法的差役，胆敢在本县公堂之上大模大样？左右，与我拿将下去，重打四十！"两旁差役答应一声，齐来扯旗牌下去。正是：

福由人自作，一旦失威严。

毕竟海瑞可能打得那旗牌否？且听下回分解。

第十九回　赃国公畏贤起敬

却说旗牌出言不逊，恼了海公，吩咐衙役，拖翻在地，重责四十大毛板，然后说话。左右答应一声，立即上前，不由分说，将旗牌捽到阶下，按着头脚，一声吆喝，大叫行杖，打了十板。旗牌咬着牙根，只是不肯求饶。海瑞看了如此，大骂衙役畏惧，不敢用力，便亲离座位，夺过板子，尽力打去，竟不计数，约有五十余板，打得旗牌叫喊连天，皮开肉绽，鲜血迸流。叫道："好打，好打！"海瑞怒气未消，令人取过链子来，自己与旗牌对锁着，吩咐退堂，一同来见志伯。

却说志伯的船只业已傍岸，所有县属城守捕衙，俱来迎接。志伯既登了岸，却不见知县，便问各官道："知县何处去了？却叫本爵到哪里去住？"捕衙跪禀道："本县因要办公事来迟，谅即来也。"话尚未毕，只见旗牌与那知县对锁着，一路迎上前来。志伯见了，不知什么意思，便吩咐县官，快上前问话。知县即便上前禀见，志伯道："贵县为甚与本爵的旗牌共锁？请道其详。"海瑞道："只因贵差来县，勒要备办供应，并要纤夫、船只，将卑职的公堂闹了。所以卑职将贵差打了，对锁着来见国公请罪。"志伯听了，心中大怒，道："原来如此，且到县里说话。"吩咐先将两人的锁开了，随即来到县衙，升堂坐下，传知县问话。

海瑞昂然而入，打躬毕，侍立于侧。张志伯道："本爵并非私行，乃是钦奉圣旨，稽查天下仓库案牍。所到地方，理应供些夫马。所以本爵欲到之处，预将令箭传知前途，以便你等备办。贵县何故竟将该差痛责，岂非辱藐本爵么？"海瑞道："上司往来，地方官迎送出境，此是自然之理。但贵差到署，勒要纤夫百名，大船五十号。想此际正在农夫力田之时，本县百姓，皆是耕作食力的。顷刻之间，哪有百名人来？况且小县地方，一时焉有许多船只？故此卑职略为推延，以为赶办。而贵差则擅作威势，公堂谩骂，欺藐官长。故此卑职将他责打，以警将来，万乞恕罪！”

志伯道：“本爵乘船而来，每县只当送出本境，便要换船，难道不该觅船的么？那船只又大，近因冬旱水浅，必须用人牵缆，始得过去，难道纤夫也用不着的么？至于船只五十号，自有本爵的东西装载，故此开明数目，以免滋事。今贵县一些不曾预备，又将我的差官责打，明明是欺藐本爵，本爵难道没有斩知县的利刃么？”海瑞从容进曰：“国公钢刀虽利，不诛无罪之人！卑职自莅任以来，一向奉公守法，并不曾虐民媚上。今国公既钦奉圣旨纠察奸邪，盘查仓库，皇上之意，本是为民，今国公至此，适足以扰民也。卑职不自揣度，有言奉告，伏乞容诉一言，即死亦瞑目。”志伯道：“你有什么言语，只管说来。”

海瑞说：“且说朝廷差公抚恤天下，问民疾苦，纠察官吏，意盖至良也。公身为大臣，仰荷重爵，自当仰体圣意才是。怎么动以游骑先行，百般滥勒？所过州县，勒令补折夫价银若干两，饭食钱若干两，又仍复勒要酒食、船只、夫马，否则以天子之命而挟制之。州县既竭营资财，民亦备极劳苦。然从无不取民之官，一旦营办不齐，必致多方搜括。万民之膏，饱其贪壑，此岂身为大臣者之事也？窃为公不取矣！”

志伯听了，满面羞惭，不觉怒发冲冠地大声作色道：“何物知县，敢揭我短处？”吩咐左右推出。海瑞急止之道：“死固不可辞，然亦有说。”志伯问道：“还有何说？”海瑞道：“卑职开罪明公，罪固应死。而明公受贿百万，又当如何？”

志伯道：“你却哪里见来？”海瑞道：“三十余号沉重满载之船，内是何物？”志伯道：“三十余船，乃是奉皇上特谕，沿途采买下的瓷器、花盆等物，怎么说是赃物？”海瑞道：“皇上大内所需各项器皿，例有各省进奉，何劳圣虑，特以巡边大臣采买，而启天下之疑心耶？”

志伯被海瑞这一句说话倒住了口，却无言可答，怒道："这是本爵之事，不要你管。"海瑞道："明公说是不要卑职来管，卑职亦要与皇上算一算账。明公自出京以来，所过州县，多者二三万，至少者一万余两，统计所过州县一千有奇，计赃百万不止。此事只恐明公他日归朝，未免招人物议。今海瑞既已问罪，谅亦难逃一死。但死亦要具奏天子，俾知海瑞曾亦与国家出力，死且不朽矣！"即从袖里取出一个算盘来，对众人算计道："明公一路而来，大约共有赃私三百余万。"志伯满腔惭怒，只恐海瑞认真，纵然杀了他，也不得干净，遂笑道："你这厮，我看来乃是疯癫的。"吩咐从人赶了出去。海瑞大笑道："这是卑职的公堂，明公要赶卑职到哪里去呢？且请息怒，海瑞不过与明公戏言也。"志伯就乘机道："须属戏言，下次却不可如此，免人看见，只当是真的一般。本爵且住你的衙署罢。"海瑞道："当得如命，但敝署隘窄，恐不足以息从者，奈何？"志伯道："不妨，只本爵与三五亲随在内，其余悉在外边，不搅扰贵县。"海瑞应诺，便请志伯入内，至花厅住下。海瑞并不相陪，一面提犯审讯。

少顷，家人搬了四味荤菜，两盆素菜，一碗清汤，一壶水酒，说道："家爷现在公堂审案，不得奉陪，望乞公爷勿罪。"志伯看了，不觉哑然而笑道："你家太爷，既有公事，只管自便罢。"遂将饭略用半碗，连酒也不吃。那亲随的人亦是这些饭菜，各人肚里好生不悦，然见主人都不言语，也只得忍耐。

志伯被这海瑞当着众人抢白一场，心中大怒，便唤亲随来吩咐道："你且到外面看这海瑞做甚勾当，即速回来报我。"亲随领命，悄悄地来到外边，只见海瑞正坐在大堂，提了一干人犯，在那里审问。亲随见了，急急回来报之，志伯便私到堂后窃看。只见海瑞口问手批，顷刻之间，把几案的事一一了结，无不欣服。

志伯回到花厅，自思此人果有卓然之才，只是可惜了，不得展其骥足。又转念他今日如此行径，倘若认真与我作对，这便如何是好？看来他在此地决得民心，如此能廉耿介，必定一些破绽都没有的。我却拿什么来参革他？一味地胡思乱想，自不必说。

再说海瑞把公事办完，退了私衙，唤了海安吩咐道："你明日可领着三班衙役，共二十名，在码头听候。明日他起程之时，本县却与你等牵缆就是。"海安道："小的们当差牵缆，固然本该的。但老爷身为民牧，怎么反去作此下贱之事？即此衙役，亦当无当差之理。老爷何不唤那各处的地保前来，吩咐叫他立传数十名民夫就是。"海瑞道："这是什么话！现今秋收之期，禾稻将次登场，若是抽取他，如何防守相望？倘有失窃，岂不枉了他们数月劳苦？这却使不得。你只管依我去做，不必多言！"

海安应诺，即到外厢唤起差役，将海瑞的言语，对他们说知。众役听了笑道："我们在本县，也当了十数年的差，并未曾见代民当过夫役的。不特不会，抑且失了衙门威风。烦大叔代回一声，只说并无例，求太爷另唤民夫就是。"海安道："便是我亦这般说，怎奈老爷不依，说是恐失农务。你等只管伺候，明日老爷也来相帮我们呢！"众役听说是太爷都帮着牵缆，不敢则声，只得应允。

次日，志伯天尚未明即便起身，海瑞便来参谒，禀请盘查仓库。志伯道："贵县的仓库，定然是够足的，不必查验了。本爵就要起马了。"海瑞道："粗粝之饭，亦望明公一饱。"志伯道："昨夜打搅不安。"即时吩咐起马。海瑞也不强留，相送出了县衙，来到码头。志伯下了坐船，张府家人正在那里乱嚷，说是没有纤夫。海瑞即与海安并差役等一同下了水，把绳头牵着。那些百姓看见，齐声道："岂有此理！本县太爷是我们的父母，怎么都来当人夫，要我们何用？"大家都跳在水里，说道："父母大人请上岸去，待小人们来牵缆就是。"海瑞道："你们且去，休妨了大众的农务。"百姓齐道："父母大老爷说哪里的话来，我们当夫，是应该的，怎么要连累太爷受苦？"遂一齐将缆头牵住。志伯看见，急令人传海瑞上船，谢道："贵县如此爱民，真乃社稷之福。本爵回京，自当奏圣上，升官加级。"说罢，吩咐开船而去，连百姓也不用牵缆了。满城之人，无不赞叹。

不说海瑞回衙，再说张志伯一路巡察过了，即日回京复命，先将赃物陆续缴到严府。是时严嵩已为丞相加大师，权倾人主。

当下严嵩唤了来人讯问志伯行径。志伯家人道："家爷一路都已照中堂的言语行事，有清单呈上。"严嵩即令取来观看，只见：

河南省：共得白银五十三万，土物玩器共一百一十二箱。

山东省：共得白银四十二万，土物玩器共三十九箱。

浙江省：共得白银三十六万，土物玩器共七箱。

江西省：共得金条五十八条（巡抚送），白银四十万，土物玩器共七十六箱。

江苏省：共得白银六十万粱（太昌送），土物绸缎共一百箱。

广东省：共得黄金一百二十条（关差邹炳春送），洋钟表共一百八十架，翡翠犀石念珠两副、洋货匹头五百箱，白银共七十万。

其余各省俱是六十万，土物不等。

严嵩看了大喜。立即吩咐严二，照数收贮，待等志伯复旨后，再为瓜分。正是：

下虐民和吏，饱填贪壑中。

要知后事如何，且听下回分解。

第二十回　圣天子闻奏擢迁

却说严嵩看了清单，满心欢喜，吩咐家人严二照单查收，且暂贮库，待等张志伯见过了皇上，再作道理。按下不表。

再说张志伯次日早朝，山呼陛下舞蹈毕，帝赐平身，慰劳备至，问曰："卿到各省，目所击者，风土如何?"志伯道："各省粮稻均属平平，人民亦甚安妥。"帝又问道："天下官吏最关紧要者，即是州县。州县有司民之责，县令贤否，即百姓忧乐所系。卿历各省，曾见有一二最称廉介者最称滥墨者否？可为朕言之。"

志伯自忖道："海瑞如此刁强，我却引他入京，徐徐图之，以绝后患，有何不可?"乃乘间奏道："臣奉陛下圣命巡察各省，所过州县，无不悉心访察。山东历城县薛礼勤，贪墨民怨，臣甫入山东之境，即风闻其事。及抵历城，细加详讯，该县供认不讳。臣于审得实据后，即恭请尚方宝剑斩之，民皆称快。及至浙江，有署淳安县知县海瑞，广东琼州人，由儒学改任知县，在任廉介，且爱民若子。臣到淳安时，正值旱浅之际，来往船只，皆需牵缆。臣到县时，又值农忙之候。海瑞则免民之役，躬率差役家丁并自己代民牵缆。臣亲自慰谢之。臣见如此天下之大，若能廉介直者，推海瑞一人而已。若以之居侧近禁，必有可观。"帝闻奏大喜，即起吏部缺册观阅，只有刑部云南司主事员缺，帝即将海瑞名字注之册上，敕吏部知照。

张志伯即谢恩而出，来到严府，与严嵩相见，彼此慰劳。三巡茶罢，严嵩笑道："亲家出此一差，不知费了多少心力才得如此，可谓能事矣!"志伯道："在下自从出京以后，一路上巡查而去，莫不心胆皆畏。唯至浙江淳安，那县令十分娇强，与在下抗拒了一番。不知他怎生的厉害，所有沿途收受的礼物，彼亦得知，要与在下算账，险些儿被他弄个不好看。后来只得勉强吞下气去，将多少言语才得开交呢。”严嵩道：“这样可恶的知县，亲家就该立请尚方宝剑诛之！”志伯道：“在下亦是这样想，只因海瑞在县爱民如子，该地百姓敬之有如父母，若遽杀之，唯恐激变。故不得已隐忍之，另寻妙策除之。适才朝见皇上之际，曾以海瑞具奏。天子爱其才廉，即时提了云南司主事，业已敕吏部知照了。不日海瑞来京，那时却伺其短，因而杀之，方为全计。”严嵩听了大喜，即吩咐家人备酒。一则与志伯接风，二则庆功慰劳。二人在席又说了许多各省陋弊，彼此一问一答，直饮至午后才散。

严嵩邀了志伯，到后花园来坐定，把所得的赃物分为两份。志伯道：“此物就暂寄在大库，待在下陆续来取，不然只恐招人窃议。”严嵩点头，志伯珍重而别。

再说海瑞自从送了张志伯之后回衙，从此更加恩惠于民，民乐为之死。不两月，朝廷有恩旨到，升擢部曹。海瑞望阙谢讫，即便打点入京赴任。此时百姓闻之，皆来挽留。海瑞道：“非是本县舍得你等，只是朝廷之命，不敢推延。自古君命召，不俟驾而行，此之谓也。但愿你等守法奉公，父训其子，兄勉其弟，悉为良善，共乐此升平之福，则本县大有厚望者也。”说罢，不觉掉下泪来，百姓亦随着哭泣。

海瑞将印信送与新任，随即起程，带着妻子，一路望北京而来，水宿风餐，晓行夜住，非止一日。到了皇都，暂且侨寓。次日即到吏部禀到。吏部收了手本，即令赴任。此际海瑞领着妻女，竟无处可住。那部里向有主事公廨，只因年远久倾，满地荆棘，却要修整收拾，才能住人。海瑞宦囊涩滞，哪有银子？此时张老儿已死亦久。那李翰林散馆后，升了编修，海瑞只得又到他那里告贷。李编修正在拮据之时，勉强代为打算了几两银子，海瑞才得略盖茅房三椽，安顿妻女。

既上了任，便要上衙门谒见。第一紧要就是丞相，海瑞去了一连五朝，只不得见。你道为何？却因严二把持宅门，凡有官员初次禀见者，必要三百两门包，否则任你十天半月，也不能见的。丞相怪将下来，又不是当要的，所以内外的官员，每每都要受这严二挟制。

海瑞次日又来伺候，严二危坐门房之内，只得忍气吞声走上前去，把自己的手本递上，赔笑脸说道："二先生，相烦通传一声，说擢刑部主事海瑞求见丞相已经数日，万望方便。"严二将那手本掷在地上，说道："好大的主事！二先生是你家养出来的么？怎么要与你奔走？好没分晓，一些事也不懂得，还不快走！"一顿言语，说得海瑞红了脸，觉得没趣，走了出来，坐在大门外板凳上，一肚子的气。

海安看见主人这般光景，问道："老爷因甚如此气恼？莫非见了严相，有甚的糟蹋么？"海瑞叹道："见了严相，受些气也罢了，只是白白受了那严二的鸟气，实属不值得呢。他说我不知分晓，你道有这等可恶的么？"海安道："老爷有所不知，适间小的打听得一件事来，正要对老爷说知。那严二是丞相的心腹家人，把持宅门，凡有内外的官员初次禀见丞相者，三百两见面门包，另需送与丞相的参谒礼，那就说不定一万八千，至少都要上千，没有就不能得见丞相。怪将下来，说是欺藐了他，即时对吏部说知，除名挂劾，这等厉害！老爷不知其中陋弊，故此连来几朝，都不得见。且勿气恼，回去再作道理。"海瑞听了叹道："辇毂①之下，目无法纪如此，帝之任用小人，殊不觉察！"遂与海安同回。

张氏夫人问道："老爷见了丞相有什么话说？"海瑞只是摇头不答，不禁叹息。张夫人看见丈夫如此，心中疑惑，只道他为了甚么不是之处，便私问海安。海安备将如此如此，这般这般，逐一告诉，张氏方才晓得。少顷用饭之际，海瑞只食了几口，就放下了。张氏道："老爷且莫烦恼，此是上压下的势了，烦恼亦无益的。还须打算到里面禀见了才好，不然这个官就有些不妥呢。"海瑞愕然道："你却从何而知？"夫人道："问海安故得其情。"海瑞道："想我一介穷官，那得这些银子与他？前日收拾这三间茅房的银子，还是在李编修处借的。世情如此艰难，京中又没甚相好可以挪借得的。我意欲拼这顶纱

---

① 辇毂（niǎn gǔ）：皇帝的车舆。代指京城。晋·陈寿《三国志·魏志·杨俊传》："今境守清静，无所展其智能，宜还本朝，宣力辇毂，熙帝之载。"

帽不戴，索性与他做个见识。”

夫人道：“老爷，你休将卵撞石，自取破亡。想你十载寒窗，磨穿铁砚，才得这官。今日为甚么事，就拼了这个前程？若是知者，便道老爷不阿权贵；有等不知者，还私相议论，说是老爷在任滥墨，致此免官而归，还是忍气待时的为是。”海瑞道：“夫人之言固属爱我，但目下如何措办呢？”夫人道：“妾自闺中积有数年，现有白银二百，业已随带在身，以备老爷不时之需。今愿奉君前去作贽，不知可能够如数否？”海瑞道：“还差一百，另有参谒礼不在其数。”夫人说：“若得进见就是了，那严相千富万有，那里争你这一份薄礼？况他看见你这样狼狈，谅亦原宥的。今缺一百，妾有金首饰，料可抵数。老爷一总拿了去，暂应此急如何？”海瑞道：“去了这些首饰，夫人却哪里得来饰鬓呢？”夫人道：“我向来不戴的，你只管拿去。”随唤金姑去取来。

金姑此时年已八岁，颇识人事，说道：“母亲好好的东西，怎么拿去与人？”夫人道：“你那里晓得？没了这些东西，你的爹爹就保得住这顶纱帽，不然没了官，只怕连饭都没得吃呢？快去拿来。”金姑道：“做官才有饭吃，难道爹爹当日未做官时，就不吃饭的么？”夫人怒道：“小孩子嘴巴巴的，就要讨打呢！”海瑞叹道：“可知此物如此可爱，这难怪他。”因对金姑道：“我儿你且去拿来，为父的自有一个主意，包管就带回来与你就是。”金姑道：“爹爹说过的，休要失信！”海瑞道：“说过就是。”

金姑随即进去，少顷捧着一个小盒出来道：“在这里，拿去罢。”海瑞接来，觉得沉重，揭开盖一看，只见盒内放着一对珠花，一对金钏，一对金耳圈，一支扁簪，另有一对东珠，结成蝴蝶样的边花。海瑞道：“这些东西谅可抵得，夫人可将那二百两拿了出来，即时就去。”夫人进内，把两袋银子拿了出来，交于海瑞。海瑞唤了海安上来捧着，别了夫人，望着丞相府而来。

时严二正在门首坐着，海瑞看见，便上前笑脸相问道：“二先生用饭否？”严二只是不理。海瑞又道：“二先生，丞相可曾退朝回府否？”严二道：“退了朝，又怎么？”海瑞道：“在下有个小茶东，敬送上二先生买杯茶吃，相烦通传一声。”随在海安手上拿了两袋银子，上前笑嘻嘻的送与严二。严二接在手内问道：“多少？”海瑞道：“足二百两。”严二听了，忙把银子掷在地下，笑道：“你真是顽皮，哪一个不晓得这里的规矩——三百两，少一毫也休想见呢。”说罢便欲转身。

海瑞急上前说道：“二先生不必动怒，另有商量。”严二道：“你商量了再来！”海瑞道：“即此就与二先生商量。”随向海安手中拿那个小盒子，递与严二道：“在下一时能措办，尚缺一数，今有些许之物，谅可抵数，望乞二先生一观看量如何？”严二遂揭开来看，见是些金器首饰，他本来不稀罕的。只见内有一对珠花，那珠子却也圆莹得好，严二心中大喜，便道：“既然如此，我只和将就罢。”遂收了。随道：“太师的参谒礼呢？”海瑞道：“见了太师，自然面送。”严二道：“只是太师少憩在万花楼上，你且在此候着，待太师起来，我觑个便，替你通传就是。但太师的礼，是少不是的。”海瑞道：“这个自然，不须费心。”正是：

任他奸巧计，自有主持人。

毕竟海瑞见了严嵩，有甚说话，且看下回分解。

第二十一回　海瑞谒宦囊辱相

却说严嵩退朝回府，用了早膳，自觉身子困倦，到万花楼上睡息半时，谁知一觉直到未刻方才起来。严二侍立于侧，严嵩洗了脸，家人随将八宝仙汤进上。严嵩一面吃着，问道："今日有甚事情？"严二乘机进道："新任刑部云南司主事海瑞禀见。"遂将手本呈上。严嵩忽然触起张志伯之言，遂勃然怒道："他是几时上任的？怎么这时候才来禀见？"严二道："是本月初五日到京，初六日上任的，计到今日已是半月。但该员在外一连候了十余日，只因太师有公务，小的不敢通传。"严嵩道："这海瑞前在淳安时，颇有循吏之声，你们休受他的门礼。"严二道："领命。"严嵩吩咐传进。

严二即来门房，见了海瑞说道："海老爷，你今日好造化，恰好太师起来了，今传你进见。若见了时，只说三日后即来禀安，只因他有公事，门上的不敢通传就是。"海瑞应诺，随着严二来到后堂，转弯抹角，不知过了多少座园亭，方才得见。

严嵩在那三影亭上凭椅危坐，旁边立着十余美貌的娈童。海瑞即便趋前参谒，行了庭参之礼。严嵩问道："久闻贵司廉介，颇有仁声。故天子特迁部曹，以资佐治，汝其勉之。"海瑞打参道："卑职一介贫儒，屡试不第。谬蒙皇上格外殊恩，特赐额外进士，即授淳安儒学。受命之日，踢蹬未安，唯恐无才，有忝厥职。复蒙当道以瑞才堪治县，即以淳安县改授。卑职到任，唯有饮冰茹蘖①，矢勤矢慎，以期

① 饮冰茹蘖：指生活清苦，为人清白。茹（rú）：吃；蘖（bò）：俗称黄檗，味苦。喝冷水，吃苦味的东西。比喻处境困苦，心情抑郁；也形容生活清苦。又说"饮冰食蘖"。唐·白居易《三年为刺史》诗："三年为刺史，饮冰复食檗。"清·纪昀《阅微草堂笔记·槐西杂志三》："节妇非素有定志，必不能饮冰茹蘖数十年。"

仰副圣意而已。何期殊遇频加，深荷太师格外提挈，得授斯职，实出意外之幸，深感云天之恩。自愧浅薄末才，辜负堪虞，伏乞太师复加训诲，则卑职实感再造之恩矣！”严嵩道：“此是天子之意，与我何干？你且退去罢。”

海瑞复打一躬道：“卑职有个委曲下情，不揣冒昧，敢禀太师丞相，不知可容诉否？”严嵩道：“有甚事情，只管说来。”海瑞先谢过了罪，随说道：“太师大魁天下，四海闻名。今复佐君，总理庶务，燮理阴阳，调和九鼎，天下无不仰望，以为久病乍得良医，苍生皆有起色。卑职昨到京来，赴任后，即到太师府禀见。谁知太师家人严二，自称严二先生者，每遇内外官员初次禀见，必要勒令三百两银子以作门礼，否则不肯通传，还称太师设有规习，每逢参谒者，必要千金为寿，否则必捏以他事，名挂劾章。以此挟制，莫不竭囊供贽。似此，则声名扫地矣。大抵太师丞相皆未察觉所至，如此小人弄弊，太师岂可姑容？还望丞相详察。”

严嵩听了海瑞面揭其短，心中大怒，本欲发作，只恐认真，遂故作欢容道：“微先生言，几被这小人舞弄。但不知先生来时，严某可有勒索？”海瑞道：“若是没有见证，卑职焉敢混说？”严嵩道：“他却取你的多少？”海瑞道：“须要不多，不过卑职倾家相送，尚欠一百两。尊管还不满意，不肯代传，又以危言恐诈。卑职自念一顶乌纱虽然不是十分紧要，但是十载寒窗，妻女万里从苦，故亦有所不忍。卑职妻子苦夫失官，不得已尽将闺中金饰交与卑职，持送尊管作抵，尚费多少屈服之气始得相通。今日得亲颜色，亦非小可。然卑职从此衣食俱尽，丞相却将何以训诲？”

严嵩听了，不觉满脸红一块青一块地说道：“岂有此理，这奴真欲倾陷我也！先生且暂少坐，容某讯之。如果属实，则当正法，决不稍事姑容也。”海瑞道：“习性成惯，太师当以好言劝之。”严嵩越发大怒，即便唤了严二进来，骂道：“你充当本衙家丁，有得你食，有得你穿，这就是了。怎么在外瞒着我，如此滋事？你知罪否？”

严二见海瑞在旁，又见严嵩发怒，谅是为着此事发作，只得跪下说道："小的自蒙爷收录以来，无不遵法守分，并无过失。乞爷明示，一死亦甘心。"海瑞在旁，却忍不住插嘴道："你休要瞒太师，你适间受的是什么东西？"严二厉声道："你看见什么东西？无端在我主人面前谗谮？"严嵩喝道："休得多言，我且问你，海主事现在告你私收门包，可有么？"严二道："没有。"海瑞作色道："明明二百两，另外一盒金器，经我亲交与你手上的，难道白送了么？"

严二被海瑞质对着，谅不能抵赖，乃道："我们当家人的，上则靠着主人赏赐，下则仗着你们老爷们赏封。适才蒙老爷赏的，如今现放在门房里，还未曾取起，怎么就在主人面前谗害？既然老爷舍不得，就请拿了回去就是，又何必捏造这言语？"海瑞道："可是有的！如今当太师面前还我便罢，不然恐太师执法如山，不能稍宽你矣。"严嵩在上，听得真赃正贼，只得叱骂道："不肖的奴才，怎么大胆私受人家赏赐？还不拿来，当面缴还主事老爷么！"

严二不敢再说，只得急急走到门房，将那二百两银子，并小匣儿一齐捧将出来，跪着道："这就是海老爷赏与小的之物，今当面还海老爷，算是小的多谢海老爷赏了。"严嵩笑道："你是一个家奴，怎么消受得起？这却是海老爷故意与你作耍，你怎么却认真了？快些送还海老爷罢！"严二急忙将银子钗饰，交还与海瑞。海瑞接转，便向严嵩拜谢道："多蒙丞相破例相赠，使卑职衔结无既矣。"严嵩明知其言刺己，故作欢容道："先生勿怪，旋当整治此奴矣！"立即吩咐家人备酒，与海瑞叙话。海瑞告辞道："卑职乃是部属微员，明公乃朝廷极品，焉能忘本？只此告辞。"严嵩道："偶尔便饭，吃一碗去。"海瑞只是告辞，坚持不从。严嵩道："诸事不合，祈先生包涵，敢忘厚报？"海瑞唯唯，辞谢而归。暂且不表。

再说严嵩打发海瑞去了，即唤严二责骂道："你怎么这般糊涂？我原说过的，叫你不要收他的礼物，怎么竟收了？如今却被他当场出丑，好生没趣。想我自莅任以来，只有势压于人，并不曾稍出逊言。今为你却受了一肚子的鸟气，真是岂有此理的！"严二道："老爷且息雷霆之怒，暂宽斧钺之威。想小的自从跟随老爷以来，于兹八稔。所行之事，无不与老爷商酌。自爷登仕以来，向设例规，无不禀遵，唯未见这个海瑞，如此混账。他适间胆敢毁谤老爷，何不立即参奏了他，以警将来？”

严嵩道：“海瑞为人刚直忠正，且不畏死。倘彼奋然扣阍[①]，陈理你我是非，则数载之劳苦心力，一旦为之尽付东流矣！你不见前者张国公之事耶？此即可为前车之鉴矣。”严二道：“张国公奉旨纠察天下州县官吏贤否，仓库虚实，又何闻海瑞之事？小的实所不知，乞爷明训。”严嵩笑道：“亏你还是一个宰相的家人。前者张国公奉旨巡察天下州县，是奉旨躬代皇上巡幸，还有谁人敢稍抗逆？所以每过州县，派令府县供应银两，一路俱皆遵办。唯到浙江时，海瑞初署淳安知县，不特不为供应，且骄傲，国公到县，亦不为礼。及张国公发怒，责其不恭之愆，彼则昂然不肯少屈，竟与国公抗衡，并面叱国公之非，还要与张公爷算账。后来张公爷看见事势不好，恐怕当场出丑，只得忍气吞声。后来还说了多少好话，才得开交。张公爷尚且如此，何况我府近在禁垣，他虽职分卑微，然乃是一个部曹，若是央求一个尚书、侍郎，亦可以上奏的，所以适间我也让他。今后你等再休惹他，我自有主意，徐徐图之。”严二应诺而出。从此严嵩心中挟恨海瑞，千筹百计寻事陷害，此是后话。

再说海瑞回衙中，妻子忙上前问道：“事体如何？”海瑞道：“幸喜不致失信。”遂唤海安，仍将小盒子交还小姐。金姑接着，喜不自胜。张夫人道：“且喜见了严相，这顶纱帽方保得稳呢！”暂且按下不表。

又说那张娘娘，自蒙皇上宠爱，在宫三载，产下太子，皇上十分欢喜，遂有立她为后之意。尚未发言，而皇后已死。此际天下臣民挂孝，自不必说。到了小祥，皇上升殿，聚众文武商议，欲立张氏为后。时严嵩在旁奏道：“陛下立后，乃天下之大事，何无一女可当圣意者？贵妃张氏，乃出身微贱，伊父市侩之流。既蒙陛下立为贵妃，

---

① 扣阍：叩击宫门。吏民向朝廷有所陈情申诉。阍（hūn）：宫门。宋·王明清《玉照新志》卷一：“燕云之伐兴，处厚之侄孙尧臣，以布衣诣京师，扣阍上书，力陈不可。”

则张氏之幸有过于望外者。今陛下若欲册为正宫，不特该妃微贱，不足以配至尊，且恐臣民窃议。伏唯陛下思之。如陛下再续鸾胶，当于各臣宰之家，遴选其四字俱全者册之，名正言顺，谁曰不然？”

帝听奏不悦，道：“朕自别驾微员入居九五，亦由微而显。今日之事，虽乃市侩之女，然工容言德，靡所不谐。事朕以来，端庄严谨，况已生太子，朕册改为正宫，卿何谏阻？”遂即日册张氏为皇后，立其子朱某某为太子，即迁于昭阳正院居住，封妃母仇氏为荣国夫人，颁诏布告天下。严嵩心中不悦。

看官要知道他为甚么不悦之意？原来嵩有甥女，姓郝名卿怜，年方一十七岁，生得倾城之色，羞花之貌，诗词歌赋，无所不晓。居止娴雅，洵是神仙中人。其父郝秀，娶嵩之姊。郝秀曾为部办，携妻在京。及严嵩得官之际，亲戚来往。未几郝秀病死，其姊亦相继而殁。郝卿怜时年十四，无所依靠，嵩遂接归府第，养为己女。三年间，其女长大，更自超凡的美媚。

嵩日夕抚育，爱如掌珠。时延大内乐部女，教以歌舞，满望进于皇上，以固己之宠。怎奈皇后尚在，张妃之宠未衰，无隙可乘。今皇后已薨，正欲进献，忽帝要册张贵妃为后，故此严嵩从中谏阻。岂知天子不听，决意册立。嵩心中不悦，恨恨回府。自思有此机会，又被他人占去。如何不恨？正是：

不如意事机偏巧，有心之人恨便多。

要知将来严嵩果能把甥女进入宫否，请看下回分解。

第二十二回　严嵩献甥女惑君

却说严嵩久欲将甥女卿怜进于天子，今见其志不遂，便恨恨而归。回至府中，不胜忧闷，自思：“我着意许久，用了多少心血，才得卿怜习谙歌舞。今一旦大失所望，如何是好？”千思万虑的，再不能算得一个好办法出来。忽然想起兵部给事赵文华素有学问，为人多谋足智，新与我相契，何不请他到来商议，或有计策，亦未可知。遂吩咐家人拿了一个年家眷弟的名帖，到兵部中来请赵文华过府闲话。家人领了名帖，便一径来到兵部公廨，见了赵文华，将帖子递上，致主人之意。赵文华看了帖子，即忙衣冠，随着来人急趋相府。

时严嵩早已令人预备下酒筵在那万花楼上，嵩却在花亭相候。文华来到花亭，见了严嵩，急急上前打躬请安。嵩一手挽起，相携到万花楼上，分宾主坐下，家僮献上龙团香茗。赵文华躬身道：“旬日事忙，不曾到府上问安，罪甚，罪甚！不知老太师相召，有何训谕？”严嵩道：“闲暇无聊，特邀先生与我一谈。”文华道：“屡扰尊厨，醉酒饱德，不知何日衔结？”嵩道：“先生何必客套？自古相识者，天下知心无几人。今我与先生同朝，甚惬素怀，故无事之际，敬邀先生闲谈。”文华就要把盏。嵩道：“先生真是长作客套也。”遂对酌于楼上，彼此劝酬，备极欢畅。

嵩道：“昨日皇上欲再册后，仆欲以小女奉敬，不意今日已立张贵妃矣。此却先后只差一刻耳，诚为恨事。”文华道：“昨闻太师曾谏来，怎么皇上如此固执？”嵩道：“皇上以张贵妃有子，故立之。”文华道：“张贵妃出身微贱，帝实不察，将来何以母仪天下？诚不可解也。”嵩道：“我欲送小女进宫，但此刻张贵妃已正昭阳，且帝爱其子，固重其母，倘不肯纳，如之奈何？”文华道：“今观帝亦耽于酒色者，当以计饵之，自无不纳之理。”嵩因问其计。文华道：“今皇上与太师乃是忘形之君臣，来日早朝，乘间奏请帝过相府赏花，帝必不推。若是驾临，太师则盛饰女乐，靓妆小姐而出，使之把盏进馔，则帝必乐。酒至半酣奏之，必然允纳的。”嵩大喜，忙谢道：“先生真妙计也！”即与痛饮而别。

次日早朝，帝问严嵩道：“近日市中米价如何？”嵩奏道：“今春雨水充足，气候适合，正是‘风调雨顺’。各处禾稻丰足，真所谓‘一禾九穗’，实足为丰年之庆也。”帝喜道：“若此，则朕无忧矣。”嵩呼万岁，道：“陛下忧民若此，故上天特降丰年，此苍生有幸，臣等不胜欣喜之至。际此升平之时，臣敢恭迓六龙①过臣第赏花，小显君臣之乐，不知有当圣意否？”帝大喜道：“久闻相国园内佳雅，朕每欲一玩。今相国有心相邀，明日必至，唯恐有累卿耳。”嵩忙谢道：“陛下圣驾一临，草木生辉。臣不过水酒一杯相敬耳。”帝应允。

嵩辞谢而去，回到了府中，即请文华到府，请他布置。文华应命，便即唤了严嵩的家人要那一件这一项，顷刻之间，摆设得如花团锦簇一般，水陆并陈。预将甥女卿怜修饰，又令各女乐预先打点。

至次早，嵩具朝服伺候。至午刻，只见黄门官飞奔而来，称说圣驾起行，已离正阳门，将次到了。嵩即令人于路焚香恭迎。少顷，只见黄伞飘隐，远远望见銮驾。嵩即手捧玉圭，跪于地下。那侍卫仪从，一对对的不知过了多少，随即有女乐十六人，一派笙歌嘹亮，一对香炉过去，就是銮舆。嵩即山呼万岁，帝赐平身，嵩扶帝而行，一直来到内堂，方才下舆。帝坐于当中，嵩复山呼舞蹈。帝赐坐问道：“卿居此第几年？”嵩道：“蒙皇上天恩，臣秉钧衡于兹三载，居此不觉三年矣。”帝笑道：“光阴似箭，日月如梭，卿与朕相处，屈指不觉将近十载矣。”嵩谢道：“臣以一介庸愚，谬蒙陛下知遇殊恩，不次超擢，唯有赤心一枚，以报陛下也。”

---

① 六龙：古代天子的车驾为六马，马八尺称龙，因以为天子车驾的代称。汉·刘歆《述初赋》：“揔六龙於驷房兮，奉华盖于帝侧。”唐·李白《上皇西巡南京歌》之四：“谁道君王行路难，六龙西幸万人欢。”

须臾，筵宴齐备。嵩以小碧金车坐帝，令两个美人牵拽以行，来到万花楼，果见幽雅不凡，迥殊人世，俨然瑶岛琼台，即大内亦无如此布置。帝心甚喜，赞道："此是神仙之府，朕焉得长处此也？"嵩谢不迭。

赏玩了一番，随即登楼。那楼高数仞，更且四面窗扇，皆以玻璃为之。其中朱栋雕梁，自不必说。嵩请帝坐于当中玉龙墩上。帝仰望无际，青山远叠，绿水潆洄。正是：欲穷千里景，更上一层楼。当下帝观眺良久，不觉心旷神怡。嵩即亲自把盏。随有女乐一十余人，皆衣绣绮，油头粉面，真如锦簇花团一般。为首一女子，更觉美艳非常，立于诸女之中，如鸡群之鹤，以春葱捧玉卮，跪献席前。

帝注视良久，不觉神为之荡，笑道："卿真乃神仙中人也！"频以目视之。嵩乘间进曰："此女有福，得见天颜，亦一时之大幸也。"帝笑道："此女不减太真，朕欲为三郎，未审丞相肯见惠否？"嵩曰："此臣女卿怜也，今年十七岁矣，尚未有问名者。然蒲柳之姿，恐不足近亵圣躬。"帝笑曰："司空见惯，故以如此，使苏州刺史断肠几回矣！丞相勿吝。"嵩即与卿怜齐呼万岁，当席谢恩。帝大喜，即赐卿怜平身，命人以小车先载入宫。与嵩畅饮一番，然后回宫。嵩直护驾至宫门方回，好不欢喜。复与赵文华饮至月上东墙，方才各散。

至次日，闻帝即于是夕在翠花苑留幸严女。嵩得了这个喜信，以千金谢文华之妙计。从此与文华更加相厚，格外另眼相看。不一月，将文华改擢刑部郎中，暂且不表。

又说严氏卿怜，自从一日得帝宠幸，便做尽百般艳媚迷惑人主，帝宠之日深，遂被严氏所惑，常在严氏苑内。未几月册严氏为上阳院贵妃，宫中称为严妃，十分宠爱，言无不从。严妃便欲谋为皇后。适张后失宠，帝听信严妃朝夕谗谮，遂决意废张后而立严氏。群臣闻之，多有上本阻谏者，帝只留中不发。

八年五月，帝御温德殿，以皇后本市曹女，不得母仪天下，废为庶人，立严妃为皇后。群臣不敢复谏，张后遂被废矣。

严氏即立，因见张后有子，恐他日自不能立，乃复进曰："皇后怨陛下深矣，不如仍复立之，庶无后患。”帝问：“何出此言?”严氏道：“张后怨陛下之废彼为庶人，心深慊怨[1]，口出不恭之言，待其子稍长，即当复仇，故宜避之。”帝怒甚，即时囚张氏母子于冷宫，永不许朝见。可怜张后并无失德，一旦为奸妃所害，囚于冷宫，不见天日。时太子年已三岁，日夜啼哭，后甚忧之。宫中之人，无不窃叹。

海瑞闻之，即上本申奏，劝帝复立张后，其内有云：“太子久已储位青宫，天下所共知也。今一旦被废，窃恐无以取信于天下。唯陛下思之”等语。帝闻奏不悦，只念海瑞向日廉介，况又是正言，乃批其本尾云：

览奏备悉。卿忠心为朕，然事已更，岂可复乎？姑隐图之，不负卿意也。汝其隐之。

海瑞见了批语，叹道：“谗言惑主，虽有忠言，皆逆耳矣！”

海瑞不觉已在部三年，应该报升迁擢的，只因严嵩记其曾上过奏本一事，心中恨之，故特不迁瑞之官。瑞不以为意，唯愿天子早日省悟而已。

帝既惑于严氏，自然重信严嵩。此时嵩位极人臣，帝宠信无比，乃尊嵩为国丈。嵩便肆行无忌，朝廷大小事务，悉归嵩手。凡有升迁降调一切，皆禀自于嵩，然后入奏。嵩又另植群党，以赵文华为通政司。

时张志伯已为陕甘提督，嵩欲以志伯为护卫，遂奏请撤回志伯为京城兵马都督。这缺是京城总管，掌理九门军马。志伯既得了恩命，即日起程赴京都。先到严府请安，随将礼单呈上。内开的是：

锦州大毡毯一张，黄州柑子一百篓，宝石如意一枝，珍珠如意一枝，碧玉宝带一围，金供器五件，西洋时钟一对，锦缎千端，水晶帘一挂，玻璃照身镜二面（高九尺厚五寸许，紫檀镶），浣火布一丈，玉马一匹（高五尺，有轮自能行走，转动如生）。

严嵩看了礼单，唯喜的是那张大毡毯。笑道：“仆因万花楼高大，

---

① 慊怨：怨恨，不满。慊（qiàn）：恨，不满。《礼记·坊记》：“贵不慊于上”。注：“慊，恨不满之貌也。”

冬月欲得一方毡毯铺于地上，以便暖坐，只苦无此大材料，常以为憾。今见此毯，谅与楼之宽窄不差甚么。”志伯道：“丞相试铺在楼上，看是如何?”嵩即令人展开铺在楼上，果然一些不宽，一些不窄，俨如定制的一般，遂大喜道：“莫非亲家量过了的，然后命人织的么?”志伯道：“然也。”嵩笑而谢之道：“亲家真知我心也!”遂令人备宴，相与畅饮，尽欢而散。正是：

只因心爱处，即便遂怀来。

后来张志伯如何，且听下回分解

第二十三回　张志伯举荐庸才

却说张志伯次早入朝，朝见已毕，帝令平身，宣上殿来，慰劳毕问曰："陕甘一带近日如何？"志伯奏道："陕西一省幸赖宁安，唯凉州一度陷于鄯善之夷，彼时有窥视之心。甘北界邻胡地，胡亦图入脚。臣到任后，即时加巡警，严饬戍士，所以守御严而衅无从起耳。此乃陛下洪福，国家之幸也。"

帝喜曰："卿可谓能理而善治者也。今卿来京，不知守者可如卿万一否？"志伯奏道："臣奉恩命之日，即在各营镇哨内悉心遴选。查有中营中镇胡芳，年力精壮，善得抚守之法。且待军士有恩，人乐为之死，臣将军务令其暂署，候陛下简放才干兼优者赴任，以资弹压。"帝道："此任甚重，非素谙抚治之员，不克胜任。卿意以何人可当此职？"志伯道："臣观才干兼优者固不乏人，然非在外重镇，即夹辅都城，恐不能移易。臣伏见相国族弟严源，年富力强，谙晓治道，具有王佐之才，孙吴之略。现为驾部郎，这人可当此任。陛下试召之，面询其治理之道，必有可观。否则臣甘受欺君之罪。"

帝曰："卿为社稷之计，举贤才，荐忠良，乃大臣之礼，朕甚嘉尚，何罪之有？"遂令黄门官，持节到相府宣召严源，明日早朝见驾。黄门官领旨去讫，帝即对张志伯道："明日吉辰，即当接印任事可也。"随赐玉如意一枝，飞鱼袋一个。

志伯山呼谢恩出朝，急忙来到相府，恰好严嵩正在书房用膳。张志伯进见，嵩即请同吃。志伯道："饭且自吃，特为君报喜而来。"嵩问："有何喜事？"志伯便将帝问彼答，现在简放令弟源老兄，已差黄门官持节来宣，明日早朝陛见，即为大将军的话说明。嵩闻言反觉不悦，道："蒙亲翁美意，特为舍弟吹嘘。但舍弟自江西来，诸事未谙，仆无奈以一职而羁其身。今忽然膺此大任，只恐弗胜，诚不免画蛇添足，似此如之奈何？”

志伯尚未及答，人报黄门官奉节至，请爷快出接旨。嵩即穿朝服出至中堂，跪接圣旨。黄门官口诵圣旨道：

现据张志伯奏保丞相族弟严源，有王佐之才，孙吴之略，朕甚嘉悦。特着黄门官持简到宣，卿宜携弟明日早朝陛见，朕另有委请，毋延。钦此。

严嵩谢恩已毕，向黄门官谢过了劳。黄门官道：“恭喜相国，令弟今承特召，必有大缺简放，可喜可贺！”嵩谢道：“乃尊使福庇所致。”黄门官作别回朝复帝不提。

再说严嵩打发天使回宫，即来与志伯商议道：“明日舍弟入朝，只恐皇上面询其戍守方略，舍弟如何能答对得来？怎么是好？”志伯道：“太师不须忧虑，可令人请令弟来此，仆自有以教之，必不致误事的。”随又着人到府中，取地舆图来，二人领命，分头去讫。

少顷，严源来到。二人相见毕，志伯便向他道喜。源道：“何事可喜？乞即示知。”志伯道：“二爷旋作大将军矣，岂犹未知耶？”遂将如何始末，备细说知。严源听了，惊呆半晌，始道：“谬承亲翁大人吹嘘，恐仆有负所荐，如之奈何？”志伯道：“不妨，且坐片时，自有分晓。”

言未毕，家人取图来到。志伯展开悬壁上，乃是一幅地理图，上载着陕甘两省的山川关隘形势以及路径险要，一一均有注脚。哪里为最重要之地，何处是冲繁之区，指摘清楚，历历如见。志伯道：“二爷明日到了那里，必要先整饰哪里，又次及哪里。”细细为之解说，再三指示，严源默记于心。志伯又将如何答应戍守之道，复为开说。严源亦细心记之。嵩喜道：“非亲翁之大教，真弄巧反拙也。”顾谓严源曰：“你默记之，毋致临时遗忘可也。”源当面称谢。嵩即命人取酒共酌。志伯辞道：“现奉圣旨，仆明日上任。仆尚有事，只恐明日不能相从二君入朝，幸勿见怪。”遂辞去。严嵩恐源不能记忆，是夕竟不放严源归，将图形屡屡指点，复令其诵读注脚之语，直至四更，始息片刻。

刚转五更，兄弟双双抖擞朝衣，令家人提了绛笼，一径入朝。金鸡三唱，天色渐曙，忽闻景阳钟三响，各内侍鸣鞭静殿，各文武分班立着。嵩与源二人跪于阶下。少顷，御香氤氲，一派音乐，两行宫女及许多太监拥簇着帝升殿，坐于九龙绣墩之上。文武山呼已毕，帝令卷帘，宣严嵩、严源。二人山呼万岁，趋上御前，脑伏金阶。帝赐平身，二人谢恩起立于龙书案侧。

帝顾严嵩曰："此即你族弟耶?"嵩奏："乃臣弟严源也。"

帝随问源道："卿现居何职?"严源伏奏道："臣现充驾部郎之职。"帝笑道："志伯荐卿之才高，朕今日当展你骥足。朕欲以卿为陕甘提督诸军，卿料能守此否?可为朕言之。"源顿首道："臣乃一介庸愚，毫无知识，谬蒙张都督过誉。臣不才，唯有竭尽忠诚，以报陛下高厚于万一耳。至于守抚事宜，非可以预定者，见机而行，遇时而进，抚则不失为讨，讨则仍复为抚。抚讨两道，即治理之道，诚非臣所能逆料者也。"

帝闻源语，大喜道："真将才也！大将在谋，今卿得之矣。朕欲以全凉委卿，卿其勿负朕意。严源顿首道："臣无才无识，诚恐弗克胜任，有负陛下委托之重。"帝道："卿之才，朕已知之。"即以严源为甘凉总督诸军事，赐尚方剑，即日起行。源九顿谢恩出朝。二人好生欢喜。少顷就有许多官员前来道喜。此际严源恰如山阴道上，竟然应接不暇。

次日，赵文华即以千金为寿，另有名马玉带之类相送。（原夹注：文华可谓善于趋炎附势者。嗜痂逐臭，何不知耻若此！我甚为之惜矣。或曰：不然，公太迂腐，故有此说。今日之做官而享富贵，非昔日之赵文华耶?只知为彼惜，我亦以公不及文华矣！可发一笑。）严源既受恩命，即日打点赴任。吏部那边，即着差人送了文札，并上谕训旨过府。严源择吉起程，一路上的供应迎送，所过州县官吏，无不攒眉吞气，俨然先日之清算张国公也。暂且不表。

光阴似箭，日月如梭。海瑞在部，不觉四年有余，备极劬劳。二次报功，皆被严嵩驳回，不许填报卓异，且每欲寻隙陷之。只因海瑞办事小心，又并无一些破绽，嵩故无从下手。时张志伯在京城，恐怕海瑞见帝，即败露其故恶，故每劝严嵩隐忍，总不迁其官爵，使彼不得见帝。因为如此，瑞又在部年余。

一日，人传严嵩与弟甘凉总督严源常有私书来往。嵩子世蕃，年方十五岁，终日在外嫖荡，恃势凌人。昨日在于翠勾栏院饮酒，一语不合，酒后使性，竟将院娘击死。知县前去相验，拘问邻人，方知是世蕃所为。知县竟不敢根究凶首，反把尸母扣押，令其遵依领埋。如此肆横，种种不法。

海瑞听了叹道："似此则小民受害者，恐无宁日矣！"但自己官职卑微，咫尺天颜，无由得见，心中烦闷。值部务稍暇，乃过李纯阳编修处闲话。李翰林延至内堂，彼此谈论。说起朝中之事，海瑞慨然曰："皇上信任严嵩，则社稷将见倾危矣。"相语未毕，忽人传李侍读到拜。李纯阳道："海兄且少坐片刻，待小弟陪了客来，再来叙谈。"海瑞笑道："既有贵客至，请自便罢。"李纯阳拱一拱手，往外陪客去了。

且说海瑞独坐无聊，遂将纯阳的书籍翻阅。看了几本，不觉一本书内，有一小折儿夹在其中。海瑞展开来看，却不是别的，乃是严嵩的劣迹十二款。只见上写道：

第一款：二年春三月，嵩在通政任内，窥见顺城门张一敬之女美媚，以势娶之。其父母不允，嵩讽县令以横事陷一敬于狱。嵩因娶其女为侧室，阻隔其父母往来。一敬幽死于狱，敬妻旋亦屈恨而死。嵩恐女为父母复仇，夜缢死其女以灭口。

第二款：嵩改擢刑部尚书，凡有天下抚院所咨命盗各案，必取押咨银若干两，否则驳饬。

第三款：嵩在刑部尚书任内，讯江南一家三命之案，凶首有财，令人贿赂严嵩，以白银三千为寿。嵩受之而反其案，使死者抱憾九泉。五年九月事也。

第四款：嵩迁丞相，加太师，日益肆横，目无君父，把持擅专，所放之官，布满天下。六年五月，嵩以太保刘然不为己用，遂矫旨收之，杀于狱中。

第五款：福建闽王某，因无贡物于帝，亦无嵩贿，嵩即谮于帝前，称闽王不贡，便有不臣之意。闽省地接番夷，恐王为患，劝帝早除之，免滋后患。帝乃赐闽王死。嵩复使该地方官抄籍王家解京，以肥己囊。

第六款：嵩善窥上意，每遇帝喜，必暗奏之，彼党羽某人好，他人歹。帝唯嵩言是信，升降不明，朝廷解体。

第七款：嵩有心固宠，欲为椒房之戚，以甥女育为己女，特请帝至府中献弄，蛊毒君上，陷害张后以及青宫，皆废为庶人，现今幽于长门宫。

第八款：嵩与步军统领张志伯，结为党羽，又为儿女之亲，屡屡保荐，直至封爵，出镇大州。今复奏帝调回，总掌九门之钥，其居心更有不可问者。

第九款：嵩与主事赵文华友善，朝夕绸缪，欲为己用，超擢文华通政之职。迁擢由心，目无君上。

第十款：私加官关课税，以饱贪壑。

第十一款：放纵家人严二，刻薄重利放债。

第十二款：府第款式，仿照大内，而更极其新巧，僭越有罪。

海瑞看了，随大喜道："有对证了！"即急急地收于袖中。正是：

看明十二款，拼得一身亡。

未知后事如何，且看下文分解。

第二十四回　海主事奏陈劣迹

却说海瑞见了严嵩劣迹十二款，便急急笼入袖中，竟不辞而去。回到馆寓，展开再看，愈加恼怒，拍案叹道："如此国贼，若不参奏，殊非为君为臣，忠君爱国之心矣！"遂即作稿具奏，将这十二款劣迹，书载于内。其奏稿云：

刑部云南司主事臣海瑞，诚惶诚恐，稽首顿首，谨奏为国贼专权，官民被害，亟请严旨，立除横暴，以安臣民，以靖天下事：

窃见丞相严嵩，身膺重禄，深负国恩。自蒙陛下殊渥①以来，不次迁擢，以郎官荐升通政，旋擢尚书，复蒙格外殊典，钦加太师职衔，义秉钧衡。计嵩自及第筮仕以来，屈指未及十载。以献媚工谗，遂致位极人臣，从古未有之幸。理当竭忠报国，以答高厚。然嵩自得宠以来，日肆暴虐贪戾，性成残忍。甚至门庭如市，大开卖官鬻爵之权。公用贿赂，罔顾王章，植党树威，其心莫测。小人任为心腹，君子视若寇仇。擅杀大臣，私放官职。如其族弟严源，从豫来京，白丁得职。复令其儿女亲家，现在九门总督之张志伯，谬加混荐，乍膺重镇，因托以代志伯回京，以便结成一体。文武之权，悉归嵩之掌握。诚欲危国家而为不孰谋矣。臣受国恩深重，虽肝脑涂地，亦难仰答高厚于万一。睹此国贼专擅肆横，情难哑忍。不揣冒昧，谨列嵩历行劣迹，条列于左，以冀陛下电察。乞将严嵩革职拿问，

① 殊渥：特别的恩惠。渥（wò）：厚，重。唐·杜甫《寄李白二十韵》："文采承殊渥，流传必绝伦。"

交三法司①拟议。则国家幸甚，臣民幸甚矣。谨据确实以闻，臣不胜待命之至。

计列国贼严嵩劣迹共十二款。恭呈御览。

次日五更，海瑞穿了朝服，竟趋朝觐帝。内有同僚见之，问曰："先生从来不曾趋朝，今日何故趋朝？有何大事？"海瑞道："朝廷乃臣子陈说利害之地，但有事即得趋奏。公何必多问，自便罢了。"那同僚见他如此抢白，自觉没趣，遂不再问。

少顷，金钟响亮，帝已升殿，文武随班朝贺，山呼舞蹈毕。

海瑞越班而出俯伏金阶，奏道："臣刑部主事海瑞，有本冒奏陛下，伏乞赐览，臣不胜幸甚之至。"帝突见海瑞在阶前，手捧奏章而跪，乃令内侍取来观看。帝览阅良久，自作沉吟之色，乃传旨道："卿且退，朕自有处。"竟将奏稿纳于龙袖之内回宫。文武看了如此光景，皆不知何故，退出朝房。有来问讯的，海瑞笑道："此乃机密，少顷便见。"众皆疑惑不定，只得各别回去。

海瑞亦别众而回，于路大喜道："倘蒙天子准了此本，则与臣民除害，纵瑞一死，也是值得。"回到私衙，又复欢笑。张夫人便问其何以甚喜，想必要迁升官秩么？海瑞道："迁秩倒是小事，所可喜者，业已参奏了严嵩矣。"张夫人听了，不觉大惊失色："老爷为什么疯了？"海瑞道："好端端的办着正事，为什么说我疯了？"张夫人道："若不是疯了，难道死活都不晓得么？今严嵩势倾人主，炎权灼手。你竟敢参奏他，岂不是以卵击石，自取其死耶？"海瑞道："严嵩虽然势大，但彼自犯法，理当惩创，怕他则甚？"夫人道："虽则犯科作奸，律有明条，然彼女现为皇后，我料老爷不能与彼抗衡也，姑待之罢了。"海瑞道："夫人且自宽心。我以一介贫儒，受恩深重。今见国贼不奏，何以仰答圣主洪慈？纵为奏嵩而死，亦所瞑目。夫人勿言。"

不说海瑞夫妻之话，再说嘉靖帝袖了海瑞奏稿，回至宫中，与皇后严氏观看道："你父为官不轨，致被廷臣参奏，卿意如何？"严后便

---

① 三法司：明清两代以刑部、都察院、大理寺为三法司，遇有重大案件，由三法司会审，亦称"三司会审"。

俯伏在地哭奏道："臣妾之父，待下过严，是以不得众心，故而有此一端。伏乞陛下察之，妾与父不胜幸甚！"帝曰："虽云不得于众，而本内十二款，款款有据，朕若故为庇卫，未免过于偏袒。今当批行廷臣，秉公确讯，却示意于承审之员，彼此开解了事就是。"遂提御笔，批其本尾云：

海瑞所奏，如果属实，亟应严究。着三法司会同秉公确讯。如有稍虚，即加倍反坐，以警将来。严嵩、海瑞，即并押发收审，三日具复。承审官毋得稍存袒护。钦此。

这个旨意一出，随差了两名内侍，分头到两处押交，严后再拜谢恩不表。

再说那三法司是太常寺卿、刑部尚书、光禄寺卿兼兵部侍郎。你道那三位是谁？太常寺卿刘本茂，刑部尚书郭秀枝，兵部侍郎陈廷玉。当下三法司接了旨意，即命廷尉提人。谁知朱票未出，内侍早已将两人送到。郭秀枝即命权禁刑部司狱看守，悬牌明日听审。二人交到刑部司狱处，依此分开看守，自不必说。

再讲严后打听三法司乃是某人某人，即暗令小内侍将三份礼物悄悄地送与三人，致嘱方便。三人却不敢收下，唯对使者道"谨遵懿旨"而已。郭秀枝平日是与严嵩相好的，心中自然要袒庇，又有娘娘之旨致嘱，越要回护，即来见陈廷玉道："仆观此案，乃海瑞怨恨严太师不迁其官，故而有此一端。今奉懿旨，还当仰体圣意为是。"陈廷玉道："只是海瑞所奏十二款，似有确据，如何偏袒得来？只是皇后既有懿旨，等待临时见机而行就是。"秀枝称善。二人一同来见本茂，备以此意告知。本茂含糊应允，然心究不平，姑应之而已。

少顷升堂。三人坐下，吩咐左右，先请严嵩问话，时嵩已青衣小帽，来到堂上。三人略略起身拱让，便令人取大垫，铺于地上，让嵩坐下。秀枝问道："闻得太师与海瑞有隙，不知是否？"严嵩道："海瑞与某向不通问，有何仇隙？此事是海瑞怨某不迁其秩，故而冒奏，希图泄愤。唯三位大人察之！"

秀枝道："太师之言，如见其心，且请自便。"嵩谢而退。

秀枝即唤海瑞到堂。海瑞亦是青衣小帽，朝上打躬。秀枝却不让坐，便问道："你告严太师十二款，可有确据否？"海瑞道："严嵩专权罔上，肆暴恣横，鬻爵卖官，植威树党，公行贿赂，天下之人，无不深知，何为不确？"秀枝道："你却不揣冒昧！但凡大臣有罪，诸廷臣会衔联奏。你乃是一介微员，辄敢妄奏国戚，你知罪否？"海瑞笑道："夫贼子乱臣，人人得而诛之，又何怪一部之微员也？海瑞受国厚恩，誓以死报。今奸臣蠹国，正瑞报主之时也，虽断首捐躯，亦复何憾！"秀枝道："你既有确据，能指其人否？"海瑞道："不能一一指出。但不论皇城内外，无人不知此一十二款。"秀枝怒道："既未能指实据，岂不是冒奏么？观此必有他人主使，不然，这十二款从哪里得来的？"海瑞道："人人皆知，却是哪里没有？"秀枝道："听此口词，不打哪肯招认？"吩咐皂隶扯下去掌嘴。

本茂急止道："且慢！海瑞主事，你此事却从何处得来，亦不妨直说出来。否则徒受敲掠，终亦要说的，此非达士所为也。"

海瑞听了本茂之言，忖思道："有理，想我一时粗糙，竟不审辨真伪，遂闻于上。今被郭贼问得无言可答，何不供出李翰林，亦得他来做个确证。"便道："此十二款却从史馆得来的，难道还不确凿么？"秀枝道："史馆所载的事实，皆入于金縢柜中，你焉能取得？此又是胡说的！"海瑞道："现从编修李纯阳书籍中得来的。如有不信，可即传李纯阳来问，便可以见其确凿矣。"郭秀枝笑道："原来是你与李纯阳捏造的，且带下去。"左右答应一声，将海瑞簇下。本茂对二人道："海瑞之言，必有来因，可唤李纯阳来问便知端的。"即令廷尉官往唤纯阳。

且说纯阳哪里知道此事，正与客对弈，忽家人报道："不好了，不知海主事怎样把老爷的密事宣泄于帝之前。今日奉旨，令三法司会讯严、海二人，谁知这位海主事却把老爷攀扯在内。如今三法司已差了廷尉官来请老爷，现在堂上，请爷去相见。"

李翰林听了，不知这话从何说起，便丢下了棋子，急急出来迎接。那廷尉官见了纯阳，将来意说知。李纯阳道："不知海公为着甚事，攀扯在下，公可悉其情否？”廷尉官道：“原来尊驾还不知道吗？那海主事前日将严相参奏一本，具奏十二款，帝即批发三法司会审，在堂上供出太史来的。我们且到那里再作计议可也。”李纯阳道：“暂容入见妻子一诀。”廷尉官应允。

纯阳入内见了妻子，备将上项事情说知。其妻莫氏大惊，且泣道：“君家今日此去，可保生回否？”纯阳道：“夫人莫要悲忧，此去即不能生还，亦无所憾。但我在生一世，只有一子，年尚未冠，一生只有这点骨血，你当善视之，毋负我意可也。”莫夫人道：“夫妻之义，父子之情，自不必说。老爷且自放心。吉人天相，谅亦无妨的。”此时李公子在旁，见了这般光景，道：“父亲不必如此恋恋做儿女态，生死有命，又何迟疑之有？”纯阳听了大喜道：“好！好！有你如此，我死亦瞑目矣！”遂出外与廷尉官同到三法司堂上去了。正是：

忠臣能有忠臣子，强将麾下无弱兵。

未知李纯阳此去可得生还否？且听下回分解。

第二十五回　青史笔而戮首

却说李纯阳听了儿子李受荫一番激烈言语，遂奋然就行，同着廷尉官一路望着三法司衙门而来。廷尉官进内禀知唤到。郭秀枝便吩咐，且候明日随堂带质，当下廷尉官将李纯阳带回看守。

至次日午堂，一干人证俱到，三法司升堂危坐，先带李纯阳上堂。李纯阳看见秀枝在座，叹曰："我必死矣！"原来郭秀枝与李纯阳同在翰林院时，两不相睦。纯阳最鄙其为人，故相左。当下秀枝见了，分外眼明，俨然问官一般，威福擅作，乃把朱笔来点李纯阳之名，书吏在旁高声喝点。李纯阳心中不忿，也不答应于他。郭秀枝连点三次，只见李纯阳不应，乃怒道："何物书呆，如此大胆！法堂之上，尚敢如此矫强耶？"纯阳笑道："实不敢自负，但贱名自殿试传胪之日，经圣天子御笔点过，至今无人呼唤。不虞为你等所呼，大奇，大奇！"秀枝愈怒道："你自恃为太史，不服王法么？"纯阳道："率土之滨，莫非王臣。有功受赏，有过领罪，何敢不服王法？但我之名讳，非你得而呼之者也。"

本茂看见如此，皆难过意，遂从容道："李太史之言，怕不有理？唯公既已奉勘，不得不如此。"纯阳道："此是奉旨否？"本茂道："亦非奉旨，然事有因，故致勾摄太史，何太于过执？且说现在事罢。"因问道："刑部主事海瑞，冒奏严太师一十二款，奉旨发在法堂听勘，昨已严讯一切。唯海主事不能历指事迹，致使再三研讯，称说一十二款乃从太史家内书籍中检出，不知果有此否？"

纯阳听了，如梦初觉，方知海瑞私自取了他的密缄具奏，乃道："一十二款果是严嵩实在劣迹，但不知为海瑞所盗耳。"

本茂道："太史身为史官，凡有文武内外臣工以及大内一切贤否之事，均应密缄金柜，何乃疏忽至此，为海主事所盗！忽略之咎，只恐难辞。”

纯阳道：“严嵩所犯十二款，乃是确据无疑的，故此直书于史册。唯恨一时未曾放入金柜，不虑为海瑞所盗。忽略之咎，固无可辞矣！但严嵩身为贵戚大臣，犯科作奸，不知可有罪否？”本茂道：“太师犯法，自然皆与民同罪，无实据何以为案？太史亦太造次矣。”纯阳尚未及答，只见秀枝大怒，拍案叱道：“你为史官，不稽实迹，动辄秉笔诬捏，罪有应得，你亦知否？”纯阳道：“有无反复，尽属公言，则朝廷可以不必设史馆矣。”秀枝叱曰：“朝廷设立史馆，原以直朴之臣，原以书载那廷臣贤否，岂容你一人在内舞文弄墨，以伤正气也。若不直供，只恐毛板无情，悔之不及矣。”纯阳道：“事属确切，须死不移！”秀枝大怒，便欲行刑。本茂道：“玉堂金马之臣，未曾有受辱者。如果属实，应具奏天子，当明正法。公切不可因一时之怒，辱及仕途，为将来者怨。”

秀枝怒气未息，叱令发在廷尉看守，吩咐退堂。退入私衙，与二人商议道：“幸喜纯阳不能实指的确，此案似可规避，不知二公之意若何？”陈廷玉尚在无可无不可之间，唯刘本茂不允，说道：“若反史馆之案，则十部纲鉴，皆不足信矣。”独不与联衔会稿。郭秀枝看见刘本茂不允，乃私以陈廷玉名字，联衔具复。其复稿云：

> 臣郭秀枝、陈廷玉等谨奏，为遵旨议复事：窃臣等奉敕着三法司勘问刑部主事海瑞参奏太师严嵩一案，臣等遵即会合，秉公确讯。现据主事海瑞供称，与太师向无交往，亦无仇怨。唯太师自秉钧衡之后，海瑞日望其提挚迁秩。如是者引望数载，不得迁擢，遂以为怨。故与翰林编修李纯阳谋陷，捏造浮言，计共一十二款，希图中伤之。经臣等再三研讯，矢口不移。旋传李纯阳到质，据称伊与海瑞同乡，更兼同年，梓里之情，故多来往。纯阳自散馆后，改授编修，心意未足，乃向严太师求卓异擢迁侍读之缺。而严太师以正言责之。纯阳诚恐有罪，遂思先中伤之，以灭宰相之口。故特挽刑部主事海瑞来家，故以一十二款作为偶尔搜

检，冒昧上陈，彼此希图瞒听，共泄私愤等情。再三研讯，坚供不讳，似无遁饰。臣等伏查例载，下僚以私怨上司，捏造浮言，冀欲中伤者，首犯议斩主决；从则免官，仍治以枷杖之罪。臣等未敢擅便，谨将今讯过缘由，据实具复，伏乞皇上睿鉴，训示遵行。臣等不胜待命之至。

这复本一上，天子看了，唯不见有刘本茂名字，心中疑惑，乃命内侍悄地宣召刘本茂进宫，细问原委。内侍领了密旨，来到刘本茂私第宣召。恰好刘本茂正因昨日郭、陈二人联复之事，忖思海、李二人，本是为国之诚，今一旦为郭贼所诬陷，眼见得身首异处，我岂可袖手旁观？况我亦是奉旨的，既不联奏，亦当另复才是。于是在窗下作稿，书缮正了，要待明早面呈御览。忽家人报称有天使至。本茂匆匆衣冠出迎，延入书院，让正面坐下。茶罢，本茂道："天使光降，有何圣谕？望乞示知。"内侍道："适因天子看了刑部尚书郭秀枝等复奏本章，圣心疑惑。又见奏章上并无大人名字，故此特差咱家前来，宣召老先生进宫问话呢。即请速行。"

本茂即与内侍同到宫中，见帝于卿云轩中。帝正将陈、郭二人复奏看阅。本茂上前俯伏，口称万岁。帝敕平身，随赐绣墩。本茂叩谢毕，帝问道："会讯海、严之案，卿亦在列。今是非均无定着，卿又不签名联奏，却是为何？莫非其中另有别情否？卿当为朕言之，毋使枉纵，以昭平允可也。"本茂奏道："臣奉旨会勘海瑞参奏严嵩一案，已得其情矣。只因郭秀枝、陈廷玉二人任情偏断，故此臣不敢签名，以坏陛下之法。今臣另有察勘严、海二人实情，具复小折呈览。"遂在袖中取出一折，呈于帝前。帝展开一看，只见上写着：

太常寺臣刘本茂谨奏，为据实具复，以期圣鉴事：臣窃查海瑞，向与严相并无仇隙，而瑞性固耿直，每恶其为人，常有参奏严嵩之心。但以微员，不获睹天颜为恨。故虽有奏嵩之心，而无可乘之隙。五中隐忍，非一日矣。瑞偶过翰林编修李纯阳家闲话，适有客来访，纯阳便出款友。海瑞独留书斋，久坐无聊，偶检阅纯阳案头书籍，不意见纯阳记嵩劣迹共一十二款。瑞见之益怒，遂有参奏之机。即时不别而行，连夜修成奏章，申奏陛下。其忠君爱国之心如此。而李纯阳送客后，亦不曾觉。及瑞在堂供出纯阳所记之事，臣等即传伊到问，一字不差。此乃海、李二人之实情。但纯阳身为史官，自应慎事，何得以国家密事，存放家中案头，殊属忽略，难辞其咎，合依泄漏机密律治罪。其主事海瑞无有罪，毋庸置议。不知有合圣意否，伏乞皇上裁处。臣不胜幸甚之至。谨表以闻。

帝看毕，迟疑未决，复问道："卿何备得其情，若此真确？"本茂道："臣于讯审之后，私到廷尉处，叩其真情，是以知之为确。"帝听了沉吟不语，良久乃道："卿且退，朕自有以处之。"本茂辞谢而出，不表。

又说那嘉靖帝看了两处覆奏，只见各执一词，较之本茂所呈似近情理。然嵩有此一十二款，难怪海瑞参奏。诸臣不签一字者，乃畏嵩之势，而缄口结舌。幸有主事一人为朕敷陈，不然则听嵩蒙蔽不已。方欲批发，将嵩革职治罪。适严氏来到，俯伏阶下，口呼万岁。帝赐平身，便问道："卿何至此？"严氏泣道："妾父不得众心，被海瑞诬陷，昨闻廷臣多有附会之者，唯陛下察之！"帝道："卿父向与朕厚友，今复为国戚，虽然作奸犯科，朕当宥之。但海瑞所奏一十二款，得之史馆，事难反覆，如之奈何？"严氏道："史馆有事，则不该宣泄于外，即此可见矣。譬如陛下立法之事，史臣亦可任意泄耶？李纯阳忽略机密，罪无可遁，愿陛下先诛纯阳以警将来，则是非从兹定矣。"说罢，不胜哀泣。帝惑之，即时批了一道旨意云：

据三法司申复前来，海瑞本与相国并无怨嫌，唯编修李纯阳，不合私造浮言，夹于书籍之中，故使海瑞得见。瑞即认真，动此忠君之念，旋以一十二款具陈朕以尽忠。其中委曲，你毋庸再问。严嵩仍复原职；海瑞不合造次冒奏大臣，但念其因公，并非私意，尚可原情，仍着主事用。罚俸半年，以警不应。其编修李纯阳不合忽略，故捏大臣，着即处斩完案。钦此。

这旨意一下，可怜这李纯阳一旦身首危然。后人读到此处，谁不为之痛心哉!

及李纯阳被斩之后，海瑞方才得释，听得这个消息，即如飞地奔到法场而来，抚尸大哭。且吩咐家人，勿要收殓，急奔朝堂而来。时已将晚，海瑞却不能少候，直趋殿上鸣鼓。正是:

只因全友谊，那惜此身躯?

毕竟海瑞这一上殿如何，且看下回分解。

第二十六回　红袍讽以复储

却说海瑞在廷尉衙门得释，闻知李纯阳被害，遂急急来到法场，抚尸痛哭一番。遂令人看守，自己却急急的走向朝房而来。此际天色已暗，海瑞也等不到明朝，悄悄地走到龙凤鼓边，拿起槌儿，把鼓乱击。"咚、咚"连响，惊动了守御的官军，立将起来把海瑞拿住，问他所以。海瑞道："我有隐情，除非见了万岁爷，方可说的。"那些侍卫见他说话含糊，便把他带住。

少顷，有司礼监出来，问道："谁人大胆击鼓？"侍卫道："刑部主事海瑞击鼓，业已带下，候旨定夺。"内监听了，吩咐："把这蛮子海瑞带着，待咱家好去复旨。"侍卫应诺。内监即到内宫，奏知皇上。帝即出殿，时已曛黑，满殿点着了灯烛，便传海瑞进见。

那些内侍如狼似虎的一般，走到外边，把海瑞抓进殿来。海瑞连忙叩头，口里只呼万岁。帝问道："你乃一个微员，何故诬捏宰辅？罪有应得。朕念你出于无心，故特加恩宽恕。如今复敢击鼓，难道还有甚么委曲于你么？"海瑞顿首奏道："微臣参奏严嵩，原为忠君起见。然臣蒙恩宽宥外，李翰林忽被斩首，此臣所以不敢偷生也。特诣宝殿，伏乞陛下立赐臣死，以全朋友之义，以明微臣之志。"帝道："李编修泄漏机密，罪应正法，你何独为他殉耶？"海瑞道："陛下垂拱万方，而凡百姓莫不群承德泽。君臣、父子、兄弟、夫妇、朋友，乃五伦备者。夫妇有恩，朋友有义。今李纯阳身为编修，秉笔史馆，书记严嵩一十二款，乃其份内之事，实不虞瑞之偶见而盗之。今蒙陛下赐以一刀之罪，纯阳罪固当戮，死而无憾。然臣实是害纯阳之人，敢独偷生耶？伏乞陛下亦赐臣以一刀之戮，则微臣无憾矣！"

帝听了海瑞这一番言语，不觉长叹道："卿可谓不负人者也！然李纯阳已死，不能复生。卿乃朕之直臣，朕忍轻弃耶?”乃传旨：赐李纯阳冠带，用五品之礼安葬，追赠为翰林学士。因海瑞之忠义，转赐以玉如意一支，以旌其义。海瑞谢了恩，领旨下殿。早有礼部以五品冠带一袭，交与海瑞。

海瑞接了，急急来到法场。时李夫人正与公子抚尸大恸。海瑞大呼：“尊嫂、贤侄止哀，有恩旨来。”李夫人听得有人叫唤，便止了泣，只见海瑞到来。海瑞作揖道：“尊嫂且接恩旨。”李夫人便与公子跪着。海瑞捧住冠带道：“奉圣旨以李翰林加五品职衔，赐冠带殓葬，家属谢恩。”夫人公子口呼万岁，把冠带接收讫。旋各官僚皆来吊唁。海瑞此时穿了一身孝服，跪在一旁，如丧父母一般，逢人便道自己之过。

少顷，棺木已备齐了，随即入殓，将柩寄于城外之资报寺。海瑞竟随着灵柩相守，夫人与公子倒觉过意不去，劝道：“海老爷，不必忧焦了，如今且请回衙理事。亡夫之灵柩，自有愚母子服侍。”海瑞坚持不肯，直到小祥后，方才回衙。即对夫人说道：“李年兄因我而死，今其家眷流于京邸，又无依靠，我甚过意不去，意欲将女儿许配了他的公子，一则以报李年兄之恩，二则女儿终身有着，不知夫人意下如何?”张夫人道：“老爷之言甚善，如今他们母子无依，先接过了居住，且供应公子读书。其婚姻之事，慢慢再说。若是预早说明，只恐公子畏人谈论，不肯过来同住呢。”

海瑞大喜，次日即到公馆来，见了李夫人，便将相往同住之意说了一遍。李夫人道：“多承叔叔厚意，但是愚母子在京亦是无用，不日当整归鞭。唯是目下并无分文，难以行动耳。”

海瑞道：“贤嫂且到舍下暂住，待愚叔打算盘费，再送尊嫂、贤侄回家未迟，幸勿推却。”李夫人不得已，乃与公子搬到海瑞私衙。张夫人加意殷勤，情同姊妹一般相待，自不必说。海瑞偶暇之时，更用心教那受荫的经史，谆谆讲解义理。李受荫却也聪明，一听了书便悟。因此海公更喜其聪慧，比自己生的还倍加爱惜。

如此住了一年，过了礼仪的大祥。海瑞便请了媒人，对李夫人说合他儿子的亲事。李夫人道："愚母子流落天涯，上无片瓦，下无立锥，母子漂泊，犹如萍寄。多承海老爷提携，使愚母子不致饿毙他乡，则感恩靡既矣，焉敢仰攀千金小姐作媳？烦善为我辞可也。"媒以李夫人之言回复，海瑞便自来见李夫人道："以小女配令郎，实瑞所应报先人者也。尊嫂休得推却。"李夫人看见海瑞如此情形，只得依允。只是并无聘礼，只得将玉簪一支，权为聘礼。海瑞接了，从此改口相称，此时又更加亲厚矣。夫人虽然屡欲回家，怎奈海瑞坚留不放。一则要女婿近身攻书，二则又因盘费未备，不觉又过了一年。

时值皇上四旬万寿，京都臣民各处张灯结彩，与帝恭祝称庆。大小臣工，皆有恭祝贡物。海瑞是个穷官，更兼近日又多了几口养活，可怜他自上任，只有一领红袍，直至于兹，冬夏也无更替的。如此劳苦，那里还有甚银子备办贡物？不过空手随班祝贺而已。

是日，帝大喜，遍赐诸臣之宴，海瑞亦在列内。只见严嵩手捧玉卮，跪于帝前，顿首祝道："臣愿陛下福如东海，寿比南山，皇图永固，帝道遐昌。臣有恭祝圣寿之诗一律，恭颂万寿。"遂将诗呈上。帝看诗毕，笑曰："丞相过誉，朕恐不当。今日可谓太平筵宴，君臣之乐，无过于此，岂可无诗以纪其盛？凡你诸臣等，各和一首何如？"诸臣皆呼万岁。随有刑部侍郎唐瑛，左春坊右庶子刘保邦，各吟一首，无非都是些赞扬之句。帝览毕，乃向海瑞道："诸人皆有诗章，主事何独缄口？"海瑞俯伏奏道："臣才迟钝，今尚思索矣。"帝令速和，海瑞即便到自己的位上，浓磨香墨饱笔，题成一律呈上。帝览诗，再四吟哦，复又沉吟半晌，不觉慨然长叹，低头不语。众臣莫知其故，海瑞面上却有欢容。

帝即宣瑞到御座之前，谕道："观卿数语，使朕有愧于心。然事已至此，如之奈何？"海瑞顿首奏道："陛下恩遍万方，何惜一开金口，使彼母子亦得称庆。"帝大喜道："依卿所奏。"

海瑞顿首谢恩，欢呼万岁，退回原位。

帝对文武百官道："朕行年三十入继大统，屈指不觉十载。回忆少年所行之事，大半乖错，今甚悔之。现与卿等共聚一堂，诗酒相娱，亦可谓千古一时之盛，但缺一乐矣。”诸臣齐道：“陛下垂拱万方，四海一家，乃极乐之天下，独有缺者何也？伏乞陛下示知。”帝叹道：“古人有云：‘有子万事足，无官一身轻。’可今朕富有四海，你诸臣工无不竭诚尽职，翼辅王室，可谓乐矣。但缺一乐者，唯朕无子。若有太子，今日席前称庆，岂不称全美乎？”诸臣未答，海瑞急急趋至御前，俯伏奏道：“陛下有子，何以云无？”帝故意道：“寡人何处有子？卿何以言之？”海瑞道：“张皇后产太子，曾经颁行天下，于今七载，陛下岂忘之耶？”帝作惊喜之状道：“朕却忘怀了。非卿言，朕几不省。今日不可不使皇子一睹盛事。”海瑞复奏道：“太子称庆，礼固宜然。今陛下何不招来，与诸臣相见？一则太子得亲祝遐龄，亦稍尽人子之道，亦不负陛下以仁者治天下也！”帝正欲降旨，只见班中闪出一人，手执象笏，俯伏金殿，口称：“万岁，微臣严嵩有一言冒奏，伏乞陛下恩准，则臣等亦不胜幸甚。”帝笑道：“卿试言之。”正是：

奸臣恐怕君恩降，故以谗言阻止君。

未知嵩奏何事，且听下回分解。

第二十七回　贤皇后重庆承恩

却说严嵩在殿上，听得海瑞与帝之语，诚恐特降恩旨，把太子赦了出来，仍居储位，则己女之宠就衰矣，随即俯伏金阶，奏道："前者皇子与张氏有罪，被废已经数载，天下臣民皆知。陛下不宜听海瑞之言，致有出尔反尔之讥。此必海瑞勾通长门，因此乘机巧说，以图蛊惑，望陛下速诛之，则天下幸甚矣！"

帝笑对嵩说道："卿有子否？"嵩道："臣只一子。"帝曰："朕欲卿子代朕子幽禁数载，卿愿否？"嵩道："臣儿无罪，不得入此幽宫。"帝笑说："可知道又来了！你子无罪，故不得入此长门。岂朕子有罪，合当长禁耶？丞相勿再言，且退。"嵩惭愧而出。帝即令内侍持节赦皇后、太子出冷宫，另备宴于绮春轩，父子相庆。诸臣随驾回宫，各各散出。严嵩急急回府，再作计议，自不必说。

再说张皇后与太子自从贬入幽宫，不觉四载。母子二人，日夕唯有对泣而已。幸赖有冯保时时开解，不然则恐不能双全矣。这日，张后在冷宫，想起今日乃是皇上万寿，又值四旬，遂对太子说道："今日正是你父四旬万寿，天下臣民，皆来称庆。若是我与你不曾被废，今日不知怎生高兴呢！"

太子听了，含着一眶眼泪说道："可恨奸妃狠毒，致使我父子不能见面。他日重睹青天，我怎肯与她干休！"说罢痛哭起来。冯保在旁劝慰道："娘娘、太子爷，都莫要哭，朝廷岂无公论？且自宽怀忍耐而待之的好。"

说犹未了，忽听叩门之声。冯保出问何人，只见司礼监胡斌手捧节钺说道："皇爷有旨，特赦皇后、殿下二人，立即到绮春轩朝见，幸速前往。"张后与太子连望阙谢恩。旋有小内侍捧着冠服进来，张后与太子换了吉服，随着胡斌来到。

时帝已在绮春轩等候，忽见张氏携着太子而来。其时太子年已七岁，生得志气轩昂。帝一见，不觉喜动颜色。皇后与太子俱伏于地下待罪。帝即下座，亲手挽起后与太子，重新祝寿。帝动了父子之情，不觉流下几点泪来。张后道："罪妾幽闭深宫，以为今生不能再见天日矣。何幸陛下突施格外天恩耶？"帝惭愧笑道："昔日之事，毋烦絮说，且言今日之欢。"此时筵席已备，太子亲自把盏。帝大喜，与张后叙些旧话，直至月上柳梢，方撤之。是夕帝与张后宿于绮春轩内，令冯保侍护太子于青宫。

次日，帝令侍读学士颜培源为傅，教习太子诗书，改绮春轩为重庆宫。却只不提起改易之事情。张后亦不敢多言，百凡缄口而已。冯保打听明白，才知是海瑞之力，即奏知张后。张后感激海瑞之恩，召太子入宫谓曰："我与儿得复见天日者，皆海主事之力也。你当铭之五内，他日毋忘其功。"太子道："儿当镂心刻骨，将来图报恩人就是。"暂且不表。

又说那严氏卿怜，得知皇上复召张后，特赦太子，仍复青宫，心中大怒。又见帝久不临幸，未免惊扰，终日嗟怨，泪不曾干。(原夹注：可知如此苦况，独不思他人否？谚曰："烧红的火棒，拿不得两头。"就是此等人，可笑。）乃修书一封，令人送与严嵩，令其为计。

严嵩正因女儿之事，心中忧闷，连日不曾上朝。忽然接到宫中书札，乃展视之，见写道：

女卿怜百拜，敬禀者：女蒙大人豢养，并荷提挈，得侍椒房，亦云幸矣。不意坐位未暖，忽有此变。今张氏与太子皆蒙恩赦，女料不日皇上必复其位。太子今已复居青宫，张后现居绮春轩，帝即改为重庆宫，观此则可想矣。虽不明言更复，其改名重庆者，盖有自也。倘一旦复位，置我何地？当先思所以自卫之计，庶免不测之虑，唯大人图之可也。书不尽赘，唯早决。谨禀。

严嵩看了，沉吟半晌，无计可施。自思皇上之意，却要改复。未言者，是所不忍也。若不及早自卫，必有不测之祸矣。及复书一札，令人持回。致复卿怜，叫她依书行事。

来人持回，卿怜将书即时拆开，细看其书云：

览阅来书，备知一切。但此事之祸机已伏，发在迟早，则未可料。其改重庆二字，乃重相欢庆之意。你宜早退旧地，乃让正院于彼。则帝喜你之贤淑，而祸患尽息矣。你宜悉想，毋致噬脐。我你与有荣施焉。此复，不尽所言，统唯早定大机可也。

严氏看了父亲回书，自思让位之说亦得。但我已在正院四载，今日复居人下，岂不被人耻笑？若不让回正院与她，皇上必然有以怪我，此际更不可开交。左思右想，别无妙计，只得自作小奏一笺，令人持献与帝。帝览其奏云：

臣妾卿怜，诚惶诚悚，九顿谨奏：窃妾乃蒲姿柳质，谬蒙圣恩，持置正宫，受恩之日，心身未安。时以圣意过深，不敢固辞，忍隐五中，直至于兹。今恭逢皇上四旬万寿，八方庆洽，所有囚徒，皆被恩泽。皇后张氏，太子某，皆蒙恩赦，俾得重沐恩膏。妾心数载之默祈者，一旦已酬。今谨具寸笺，伏乞皇上鉴原，仍以皇后张氏复正昭阳。妾仍侍侧，不胜幸甚矣。谨奏以闻。伏乞陛下圣鉴。妾卿怜临池，不胜惶恐之至。

帝览奏即批其笺末云：

览阅来奏，不胜欣忭。具见卿贤恭德淑，洵堪嘉尚。准如所请，着即日移居临春院。其昭阳正院，着司礼太监王贞，即行洒扫。差礼部郎中侯植桐，备法驾恭迎张皇后复居故宫。其文武诸臣，仍往朝贺三日。钦此。

批毕，即令来人持回。严氏看了，即日移迁临春宫去了。王贞把昭阳正院洒扫一番，张灯结彩伺候。郎中即齐了銮驾仪从，引领着到绮春轩来。早有太监们进了后冠服，张后穿了，望阙谢恩毕，随即登舆，就有许多宫娥、侍女随从。太子身穿吉服，腰悬宝剑，护驾而行。来到正院，一派音乐，迎入宫中。礼部率领文武诸臣朝贺毕。张后传懿旨，卷起珠帘，宣谕诸臣曰："哀家前者因咎被废。今蒙皇上重加殊恩，复正昭阳。你等皆宜忠君爱民为首，毋负至意。"众臣领命。其时，海瑞亦列于内。张后看见，特宣上阶谕道："哀家今复昭阳者，赖卿之功也，特赐锦缎十匹，如意一枝。"海瑞叩头谢恩。诸臣皆散，帝亦进宫，与张后称庆，从此夫妻相爱如初，按下不表。

且说李夫人思念家乡，坚意要回潮阳。海瑞亦不便强留，便向张夫人致意："我女年已及笄，必须婚配。今既回粤，彼此相隔数千里之远。况我在京不知何日满任，恐耽误了亲事。不若择个吉日，就在衙中成亲，甚为两便。"李夫人应允。海瑞便择了吉日，把女儿金姑招赘李受荫为婿。不觉过了满月，唯是没有盘费打发他母子起程。

海瑞焦闷了数日，并无一策，忽然想起太子待我恩深，今值此忧蹙之际，何不修书，向他借贷少许？主意已定，遂即拂拭花笺，浓磨香墨，一挥而就。封缄完固，袖到青宫门首，候了半日，方见冯保出来。冯保见了，忙上前作揖道："海恩公在此何干？"海瑞回礼道："殿下安否？"冯保道："太子幸托清安，现在太傅处念书呢。"海瑞道："在下有寸缄，敢烦公公转致如何？"冯保道："这个使得。"海瑞便在袖中取了书札，交与冯保道："相烦即送，明日在下来听回信。"冯保答应，各相揖别。海瑞回到本衙，对张夫人说知。夫人道："此书一到，太子必然见允的。"

不说海瑞盼望佳音，再谈那冯保接了书信，急急来到青宫，恰好太子放学，冯保即把海瑞的书札呈上道："海恩公今日在宫门外遇了奴婢，先请问爷的安，次将书札交与奴婢，说是要面呈殿下开拆。"太子接了札展开，只见上面是：

> 臣海瑞谨百拜，致书于青宫殿下。敬禀者：瑞因敝亲家李纯阳之家属，即日回粤，苦无资斧，百贷莫应。敢冒昧敬干，乞贷千金，俾得借资敝亲回粤，不致流落京城，并故翰林之柩，得归故土，以正首丘，皆赖洪慈所赐矣。专布，并请金安。

太子看毕说道："海恩人固已如此。但我一时没有，怎生是好?"便向冯保问计。正是：

唯有感恩与积恨，千年万载不成尘。

毕竟冯保说出什么计策来，且看下回分解。

第二十八回　奸相国青宫中计

却说太子看了海瑞的书札，自思年来幽禁冷宫，今始得出，纵有每月的月俸，亦是有限，如何便得千金来与他？况且他是我一个大大的恩人，今日初次启齿，却怎好不应他的命，情上难过？遂对冯保道："目下海恩人急需，修札与我告贷千金。只是两手空空，如何是好？"冯保道："海恩人是必迫于不得已，方向千岁开口。今日却要应承他的才是。"太子道："固然如此，但此际却到那里去弄银子来？你可替我想个主意。"冯保道："爷何不到户部去借一千两银子与他呢？"太子道："我亦知向户部库里可以借得。但是动支库项，该部必要奏请。倘被动之，皇上知道，问我要此银子何用，势要说出来的。你岂不知青宫的规矩么？凡有与外臣往来，以及私自相授受者，均干例禁。况且我奏赦未久，今与海恩人来往，倘严嵩借此为词，复施谗言，则我与你恐又要入冷宫去矣。故此是使不得的。"

冯保听了，眉头皱了皱，不觉计上心来，便道："有了，有了！"太子道："有了甚么？"冯保道："奴婢想起来了，那严嵩他家现放着许多银子，爷明日何不向他借几万两来用用呢？"太子道："他与我不睦的，怎么反向他去借银子？亏你说得出来！"冯保又再三沉吟说道："又有好计在此，说来听如何？行则行之，否则另议罢。"太子道："你且说来，看是中用否？"冯保道："太子爷明日可请了严嵩进宫来，只说请他讲解五经。来了的时候，理合让座献茶。待奴婢先把一张椅子，砍去一只腿儿，再将锦披围住，自然是看不见的。复把一盏放在滚水之内煮至百滚，那盏儿自然是滚热的。烹上了茶，却不用茶船，就放在茶盘之上。待他来拿的时候，必然烫着了手。一时着热，必然身手齐动，那三腿的椅子一动，岂不连人翻倒？那奸贼一倒，那盏茶却难顾了，必定连茶也丢在一边。打碎了茶盏，爷即变起脸来，将他抓着去见皇上，说他欺负爷不在眼上，好意请他入宫讲经，优礼相待，他竟敢当面打碎了茶盏，就如亲打爷一般。那时另有说话，怕奸贼不赔爷的茶盏么？此际就大大的开口，要多少，随爷说就是了。若得了银子，将来送与海恩人。应剩下的，爷买果子吃也是好呢！”太子听了大喜，不觉手舞足蹈起来，说道：“妙计，妙计！即依计而行可也。”遂先令冯保去相府相请。

那严二看见是内宫的人，不敢怠慢，急急进内通报。是时严嵩正在书院坐着看书，只见严二来说：“青宫内侍冯公公要见。”严嵩便亲出来相迎，延入书院让座。冯保谦让道：“咱们是个下役，怎敢与太师相国对坐？这却不敢。”严嵩道：“公公乃是青宫近臣，理应坐下说话。”冯保还再让谢，方才就座。

严嵩便先向冯保面前请问了太子的安好，然后问道：“公公光降，有何见谕？”冯保道：“只因太子爷今岁就傅，所有五经俱未曾听过讲解。故特令咱家前来，敬请太师明日清晨进宫，太子爷亲诣叫太师讲解，故望太师明日光降。”严嵩道：“太子现有师傅，常在青宫侍读，怎么反唤老夫前往呢？”冯保道：“只因太傅不十分用心讲解经史，爷大不爱他，所以特请太师爷前往呢。”严嵩道：“既蒙太子宣召，明日恭赴就是。”冯保便作别回宫而来，对太子说知。太子道：“这事尽在你一人。你可预备，切勿临时误事。”冯保道：“奴婢自当理会得来。”

次日清晨，严嵩竟不上朝，来到青宫。时冯保早已把那椅子并茶盏弄妥了，走在宫门候着。严嵩即便上前叫声：“冯公公，恁早起来了么？”冯保连忙说道：“太子候久了，请进里面相见。”严嵩便随着冯保而进。到了内面，只见太子坐在龙榻之上，见了嵩至，即忙起身迎谓道：“先生光降不易。”嵩便向上朝躬。太子急忙扶起道：“先生少礼。”吩咐冯保拿座位来。嵩谦辞。太子道：“焉有不坐之理？请坐下说话。”嵩便谢恩坐下，冯保立在椅后，暗以自己的腿来顶住缺处，所以那椅子不动。

严嵩道：“蒙太子宣召，今早趋朝，不知太子有何指示？”太子道：“孤昔者获咎，奉禁四载，于前日蒙皇上特恩赦宥，使孤就傅。唯太傅不善讲解五经，孤心厌之。故特召先生进宫求教，幸勿吝也。”严嵩道：“臣学浅才疏，不克司铎之任，还乞太子另宣有学之辈。”太子道：“久闻老先生博学宏才，淹贯诸经，故来求教，幸勿推却。”遂唤内侍送茶。那内侍即便捧了两盏茶来，先递与太子，随以眼色示意。太子会意，便拿了那一盏在手，余下那一盏，便是滚热的，送在严嵩面前。严嵩便将手来接，初时还只道是那茶水烫热的，不以为意，及拿在手内，如抓着一团红炭一般，哪里拿得住来？便将手一缩，早将那茶盏丢在一边去了。冯保在后面把脚放开，严嵩身子一动，那椅子就倒了，把他翻个筋斗，那茶竟溅着了太子的龙袍。太子此际强作怒容，骂道：“是何道理，在孤跟前撒泼么？冯保与我抓着，扯他去见皇上分剖道理。”只吓得严嵩魂不附体，即跪在地下，不住地磕头谢过，说道：“臣不觉失手，冒犯殿下，实不敢欺藐千岁，伏乞殿下原情。”太子怒道：“孤亦明白，你看孤年幼，所以当面欺藐是真。孤岂肯受你这一着的？去到皇上面前再说！”叱令冯保：“把严嵩带住，孤与彼一同面圣去。”冯保此际心中暗笑，哪里还肯放宽一线？把严嵩紧紧地抓着胸前的袍服，一竟扯到大殿而来。太子随后押着，一同来到金銮。

此时早朝尚未曾散，文武看了不知何故，皆各惊疑。皇上一眼看见了，叱令冯保放手。冯保将严嵩松了，嵩即俯伏于地，头也不敢抬起。太子走到龙案之前，俯身下拜，与皇上请了圣安。皇上赐令平身，上殿侧坐。问道：“我儿不在青宫诵读，却与冯保把太师抓到殿庭，是何缘故？”太子奏道：“臣儿蒙父王特恩，令臣就傅。只因儿五经未谙为愧，故令冯保过相府，敬请严嵩进宫，讲解《诗经》。可奈这严嵩欺臣年幼，进得宫来，臣以师傅之礼相待，而严嵩竟敢把臣的茶盏当面打掷得粉碎，欺藐殊甚。所以特扯他来见陛下，伏乞陛下与臣做主。想相国欺臣，就是目无君上，乞陛下公断。”

帝闻奏，向严嵩道：“太子好意相延，进宫讲书，你何故擅把御用的茶盏掷打，是何道理？这就有罪不小了，你可知否？”嵩叩首不迭，奏道："臣奉青宫令旨相宜，即时趋赴，蒙殿下赐茶。此际臣实不知茶盏故意弄得滚热的，伸手来接，被烫失手，误将茶盏打碎是真。臣焉敢欺藐！伏乞皇上详察！"

帝闻言自思，此必冯保所为。但今日之事，唯有解开就是，便对太子道："相国之失手本出于无心者。今已碎了，可令他赔还就是。"太子道："明明是他有意将茶盏打碎的，今还说是茶盏故意弄得滚热，只这一语，便可以见矣！今蒙父皇训示，臣敢不遵。但嵩有惊驾之罪，不可因此以启将来诸臣不敬之端。伏乞皇上着令相国立即赔臣的盏价，并治以不敬之罪。"帝道："我儿，你却要他赔还多少？"太子道："臣只要他赔一千两就是。"帝便宣谕道："相国，你不合误打碎了御盏。今着你赔还银子一千两，明日清晨缴到青宫去，并与太子负荆请罪。你本有不敬之罪，朕决不枉法，该着发往云南充军三年。但是朕今需人办事，特加恩典，着发在云南司过堂三日，以赎其罪。"严嵩不敢再辩，只得叩谢天恩，各皆下殿。严嵩受了一肚子的屈气，抱恨回府而去不表。

再说太子与冯保大喜，回到青宫说道："今日有以报海恩人矣。"冯保道："爷太公道，皇上问爷要赔多少，爷就说该要数万，怎么只说一千两？如今有一千两，送于海恩人，却没有余剩的了。"太子笑道："你我有衣有食，要他则甚？这就够了，不必妄求了。"

冯保口虽则应允，然心中实有不甘，自思："亏我随着爷与娘娘，受了四载之苦，哪里去得一文半文来？今日有了这个机会，哪肯就此轻放了他？明日严嵩这老贼要来缴那一千两银子，待我故意将他受难，谅想他必要我相传的，待咱诈他一些银子用用，也是好的。想他们不知诈了人家的几万亿数，我却弄他三五百，可就似羊腿上拔去一根毛，有甚么相干？"主意已定，专待行事。自语之间，不觉天将傍晚，冯保伺候晚膳已毕，时已二鼓，各归安寝。然冯保把诈财之念思慕一夜，何曾合眼？

到了次早，天尚未明，即抽身起来，候严嵩缴银进来，好诈他一番。眼巴巴地望了半日，方才见那严二引着两人抬着一箱银子来到。

冯保一见，故作起模样来，假意作睡熟的光景。那严二走上前来，叫了几声“公公”，冯保只是不应。严二将他肩上拍了一下，冯保只作梦中惊觉的光景，骂道：“你是什么人，敢来打我？”严二走上前去赔了个笑脸说道：“冯公公，是我。”冯保把眼揉了几揉道：“原来就是严二先生，休怪休怪。到来作甚么？”严二道：“奉了太师之命，送一千两赔价银子到来。相烦通传一声，请殿下阅收。”冯保笑道：“很好，我们的规矩可带来了么？”严二听了，心中明白，便向袖中取了一锭银子，约有五两多重递上，道：“这是区区之意，幸勿嫌轻。”冯保拿在手中一掷，掷到阶上去了，说道：“岂有此理！你们是充家人的，难道不知规矩么？你们丞相府中热闹得很，所以每遇内外官员禀见，就勒要三百两。我这里青宫冷淡，凡有要求见爷的，门包也是三百两。若是少了半毫，再休想见得着呢！”严二听了不觉好笑。正是：

彼来我往皆以理，今日冤家遇对头。

毕竟后来严二却与冯保多少银子，且听下回分解。

第二十九回　怒杖奸臣获罪

却说严二听得冯保要他三百两银子的门包，不觉哑然而笑道："公公休要取笑，若是嫌少，又加些就是。"冯保道："谁与你作儿戏事？这是一定之例，少则不能见。只怕迟了日子，爷在主子跟前说声，你家丞相恐怕肩不起呢！"说罢，竟转身将要入内之意。

严二急急唤住，道："公公，且请少留贵步，有事慢慢地商酌。"冯保怒道："有什么商酌之处？只管在那里絮絮叨叨的，令人好不耐烦呢！"严二道："如今身上却没有许多银子，故此要与公公商酌。"冯保道："你只管说来看。"严二道："我们实不晓青宫向有这个例，如今方才得知。若说三百两，就要回去与主人商酌送来如何？"冯保道："不是要你主人的银子，是要你平日讹诈的。想你自从投在严府，十有余年，诈的银子盈千累万。今日里付我三百，只如毡上去下一根毛，有什么相干？怎么说出这话来？想必要将你的主人来压咱家。好好的与我滚出去，这银子休想缴进去！"

严二见他如此说话，正是大拳打中了他的心坎，不得已道："既蒙公公过爱，在下就送一百两过来就是。"冯保摇首道："不中用，不中用，少了一厘，也不济事的！你自去商酌就是。"

严二道："只是目下哪得银子如此方便，倘若误了期限，如何是好？"冯保道："只要你肯出三百，我便肯挂个赊账的。你如情愿，这里有纸笔，你可写张借券来。"严二道："如此可借一用。"冯保引他进到门房，给与纸笔，严二即便写了一纸借券，递与冯保观看。冯保接来一看，只见上写着：

借券人严二，今因急需，借到冯保公公纹银三百两，约以本月内清还。恐后无凭，立券约以为存照。

嘉靖年月日严二亲笔

冯保接了借约，问道："几时交足？"严二道："就依着这个月内便了。"冯保方才应允，把借券收了，然后才进内说知。太子道："你在外收了进来就是。"冯保领命，便出对严二说："咱爷吩咐，就此收了便是。"严二即令人把一箱银子抬到大殿之上，对着冯保点验明白，方才作别。冯保道："你的东道，是万延不得的。若失了信，咱却要与你算账呢！"严二唯唯应诺，恨恨而归不表。

再说冯保收了银子，进内禀知。太子道："即令你将原银送到海恩人那里去，道我多多拜上。"冯保应诺。即时唤了两个内侍，把这一箱银子抬起，自己引路，望着海瑞衙中而来。时海安正在闲立，冯保便将上项事情说知。海安急到里面说知，海瑞即忙出迎。

冯保令小侍把箱子抬到里面，与海瑞相见毕，说道："幸不辱命，咱爷多多拜上。若是恩公有什么急需之处，不妨又来。现在一千两，你可收下。"海瑞谢道："一之为甚，其可再乎？"便望空拜谢，复向冯保致谢一番，说道："今瑞在穷厄之际，叨蒙公公与殿下恩施，得济此急，海瑞唯有焚香顶祝，以报高厚耳，容日登堂叩谢。"冯保道："区区意思，甚么相干，何必介意？若说到宫面谢，这却不用。主人曾有言，恐怕为严贼晓得，说是交结外臣，反为不美呢！"海瑞道："如此，就烦公公转致就是。"冯保作别回宫而去，自不必说。

海瑞既得若干银子，便送到李夫人处，说是盘费。李夫人道："哪用许多？不过二三百金足矣。"海瑞道："剩下的以为读书膏火之资。"坚要全收，李夫人只得收下，择吉起程。海瑞吩咐家人即去雇备夫马。夫马停妥，话不多赘。

忽人来报：严嵩因为打碎青宫的御用茶盏，被青宫抓去面奏皇上，罚他赔了一千两银子。又说他惊驾，要发往云南充军三年，只因朝中无人办事，如今特加恩典，着发在老爷处过堂三日，权作三年。明日严相便来过堂，故此特着家人来禀说。

海瑞听了不觉大喜，手舞足蹈起来，笑道："天呀，你真正报应不爽了！"又以手指着严府那边说道："奸贼，你平日专权肆横，今日却有这个日子！”遂传了差役皂隶到来，吩咐道：“明日奸相严嵩过堂，你们只看我的眼色行事就是。若是叫你们拿下，你们便拿下。若是叫你们动手打，你们即便动手重重地打就是。如违，重责不贷。”差役们应诺。海瑞恨不得就是次日好去报仇，一宵无话。

次日清晨，海瑞起来，即便吩咐海安在门外伺候。海安领诺，即来门首候了半个时辰，见前面摆着几对马及随从的家人，前遮后护，拥簇着严嵩到来，海安即便上前叩见。严嵩道：“请起。”遂下了马，坐在一张马鞍上，令海安进去通报。海安应诺，随即禀知海瑞。

海瑞听了，即时吩咐三班衙役，开门伺候。然后出来，立在大堂之上，吩咐海安便请。海安便来禀道：“家爷在堂上，恭接太师。”严嵩此际，随即换转了青衣小帽，把众家人约在外边，自己随着海安而进。只见海瑞立在堂上，笑容可掬，严嵩即便趋前。海瑞作揖道：“恭请太师金安！”严嵩道：“刚峰安好！”海瑞道：“荒衙何幸，得太师光降？请坐，海瑞参见。”

严嵩道：“惭愧，老夫有罪，今日奉旨过堂。正是刚峰端坐，待老夫听点。”海瑞道：“岂敢。想太师位极人臣，又是当今国戚，佐辅国家，多立奇勋，天下苍生，仰如父母。今因小小瑕疵，圣天子不过略顺青宫小意不得已令太师光降。然太师贵步一临，草木皆春。还请太师少坐，少尽一参之敬！”严嵩见海瑞这般殷勤谦恭，只道真是敬意，便笑道：“如此有占了。”竟走到上座坐了。海瑞道：“太师少坐，待海瑞取茶来。”便进去了。

严嵩坐在堂上，只见两旁衙役立着，察其动静，各皆似有怒容，自思海瑞平日是与我不合式的，今我既奉旨到此过堂。他不特不作一些气，且还如此谦恭。既是如此，怎么又令差役升堂？莫非有甚别故不成？正欲下座，海瑞忽然突出，向外役问道：“上面坐的是甚么人？”衙役答：“是严太师。”严嵩听了，也站起来道：“就是本部堂在此，刚峰莫非眼花了么？”海瑞道：“来此何干？”严嵩道：“奉旨到此过堂，你岂不知耶？”带着三分怒气，复坐上，便道：“岂有此理，岂有此理！”瑞怒道：“你既奉旨前来过堂，就该遵着王法，报名听点。怎么反把我的座位公案占了，是什么道理？”严嵩亦怒道：“没甚么道理，就是偏宫私殿，老夫亦不辞坐，何况这一座小小主事公堂耶？海瑞，你这般怒气不息的，到底为着甚么？你与谁来？”海瑞道：“就与你来！”吩咐左右：“与我抓了严嵩！”那些差役，平日知道严嵩的厉害，不是好惹的，个个面面相觑，恰如泥塑木雕的一般，只见答应，却不敢动手。

海瑞看了大怒，即叱海安、海雄二人上前。安、雄二人一声答应，如狼似虎的一般凶恶，走上公座，一把将那严嵩抓了下来。严嵩大怒，骂道：“畜生，反了，反了！”海瑞即便升堂问道：“你这厮胆敢不遵圣旨，不报名，不应点，亦不过堂，反把公案占了，皇上又不曾差你来此作问官，你知罪否？”严嵩笑道：“任你怎样说，谅亦奈何我不得，你却把我怎样的？”海瑞听了此话，勃然大怒，正是：三尸神暴躁，七窍内生烟。

当下海瑞大怒道：“你恃着权势，谅我不能奈何于你。不思王子犯法，与庶民同罪。今你既已获罪，奉旨前来，尚敢如此矫强，我便打你一个藐法欺旨！”吩咐：“左右，扯将下去，重责四十大板！”各差役仍不敢动，唯安、雄二人把他扯翻阶下。海瑞怒将八枝签儿撒将落地。那衙役无奈，拾起大叫行杖。皂隶不得已，拿了一条三号板子，走到面前，还说了一声：“告罪”，才将板子轻轻地打将下去。

海瑞看了大怒，斥退皂隶，亲自离座，接过了板子在手，重重地打了三十五板，以凑足四十之数。可怜打得那严嵩皮开肉绽，鲜血迸流，在地下乱滚乱骂。海瑞大声道：“此是初次，明日早些到来过堂。如再敢猖獗，又是四十大板！”叱令差役将严嵩扶了出去，吩咐退堂。

外面严府的家人，在外候久了，突然的看见了主人这般狼狈而出，各人吃了大惊，急急上前致问。此际严嵩连话也说不出来，只是摇头不答。家人们急急赶回府中，把一乘坐轿打来，才将他坐了回府。严嵩痛极，躺在床上，竟不知人事一般。家人们不敢动问，只是守着伺候。

直至过了一个时辰，严嵩痛定苏醒，方才说出话来。即唤儿子世蕃到床前谓曰："可恨海瑞擅作威福，故意让我坐在公案上，即又翻过脸来，将我责打四十，并将'欺藐圣旨'四字的大题目压我，受了这一场亏，怎么忍得？故此唤你前来，就在此写成草本，明日早朝，与这厮见个高低，定个生死，方可出我口气。你可用心写来。"世蕃听了，连忙取过了文房四宝，把奏稿立时修起，对着父亲念了一遍。严嵩点头示可，安息一宵。

次日早朝，严嵩令人抬到午门，众文武看了，各各惊问何故。严嵩便将海瑞挟仇，假公泄愤，毒打四十，险些一命呜呼，逐一说知。各人听了私相叹息，怎么这海瑞恁般大胆，当朝一品，又是国戚，皇上素日心爱的近臣，怎么却下此毒手，岂不是自欲讨死耶？各人为他捏住这一把汗。有几个心恶严嵩的，心中好生欢喜，恨打少了他。

须臾，金钟响起，鸣鞭净殿，文武各各随班而进，分站两旁。内侍一对对地出来，一派音乐之声，一对雉尾宫扇，拥簇着天子出宫而来，升了宝座。两班文武，上前山呼舞蹈毕。只见嵩故意一步步挨到龙书案前，口称万岁。天子见了，吃了一惊，便问道："卿因甚事，如此狼狈？"严嵩即便叩头启奏。正是：

金殿几句话，法场失三魂。

毕竟严嵩怎么样启奏，下文便知。

第三十回　恩逢太子超生

却说嘉靖看见严嵩这般狼狈，便开金口道："卿家为甚这光景？"嵩泣奏道："臣因获咎，蒙陛下殊恩，格外姑宽，令臣到云南司衙过堂。不料主事海瑞，意图陷害，无端将臣毒打四十板，狼狈可怜。臣体受伤过重，只恐性命不保，伏乞陛下做主。"遂向袖中取了折章，递与内侍呈览。

帝赐平身，随将奏本一看。只见写道：

臣严嵩稽首顿首，谨泣奏，为擅殴大臣，目无国宪，乞恩正法，以警将来事：窃臣原以不检，误倾青宫御茗，打碎御用茗盏，例应即死。仰蒙陛下殊恩，格外宽容，罚臣赔价银一千两，并发臣到云南充军三载。缘以庶务纷繁，需臣协办，复蒙特典，发臣就近到云南司衙门过堂应点。此陛下格外殊恩，亦不得已从权之事也。臣感激之外，遵即前往该司衙门听点。孰料该主事海瑞，欲图杀臣。无端发怒，喝令狼仆虎差，将臣扯下重打。复又自提大板，尽力行杖。致臣双腿几无完肤，旋即晕去。该主事复令狼仆，将臣拖出。幸有家奴抬回灌救，逾时始得苏醒。忖思臣虽获咎，叨蒙陛下格外施恩。今海瑞则不容于臣，是抗陛下也。况臣承恩，位备台辅，而海瑞竟敢以一介部属微员，擅杖宰相，不独无法，仰且轻藐圣旨。有此悖逆，势难稍宽，以致将来效尤。伏乞陛下，饬着廷尉立即将该主事锁拿严究，早正国法，则警将来效尤者。臣等不胜幸甚之至。谨据实以闻。

帝览毕，不觉龙颜大怒道："何物海瑞，擅敢动打大臣，这还了得！"立即传旨，令御林军五名，前往锁拿海瑞当殿问话。

御林官军领了圣旨，飞奔前去，不一刻已将海瑞拿到，俯伏金阶。天子大怒，骂道："严相国偶因小有过失，朕着发在你的衙门过堂三朝。因甚你却这样目无法纪，无端毒打大臣！你知罪否?"海端叩头道："臣该万死，乞陛下容臣一言，死亦瞑目。"帝道："你尚有何说?"

海瑞奏道："严嵩藐视青宫，致奉旨发臣司过堂应卯，此乃陛下旷古未有之恩施也。乃嵩不遵圣旨，仍恃禄位。到臣衙门，犹摆列仪从。及至公堂，勒要臣接，此际只得公堂迎接。而嵩即占臣公案，危肆威权，如此问官。此法堂，乃陛下特以肃规矩的。臣虽微员，亦为陛下之所特设以执法也。嵩则自恃威权，不遵圣旨。臣乃食陛下之禄，为陛下执法，是以臣不忍枉法，宁甘擅杖大臣之罪，于是执杖亲殴，果然有的。但嵩位极人臣，犹敢肆其威福，则与欺君罔上几希?臣实如此，唯陛下察之。"严嵩在旁急奏道："陛下犹有格外之恩，你则不能遵耶?"帝听罢，不觉颜色皆变，喝令御林军把海瑞绑缚，推到西郊地，午时处决。左右一声答应，把海瑞五花大绑起来，帝叱推出。海瑞亦不再言，面笑出之。

刚到午门，恰好遇了冯保。冯保一见，吓得魂不附体，上前细问缘由。海瑞具以直告。冯保道："恩公且自宽心，待我进宫启知娘娘与殿下，必然有救的。"海瑞道："多有不能够了。烦公公善为我辞，说海瑞叨沐殊恩，今生不能相报，统俟来世罢。"说罢，急趋而去。

冯保如飞地跑到昭阳正院，来见了张后，说道："不好了，不好了!"张后忙问何故?冯保便将前事说明。张后大惊道："如此怎处?可速请殿下来商议。"冯保点头，飞也似的跑到青宫，且不细说缘故，称说："奉娘娘懿旨，请爷立即到宫中，现有紧要密事相商。"太子听得这话，也急来到宫中。只见张后两泪纷纷，不知如何，未免吃了一惊，急问所以之由。娘娘便把海瑞如此如此，这般这般，说了一遍。太子道："似此如之奈何?难道看着恩人被杀么?冯保，你可有什么计策?快说来好去搭救恩人呢!"冯保道："没有甚计策。况且时间促迫，纵然保奏也迟了。莫若太子亲到法场，对那监斩官说了，且将恩人带回候旨。待等皇爷怒气少息，然后再去说，或者可以赦免，不然竟无别策矣。”太子称善，随即拜别了母后，乘着快马，与冯保望着法场而来。

再说海瑞被绑到法场中，自料再无生活之理，因举首向天祝告道：“苍天呀，苍天！想我海瑞，平日务以除暴安良是念。昨见奸贼严嵩，不合将他责打，触怒皇上，致奉圣旨斩决，刻不容缓。但愿瑞死之后，上苍默佑，早除奸佞，俾得国家安乐，廊庙清宁。瑞在九泉，亦复何憾！”祝罢坐于石墩之上，专待行刑。

少顷，就有三五位同僚部员，前来祭奠。海瑞一一称谢，并无一句怨言，众皆称赞。未几，只见四名摆手拥着一位官员来到，不是别人，就是严嵩门生姓张名聪，现充兵部郎中，乃是奉旨监斩而来。当下到了法场下马，就在亭子内坐着，问左右是什么时候？左右答以巳初。张聪道：“天色尚早，你们可小心看守了，待等时候到了，立请催斩官来处决就是。”转身进公厅后边去了。

再说太子与冯保二骑赶到法场，一直闯到里面方才下马。那些押解的官兵，那里认得是青宫太子？又见他二人来得这般凶猛，忙喝道：“是甚的人，敢闯法场重地？还不去！在这里想是要死么？”冯保叱道：“何物官军，大胆！敢是瞎了你们的狗眼，认不得青宫，亦该认得咱老冯呢！”官军听了这话，吃了一惊，各人急急跪在地下叩头不迭，说道：“有眼如瞎，死罪，死罪！”太子叱令起来，问道：“何人监斩？”官军以张聪对。冯保道：“大胆的官员，殿下到此，却不来接驾，这还了得！”

那张聪在里面听得喧嚷，急急出来观看。那些官军见了，指着说道：“这就是监斩官了。”张聪犹不知备细，还在那里作威作势的道：“甚么人在此絮叨，与我拿下去见太师！”那些官军带笑说道：“老爷，你道这二位是甚么人？”张聪道：“莫非是那死囚的亲人吗？与我一并拿下去打！”官军们说道：“只怕老爷不敢，这就是青宫殿下呢！”张聪听了，吓得浑身发抖，忙俯伏于地下，不住的叩头请罪。冯保叱道：“起来，慢慢地再与你等人算账。我且问你，海老爷现在哪里？”张聪道：“海瑞在那边石墩上，听候行刑。”太子道：“快些放了，来见孤。”张聪不敢怠慢，急急走到石墩上，亲把海瑞的索子松了，说道：“海老先生，你的救星到了，快些前往相见。”海瑞道：“怎么说？”张聪道：“你休细问，前去便知。”领着海瑞到厅上。

太子一见，不觉竞流下泪来，叫了一声：“海恩人！”海瑞见了太子，跪将下去，不禁流泪说道：“臣有何好处，敢蒙殿下龙驾到此？臣死不安矣。”太子亲自扶起，命张聪取座位过来。海瑞道：“不可，此是法地，臣乃待刑之人。太子到此，已为越礼矣，可与臣对坐的么？今臣得见太子一面，死亦瞑目于九泉。情愿殿下善事圣上，唯仁慈孝友是务，则天下幸甚矣。余无所请，请驾回宫。臣即当受戮矣。”说罢痛哭起来。太子亦流涕道：“恩人且当放心，孤当面见父皇，保公不死。”

说话犹未毕，人报催斩官到了，太子便问是谁？左右答道：“是严太师之子严给事。”原来严世蕃此时已为兵部给事兼刑部郎中了，所以着他为催斩官。当时太子道：“宣来见孤！”左右领旨迎将出来，恰好严世蕃已下了马，将要进厅的光景。官军道：“殿下千岁有旨，着催斩官进见。”

严世蕃听得“殿下”两字，心中暗忖道：“又遇着了他在此，包管这厮是杀不成的，深为恨事。”只得上厅来见，说道：“臣严世蕃见驾，愿殿下千岁！”太子道：“平身。”世蕃起来，侍立于侧。太子故意问道：“尊官高姓？”世蕃道：“郎中姓严，名世蕃，乃严嵩之子。”太子道：“原来就是相国公子，到此何干？”世蕃道：“臣奉圣旨，前来催斩海瑞。”太子道：“海卿乃是忠良之士，不幸为你父所害。孤家今亲来保他。你且回朝，待孤见了父皇，与你缴旨就是。”世蕃哪肯依从，便道：“殿下令旨，臣敢不遵？但海瑞一犯，乃是奉旨处决，立等缴旨的，臣不敢枉法。”太子怒道：“怎么说是枉法？冯保，与孤赶了出去。”冯保便走来喝道：“不知死活的奸贼，在太子爷面前混言乱语得么？还不快滚出！”骂得世蕃唯唯应命，不敢出声，无奈且与张聪退出厅外，无计可施，又不敢行刑，只得听候而已。

太子对海瑞道：“恩人且在此少候，待孤进宫见了皇上，好歹讨个情来，只要不死就是。”即吩咐冯保在此陪伴着海瑞，自己领张聪与严世蕃三人，来到朝门下马。太子吩咐二人在此候旨，遂亲自进宫而来。

恰好帝午睡未醒，张后此际亦在宫中，见了太子回来，急问道：“我儿，海恩人不知如何了？”太子道：“海恩人今在法场，儿已令冯保在彼做伴，特领着监斩官张聪、催斩官严世蕃前来候旨。母后有何妙计，可以救得恩人性命？”张后道：“我亦思之再三。只是皇上未醒，若是醒时，你我母子二人切实哀恳，或者帝怒稍解，则海恩人有救矣。”太子道：“倘若父皇不准，又如之何哉？”张后道：“我有言语，可以料得着的，亦谅皇上可以恩准。”

母子说话之间，宫娥来禀皇爷醒了，张后便与太子急忙趋近龙榻问安。帝见了太子，便问道：“我儿不在青宫习读，来此何干？”太子跪在榻前奏道：“臣儿有不揣之言，故来冒奏陛下的。”这一奏，有分教：

受恩深时还恩倍，方是人间大丈夫。

毕竟太子所奏何言，皇上准否，且看下回分解。

第三十一回　冯太监笞杖讨情

却说当下太子见了皇上请问安毕，帝问道："朕儿不在青宫诵读，到此何故？"太子俯伏榻前奏道："臣有下情，叩乞陛下恩准，容臣启奏。"帝道："你小小年纪，有甚事情，只管道来。"太子道："刑部主事海瑞，不知身犯何罪，致奉旨西郊处斩？臣敢保之。"帝道："海瑞目无法纪，擅杖宰相，故此正法。儿何为他保奏？"太子道："海瑞有恩于臣母子，故愿保之，以报其德。"帝笑道："海瑞乃部属一介司员，与儿固风马牛不相及，有何恩德？"太子道："臣奉旨幽禁，非海瑞苦谏陛下，何得今日父子完聚？实有大恩于臣，臣岂敢作负心人耶？陛下治天下，以仁义为本。海瑞之杖宰相，自有解说。"帝问："有何解说之处？"太子奏道："夫宰相与部曹，则职位隔如天壤，下属固不得问罪于上官者，例也。今者犯罪充军，奉旨过堂，则不得以宰相目之也。嵩自仍复一宰相，而瑞则知奉旨之军配犯人也。彼复自恃威权，不遵法度，公然占坐公案，此海瑞故以杖之也。海瑞不敢执法，一任奸臣妄作妄为，于瑞则为谄谀之臣，陛下何所取之？今瑞只知奉旨，不避权贵，执法不徇，此陛下之直臣。陛下有此直臣，正自贺不暇，何反杀之？诚恐后来忠直之臣，望而为谄佞之辈矣！唯陛下察之。"帝被太子这番言语说得心花都开了，自忖："彼虽年少，而条陈确确正理。若杀海瑞，只恐后来之臣，相将畏缩，若竟释之，则严嵩心必不甘。"沉吟半晌，乃道："儿且退，朕为瑞宽恩就是。"

太子谢了恩出宫，复到西郊而来。海瑞跪接，太子一手挽起道："恩人，救星至矣！"遂将进宫如何哀恳皇上，皇上如何传旨，细细说知。海瑞复谢道："太子之于瑞，可谓生死而肉骨也。"语毕，人报圣旨到。海瑞与监斩、催斩两官，一齐跪接。只见内侍手捧圣旨而来，立在当中开读曰：

海瑞擅杖宰相，罪当斩首。但严嵩以获罪，奉朕敕旨，发往其衙门点名应卯者，非亲任宰辅之比，瑞固不合擅行刑杖。除嵩业已受刑，毋庸置议外，其海瑞照不应律，发廷尉衙门，重杖八十，监禁刑部狱三个月，以警将来。满期，该有司具奏，请旨定夺。嵩着开复，以佐朕躬，协理庶务。钦此。

读毕，海瑞山呼谢恩。太子即令人松了一应刑具。旋有差官来提海瑞。太子对那差官道："海主事是孤恩人，今虽奉旨受杖，你等休得故意狠毒。如敢抗违，孤是不依的！"差官唯唯应命。太子即命冯保亲送海瑞前往，并致嘱冯保："须要看着行杖，如有故意肆狠，即来回我。"瑞复向太子泣谢道："殿下爱臣之恩，犹如再造。瑞虽肝脑涂地，不足以报殿下之万一也。"太子遂挽起慰之曰："恩公请自放心。此去自有孤为恩公做主，即宝眷亦有孤照应。"瑞再拜谢恩，随与差官并冯保而去。太子与两官回去不表。

又说严嵩遣人探听海瑞得青宫保奏不死，今奉旨倍杖监禁。严嵩听了，跌足道："太子何故偏偏要如此与我不偶也？"遂即时修书一札，令人致于廷尉，却为就在廷尉杖下结果了海瑞性命。当下廷尉官接得严嵩书札，忙启视之。只见上写着是：

嵩拜书于廷尉大人座下：海瑞以一介微员，擅杖宰相。嵩以奏请圣旨，押送西郊正法。不料青宫为之护卫，致皇上特开格外之典，赦宥海瑞得以不死。今奉圣旨发在贵衙门发落。但瑞与嵩有不共日月之仇。若瑞不死，嵩亦不得独生也。专此致恳，祈为鉴谅。倘海瑞到日，狼头重棒八十之内，结果伊命。此恩此德，嵩当铭之五内，敢不仰报大德。美显之缺，惟公欲之，决不食言。此致。

廷尉官看了书札，自思："严嵩之命，若是不遵，必然受怪；若从其议，则那海瑞与我无仇无怨，怎忍得他委曲？况又有太子为他做主，此事属在两难之际。"左思右想，却无可如何。

少顷，人报海瑞已到衙了，青宫特差冯保公公护卫而来，称说是来监杖的，请爷立即升堂发落。廷尉官听见有青宫太监在此，即忙请冯保入内相见献茶。冯保道："海老爷是奉旨来贵衙门发落的，咱爷放心不下，特着咱家来监杖呢。"廷尉官道："海老爷既是奉旨发落的，在下照应就是。"冯保道："照应不照应，出在驾上，咱家哪里管得许多。好歹都在眼里看见的，自然有个道理。请升堂罢。"廷尉官唯唯应命，吩咐升堂，多摆一张椅子，请冯保同坐。冯保让道："这却不敢，咱是个内官，怎敢坐这公堂？这是朝廷办公的所在，使不得的。请便罢。"遂立在公案之侧。廷尉官告了几声不当，方才坐下。差官随将海瑞带上堂来。

廷尉官看见冯保在此，便站起身来拱一拱手。海瑞跪在地下。廷尉官道："海公今日是奉旨发落的，休怪晚生得罪了。"海瑞道："这是理当。乞大人早施刑罢。"廷尉官即便吩咐左右："好生些扶海老爷下去。"海瑞听了，自己却走到阶下。左右皂役上堂请杖。廷尉道："二号。"冯保道："哪里受得起二号的，取七八号的来。"廷尉道："没有许多号数，只是三号的罢了。"冯保点头，皂役取了三号的上堂看验过。冯保道："轻轻地，若是重了，只恐要你们狗腿割下来赔呢！"皂役唯唯领命，书吏高叫行杖，左右吆喝一声，皂役动手。

未五杖，海瑞叫痛起来。冯保道："罢了，罢了。这就算了罢。"廷尉官道："哪里使得。这是奉旨的事，在下不敢枉纵。"冯保道："既然如此，待咱替了他罢！"廷尉官道："取笑了！"只是吩咐皂役，须要最轻的就是。皂役听了言语，真是用尽了功夫，轻轻地打将下去。海瑞亦不觉得十分疼痛，又听见了冯保的话，若是呼痛，诚恐连累皂役陪杖，故此忍着，杖完了方发喊。冯保即忙挽他起来，说道："海恩公，今日杖已受过了，尚有三个月狱中的烦闷。你老人家只管进去，安心坐着，自有咱爷不时来看你呢。"海瑞道："多蒙殿下、公公的厚情大惠！烦为多多拜上，说海瑞今生不能衔结，来生必为犬马相酬报恩。"冯保道："知道了，请自珍重！"各自泣别，冯保回宫。

再说廷尉着人将海瑞送到刑部狱中而来，那刑部司狱将海瑞收下。谁知严嵩见廷尉不曾毒打海瑞，务要斩草除根。又着人来对刑部侍郎桂岳说知，就中取事。桂岳原是严嵩门生，又新拜在严嵩膝下的，此际领了嵩命，立即传了司狱来到，吩咐道："今日发有本部主事海瑞到此，你可想个计策，取张病状结果了他。"司狱官胡坤道："海瑞本与我等无仇，大人何故要将他断送？况且又是本部的同僚，还该用些情面为是。"桂岳笑道："胡太爷，你只知其一，却未知其二也。"遂将严嵩本与海瑞有隙，现差人来说，要你我二人结果了他性命，好去回覆，备说一遍。胡坤道："这等说，既然太师爷有命，哪敢不从？卑职即行就是。"桂岳道："你的意思何如？"胡坤道："除非断了水米，不过旬日就结果了。"桂岳点头称善。

胡坤回狱中，唤了牢头禁子入内吩咐，告了严嵩之意。禁子们领了言语，就将海瑞禁在"狱底"之中。那"狱底"是狱牢尽头之处，黑漆一般，凡有将死及已死的犯人，便抬到那里去，专候验看过收殓，就叫"狱底"。若是好端端的人，到此坐着，只见阴风透体，毛骨悚然，任你怎么壮健的人，也逃不出性命来的。当下海瑞被禁子们手铐足镣的，又加上脑箍，举动掣肘。蹲在地下，只觉得冷气侵骨，时复一阵昏迷，睡坐不宁，竟然病将起来。

那海安等二人送饭到狱，又不得入内，都被他们挡住。海安无计可施，便欲求见太子。谁知冯保这几日有事在昭阳院中，不得出来。海安在宫门外，一连候了两三日，并不曾见那冯保的影儿，只得归来与张夫人商议。张夫人道："要见老爷的形迹，除非是他们刑部里面的人，方可进得去，你们再休想见得着的了。"海安忽然想起一人来，说："有了。刑部郎中邓来仪老爷，乃是老爷的同年。他是广州东莞县人，大家都是乡亲，况且老爷与他相好，又是同部的。他每五日一到狱中，查看犯人。何不哀恳求他，带小的进去见老爷一面，看有甚话说，也是好的。"张夫人道："如此甚好。你可即速前去，道我本当前来亲求的，只是严嵩耳目甚多，恐累老爷不便，多多拜上就是。"

海安领命，如飞似的跑的，来到邓郎中的私第。他的管门家人都是东莞人，彼此都是乡亲。海安说了来意，那邓管家代他回明了，来代吩咐着他进见。海安见了邓郎中，即忙下跪叩头，泣告道："家主母特命小的前来代恳，说家老爷与奸相作对，在廷尉衙门被杖了八十，如今禁在狱中。而小的们几次送膳进去，皆被守狱的挡住，不得进去，又不知家老爷在内怎样的了。所以家主母放心不下，特令小的来代他恳求，乞老爷念在乡情，谊属同僚。倘老爷明日查监，带小的随着进去，见家老爷一面就感激不尽了。”邓郎中道：“闻得严嵩意欲令禁子们断绝你老爷的水米，就要在狱中结果了性命。又令严二把守狱门，不许送饭进去。想必此时你主已饿了二日。至查监，要后日才轮着我的班期。你后日清晨来此等候。”海安叩谢而回。正是：

风闻遭难处，动了故乡情。

未知后事如何，且看下回分解。

第三十二回　邓郎中图囵救饿

却说海安再三向邓郎中哀恳，邓郎中动起乡情，便对海安说："你且回去，上复夫人，说我后日方是值巡之期，自然进狱见你家老爷，好歹作个计策，你若要去，后日清早来此，充作我跟随的人进去就是。"海安叩头谢过了，随即回去，对张夫人说知不表。

再说那邓来仪应诺了海安所托，自忖思："海瑞今为严嵩所禁，必然断绝水米。若至后日进去，多管饿得慌了。此际又不能送饭与他吃，岂不是白白空走一遭！似此如何是好？"左思右想，忽然想得一计，说道："有了，有了！"即到里面，向夫人取了米仁人参，随唤家人到外边买了二升糯米进来，吩咐丫环将米煮熟，用棒槌舂烂，又把人参槌烂，和于糯米之内，打成奶饼一般，将一张纸包裹好了。

后日清晨起来，殊不知海安早已来到，见了邓郎中，又称主母再三申意。邓郎中道："此时天色尚早，你且在我这里用了早饭，然后相随我去就是。"海安应允，随着府内的家人们，吃了早饭。邓郎中唤了海安吩咐道："少时我到狱中，你便跟着一同进去。只要见机行事，切不可造次。"海安应诺。邓郎中穿了衣服，只唤三个家人，唤那海安，共是四个相随，来到刑部狱中。

谁知严二早已坐在狱之门首，见了邓郎中，犹自不甚理会的光景。邓郎中亦不言语，唤了禁卒，把监门打开了。海安并在从人之内，一齐混了进去。邓郎中来到亭子上，就有司狱前来参见。邓郎中道："这几日可有新收犯人否？"司狱道："新收犯人十八名，其中女犯一名，官犯六名，俱已入册，请大人亲点就是。"邓郎中道："取册过来。"司狱忙将新收犯册呈上。

邓郎中接册在手，随着书吏相随，先到南一仓点名。书吏把着册子叫道：

黄观福，直隶大兴县人，犯因奸致命事。

卢一志，直隶香河县人，犯劫财毙命事。

伍亚初，江南长洲人，犯拒捕杀人事。

刘华，江西南昌人，犯殴毙叔父事。

蔡鸣驺，湖广荆州人，犯聚殴毙命事。

胡大犹，平县人，犯积匪猾贼事。

柳三，陕西长安人，犯妖邪惑众事。

共是七名，邓郎中逐名点过，亲行验看过镣铐。

随又到西三仓来。书吏把一起五名犯人唤了出来跪着，逐一叫名：

侯三保，直隶东光县人，犯殴毙发妻事。

阿洪，天津卫人，犯醉杀家主事。

廖松，江苏吴县人，犯鸡奸幼童事。

郭容秀，江西南昌人，犯斗殴杀人事。

高镜，江苏无锡人，犯包揽词讼事。

点名既毕，邓郎中逐一以好言慰之。

复到北二仓来。书吏唤了一起，共是六名犯人，逐个点过了名。随到女仓，只见女犯一名。邓郎中问她姓名，乃是江南常州人，姓龚名赛花，原犯谋杀亲夫事。因为孕未离胎，故以留禁。邓郎中问过了。复来到官犯仓坐，令书吏点名。书吏持簿喝名道：

刘学元，粤东人，原任江西抚州府录事，奉拿进京候审。

柯柏仁，江西南安府人，原任浙江衢州通判，被百名控告吞蚀社谷。

吕知机，徽州人，原任广西远平县知县，亏空饷。

柳春发，广东大埔人，原任山西太原府知府，以醉殴上司，奉拿来京候审。

徐微，江苏太仓人，原任广东龙川县知县，滥刑误命事。

海瑞，广东琼州人，原任刑部云南司主事，以擅殴上官，奉旨监禁。

邓来仪点了五名，叫到海瑞名字，便不见有人答应。来仪道："这人却往哪里去了？"书吏只称不知。邓来仪怒道："监狱重地，怎说不知？"旋有狱卒上前跪禀道："海主事现奉严相国之命，着监于狱底。"来仪道："他们都是一般官犯，怎么独将他禁于狱底，是何意思？"狱卒道："这是太师主意，小的们何得知道！不过奉命而已。"邓来仪道："且去那里查点！"

狱卒不敢违抗，只得引导邓郎中来到狱底。只见一派阴气，黑漆一般，却不见人，只闻咿唔之声。来仪道："这是何人之声？"狱卒道："这就是海老爷之声。"来仪道："为甚的这般黑暗？快拿灯来！"狱卒随即应诺，即到外边取火。来仪四顾无人，便走近唔声之旁唤道："你是海兄么？"海瑞在黑暗之中，听得有人叫他，便应道："是我。你是哪一个？"来仪道："我便是东莞邓某，你知否？是今日特为救你而来。"旋在纱帽内取出那人参糯米饼儿，摸到海瑞身边，交与道："你且拿着，饿时便吃少许，即可暂延残喘。弟自有为兄之计。"海安即便走进前去，正欲说话，忽见那狱卒点灯进来，海安急急走开。那狱卒将灯放在一边，方才得见海瑞那副狼狈形容。邓来仪故意点名验看毕，旋到亭中坐定。

时已未刻，那邓郎中的家人，送了点心来到。那严二在门首看见，恐怕他与海瑞相好，送进去就会分食于海瑞，抵死不肯放他进去。那家丁大怒道："你是什么人，怎敢断绝巡监老爷的点心！"硬要进去。严二大怒，把那点心倾在地下，彼此二人在狱门大吵起来，惊动了司狱官，并那邓郎中都出来查看。

只见自己的家人却被严二扭住撕打。邓郎中喝住："你们为什么喧闹？这里是什么地方，敢如此大胆么！"管家便将严二如此如此，这般这般，备说一番。严二犹自只在那里不干不净的叫骂，恼了邓郎中，喝道："何处狂徒，敢在这里撒泼！"严二道："你又系哪里来的呢？难道不晓俺严二先生的声名么？"

来仪道："原来你就是严太师的家奴，怎么胆敢打我的家人，并把点心打碎，是何道理?”严二道：“俺奉了太师钧旨，来此把守狱门。你的家人混将东西要送进狱，是以将它打碎，难道不应么?”来仪听了，越发怒道：“你家太师又不曾代理刑部，你怎么却来这里把守?难道六部里的事，你家把住不成！这点心是我用的，你敢将来打碎，这还了得！可恶之至，不打你这奴才，何以见同僚于本部！”吩咐：“左右，与我拿下！”那些狱卒俱不敢动手。来仪大怒，喝令家人上前。

那四个家人，得了言语，急忙上前，把那严二抓着。来仪道：“快取大毛板来，与我重打！”海安是恨入骨髓的，急急向狱卒寻了一条头号大毛板，尽力打去，不计其数。可怜打得那严二皮开肉绽，鲜血迸流，在地下乱滚乱骂。来仪怒气未息，复令海安除下皮鞋，紧紧地掌了十下嘴巴。打得那严二的嘴恰似雷神一般，疼痛难当，这回就不敢骂了。来仪恨恨而去。海安满心欢喜，亦自归家，回复夫人去了。

再说那严二被打，动弹不得，令人取了一乘轿子到来抬了回去。时严嵩正在堂上观书，只见严二狼狈而回，急问其故。严二便将邓来仪如此如此，这般这般，逐一说知。严嵩叹道：“你却不知好歹，他是一个该管的官员，进去巡查犯人，乃是奉旨的。送点心进去，亦是应该的。你怎么不分皂白，竟把他的东西打碎，怎怪得他动怒?若是遇了我，还不止如此呢，你还算好造化哩！”一顿话，说得如此，严二哑口无言，只得忍痛不语，回到府中，好生衔怨，暂且不表。

再说海安回见张夫人，备言海瑞之苦。张夫人道：“似此如之奈何?非死即毙矣！”海安道：“若要解脱此厄，除非寻着了冯保公公，方能有济呢。”张夫人道：“如此，你可再往等候，须要耐心等候，休再空回。”海安应诺，即便出了衙署，径望着青宫而来。等了一日，却只不见，闷闷回去。至次日天尚未明，便来宫门等候。直候至未时光景，方才看见冯保从那边而来。海安见了，此际恰如获至宝一般，慌忙上前叩头。冯保不知所以，急急挽起，说道：“尊管何故如此?”海安道：“可怜我家主人将要饿毙于狱中，故此家主母特着我来央求公公方便。自前五日已在此相候了。直至于今，幸得相见公公，家老爷有救了！”冯保听了，问道：“你家主人前者受杖，业已发往刑部狱中。迨三月之后，即便超脱，你今何忽言此？”海安便把嵩恨海瑞，暗嘱监卒如此如此，又令严二守狱门，恐怕有人照应，这般这般，备说一番。冯保不胜大怒道：“何物奸相，擅敢陷害！你且随我到宫中去见爷爷。”海安谢了，随着冯保进宫而来。

时太子正在书斋观史，忽见冯保领着海安来到，便问道：“海管家，来此何干？”海安见问，跪在地下，只叫得一声千岁，便痛哭起来，连话也说不出来。太子看了不知何故，问道：“到底为着何事，这般光景？”海安只是痛哭，冯保没奈何，代他备细说了。

太子听了，不觉勃然大怒，说道：“严嵩，严嵩，你亦太逞刁了！一个人既服了罪，这就罢了，怎么苦苦的偏要寻害？这却岂有此理！海主事乃孤恩人，孤岂肯任你肆毒耶！”便对海安道：“你且勿哭，孤自有主意，包管你家主人安然无事就是。”海安听了，叩谢不迭。太子即时穿了衣服，就命冯保、海安二人相随，一直望那刑部狱中而来。正是：

泪落千条原为主，怒生一刻要酬恩。

毕竟太子此去，可能救得海瑞否，且听下回分解。

第三十三回　赦宥脱囚简授县令

却说太子听了海安之言，不觉勃然大怒，即时令海安、冯保二人相随，竟往刑部衙门而来。到了大堂，只见并无一人出来接驾。冯保亦怒，高声叫道："有人么？"叫了许久，方才见一老者从内而出。冯保道："你是什么人在此？"老者道："小老乃是看守衙署的。"冯保道："他们官府都没一个在此么？"那老者道："各位大人都有私衙；各各回去的。若有公事，均来聚会。清晨自然都到，过午时候，他们都各回私衙去了。所以把一两银子，雇小老在此看守东西的。"冯保道："原来如此。你可到各处通知，只说有人要见几位大人说话。"那老者听了笑道："你这人好没分晓。这是怎么所在？这是甚么的官府？你是甚么人？动辄说这般大话？还不快走，想是要挨打么！"冯保说："你们各位大人到哪里去了？"老者道："今日是严太师那边演戏，所以他们都到那里去了。你到底是甚么人，只管在此絮絮叨叨的甚么？快些走开去罢。"冯保道："你要问我是哪里来的么？我就是你家各位大人的小主子，司礼太监冯太爷在此。"老者听了，将冯保看了几眼，说道："老眼糊涂，一时不认得贵人，休要见怪！"冯保道："我亦不来怪你，你可即去各位大人处通知，只说青宫爷在此立等问话就是。"老者听了，吓得心胆俱惊，答应一声，飞也似的跑到刑部尚书何阶的府中报知。

何阶听得太子来到，不知为着何事，即便急急来到署内。只见太子坐于厅上，旁立二人。何阶急趋上前道："臣何阶接驾来迟，乞望恕罪。"太子道："主事海瑞身犯何条，怎么你们竟要断了他的水米，是何道理呢？"何阶见问，自知太子此来，却要寻觅对头出气的，因道："海主事奉旨到狱，微臣一些不知。这几天都是左侍郎桂岳轮值，殿下须着他来见，一问便知。”太子笑道：“虽然是桂岳轮值管事，难道你身为尚书，竟不一问耶？如此废弛，实属不成政体！”何阶唯唯服罪。太子道：“快与孤立传桂岳来见！”何阶叩谢讫，即刻令人请桂岳至。

桂岳当下见了太子，太子大怒道：“海主事是奉旨发来监禁的，你怎么却把他如此难为？想是要断送了他的性命么！他与你有什么仇？”桂岳只推不知。太子道：“主政在你，怎说不知？可速请海主事出来。”桂岳领命，急急来到狱中。

其时海瑞得了那人参糯米饼充饥，渐觉有些起色，卧在地上。桂岳急令狱卒扶了出来。桂岳将他一看，只见形容枯槁，那棒疮不知怎的发将起来，行走不便，举动维艰。桂岳见了，急急上前安慰道：“主事安否？”海瑞道：“这几天很安静，只是地下太湿了些。”桂岳道：“都是他们之过，待在下把他们警责就是。如今青宫太子前来望你，请到外边相会去。”海瑞听得太子到来，便故意倒在地下，作呻吟之声道：“我遍体疼痛，举动不得，不去了。”桂岳道：“如此怎好？”

说未毕，只见冯保走了进来，一见了大骂道：“你们这等坏良心！一个好端端的人，放在这里不过几天，就弄成这般光景。且到外边，再与你等算账！”海瑞道：“冯公公，可怜我自到狱以来，被他们旦夕狠打，于今变成了一个残病之人，走又走不得，烦你取板来，将我抬出去，见殿下一面，死亦瞑目。”

冯保叱桂岳道：“好，好，好！你却将他打得浑身痛楚，行走不得。如今太子爷立即要他问话，这却怎的？也罢，你且与我背了他出去。”桂岳道：“这却容易的。”便令家人上前，背负海瑞。冯保叱道：“谁要你们这班小人来背？要你背呢！”桂岳被冯保骂得慌了，无可奈何，只得上前把海瑞背负。那海瑞是心中恨极他的了，故意在他脖子上吐了许多津涎鼻涕。桂岳一路吞声忍耐而走，来到刑部大堂放下。

太子与海安见了，急急走来问候。瑞便翻身来，俯伏地下泣谢道：“臣何幸蒙殿下龙驾辱降，使瑞身心不安，虽犬马不足以报万一也。”太子道：“海恩人，为甚的这般狼狈？请道始末，我自与恩人做主就是。”海瑞便说：“始初进狱，即遭桂岳等舞弄。严二把住狱门，禁家中送饭，要生生地将我饿死。放在‘狱底’黑暗之中，蹲在地下，过了几昼夜，只因地气潮湿，把身子弄得残废了，今成了半身不遂，乞殿下做主。”

太子听了，勃然大怒，唤了桂岳上前骂道：“海主事与你无仇无隙，亏你下得这等狠毒心肠。若不是孤今日来看，多管死于‘狱底’！他是奉旨而来的。今后孤将他交与你服侍，每日三餐，如有缺少，我是不依的。”桂岳唯唯应命。

冯保在旁言道：“就是我们走了，背后他又是这般的苛刻奈何？为今之计，却将海恩公把大秤来称过，看有多少斤数，上了册子，交与这厮供养。若是养轻了，要这厮将肉割了下来赔补就是。”太子点头称善，便唤转桂岳吩咐如此如此，这般这般，“若有差失，孤只要你的肉割下来赔补就是。”桂岳不敢不遵，说道：“遵旨。”太子吩咐：“海安，你有甚话，上前去说。”海安即便走到海瑞身边问道：“老爷有甚言语吩咐小的回去。”海瑞道：“我亦没甚吩咐。你回见夫人，只说我身安，不用挂念。不过期满便释的，余无别嘱了。”海安应诺。太子复命冯保，将一套新衣服与海瑞换了，然后叮咛而别。临行又吩咐桂岳道：“只管好生服侍海主事，孤五日亲来称验一次，须要打点，勿谓孤言之不预也。”方才与冯保乘马回宫去了。

桂岳受了满肚子屈气，又不敢向海瑞发作，只得令人将海瑞送在官仓里住下，每日好酒好菜供奉，竟不敢有一些怠慢。

海瑞自出仕以来，却不曾受过这般安享，每日在那醉乡之中，私叹道：“此间乐不思蜀矣！想我海瑞，在家不过就是一行作吏，终日里萦萦扰扰，唯恐政事不清，哪得这般享受？今日却口厌梁肉，身厌绮罗了，恨不得在此多住几年。”果然五日一次，冯保亲来问候。不上半月，把个海瑞养成一个胖子一般，暂且不表。

再说严嵩满望托嘱桂岳，把海瑞饿死狱里，以报了私仇。这一日，忽见桂岳慌慌张张的走来说道：“太师之谋又不成矣，如之奈何？”严嵩愕然，急问何故。桂岳便将太子与冯保到狱，怎生叱骂，却又怎的勒要供养。上了秤，五日一验，若是轻了，就要将孩儿身上的肉割下赔补，逐一说知。严嵩听了跌足道：“有了这人在朝，我这私仇何日得报？必要想个计策除了此人，你我方才立得脚稳，徐徐图之。你且回衙理事，这遭就算便宜了他罢。”桂岳谢别而去。严嵩从此更深恨海瑞，时刻未曾去怀，暂且按下不表。

再说张后在宫，日夕忧念海瑞在狱，无由得出。忽一日，帝在宫中饮宴，后乘机进曰：“海瑞乃陛下直臣，诸文武中不可多得，陛下宜加恩赦之。”帝道：“朕已加恩，赦其死罪，着令刑部监禁三月，待等期满，将给以外任，两相了事。不然彼与严嵩势不两立的。”后曰：“既蒙陛下殊恩，三月亦是一般。如今天气炎热，囹圄倍苦，陛下常有宽囚之典，今何不一视同仁，赦宥海瑞，彼也感恩靡既矣。”帝听后言，点头称善，笑道：“朕当释之，卿勿挂心。”张后谢过，是夜帝宿于宫中。

次日早朝，帝即传旨一道，着吏部侍郎封樾赍往刑部狱中，特赦瑞出狱。封樾领旨，赍旨来到狱中，传了海瑞来到亭中，宣读圣旨道：

> 奉天承运皇帝诏曰：国家有律，有犯必惩；亦唯有恩，可原则赦。兹尔海瑞，为国竭忠，敢言奏宰相，朕前已赦之。今复狠杖国戚，罪有应诛。朕念忠诚，故加格外之施，免其死罪，借杖偿辜，复令监禁百日，以儆将来不敬者。今值三伏之际，溽暑炎热。每念坐囚者手足被系，举动维艰，自觉倍刑热苦。故国家定有宽刑之律，每逢盛暑之时，则宽于缧绁，俾得舒畅。此我国家之殊恩者也，行之历久。今海瑞亦厕其列。彼是忠荩之臣，更宜特加旷典。兹着加恩赦宥出狱，你其钦遵，随使来朝，朕另有旨，速赴毋延。钦此。

宣诏已毕，海瑞欢呼万岁，随同钦使出狱，直趋金殿见帝。海瑞二十四拜，谢帝赦宥之恩。帝宣谕曰：“非朕枉法，每念竭忠之臣，倍加爱惜，以励将来者。今赦你出狱，着往山东济南府，以历城县知县用。如有循声，再行内召重用。你其勖①之，即便起程赴任可也。”海瑞叩谢龙恩出朝，竟不回家，直进青宫叩谢。太子道：“恩人此去，自当珍重，不过三年后，复得相见也。”瑞叩谢而别回来，张夫人此际夫妻复聚，其乐可知。

次日，太子特命冯保赐白银三百，俾为赴任之需。海瑞道：“屡蒙殿下殊恩，深愧万无一报。今复愧领，殊属不安。”冯保道：“不必介意，咱爷爱你，故有此赐。恩人到任，请自为官，自有咱爷在内照应。”叮咛而别。少顷，吏部令人送了文凭到来，海瑞便到青宫谢赐，又到吏部里谢照讫，择日起行。只携着海安、海雄，并张夫人一共四人，萧条行李而已。出了京城，便望着大路而去。夜住晓行，饥餐渴饮，四人在路上竟无人知是出京赴任的知县。

到了山东道上，海瑞就将家眷住在旅店，且不上任。海瑞带了海安，改扮测字先生的模样，一路访查而来，只留海雄在店服侍夫人。海瑞每日里就在各处热闹的所在，去摆摊测字，海安不离左右。如此半月有余，访了几宗大案。正是：

要悉民情处，全在费工夫。

毕竟海瑞查访得甚的案件出来，且听下回分解。

① 勖（xù）：勉励。《诗·邶风·燕燕》：“以勖寡人”。

第三十四回　访查赴任票捕土豪

却说山东地方，多聚富豪之家。一府之中，必有数千余家，都是巨万之富者。他因地之气厚，每发科甲，较胜于他省。

其时济南府历城县，有一富户姓刘名东雄，富甲一郡。只因这东雄为富不仁，恃财凌贫；族又繁衍，又复恃强贬小。各村坊的小户，受其欺凌迫逼，一则畏他财可通神，二者惧他丁强人众。这东雄武断乡曲，视人有如无物。广有田地，骡马成群。自己却建了一所庄院，离着县城五里。其中仓廒库房俱备，盛栽花木。娶有十数个美妾，以实其中，朝夕欢乐。又有一十余个恶仆，分管各处租业亭园，计每年征银六十五两外，其余放债，各项批货，诸筹笔难尽矣。

东雄既已富甲一乡，便无恶不作，闹出事来，拚把一二万银子去了便已，好不冠冕！所以远近之人，实不敢犯他私令。若是近着历城的村庄，某人有女美貌，这东雄便要娶归做妾。其父母不肯，东雄就有千方百计，务必得到手里，方肯甘心。竟有率领家人，白日抢回庄上，旋以百金置其家中，以为聘礼，其家父母无如之何。又重利放债，譬如小户人家间有急需，向彼借贷，必倍其利。而贫户急需之时，则不遑计其利害。而东雄故意不索，直至数月，计其本利相对，则令家人日夕严讨，势必不能偿还，或押以田地，抑或勒取其子女，如不遂意，即行送官究办。那知县因与东雄结好，所言无不依从。于是负欠之家，并遭其害。知县受了嘱托，自然顺着人情，故作威福。

那些贫户敢不忍气吞声，鬻妻卖子，勉强偿还。所以刘东雄财雄一方，势霸一郡，历年已久，邻郡皆知。一则富于财帛，故东省官员，无不乐与交接者。东雄既做这桩昧良的事，自然要结交官府。本府本县固知加意奉承，其余阖省官员，东雄无不趋奉。东雄恃着这脚，便肆意妄为，无所不作。其被害者，不知凡几。

当下海瑞改装，私行访察二十余日，已经访得亲切，心中大怒，便即上任视事。点卯过了，即时检阅案卷，查看得刘东雄犯卷叠。即时出了一张朱票，差人立拿刘东雄到案审办。那差役拿了朱票来看，只见上写着道：

山东济南府历城县正堂，为访查拿究事：照得本县下车以来，访闻得乐逸庄刘东雄，武断乡曲，重利剥民，目无法纪，妄作威福，遗害闾阎①，为害殊甚。本县念切民休，亟应立拿重究，毋使良莠不齐。为此票差本役，速即册去，按址协同地保，立即锁拿刘东雄带赴本县，以凭严究拟处。去役毋得故纵干咎。速速须票。

嘉靖年月日兵房承限一日销。县行。

差役把朱票看了，笑道："再不料这位太爷一些世务不谙，如今却来做此威福。这票子慢道一张，就是千张万张，也只好拿来覆瓮糊窗而已。"遂不以为意，只管放在一边。

过了几日，海瑞只不见到，立即传了承票差役进内问道："前差之票，怎么这时候还不把犯人带到，这是什么缘故？"差役禀道："蒙太爷恩赏朱票，小的们即速前去。奈这刘东雄府第深沉，小的们不敢进去，所以不能拿来。大老爷如欲拿这刘东雄，除非躬亲前往他的家中，方才可以获得。"

海瑞道："我亦知道他是本县一个土豪，你们常常与他来往，贪受私赂，与他结成一块，衙门有事，即往通报。如此情形，本县早已稔悉。今再勒限，五日内务要拿获刘东雄到案，如若不获，即提正身严比。"众差役唯唯领命。

及至下来的时节，大家都笑起来说道："这位太爷，想必访得刘大爷的富豪，意欲吃他一口。但是刘大爷的银子，是要甜顺的才得咽

---

① 闾阎：泛指平民百姓。闾（lǘ）：泛指门户，人家。中国古代以二十五家为闾。阎（yán）：指里巷的门。汉·司马迁《史记·平准书》："守闾阎者食粱肉，为吏者长子孙，居官者以为姓号。"

下，若是他这般擅作威福，不特刘大爷不肯与他，还只怕在上司那里弄送他呢！”内中一人道：“你我休要管他，就把这朱票拿去刘大爷看，他见了必然大怒，那时你我却将些话说来耸动他，他必然不肯甘休的，到上司那里去弄送，管教他不好下场呢！”众人齐道：“有理，有理。”遂各各拿出朱票，一程来到刘府，对庄丁说知。

时刘东雄正在庄下闷坐，忽见家丁来禀，县差某某求见。东雄道：“且传他进来见我！”庄丁领命，复出庄前，对差役说道：“你们好造化，恰好我家员外在那里闲坐，如今唤你们进去，可随着我来。”

众差役说声相烦，便随着庄丁进内，转弯抹角，不知过了几处园亭，才得到那亭子上。只见员外在亭子内坐，差役急忙上前叩首请安。刘东雄道：“请起，有甚话说？”众差役道：“乞大爷恕罪，小的方敢直说。”刘东雄道：“说过就是，只管说来。”

众役齐道：“大爷莫怪，只因新任太爷姓海名瑞，原是部曹降调来的。这太爷却不晓得世务，到任未及十天，就出了一张票子，把大爷的尊讳写上了，立要小的们来请。小的哪有闲心理他，把票子搁了几天，只道罢了。谁知今早唤了小的们进去，问请到大爷否？小的们只说大爷是个有体面的乡绅，实不敢票唤。他便大怒，说我们故纵，勒了五天的限，如有不能唤到，即要倍比。所以小的们不得已，敬诣府上来，禀知大爷。还求大爷做主，免得小的们受苦，这就感恩不浅了。”

刘东雄听了，问道：“票子在哪里？”差役们道：“现在小的身上，却不敢与大爷观看，恐怕得罪呢。”东雄道：“你且拿了出来我看。”差役道：“看过，大爷请休怪。”遂怀中取了出来，递到东雄手上。

东雄接过仔细一看，笑道：“且自由他。我却明白了，正是他初出京来，囊中乏钞，意欲与我打个抽丰①是真。但是他不晓得奉承的意思。若要用我银子，这也不难，除非恭恭敬敬的写个帖子来拜，我却送他个下马礼，有甚么要紧？如此行为，我只好与他一个没趣，叫

① 抽丰：意指分肥、提成的意思。据明人陆啸云《世事通考》所释，这“打秋风”，实为“打秋丰”，意谓“因人丰富而抽索之”，故而也叫“打抽丰”。

他好知道我刘东雄手段。不干你们之事，请回去致嘱他，说我的言语，叫他好好地做这知县，倘若不懂得好歹，我这一封书，管教他名挂劾章呢！”吩咐家丁，取了十两银子，赏与众人，众差役们连忙叩谢而去。

到了五日限满，海瑞还不见他们回话，乃令兵房送签带比，该房即时将签稿缮正，一齐送进署内。海瑞立时签押讫，差了皂役前去，即刻带赴听比。皂役领了朱签，急急来到快壮两班，寻着了他们，把签与看。那几名差役便将签接转同看，只见上写着：

特授历城县正堂海签：差本役急速前去快壮两班，唤齐承办刘东雄一案，日久并不弋获之，玩役张青、刘能、胡斌、何贵、槐立等，带赴本县当堂严比。去役毋得刻延，致干并此，速速。

差皂役张源。

众差役看了道：“这位太爷真是不晓事的，今日只得对着说明。张老爷你且回馆，到了午堂，我们就去便了，决不干累的。”张源应诺。

到了午后，海瑞升堂，立传皂役回话。张源即便领着张青等五人跪到案前，当堂销差。瑞视五人笑道：“好差役，你却会刁逆，办公就一毫都不在意。五日之限已满，你怎么巧说亦难免这二十大板。”张青道：“小的罪固应得，但有个下情禀明，立毙杖下，亦所不憾。”

海瑞道：“且自说来！”张青道：“小的们奉了大爷指令，即到刘东雄庄内，闯了进去。恰好东雄在内，小的们便欲下手上锁。只奈他的家丁共有百十余人，见了朱票，个个如狼似虎的，眈目相视，不肯甘休之势。小的们只有十数人，自料寡众不敌，故以善说知。雄即冷笑道：‘济南一带官吏，亦知我的所为，并没一差一吏敢上我门。若是你家县令要打抽丰，除非好好奉承，还有想头，似这般不敬，只恐自讨一场没趣。倘若大老爷不知好歹，我只一封书札到京，管教大老爷卸任。’是这等说。”

海瑞便问：“他是什么人，为何一封书札到京，便叫我做不得这个县尹？”张青道：“大老爷还不知么？这东雄富甲一郡，守土官吏以及巡按指挥，皆与他来往交厚，即当今位极人臣的严太师，乃是他干爹。故此他有此脚力，一概不惧。这话就在严太师身上，老爷休要惹他罢。”海瑞听了，不觉勃然大怒。正是：

只因一句话，激怒百般寻。

毕竟海瑞可能拿获得刘东雄否，且听下回分解。

第三十五回　酬礼付谋窥恶径

却说海瑞听了众役之言，不觉勃然大怒道："这是刘东雄亲口说的么?"张青道："正是。"海瑞道："你既见他，怎么不将他拿来?想是得了银子!"张青道："那庄上强壮佃丁，何止百计。小的们若是下手，只好白白送了性命。"海瑞道："然则你们是再不敢拿他的了?"张青道："小的们实实不敢。"海瑞大怒道："可见你们惯于卖放匪徒，所以如此!"吩咐皂役把众人拖下，每人重责三十大板。皂役们一声答应，将五人扭下。海瑞吩咐，用头号板子重打，如有徇情三板不见血，执板人陪打。

皂役听了，不敢徇情，果然三板就见血，打得五人皮开肉绽，鲜血迸流，在地下乱滚，险些儿起不来。海瑞道："今日比了，还要勒限，如再违限，将来枷比。将家眷先行监禁，伺获犯之日释放。"张青等唯唯，又勒了五日的限。海瑞又差了十名散役，随同张青等前往帮办。旋命皂役先将张青等五人家眷拿到监禁，然后退堂。

入到私衙，自思："我如今在此作县，不能除得这一个土豪，却还与百姓除甚么害?今日张青等之言，这刘东雄是恃着强势的大恶棍，所以府县都不敢奈何他。想必历任的府县，都与他来往，受他的贿赂，所以弄得根深本固，不得摇动得倒。即使张青等此去，亦是无用，徒将他们委屈矣，但是立法不得不如此。"想了半晌，忽唤海安到来，对着他耳畔说道："如此如此，这般这般。"海安应诺，旋即来到班馆。

张青等正在那里敷棒疮药，见了海安，众人齐立起来。海安道："请自方便。你们今日受了委屈了。"张青叹道："今日真是委曲。在堂上挨了三十重重的板子，又勒了限，妻子又提去监禁了。这条贱命，料亦走不去的。”海安道：“你们做了许多年的差役，难道官的意思都不晓得么?”张青道：“大老爷的意思我们怎么晓得？乞大叔说知，这就感恩不浅了。”海安道：“我见你们可怜，待我实说与你们听罢。我家老爷是在京降调来的，幸得严丞相提携，才得了这个知县。一路出京而来，就闻得这位刘东雄是本县大大一个富豪，故此到任就出票拿他，却欲弄他三五千两。谁知你们拿不到手，他便生气。在公堂之上下不得场，所以将你们重打，遮掩众人耳目处。你们说他是严太师的干儿子，恰好我们这太爷又是拜在严太师膝下的，如今甚悔。你们不用忧心，只管将养就是，这事是罢手的了。你们家眷，不上三日，包管出来。”

张青等听了，如梦初觉，方才悟道：“原来如此，这有何难？这位刘大爷是好挥霍的。每常哪一位新太爷到，他不来交结？待我们棒疮好了，走到他的庄上说知此意，包管是有礼送来的。连大叔你老人家也得沾点风气呢!”海安又说了许多话，方才别去。青等私相笑道：“这位太爷怎么这样，弄银子都没方法！若是早有声息，这时候银子到手了。”胡斌道：“我们明日去对刘大爷说，看他如何。好歹叫他送个礼来就是，免得我们受苦了。”众人齐声道：“有理。”

过了三五日，各人的棒疮都痊愈了，遂一同来刘东雄庄上见了，以此意说知。东雄笑道：“这叫做过后寻舟——不得渡矣。他先前若是恭恭敬敬的，我即与他个脸面。如今知我是相爷的人，他便转过话来，我却不吃这一注的。”众役齐道：“大爷好歹赏些薄面与他，救一救小的们性命则个。”东雄道：“你们且回，我自有处。”差役谢了回衙不表。

再说海瑞自命海安与众差役说话之后，时令海安打探他们口气。海安这一日来说，差役业已前往刘东雄处说了，他说自有主意等语。海瑞听了点点头，却不言语。

又说刘东雄正在庄上，忽然庄丁传进一札，说是北京千里马付来。东雄拆书观看。其书云：

屡接厚惠，感佩良深，只以途遥，未遑面谢为歉。兹有义儿海瑞，原在部曹，缘事左迁，出为贵县令尹，前月已抵贵境。但此人赤贫，自行作吏，悉仆提携。今远隔一天，自难照拂。唯先生推此屋乌之爱，时济惠之，并赐教言，使彼知避凶趋吉，则有造于仆者也。专此布达，并候近福不一。

东雄先生文几分宜

严嵩顿首

东雄看毕，便问投书人何在。庄丁道："其人手拿许多书信，说还有几处投递，忙迫去了。"东雄自思："差役来说的话不差。今既太师有书到此叫我照应他。也罢，看在太师面情，与他一个分上罢。"

次日具了十色礼物，一个名帖，着庄丁送到县署而来。海安接着礼单并帖子，拿与海瑞，海瑞暗喜道："中我计矣。"只见礼单上是：

金爵杯十对，玉箸子一双，锦缎十端，西毡毯一席，白银一千两，黄金四锭，绍酒十坛，金华茶腿十只，燕窝一盒，钩翅四桶。

海瑞吩咐收了，又将名帖来看，只见上写着："年家眷同门弟刘东雄顿首拜。"海瑞不觉笑了起来，照旧回了一个帖子，赏了一两银子与那庄丁，着海安出来致谢。海瑞吩咐送来的东西，一概封志，不许动了一些。

次日对安、雄二人道："昨日刘东雄送了一分厚礼前来，我已故意收下，以稳其心。今却要回送过去，方才像样。怎能够得些礼物来呢？你二人可为我到哪里借一借礼物去，挡一挡架子何如？"海雄道："别的可以借得，若是这些东西，纵然借了来，送到那边去，倘若他竟收了，将来拿甚么去还人？"

海瑞道："你们且到店内，与掌柜的商量，他肯借时，却问明白了价。若是他那边收了，照价送还。待等冬季领了俸薪银两，照依原价发给就是。"海安道："如此，恐怕他店内的不肯。"海瑞道："大抵你们不愿去，自觉难于启齿是真。也罢，你可将名帖分头去请那京果店、绍酒店、绸缎店、玉器店四处的掌柜到来，我当面向他求借就是。"海安、海雄二人只得分头去请。

到了下午，请了四处掌柜来到。海瑞衣冠出迎，请到花厅内坐。那些掌柜的哪里肯坐，说道："大老爷是小的们父母，小的们焉敢冒坐？"海瑞道："这原是私见，就是与宾主。公堂之上，方拘正礼。"瑞再三推让，方才坐下。那绸缎店里的姓鲁名祺，当下鲁祺说道："不知父台老大人相召，有何吩咐？"

海瑞道："说来惭愧。只因本县在此一贫如洗，前日有个乡绅送了我几色礼物，虽然不曾受他的，只是礼相往还，本县亦要回敬过去。只奈没有一些东西，又没银子去买，故特请列位到来商议，要向宝店内各借几色，装一装脸。若是那边收了，该多少价钱，照依送还就是。"各人道："大老爷吩咐，小的们凛遵就是。要取多少，只管着人到店取来。"海瑞道："不是这等说，本县不过权宜之事，你等不必疑心。每店只要动借四色就很够了。"各人唯唯应命，叩谢而出。

海瑞复唤转来，吩咐道："只要四色，若是我的家人多借一些，你等须来见我。"店人齐叫道："真难得这位太爷这样清廉，真是我们行户有福。若是往时新任的官来，便是那一位官亲挂账，这一位师爷赊取，其余家人们各各到来侵沾小利。怎似得这位太爷，这般清静，向我们借几样东西，还是这样恭恭敬敬，真是不愧上苍的知县了。"各人回到店中，将货物上好的拣了四色，即刻送到署内。

须臾之间，绸缎、火腿、绍酒、京果、玉器，十六色俱已齐备。海瑞写个名帖，夹着礼单，令海安、海雄抬了送去，并嘱其留心窥察庄上来往路径。海安二人领命，抬着礼物来到庄上。庄丁问了来历，即来报知。刘东雄看了礼单名帖，笑道："这才是个道理呢。他是个贫知县，怎好受他的礼物？"一些不收，赏了来人十两银子，礼物仍复发回出来。

海安有心要窥探他的地方，便对庄丁道："家老爷略备些须之敬，今大爷不肯受，是不肯赏脸与家老爷，乞大叔引在下到大爷面前面恳赏收，不然就连这赏钱都不敢领了。"庄丁遂引着二人进内，转弯抹角，过了一带粉墙，进三重朱门就是水阁；过了水阁，又是一座小桥，桥下一个大池，池中许多莲花，红白相间；三间暖阁，方才是刘东雄坐的地方。

海安进到里面，只见刘东雄身穿单衿，坐在一张湘妃竹椅上。海安二人慌忙叩头请安问好，道了海瑞想慕的意思。东雄也不说“请起”，大端端地坐着了不动，说道：“就烦二位尊管归报贵主人，说我心收就是。”海安道：“小的家主素慕大爷慷慨，又属同门，忽承大爷赐惠，不以客套，故将厚礼全收，以显相好。今主人稍备一芹之敬，而大爷挥之门外，岂不屑与家主相交耶？”刘东雄道：“不过一刺到了便是，何必定要收下？令尊管既然如此，就收一二色礼就是。”乃吩咐庄丁，将两坛绍酒收下，其余的璧回。海安复又再三相恳。刘东雄道：“主意已定，无须尊管强劝矣。”复令每人赏银五两。海安、海雄叩谢而出，抬了礼物循着旧路而回。正是：

有心窥捷径，奸恶岂能知？

毕竟海安回署，见了海瑞如何说话，且听下文分解。

第三十六回 窃书失检受奸殃

却说海安、海雄二人，把礼物抬回，来见海瑞，备言其事，并说其得了二十两银子的赏封。海瑞道："除了两坛绍酒的价银，余者你二人拿去，买些衣物。"想海安、海雄二人自随海公作吏不下十载，今日却得了二十两，这是他二人大造化之处。安、雄二人叩谢。海瑞道："你可曾探得路径否？"海安便将庄内的路径，口说指画，备说一番。海瑞听了，心中记着。

过了两天，就是七月十五日中元盛会。探得那刘东雄延僧仗众，在荒地搭起一座高台，做功德，超幽施食。如此歹恶心肠，即做大千亿万功德亦难补缺得。想必因陷害人口过多，故特设此盂兰盆会，以冀万一之忏悔矣。庄上张灯结彩，十分热闹。远近的人，都到那里去看。

当下海瑞得知这个消息，即便改了装，扮作算命先生的模样，由署后而出，随着行人，来到庄上。只见灯烛辉煌，梵音咒韵。其中又设茶缸十余个施茶，往往来来的不知多少人数。正面就是八个僧人，在台上念经开解。台左一所小厅样，摆设着八张学士椅，俱系顾绣大红缎椅帔。中间一张香几，一张紫榆八仙桌子。那桌上东边是插屏，西边是天青色大花瓶，上供着几枝玉簪花，当中一个宝鹤仙炉，内焚沉檀，香气扑鼻，却没有人在此。海瑞暗想，必是刘东雄坐的。便故意走到椅子上坐着。

少顷，只见三两个高长大汉子来到。海瑞料是助纣为虐的庄丁，竟不出声，只管坐着。那庄丁上前喝道："你这人好没分晓。既来看高兴，若是渴了，东廊下有茶，又有板凳，那里歇脚吃茶，岂不是甚便么？竟在这里则甚！看你的打扮，莫非是个算命的么？"海瑞便立起身来，道："我正是个算命的。"内中一人道："我几年的运气怎么这般颠倒，先生，你且与我算一算命，看是如何。"海瑞道："今年贵庚？"那人道："丙申三月十一巳时。"海瑞故意推算良久，说道："大叔莫怪在下直讲。你这八字，虽然不少穿，不少吃，准是宾强主弱，都要靠着他人的，却不能自振家声。行至己巳、庚午这两个字，还却有些意思，亦是有限的财帛。寿享八旬，一子一女成家。"

那人听了带笑谢道："先生真是再生鬼谷①，是眼见的一般。"众人听说，都要求他占算。海瑞一一赠之，左撞右盘，自然有几分合着。直算到点灯时候，恰遇刘东雄出来，那庄丁们见了，急急走开。

东雄见了海瑞却不认得，便问众庄丁道："这是什么人？你们在此做什么？"庄丁道："他是算命的，偶来此观看高兴。遇了小的们叫他占算，果然灵验非常，再没一句话假的。所以大家都叫他推算，直至这个时候，不料撞了大爷。"海瑞听他叫大爷，知是东雄，便急急上前作揖道："小可不知，多有得罪大爷。"东雄笑道："他们说你占算十分灵验，你可与我推算一纸如何？"海瑞乘机道："大爷提挈是最好的，只是天色黑了，小可还要进城，明日一早来罢。"东雄笑道："这时候城门已闭了，你且先与我推算。这里很有便铺，你不必过虑。"海瑞谢道："怎好打扰？"东雄道："这时候谅亦饿矣，且请用晚膳再算罢。"因对庄丁道："外面喧哗，你们可引到红渠阁去，那里又清净，就在那里摆饭，不论你们哪一个相陪，用了饭我却来呢。"海瑞又谢了。

那庄丁便引着海瑞来到阁中，只见那沼里满栽红莲，一片清香。进得阁来，明窗净几，放着文房四宝，瑶琴宝剑。原来是东雄常坐的所在。那庄丁搬了一桌酒菜到来，坐以相陪。海瑞恐怕醉了误事，却推不饮酒的，只是用饭。饭毕，庄丁收拾去了。

少顷，只见两个绛纱灯笼照东雄而来，海瑞急忙起身迎接。

---

① 鬼谷：鬼谷子，姓王名诩，又名王禅，号玄微子，春秋末战国初时人。是先秦诸子之一，为纵横家之鼻祖，也是兵家的著名代表人物。其主要著作有《鬼谷子》及《本经阴符七术》。前书侧重于权谋策略及言谈辩论技巧，后书则集中于养精蓄锐之道。

东雄带着醉意坐下道："先生不要拘礼，请坐。"海瑞坐下。东雄道："在下生于戊申年正月初五子时，烦先生直言一算。"海瑞即将八字排开，推算一回说道："此乃系双蝴蝶之格，大富大贵之命也。"东雄笑道："先生休奖，须要直言。"海瑞道："台造于戊申年所生，戊乃中央之土，土能生金，故主大富；申庚皆金，金旺生水，水旺生财，故断得大富。若论'贵'字，得怪勿怪，一生得贵人提挈，至四十一岁必得异路功名，正途则无分也，得官不在三秩之下。若论子息，三枝送老，但妻室略要少些为妙。尊驾一生疏财仗义，虽然挥霍，每遇谋望，皆事事如愿。贸易则利倍于本。此时正交子运，目下虽未用定，却现有贵人扶持，禄马暗动，官秩不日就有消息。寿可至九十。此是在下直言，幸勿见怪。"

东雄一边听，一边点头说道："先生真是灵验，所言皆合。不才仰承祖父所遗，颇称饶富。若说'贵'字，在下虽不善读书，然幸得大贵人与我交好，若论二三品的官秩，他不过吹嘘之力，便可为得的。今岁正月间，曾有信息来知会我，约在明年，可以得官。今先生之言，恰如亲见一般。尚有小儿及拙荆、小妾的八字，亦求先生一算。今夜辛苦了，且宿一宵，明起来再推罢。"海瑞道："不妨的，夜静人稀，心清气静，更得精神。请大爷写下八字，明早来取。待小可逐一批评如何？"

东雄便将儿子、妻妾八字写下了，交与海瑞，又说了许多好话，方才作别道："先生就在此相屈一宵。只因今夜功德圆满，焰口超幽之时，在下要去参佛，不能相陪，先生休怪。"海瑞道："大爷请便。"东雄别去。

海瑞看见天气尚早，才交二更，乃挑起灯来，把八字排毕。少顷，只见一个丫环，十五六岁，捧着一壶香茗、一盘点心进来，放在桌上说道："这是大娘送来与先生下茶的。先生为我们推算辛劳，大娘说烦先生留意直言，明日重谢呢！"说罢自去。海瑞想道："如此妇人，却这般有礼，可惜错配匪人。"且把门来闭上，自思："我今日之来，原为着要打探刘东雄的犯罪实迹，好去禀知上宪，如今却坐在里面，济得甚事？”独坐无聊，只见桌几上堆着好些书札在内，海瑞即随手捡一札来看。

事有凑巧，却是严嵩从京来的，其书云：

字付东雄老谊台先生阁下。启者：前蒙惠我东珠百颗，光洁圆净，实为罕希之珍。拜登之下，深铭五内。贵省巡按熊岳，乃仆门下生也，今将次到任，若是抵省之后，自当来拜候矣。但彼人地生疏，诸事之中还祈指示。前者所言关伦氏一案，该抚业已具题，以威逼毙命为定谳，仆驳饬之矣。至于捐衔一节，朝廷定例，捐二品封典以赠父母则有。如若捐自身职衔则不许，唯四品可矣。以仆忖之：莫若来年到京，援例加捐郎中，此际复加捐即用，仆自当以刑、兵两部掌印握篆为君谋之。旋以绩最，随奏擢侍郎，则不三年可出外任矣。如此筹度，不知有当尊意否？如可行之，则赐回示。俾是日报捐，预为根本，届期庶毋庸又费周章也。专此布达，并候近祺不备。

海瑞看毕，自思道：“这厮真是财可通神。他竟有本事勾通奸相。若不早除，他日养成气候，得了官爵，则天下百姓无遗类矣！但关伦氏到底何人？又见上有‘威逼毙命’字样，此必这厮所犯之案。上司具题，却彼贿赂严嵩，将案驳回，遂使冤无可申了。怎的本县却不见有这案卷移交？这就奇了。将此书且收起，明日却将为证，奏嵩杀府尊在此书矣。”

复又翻阅别札，都是各省官员与他来往致候之札，内中有兼叙案件者，有特托夤缘者。阅至尾后一札，却是本府的，内云：

启者：前云关伦氏一案，闻上宪业已具题。然先生能致意于严相，则必奏驳。但见证之张三姥，矢口不移，将来似难移转。今该县已将该氏押候，必欲令其改供。而张三姥再四不肯，似此殊碍结案。前日该令曾有密函来禀，欲在旬日内将该氏鸩却，以免疑碍。但该氏一死，则案易于转动矣。专此布覆，并候日安不备。

海瑞看了，才明白是停质出详的，但不知关伦氏属在哪一县的百姓，料亦在济南府属，这是还可以查访得的，亦将这书取了。不觉已是四更将尽，其时实觉困乏，乃就几上睡了。

天明，庄丁持水进来，只见门尚未开，又见纱窗未闭，便从窗口而入。见海瑞隐几而卧，鼻息吁吁。近视案上书札，翻得乱了，庄丁便想道："书札怎么这般乱了？莫非这先生翻阅了么？"遂走近案前，将书叠齐，只不见两封信书。庄丁自思道："这两封书札，未知是闲书札或事关紧要？却不见了。必是他偷藏过了。"遂急急摇醒海瑞问道："先生，你可曾翻阅这书札否？"海瑞道："我在案上推算八字，直至五更方才睡了，却有甚空时去翻阅你的书札？"庄丁道："你休要瞒隐，那些书札都乱了！"便一把抓住往外就跑。正是：

一札私书能致祸，总因失检遭奸殃。

毕竟那庄丁抓住了海瑞往外就走，欲到何处，海瑞的性命如何，且看下回分解。

第三十七回　机露陷牢冤尸求雪

却说那庄丁搜书不见，心疑海瑞偷盗，上前把海瑞叫醒，便问书信。海瑞道："我在此推算八字，哪里见你家什么书信？"庄丁怎肯依他？一手抓着海瑞，一手开门，竟扯到刘东雄面前来。

那刘东雄正在书院打坐，忽见庄丁扯着算命的过来，便问："你们为什么？怎的把先生抓着，成何规矩？"庄丁说道："他是个歹人！"东雄道："怎么知他是个歹人？"庄丁道："昨夜大爷好意，叫他在阁中安歇。谁知他竟把大爷的书札偷了。想来是个歹人，不知是哪里来的，大爷审他便知来历。"海瑞叫道："勿要屈我。我从二更推算八字，直至五更方才睡去的，不信且看桌上批评了几纸八字，就可以知道了。"东雄道："不用多辩。但在你身上搜得书札出来，便是真的。"遂叱命庄丁把他身上搜遍，果然搜出两封书信。

东雄看了，不觉大怒道："可巧天地哀怜窥破，不然我的性命送在你手。"乃唤："庄丁，抓到后花园去，待我来审问来历！"众庄丁答应一声，早把海瑞簇下，拥到后花园，来到亭子上，只见俨然摆着公案刑具。海瑞自悔失于检点，今一旦却遭在这厮手上。

东雄坐在正面，吩咐将这歹人带上来。众庄丁把海瑞拥到面前，叱令海瑞跪下，海瑞勃然大怒道："你是什么人，本县却来跪你？"东雄听得"本县"二字，心中猛笑道："你莫非历城知县海瑞么？"瑞笑道："本县便是，你敢无礼么！"东雄大怒，叱道："畜生，你自视得一个知县恁大，却想来糊弄我么？今日被我拿住，又有何说？"海瑞道："我乃堂堂县令，是你父母，你敢把本县做甚么？"东雄道："慢说你是这一个畜生，不知多少巡按、府县，葬于水牢者，不知凡几。"吩咐庄丁："把他推到水牢去，叫他知道厉害。"庄丁应诺，将刚峰蜂拥而去。

过了一带高墙，又是一重小门，开了小门，推在里面。只见黑暗暗的不辨东西，听到水声潺潺。却原来这所在乃是跨濠搭篷的，上是大板，下是壕堑。将人推到里面，断了水米，七日间必然饿死。随将尸首推在水里，下面团团竖了木桩，那尸首在内却流不出去的，所以无人知觉。

此时刚峰被推到里面，听得庄丁将门锁了，自思："这个所在，必死无生的。我刚峰亦是为民起见，今日却要遭于此地。海安哪里知道？就是夫人亦难明白我之去向。过了几日，衙内没了官，他们必然去报上司知道，另换新官来署。我那家眷却不知作何光景？况且宦囊如洗，安、雄二人哪里弄得盘费送夫人回家？上司还说我不肖，逃官而去。这刘东雄还怕不肯干休，又要斩草除根，连家属都要陷害，这是可知的。"想到此处，不觉掉下泪来，长叹道："我刚峰一生未尝有欺暗之事，怎的如此折磨？"然亦无可如何，只得坐在板上，不禁长叹。不知红日西沉，又不知晓暮，远远听得更鼓之声，方知入夜。

刚峰此际又饿又倦，把身子躺在板上。朦胧之间，似有一人衣冠楚楚，立在面前，说道："刚峰，你不用忧愁，自然有个出头的日子。但我等含冤于此十有余载，尸骸水浸，还望刚峰超雪。"刚峰道："你是甚人？在此为甚的被害？可说来我听。若有出头日子，自然与你申冤雪恨。"其人道："我乃江南华亭县人，姓简，名纕，字佩兰。于正德庚辰科乡荐，旋叨鼎甲第二名，即蒙亲点巡按此省。一出京城，沿途密访，已知刘东雄稔恶。到了本省，未及上任，先改扮混入此地，以冀密访东雄实迹。谁知被他窥破，饱打一顿，备极非刑，推在这里，饥寒而死，将我尸体推在水内，屈指十有一年，现有巡按印信为证，尚在怀中。明日刚峰上去，可即禀知提督，乞其领兵前来，将此庄围住。先拿了东雄，随来此地搜检。下面有五个尸体，一是太守李珠斗，一是本县尹刘东升，其余三个乃是本县百姓：一因妻子被抢，寻妻受害；一因欠了东雄米谷，被陷于此；一因妹子被抢，寻妹遭祸，竟无发觉者。刚峰前途远大，正未有艾，不日自当出去。"言罢，一阵阴风，倏忽不见，却把刚峰惊醒，原来是南柯一梦。

刚峰自思："我难道还有出头之日么？梦中之言，大抵不差。但不知怎的得出去才好。"乃立起身来，再拜道："倘君有灵，立即指示我路途，再见天日，何惧冤仇不报！"说毕，忽闻风声吼吼，少顷雷雨大作，电光射入牢来。刚峰叫道："天呀！可怜刚峰今日为国为民，反陷身于此。瑞死何足惜，但有六人之冤，无由得雪。倘蒙眷佑，俾瑞得出牢笼，收除凶恶，共白沉冤，则瑞死无所憾矣！"言未已，忽然一阵红光射入，一声霹雷，打将下来，把那水牢打一个大洞。一阵光亮，狂风大作，此际刚峰心摇胆战，不知所以。谁知这阵大风，竟把海瑞掳出牢外。少顷，雷声少息，电光尚未息时，有光亮射来。海瑞醒了转来，却不是牢里，凭着电光细看，乃是一座危桥，自身坐于桥上。刚峰暗想："适间雷雨，就是救我的。"遂望空叩谢，乘着雨而走，亦不辨东西。但听得前面更鼓之声，侧耳听时，已交五更。刚峰便向着更鼓之处而奔，此际顾不得衣衫淋湿。远远透出灯光，却原来就是提督行署。

明朝所设提督，每三年一次巡边，所以各府俱有行署，以备巡察驻脚的。当下刚峰到灯光近处，方才知道是一所衙门，便闯进里面，却被更夫拿住，叱道："什么人，敢是奸细么？"

刚峰说道："我乃是历城县知县。"更夫笑道："你是知县，怎么这般狼狈？快些直说！"刚峰便问："这是什么人员的衙署？"那更夫道："这是提督行署。你既是知县，为什么不见你来叩接我们大人？"

刚峰听了，喜得手舞足蹈地说道："我正要求见大人，相烦通传一声，说历城县知县海瑞要见，有机密事面禀。"更夫道："你休要走了。"海瑞道："我是特来求见的，怎肯走？你若不信，可与我一同携着了手，去门上大叔处说话。"更夫应诺，便与刚峰来到大门，叫醒了那守门的家人，说了上项事情。那家人把刚峰看了一看，说道："你且在门房坐着，待我上去禀明了大人。"

且说那提督姓钱名国柱，乃是浙江严州人，由武状元出身，历任到提督，平生耿直，不避权贵。家人走到面前，当下便报有历城知县海瑞冒雨而至，声称有机密事要面见大人等语。钱国柱自忖："这知县是在城里的，如今冒雨而至，想必有甚关系本县的事，故此冒雨而来。"便吩咐即传进见。家人领命，急急来到门房说道："大人起来了，传你进见呢！"刚峰随着家人来到穿堂，灯光之下，见提督行了庭参之礼。国柱道："贵县何以冒雨一人至此？请道其详。"刚峰便将如何访察，被刘东雄关在水牢，幸得某人梦中示知，及雷雨相救，逐一告知。

国柱听了道："哪里有这等土豪恶势！可见当时府县废弛政务，致此养虎为患。依贵县尊意若何？"刚峰道："求大人立刻传令兵丁前往，把刘东雄庄上围住，一齐打进里面，不分好歹，见人就拿。若是迟延，东雄知风必然远扬了。"提督依允，即时传令点兵三百，命中军官领着，随海瑞前往庄上，捉拿刘东雄全家。

这令一下，中军官立即点齐兵丁，同着海瑞如飞而来。及至到了庄前，天尚未明。刚峰道："先分一百五十名，将这庄子团团围住；一百五十名，随我进去。"中军官应允，即令兵依计而行。一声呐喊，刚峰在前领导，打进庄来。

那些庄丁一个个梦中惊起，不知何故。有的穿衣不及已被拿了的。一百五十名兵丁，奋勇拿人。那些庄丁虽然有勇，然值此仓促之际，又见是官兵来拿，各各手软脚酸的，被他拿了。当时东雄正在惊慌，急急披衣走出来看，却被刚峰看见，叱令兵丁上前拿下。

至此时，天色大明，刚峰对中军官道："大老爷，且先押解犯人前往行辕请功，待卑职在此拆毁水牢，打捞尸首。"中军官应诺，传令留下五十名官兵，听候刚峰使用，余者押犯回辕而去。刚峰即时把那红渠阁中的私书，尽行放在身上，随令十名官兵把守庄门，余者带着来至水牢。令四十人一齐动手，即时把水牢拆去，地板揭起，只见下面尽是浊水。刚峰令人把水略略车干，然后命十人下去，跃入水里，果然负了六个尸首上来。只因其被水浸着的，所以不烂，但一身黑肿，不辨面目矣，衣服仍在。及至负到水上，其尸就烂了，只剩白骨。刚峰亲自细查一番。内中有一尸，中有钢印一颗。刚峰细视，印上有文曰“山东巡按关防”六字。刚峰道：“此必简巡按之尸也。”即忙拜谢其阴相之恩，令人别以锦被裹之。但不知哪个是前任县令尸首，再加详检，只见一尸的衣服，尚有角带在内，刚峰道：“此必是前县令也。”亦向着再拜。拜了，亦令人别以布裹之，亲书记认。余者四尸，悉用布帛包好，取了六张竹笪，把六个尸首盛着，令人先行抬到庄外之大安寺前放着。

其时，海安、海雄二人寻到庄上来。只见主人浑身湿透，仍自在那里指手画脚的，竟不知自己身上湿了。安、雄二人上前见了，才把自己的衣服脱下，去与刚峰换了。海瑞令他二人先回，随将东雄庄上各物，当众点过，上了清单，一一封志。其诸妇女关在一室，不许他人扰乱。留兵丁三十人把守，自己来行辕缴令。正是：

不惜身劳苦，为民除害先。

要知刘东雄如何，且听下回分解。

第三十八回　案成斩暴奉旨和番

却说海瑞吩咐已毕，便与众兵丁一齐来到行辕。海安业已将冠带拿来伺候。海瑞整冠束带，来见国柱。国柱起身迎接道：“贵县辛苦了，请坐。”瑞告坐毕，呈上搜得刘东雄私书一束，共三十六札，都是严嵩及各部并本省的官员往来关系利弊的书信。国柱看了，对海瑞说道：“此项书札，若复留之，只恐他们不安，莫如焚之，以安众官之心，如何？”海瑞躬身道：“大人所见甚是。”随令人取火至，当面焚之。海瑞又将点封东雄之财物各项清单呈上。国柱道：“这清单仍归贵县案卷就是。”海瑞把清单收了，随将六个尸首现放在大安寺上，听候相验过，以便收殓的话禀明，又呈缴巡按印信一颗。国柱道：“此案事关重大，军门亦不在主政，贵县将人犯带回审确，详办就是。”海瑞应诺，就请提督着兵护解过县。海瑞揖谢，方才押着人犯进城。

到了衙门，进内用过膳，随令升堂。留官兵在署防护，随即出堂升座，三班衙役，两旁伺候。海瑞吩咐把东雄带上堂来。左右带到，东雄立而不跪。海瑞喝道：“你乃土豪恶势，今日被我拴来，罪该万死。怎么见了本县还不下跪？”东雄笑道：“若论百姓见了你，或竟要跪。只是你老爷见了你这一个鸟官，不怪你不来送接就罢了，怎么反说是要你老爷下跪呢？这般不知好歹。且问你，我好端端的在家中，把我簇拥到这里，为甚么？”海瑞骂道：“你乃土豪恶势，目无法纪，交结内官，逼毙人命，擅囚大臣，私立水牢，罪恶滔天，万死难偿。那关伦氏一案可即招来。”东雄道：“你老爷犯法，何止一宗？你问时，我亦记不得许多，莫费了你的气罢。”海瑞道：“水牢内三个百姓是哪个哪个？从实招来！”东雄道：“莫说你是一个知县，就是府里，还不敢问我！”海瑞大怒喝道：“你平日恃着权势，却不把官府放在眼里。今日要你晓得我海某厉害。”叱令左右拖下，取头号大板子，先重打四十，然后再来问话。

此际差役们看见本官盛怒之下，亦不敢用情，即来扯着衣服，拖翻在地，把东雄重重地打了四十板，打得两股皮开，鲜血迸流。

海瑞喝令上堂再问，东雄只是不招，还自怒目圆睁，骂不绝口，说道：“让你怎么的委曲于我，只恐一封书信到京，你这顶小纱帽还戴得牢否？”海瑞道：“王子犯法与庶民同罪。今你恃着严嵩，便辄欲横行天下？本县是不能稍贷你的！”吩咐带去监禁，其余家人、庄丁人等，一共四十五名，发在外羁押候听审。

海瑞退入私衙，自思：“刘东雄这厮不肯招供，其意盖欲迟延，待他好弄手脚。我偏与他个不然，坐供出详便了。”遂连夜查检刘东雄历犯款迹，录案详报上台。其时巡按员缺，系布政司王绮兼护。文书详到，王绮见了，便再三研勘，一则与刘东雄向有往来，二则知他是严嵩门下，却有心回护，遂将详文批驳：

据详称刘东雄恃财倚势，凌虐乡愚，侵田占地，强夺良人妻女，并敢私设水牢，卒陷多人，并将巡按、知县擅自囚害，如果属实，亟应严办。但查正德年间，有简巡按来山东，未及到任，即无踪迹。其家人报乃疯癫迷失，屡觅不获。今据该县指称，前简巡按尸首，现在刘东雄庄内水牢捞起，现有印信可据。查简巡按自迷迹之日，屈指计算十有一年，岂有其尸尚未腐，仍捧印信耶？此固不足深信。候委员确验详复到日再为核夺。其余各尸，均着一体殓埋，候查案再夺。

这批文一下，海瑞料是上司有故纵刘东雄之意，若不严鞫招成，将来必至反案。遂即刻升堂，复提出刘东雄再审。这一回极备严刑，五般重刑，均已用过。刘东雄却打熬不过，只得招认。海瑞令人给予纸笔，唤令尽招。刘东雄只得亲笔招供，一共认了大小不法事情，总共计三十六款。水牢共淹毙六命，简巡按为首。其余威逼自尽者，连关伦氏案共逼死七人，一一尽招，已成铁案。海瑞即又详上司，令人批解上去。此际上司见了亲供，也不能为他护卫，却叹其自招之速而已。

次日，那护巡按不忍自审，乃委按察代讯过口供。海瑞便上院面请上方剑杀刘东雄。上司无奈，只得从其所请，遂将刘东雄寸磔[①]于市，人人称快。其余助虐之家人、庄丁，分别军、流、徙、杖，发落完案。刘东雄之家属，分别问罪。海瑞既除这刘东雄，所有平日匪类，闻风知警，各皆勉而为善。海瑞复行出示，暴东雄之罪于市。

一日宣传到京，严嵩得知东雄为海瑞所杀，心中大怒，触起前仇，又要计陷于他。终日伺隙寻衅，只奈一时无从入手，暂且按下不表。

且说那南交地方，即今之交趾国[②]是也，地近粤西、贵州等省。那国素来强悍，不遵王化，时有入寇之心。国王姓朱名臣，乃是汉人。只因其祖在南交贸易日久，宗族蕃大，遂广施金帛以买众心，首先倡乱，遂得南交一带，自称交王。太祖皇帝因其地远难征，只得赐玺以服其心而已。及至正德年间，其国王乃名朱光裕，便妄自尊大，自称南交大帝，便欲侵占本朝土地。乃暗令番将瑚元领兵五万，来至南关。

这南关属粤西南宁府界，那府里只有一员都司，领兵八百把守。此时瑚元领番兵一路奔杀前来，好不声势，分队而进：头一队番将乌尔坤领兵五千为先锋；二队番将一珠领兵五千为副先锋；三队番将广心领兵五千为应护使；四队番将五十七领兵五千为合后；五队番将陆海领兵五千为解粮官；六队番将乜[③]先大领兵五千为探听使。六队番将，一路奔杀前来。到了南关，一声炮响，安下营寨。那都司与知府听了番兵入寇，自见兵马稀少，慌做一团，不敢出迎，唯令兵马紧守关隘，飞报指挥使马湘江。听知如此厉害，亦不敢擅动，急急申本奏

---

① 寸磔（zhé）：磔刑，剐刑，也叫凌迟。一寸一寸地割下肉来，直到他死为止。俗称“千刀万剐”或“杀千刀”。

② 交趾国：即越南，为明朝边界附属国。

③ 乜（miē）：姓。

闻朝廷，请旨定夺。

严嵩接着告急本章，喜道："海瑞今番难逃我手也！"连夜修起本章，次早入朝具奏。帝接奏章，展于龙案，只见写道：

太师丞相臣严嵩谨奏为边烽乍起，请旨定夺事：现据粤西指挥使臣马湘江表称，于本年二月内，有交趾国王某顿萌异志，特遣番将瑚元领卒五万，前来侵界，兹已兵抵南关。其都司、郡守，以兵微将寡，不敢出迎，即指挥使亦不敢擅调大兵，飞章告急前来。臣窃思太祖皇帝朝，当时天威远播，犹以地远难征，赐予敕玺，以慰其心。今升平日久，政事废弛，若与之决胜负，诚恐一旦稍败，有辱国家锐气。臣愚意以为宜抚。陛下若遣一介素受番人仰望之臣，前往宣示圣谕，说以利害，则番将自当慰服。但查得现有历城知县海瑞，本乃琼南人。粤东琼州，邻近南交，可悉番将情形。陛下若以之前往，必有可观。不知有当圣意否？伏乞皇上睿鉴施行，天下幸甚！

帝览奏，即时下了一道旨意，差兵部差官星夜赍往山东。差官领了圣旨，飞驰前往，不日来到山东。当下文武官员，一齐恭迎圣旨，到那万寿宫开读，差官高声朗诵道：

奉上谕：兹据粤西指挥使马湘江奏称，交趾国王不遵王化，遣兵入寇，已抵南关。该指挥以兵微将寡，未敢擅动，飞奏前来。复据丞相奏称，非用名望素著之官，前往说以利害不可。今查历城县知县海瑞为人忠耿，乃琼州本土，善诸番人言语。故特奏请，表海瑞为天使行人之职。朕如所请，今差官赍旨前来，加升海瑞为兵部郎中，并赐方物若干。你于拜受恩命之日，即刻起程，前去讲和。有功之日，再加升赏，钦此！

钦赐海瑞各物，计开：玉如意一枝，蟒袍一袭，角带一围，皂靴一对，飞鱼袋一对，锦缎百端，黄金十锭。

钦赐南交国王方物，计开：敕书一度，银玺一枚，蟒服一袭，平天冠一顶，皂靴一对，玉拱璧一双，玉如意一枝，金爵杯十对，玉箸十对。

宣读毕，海瑞谢恩，送天使于驿馆安歇。

次日，具表申谢，顺付天使回朝讫，海瑞即时收拾起程，文武各官相送出城。海瑞把家眷留下，着海雄服侍夫人，自己带领海安望着粤西地面而来。所过地方，文武护送。其时，严嵩暗中欢喜，以为瑞必被番人所杀。正是：

一心指望将人害，事到头来陷自身。

毕竟海瑞此去可得平安否，且听下文分解。

第三十九回　诈投递入寨探情形

却说海瑞拜受恩命，即日赍捧着御赐敕玺，离了历城，一路望着山东大路而行。出了本境，就由粤东肇庆水路进发。所过地方官供应船只夫马，自不必说。海瑞每到一处，先发告示一道，以杜滋扰。其示云：

钦差兵部郎中行人大使海，为严禁滋索，以肃功令事：照得本府膺钦命，持节南交，并赍捧恩纶，宠赐番徼。所过地方州县，不免供应。但本府自出境以来，除扛抬龙亭之外，只用一仆，日用两餐，所费无几，不必珍膳，即园蔬苦菜，亦堪下饭。你等州县，不必特为设置。如有匪类乘供借称本府亲随，诈索船只夫马折价以及饭食等弊，许你等立即捉拿，解赴行辕，本府以凭严究，决不徇纵。你等一体遵照毋违。特示。

所过州县，秋毫无犯。海瑞在路次，亦不与州县官员交接。到了粤东，就由肇庆水路进发，过了多少险滩恶峡，来至南宁。该府尹即时督率属员，出郭迎接。海瑞此时因有王命在身，大小官员都来朝请圣安。

当下海瑞进了馆驿，将圣旨敕玺放下，随赴有司衙门询问军情。太守道："前月番王朱臣，命将瑚元领兵到此，在属不过数百护城兵弁，自难迎敌。故此飞禀指挥使，指望发兵来援。谁知指挥心怯贼众，不敢擅动，只令附近营哨之兵卒，同乡民守护土城而已。今被困一月有余，而贼仍未少退。城中绝了樵薪，四民嗟怨。观此情形，亡在旦夕。幸得大人远来，必有以赐教。"海瑞道："番兵乃乌合之众，乘兴而来，若是日久，不许与战，彼必粮尽而逸，此时乘势击之，必获全胜。彼若败北，我遂以恩旨抚之，则彼无不乘机感激矣。"郡守应诺。海瑞乃在南宁住下。

那指挥使闻得天使已到，即赶到南宁来与海瑞相见，便问皇上之意若何？海瑞道："圣上以蛮夷地远难征，故今特命仆赍捧御赐敕玺前来安慰。但不知大人之意若何？"指挥道："番兵虽已逼近关隘，计有月余。然我军不出，南关坚固，彼亦不敢正视，如此相持而已。"海瑞道："然则并不曾交锋耶？"

指挥道："并不曾出战，彼亦按兵扎寨而已。"海瑞道："彼远涉内地，粮草不继，必当自退，虚而乘之，此胜算也。以愚意忖之，今军中乏绝樵薪，此是第一桩紧要的事。今可驰檄邻郡，饬令每郡供应柴薪十万担，即日取齐。若百姓得薪，则不致惶恐，可无内顾之忧。然后相时而动，乘彼遁逸之际，一鼓而下，则获全胜矣。"指挥使道："大人高见不差，但是天子有命，今故延搁，倘将来朝廷知之，岂不致干未便耶？"海瑞道："将在外，君命有所不受。盖以机不可失，而事不固执者也。今若以敕玺前往，必致自讨没趣。夫彼主朱臣，积怀不轨，非止一日矣。今贸贸而来，其锋正不可当。若以弱示之，彼必自骄其志，不以为备。粮尽，势难久驻，当谋归计。彼军卒一退，我却乘虚以袭其后，必获大胜，随以威命收抚之，彼必投降无疑矣。此乃两得之方：一则可以保养士卒，二则恩威并济。人有良心，岂不自忖？此将军立功之时也，唯详察之。"指挥使谢道："大人所见极是，依计行之可也。"海瑞乃与指挥同驻南宁之内。指挥使即檄饬各营将佐，各以精兵赴南关听调。

再说番将瑚元，已率兵五万直抵南关。一声炮响，把南关围了，只望明兵出迎。谁知一连十余日，并不见动静。瑚元心疑，速令细作探听。回报明兵俱扎于关内，并无出战之意，唯日筑垛塞缺，并督率民壮在内相守，防范十分严密。瑚元听了，心中忧闷："彼恃坚固，深沟高垒，不与我战，是将欲老我师也。我远涉而来，利在速战，若与久持，是必粮草不继。似此如之奈何？"辗转忧思，终夜不寐。

次日升帐，召集诸将议曰："我等奉命而来，本欲与主上出力，夺取大明关隘。今到此将及一月，并不得利。我料明兵之意所以坚壁不出者，欲老我师也。若与彼相持日久，我军必疲，且恐粮草不继，如之奈何？”诸将皆曰：“我等自领兵以来，却不曾与彼交过兵刃。今日事势，元帅何不发书请战，彼岂能忍辱耶？彼若肯出，我等竭一朝之勇气，或可成一世之功，亦未可定。不知元帅尊意若何？”瑚元听了诸将之言，自忖若不请战，何以回报主上？乃即时令中军幕官，立作战书，令人到门下投递。

那守关的军士接着，即呈与指挥使。指挥使便拆开来看，却是本朝字体，并非番字。原来南交国俱读《四书》，唯奉解缙而不敬奉孔子，故此能作国家字体。当时指挥使细看其书云：

南交国统兵大元帅瑚元谨顿首拜书于大明元戎麾下：窃元奉国王之命，领兵五万，欲将军会猎于关外，以决雌雄。兹驻扎月余，而未曾一睹大阃军容。岂以元军过弱，不足以交锋刃耶？抑将军实有马头不敢向西之意？如书到日，可即示知。如果畏威惧剑，则请即日来降，早献关隘，我主待下有礼。若将军来归，必蒙恩擢，定以元戎加之，此千古一时之功也。唯大元戎察之。专待来命不赘。上致大元戎老将军麾下，瑚元拜订。

指挥看了，不觉勃然大怒，掷书于地说道：“瑚元何人，敢将此不逊之词前来欺侮！”便问投书人何在。左右答道：“今早番将着人前来致书，守关军兵不敢放入，用麻绳缒木桶于关下，以接其书。那投书人早已回去了。”指挥即持书来见海瑞，备言其故。

海瑞接来细看，说道：“大人知其意否？”指挥道：“此番人见我军日久不出，故以此不逊之词，前来激怒，盖欲激我军出战，彼则奋力以劫我关隘也。”海瑞拍掌笑道：“大人之言，明如指掌矣。今贼即欲劫我，大人却有何妙策以御之？”指挥道：“大人胸中具数万甲兵，必有良谋，幸祈赐教。若仆则空空如梦矣，切勿吝却。”海瑞谢道：“岂敢，但是为今之计，大人可即批回。待瑞扮作小军模样，到彼寨中探听虚实，并探熟彼之出入路径。若知道便捷之径，则容易进兵了。”指挥道：“番将不近人情，大人若到彼处，恐彼不情，将大人陷害。如之奈何？”海瑞道：“不妨。我命系于天，死生自有定数，何必患之？大人可即修书来，待瑞即去可也。”

指挥乃立即修下回书，用了印信，递与海瑞观看。只见上写着：

大明粤西指挥使谨顿首复书于大元帅瑚元庭下：兹接来书，已悉一切。但本朝素以仁慈治政，所以我太祖洪武皇帝平定八荒，四海来归，何止八十余国。你南交一隅之地，先亦伏阙来顺。我太祖皇帝惠及天下，无不一视同仁。故以特予敕玺，封你主为南交国王。历昔至今，皆区区伏德，不敢稍萌异志。迨后该国王某以酒失德，国人怨之。你主以商贩流民，诈谲成性，幸得起家，并图大位，年来亦自蠖屈，唯恐我天朝兴起问罪之师。而我世祖皇帝，复特加格外之恩，故免讨逆之众。今你主不知报德悔罪，反敢逞此小丑，意欲跳梁，独不思天朝一十三省，雄兵猛将，何止百万！你乃一隅小国，辄敢与大国抗衡，此真所谓犹欲以卵敌石，安得不破者也！南关金汤之固，谅你辈亦奚能为耶？书信到日，可即弃甲抛戈，早为悔罪，犹可予以自新。倘若执迷不悟，恐大兵一出，你等无遗类矣。统限一月之内，尽行退回本国，上表请罪。如敢违抗，即当帅众来剿。书不尽矣，你意知悉。

海瑞看了赞道：“大人笔下如刀剑之利。彼等一见，自当碎胆矣。瑞当即行。”指挥道：“大人须要加意提防，幸勿轻入虎口。”海瑞应允，即便取小军衣服换了，带着战书，独自一人而往。

只见关门已被大石顶住，瑞乃用绳系腰，由城上缒下。既落在关外，即将绳索解脱，望着番营而来。早被伏路番将拿住。海瑞道：“我是大明元帅帐下的小卒，奉了本营主帅之命，特来下书与你家元帅的，烦一引进。”

那个小番把海瑞看了一看，暗自笑道：“这般软弱的军士，怎能抵敌得我们过？所以闭门不出，却原来就为此也。”乃作笑容道：“你家元帅战又不战，只管把守着做什么？这又不是来与你们考文的，怎么书来书往做什么？”海瑞道：“你且休问，相烦通传一声就是。”

小军遂将海瑞领着带到辕门，时正交二鼓。小卒道：“天色尚早，你且在此候着，待等三鼓报了，我自然与你通传就是。”海瑞只得应允，乃取了一锭银子，送与小卒道：“这关外的地方，亏了我们是个本地的兵丁，却不曾得见过关外的光景。如今天气尚早，相烦老兄跟我走遭，看看关外地方的景色，也是好的。”小军既得私馈，也不暇备细查问。正是：

钱可通神，财能役鬼。

未知海瑞观看景色如何，且看下回分解。

第四十回　计烧粮逼营赐敕玺

却说小军应允，将银子收下，说道："你既当兵，怎么连地方不曾见过呢？"海瑞道："我们是新充的，食粮不上两月，所以不曾见过这个关外的地方。故特烦老兄引我一游。"小卒道："虽则引你到外面玩赏一回，不是紧要。但你身上穿的号衣，不合我们军中的样。你可脱了下来，待我将这一件号褂与你穿上，这就可以去得了。"海瑞道："如此更好。"那小卒遂将自己的衣服换了，与海瑞穿着。随即出了营门，领着海瑞到各处营寨观看，复一一令其指示。小卒哪里知得他的就里，每到一处，便把怎么怎么，这般这般，说了出来，一则要自夸威勇，一则谈谈闲心。海瑞一一记清，不一会，把番营大寨全行观看清楚，记在心中。

小卒道："你可观尽否？"海瑞道："八门俱已看过，果然威风。但只欠了些粮草囤积。若是有了粮草，只恐我们都不能与你家相拒呢！"小卒道："你说我们没有粮草？你且随着我去看一看呢！"遂领着海瑞转过营后，只见一个小山头上，有些小军在那里扎营，上面俱是被车。小卒指道："这不是粮草么？"海瑞故意道："有限的，怎么得够支应？"小卒道："你却是个新当兵的，难道你家关内，也堆着十年二十年的粮草么？不过是陆续运解而来。"海瑞又道："我们解粮运草是邻省接解来的，所以便捷。若是你们老远的运解，岂不费力么？"小卒道："我们虽则远涉，但是亦有以逸待劳之计。"海瑞道："怎么说是以逸待劳？我却不晓得。"小卒道："我们的粮草，却是从贵州那边偷运过来，到了东京口上岸，离这里不过五百里之遥，两三日便到了。"海瑞道："如此却才容易，不然就运转难矣。"小卒道："好夜深！我们前去这时候大抵已报三鼓矣。我们且回去罢。"海瑞遂与小卒一同回到大寨而来。

恰好那瑚元升帐理事，小卒令海瑞仍旧换回穿来原服，领了进去，禀道："小番们奉令巡哨，拿着一个小军。询问起来，却是大明营中遣来送书的，业已带来，请令定夺。"瑚元道："带了上来！"小卒便将海瑞带领到帐中跪下。海瑞叩了三个头，说道："小的乃是大明营中奉元戎差来下书的。"遂向袖中将书取出，呈递上去。瑚元接来细看一遍，不觉勃然大怒，将书扯得粉碎，骂道："你家战又不敢战，只管推延，这是何故？我却不管，明日就引大军前来攻关。好汉的只管出关迎敌，若不敢出，就算不得成的了，可即草表献关。如若不然，有朝攻破城池，玉石俱焚。"海瑞唯唯领命，故意做出惊慌之状，抱头鼠窜而出。

瑚元乃集诸将听令道："今日大明指挥有书回报，内中延以时日，其意却真欲老我师也。本帅已对来使说了，准以明日攻关。诸帅宜各竭力向前，初阵须要得利，譬如破竹，数节之后，迎刃而解矣。"乃令乌尔坤领兵三千攻打头阵，也先大领兵二千往来接应。明日五更造饭，天明进兵。务要奋勇齐攻，如有怠惰不前者，即按军法。众领命各各准备去了。瑚元随后点起大军继进，暂且按下不表。

再说海瑞急急奔回，到了关下，仍用麻绳吊了上去。来到行辕，见了指挥。指挥便问："探得军情如何？"海瑞道："瑚元轻勇无备，不足惧之。"遂将瑚元如此这般，逐一说知。指挥惊道："各路援兵，尚未到来，今大敌猝至，如之奈何？"海瑞道："贼乃乌合之众，全无队伍。一则我所恃者城池坚固，濠壑甚深，彼焉能立破？刻下可令随营各将，连夜上城防守，且把鼓声偃息，彼兵若到，且不理他，待至骄惰之际，然后以大炮乘高视下攻之，则彼必败走矣。且先挡了目前这一阵，然后徐图良策，截其粮草。彼军乏食，不战自乱矣，必速奔归。那时我却乘虚袭之，无不应手矣。"指挥听了大喜，随即传令：各随来将佐，率部下兵丁，尽伏城垛上，以大炮、擂木、灰瓶等物，预先藏着，听得炮声响处，一齐突起，放炮攻之。各营将佐领了将令，即时尽率佐部上城。

到了次日黎明时候，远远听得人叫马嘶。海瑞此时亦在城楼观看，远远望见番兵旗帜，海瑞即令各人偃旗息鼓，各各伏于城上地基，不许交头接耳。番兵来近，只见关上并无旗帜，又不见一卒在上，心中疑惑，急急报知乌尔坤。乌尔坤乘马亲来观看，果如所云。自思道："此必明兵疑兵之计。"吩咐各人奋力攻城。军中鼓声大震，众番兵只顾奔前呐喊，却不见一人。开炮打去，却那城楼坚固得很。一连攻了半日，亦不见有人迎敌，城墙果然攻打不开。

瑚元领了大队，随后亦到。前军报知，瑚元传令各军士下马裸骂，以激其众。军士听令，各各下马，坐在地下大骂道："不早出降，攻破城池，草木同铲，悔之晚矣！"百般的辱骂，城上只是不应。竟有脱衣露体扇凉而骂者。约近巳时，海瑞在垛伏张良久，说道："可矣。"指挥令人将号炮点着，一声炮响，三军一起突起，将火炮、灰瓶一齐施放。那番兵正得意之时，忽然被那炮子、灰瓶打来，哪里抵挡得住？只顾躲避，急急奔逃。那灰尘乘着风势，刮面吹来，开眼不得。霎时之间，被炮者不计其数。瑚元后军，却被前军推动阵脚，自相践踏，死者甚众。城上发喊助威，番兵只道明兵开关杀出，急急奔走，逃去十余里下寨。

海瑞望见番兵去远，乃令开关，乘势出屯，就与指挥驻于关外。一则便于调遣人马，二者且占形势，不致番兵迫近关门。当下瑚元败了一阵，急奔十余里，才下寨扎住。查点折去五千余军，笑道："我却中了蛮子之计也。头阵已此，后当加意便了。"忽然军吏来报，粮草只剩五日。瑚元道："如之奈何？新粮草未到，军中乏食，必然生变。"即着了乌尔坤领兵一千，去寨外五里屯扎，以为犄角之势，一有消息，即刻回报。是时，乌尔坤领了将令，即着兵前往屯扎去了。瑚元又传令着也先大持令箭沿途催赶粮草接应，自不必说。

再说海瑞在关外屯了几日，忽然城内郡守着人来报：所调兵马俱已陆续到齐，请令定夺。海瑞即来对指挥说道："刻下各营新兵已到，大人何不尽令出扎关外，好待在下调遣也。"指挥称善，即传令箭，立时传了新兵，尽出关外驻扎。海瑞道："我料番将之粮不日将至，谁可去截他的?”帐下一将应声出道:“末将不才,愿去走遭。”海瑞视之,乃骁骑额附庞靖也。当下海瑞道:“此去东京口,乃是番将运粮上岸之所。你可领着一千军士,到夜半偷至那里埋伏,若是番将运粮上岸,待其尽,突起烧之。”庞靖应诺,立即点起军兵,携带硫磺、焰硝引火之物,连夜起行,前去埋伏。

过了三日,番营各将俱以乏粮为忧,乃皆来帐上禀瑚元道:“刻下营中乏食,解粮官未到,似此如之奈何?”瑚元道:“我亦因此忧愁。前日已令乜先大前往催赶矣,谅不日亦至,你等皆宜静守,不得惊扬,恐怕敌人知之,必然乘虚来袭矣。”说尚未毕,人报:“乜先大奉命催粮,中途为明军所杀。明兵夺了本国衣甲并令箭,去到东京川口候着。恰好运粮来到,被明军诈称元帅有令,令将粮草囤积荒野地。是夜三更时候,一齐火起,那粮草尽被烧完了,特来报知。”

瑚元听了此言,不觉大叫一声道:“天亡我也!民以食为天,兵亦以粮为命,今粮被毁,目下又即乏食,如之奈何?”帐前幕官进道:“可即连夜遁归,再作道理。”瑚元称善,即令暗传号令,令军士各各束结,就今夜三更拔寨齐起,急急遁归,不得违令。众将应诺,各各准备不提。

再说海瑞在寨中正与指挥商议退敌之策,忽庞靖回来报称,业已尽将番人粮草烧毁一空,特来缴令。瑞与指挥大喜,即将庞靖上了头功。未几,探子来报:“番将因为烧了粮草,现今营中乏食,即刻束装,意欲遁归。即来报知。”瑞听得急对指挥道:“今贼势已蹙,即夜欲遁,我等可即赍捧敕玺前去劝降,彼返迎受矣。”指挥道:“贼势既窘,我兵乘虚击之,此为上计;大人何故反纵之去?”瑞曰:“不然,彼先逞其跳梁之心,今不得利,又值乏食,其众心已散,故此连夜遁归,欲再复来。今我不以兵马加之,而反以圣恩施之,使其复得兴头,所以服其心也。若以兵袭之,彼必大败而怨愈深,彼返国旦夕皆思报复,则无限之边患也。”指挥道:“大人果然善于算度,即可行之。”海瑞道:“请即令便行如何?”指挥道:“当以多少人马随往?”海瑞道:“一军不用,只携我仆一人而往足矣。余者扛抬赐物,照式人夫而已。”指挥即时传令兵丁，改装扮作扛抬夫役，仍藏利刃在身，以备不虞，立即随跟海瑞星夜前往。

海瑞携着海安，押着赐物，如飞的奔向番营而来。将近二更左侧，已近番营。海瑞吩咐暂将夫马各物扎在一里之外，先令海安一人前往通知。海安本不敢往，只因海瑞这般说话，又见主人如此用心，哪里便敢推托，只得慨然而往，独自一骑来到番营。

那些番兵正在忙忙迫迫之时，收拾不迭，哪里还有心前去瞭望！海安闯进鹿角，直至营门，才见有两个番兵，在那里闲坐。海安拚胆上前说声：“老爷！”那番兵却一把将他拿住，骂道：“什么奸细？敢来此探听消息！”海安说道：“老爷且莫如此。我若奸细，亦决不直到此地，并显然招呼老爷了！”番兵道：“如此，你来何干？”海安道：“我是特来报喜信的，相烦立即通报一声。”番兵听得“报喜”两字，便不胜大喜，急应道：“如此随着我来。”正是：

欲知伊利钝，但听口中言。

毕竟海安此时见了番将如何，且听下回分解。

第四十一回 设毒谋私恩市刺客

却说海安随着了番兵，一直来到大营。番兵道：“你且站在这里，待我进去通禀了，然后再来唤你。”海安答应了。小番兵即进帐中，恰好瑚元在帐督率各人收拾各物，忽见小番进来，便问何事。小番道：“现有大明营中差来一人，声称是朝廷天使海大人的家人，今奉了伊主之命，前来相请元帅，前往迎接天朝皇帝恩旨。”瑚元听说，吩咐且唤那来人到来，有言相问。小番领命，即来到营外，带领海安进帐。

海安急忙跪下叩头：“拜上大元帅！”瑚元道：“你是哪里来的？”海安禀道：“小的乃是大明营里钦差海某家人，名唤海安，奉了家主之命，前来敬请大元帅出寨迎接恩旨。”瑚元道：“你家老爷奉着什么恩旨前来，与我何干？为甚的要请我去接呢？”海安道：“小的家主乃是兵部郎中，奉了天子圣谕，特赍恩旨而来，并有天子所赐敕书、银玺、方物等项，故此特着小的前来，家主现在一里以外相候。”瑚元道：“你家主既到这里，如何不直进帐，却在一里之外相候，叫你前来通话，莫非其中有诈否？”海安道：“我国以信义待人，从不做贼盗之事，因为现有皇帝敕玺在身，故要大元帅前去迎接恩旨，并无别意。”瑚元自忖：“彼既称是奉钦差而来的，又有敕玺，我想当日我家先王，亦是曾受天朝恩典，既有敕玺之予我，今师既败，彼有此惠，我何不承机就之？一则可以挣扎颜面。”主意已定，便吩咐海安道：“你且先回，本帅随后就来迎接。”海安叩谢而出。

瑚元一边吩咐军士摆队迎接，一路火把齐明，接着海瑞齐到大营而来。海瑞开读圣旨道：

奉天承运皇帝诏曰：大国有征伐之师，小国有预备之众，此不得已而用。朝廷之有造于你国者，不谓不深也。兹你不思报本，而反欲弄兵潢池①，是弃旧好而图速灭也！朕垂拱八方，勇猛之将，何止万员；精锐之兵，难计亿兆。若以大旗一指，何难立灭此朝食？但不教而诛，有所不忍。今特差兵部官员，捧赍御赐方物，并予封爵，你其受之，自当革面洗心，无再自造其孽。封你朱臣为南交国王，银玺一颗，以彰显荣；其部下文武，各加一级。你当恪遵，毋负至意。勖哉钦此！

宣读已毕，瑚元谢恩。海瑞令人将御赐各物交替，呈上银玺一颗，瑚元再拜而受之。复与海瑞见礼，并询阀阅。海瑞通了姓名，说道："今元戎既已奉诏，即当班师各守疆土，毋生妄念，岁修好礼，永为唇齿，则瑞实有厚望矣。"瑚元道："大人放心，南人不复反矣。"时天色已明，海瑞辞回，瑚元直送至十里，方才分别，随即传令班师回国。海瑞看见番营拔寨齐起，亦即与指挥作别，回京复命不提。

再说严嵩自从打发了海瑞去后，心中暗喜，以为必借瑚元之力以杀之也。遂尔肆志横行，无所不作，每欲倾害张皇后以及太子，然奈无从入手之处，日与赵文华、张居正等商议。赵文华献计道："太师何不寻觅一人作刺客，带到宫中，待等圣驾出朝之时，突冲而出，必被拿获。其人便称张皇后与太子所使，帝必大怒，定发三法司审议。此时张后与太子虽有双翅，亦不能飞出宫闱矣！"

严嵩听了大喜，道："此计甚妙！然哪得其人为我行此妙计？"张居正道："在下现有一人，姓陈名春，乃山东青州人，投在府中，业有十载。在下待之甚厚，彼每欲以死图报。今当与彼商之，许其不死，彼必应诺，则此事有济也。"严嵩喜道："既有此等妙人，大人即当为仆行之，自当厚报。"张居正道："这个当得竭力。"遂即告辞回府，唤陈春入内，以言挑之曰："你自来我家，不觉已近十载，但是我待你似比他仆厚之。今欲遣你为我干一事，不知你愿去否？"陈春

① 弄兵潢池：即成语潢池弄兵。潢池，积水塘；弄兵：玩弄兵器。指发动兵变。汉·班固《汉书·龚遂传》："其民困于饥寒而吏不恤，故使陛下赤子盗弄陛下之兵于潢池中耳。"

道："小的自投府上而来，蒙老爷爱如子女，小的受恩甚厚，时愧捐躯莫报万一；今老爷若有用小的之处，虽赴汤蹈火，粉身碎骨，亦所不辞也！老爷但有使用，只管驱策就是。"居正道："非我要用你。只因那太师严嵩，向我寻一个有胆有勇的人，所以我将你举荐了。过日可过府去，他有一事，与你商议。你与他去干，就如报答我一般。"陈春道："但不知太师要使我那件，老爷可知一二否？"居正道："你乃我之心腹，谅你不肯泄漏我的机密，对你说知罢：只因严太师先日有位小姐，曾进于天子宫中，封为昭阳正院，把前后张氏及太子皆贬于冷宫，已经四载。谁知那刑部主事海瑞，乘着皇上四旬万寿之日，在天子面前再三耸谏。天子一时念起父子之情，准了海瑞的保本，立即恩赦了他母子出来，仍旧封为昭阳正院，把严氏退居偏宫。今严氏失宠，太师心中不安，故屡欲以计去张后母子，仍复严氏之位，故此想出这条计策。明日你过去，充在他们家人队内，跟到宫里去。太师是常常与帝饮酒弈棋的，这日故意在宫到黑。你那时却在宫中躲着，身怀利刃，五更三点，天子必然出朝，那时你却直冲御道，一刀杀了皇上。严太师得了天下，你就是一个开国功臣，封王屡代不替。若是不能杀得，被仪从之人擒获，你便大声高叫：'太子、皇后救我！'此际天子必要将你发在三法司去审问，严太师必在其列。那时你只口口咬定是与冯保相好，他是个太子心腹太监，叫我来如此如此，这般这般的是太子吩咐。若是他登了九五，必然显爵相酬。太师必自超生于你，重有赏赐。你肯去否？"陈春道："既是老爷将我荐了，怎么叫爷失信？明日随爷过府去见太师便是。"居正大喜，便立时赐以酒帛金珠。次日，果然带着陈春来到严府相议，自不必说。

再说太子此时年已一十三岁，终日常侍帝侧，帝甚爱其孝顺聪慧。一日，帝问道："朕万岁后传位于你，你将何以治天下？"太子道："臣奉祖宗遗法，陛下现宪，加之仁慈，庶可以不忝厥职矣。"帝又问道："然则处下如何？"太子道："忠良之辈用为股肱，俾以显爵厚禄，小人则逐之。所谓亲贤远佞，恩威并济。务使天下无贪墨之官殃我赤子，朝中有贤能之佐以卫社稷。所以仰报陛下也。"帝道："处边备如何？”太子道：“修城浚池，时刻预备，以能将镇之，绥远怀柔，使彼等马首不敢西向。”帝道：“夫用将贵以老成，休任少年。老则历练军纪，讨抚得宜，年少者则轻于趋进。你其牢记之可也！”太子谢过。

方欲出宫，忽然御前起了一阵怪风，刮面吹来。帝觉毛骨悚然，对太子道：“日午天晴，何以有此怪风？朕甚不解。”太子道：“此名旋风，乃惊报也。陛下宜防之。”帝笑道：“太平日久，君臣相乐，有甚不测之虞？”乃呼酒与太子对饮。

太子三爵后，即停杯止酒。帝问：“何以不饮？”太子道：“夫酒者，可以怡情，而适足以招祸，故儿少饮，以免祸耳。”帝道：“酒可怡情，故文人墨客，皆藉以为消愁闷之由。朕亦性好之，宁可一日无饭，决不可无酒矣。”太子道：“圣人云：‘唯酒无量，不及乱。’愿陛下少节之，臣不胜幸甚矣。”帝喜道：“我儿所谓善于机谏者也！”太子谢出。

帝是夕宿于正宫。张后道：“陛下数日未曾临朝，窃恐诸臣疑议，乞陛下以政务为要。”帝道：“这几日朕躬不快，今日粗安，后日即是朔日，当出听政矣。”

到了次日，严嵩将陈春扮作家人，充在众奴队内，随进宫中，与帝问安。看官，你道臣子入宫，怎么又带得家人进去？只因他与别个臣子不同，一来又是国戚，二者帝宠之深。嵩常常入宫，与帝弈棋、饮酒时，或要取甚么东西，要那中贵走动不便，帝即敕嵩准带家人三四名，相随入宫，以便使用。所以严府的家人，随主入宫之时，即在宫门外伺候。

当下严嵩见帝问了圣安，帝道：“昨日暹逻国①来贡西洋哑叨酒，其味香烈，今当与丞相试之。”严嵩谢道：“陛下爱臣过深，虽口食亦必予臣，虽粉身碎骨，无以报陛下于万一也！”帝令左右将酒摆于百花亭上，与严嵩对饮畅谈。

---

① 暹逻（xiānluó）：应为暹罗，中国古代对泰国的称谓。

酒至半酣，严嵩起奏道："天气炎热，西洋之酒，其性过烈，陛下少饮为佳。"帝道："然则何以消此永日？"严嵩道："与陛下手谈如何？"帝喜，即令撤席，取棋与严嵩对着。嵩故意留神细看，每下一子，必致再三思索，以延时刻。帝连着三局，嵩起抖乱棋子道："陛下且休，何以呕此心血！"帝因命侍夜膳。

嵩在宫中，直至初更方出。此时陈春乘着黑暗之处，早已伏干复道之下，将身蹲着，专待五更行事。嵩辞出，帝带酒来到昭阳，张后服侍安寝。才五更，张后便请帝起身洗面穿衣，临朝听政。众内情以及侍卫人等，皆来随从。

帝出宫，两行红灯照一路而来。刚到复道，那陈春观得亲切，将及驾到之际，即时突出，持刀冲入道来。那侍卫惊觉，将陈春拿下，夺了利刃。陈春故意大叫道："罢了，罢了！谋事不成，天也！张娘娘，太子爷，快来救我！"帝大惊，听得亲切，即时退回内宫。侍卫等便将陈春行刺之事具奏。帝未深信，即发三法司审讯确实具奏。正是：

明枪容易挡，暗箭最难防。

毕竟陈春此到三法司处，如何供出来，且听下回分解。

第四十二回　施辣手药犯灭口供

却说当下陈春被捉，口称是张后、太子所使，又供冯保所荐，侍卫等即将缘由奏闻。帝沉吟未答，自思："青宫索来仁慈，未必敢行此不轨之事，况且太子年纪尚幼，又无别个兄弟，恐致别立，此事却有疑难之处。"又思："张皇后并无亲眷在京，且已正位昭阳，未必有此。"故特发下三法司会勘实情具覆。

此刻众侍卫得了旨意，即时将陈春拥簇到廷尉衙内收管，听候三法司提讯。严嵩早已知道，故意不出。及人至报陈春行刺皇上，今奉旨着三法司并太师会勘，严嵩故作惊愕之色道："岂有此理，可曾究出主使之人否？"从者道："事关内院主使，案情重大，故特旨命太师会勘！"严嵩即时吩咐打轿，来到法司衙门，那三法司早已在此等候。你道三法司是谁？就是这三位：刑部尚书赵文华，太常寺正聊张居正，兵部给事中都察院监察御史胡正道。

当下三人见了严嵩，各各见礼。赵、张二人自是一党，自然会意，唯胡正道不与同心。当时严嵩对三人道："此案情节重大，三位大人当如何审判？"赵文华道："此乃内院之事，你我自当秉公研讯。"随即升堂。

少顷，将陈春提到，当堂跪下。严嵩问道："你是哪里人氏？"陈春道："小的是山东青州人氏，姓陈名春。"严嵩道："是山东青州，怎么在这里犯事呢？"陈春道："只因小的来京贸易，折了本钱，无可生计，就在大街上卖拳为生。"严嵩道："你既是流落的人，怎么反与内监相识？"陈春道："那冯公公与小的本不相识，只因小的在街上卖拳，冯公公看见小的生得魁伟，两胁有力，蒙他唤到酒楼谈心，说起无依之苦。蒙冯公公施济，认为相知，与了我一百两银子，在大街上寻了一个旅店住下，不时将些酒肉来与小的畅饮。彼此往来，共有半载，遂成莫逆之交。前月冯公公偶然与小的说起：'欲做官否？'小的道：'世上谁不欲富贵？'冯公公便向小的说道：'你欲要富贵，但只肯依我一件，即便立可得官。'此际小的便问他有甚事务。冯公公道：'如今正宫皇后与太子意欲寻一个有胆有识的人，去行刺皇上，若是事成之后，可做大官。'此时小的哪里便敢应承。冯公公道：'只管去做，自有我与太子担承。'再三相求。小的看见他如此恳切，又有恩惠于小的身上，只得依允。次日，冯公公便领小的到东宫去见太子。蒙太子赏金帛酒饭，并蒙太子当面吩咐，许小的做一将军职衔，此际小的不合应允。过了几日，太子复召小的进宫商议，他说皇上一连数日不曾御殿，明日届当朔望之期，必然御殿，随令小的身怀利刃，藏在复道，待等驾到突出行刺。小的应允，蒙太子赏刀一把，黄金二十锭，并以酒食相馈。而小的既感太子与冯公公之深恩，虽赴汤蹈火，自无不允。继蒙娘娘召小的进昭阳正院，特赐以金珠翡翠等物。所以小的不得已，随时就从冯公公到复道中藏躲。及见圣驾，此时小的事出不已，即便趋前行凶是真。求列位大人开恩则个。"

严嵩大怒，拍案骂道："皇宫内院，岂是别人进得去的？难道宫门外都没有人守的么？且问你，你是昨夜进宫，还是预早进宫的？"陈春道："小的是前月初九，蒙冯公公带进宫去，直住到此时的。"严嵩怒道："皇后贤淑，太子仁孝，天下共知。你何妄思诬捏，以卸己罪？可即从实招来，如有半句支吾，我这里刑法重得狠呢！"陈春道："小的今日既已被获，哪敢说谎？此是确言，求爷详察。"赵文华在旁插嘴道："不肯招认，就要用刑。你还是招不招？"陈春道："小的一概都是真言，再没一毫谎诬的了。"赵文华道："不打如何肯招？"吩咐下去："重打四十大板，看他招不招？"左右答应，一声险喝，如鹰拿虎捉一般，把陈春簇下。

此时陈春只道勉强过便可以过去，也不言语，随着众人下阶，被众人按在地下，叫声"行杖"！赵文华吩咐："取头号板子，与我重打！"左右即将头号板子重重打将下去。五板之后，陈春就不能叫喊了，打到四十板之后，竟不能动弹，几致失声。

赵文华唤令以冷水浇其面。少顷，方才醒来，陈春此时虽则复苏，然痛极心迷，不知人事矣。文华叱令复拖上堂来，又问："到底此是外边甚么人主使呢？快些说来！不然，复使三木矣。"

陈春只是昏昏沉沉，不闻上面说话，又恐再用极刑，只得点头，以冀免打。严嵩道："此人句句确供，似无遁饰，亦不必苛求根株矣。"立即吩咐左右，仍带往廷尉处收管，听候再讯。胡正道在旁说道："如此供词，岂足凭信？当细心鞫之，方能澈其泾渭。"严嵩道："彼已昏去，容当再讯。"于是各各散去。

是日，严嵩回府，即请赵文华、张居正二人过府商议。严嵩道："今日虽然陈春这般口供，且看胡正道之言，似不深信的言语。倘若再究真情，如何是好？"居正道："这却容易，今夜杀之以灭其口，则可以无忧矣！"严嵩道："怎的能够杀他？还望赐教。"居正道："待座下今晚自往狱中杀之，明日敬来覆命就是。"严嵩致谢道："全仗驾上。"

居正即便拜辞而出，回到府中，令家人立即办下酒席一桌，以便应用。旋又令家人到外边，取了毒药为末，然后将酒席抬了出来，居正已暗将毒药搅在酒内，旋着人抬到刑部狱中而来。

时赵文华早已在狱门等候，居正一到，即便开门放入。来到狱中仓神亭上，提出了陈春。居正道："你怎的受了这般的苦楚，自己放心，我自有处。"陈春道："小的有死无异，老爷再休见疑。"居正道："这个我自有主，却念着你自到此地，未尝不饱衣足食。如今困在牢里，只恐茶饭不敷，今待办些酒饭在此，你可饱餐，且莫愁闷。"命从人将酒饭抬到陈春面前，说："见你向日是穿吃惯的，如今在狱，诸事掣肘，我恐怕你饿了，所以把些酒饭来与你吃了。一面放开心事，不过旬日之间，便可以了局的了。"陈春叩谢讫，文华令人将他的刑具松了，等他好去吃酒吃饭。那陈春哪里得知就里，遂放开量大嚼一顿。此时酒饭肉餍，好生快活，竟自睡了。张居正、赵文华一齐来到相府回覆，自不必说。

再说那张皇后正在深宫，忽见冯保气喘喘的急奔而来，说道："祸事到了！"张后是个受过惊恐的人，听了这一句说话，吓得魂不附体，急问道："到底为着甚么？快些说来。"冯保道："如天大事，难道娘娘还不知道吗？"张后道："我在这深宫内院，知道甚么来？有话快说，免得狐疑！"冯保道："今早圣驾在娘娘这里出宫，刚出到复道，突遇刺客走来，幸喜侍卫官捉住。这人姓陈名春，乃是山东青州人氏，供称曾与奴才相好，因而娘娘、太子与伊相议，教他伺便弑君，一一说出。如今皇上将这陈春发往三法司会勘去了。但不知究是何人所使，致累内院，此特来报知。"

张后听得此言，吃惊不小，指着苍天说道："那个天杀的，这般狠毒，要害我母子性命！"冯保道："这也不妨。如今娘娘何不领着太子，一同前往，到万岁爷跟前问个明白，却不是好？"张后点头称善，即令冯保到青宫来请太子。

太子听得母后传宣，即便趋赴。比及见了娘娘，娘娘说道："你的大祸临身，你可知否？"太子听了这一句，却不知话从哪里说起，呆了好一会，复问道："母后，到底为着什么，说起这话来？"张后道："你只晓得在青宫诵诗，却不知这祸事呢！"遂将冯保所言，备细说知。太子听了，吓得三魂缥缈，七魄悠扬，自思："这桩罪案，却也不小，似此则我母子无活命矣！"乃向张后而泣。

冯保在旁也觉不安，进曰："娘娘、殿下，且止悲泪，事当从长计议才是。"太子道："你有何策，可解此危？"冯保道："亦无别策，唯殿下与娘娘即当诣皇上面剖是非，庶或皇上恩爱不究，也未可知。"张后点头，乃携着太子望着帝处而来。于路十分惊惧，冯保亦不离左右。

帝恰好在焚椒阁内，独自一人坐着。张皇后母子进阁，俯伏于地面泣。帝令平身，问道："卿与我儿何故如此？"张皇后与太子、冯保皆免冠奏道："臣等死罪，今突遭诬陷，因来匍叩金阶，历表清白，伏唯陛下察之。"帝随道："卿乃朕之内助，儿乃国之储贰，岂不深爱耶？且起来说话。"张皇后与太子、冯保谢过了恩，起来侍立帝侧。

帝道："你们所忧者，不过因陈春之事而已，然朕虽不读书，亦颇明理，岂有受嘱切而一口便说某人所嘱者？朕未之信也。但该陈春口口声称与冯保交好，辗转传言，然亦在理者。此事当细研讯之，务得其实。"

太子复奏道："臣蒙荣养之恩，于今一十岁有余，然时时躬侍圣躬，又何暇得与别人徘徊？此事还望圣上详察。"皇上笑道："令据陈某所供，干累内院，朕固不信。然以弑逆大罪，不得不发与法司会勘。你且回宫，朕自有处。"太子山呼叩谢，回宫而去。张皇后甚属不安，冯保亦甚惶恐。帝皆叱令各回所处："朕已明白了，决不为你等害也。"张皇后与冯保各各谢恩，便即退回，正是：

君命无妄僭，子孝父已宽。

毕竟皇上打发三人去后，还有何说，下文分解。

第四十三回　畏露奸邪奏离正直

却说帝令太子与张后、冯保三人各退之后，自思："观此情形，实不干他母子之事。若说没有人引诱，这陈春怎么得进宫？事属狐疑，到底莫释。"乃召严嵩进宫，问其审出陈春实情否。严嵩奏道："陈春口供干连内院，臣正无设法之处，所以未曾得其确据。昨着刑部司狱收管，仍待复讯。"帝道："此事虽乃陈春行刺有据，然彼有牵连内宫，朕家人父子岂骨肉自戕贼耶？此决不得以此定谳者，唯当究其主使实在之人可也。"严嵩道："臣亦这般疑议。唯赵文华以陈春乃一介愚民，非有宫中擅能出入者引诱入内，陈春焉得直进宫门？所以只将陈春重责，而陈春则故意诈死，臣等不得已暂且缓讯，押于狱中，再行定夺。"帝道："姑且研悉其情，幸勿造次，致谤宫廷。"

严嵩唯唯领旨而出，心中闷闷不乐，恐怕一朝败露，岂不弄巧反拙耶？及至府中人报，陈春已于昨夜死于狱中，严嵩方才放心。这是没得败露的了，已成死供，再不能翻案的，暂且不提。

再说海瑞平定了南交，与指挥商酌定善后事宜，便起程回京复命。循着旧路而行，在路风餐露宿，夜住晓行，不必多赘。由粤至京，七千余里，亏他历尽驰驱，二月有余，方才到得盛京。先在丞相府销了差名，然后见帝复命。

帝见海瑞降夷回京，乃细询其形："如何到彼寨中宣读圣旨之处，卿可备细奏朕知道。"海瑞遂将到粤西与指挥如何商议，复如何定计烧毁番人粮草，致彼粮尽遁去；即刻连夜追到某地，开读圣谕，瑚元大喜，深以悔罪，拜受恩眷，逐一告知。帝喜甚，当殿赐酒与瑞慰劳，即擢海瑞为都察御史，留京办事。海瑞谢恩出朝，即日上任视事。

此时，严嵩正自与张居正、赵文华一班人朋比为奸，今见海公突任京秩，又升都察御史，这京都多少官员，为都察御史最堪畏惧的。三日一奏利弊，凡有大小官员，以及宗室亲王，若有作奸犯科，皆由都察御史参劾。所以严嵩与张居正等，俱不得安。

时又有行刺一案，正在狐疑之际，恰好胡正道与海瑞同衙办事，未免把这宗案情对他细说。海瑞道："这必是奸贼所为！皇上怎么发落？"胡正道说："皇上明知此事不足为据，只因陈春死于狱中，无可对质之处，所以皇上草草了事，也不提及了。"海瑞道："岂有此理！若不严行彻究，则将来必效尤。"

次日，遂上一本草章，其事所奏略云：

都察御史臣海瑞谨奏，为事涉暧昧，乞恩澈分泾渭事：窃臣蒙恩擢在御史，备位言官，不敢哑忍，以亏厥职。兹查得本年月日，有青州人陈春藏匿内廷，伺便劫驾，经侍卫臣登时拿获，即闻陈春大呼"皇后、青宫救我"等语。旋奉圣旨，发交三法司，并严相等会勘，已经录有供词在案。次日，陈春即毙于狱。似此骤死，实属起疑。夫陈春未曾受刑，当三司会审之时，不过只杖四十，又非带病受刑，何以猝然而死？臣窃疑之！今春已死，是案无可翻之日。然小人计毒，既欲牵连内院，并祸青宫，此与弑君奚异？岂可因陈春一死，而竟漠漠不问耶？以致事归暧昧。伏乞皇上悉将陈春案卷发臣复核，务使葛藤立断，澈清泾渭，则国宪有赖矣。伏乞皇上恩准施行，谨具以闻。

这本章一上，帝阅毕，自思海瑞之言，却是有理。且将案卷发往他那里去，看他怎么凭空勘得出来。遂提起御笔，批其本尾云：

陈春一案，业经三法司员会勘，录供在案。第未经得实，而陈春已死，是为疑案。今据该御史以事属暧昧，请再复核，以断葛藤，亦未为不可。着将陈春一宗案卷，发交该御史复核具奏，钦此。

这旨意一下，严嵩吃了一惊，急请赵文华、张居正商议道："刻下皇上因海瑞奏请，将陈春一案仍发交与他复讯，似此如之奈何？"

居正道："恩相不必忧心。今陈春已死，难道海瑞凭空去根究不成？"文华道："不是这般说，海瑞审事精详，今值此无头之案，正在无从入手之处，其奏章所云'陈春又非带病受刑，何以猝死'这语，却是要根究陈春病死之由，必要提取狱卒拷掠，他们受刑不过，必然招供出来，这岂不是连你我二人都拖在水里么？为今之计，须要弄了计策，使海瑞不能出问这案，方才得免。不然，我等三人皆为海瑞所算矣！"严嵩道："此言甚合我意。只是没有甚么差使，叫他立即去的。"居正道："有了，有了。往年各国俱有贡物来京，唯安南一国自那年就不曾入贡，屈指三载。今太师何不具奏，请差海瑞前往催贡，则可以免这祸患了。"严嵩大喜，乃即时修本，连夜入宫见帝。

帝问："卿乘夜来此何干？"嵩奏道："适闻人传安南国造反，边鄙之民，尽皆惊窜，臣窃虑之。倘若安南入寇，必连诸番，则两粤之地不复为国家有矣！"帝闻言也觉不安，对嵩道："人言不知真否，怎么并无边报？"嵩道："边上未得若疾。譬如番人入寇，该指挥必然率兵堵御，彼此相敌，胜则毋庸请兵，败则具奏。如此，那得如此之快。若一动兵，必损钱粮兵马，不如抚之为愈也。"帝道："谁人可往为使？"嵩奏道："前者南交不靖，乃都察御史海瑞前往。彼以利害说之，番人拱手听命。陛下何不再令一往，必然有济矣。"帝道："海瑞出差回京，座席未暖，怎么又令他去？似属过于奔驰。"嵩道："海瑞素著名望，番人钦仰，此去无不济之理。"帝不得已准奏，加海瑞兵部侍郎，充天使之职，前往安南催贡，并察动静，并赐以一品仪从，立即前往。严嵩领旨出宫，心中大喜，即时到吏部去令人报知海瑞。

再说海瑞自上了那奏章，即便在寓静候批发。海安道："今日老爷已经升庭了，夫人尚在历城。何不令小的前去迎接来京，同享荣华如何？"海瑞道："且慢，现有疑案未决，待等皇上批发下来，办清了案，然后再接来京未晚。"过了两日，只不见圣旨下来。海瑞自思道："莫非奸贼已知，故意留中不发否？"次日，吏部差人送钦加职衔并上谕处。

海瑞看了上谕，只得拜受恩命，自怨自嗟道："我正欲澈清泾渭，免玷宫廷，谁知又有这个远差，不得已搁下。”且把行李收拾，打点起程。次日。吏部、礼部，各各差人送仪从圣旨到。海瑞谢恩毕，即与海安一路出京而来，望着粤省而去。

严嵩看见海瑞出京去了，复与张居正商议道：“海瑞这厮虽然去了，彼若回来，却又要与你我作对。何不趁早想条计策将他杀了，斩草除根干净，去了我们祸患？”居正道：“这有何难哉？海瑞一主一仆，此去未远。在下又有一人姓沈名充，此人生来有胆，性喜杀人。令他赶上海瑞住宿之处，伺夜静时，突入杀之可也。”严嵩道：“甚妙，可即行之。”居正即便回府，唤了沈充，吩咐如此如此，这般这般。赏他金帛，成功之日，保他一个千总之职。沈充领命，身藏匕首即日起程，如飞的追来，自不必说。

再说海瑞过了卢沟桥，是夜宿于饭店。那桥头有一座关帝古庙，海瑞吩咐海安道：“明日五更时候，便即唤我起来，到庙拈香。一则保佑皇图永固，帝道遐昌，二来求庇你我一路平安，休得误了。”即便烧汤沐浴。至五更，海安起来，请起海瑞。海瑞洗面更衣，恭肃至庙，点烛炷香，祝道：“弟子海瑞，蒙圣恩差往安南国催贡，伏乞神明福庇，该国王拱手悔罪，钦遵圣旨；二则祈保皇图永固，帝道遐昌；三则求神恩保弟子与仆海安，一路平安至抵该国，无负圣恩。”说罢再拜起来，签筒抽了一支签来，是要问路途上可有凶险之处否？见是第十九签，海瑞谢了神命。海安便即跑去取了签簿来看，只见上面写的是：第十九签下下。

波浪无端起，扁舟起复沉，野林防暴客，夜渡祸还深。

解曰：喜中惊，惊中喜，一朝时至矣，两度皆全美。

海瑞看了一会，详解不透，乃取了纸笔，抄录怀于袖中。回到店中，天尚未明。海瑞向店主讨了夫马，用过早膳，与海安并十余个挑夫出店，趁着早凉而行。正是：

披星非为利，戴月岂图名？
只缘干禄重，万里作长征。

海瑞在路上，尤以不得彻底根究陈春一案为恨。走了一日，就到了野林店面，打了住店。海瑞自思：“签语上有‘野林防暴客’一句，今夜投居正是野林地面，莫非是今夜有甚凶险之处么?”满腹疑团，且用过晚膳。海瑞愈想愈慌，自忖神圣之言，不可不信，今夜必有暴客至此。暴客二字，非仇即盗者。我一生不曾与人有仇，但只恐窃盗到来，偷取行李。况且现有圣旨在那箧中，倘或失去，如之奈何?遂开箱箧取出圣旨，端正供着在帐中，暗暗唤起海安道：“你今夜与我躲在帐中，必有匪人至此，小心防守，庶无遗失之虞。”海安道：“不必在帐中，待小的躲在门后，那贼必然钻门而入，那时拴之，岂不容易。”正是：

防他有策，证彼无知。

毕竟海安可拿得着贼否，且看下回分解。

第四十四回　买凶杀害被获依投

当下海安道："既有贼人到此，这也不妨。亦不必在帐中守候，小的躲在房门背后伏着，那贼人进来，必从房门而进，那时小的乘其不备，突起擒捉，有何难哉？"海瑞点头称善。

且不提主仆二人计议，再说那沈充领了张居正之命，藏带着匕首，一气急急追随着。这日追到野林地方，望见海瑞在前，他也不去惊动，谅海瑞必投店安歇，徐徐跟着。到了黄昏时候，海瑞主仆果然投店住宿。沈充大喜，待他入店之后，自身亦入此店，就在海瑞邻房，专待夜静时动手。吃过夜饭，又用了许多酒，以壮其胆。在那店房内直等到二更之后，听得满店的客人俱已睡静，沈充即便把衣服脱下，只穿一件皂布紧身，两腿着套裤，足下登了快鞋，怀了匕首，轻轻地把自己房门开了，悄步潜踪，印着脚儿，来到海瑞房门之外。只听海瑞在内朗吟道：

百年秋露与春花，展放眉头莫自嗟。
诗吟几首消尘虑，酒酌三杯度岁华。
敲残棋子心情乐，抚罢瑶琴兴趣赊。
分外不加毫末事，且将风月作生涯。

沈充听毕，自忖道："这些举动，真是腐儒之气，这等时候不早去睡，还在那里吟咏。"只得又等了片刻。又闻吟道：

小窗无计避炎氲，入手新诗广异闻。
笑对痴人曾说梦，思携樽酒共论文。
挥毫墨洒千峰雨，嘘气光腾五彩云。
色即是空空即色，淮南春色共平分。

吟毕少晌，又听里面说道："见此诗新异，令人阅之不忍释手，当作一律以美之。”又复吟曰：

绝调新异已闻语，几重旧案又翻新。

狐狸冢现衣冠古，傀儡场中面目真。

冰柱雪花空幻象，鸡鸣犬咬属何人？

寻常事久非人想，领土轻云亦染尘。

吟毕，乃渐闻欠伸之声；迨后寂然不闻复吟矣。

沈充窃听良久，自思：“此时当睡去。”乃从门缝之中窥张，只见孤灯一盏，帐子内鼻息如雷。沈充便大着胆，将那房门轻轻地推了一推，却是挨实的。遂将匕首钻了门缝，撬了几撬，那门闩也就开了。此际海安正立着不动。沈充挨着门扇，轻轻地挨身进去，被海安黑地里突出双手将他揪住，叫道：“拿住了，拿住了！”海瑞却从帐内跳出来，帮着海安。那沈充几次挣扎，因海安蛮力，双手捏住，不但不能动弹，连气险些被他捏绝了。海瑞道：“且勿放松，我把条麻绳来缚住，休教走去了！”

沈充自知不好，欲动匕首，谁知捏住不能用力，刚要斩海安，却被海安一丢落地。沈充见无法可施，只得哀求道：“不用绑我，如今既已捉住，料难走脱，不必费力。”海瑞乃将房门闩实，把一张交椅靠在门后，自己坐着，方叫海安将他放松。海安道：“放松不得的，他有凶器在身。先时拿一小刀来斩小的，幸得看见打落地下了。怕他身还有刀，放了必来刺人。”

海瑞闻言，先把灯照过地下，将匕首拾起，又把他身搜过，见并无做贼器具，乃令海安释放了他。

沈充见手无寸铁，料知插翅难飞，只得跪下哀告道：“小人肉眼不识泰山，冒犯尊颜。幸开一面之网，恕免小人之死，则生生世世，感德靡既矣。”说罢，叩头不迭。海瑞怒骂道：“我先还只道你是小户贫民，逼于饥寒，故一时萌此不肖之念，觊觎行客。谁知你身藏匕首，盖意欲行刺，并非作窃。我且问你，系何人主使来？快些说来，还可略宽一线，不然夤夜怀刀，行刺钦差大臣，只恐寸斩有余，而复累及妻妾祖宗也。你慎思之，毋贻后悔也！”

沈充听了海瑞这番言语，自思句句不差。既已被拿，自然不能逃脱。且又露凶器，不能强辩的了。不若直对他说，或者原谅我，为人所使来，系为从犯，尚可宽恕。否则天明将我交与有司，只怕一顿板子夹棍，不得不招。那时官官相护，有司岂肯容我直供？如严刑锻炼，逼我招认为首，这是有冤难申，岂不白白的坐了典刑？不如在他跟前直说为妙。乃叩头说道："小的原是张居正府内家奴。只因大人出京之后，家主命小的身怀匕首，来赶上大人，不论什么地方，杀却大人，将首级回去领赏。可怜小的逼于主命，不得已来此，今为大人所获，罪该万死。伏乞恩开法网，大发鸿慈。念小的系威逼而行，宽开性命，则来生犬马图报矣！"说罢又叩首。

海瑞见他言词直切，谅无遁饰之处，乃对沈充说道："你的说话，果是真的么？"沈充道："焉敢乱说，但望开恩！"海瑞道："你身为家奴，自然身不由己，主人有命，不得不从，自非你心中起意。我自谅你，你且起来。"沈充叩头称谢，起来立着。海瑞乃移椅转座，将房门开了，问道："你如今不成功，如何回见家主？"沈充道："小的只幸大人不罪，就是沈氏历代祖宗之幸。即此回去，家主虽将小的杀了，也不敢再萌异志了。"

海瑞道："不是这般说话，你既为他家奴，自然要受他约束，不能抗违的了。如今又没有首级回报他，岂不怒你？还要打个主意才好。"沈充听了，连忙双膝跪下道："小的蒙大人不杀之恩，无以为报，情愿投在府中，作个家人，早晚侍奉大人，以图报答深恩，恳乞大人收录。"海瑞道："我如今要往安南催贡，一番跋涉，怎肯相累你？也罢，住在店中，待我回时，再作商量罢。"

沈充听得要往安南，只一句话，不觉喜得手舞足蹈起来，说道："大人要往安南，小的最熟路径，正要与大人出力，好报高厚之恩。"海瑞道："怎么，安南的路径你却熟识？"沈充道："小的幼时从父亲往安南去贸易，其国王姓黎名梦龙，原是广东广州东莞人氏。其父名唤黎森，在安南贸易。那时尚是安南郑王居位，无子，单生一位公主，名唤花花儿，生得美貌多才。这郑王要招一位乘龙佳婿，不喜他本国的人，要招汉裔，遂高搭彩楼，便在五凤楼前出下榜文，要招驸马。此时所有各商人，俱各齐齐整整的前去迎接彩球，以冀打中便为驸马。那黎森才得二十二岁，生得面庞俊俏，此际亦走到人丛中去看一看。谁知天缘有在，恰好无千无万的人，公主都不中意，偏偏就看上那黎森。一个绣球打将下来，正中那黎森的肩上。那些番人大声齐说：‘有人中了！’大众哄然而散。须臾，一群番女走下楼来，将黎森拥簇到里面去见番王。那郑王看见了黎森生得好相貌，不胜之喜。即时把番服与黎森更换，立即封为驸马。唤了礼傧，请公主与他拜了天地祖宗，合卺交杯，送入洞房，共成夫妇之礼。不上二年，那公主生下一子，郑王也一病而死。国中无人掌权，番人看见他是个半子，就一齐议立黎森为主。

黎森虽登宝位，不忍改易郑王宗社，仍奉郑氏为主，自称郑王之后。在位五年，黎森亦死。其时黎森之子，方才六岁，幸有大司马侯光宗，忠心为国，拥着那六岁之儿，取名黎梦龙即大位。及至梦龙到了一十二岁上，便晓得仁义，不敢蔑祖，仍以郑氏为主，取国号郑黎氏，自号为郑继王，如今已是十八岁了。小的随着父亲之际亲见其事。后来小的父亲死在安南，小的不知长进，没人管束，便任意花销，不半年，已弄得干干净净。一身无靠，又病起来，倒在大街之上。虽有乡亲，也不肯周济分文，遂至一丝残喘，待毙通衢。适值继王出来郊游，见了小的，问起根由，动了恻隐之心，将小的带回养病，足足养了半年方痊愈。又蒙继王格外施恩，赏小的为禁中军士，在宫六年。想起父亲棺柩无归，乃向继王哀恳，给假回家葬父棺柩。继王大喜，说小的孝思不匮，赏了一百两银子，拨定船只夫马给予小的。自那年回家之后，葬了父柩，又没生意经营，日复一日，就把那些银子用光了，依然流落，幸得张居正老爷收录。若说起到安南那里，是小的最熟的路径；二则可为大人致意，或可少报大人恩典于万一，伏乞大人俯赐收录。”

海瑞听他说得有原有由，笑道：“你本是一个孝子，怎么一时差错，却投在奸贼府中听用，行此不仁不义、悖理逆天之事？好的是遇着了我，若是遇了别人，只恐你今夜就不得生全了。也罢，你若肯改邪归正，随我前去。若是回来之际，却是始终如一，我却荐你一个啖饭之处。若说要随我回京城里去，这却不能的。那张、严等在彼见了你，怎肯相容？你自去想来，如果坚心，方才可应允我呢！”沈充叩首道：“小的蒙大人这番恩典，怎能怀着异心？”乃对天指灯发誓，海瑞方才放心，将他收下。

次日，海瑞起程，携带着沈充而行，一路上多亏他用心用力地服侍。后人读到此处，有诗单赞海瑞能以正言点化顽劣。其诗云：

石中本有璞，只少切磋人。
若得良工剖，堪为席上珍。
凡人皆有性，惯习失其真。
今得一木铎，谆谆改易心。
恶念时时改，金言日日亲。
芝兰同做伴，不觉有香薰。
试看沈充者，一念做好人。

毕竟沈充随着海瑞到安南去，可催得贡物否，且听下回分解。

第四十五回　催贡献折服安南

话说海瑞带领着海安、沈充二人，一路望着安南而来，按下不表。

再说那安南国番王黎梦龙，乘着父遗社稷，自称继王，有自大之意。往昔每年遣使到天朝进贡方物一次，自这黎梦龙登位以来，便欲妄自称雄，起初十三年还遣官进贡，后来三年竟不来贡。其时有丞相何坤奏道："伏见国家以来，皆与天朝通好。今圣上欲自尊大，三年不贡，天朝必然见罪，窃料不久当有问罪之师临境矣。"

黎梦龙道："孤自蒙祖宗遗下社稷，复赖上天庇眷，物阜民丰，更兼邻国皆惧孤威，莫不前来结好。全赖卿等同心协辅，兵精粮足，即使不贡，天朝谅亦无奈我何！孤不忍久居人下，自非池中之物，卿勿复言。"何坤见梦龙立此心意，也不再言，出而叹曰："仅得弹丸之地，而遽欲自大，故激大国，是犹欲以卵敌石，安得不破哉！"

不说何坤嗟叹，再说海瑞与海安、沈充二人，一路兼程而来，到粤西由贵州一路兼程进发，直至南宁。此际，那郡守指挥忽然惊讶，只道他为甚的复来，俱向海瑞问安。海瑞道："在下来此非为别事，只因安南国三年不贡，奉圣旨到彼催贡，经临贵境，搅扰不安。"指挥道："大人差竣未几，何以又出远差？"刚峰道："食君之禄，当报君之恩，何分劳逸？"即欲出关而去。指挥道："大人车骑到此，岂有一宵不宿即便出关的道理？不佞稍备一杯之敬，伏乞大人赏脸！"刚峰说道："既蒙大人厚意，只得叨扰了。"是夜宿于关内。

次日，指挥点了一百名精兵，护送刚峰前去。刚峰道："不敢相烦。我有二仆服侍足矣。只要十数名挑夫，很够了。"指挥道："虽然如此，实不放心。今大人既实不欲多人相从，在下只拨三十名，以听驱策，如何？”海瑞见他情意殷殷，只得应允。指挥便选了三十名悍兵相随，亲与郡属官员相送至关外十里，方才作别。犹自千声珍重，万句叮咛。

海瑞既出了南关，不远就是安南地界了。沈充道：“老爷且在这里驻扎，待小的先到里面说知番王，叫他前来迎接，方才体面呢。”刚峰道：“此去须要小心，必要早早地回信。”沈充应诺了，即望安南城关而来。

走了两个时辰，已到番城。沈充才得入城，便有许多旧相识问安询好。沈充此时都不暇应接，只顾望着皇殿而来。这日恰好是十五望日，诸番官文武俱到殿上朝贺。这继王对着诸臣办事，故此坐得许久，尚未退朝。沈充恰是走熟的道路，一直而进。那些侍卫都晓得他是继王的家奴，没一个不向他致意询问寒温的，所以并无阻拦。

沈充一直走到大殿，正见诸臣侍立两旁，继王当中端坐。沈充即便趋至案前，俯伏道：“奴才沈充叩见，愿大王千岁！”继王开目看见是沈充，不觉喜动颜色，敕赐平身。问道：“沈充，你自别寡人，一去数载，今日却记得回来看看孤么？”沈充道：“奴才自从叩别龙颜，扶父骸骨归葬，幸借大王福庇，一路风和浪静，直抵家乡。葬父之后，即欲回来服侍大王。谁想天不从人，一病三年，终然落魄，不知受了多少奔驰，流到京城。幸遇兵部侍郎海大人收落。又幸海大人钦奉圣旨，前来催贡，小的思念大王厚恩，故特前来请安。”继王道：“什么海大人？”沈充道：“是天朝的官员，现为兵部侍郎。钦奉圣旨，前来我国催贡的。”继王道：“如今现在哪里？”沈充道：“他现在郊外十里坡扎下，特请大王前去迎接圣旨。这位海大人就如宋朝的包龙图一般的人品性情，皇上十分喜爱他的，所以特旨命他前来。”继王道：“当朝有名的，只有一个严太师。怎么不令他来，却令这人到此？”沈充道：“严太师见了这海侍郎，犹如蛇见硫磺一般。”继王道：“为甚么缘故？”沈充道：“只因这位海大人，生来性情耿直，只知有公，不谙徇私，不避权贵。他自出身做知县之时，便敢公然盘查国公的赃款。及至升进京城，做了一个司员，他又奏劾严太师。后来太师有罪，皇上发他在彼衙过堂应卯，这位海爷竟敢将太师行杖。即此两般，这就是个不避权贵，概可见矣。此人乃是天朝一个真正之臣也。”继王道：“他来我国何意？”沈充道：“不过与大王相见，要催贡物而已。”继王道：“孤王不去接他，你且代孤请他进来相见，孤王殿下立等就是。”

沈充应诺，辞了继王，即便飞奔来见刚峰，备将言语说知。刚峰怒道：“梦龙何物，擅敢抗旨，敢不出郊迎接？”沈充道：“老爷且请息怒，耐着些性儿，到了那里，却以硬对硬，彼即喜也。”刚峰道：“原来他是这般性的。”遂与海安、沈充飞马而来，一路昂然而入。

继王自沈充出去之后，即令帐下武士百人，各带宝剑，分列两行，自殿下直至阶下。又将大鼎一只，下堆红炭数十斤，鼎内注了沸油，方请瑞入见。海瑞竟昂然而入。看见阶下武士百余人，各各手按刀鞘，怒目而视，海瑞全不以为意，只顾上走。但见当中坐着一人，你道他是怎生打扮？

头带鹿皮雉尾冠，身穿锦络绣龙蟠。
狮蛮宝带腰间系，粉底皂靴绿线盘。
两眉恰似残扫把，双眼浑似铜铃悬。
一部络腮似胡草，鹰钩大鼻胆难圆。

刚峰见了，长揖不拜。继王道：“刚峰见孤，焉敢不拜？”刚峰笑道：“岂不闻大国之臣不拜下邦之主耶？”继王道：“孤自定疆界，数年来未曾与你国通问，你今来此，莫非要作刺客耶？你亦有孤之武士足备否？”海瑞笑道：“大王只知好武，不知修文，不十年而国中之人皆目不识丁矣！社稷不亡，其可得乎？”继王怒道：“我国文修武备，你何得言此？”刚峰笑道：“大王以‘文修武备’四字来哄何人耶？”继王道：“孤且举其一二与你知道：丞相何坤，侍中江元，翰院劳孔，皆有济世之才，非书生之见，数黑论黄，口有千言，聊无一策，弄章摘句，抱膝长吟者。比武则有瓮都督、齐总兵、王游府、张全镇等，皆有万人不敌之勇，熟谙兵略，何谓无人？”刚峰道：“大王之文臣武将，只能在此恐吓番愚则可，若以之临敌，则恐不战而逃矣。瑞乃一介之使来到，而大王动辄百十余人，设鼎以待，则修文备武之度可知矣。”

继王听了不觉赧颜①，即下殿谢曰：“寡人有犯尊严，幸勿见罪！”遂请海瑞上坐，问道：“先生远辱敝邦，有何见教？”海瑞道：“久闻大王仁义卓识，素仰盛名，唯恨无由得瞻龙颜。今瑞有幸，奉使而至，得睹光仪，殊慰鄙念。我天子向有俾于大国，而大国亦时修好贡，臣服抒诚。今已隔绝三年矣，故寡君以大王为不敬，如楚之不贡包茅，无以悬之之法。待命瑞在大国催征，伏乞大王察之。早日预备贡物，俾瑞回朝复命，则不胜幸甚矣！”继王道：“孤三年不贡者，盖别有意也。今先生乃天朝直臣，不远而来，孤不忍拂先生之意。且权屈旬日，待孤饬令侍臣，赶紧商议，备办贡物，遣使赍表，一同先生回朝请罪就是。”刚峰再拜谢之。继王即宣丞相何坤设宴光禄寺，相陪于刚峰。饭毕，送瑞于馆驿安歇。

沈充仍不时到宫中服侍。继王道：“你又无父母，何不仍在寡人宫中与孤掌管内务，岂不胜似奔走天涯海角么？”沈充道：“新恩固好，旧义难忘。小的久有此心，但念海大人视小的恩如父子，高厚之德，未报万一，故不忍遽离之也。今大王恩谕，明日小的对海大人说，仍来侍奉大王左右。”继王大喜。

沈充出宫，即将此意对海瑞说知。海瑞说：“我亦有意欲待把你交继王，如今你既有言，明日搬进宫去就是。”沈充叩了头。次日，又在海瑞面前说了一些好话，方才别去。

光阴似箭，日月如梭。海瑞不觉在那里住了月余，贡物尚未收拾完备。刚峰恐怕皇上盼望，乃修了一纸奏章，令人递回京中，以慰圣怀。严嵩接着，不知又是什么缘故，遂私自拆开。看见写道：

> 钦差大臣海瑞诚恐诚惶，稽首顿首谨奏，为番酋奉诏悔罪事：窃臣不才，谬蒙圣恩，俾以行人之职，恭赍敕旨前往安南，传谕催贡。遵即谨赍诏前往，开读恩旨。该番酋深惧伏罪，稽首

---

① 赧颜：赧（nǎn），因羞愧而脸红。

乞恩，请即赶紧备办贡物。臣已仰体圣意，督同该番日夕并工赶办。但需时日，约六月尽方能竣工。臣计离京五月有余，诚恐有廑圣怀，并滋怠慢之罪，臣理合将该番服罪情由，及赶办贡物日期，先行恭折奏闻。候该番工告竣之日，臣即督同番使押解进宫，伏乞皇上睿鉴！臣海瑞谨奏。

严嵩看了自忖道："难怪沈充一去无踪，谁知海瑞已到了安南。怎么这黎梦龙又听他的？只是不知这沈充如何下落？赶不上海瑞，畏罪不敢回来还好；倘是见了海瑞，被海瑞用软言哄他，带着他回往，将来回朝，就是有证有赃之祸事了，只便如何是好？"即令家人速请了居正来府说话。正是：

一封奏至心惊恐，又用奸谋起祸殃。

未知居正可曾来否，且听下回分解。

第四十六回　捏本章调巡湖广

却说严嵩看了海瑞本章，恐怕他日败露不便，遂使家人立即前往张府，去请居正前来商议。当下居正闻召，速速来至相府。彼此叙会礼毕，严嵩携了居正的手，来到内书房，私自相窃议。

严嵩道："前者足下差沈充前往中途行事，至今半载，不见踪迹。初时仆犹以为彼因不能成功，畏罪逃匿，不敢回来。如今海瑞却是有本章到京，称说已到安南。如今番国服罪，立即赶紧办贡。恐怕圣上盼望，故此先行具奏。约以六月底在该处起程，不过九月间尽能回京。仆见此本，心却疑惑。若是沈充不曾赶上犹可；若是赶上了，遇着海瑞，这厮是极会说好话的，一顿甜言蜜语，那沈充系一勇之夫，哪里晓得利害？只顾免了目前之祸，却不料后来之利害。或者跟着他一路向那安南而去了，亦未可定。日后回来，岂不是你我一场大祸么？"

居正听了，如梦初醒一般，不禁跌足道："是了，不错的。丞相一言，却把在下提醒了。正所谓：'只因一句话，惊醒梦中人。'这沈充他自幼随父亲到安南贸易，后来父死，他便流落难归。这番王本是广州东莞县人，乃念乡情，遂把沈充收为内务家奴，十分得用。过了七八年，番王只因沈充之父柩未葬，特赐百金为路费。沈充得了百金，便将父柩归葬。后来一病三年，复行流落，沿至京城，在下收留为奴。实见他身材雄伟，所以把这件差事委他。谁知他却如此。丞相之言，犹如目见的一般了。不然，海瑞竟能说得番王纳贡么？必因沈充。他就是一个活证，这还了得！大家都有些不便之处，如何是好？"

严嵩道："我正为此着急，足下才大，可想一妙计，能阻止海瑞不得回京么？"居正一时努嘴闭目，抓耳挠腮的，沉吟思想了一会，拍掌笑道："有了，有了！"严嵩急问："足下有何妙计？"居正道："便有了！只要丞相出名具奏方可。"严嵩道："只需止得他不回京，又何惜略动纸笔？足下且说，看是如何。"居正道："将计就计。目下湖南一带，地方不靖，匪类连党，白昼横行，官兵亦无法可治。明日丞相可将海瑞奏本一并申奏，兼道湖广利害，非海瑞前往不可。目今安南贡物将次解京，可以毋庸海瑞督解，着其就近前往三楚镇抚。若是皇上准了，那时丞相即着委兵部官员飞驰前往，拦住海瑞不必进京，就往三楚镇抚。若海瑞不能进京，就缓缓地打探沈充消息，另作计议。所谓急则治其标也，唯丞相察之。"

严嵩听了，不胜大喜，说道："果然妙计，当即行之。"遂修奏本，照依张居正口中之言，一一写毕，递与居正观看。只见写的是：

臣严嵩谨奏，为据情转奏，并乞恩改授，以资弹压，以安黎庶而彰国宪事：照得奉旨钦差安南使臣海瑞飞章前来，据称奉旨前往安南催贡，于本年月日业已到境，宣读恩诏，该番仰诵皇仁，畏威怀德，即时稽首服罪。立饬番工采取奇珍异宝，日夕上紧赶办各物贡献。海瑞督办在彼，约计六月底始可告竣。计程九月间，始可回京复命。海瑞诚恐主上廑怀，故先行飞章具奏，候贡物工竣，即应督率回京等情，飞奏前来。据此，理合粘连海瑞原奏，一并上呈陛下。再者：湖广全属，地连贵州，交界巴蜀，其地惯出匪类，每多不守正业，游手好闲，三五成群，七九结党，凌辱乡民，种种不法，皆因地方官有司历来法弛所致。匪等见惯，竟成习性，不独不知有天，而且蔑法，因此愈炽愈多，几如蝗蝻，势难扑灭。即省垣有司严访查拿，而该匪等势必逃匿，充斥四乡，村民转难安枕。良善之家，畏其凶暴，纵被鱼肉，竟不敢与较，忍气吞声，敢怒而不敢言。匪等藉此肆无忌惮，被害之民，无可如何，欲控不敢，惧其报复残酷。忍之难堪，却之受害，几有无以为生之苦。似此则愈纵其嚣张，势将不靖。近年荒旱，水火频仍，若不乘时镇抚，必致愈肆猖狂。臣不敢瞒隐，有负国恩。伏乞皇上早拣贤能，迅速前往镇抚，严正捕获。则匪等尽究有法，而良善之家，借此得安枕席，实我皇上仁慈所致。臣等不胜幸甚，荆楚黔黎亦不胜幸甚矣！臣严嵩具奏以闻。

张居正阅毕赞道：“文不加点，具见洞达利弊。此本一上，天子自无不准之理。若能得皇上批准，海瑞到了湖广，然后太师发札遍谕阖省官员，遇便参奏，则可断绝祸根矣。”

次日上朝，众文武山呼毕，严嵩出班奏道：“昨据海瑞令人飞章具报，今将原奏并臣严嵩另有奏章，恭呈御览，伏乞皇上睿鉴施行。”天子令内侍接了奏章，展开细看，便道：“据海瑞所奏，不日安南贡物将至。有此一人前往，使徼外番酋，亦知大义。海瑞可谓使于四方，不辱君命。朕甚嘉之。他日回朝，自当格外擢用，以酬其劳。但丞相并言湖广一带匪类，聚众为害，亟当着人前往整饬，不致劳我黎民。但不知谁堪充此任役？丞相以为何人可使，即须启朕知道。”严嵩俯伏奏道：“现任安南钦差天使可充此职。皇上若以之前往，臣保得不三月当奏敷功矣。”皇上说道：“海侍郎品望才智有余，以之前往，可必济效。但他现在安南催贡，尚未差竣回京，哪得遣之？”严嵩奏道：“地方利弊，只在一时，若不早除其小丑，臣恐不止此矣！海瑞虽未差竣回京，然该番既已有心赶办贡物，谅不日亦当告竣，决然遣官随同钦差伏阙谢罪。伏乞陛下以地方百姓为重，敕令海瑞急催贡物完竣，催番使督起行程。若入本境，则交有司地方官护送，督解来京。仍着海瑞纡道迅速飞赴荆楚镇抚，不必回京。此则实为两便，伏乞陛下察之。”

皇上听奏大喜，即饬翰林院修撰草诏，差了八百里的飞递前往。严嵩得了旨意，谢恩出朝，竟到兵部遴选差官起程，方才放心回府去了，不提。

且说那海瑞在安南时常向蛮王催贡竣工，俾得回京复命。又有沈充在内为之照应一切。这沈充不时假传王旨，到各处工场严催迫索，所以那些工匠不敢迟延，日夕赶办。未及三月，贡物俱已告竣。当下安南王将贡物一一点验，装潢封志，令翰林臣修了悔罪乞赦之表，具一清折，将所贡献各物计注明白，随请海瑞同到殿上，当面交代，呈上清单，请海瑞观看。海瑞接过清单细看，上写道：

金树玉树盆景四座，火浣布二十匹（长二丈、阔一尺二寸），碧犀念珠一副（一共一百零八颗），另佛头间子（猫儿眼的），象牙一双（重一百八十余斤），火鸡四只（每日食红炭十斤），石犬一对（如鼠大，共重二两三钱），石猴一对（如拳大，高三寸，善晓人意，能持文房四宝），碧玉插屏一对（高五尺），红玉酒杯十只（如血色光），文犀烛一对（燃之能照水中怪物），玄狐皮四张（可作冠罩，能御风火雨雪），浑天球一个（能量天上广狭、度数、时刻）。

海瑞看了，作揖拜谢。安南王即差御前丞相何坤、都督元成，领兵一百护送。各人领旨，遂往殿上摆酒送行。沈充亦来做饯，彼此实不忍舍。继王与沈充直送出关外三十里，方才分别。正是：

一旦成知己，那堪赋别离？

欲知海瑞回朝如何，且听下回分解。

第四十七回　巡抚台独探虎穴

却说海瑞领了何坤等众，押着贡物，望着内地而来。此际方才到桂林地方，即便接着兵部差官，唤住行脚，开读圣旨道：

奉天承运皇帝诏曰：贤能廉介，国之股肱；尽瘁鞠躬，臣之大节。兹尔海瑞为国为民，屡著劳绩。前者南交抗命，寇虐边隅。你乃多筹广略，亲宣朕德，故边氛不作，一旦消除。今安南不贡，你复代宣朕旨，三年不贡之酋，立即服罪。卿之功绩，当载在旗，常理宜来京慰劳，左右匡襄。无如国而忘家，公而忘私，如卿之为臣者卒少，今闻湖广一带匪逆甚众，鸱张四载，放肆抢劫，害我良民。故复命你镇抚，无使寇逆滋蔓，擢你为湖广巡抚天使，仍兼兵部侍郎衔监察都御史。拜受恩命之日即便驰赴新任，毋用回京复命。其安南贡物，即于接旨之地，交该地方有司护送来京。你其速赴到任。钦此。

海瑞接了圣旨，山呼谢恩毕。然后即对差官点明贡物，以及令差与何坤等相见，随请该指挥交替，即时分路，领了海安转途而行，望着湖广进发，一路访问民情，呈谢恩奏本，暂且按下不表。

再说湖广地名三楚，界连贵粤，地方辽阔，水环山列。更兼民情犷悍，无业之家，不谋生计；游手好闲，恃强凌弱。又俗尚结会联盟，动以百计。其党甚多，其凶愈烈，良善之家，受其鱼肉。匪徒又勾结兵弁，串通衙役，以作护符。那不肖兵役，心利分肥，不特纵匪为害，且反为匪所用。若是衙门中有甚消息，他们即便飞报。官差一出，而该罪早已远扬。因而愈无忌惮，往往打家劫舍。官府未尝不办，无奈百票不获一犯，以致如此。

当时衡州有一著名匪类，姓周名大章，其人生得魁伟，性烈如猛火，两臂有数百斤之力。其父原是一个商贾，遗下数千家财。母亲余氏，现有一妹名唤兰香，姿色颇生得美貌，更兼伶俐。这周大章自从父死之后，不安本分生意。初时犹有几分畏惧老母、邻右，不过延请教师到他家中教他枪棒各技；渐至交结朋友太多。只因他有些产业，手里呼应得来，更兼他疏财慷慨，挥金如土，每日里那些不长进的狐朋狗友，邀同各处游玩，或酒楼，或娼馆，一举一动无非是要闹事的意思。终日醉而不醒的，在街头巷尾打架滋事。声言好打抱不平，其实恃着人众，分明寻事，捕风捉影的。良善之家，莫不受其暴虐。如此日复一日，朋友愈众，家业顿消。不到三年光景，便将一副家财弄得精光了。他们是平日饮惯吃惯的，一旦穷了，哪里便肯安分？不免纠约众匪，做些没本钱的生意。一次便思二次，二而三，三而四，其匪愈从，其胆愈大起来了。虽衙门中有些知觉，官府票出拘拿，而该匪等又有贿赂官差，故得优游自在。

不一年，其胆更大，其党布满一郡。这大章便在河干收拾一只大渡船，每逢往来，必够百人之数，然后开摆过去。遇了夜间，则行搜劫，日里假名生理，民间受过了许多祸患。衡州之地，被劫之家，不下数百家，而府里竟无可如何。近有知者，不敢搭船，称呼船曰“阎王渡”，其意谓渡者必死也。大章终日在那衡州码头摆渡，亦自恃其勇，非足百人不肯开。周大章复聚党羽三百余人，或绿林抢劫，或凿壁穿窗，无所不至。同时有李阿宁、陈荣华等，各统匪类数百多人，日日在那湖广搅扰，良善之家，几不欲生。当下海瑞受了皇命，带了海安一路访问而来，并无一人知他是个现在特授巡按。

一日，海瑞访到衡州，在路即闻周大章“阎王渡”之名，意欲前往乘渡。海安道：“老爷休要轻往。小的曾记得，在桥头关帝庙祈得签语上，有‘阎王渡’字样，是要遇惊险的。今日恰逢其名，神圣之言不可不信。莫若老爷且挨到任之后，再访未迟。”海瑞说：“非也，夫国家养士，原欲为君分忧、为民除害者也。今我钦奉圣旨，来访利弊，岂可因‘阎王渡’一节，便退缩不前，诚有负国厚恩！你勿多言，只在左右伺候便了。”海安听了主人这一番言语，也不敢再言，只得远远的相随，跟着海瑞，来到衡州渡头。

只见并无船只，却有许多人聚在一处说道："今夜三更，方才开船。我们却要候到三更了。"有一老者道："即此待到五更，亦要耐烦，不然到哪里去找渡船？"一少年道："我们幸喜没有要紧的事，若有要紧的事，只怕误了呢！"海瑞听得亲切，便走到那说话的之内问道："我们是外江的人，到此不知风俗。适间我听得列位之言，好生诧异。"那老者听了，忙忙摇手道："休得多言多语，连累我们。"海瑞道："老丈怎么说这话？就是官渡，人来迟了些，也难怪不得人家说话。"老者道："你乃外江的人，哪里晓得我们的乡风？这只渡船，不是当耍的。你若得罪他，只怕你们当不起呢！"海瑞道："难得是他摆渡，领了本府的文凭照会，输捐摆渡，有什么不可说之处？"老者道："你到底是个外江的人，不晓得利弊。偏偏我们这渡船，不曾领帖输捐，又不是官渡，从这位'阎王渡'主出世，比那有文照官渡者更利害着多呢！"海瑞道："若无文凭，不输国饷，便是自摆私渡，有干禁例，何以如此利害？"老者道："这里本是一个合郡的摆渡生理。自此'阎王'一到，他便把那一概渡船逐去，并不许一只小舟在此湾泊，唯有这一只港船在此开摆。每一开船，必足百人之数，然后解缆。若是少一人，再去不成的。"海瑞道："向来各渡，皆藉此以为糊口，难道被他占了，就不敢出声么？"老者道："且勿高声，待我与你说个透彻罢了。"海瑞知意，即拖了那老者的手，去到对面荫凉树下坐着，问道："适闻老丈吩咐莫要高声，是何缘故？我们是异乡人，不知贵地利害，敢烦老丈指示，庶免有犯乡规，感激无既。"老者复把海瑞看了一会，说道："我不说明，你不知情。且坐着，待我说与你听。"海瑞道："你我二人云水一天，有什么话但说无妨。你看那渡船尚早，你我何不坐此一谈以解呆闷如何？"老者笑道："因是没可消遣的，待我说来。那'阎王渡'主，姓周名大章，此人生来好勇刚强，两臂有千斤之力，又是一个破落户。他早先为人仗义疏财，专肯结交英雄好汉，情愿把这一副家私花销了，结下这许多朋友。又好相识衙门中的差役，所以他就有意作奸犯科，衙门里亦将委曲从他。如此，数年以来，这周大章不知犯了多少重案，官府虽知而不办，各衙门俱为护卫。所以他便占了这个码头，将从前的渡船多皆逐去，自己起造了一只大船，日只一归，夜只一往。百人为率，多亦不落，少也不开。若有人说那些不知世务的话，在码头上包管有祸。所以人多畏惧，改他为'阎王渡'，连官府也不敢征他渡税。我看你是个外江人，不晓得其中利害，故说饬知。在此间少要多嘴，自招祸患呢！"海瑞道："难道这周大章就没有家小的，一味在码头胡闹么？"老者道："怎么没有？现在前面狮子坡居住，他家还有人呢！"海瑞道："还有何人？"老者道："老母，幼妹。"海瑞道："既有相牵，就该体念骨肉之情，怎么又横行？一朝犯法，只恐悔之无及。"老者道："休要管他，他自有无边的法力呢！我们且到那里等渡去罢。"正是：是非只为多开口，烦恼皆因强出头。

老者与海瑞作别，乃往码头去了。海瑞自思："据老者之言，确确有据。但这周大章既有家眷在岸，我何不到彼家中探其虚实，好叫差人前来拿获？"遂不回码头，竟大踏步向着老者所指之地行去。只见沿河一带俱是人家，细询周大章的住址，俱言："彼家现在前面居住。过了此街，到屋宇尽头之处，约一里外便是溪源。此地并无别家，唯有茅屋三间，就是周大章屋了。"

海瑞听了不胜之喜，急忙向着河边而来，果见一带俱是人家。及走至郊外，望见一片野地，独有三间茅屋。海瑞自思："此必周大章的家了。"遂挺身向前，只见双扉紧闭，似甚寂寥。海瑞又不敢叩门，只得在对门河边坐下。少顷，见一个妇人，开门出来，手提水桶，约有六十余岁，走到河边汲水。海瑞自思："此必大章之母也。我若去探消息，就在此人身上。"乃故意做出嗟叹之声。这余氏亦听得明白，不觉动了恻隐之心，便问道："这位客官，我看你不是这里人，怎么在此长叹？"海瑞道："小子乃是粤东人氏，只因为有个密友，在此贸易参茸生意，小子特来投他。谁想这朋友于正月间已经回粤东去了。小子盘缠用尽，寸步难行，只得沿路访找乡亲，望其念些乡情，少助资斧，俾得藉此回家。今我一路漂泊至此，自忖身上并无分文，又不敢客寓居住，只得在此坐着，但不知今夜寄宿何处也！”

余氏见他说得可怜，说道：“你在此也无用，倒不如及早前往，找寻个把乡亲，帮你三文二文，也是好的。”海瑞假泣道：“小子亦知如此甚好，但是囊空如洗，怎生行走？况且昨日就没有吃饭，今早起来，又走了许多路，如今觉得身子空虚，竟走不动了。”余氏叹道：“你既是饥饿不起，也罢，随我进去，待我弄饭你食。暂且舍下权宿一宵，明日一早起行罢。”海瑞道：“多谢姥姥，尊姓何名？”余氏道：“我先夫姓周，老身余氏。”海瑞道：“听姥姥说来，姥姥是孀居了。可有几位令郎、令嫒？”余氏道：“有一子一女。儿名大章，在这村前摆渡养生。请问客人尊姓大名？”

欲知海瑞如何答应，且看下回分解。

第四十八回　黄堂守结连贼魁

却说余氏怜念海公孤旅无依，慨然动念，遂将海公唤到家中，留其过宿，周济酒饭。当下海公谢了，便随着余氏进了茅屋。余氏提水进来，复来问道："适间忙了，未曾请教尊姓大名。"海公道："小子姓钟名生，乃是广东海康人。"余氏道："原来是个大边省人，不远数千里而来，亦云苦矣。那边小房空着，请贵驾到里面暂屈一宵，少顷茶饭便到。"海公再拜谢之，便随着余氏进内。只见一间小小茅房，正面铺着一张土炕，两边摆了竹椅，壁上有架，上面放着许多枪刀器械，白闪闪的锋利无比，令人心胆俱寒。海瑞想道："这就是贼人凶器了。"

少顷，余氏拿了一碗饭，四碟荤菜出来，俱系些珍惜之品。海瑞谢道："多承妈妈厚惠，小子何以报德！"余氏道："偶尔方便，何须介意？"海瑞便将菜物略用了些，就罢了。余氏道："你既苦饥，为什么只用这些？难道是嫌粗粝，不堪下咽耶？"海瑞道："我闻古人有云：'饥食过饱，必殒命。'小子已饿三天，若是饱餐一顿，未免有累，故宁可少食。"余氏笑道："这也说得有理。"徐徐将家伙收了进去，掌出灯来，放在桌上，说道："你且在此安歇，明日用了早膳才去。"海瑞道："今已打搅不安，哪敢再扰尊厨？"余氏道："行得方便且方便。"带笑而去，把房门反扣了。

海公坐在灯下，自思："余氏为人还近人情，可怜其子法外营生，波及其母。将来破案之时，我必格外宽恕，报以一饭之德。但如今坐在这里，也是无用。对着这个客堂有何益处？我却来错了。"辗转沉思，愈加烦恼，哪里睡得着？忽见案头放着一札，海公便拿起来看，只见上面有"周大章老兄手披"数字。海公便取出书笺来看。上写着：

前者接得尊谕云云。但此案现据失主黄三小称，伊夜过渡船，背负纹银七百两，过了对岸时已三更。正行之际，忽闻后面追呼之声，转瞬十余人直至，将彼银子抢去净尽。月光之下，唯认得足下面貌。供词坚甚，似不肯于甘休者。弟深以彼昏夜搭船，何得独负多银，使招匪人眼目？意欲移重就轻。奈彼坚执不从，以抢为劫。弟实无奈，暂批候访拘追。但此案若以三限期满，不能破获，彼必上控，似此如之奈何？愚见欲烦足下留心，察其出入，乘便刺之，以缄其口。否则赃情重大，必须勒限严缉，深恐上宪添差会营访缉，似有不利于足下。唯祈高裁，弟不胜幸甚！专此布达，并请近安。

呈大章老兄台鉴

关上遥手书

海公看了，暗自怒道：“那关上遥乃是衡州知府，怎么反与贼通？不肖劣员，其罪实堪发指！”乃收其书札于袖内，以为他日质证。

少顷，忽闻叩门之声甚急，海公伏在门里窃听，里面余氏答应，出来开了门。又听得男子之声说道：“什么时候了？如何恁早关门！”余氏道：“又到哪里吃得这等大醉回来？今夜又做出不好事来呢？”那人道：“你且休管，扶我到里面睡罢。”余氏道：“你且在草堂上坐着，待我说与你听。”那人道：“且到里面睡了，再说罢。”醉得紧了，就要呕吐出来。余氏道：“里面有一位迷路的客人在那里借宿，这时必定睡了，休要惊动他。你且在这里睡罢。”

大章听了母亲一席话，不觉吃了一惊，说道：“我的房里有许多要紧的东西在内，怎么留过客在里面？”便带着醉，一步一跌的，走到房门口。此际海瑞大惊，听他口气分明就是周大章无疑，又听得脚步响，要进来，此时欲退不得，欲往不能。

正在惊疑之间，忽然一声响亮，那门被周大章挨倒，连人跌进来了。那余氏便拿灯来照。周大章已爬了起来，不见犹可，见了海瑞，不觉怒从心上起，恶向胆边生，不分清白，把海公抓住骂道：“你是什么人，敢来窥探我的事情！”海瑞道：“请快放手，待我说来。”大章将手放开。海瑞被其一推，早已跌在地下。那余氏急来挽起道：“勿惊，勿惊。他是吃醉了的人，休要见怪！”海瑞犹未及回答，那周大章厉声大叱道：“还不快说！敢是要叫我动手么？”海公道：“勿怒，勿怒！”只吓得战战兢兢地道：“我是个过路赶不上站头的，承蒙老太太好意，唤我进来歇宿。不知壮士回来，有失回避，幸勿见怪！”大章道：“你是失站的，怎么不向大路上走，却来向我家这条断路上来？这明明是来窥伺我家消息。好呀，你却不知老子的厉害！到这里来，是个自来送死的了。正是：天堂有路多不走，地狱无门却要来！到底你是什么人？快快说来，如有隐瞒，受我一刀！”说罢，身上取出把利刀，掷在地下道：“你还是说不说？”海瑞道：“小子实系迷路的；若是认得路途，就不会走进这条断头路来了。”余氏亦在旁代为分辩，求他宽恕，大章哪里肯听？余氏自进里面去了，他却将房门反扣着说道：“老子此时精神困了，明早再来与你算账！”说罢，带醉的把一张大椅顶住房门躺着，不觉呼呼地睡去了。

再说海公看见明亮亮的利刃掷在地上，又见门已扣了，听得大章呼呼的鼻息如雷，正在房门之处，自料不能得脱的，对着利刃道：“再不想我海某今日是这般尽头的了。”不觉惨然悲泣起来。

且说余氏回房见了女儿兰香，说道：“往日你哥哥却不回来，今夜留了这人歇宿，偏偏他跑回来。如今将利刃丢在地下，又将房门反扣了，岂不是明明要他性命么？好端端的一个人，却被我断送了性命，于心不安。”说罢竟掉下泪来。兰香道：“明明知哥哥这般性气的，怎好留那人在家过夜？这就是母亲少了打点之处。况且哥哥平生心最多疑，哪肯放了过去？这般光景，如何是好？”余氏道：“虽然如此，还要想个计儿救他才好呢。不然这罪孽是了不得的。”兰香说道：“有什么计儿能放走他就好了。”余氏道：“救他出来不得，把那人关在房内，你哥哥又顶住房门睡的，如何救得他出来？”兰香道：“既如此，待我想个计策出来。”正是：眉头方一皱，妙计上心来。

兰香思了一回说：“却有了！如今趁哥哥未醒，可将外窗门撬开，母亲轻轻唤此人跳出，带至后门口放了，回身把窗门放在地上。哥哥醒来，只道他晓得此道的，却不连害我们的了。”余氏听了大喜，即时走到小房门口，细听大章呼呼鼻息，正在黑甜之中。余氏将窗门解脱，悄悄地轻唤海瑞跳出。海公一听，连忙向窗门跳出，上前求救。余氏道：“且勿高声，若要活命，快些随着我来。”海公便紧紧地随着余氏。黑夜之中，不辨东西，只是随步而行。约略转了两三个弯，余氏止步，把门开了，说道：“你只从此条路转过西去，急急前进，如有迟延，恐难逃了性命。”海瑞得了活路，谢过了余氏，便依着余氏所指的路，飞奔而去。正是：鳌鱼脱了金钩钓，摆尾摇头再不来。

后人读史至此，有诗赞海公忠心为国。诗曰：

为国忧民不惮劳，几经凶险几多遭。
身危虎穴终难祸，命寄县梁亦脱牢。
信是忠诚能感格，焉知正直不须逃？
海公幸有余婆救，否则黄粱熟已糟。

又有赞余氏心诚慈善，终有好报，诗曰：

余妇贤良女，心存恻隐时。
怜穷施碗饭，恤寡寄栖迟。
孰料儿为梗，翻凭女巧思。
一朝疏密网，万载羡功奇。
有心怜性命，无计柬顽儿。
吾钦余氏女，千古令人思。

又有人以诗赞兰香慧心巧思，诗曰：

二八深闺女，胸中有巧思。
能施活命计，慷慨胜男儿。
只恨兄心毒，翻怜自好姿。
赤绳何日系，谁画妾双眉。
令女钦叹赏，当赠五言诗。

当下海瑞得脱了性命，急急的望西而走，幸有微月引路。

时已五更天气，海公只顾狂奔，乃至天明，已见城开。便走回店中，叫海安伺候，穿了衣服，来至指挥衙门，正值衙门才发头梆。海安上前，向那把门的军官说道："新任巡按到拜，有机密事要见你家大人。"

那把门的军官听了，即忙进内通报。指挥急忙出堂迎接，携手入内。海瑞亦无暇告诉别事，便将"阎王渡"事情，如此如此，这般这般，逐一说知。立即请去拿人。指挥听罢，吃了一惊，喜得巡按未遭毒手。即令中军官点兵三百，前去拿人。正是：

只因平日作邪人，惹起官兵动杀声。

未知官兵此去如何，且看下文分解。

第四十九回　逃性命会司审案

不说指挥使听得海瑞所说，吃了一惊，急急传令左右两旁游击，各带百五十名官兵，前往捉拿周大章。再说周大章睡到五更酒醒起来，唤醒余氏点灯。余氏自从放走了海瑞，哪里去睡得着？今忽然听儿子叫唤，故意不即答应，装成熟睡的光景，周大章叫了好几声，方才应道："好端端的睡了，又叫什么？"

大章道："快些点个灯来。"余氏方才爬起床来，打着了火，点上灯，拿将过来。周大章即便接过，自拿到小房面前开眼一看，只见两扇窗门儿开了，不觉大惊。急忙进内瞧看，不见了海瑞。大章复到后门来看，只见门已开了。忙转身到房细看，说道："不好了！这厮亦会此道，怪不得走了，这就是我酒醉误事。"转问余氏："可曾听得其动静否？"余氏道："三更以后，我还与你说话；想必是四更走的呢。"大章懊悔不已，急忙到房内检点各物，唯是不见了书札，跌足道："不好了，这书被此人盗去，这还了得！我料他亦走不远，势必追回，着他取到书札，才免祸根。"正欲出门时，天色已明。

忽然，一派声叫，前后门打将进来，拥了一屋官兵。大章见了，自知不好，急忙要走，早被军兵拿下。大章大叫道："你们拿我做什么？"官兵道："你是个积匪大盗，怎么不拿你去见官爷？"说罢，蜂拥而去。余氏与兰香此际亦无可如何，只是哭泣，请人探听消息而已。

这里，海瑞辞了指挥使，回到店中。那地方有司早已知道，顷刻之间，多来问安参见。海瑞吩咐："回衙理事，候上了任，然后接见。一切供应俱免。本部院并无眷属，只携一仆，日常两餐蔬菜下饭已足。"地方官听了，不敢照常供应，唯略具而已。

次日，海瑞清晨起来，梳洗已毕，穿起那件大红布圆领，戴了乌纱。不多时，就有地方官领着仪从来到。三声炮响，海瑞升舆。一路鸣锣喝道，来到巡按公署。海瑞下轿，拈香祭门，行了大礼，入衙后出正堂。两旁书差各役整齐，分班站立。掌印使捧上印盒，跪请开印。用印毕，当即有司道府各官进上手本禀见。海瑞看了，吩咐单请两司入见。

须臾，两司趋入，行了庭参大礼。海瑞吩咐另设两张公案，请两司左右坐下，独传本地知府关上遥进见。那知府只道有体面，得意洋洋的趋进大堂，朝上唱衔行礼毕，侍立于旁。海瑞道："贵府荣迁此任，有几年了？"知府道："卑职前年调补来任的。"海瑞笑着说道："贵府令望久闻，衡民倚之如父母者，正贵府之功德也。"知府忙打一躬道："卑职无才无识，谬蒙圣恩知遇，并荷列位大人培植，饬守此郡，自愧有负圣明与列位大人鸿恩。"海瑞道："本院钦奉圣旨，按临此地，在路稔闻本处匪类甚多。贵府在此已经二年有余，郡内颇有著名匪类否？"知府说道："湖广民情犷悍，性好勇武，多有不务正业者，唯长沙、贵阳一带为最。敝属前有数名颇肆枭张，自卑府到任，概已拘拿，立置之法，今幸宁静，无烦大人挂怀。"

海瑞道："多亏贵府设法卫民，驱除奸徒，百姓得以安枕，皆君之力也。但闻本地有周大章，其人不守本分，又好结党横行，现在码头开摆'阎王渡'贵府可闻乎？"知府说道："周大章不过一渡夫耳，何得有此强暴？渡名'阎王'者，以大章面黑似阎王也，唯大人察之。"海公道："大章面貌亦不甚黑，身体颇见魁伟。本院昨夜曾在他家歇宿，承他照拂。现有一札托本院转致，唯君收看便知。"即令海安，将一纸书札传与他看。

知府接书到手，不觉吃了一惊，认得是自己手迹，寄予大章的。此际正是：三魂飘海外，七魄在天边。知府自思："此书如何得到他手里？"只得免冠叩头说道："这非大章之书，亦非卑职之笔。此必有人栽祸，还望大人明鉴。"海瑞道："既非贵府笔迹，想必名姓相同者，而本院错传了，可将此札交回本院。"知府此时不敢怎的，只得原札仍复呈上公案。

那海瑞接回，又对两司道："两位大人有所不知，只因本院昨过周大章家中，大章将此书札托本院转致于他，谁知倒错了。今烦两位大人看是如何。"遂令海安将书札递与两司看。

两司同立起来共看。可怜知府此际恰如热盆上蚂蚁一般，不知所以，浑身汗下，跪在阶下，只是叩头，口称："该死。"两司看毕，共说道："这知府同贼交通，瞒禀大人，实罪无可逭之理，求大人参办就是了。卑职等有失稽查属吏，亦难免咎，并求大人处分。"说毕退立阶下。

海瑞道："二位且请复坐，本院自有话说。凡为府州县者，乃民之父母；更沐皇上殊恩，当以爱国保民为本务。何期身膺四秩，位列黄堂，而乃与贼交通，抹案贪墨，纵盗行凶，殊觉有负天子厚恩。似此何以居民之上？本院若不正之以法，则将来效尤者不一而足，只恐民不聊生矣。"两司躬身道："该府有罪应得，唯大人施行。"海公便对知府道："你平日只是为盗，今日有何话说？"知府叩头自说："死罪，求大人格外施恩！"

海瑞道："害民纵盗之贼，哪里还有恩典与你！"吩咐左右将知府穿服剥下，且带往狱中监禁，听候奏办。左右答应一声，如鹰拿虎抓一般，早把知府簇拥下去，押往司狱收管去了。

少顷，人报指挥使大人委中军官押解周大章到了。海公大怒，吩咐"标滚"进来。施刀手答应一声，飞奔出头门而来，将周大章一滚三标的滚到大堂阶下伏着。海公问道："周大章，你可认得我么？"周大章道："小的乃是村民，怎么认得大人？"海公道："你且抬头一看，本院是谁？"大章道："小的有罪，怎敢抬头？"海公道："恕你无罪，你且抬头一看！"

大章抬头一看，不觉吃了一惊，呆了半晌，自思："这位大人，我昨夜不该得罪了他。"遂叩头如捣蒜一般，说道："小的真是不曾会过金面的。"海公笑道："昨夜二更之时，你曾在家将利刃交我自决。怎么这时候就不认得本院了？你的款迹本院是晓得的。你从实招来，免受刑法之苦。”大章道：“小的本来不肖，今已被拘，生死唯大人操之。”海瑞怒道：“本院怎敢擅主人之生死！因你犯法，特此会二位大人在这公堂勘问，怎么说这话来？快些招供，如迟刑杖立加矣。”大章只是不承认。海瑞大怒，即对按察司道：“这厮不承认，还要相烦大人刑讯，务取实供归案为要。”说罢拱一拱手，退入内堂去了。

当下二司送过了海公，也退回司法所来，唤了差役人等将周大章提到案前严讯。大章只肯招称：“平日不守本分，所作所为之事业多不正道。至于抢劫杀人，实系小的不敢。”乐臬司道：“胡说！你的所为早已被巡按大人访得确切。昨夜大人宿在你家，搜出书札。如今吴知府已经监在本司监狱，听候奏办。谅你一犯人，何敢屡屡不招！岂坚强不供，即可漏网？”立即吩咐左右动刑，先取皮巴掌尽力重打一百。

左右答应一声，即将大章扯到阶下，掌了一百个皮巴掌，大章还不招供。臬司大怒，命取夹棍上来。左右将大章上了夹棍，收了紧紧的绳子，把这周大章昏了过去。忙用冷水喷面，少顷醒来。周大章被夹得五内皆裂，打一百个嘴巴掌，虽则口吐鲜血淋淋，这夹棍比他苦痛十分。将此夹棍渐渐提起，绳子松开，大章坐在阶地。臬司又问道：“你今可愿招供么？”此际大章思想：“如不招来，又恐夹棍起来，五内迸裂。”慌忙道：“小的情愿招了。”臬司道：“不怕你不肯招承！”令左右授他笔砚，令其自己写供。

周大章无奈，只得执笔亲供。一共认了一十二款，写完呈上堂来。臬司接过一看，只见上写着道：

具供招人周大章，只因自幼不肖，不思学习正业，与那匪类朋友商议，要做无本钱事业。业已犯过一十二案。今在大人台前，切实供明，并不敢隐瞒，求乞开恩！案款列左：

一案犯白日强奸幼童黄阿櫄，未经告发。一案犯黉夜入劫梁阿兴家衣服、银钱，业经屡控，院司未破。一案犯酗酒打架，伤任阿六，到案。一案犯摆渡行劫，在本郡河面摆渡，每遇黑夜便劫掠行客衣物。一案犯白日持刀，杀死本街吴错元妻女两口。一案犯殴毙茶坊小乙胡亚六，经控未获。一案犯伙窃本城刘大绅家衣服、首饰物件，拒捕伤家丁。一案犯拦街截抢屠户古阿珍买猪银两，经告未获。

二司看了笑道：“你何止犯一十二条案件？还有与那知府通赌这一案，怎的不承认？快些一并写来。”大章道：“小的自己犯法，宁甘万死。怎忍连坐公祖之官？”臬司道：“该府自己均已供明旧案，你何苦独欲拌煞？只恐他亦不能为你救也。”周大章无奈，只得提笔再写。正是：

平时贪贿赂，一旦见诸书。

毕竟大章供了知府，后来如何，且听下文分解。

第五十回　登武当诚意烧头香

却说按察司取了周大章的口供，即与布政司会同呈上公堂。

海瑞看了大章的口供，即发该司拟议。二司不免再三会酌，方才拟了上去。海瑞将详文一看，只见上写着道：

湖广布、按二司张敬齐等为会议详复事：职等会议周大章一案，罪情重大，共犯二十余款，刻难缓决。合依大盗扰害地方律，拟议凌迟碎剜处死。其通盗之知府，实属不肖，有玷官箴。合依贪墨纵盗例，请旨定夺。但该犯在该属历肆扰害，受害之家，平日畏其凶悍，敢怒而不敢言者，不知凡几。今经审明，合行恭请尚方宝剑，立将该犯押赴市曹，凌迟处死，以快人心，特彰显戮。其有供开伙党，候即严拿务获，按律惩办。职等会议，不知有当否？伏候大人查核遵行。须至会详者。左申钦命巡按湖广部院海。

嘉靖年月日申

海瑞看了详文，即行批道："该司会办殊属协允，如详可也。"复即令书吏立时悬牌一张，其牌示云：

巡按湖广部院海示：照得匪犯周大章业经弋获，审明在案，合行处决。为此牌仰按察司差役知悉，于本月初十日，即将匪犯周大章带赴辕门，听候本部院会同指挥部堂，督同司道当堂研讯，恭请王命处决，毋违。特示切切。

当下将牌悬在辕门。海瑞立即差人持帖往请指挥；这是个故套，原是不来，不过遵循着"节制"这两个字而已。

次日，各司道早已在辕门伺候，海瑞整衣冠而出，三声炮响，升了公座。各司道等上堂参见毕，分东西两旁而坐。海瑞令将周大章带上堂来。按差答应一声，即时把那周大章由东角门带进，跪于阶下。海公道："周大章，你今日还有悔恨否？"大章道："小的犯法，万死不恨。唯有老母、幼妹，未曾安结，尚思念耳。"海公道："你之母、妹，自有本院格外恩恤，你可不必记挂矣。"随令绑下推出。刽子手一声吆喝，将大章五花大绑了。海瑞提起朱笔勾了，吩咐推出。左右将大章簇拥而下，由西角门带出，旋有官兵护押而行。海瑞特请尚方宝剑，令中军官接着，按察司二员亲押犯匪大章到市曹处决。

顷刻之间，周大章已经首身俱碎，见者无不快心欢喜。中军官等缴令已毕，海瑞令海安将银子十两周恤余氏，拨送老人普济堂，俾余氏终老，以报其相救之恩。唯知府尚在狱中，海瑞即便修了本章，将知府以及周大章犯案情形，具折奏闻，差官驰驿进京。差官领了奏章，即便飞驰而去，自不必说。

海瑞既清了周大章及党羽匪犯一切，遂起马巡按他郡。一路访察而来，所过地方，俱不许有司供给。每到一处，必告示先行，贴于要紧之地。其告示十分严肃，略云：

钦差巡按湖广部院海，为关防诈伪，以肃功令事：照得本院恭膺简命，巡按此邦。先宜关防缜密，毋使有借端之弊。本院虽非起家词翰，然以一榜出身，仰蒙恩眷，由司铎而转县尹，历任部曹。后承殊遇，俾任封疆。受恩深重，图报维艰。本院唯有矢公矢慎，饮冰茹蘖，以报我国恩。所有文案，一切皆出亲裁，并无假手他人。其余一切交游，早已屏绝；山人、墨客、医卜、星相，素无往来。倘有不肖匪徒冒充本院知交，谓关节可通，面情可许，希图诓骗，亦未可定。为此示谕合属诸色人等知悉：如有前项匪类，假称本院知交，从中舞弊，许你等立时扭获，交地方官有司详解行辕，以凭重究。各宜禀遵毋违，特示。

却说这告示先行，海瑞随后继至，所以经过地方秋毫无犯。那些百姓闻得海瑞来到，即便沿途迎接，箪食壶浆，以迎其驾。有屈抑者，即到马前呈诉，海瑞即为申理。欢声载道，百姓忭舞。

一日来到府属，海瑞想起武当山十分灵应，只是要到山上进香者必须斋戒沐浴；果然问心无愧者，方能上得山上。否则那当殿的王灵官，就是一鞭打落山下，所以到那里进头炷香者甚少。当下海瑞来到山下扎住。是夕斋戒沐浴。

次日五更，即便起来换了新衣，连茶也不吃一口，即便拈香步行前进。海安打着火把引路，那山果真险峻，海瑞挣扎了精神，许久方才到得山上，远远听得钟鼓之声。及至山门，就有道士出来迎接。海瑞来到殿前，抬头一看，见那王灵官神像，手执金鞭，立于当门，恰如生的一般。海瑞再行盥手炷香，只见那炉已有了头炷香在此。海瑞自思："上山只有一条路上的。我五更来此，并无一人同行，怎么已有头炷香烧好在此炉中？想必我心不诚所至。"遂上了二炷香，拜祝道："弟子海瑞，蒙天眷佑，当今天子殊恩，伏乞神明鉴察。一愿皇图永固，帝道遐昌；二愿湖广合省黎民，皆知孝友仁慈，共为良善；三愿风调雨顺，五谷丰登。"祝毕再拜而退。

道士进茶，海瑞问道："今早可有人来上香否？"道士答道："就是大人一人来此。"海瑞道："既没有人来参拜，怎么头炷香已有人烧了？莫非是你们上的么？"道士答道："小道们上香点烛，是在殿外的。这炷香的炉，乃是等那诚心的信士来上的。"海瑞道："这又奇了，又没有人来烧，又不是你们烧的，怎么却有香在炉上？"道士答道："大人有所不知。这里神道最灵，若来上头香的信士，身心稍有些不清静，就不能上得头香。哪怕三更到来，也有香在炉上。"海瑞道："原来如此，想必是我身心上不得干净，明日再来罢。"

说罢起身下山而去。一路思想："我平生却没有一些不清不白的事，若说身子上不干净，昨夜沐浴，又未茹荤，怎么神圣却不鉴我诚心？"忽又转念道："是了。只因我未曾斋戒三日，又未得尽其苦心，是以如此。"回到店中，即向海安说道："我今要斋戒三日，然后前往烧香拜神。你等亦宜斋戒沐浴，方随我去。"海安应允。

是日为始，致斋三日。到了第四日，海瑞从四更将尽，即便起来梳洗更衣，仍令海安引路。一路上黑暗如漆，四面松声，幽鸣断涧，猿啼鹤唳，甚不可闻。海瑞只顾前行，却不理会。唯海安一人不免心惊胆战。来到庙前，只见双扉还闭，侧耳细听，远闻五鼓。海瑞喜道："我今定烧得头炷香矣。"遂令海安叩门。

道士此际尚未起来，听得外边有人叫门，即便起来看一看，神前灯火尚明，那香炉内已有头炷香在内。海瑞即唤开门，那道士连忙开门。海瑞恭恭敬敬地走到殿上，又看已有头炷香上在炉内。海公即唤道士问道："日前我是不曾斋戒，所以不得上的头香。下官自从下山，即时沐浴斋戒，不特荤酒不茹，连一杯清茶也未曾吃。成夜无眠，候至四更五点，即便起程而来。来到宝山，山门尚闭，怎么却又有头炷香在炉内？"道士说道："大人只要一些不犯，才上得了头炷香呢！若是不信，请大人即就今夜在此歇宿，看明日如何？"海公说道："也罢，我且在此过宿一宵。"

如是唤了海安，到寓所取了铺盖，以及自备的素菜淡饭，来到庙里。道士见了不胜惊愕道："怎么大人一口饭，一口茶，也不肯赏脸，远远的还要累大叔搬来？"海安说道："不是这般说。我家老爷，平生是一个清廉耿介之官，自做官以来，从不曾吃过百姓一杯茶酒。不特今日身为巡按，即是当日出身县令，也是这般举动，一切可不用道长费心。"道士见他说得恳切，也不勉强，只得由他主仆自便去了。

当时海公吃过了饭，复令海安取了热水，重新洗澡一番，夜宿于道房。到了三更，即便起来洗脸梳发。海安即将香汤送上。海公再三盥浴，复又换了衣服，即到大殿而来。道士们已是成夜守着的，及至海瑞上殿之时，仍是寂然的。海公私自道："此时才交三更，谅这一炷香烟，定是我上得的了！"欣然趋上殿廷，不觉吃了一惊，细看炉中，亦是一炷香烟缭绕。

海瑞此时，实无可如何，连自己的香也不烧，便来方丈坐下，道士侍立于侧。海瑞叹道："我自筮仕以来，曾未尝虐民贪贿，怎么欲进一头香而不可得，这是何故？"道士对曰："大人前者在寓安歇，贫道窃意稍有不洁，致不竭诚。今晚却宿在贫道山中，自然清净，只是不能烧得头香，贫道窃亦不解其故？"海公道："道院之中，难道亦未洁净的么？"道士道："道院固属洁净。大人今日宿院洁净，何以未得头香，实所不解。”旁有一行者道：“师勿疑矣！我观大人自从来此，无不诚心。一连三日而不能上头香者，我以为大人所穿之靴乃是皮的。本山最禁杀牛，岂非因此耶?”海瑞道：“我靴固是牛皮所造，但那大殿之鼓，又岂非牛皮所造耶?”

说声未了，忽闻殿上一声响亮，恰如天崩地裂一般，把从人吓得一跳。大众正在惊疑之际，忽行者来说道：“大殿上牛皮鼓，忽然无故自破，其鼓上之皮，纷纷都撒于山门之外。”海瑞听了，不觉吃了一惊，叹道：“神灵不爽，今信然也。”正是：

一诚能感格，神岂不听人。

毕竟海瑞后来如何，且听下文分解。

第五十一回　小严贼行计盗娈童

却说海瑞正说之间，忽听外面响声如雷，正在惊疑之际，见行者来报道：“殿上一面大鼓，不知何故，无故破得粉碎，鼓皮纷纷飞出山门之外。”海公与道士各皆惊讶，同出方丈，携手来到殿上，果见架上只剩得一个鼓圈在此。海公道：“我就当场说了句话，故此鼓面破了。”道士曰：“大人适才说了这一句话，而神道现灵如此之速，是真可敬！”于是海瑞随到神前谢过。是夜，海公仍宿于道院，暂按下不表。

又说武当山供奉的玄云上帝及诸神将圣像，最为灵感。只由神明听得海瑞这一句话，所以立即将鼓皮撤去。帝尊即传王灵官一道法旨：“今有海瑞，自恃耿直，以不得上头炷香为恨，故将鼓皮撤去，以示灵应。明日与他当上头炷香。你却于他进香之后，即随着他行走。如有半点歪邪之念，许将他金鞭打死，回来覆旨。”王灵官领了法旨，专一侍候着海瑞。次日，海瑞果然上了头炷香，不胜之喜。遂赏了道士五钱银子，即便起马巡按他郡。却不知帝尊法旨，敕王灵官日夕随着，察其动静。

一日，海瑞巡按到湘潭地面，时当天气炎热，走的又是山路，况且又是改装私行，所以地方有司竟无知者。海瑞走了半日，仍在万山之中。此刻炎热溽暑，浑身是汗，喉中又渴，山上又无茶肆。海瑞向海安道：“如此烦渴，如何是好？”海安道：“对面一派是瓜田，老爷且走那里去，摘一个瓜来解渴亦好。”

海瑞此时渴得慌了，遂依了海安之言。走到对面瓜田之中，只见一个个西瓜结熟在那田上。海瑞吩咐海安取一个瓜上来解渴。海安领命，即便取来。不知那王灵官在后面看着，不觉动怒起来，正要举鞭照下打来，忽转念："想他如今方才摘瓜，看他食罢如何，再作道理。"

海瑞取瓜，令海安割开，自己吃了一半，只觉凉沁心骨，顿觉凉生腋下。余者与海安解渴。二人食讫，海瑞便问道："此瓜可值几何?"海安道："只值二十文。"海瑞道："可取四十文，穿在瓜蒂之上，以作相酬之意。"海安道："只值二十文。何故加倍偿之，岂非太过?"海瑞道："不然，物各有主。今因一时之渴，不问自取，已属不应，故倍其价而偿之，以赎不问自取之咎，庶不有愧于心。"此刻王灵官方才解了怒气。而海瑞又何曾知道？后来，王灵官直跟了三年，见海瑞毫无一些破绽，才去回复帝旨，此是后话。

海瑞巡按各郡已毕，仍回长沙府驻扎，更加勤慎，爱民如子，仁声大著。海安道："老爷自从到任已经年余，可怜夫人此时在历城，不知怎生的苦了!"海瑞道："不是你言，我几忘之矣。你可即日前往迎接夫人来任。"遂将一百两银子，交与海安前去迎接张夫人前来，共享荣华，自不必说，暂且按下不表。

又说那严嵩把海瑞截往他省，不使回京，此时无所忌惮，越发肆其凶残。此刻，严世蕃已经夤缘内监王惇，现为吏部侍郎。王惇以司礼内监转管东厂。看官须知，明朝自宣宗朝，即以内监干预政事。或有谏者，帝曰："彼宫中之人，只图衣食足矣，此外更无他求。况这等人乃朕家使用之人，何碍之有?"自此以后，竟无敢谏者。历代相沿，皆以内监兼管宰相各部事。

正德年间，分设东西两厂，东厂监吏、刑、兵三部，西厂监户、礼、工三部。所有天下大小事情，皆要关照会稿具奏，唯两厂之权是重。

当下严世蕃专意奉承王惇，王惇亦要他辅助，彼此往来甚密。世蕃有了王惇这个保镖，便自目中无人，而王惇又恃着帝宠，愈加狂悖，遂与世蕃朋比为奸，种种凶顽，不堪枚举。即如定亲王朱宏谋有一内侍任宽，偶出王府闲游，恰当世蕃退朝，在轿内看见，不觉神魂飘荡，在轿内自思道："天下哪有这样的绝色男子！但不知彼何人斯，生得这般美貌？倘得同他一夜之乐，奚啻身入仙界？”一路思想不置。回到府中，只是默默思念，连饭也不要吃。

那家奴任吉看见主人这般烦恼，连饭也不要吃，便问道：“老爷每日退朝，纵有什么大事，都不在意，多是欢天喜地的，今日回府，如何这般闷闷不乐之色？莫非朝中有大事故么？”世蕃笑道：“我父在朝权秉钧衡，在皇上跟前，言必听，计必从。我又同王内监情同骨肉一般，即有什么弥天大祸，有此二人保镖，还怕什么大事！只因我有一件心事，只是难言，所以闷闷不乐。”

任吉道：“老爷有甚心事，只管向奴仆们说知，何必闷闷若此？或可代老爷分忧。”世蕃道：“适才退朝，在大街上偶然见了一个绝色的少年，果然夺人魂魄，但不知他是何人之子，似此又不知其姓名，只可冥想，故此闷闷不乐。”

任吉道：“老爷，莫非在那翠花胡同见的那一个穿绣衣直裰的小后生么？”世蕃道：“不错，不错，就是那个人。”任吉道：“小的只道老爷看见了什么再世的潘安，复生的宋玉，谁知就是这个。不是别人，就是小的同宗，他的名字唤做任宽，今年才一十七岁，现在定亲王府中充役。这定亲王就是朱宏谋，乃先朝王爷兄弟。只因这位王爷性好男风，不理政务，所以朝廷不肯封藩，将就封为定亲王，使其在京居住，只此以乐余年。他府中的少年约有四十余人，俱是十六七岁的，个个美貌如花。这定亲王分他们为四班，每班十人，每五日一换。个个皆晓得歌唱，更能效女妓婆娑之舞。四十多人中，唯任宽最是定亲王之宠爱，比他人更加十倍。昨日老爷所见者，即此人也。”

世蕃道：“你既知是一个王爷的亲随，又与你同宗，大抵与你相知，你可能招致来否？”任吉道：“他是小的同姓兄弟，彼此往来甚密。老爷若要他来，这是何难之有？待小的明日自去拉他到来吃酒，那时老爷撞将出来，见机而行就是。”世蕃道：“你若引得他来，我却有重重地赏你！”任吉说：“小的明日引来就是了。”世蕃大喜。任吉即便前去干事不题。

再说定亲王朱宏谋自受封以来，却未曾出镇，只是在京闲住，终日只以男风为事。皇上念他是个皇叔，况且他不理政事，唯此醉好后庭花，所以不去理会。这定亲王日与一群少年取乐，唯任宽美丽多诈，百事承顺，善宽主人之意，所以定亲王再不能离任宽片刻。正所谓食则同器，寝则同床。任宽自恃宠幸，有母现在内城居住，定亲王爱其子，兼爱及其母，即赏赐她一间宅子，其日用薪水，一切皆代为给办。任宽虽属长随，然门庭光彩，以及宅内所用一切器皿，皆与公侯相等，只因俱是王府分给来的。

这一日，任宽适而到外边游玩，不料为世蕃看见，彼却不知，仍回王府而去。次日，忽见任吉来访，彼此相见，略叙寒温。任吉道："贤弟近日何如?"任宽道："近日天气炎热，少到外边，只在府中避暑，所以许久不曾见兄。老兄近日可好吗?"任吉道："愚兄只是终日忙忙碌碌的，不曾得半刻的空，所以少候多时。今日偷空特来看看我弟。"任宽道："多谢我兄关照，如此天热，我们到哪里去乘凉好?"任吉道："这城内哪一处不是如火热的?唯有我们府里新起的凉亭，甚是凉快，内中花柳森森，前面荷花霭霭，洵足一乐。我们何不到那里走走，谈谈心事罢。"任宽道："甚好，甚好!"于是二人出了王府，直到严府世蕃宅中而来。

任吉引他进到里面，来至花亭，果是花木荫翳，金碧辉煌。玉石栏杆之外，就是荷花池。那池中的荷花红白相间；花下数对鸳鸯，戏于水上，果然清幽雅致。香风徐来，沁人心骨。

当下，任吉请他到亭子上坐着。随即有两个小厮上来伺候，献过香茗。任宽饮了两口，只觉香气异常，那茶色碧青。任宽道："小弟在王府三载，所有各处茗茶，也亦尝过，唯此种茶，却不知名。"任吉道："不瞒弟说，这茶并不是日常杂用的茗叶，此乃皇上所用的玉泉龙团香茗。其茶出于栈道之玉泉涧，涧甚深，内黑，多峭岩怪石，且深不可测，人难得到。涧内出茶树，乘雾而生，人固不能往采。唯涧中有白猿作乐，人若采叶，即到涧边坐下，以鲜果掷去，与猿相换，方才到手。涧中所产无多，每年地方官只贡十余斤。这是御用之物，天子赐予太师的，家老爷是太师那里得来的。昨日愚兄值日，恰好王内监到来，家老爷命我煮此御茗，所以才偷些出来。恰好贤弟今日来此，此亦我弟有口福也。”任宽道：“多蒙我兄见爱，只恐没福消受。”任吉道：“舍得在这严家，怕没得御用之物？”

旋有一小厮，捧着一个果盒进来。任吉便令将一张八角桌子儿，靠在玉石栏杆摆着。小厮把果盒放下，将一对玉杯，两双玉筷，对面安放。任吉便让任宽坐下，二人对酌。任宽本来量小，略饮几杯，便觉昏昏不能安坐，便要告辞。任吉道：“人世几何？酒杯在手，对此良辰美景，若不畅饮几杯，岂不被花鸟所笑乎？”遂再三苦劝。任宽却情勿过，又饮几杯。此际真是酩酊，人事不知矣，伏在桌上。任吉恐他呕吐，便令小厮将他扶到亭内凉床睡下。任宽醉得狠了，依着枕头便睡，鼻息呼呼，已入睡乡矣。任吉看见了是个真醉，即便来到世蕃内宅。

此时世蕃专听佳音已久，见任吉到来，不胜欢喜，忙问道：“事情究竟办好否？”任吉道：“那任宽早已睡倒了。”世蕃即问道：“任宽现在睡在哪里？”任吉道：“就睡在荷花亭内凉床上，真醉睡着了呢！”世蕃大喜道：“你在屏门外守着，不许闲人入内。”任吉答应一声，即到园门口守着，自不必说。

世蕃此际，恰似拾得活宝一般，喜滋滋地来到花园内，走上荷花亭子来，只见那凉床上，任宽朝外睡着。那任宽脸上两颊红晕，恰如桃花着雨、海棠初睡一般，一见令人魂飞魄散。此际意马心猿，牵制不住，急急宽褪衣服，于是乎有此一端。正是：

　　不向桃源洞，偏从峻壁穿。

毕竟世蕃与任宽如何，且看下文分解。

第五十二回　老国奸诬奏害皇叔

却说严世蕃乘着任宽醉中，竟不顾得嫩蕊姣花，只自风雨摧残。那世蕃之巨，倍巨于定亲王几倍，所以大为凿枘。任宽在醉梦之中痛醒，急欲转身，却被世蕃紧紧搂定。开目看时，方才得知是世蕃。此际挣扎不得，复兼酒醉身子瘫软的，只得任其所为。事毕，世蕃起来，那任宽下面已不胜其楚矣。当下任宽勉强起来，不觉掉下泪来。世蕃着意抚慰道："卿勿怪唐突，只缘卿冶容迷人魂魄也。"任宽带怒说道："侍郎何欺人太甚！即小人不堪怜惜，亦当体念俺家王爷才是。"世蕃道："我只爱卿，卿何必以王爷压我？我岂惧此，而断爱卿之心哉！"大笑不止。

任宽带怒而出，路至园门，恰见任吉在此。此际更加气怒，乃骂道："我当日以你为好人，故此认为兄弟。谁知你却是这般不堪之辈，亏我瞎了双眼，不识歹人。"一路大骂而去。任吉自觉惭愧，无言可答，只得来见世蕃。未及开口，世蕃先说："任宽如此矫强，你有何计可使他常在我处？"任吉道："适间小的正在园门，与他相遇，却被他抢白了一场，悻悻而去。料彼此去，必对王爷说知，因这小事，却要惹出大事来。"世蕃道："你且宽心。即使定亲王知觉怒了，我亦不惧的。有了我父亲及王公公，还怕甚么？"遂不以为意。

当下，那任宽负痛而回。那定亲王正在花园内与诸少年取乐。恰好任宽来到，见了定亲王，即忙跪在面前，放声大哭。定亲王却不知何缘故，即挽起来，置于膝上，问道："你好好又不在宅内，到哪里去来？如何这般光景？"任宽哭着说道："小的一旦被严世蕃欺负。"便将任吉如何引诱，如何被世蕃凌辱等情，一一说知备细，说罢又哭将起来。定亲王即将袖儿与他拭泪，又以手探入内衣来，摩至肛门纹起，不觉大怒道："好好的一件东西，怎么被他弄坏了？这还了得！"不觉火起，按捺不住。正是：怒从心上起，恶向胆边生。

却说定亲王忍耐不住，即便吩咐家奴何德道："你可立即传齐府中人役，立即备马，从孤有事去。"何德不敢怠慢，立刻传唤府中人役，共四十名，各人备了马匹。定亲王即上了马，令各人都随他去，径到世蕃府中而来。

不一刻，已到府门，下马直奔进去。那守门的如何敢来拦阻，只得由他进去。当下定亲王直入内堂，恰与世蕃刚刚对面，撞过满怀。定亲王一见，无名火起，急把他一把捉住，大骂道："贼子，怎敢如此胆大，欺负孤家！"说罢，发拳就打。幸得众家人用力拦劝，世蕃见势头不好，方得脱手，即往内里走了，将三堂的门令人紧闭。定亲王哪肯罢手，追入里面。只见门扉紧闭，即令家人用力打开，直闯进去，要找世蕃。谁知此府有后门可出的，世蕃听见打门之声，即时已从后门走了。及定亲王进来，已寻找不见。

定亲王忿气不伸，乃令众家人："把他的众家人与我痛打一顿！"家人们答应一声，即奋起拳头，逢人便打，遇物即毁，闹了一个翻江搅海，把府内许多物件打得粉碎；一众家人，又被他们家人打得头破血流，个个奔逃不已。定亲王乘兴还要去寻世蕃，却被众家丁劝阻回去。按下不表。

又说那严世蕃出了后门，无处可逃，只得走到父亲相府而来。严嵩见了，便问何故。世蕃谎说道："好端端的，不料那定亲王率领匪徒百余人，打进孩儿府中，把物件抢掠。孩儿与他理论，亦被他打了几拳。若是孩儿走迟了一步，险被他送了性命。现今还在那里胡闹呢！"严嵩听罢，吃了一惊，说道："这事从哪里说起？我家与他平日并无仇隙，怎么青天白日打劫我家，这是何故？"即刻打轿，领着世蕃如飞的赶到新宅而来。

此时定亲王已自回去了，只见众家人个个头破血流，上前禀说，是如此如此，这般这般，自然加些使人动怒的话头。严嵩听众家人之言，勃然大怒；又见那些东西物件，尽行损毁，正是火上加油。即大骂道："素日与你无怨，怎么这样糟蹋我儿家中？你虽是个亲王，我怎肯甘休！"遂吩咐打道进宫，来见天子。

帝见丞相面色不和，便问道："太师今日何故不悦？"严嵩俯伏奏道："臣蒙天子厚恩，父子皆叨显爵。臣儿另有宅第。不知定亲王何故，突于今日率领着不识姓名匪徒，约有百余多人，打抢进宅，把臣儿扭住苦打。又喝令众匪将臣儿家人打伤，抢劫一空；其余抢不去的东西，多行损毁。幸得臣儿走脱，不然亦遭毒手，性命难逃矣！伏乞陛下做主。"帝闻嵩言，不解何故，便问道："向日太师可与王往来否？"严嵩道："臣向未与王结交。"帝曰："既没有来往，必无仇隙。彼何以突然寻祸，只是何解？"嵩乘机奏道："臣略有闻，伏乞皇上屏退左右，方可奏闻。"帝乃斥退内侍，问道："卿有何见闻，只管奏来。"

严嵩走近御前，低声奏道："臣闻定亲王素怀大志，不愿伏我主之下。每有欲出外镇之心，以便树植羽党，行其大事。只因皇上不令他出外镇，不得遂其不臣之志，深怨皇上。久蓄死士于府中，屡欲大举。只因臣爷子在朝碍目，故此率匪类先欲收臣爷子，以便举事。唯陛下察之。"帝闻奏，便问道："他尊朕一辈，朕仰体先帝之心，特封为亲王，使这尊贵。奈他忽怀异心，忘本一至于此！太师且退，朕自有处。"严嵩谢恩，出宫而去。

帝即宣吏部尚书唐瑛进宫，问道："诸王皆出外镇，唯定亲王在京，朕恐他不得外镇为怨，欲以边藩封之，使其受国，天官以为何如？"唐瑛奏道："诸王皆可封为外藩，唯定亲王则不宜俾以外任，唯陛下察之。"帝问道："何以不宜出外？卿可细细奏来。"唐瑛奏道："定亲王自幼便无大志，凡事迂腐。先帝在日，便知其不能为民牧者，故久未受封，只留在宫养闲而已。及陛下登极，方封亲王。然王自受职以来，不曾理问外事，终日只与家奴为乐。日夜嬉笑，全然不知一体尊贵。似此若使之外出，只恐徒惹人笑矣。"帝即说道："卿却未知王之心，今王久怀大志，欲谋不轨，常以朕不封彼为外镇生怨。故此在京阴蓄死士，屡欲大举逐朕。奈有严嵩父子在朝为梗，不敢举动。

今将世蕃毒打，并领匪徒将严府劫抢一空，其反迹已彰明于外。朕欲除之，卿以为何如？”唐瑛听了，大惊失色，慌忙俯伏奏道：“陛下何出此言？必有奸臣暗奏矣！定亲王乃陛下之叔，何得有此不臣之事？若说别人，臣不敢信，况王乃废腐之人，岂懂做此事乎？伏乞陛下说明察之，休听奸佞之言，致伤骨肉之情，则天下幸甚矣。”皇上说道：“卿不必代为饰说，且退出，勿再多言。”唐瑛只得退出宫廷。

帝即命廷尉特旨，即将定亲王下狱，发交三法司严讯歹情。那廷尉领了圣旨，即把定亲王拿在狱中。次日，三法司再三严讯，无奈未定谋不肯承认，要对头质证。三法司只得奏覆。帝见本上写：

三法司臣为奉旨严讯事：案奉圣旨发交定亲王发臣等会审谋反实情，臣等遵旨再三研讯，而定亲王实无此情，坚不承认，必须质证，方可输服。臣等只得仍将定亲王禁下，请旨早发所指定亲王之确证，臣等复讯。使得输服。臣等谨奏，伏乞皇上圣鉴。谨表以闻。

帝看毕，遂与奸相严嵩商议。嵩曰：“陛下若发臣往彼对质，则廷臣不无私议，臣为陛下谋去亲王者，唯陛下思之。”帝闻言点头不语，良久乃道：“如此，则何以处之？”嵩奏道：“为今之计，陛下可将他本章留住不发，该法司又不敢轻纵之，永远禁于狱中。臣另有计，可以为陛下除之。”帝准奏，留本不发。

三法司候了半月，只不见旨下，各皆猜疑，然不敢再奏，只得任他便了。这定亲王在狱中，又不能立见皇上，只得终日愁闷。又想起府中那一班少年，不知如何下落，恐其走了，不得回去作乐，直至泪下。今且按下不表。

再说那一位海瑞，在鄂已满了任，即便请旨回京。皇上心中忽然想起忠直海瑞恰有三载未见，当时即批一道圣谕云：

海瑞出按湖广，于兹三载。在省访拿匪类，遂致地方宁谧，甚属可嘉。着即来京办事。其所遗湖广巡按一缺，即着严世蕃去。钦此。

圣旨一下，那跑折子的官，即便向湖广复命。不日已至本省，呈缴了回头折子。海瑞即日打点回京陛见，将印信交送于指挥署理，择日携了家眷起马。那湖广百姓个个都来挽留，海瑞俱用好言慰之，竟有流涕不舍者。

不说海瑞回京，一路无事。再说严世蕃得了圣旨，满心欢喜。自思又好讹诈百姓，即日出京。临行时谓其父曰："海瑞不日回京，皇上必然重用。父亲不可与他作对，凡事稍须依顺他一点，儿就放心。"又拜托王惇代为照应一切，方才出京而去。正是：

只为尊年远祸，致教拜嘱谆谆。

欲知海瑞回京如何，再看下回便知。

第五十三回　礼聘西宾小严设计

却说海瑞一路星驰进京而来，到了内城，将妻子暂且寄寓。

次日入朝见了天子，山呼万岁毕，帝慰劳道："卿自筮仕以来，多著劳绩，真股肱之臣也。今封卿为户部尚书，都察院左都御史。你其勖哉！"海瑞再拜谢恩而出，将家眷搬入户部衙门居住。闻得定亲王犯法，现在狱中未决，遂再三详访，尽知始末情由，勃然大怒道："如此目无君上，将来不知作何定局了？"即写表，次日早朝奏上。天子览其表曰：

> 户部尚书兼都察院左都御史臣海瑞，诚惶诚恐谨奏，为事无确据，诬捏显然，乞恩睿鉴事：窃照定亲王犯法一案，蒙圣旨发交三法司会勘，其有无谋逆不轨等情，已经三法司再三细究，而定亲王坚不承认，复加严讯，始终并无供认。想王系玉叶金枝，锦绣丛中长大，乃备尝刑楚，并不供认一词，其无悖逆之心可见矣。三法司不敢再加严刑拷打，曾经联名伏奏，请旨发出确证对质。至今三月未蒙批发，案疑莫决，使定亲王久羁禁狱，案结无期。岂久羁可以自明耶？此臣窃有所不解者。陛下以仁孝治天下，复何忍听奸佞之言，以乖友爱之义。伏乞陛下早发指控定亲王确证，修三法司得以结案，而定亲王虽死亦分所应得，在所甘受也。如无确证，则其事必外人诬捏无疑。乞陛下即将诬捏亲王之人，发交三法司，治以反坐，以儆奸宄，以肃律令。则朝廷幸甚矣！臣海瑞不胜恳切待命之至。谨表以闻。

帝览表，自觉难决。复召严嵩入宫，将海瑞奏本与他看。严嵩不觉汗流浃背，奏道："海瑞自恃其才，故翻旧案。陛下宜叱之，以儆将来，使诸谏臣以为前车之鉴也！"帝曰："不然，定亲王乃朕之叔，非比另犯。今海瑞所奏之言，皆有井条，势难留中不发。朕意欲释之，奈王法大逆，若遽释之，如同儿戏。还是如何设法，太师为朕思之。”严嵩道：“陛下既欲释放定亲王，何不就令海瑞保其出狱？令彼具状保出，那时释放，便可掩饰矣！”帝首肯。即批在奏章上云：

据奏已悉，准将定亲王释放，但无人敢保。你即知其忠诚，你能保之，即予释放，仍归藩封可也。

朱批已下，海瑞看了不胜之喜，即时具了保状呈进宫中。

定亲王得释，万分感激海瑞。唯王惇与严嵩二人心中不快，私相议道：“欲害海瑞，奈无隙可乘。”王惇又修书于严世蕃，说道“海瑞到京师，即保朱宏谋出狱”等语。世蕃看了，不胜惊讶，也不回书，即将原书尾批云：“纵虎容易捉虎难。”王惇得了这句话，便心中只是不安，然追悔不及，只得隐忍，暂且按下不表。

再说严世蕃自到任以来，却不以政务为心，专要贿赂，所接地方，勒索供给铺垫银一万两。如有不足者，立即搜罗其失，立时参劾。湖广合省官吏，几不聊生。然畏他有势，无可奈何，敢怒而不敢言，恨入骨髓。加之世蕃性好男风，在任专好选用少年美貌者，充作跟班，闲时取乐，不分昼夜。

时有胡湘东者，貌美潘安，才比宋玉，年十六岁，即游泮水①。一日，世蕃诣太学宣讲圣谕，时湘东亦在执事列内。世蕃偶见其貌，不觉魂飞魄散，已不成体。宣谕毕，世蕃坐于明伦堂上，该学教官率领诸生参谒。各各打躬作揖毕，严世蕃问湘东名字，湘东打躬道：“生员姓胡名湘东。”世蕃笑道：“好个美名。正所谓‘湘东品第留金管’也。”复问：“已进学几年？”湘东道：“三载。”世蕃道：“今岁正当科场，宜用心举业，以图上进。本部院实有厚望焉！”湘东揖谢。世蕃起身上轿而去。回来自思：“湘东又高任宽数倍，焉能与彼一亲，亦人生一大快事。”转念彼又非任宽可比。宽乃是小人，彼乃校庠之士。倘彼不允，反弄得不像样子。辗转思念，是夜目不交睫，慕想

---

① 泮（pàn）水：古代学宫前的水池，形状如半月。后多以指代学宫。宋·苏轼《答临江军知军启》：“泮水政成，缪膺桑梓之敬；海邦画诺，又观枳棘之栖。”

不止。

次日清晨起来，发了一通名帖，着人持去学中请那教官前来问话。那教官见了巡按名帖，即刻穿了衣服趋署，连帖亲自缴还。世蕃令人请进，教官参谒毕，侍立于侧。世蕃唤令坐下，教官道："大人在上，卑职理当侍立听命，焉敢僭越就座？"世蕃道："燕室私见，即为宾主，哪有不坐之理？"教官道谢，方才坐下，说道："不知大人有何教诲？乞即示知。"世蕃道："并没甚事相劳，因昨日偶见贵门人胡湘东者，其人词气温雅，文艺必佳。本院衙门少一书禀西席，欲请胡先生为之，未知老师心中以为可否？"教官起身道："胡生才学颇优，大人不弃，以为主书启之席，必有可观。此大人栽培之恩，而胡生之幸也。卑职即当令其趋叩崇阶，早晚听训诲也。"世蕃道："既老师代为应诺，在下有关书贽仪①，统烦带去。"旋令家人取了一百两银子，关书一札，交与教官。那教官接了银子、关书，作谢而别。回到学署，即令门斗去胡湘东家传他来见。

湘东听得老师请往，随着门斗到学宫内来见老师。湘东问曰："老师见召，有何教谕？"教官道："贤契运来矣，可喜可贺！"湘东道："门生一介贫儒，有何喜贺？伏祈老师明示。"教官笑道："昨日，巡抚大人偶见贤契词气清华，心切仰慕。今日特召我去，意欲延足下代主笔砚之任。现有关书、贽仪，着我代请，不知足下意味何如？"湘东道："门生是一介儒生，兼之庸愚成性，毫无知识，何敢受此大任？"教官道："巡按以足下才貌过人，故欲延置之幕府，此所谓礼贤下士者也。"湘东道："既有关聘，烦借一看。"教官乃将关书、银子，递与湘东观看。湘东见其关书上写束修银子一年一千两整，又见贽仪一百两，喜不自胜，便欣然应允。教官亦喜，即日回复按院。严世蕃一听教官回复应聘之言，喜不自胜，真惬心愿。

过了两日，严府令亲随、跟班来接湘东，湘东欣然就馆。初见宾主甚欢，而世蕃深心达算，故不露其面目。凡有书契之类，悉送湘东

---

① 贽仪：为表敬意所送的礼品。贽（zhì）：古代初次拜见尊长所送的礼物。仪：礼仪。明·焦竑《玉堂丛语·廉介》："今动曰贽仪，而不羞于人。"

代笔。

光阴似箭，日月如梭，早已过了两月。世蕃巡按各郡，东与之俱往。一日，巡到辰州，此时朔风骤至，彤云密布，十分寒冷，人役各皆畏寒。是日世蕃传令，且停车马，就在馆驿之中扎住。湘东政主书笺，自然相随在内。世蕃久有此心，然无隙可乘。有时语及猥亵，湘东则正色不答。是以空有攀花之心，实乏侥幸之便。

这日世蕃却忍不住，心生一计，吩咐近身家人，叫取些蒙汗药来，带在身边，说道："我请胡师爷吃酒。酒至半酣，你可将蒙汗药放于酒中，即是你之头功，自有重赏。"那家人应诺，即到外边采取回来，专备应用。世蕃即办酒来请湘东赏雪饮酒。湘东正在无聊之时，便欣然而赴宴。

当下二人见礼毕，分宾主坐下。世蕃坐下道："今日本欲前往按临，但见大雪漫漫飘下太甚，夫役难以进前，故暂止于此地。然值此寒日无聊之际，无可排遣，故备一杯水酒同先生赏雪。"湘东道："烧叶暖酒，取雪烹茶，正文人雅事，当与雅人共之。"世蕃道："先生本属雅人，故特请先生共之。"旋即令家人将酒筵摆上，彼此坐下，相与畅饮。

二人酒至半酣，世蕃即道："值此佳景，先生岂可无章句以志咏耶？今以三分安息香为限，如诗不成，罚以金谷酒数杯。"此时湘东诗酒之兴正豪，欣然应允，即请命题。世蕃故以险韵作难，乃道："即景为题，赏雪可也。但韵限用八庚，若过香限者，罚巨觥三大爵，仍再作新诗。"湘东应诺。

世蕃令人取过纸笔两具，各放一旁，相与罢饮构思。果然世蕃诗才敏捷，香未及半，已经脱稿，而湘东始得首句。而世蕃故意谆谆絮絮，同家人共语，以乱其心。香限已过，湘东之诗，方才急急脱稿写成。世蕃笑道："香已过限，无用看阅，先生当罚三大爵再作。"遂将花笺放下。湘东道："过限受罚，理所应得。"立饮之。

世蕃复令点香，说道："先生今当急作矣。但不得与前诗相合一字，以杜袭前之弊，如有袭前一字，照罚三爵，另起炉灶。"湘东终是个年轻之人，不觉英气勃勃，大声应之。复挥毫思索，只因前诗已被他拿住了，若犯一字，不特不算，反要受罚，所以湘东左思右想，改八句诗词，涂抹不尽。及至脱稿，香限早已过了。世蕃说道："今番又过了限，如何是好？也罢，倍饮以终其令罢。"湘东道："晚生学力迟钝，酒量浅小，唯大人谅之。"世蕃遂以三爵劝湘东，而自己饮三杯相陪。

湘东此时酒已八分，又一连饮下几大觥，就有十分醉意，说道："不限香，晚生就与大人联句罢。"正是：

酒兴诗豪难制伏，故教勇夺诗坛帜。

毕竟湘东后事如何，且看下回分解。

第五十四回　鸡奸庠士太守逃官

却说世蕃又以香限已过，不肯收阅，乃道：“兄才过于修整，只患不工，故以迟钝，今已连做两首，足见真才矣。但先已有令，兄饮六觥就算完了酒令罢。”湘东是个好胜之人，便欣然而饮。饮毕，将诗呈于世蕃观看。世蕃看毕，大加称赞道：“今艺比前艺更佳，妍丽非常，果是大才，无关迟钝也。”复以巨觥相敬，湘东不得已，勉饮一觥。此时酒气上涌，不觉呕吐狼藉，醉卧于几上，人事不知。

世蕃见他沉醉得很，乃令人去其外面污衣，扶到床上，卸其衣裤，乘其坚而入。湘东醉痛正醒，开目朦胧，仿佛乃是世蕃。然此际头重身轻，欲动不能，挣扎几回，旋复沉沉睡去。世蕃恣意取乐一番，元精已泄，又复抱持而宿。直至夜深，湘东酒才稍醒，自觉身被箍持，急挣扎起来，犹见残灯在几。走下床门，自觉肛门肿痛，举步维艰，不觉勃然大怒。回视床中，正见世蕃呼呼鼻息，此刻不能按捺，无名火起，只见几上有大石砚一个，急取手内，掷向床中。世蕃假做睡状，观其所以。今见湘东怒掷石砚，急起躲闪。那砚块掷去，幸而未中世蕃身上。那一大块石砚，把床梆打得粉碎。世蕃不觉大怒，走下床来，将湘东抱住，大叫家丁：“快来！快来！”连说“有贼”。

那些家人正在梦中，听得是家主房中喊贼，一统来到房中，只见是湘东与世蕃相持。世蕃见家人来了，急唤道：“快来捉那贼子！”众家人走将上前，把湘东拿下。世蕃道：“这贼夤夜入内行刺，代我权且看守，到了天明，自有处法。”众家人将湘东拥下，胡湘东亦不言语。

次日天明，世蕃写了一道文书到学里，先行斥革湘东功名，随令发去府狱监禁。这里教官，将公文展开一看，只见上面写道：

吏部侍郎巡按严为逆生谋杀事：照得该学生员胡湘东，乃一介寒儒，本院爱其清才延至幕府，厚其束修，一则冀养其才，二则俾以笺启之任。本院爱才，不谓不深，栽培不谓不厚。今该生潜入行辕，暗藏利刃，入帐行刺。幸本院知觉得早，不然命已断送于该生之刃下矣。立即呼起家人拿获，搜得利刃行刺之具，现在赃证显然。除将该生即发府监禁押听候提讯审理，合移知学道并檄悉该学照遵，立即将该生详革，以凭本都院提讯究办。该学毋庸拘延干咎，速速须至檄者。

教官看罢，不觉吃了一惊。过了半晌，自思："胡生沉潜蕴藉，岂有此事？况且严公与胡生素无仇隙，而生何故行此悖逆之事？其中必有缘故。然一檄已下，不得不详。"遂将湘东所犯事迹，上详学道。

这学道姓朱，名柴，字佩兰。原是探花出身，由礼部郎中得授此职，为人耿介不阿。今见该学申详，大为诧异，细想："天下刺客尽多，但未曾见有秀才持刀杀人者。况详称该生现与严公为宾主，而该生无故欲行刺于行辕之中，此事难凭一面之词。今已将该生发府监禁，必饬该府讯详。况严氏权势正炎，地方官不无仰承其意。胡生怎免冤屈之祸？我为学道，但此学中艰难之日，可不一拯手耶？"遂吩咐书吏立备移文一道，前往严公行辕投递，移提胡生到辕问讯。书吏领了言语，即时写好呈上。那朱柴连忙押了签，由驿飞驰前往，自不必说。

又说那胡湘东当日下了监禁，也不言语，任由他拘押，再不则声。那知府受了世蕃嘱托，立时提出湘东审讯，要他承认行刺。湘东笑道："秀才行刺，此是新闻。公祖大人照样法办就是了！"知府道："你这话又奇了！那严公以你为一介饱学秀才，故此不惜千金聘你。你却不知报德，而反以为仇，身怀利刃，私入卧内，非行刺而何？到底你同严公有甚仇恨之处，只管对着本府直供，或可原宥，亦未可定。如若不直说来，今日本府又奉严公面谕，岂可草率了事不成？若再三推诿，三木之刑将及你矣。"

湘东笑道："若论世蕃以千金之聘，则为过厚。况以书契之席，何须千金？老公祖亦可想见矣。至于无故受人厚聘，正愧无功享其禄。宾主相欢，并无一言不合，出入俱随，其宾主之情可谓深矣，又何得谓之仇隙耶？实而以行刺之罪诬人，唯公祖大人察之。欲直说来，则有玷斯文体面，若不承认，则无以解脱。所谓'哑子食黄连，自家有苦自家知'者也。"知府听了，疑其言语有因，乃缓其刑，仍复收监再讯。

过了几时，那学道移文已至世蕃行辕。世蕃展开一看，只见写道：

湖广学道朱为移提事：案据辰州府学申详，称该学生员胡湘东蒙聘请为幕，以主书笺西席，关书、贽仪皆经该学手送。该学应聘驰赴行辕，蒙格外之施，按临各郡，出入俱随。突于本年月日，奉檄内闻，该生于某月日夜怀利刃，私入行辕幕帐，意将行刺。想该生读书明理，受恩必报，其人何意行刺行辕，被喊众当场拿获，发府监候审讯。檄饬详革该生，奉此，合即遵照。据详前来，查该生身隶既微，蒙恩隆聘，侍于按院，以为望外之幸。兹敢突怀悖逆行刺大僚，殊堪诧异。理合移提来省，本道亲讯，以正刑章，而戒合学之将来。希照移提事，乞将该生移解来省，以便按拟，实为公便。须至移者。右移钦差巡部按部院严。

嘉靖年月日移

世蕃看了，忖思："学道忽然移文前来移提，若不发往，即属不实，倘若发去，只恐前事一旦败露，丑态不堪，反为不美。"踌躇不决，乃吩咐家人前去请知府来。家人领命，去不多时，把知府请至行辕。

参见毕，世蕃道："前者发来该犯，至今已久，还不见动静，是什么缘故？"知府道："据讯该生不认不讳，事涉嫌疑，放此复行监禁，再行复讯。"世蕃道："该生刁狡，彼既犯法，便欲含血喷人，扯人入水。贵府即不能定狱，也罢，本部院却有个善法，你当依法行之。"随即袖中取出一个小柬，递交知府道："归请看阅，依法而行，幸勿有误。日后定然厚报。”知府唯唯而退。

回到府中，将小柬拆开，只见上面写道：

纵虎容易捉虎难，幸勿轻轻使归山。

须当聊效东窗事，何必区区方寸间？

知府看了寻思道：“这几句话，分明要我效那秦桧害岳飞之事，想此生必有冤抑。我今若遽杀之，何以对天地、鬼神与孔子？宁可弃官不做，岂可以害人性命！”便有释放该生之意。

伺至深夜，令人于狱中提出该生，来到内堂，细讯原委。湘东只是不言。知府道：“今君生死在即，只争一言。若不早说，自悔无及。我以你读书人，未必有此悖逆之事，不忍加害。足下不言，死立至矣！”湘东道：“事实有因，言难启口，乞赐纸笔一用。”知府即令家人，去其刑具，给其文房四宝。湘东原有不欲下笔之意，知府道：“生死关头，在此一刻了！”胡生不得已，把笔写了几句道：

丈夫贫岂受人欺，儒士何劳厚聘钱？

堪恨将人为媵妾，余桃焉肯啖他先。

秀才不作龙阳宠，国士哪堪入帐缘！

酒醉被污谁忍得，端州石砚把床穿。

使君若问何缘故，只看其中字与言。

写毕呈上知府。知府笑将起来道：“彼亦太无廉耻，岂可把秀才作龙阳者乎？”湘东不觉红涨满脸。

知府忽然大怒道：“国贼辱及斯文，这还了得！”遂将世蕃之柬与胡生观。看毕，泣告道：“愿公祖大人早刻行事罢，免得有累公祖。”知府道：“非也，若是本府肯从所使，亦不肯将柬与你看了。为今之计，定当释你。你可星夜奔往京师，去那海瑞大人处，告他一状，以申其冤可也。”湘东道：“虽蒙公祖大人恩释，但生员此去，岂不累及公祖大人么？”知府道：“我亦不欲久在此为官。况我又无家眷在此，不过数名家人相随。今夜就与足下弃官而逃如何？”湘东道：“公祖十载寒窗，才博得黄堂四秩，前程远大，正未可量，何必区区为此一人而弃官耶？”知府道：“不必多言，且随我去。”叱令家人将湘东刑具尽行释放。急急收拾行李细软物件，将印信挂于梁上。（原来注：封金挂印，千古美谈。今知府有关公之遗风耶！独惜其不传姓名耳！抑作书者不欲传耶？不然，好德而不好名，此为真德，亦可不必专传其名氏也！）

当下收拾毕，知府带了家人同湘东，从衙门内后门奔逃而去。比及天明，衙役起来过堂时候，还不见里面有动静之处。进内一看，方知知府合家逃走去了。衙役书吏立即飞报上司。正是：

有道则治世，此官亦足嘉。

毕竟后来知府、湘东如何，且听下回分解。

第五十五回　王太监私党欺君

却说那些衙役，次日见署内无人出入，又见印箱悬于梁上，方知知府弃官而逃，连着湘东亦不见了。即忙报知本道。这兵备道即来查验仓库，却不曾亏空，便收了印信，申详巡按及指挥。世蕃一见大怒，即诬控知府主使湘东行刺，今又私释重犯，弃官同逃。立了文案，一面委员暂署府篆，一面通饬合属访拿，按下不表。

且说那学道听了这个消息，十分狐疑，只得罢了。再说那知府同湘东带家人等行未及三日，见通街遍贴榜文，严拿甚紧。遂不敢日行，唯有夜走而已。可怜他们受尽多少风霜之苦，方才捱到京师。

知府寻觅寓处，同湘东寓下。打听得现为户部尚书海瑞大人清如白水，当时遂写了状子，着湘东前去拦舆喊冤。适当海大人退朝，出了午门，将至衙前，忽见一人大叫冤枉。湘东道："青天大人申冤！"正喊着，海大人止住轿，便问那人道："你是哪里人！姓甚名谁？纵有冤枉，该赴地方官处呈控，怎么到此拦舆叫冤？"湘东道："生员姓胡名湘东，乃湖广辰州府人氏，原是府学生员。冤被巡按严世蕃所陷，如今如此千难万难，才得到大人跟前申冤，伏乞恩准。"

海大人听是严世蕃，心中对头，就有几分喜悦，遂问道："你既有冤情前来告状，可有状呈否？"湘东遂向袖中取出呈子送上。海大人接了状词，便吩咐道："且将胡湘东押候。待本院做主就是了。"湘东叩谢了。

海瑞回转衙门，把状词拿出放案上观看，只见上写着道：

告状人湖广辰州府学生员胡湘东，禀为目无法纪，辱及斯文事：窃生以一介寒儒，于某年得游泮水，于本年因在府学宣讲圣谕，冤遇现任巡按严世蕃，窥生年少，意欲移甲作乙，监作龙阳。预伏奸心，故托本学某，致生关书贽仪，称延聘生入幕，以主书启之席。孰知其用心深苦，初见并无一语相戏，生在彼两月有余，岂料于某年某月日，以酒将生灌醉，竟污于体。及生酒醒愤怒，以石砚掷之。奸则登时唤令家奴将生绑缚，发交府监候，诬害生员突至卧室内行刺。幸托知府某体仰上苍之心，以事涉嫌疑，权且监候，再行复讯。孰料世蕃又怀恶念，欲置生于死地。私授知府小柬，央令将生效岳王东窗之事，则奸之心如秦桧可知。知府不忍害生，承彼大义，放生奔逃。生以释己累人，亦所不忍，复不肯行。而知府某仗义弃官，与生同进至此。伏乞大人申此奇冤，究此不法，则天下幸甚！沾恩上赴大人爵前作主。

海瑞看完了状子，勃然大怒，骂道："哪有此事！世蕃贼奴欺人太甚！辱及斯文，又复坑害，这还了得！"即批道："阅悉状词，殊堪发指。候具奏差提世蕃来京质讯，如果属实，立即按拟，你乃静候可也。其该府弃官同逃，因事逼于从权，原无过犯，尚属可嘉，着即前往吏部衙门具呈，听候奏办可也。"将批语悬于衙前。海瑞便连夜修起本章，将世蕃所犯事款，以及该府仗义释放胡湘东，同逃进京控告各情，逐一具列在上。

次早入朝，俯伏金阶说道："臣海瑞有本章启奏陛下。"帝说道："卿有何奏？"海瑞便将胡湘东如何被污，怎的受陷，知府某如何弃官同逃，逐一奏知。遂将本章呈上龙案。天子看了本章，笑道："哪有这等奇事？如今知府某在于何处？"海瑞道："现在内城寓处，同胡湘东居住。"天子道："可即宣来见朕。"

海瑞领旨出朝，着人随湘东至寓所，宣召知府某上殿。及至，天子问道："你是某知府么？"知府奏道："臣就是某府某某。"天子说道："胡湘东一事，你尽知否？"知府便将胡湘东为何受聘被污，世蕃怎么陷害，他便如何释放湘东，备细奏了一遍。天子闻奏说道："你尚有仁心，朕敕吏部注名入册，仍以府道用。"那知府谢恩而出。天子问海瑞道："卿意如何办法？"海瑞奏道："王子犯法，同于庶民。今严世蕃身为大员，而做禽兽之行，且又诬捏故陷，情罪重大。伏乞陛下立提进京，交臣严审按拟，则国家除此奸臣而天下幸甚矣。”天子道：“依卿所奏就是。”即下一道旨意云：

据户部尚书海瑞所奏，严世蕃在任，污辱秀士胡湘东，复行诬陷，致该知府某不忍陷害，仗义释放湘东，同逃来京控告，殊堪骇异。着廷尉官立即差缇骑，前往该省锁拿劣员严世蕃来京，交户部尚书，会同三法司审拟具奏。钦此。

这旨一下，廷尉官即差了缇骑，前往锁拿严世蕃去了。

再说那严世蕃之父，听得此事，大惊失色，急请张居正、赵文华到府问计。文华道：“偏偏又发在户部去审。若是别人，还可以说个情分。这海瑞向来同我们不对的，如何是好?”居正道：“此事除非去求王惇，方可有济。他同令郎相好，必然肯出力在皇上跟前保奏的。”严嵩道：“足下所说甚好，就烦足下一行。”居正应诺，即便告辞，一路来到东厂。

时王惇权威日甚，兼理西厂事务。六部之权，多归掌握。其门如市，所有六部人员每日清晨俱来参谒，竟拥挤不堪。居正在门房候了半日，方才略觉清静。又值王惇用点心，又候了一个时辰，始得传进。

居正随着小太监，来至内堂。只见王惇危坐几上，手执柳木牙签，在那里剔牙。居正跪下，口称：“王公公！”那王惇只似未曾听见一般样子。居正不敢复语，跪在地下。约有一个时辰，王惇方才问道：“下面跪的何人?”左右小太监答道：“礼部尚书张居正，早已在此。”王惇道：“早参已过，来此何干?”居正道：“卑职奉太师的钧命，来请公公过太师府上一叙。”王惇道：“既是奉太师之命，可即起来说话。”居正谢了，起立于侧。王惇问道：“太师安否?”居正答道：“太师借庇安康，太师亦着卑职来请公公安好。”王惇笑道：“这几日还吃的斤把烧酒，太师请咱去做什么?”居正道：“太师有要话请公公光降面陈。”王惇道：“你也不知么?”居正道：“卑职略知一二，未悉其详。”王惇道：“你且略略说与我知道。”

居正道：“只因太师令郎出任湖广巡按，现辰州秀才胡湘东与某知府前来控告严少爷污辱斯文等事，皇上大怒，发交户部海瑞会同三法司审讯。现已差人前往锁拿少爷。太师此际不知所主，因念公公同少爷曾有八拜之交，故特命卑职前来，敬请过府商议。”王惇道：“这从哪里起的?”居正道：“就是那胡湘东来京告状，闹出的。”王惇道：“难道他竟告了御状么?”居正道：“亦不曾告了御状，只在那户部里告的。”王惇道：“此事定是海瑞在皇上跟前说的!”居正道：“正是。他还请旨，发在他那里审问。才是冤家难解呢!”王惇道：“且自由他！咱也不到相府去了，待在明日上朝，说个分上就是。”居正谢道：“略得公公吹嘘之力，则少爷可以不死矣。”王惇道：“你且放心，一面回话太师；说我既与他令郎相好，彼事就是咱事一般!”居正听言后，辞谢而出。回到相府，复言不表。

且说王惇思想了一夜，若说不办，又碍法宪，若说要办，则世蕃不能幸免。次早入朝，侍于帝侧。文武山呼，奏事已毕，帝退入内宫，王惇亦随侍于侧。帝问道：“你在此做什么?”王惇便俯伏在地奏道：“奴才有个下情，上渎天听，伏乞皇上俯容奴言。”天子道：“有什么事，只管起来细奏。”王惇谢恩起来，奏道：“严家父子有功于国，今为狂生所陷，致被户部尚书加以诬奏罪，天威震怒，立差缇骑拿问。但胡湘东不过一狂生也，贪他人之贿赂，未免含血喷人，欲扯世蕃俱入浑水。唯陛下察之。”帝道：“胡湘东之言固难凭信，现在某府释犯逃官，经朕面讯此事，却明明不爽，岂能为彼掩过耶?”王惇道：“某知府安得又不听从阖省有司上宪所使，有意诬害忠良?然陛下不可不察。”

帝道：“世蕃所犯，诚属有之。但朕念其父子功勋，未忍究，每欲一为之庇护，又无法可解，如之奈何?”王惇道：“陛下诚开一面之网，则奴才自有解祸之法。”帝问道：“你有何法可解?”王惇奏道：“陛下主天下生死之大权。欲恕一臣子，只在一言耳！今胡湘东既已前来告状，亦经陛下准了海瑞的奏章，若遽不问，则廷臣必有窃议。且胡湘东心中不服，必致哓哓渎听。为今之计，陛下广施仁泽，仰体上天好生之德，将世蕃罚俸三年，革职留任，亦足以蔽其辜。况《春秋》有云：‘罪不加尊’。今世蕃身为封疆大吏，亦足为尊贵矣。陛下诚能仿《春秋》之义，恩赦世蕃，谁不云天子有德，善准人情？”天子听了大喜，道：“你乃一内宦，犹知大义。朕依你所奏，即差兵部快马追回圣旨。”正是：

只因几句话，遗下万年讥！

毕竟差官飞马驰去，可能赶得到否，且看下回分解。

第五十六回　海尚书奏阉面圣

话说王惇再三在天子面前为严世蕃解脱。天子准奏，即时差了兵部跑役，限日行八百里，赶回廷尉官。另颁圣旨，着吏、兵两部知会，将严世蕃罚俸三年，革职留任。胡湘东加恩赏赐举人，就留京会试，以偿其辱。圣旨既下，各各禀遵。

海瑞闻知不胜之怒："我想如此大事，王惇一言，便可免议，似此则无青天矣！若宦官专权，将来朝廷法令，俱为他们败坏了。"于是连夜修成本章，要与王惇去做对头。其奏章云：

户部尚书臣海瑞奏为宦官近禁，理宜复阉，以杜复萌，以肃宫闱事：窃照内侍一项，原因自宫而进，充役于内廷，听候驱使。但念初割之际，其人尚幼，淫具未发。及至年近十六，血气当生，其具因之亦长，难保寸长之虑。但古谚云："饱暖思淫欲，饥寒起盗心。"今该宦等，承恩豢养，饱食终日，无所事事，复近禁帏，日恒与诸宫娥杂沓，春花秋月，不无有感。似此声息易通，往来皆便，不可料之事难免无虞。倘有不测，污玷宫闱。非此等宦官，不足以驱使，今既舍之不能，则当思其所以制之之法。请得以五年为期修之，差令宗人府丞查验复阉。如有物具稍长者，即复加阉割，则可以无患矣。伏乞皇上睿鉴施行，臣海瑞谨奏表以闻。

次日早朝，海瑞拿了本章，趋殿朝贺毕。天子道："有事启奏，无事退班。"海瑞当时奏道："臣户部尚书海瑞有本章面奏陛下。"天子道："卿又有何事？"海瑞俯伏金殿，将本章呈上。内侍手接放于龙案之上。天子细看毕，笑道："卿家所奏之言，殊为有理。朕亦每常以此为虑。今卿家所奏正合朕意，即当举行。宗人府丞事务繁多，恐不能分理，就委卿主政就是。”

是时，海瑞谢恩，当着殿前大呼道：“奉旨着户部尚书海瑞，查验内廷宦官。若有阳具稍长者，及早报名，听候复割。如有隐匿者，即以违制律治之。”当下海瑞大呼三次。是海瑞恐怕日久，皇上悔约，故此当殿大呼，以为君无戏言，使众闻知，而不能改命之意也。那些内侍们听了，个个吓得面如土色。

海瑞领了圣旨，即日传了掌理宫闱总管老太监沙惠元来到，将圣意对他说知。沙惠元道：“依大人的尊意如何？”海瑞道：“这是皇上的旨意。如今特请老公公到此，非为别的，烦将宫内所有年近二十者，不问好歹，俱要开列名字、年岁，备造清册，送过敝衙门来，待在下好点验。如应割者，再行阉割，如不应割者，免之。此是钦命，老公公幸勿迟误；如其不然，大家多有处分。”沙惠元笑道：“咱如今年已经八十二岁，还要阉割否？”海瑞道：“事有定例，七十以上者毋庸阉割。老公公即此未届六十，也可以免验的。”沙惠元道：“这就是大人的恩典了。”哈哈大笑，方才别去。

过了两日，沙惠元着小太监送清册过府。那小太监见了海瑞叩头不已。海瑞笑道：“你之意不过要求免验否？”小太监复叩头道：“求大人恩典免验罢了。”海瑞道：“你叫什么名字？”那小太监道：“小的唤做进禄，今年才一十三岁。”海瑞道：“你今才得一十三岁，休慌，且去罢。”进禄叩谢回宫不题。海瑞将送来花名册子，展开细看，只见上面写载甚悉，共有一十八处，各有所统。共有一千五百人，处处声叙得明白，且看下面便知：

总理内府攀管司礼监沙为备造清册，移送查核事：现奉圣旨，准户部尚书海咨准前情，合备清册，以备凭查核。须至册者，计开：正大光明殿，值殿司礼太监四名，率领副司礼太监六名，统领小太监共九十名。

司礼太监姓名计开：王一熄，年三十八岁；黄珩，年四十岁；漆磷，年二十三年；朱瑗，年五十二岁。

副司礼太监六名：任行，年十八岁；李宁，年十七岁；荣华，年三十一岁；温饨，年二十五岁；周吉，年三十岁；喜儿，年四十岁。

小太监胡敬堂等共九十名，下有注明年岁、姓氏。

奉先殿司礼太监四名，率领副司礼太监六名，小太监九十名。

司礼太监四名开列：钟山，年四十八岁；十进儿，年二十七岁；朱升，年四十三岁；龟公，年三十二岁。

副司礼太监六名：朱开，年五十三岁；尤远，年三十八岁；翠儿，年二十五岁；广往，年二十九岁；张喜，年四十二岁，狗儿，年十七岁。

小太监何仁等共九十名，皆有姓氏、年岁注明。

崇正殿司礼太监四名，副司礼太监六名，统领小太监共九十名。

司礼太监四名开列：某某，年二十五岁；三宝，年五十一岁；周章，年十八岁；甘兴，年十七岁。

副司礼太监六名：罗曜星，年九十岁，免差验；松寿儿，年五十三岁；柏龄，年四十一岁；柳春，年三十七岁；张松，年二十岁；金定儿，年三十六岁。

小太监优福等共九十名，皆有姓氏、年岁注明。

大安殿司礼太监四名，副司礼太监六名，统领小官、小太监共九十名。

司礼太监四名开列：一清，年二十五岁；二福儿，年十八岁；玉儿，年二十四岁；侯光，年二十岁。

副司礼太监六名：张仙保，年二十八岁；三星儿，年五十二岁；乔儿，年九十二岁，免差验；广仁，年六十六岁；羽四四，年八十一岁，现病；八十九，年二十五岁。

小太监区朱等九十名，比有姓氏、年岁注明。

景安殿司礼太监四名，副司礼太监六名，率领小太监九十名。

司礼太监四名开列：苏源，年七十一岁，现出差；唐福，年五十六岁；优禄，年三十九岁；广才，年二十八岁；倏福，年三十七岁；张福，年五十三岁。

副司礼太监六名：吴喜，年六十三岁，现出差；恭达，年四十五岁，现出差；海英，年三十三岁；钟福，年四十六岁；张约，年五十二岁；朱廷，年三十三岁。

小太监仇喜等共九十名，皆有姓氏、年岁注明。

太清宫司礼太监四名，统领副司礼太监六名，率领小太监共九十名。

司礼太监四名开列：尤儿，年三十六年，现病；广善，年二十一岁；吉儿，年三十七岁；清海，年二十九岁。

副司礼太监六名：得福儿，年十九岁；中庸，年二十八岁；李珊，年五十四岁；任禄，年五十二岁；何祺，年七十岁；周祺，年一十二岁。

小太监：马儿等共九十名，俱有姓氏、年岁注明。

册内烦絮，不能备载，不过记其大略而已。

当下海瑞看了花名册子，随即唤手下书吏进衙，吩咐道："即日就要查验诸内侍，你们诸书吏中，选六十名，伺候本部堂。再到有司衙门去借六十名精壮差役，并悬示日期，听候查验。"众书吏领命，即去备办。正是：

三年一割断淫根，内侍闻知也失魂。

毕竟海公如何再行阉割，且看下文分解。

第五十七回　刚峰搜宦调任去钉

却说书吏领了海瑞言语，立将应行事宜，逐一备办。行文到大兴县里，去相借得精壮差役六十名，前来供役。书吏遂将牌示送来，刚峰签押毕，接了出去，悬在那午门之外。此际惊动许多内监，前来观看。人人无不吐舌皱眉，都道："好厉害！"唯有叹气而已。其牌示云：

钦差查检海为晓谕事：照得本院恭奉圣旨，查验内外宫监，如有应再阉割者，即行阉割。如不需阉割者，即行注册免割，钦遵在案，合行牌示内监等知悉：凡有你等应行再割者，于某月日齐赴本堂衙门东边站立，听候亲行查验再割。如无须复阉者，亦如应割之内侍，齐集西边，站立听验，注册免割。如有一名不到，即系抗违圣旨，本部堂即以违制律处之。各宜禀遵毋违，特示。

众内侍看了，人人愁闷，个个吃惊。

其时王惇亦已知晓。那小太监道："明日海蛮子要将咱们再行阉割，不知为何这样冤业呢？"王惇道："他们自有他们的事，再不干连咱们的。前日老沙造花名册子时，也着小厮前来这里知会，被咱抢白了几句。后来又着人来说，却不敢把咱们这里的人名字上册，恁他怎的？"

不表王惇自固，再说海瑞将册子反复细看，却不见有王惇名字，寻思道："这沙惠元亦怕这个人，连'王惇'二字也不敢上册子。我正要收拾这厮，今日怎肯由他漏网？明日要他知我这海蛮子的厉害呢！"即时吩咐海安道："你明日伺候时节，将圣旨以及万岁龙牌，供在当中，吩咐刀斧手、皂隶、人役等，俱要齐集。我一喝打，立即拿下，决不容情。”海安听命自去备办，且不必说。海瑞又想道：“他们到底是天子的亲近家奴，我若遽然行刑，须有碍他们体面。”思忖已定，急急入宫见帝。

帝问海瑞进宫何干，海瑞奏道：“臣奉命明日查验诸宦官，但恐有躲匿不到、畏惧再割者，臣即当拘提。此辈乃陛下家奴，若不绳之以法，则不成宪典。臣若行刑，则手亦不便，故臣特来请旨。”帝道：“这是朕躬所行之事，他们何敢不遵？彼辈如有躲匿不遵者，卿即以法律绳之，休得容情！”海瑞谢恩。天子又恐他们恃强不服，乃点了四名御前侍卫，如有诸宦不遵，你等立即拘提，便宜行事。当下四名御前侍卫，随着海瑞出宫而来，听候差遣。

海瑞回到衙门中，即令厨下备了一席酒筵，特请了四名侍卫进内共饮。饮至半酣，海瑞道：“四位是奉了圣旨来的，他们如有藏匿，怕再割者，诸位不须畏惧，只管前往拘提就是。”侍卫道：“俺等受足了这班狗子的污气非止一日，明日他们不犯便罢，若稍有犯，俺等怎肯依他？”海瑞道：“如此方才是与天子办事的。”当时相与尽欢而散。

次日清早，海瑞升堂坐下，沙惠元早已伺候。海瑞念其年老，厚礼待之，令取椅来让他旁坐。沙惠元道：“大人不再阉咱就够，怎敢邀坐？”海瑞道：“哪里说来这话？都是与朝廷出力，焉有不坐之理？”沙惠元再谢而坐。当下海瑞就问惠元道：“他们曾来否？”惠元道：“俱已到齐，听候大人查验！”

吩咐阉割手，前来伺候。随令应再阉割者进。须臾，五百余人，一齐进来，立于东边，个个面如土色。海瑞看了笑道：“不必忧，割过的就永不用割了。”随令六十名书吏，分作六队，每名领着内侍五名，详加搜验。六十名差役，督率阉割手用刀，不得私徇，如违者立毙杖下。一面点名，一起起地叫了过堂，押去验割。须臾，听得东庑下喊疼之声大作。

沙惠元听了，不觉手塞了两耳，合了双眼，恰似呆的一般。真兔死狐悲，无不凄然。海瑞谈笑自若！不上两个时辰，早已阉割完了。一个个捧着阳具，候示而行。随又传进不应割的来到，仍令吏着差役督率查验，一面注册，不一时完了。

海瑞问道："唯有东厂王惇，西厂柏霜，为何不到？"沙惠元道："他二人咱也曾遣人前去知会，奈彼不肯注册，称是厂臣，不到内院，不须过验。"海瑞听了，怒道："岂有此理！他虽在厂，亦是家奴一例，怎敢违抗圣旨？"即吩咐侍卫官四名，立刻分提二人到来问话。四人听了如飞的前往。

恰好王惇这日原是要躲这厄，走到严府里下棋去了。侍卫官到东厂、西厂二处，只看见柏霜，不见王惇，二人将柏霜拥去，余者二人寻觅殆遍，却不见王惇，只得回复。海瑞道："他没什么地方去躲，只在严府里面。你等可到严府内去寻，必然见的。"当下四个侍卫官如飞而去。

海瑞指着柏霜道："你这狗奴才！本部堂今日钦奉圣旨查验，你等竟敢不来伺候么？"柏霜笑道："我只道是甚么事情！咱乃侍奉皇上的人，怎么受你的约束？你小小的一个尚书，也不受咱节制，怎么这等大模大样的？"海瑞大怒，吩咐海安备下香案，请过圣旨、龙牌，供在当中。海瑞与沙惠元皆退坐一旁。柏霜方才朝着圣旨跪下。海瑞道："本部堂面承圣谕，如诸宦官不遵查验者，立行提拘究惩。今你敢在本部堂面前违抗，就与违旨的一般罪名。"吩咐左右拖下，先打八十板，再行验割。

柏霜此际知道上了当，也不敢矫强，只得哀求海瑞道："望大人施恩！"海瑞道："那里施恩于你这等贱人？左右，速速行杖！"左右答应一声，不由分说，竟将柏霜剥去冠袍，扯到丹墀之下，重重地打了四十大板。柏霜早已失声。海瑞叱令止杖，以冷水喷其面，须臾复苏。海瑞叱令按着在地验过。只见阳具稍长一寸有余，海瑞即令阉割手齐根割去。可怜那柏霜咬牙晕去，鲜血迸流。

海瑞令抬过一边，急见四个侍卫，簇拥着王惇而来。王惇一眼看见了柏霜这般光景，又见有圣旨供在当中，急急跪下认罪。海瑞道："为什么不早来伺候？"王惇道："只因今早皇上召进宫去问话，是以来迟，伏乞恕罪！"海瑞道："也罢，既是皇上那里宣召，却还恕得过。”吩咐带将下去验割。王惇叩头道：“求大人看在厂臣面上免验罢！”海瑞道：“这是朝廷公事，海某怎敢以私废公？这却断使不得的。”吩咐带转来亲验，此时王惇也不敢则声，一任由他。海瑞亲自走下座来，仔细验过，只见本不甚长，只有一寸突出。海瑞随令齐根割了。王惇痛不可忍，大呼几声，登时晕了过去。海瑞道：“不割死这厮，留他在朝何用？”约有半个时辰之久，方才苏醒。海瑞道：“今番你却自在了。本部堂有几句言语，你且听着，则永无忧矣。”

王惇道：“敬听教训。”海瑞在座上吟了八句诗道：

自作孽来还自受，奸谋到底遇天收。
罚俸革职存留任，枉法偏徇可知否？
莫言暗室相欺惯，上天视听岂能休？
金刀一割邪心事，回去还思早回头！

王惇听了这几句言语，方才悔悟。知是海瑞为着自己庇护严世蕃一案所致，乃悔悟道：“从今以后，咱再不去管闲事了，伏乞大人开恩一线，于咱自新，以图报效罢。”海瑞笑道：“你且依着我的好言语，自然做了好人。你且去罢。”王惇这次被海瑞去了他的八分威风，从此不敢作威，专门守分，安命度日。

后人有诗八句，单道海公能以正气化人，而王惇亦可谓善于改过者，虽有前愆，亦足宥之。诗云：

圣言有过休惮改，善能补过即为贤。
芝兰香久熏身德，鲍厕闻深不觉然。
若使早能迁善日，免教此际受沌难。
如今并看王惇者，且自先教用洗煎。

当下海瑞把诸宦官阉割讫，进宫覆旨，且奏知王惇善于改过，堪嘉。帝道：“卿可谓‘正能逐邪’者也。”钦赐匾额，以旌其忠，而御笔亲书“盛世直臣”四字。海瑞谢恩出朝。

严嵩闻知，心中愈怒，又见王惇如此光景，如失左右手一般。张居正、赵文华等日夜要害海瑞，只恨皇上又赐匾额，宠任正重，无计可施。日夕思维，并无计策。忽然南京户部尚书员缺，严嵩便与三司联奏，保举海瑞前往。只因这南京乃是当日太祖建都之处，后因永乐皇帝迁过北燕，改为北京。那金陵现改为南京，仍有宫殿，以及诸王府第并先帝陵，故尚设五部尚书在此，所缺的就是吏部，唯户、礼、兵、刑、工五部是实。这南京就是诸亲王在此居住，事务极烦，责任甚重，人人都不愿到彼做官。然非才干廉能者，不克此任。

当下天子见了奏章，寻思南京重地，非海瑞前去不可。乃批了一道圣旨云：

南京户部尚书员缺，该处重地，非才学优长、廉能耿介者，不可当此重任。现据太师联同三司会奏议，调现任盛京户部尚书海瑞以之调补，则地方庶有裨益。着海瑞立即前往补授可也。钦此！

圣旨一下，严嵩与张、赵二人大喜，即到吏部那里会知。吏部领了旨意，即把海瑞改注了南京户部尚书册名。

海瑞受了恩命，只得即日离任就道。一路上好不严肃，带领着海安及张氏夫人，一路餐风宿水而来。正是：

多能多干多奔逐，那得偷安半刻闲？

毕竟海公此去南京，吉凶如何，且听下回分解。

第五十八回　继盛劾奸矫诏设祸

却说海瑞领了圣旨，即日携了眷属，到南京赴任而去，按下不表。

再说那严嵩等看见海瑞不在朝中，越加横暴。此时严世蕃亦已回京，仍复旧职。唯王惇一人不与相济，其余一党奸贼，把个朝廷弄得不成体统。严嵩等又在辽东开了马市，使夷、汉互相贸易，多官不敢谏阻。又效王安石青苗钱之法。青苗钱者，以时届青黄不接之际，农夫正值拮据，必为钱粮追呼，所以将钱借与百姓纳粮，候其禾稻成熟之时，倍利偿还。此法王安石行之，而民滋扰，几不聊生。今嵩复行之，而民益敝。又将北直一带关隘之兵将卸去，其地贴近北番，朝廷关隘被胡人占着，不计其数。边报日急，而嵩不肯发兵相援。或谓之曰："今边境是被诸胡侵掠，而守将被围甚急，朝廷不发兵往救，岂不误事？"嵩曰："不然，若一关将失，有人去救，以后都望人救。"故此专意不肯发兵，致北直一带关隘，俱被胡人侵占。

时有兵科给事中杨继盛，恨嵩误国，连夜修了本章，数嵩十罪。本将修起，继盛正欲缮完，忽见灯烛风摇，火光顿灭，十指疼痛。又闻鬼泣之声，自窗而入，黑暗之中，见其先人立于灯下，以手指其奏稿，又摇手再三。一阵阴风，倏然不见。

继盛悟道："莫非先人来显灵，不许我上此本么？"又转念道："食君之禄，当报君恩。严嵩等误国，岂忍旁观，默不一见言语乎？即此受诛，亦必要上此本。"乃令其子杨琪代缮，琪亦谏道："嵩固误国，然朝廷不少大臣，曾不敢以一言劾嵩者，今父亲以一给事而欲参奏宰相；况嵩乃上之心腹宠臣，今欲劾之，是犹以卵击石也，唯大人察之！"继盛怒道："为臣尽忠，只知兴利除弊，至于死生祸福，非所计也。”喝令杨琪急缮。琪不得已缮之。

次早，继盛入朝，趋班出奏严嵩、赵文华、张居正、严世蕃等欺君罔上，召衅卖国，将本章呈上。内侍手接本章，展放龙案上。帝看，只见写道：

兵科给事臣杨继盛诚惶诚恐，谨奏为国贼欺罔，召衅殃民，弄法坏纪，请将拟议，而肃庙廊，以安社稷事：窃见丞相严嵩，出身虽属科甲，而品行实同小人。巧媚工谗，以青词得幸。蒙皇上不次擢用，不三年而秉钧衡。受恩既深，图报宜殷。乃嵩不知报本，专权肆横，擅作威福，树党卖官，弄法坏纪，蠹国而肥家，召衅以殃民，无所不至。朝廷正士唯恐去之不速，村野奸徒只忧置之不上。复庇于世蕃，无恶不作。甚至诬陷亲王，玷污秀士，种种不堪，擢发难数。廷臣畏其权势，结舌不敢上陈。即有一二谏臣，而嵩必借以他事陷之，不致其死不休。年来言路闭塞，朝廷、村野之士，实睹而心伤，敢怒而不敢言。似此国贼专窃之日，正社稷倾危之时。臣受国恩深重，万死不足以报高厚，敢惜微躯，袖手旁观国家之危哉？伏乞陛下俯听臣言，请速斩嵩等以谢天下，则天下幸甚！社稷幸甚！谨列严嵩十大罪于左：

一宗专权肆横，自视尊大。在京文武以及内外镇，皆要勒取贿赂；否则诬陷。

一宗卖官鬻爵。嵩自秉钧衡，以张居正、赵文华参用，分任吏、刑各部，以为爪牙；内外官缺，任意贿卖，门庭如市。败坏纪纲，莫此为甚。

一宗罔上欺天。嵩贪贿赂，积赃百兆，不能悉数；建造楠木房屋，其中园亭窗隔，仿照大清宫仪式，欺罔僭越特甚。

一宗淫辱污秽。嵩选良家女子年十五以上者，藏于府第，动以千数，倍胜宫廷嫔妃，擅用御乐。

一宗擅召边衅。嵩贪胡人贿赂，私开马市。番、汉往来杂沓，致启边鄙兵端。又不奏闻，致失北直一带关隘。

一宗嫉贤妒能。内外臣工，凡有忠介者，嵩必以计陷之，致朝无正士。

一宗擅主生杀。内外功臣凡有不附于己，立即指示他人，诬以重罪。如刑部侍郎胡敬岩、詹事府洗马郭光容等，皆以忤嵩开罪，卒毙于狱。

一宗纵子行凶。伊子严世蕃，毫无一善，辄置之上卿。世蕃藉势殃毒士林，如荆州秀才胡湘东，竟受玷污，世蕃反加诬陷。致诬亲王造反，可恶已甚。神人共愤，罪不容诛。

一宗图危椒殿。嵩以甥女育为己女进于陛下，图谋大位，致陷皇后、青宫被禁，幸蒙犀烛，几致久幽。

一宗收括民财。嵩以贪壑未满，效王安石青苗钱法，加之倍利，民不聊生。又纵家人严二等，重利放债，剥众民脂膏。

帝览表意颇不悦，然细察其词，亦属真切，乃温语道："卿乃一给事，擅劾大臣，无乃太过。朕姑留之，采择而行。"继盛谢恩而出。

帝退入后宫，令内侍召嵩入，以表示之。嵩忙俯伏奏道："杨继盛与臣不睦，故擅造臣十罪潜害，伏乞陛下做主。"帝道："杨继盛未必尽诬，然卿有则改之，无则加勉，无致廷臣哓哓上陈，扰朕听闻可也。"嵩泣谢道："陛下视臣如子。"帝令退出。

严嵩回到府中，急召张、赵二人进府，以杨继盛之本章示之。张居正吓得汗流浃背，赵文华慌得目瞪口呆，二人半晌方才说得出话。严嵩以天子之语对张、赵二人道："幸蒙皇上宽容，不然我等已付廷尉矣！"赵文华道："太师当即除之，否则复生祸矣。"嵩道："如何法儿收拾他？你当想出个妙策来。"张居正道："为今之计，太师即可矫旨杀之，以绝将来效尤者接踵而起。"严嵩然之。即使人诬继盛罪，立付廷尉。

时继盛之子方在书房临池，家人来报道："老爷已被廷尉执去。探道是因前日之表所致，嵩要斩草除根，少爷在所不免，可早为计。"琪叹曰："破巢之下，焉有完卵？"家人曰："少爷如不肯走，旋亦被执去。"未几日，继盛父子皆被害于狱中，而帝实未尝知也。

嵩既鸩杀继盛父子，愈加凶横。时有苏州府知县莫怀古，秩满擢任光禄寺丞。莫怀古携妾雪娘，带仆莫成来京供职。上任后大加修饰衙门，糊壁糊窗，栽花种竹。时此有裱褙匠汤忠来与裱糊书院窗壁，恰好怀古手弄玉杯。汤忠看见异光莹洁，白涧无瑕，在旁不胜欣羡。怀古道："你亦好此耶？"汤忠道："小的当日原是开古玩店的，因为落了本钱，致此改行裱褙。月前蒙各衙大人叫去，认识宝物，所以略知一二。今见了大老爷这一只杯儿，不免失口称好，果然稀世之珍也。"怀古道："你既认得，此杯何名呢？"汤忠道："这是'温凉宝玉杯'又名'一捧雪'原是隋朝之物。炀帝在江都陆地行舟，有余氏进的二只杯，亦名'余杯'，本是一双。只因炀帝在龙舟之上，与萧后饮醉，彼此把杯，偶然失手，碎了一只。其杯斟酒在内，杯却随酒之色，温凉有度，此乃罕有之物也。"怀古道："你果然说得不差，此杯乃先人所遗，只有佳客前来，我亦未尝露白，今你见之，亦云幸矣。"汤忠道："小的这双眼睛看的也不少，只是未曾见此。"

说罢，随到上房裱褙。恰好雪娘在内，被汤忠看见，不觉魂飞天外，魄散九霄。一面做活，一边偷眼看雪娘，目不转睛地只管呆看。谁知里面雪娘未曾得知，所以任他偷看一饱。这汤裱褙暗思道："天下间哪有这样绝色的妇人？我老汤若得与她一沾兰蕙之气，胜做二品京堂了！"一肚子的胡思乱想，故意慢慢地裱糊至晚工竣，方才出来。

回到铺中，呆呆地坐着，连饭也不去吃，即便上床睡下。这一晚哪里睡得着，一味地思想计策。忽然想出一条毒计来，拍掌笑道："是了，是了！"

次日来到世蕃府中，特请世蕃安。原来这汤忠每常到严府认识宝玩惯的，世蕃因此也亦喜他。当下汤忠见了世蕃，世蕃问道："这几日可有什么好玩器否？"汤忠道："没有什么好的，只因昨日偶到新任光禄署中，见这位莫老爷手弄一只'温凉一捧雪玉杯'真是稀世之宝。"遂将此杯始末，备细对世蕃说知一遍。世蕃道："这也容易，明日我到他那里，与他买了就是。"汤忠道："这恐不易，那莫老爷是个古板人，他曾说过，虽有佳客，不轻露白的，只怕他不肯呢。"世蕃道："你可先到他家说知，若是不允，再作理会。"

汤忠领会，急急来到莫府，以世蕃之意对怀古说明。怀古道："此是先人之遗宝，哪肯轻易与人？这却使不得的！"汤忠道："不然。今日之势论之，莫说小人得罪老爷，自不能与老爷相抗，老爷亦不能与严府相抗。莫若舍此杯以博严府之欢如何？"怀古道："此却不能，情愿弃官不做。"汤忠道："如今老爷可连夜另找白玉，并工做成照样一只送去就是了。"怀古道："只恐怕露出马脚来，反为不美。"汤忠道："不妨的，老爷送杯前去，严府必唤小的去认，那时小的就说原物便了。"怀古道："就烦善为我致意，容后日装潢送去就是。容当厚报。"汤忠道："这个算什么？不过要老爷好结识，解仇怨，小的何敢望报？"

汤忠告辞去了，怀古即刻选了一块雪白羊脂美玉，唤了精工巧匠，日夕并工，赶造起来。正是：

不忍丢遗物，甘教弃此官。

毕竟怀古做伪杯送去如何，且听下回分解。

第五十九回　仆义妾贞千秋共美

不说这莫怀古日夕令匠人并工去赶做那玉杯，却说那汤裱褙仍回到严府，扯谎说道："小的奉了钧命，前往莫府传意，莫怀古听得大人要取玉杯，不胜之喜。听说还有几色薄礼，连夜赶办，不过数日，他亲自送府来。"严世蕃喜不自胜。

过了几日，汤裱褙又到莫府来问造起那个假玉杯否，那莫怀古道："昨夜方才完工做起。"遂取将出来，递与汤裱褙观看。那汤裱褙接过手一看，假意欢喜称赞道："果然巧匠，做得一点不差，如同那真的一般。明日老爷可亲自另备过几色赔礼送将过去，那严大人必然欢喜，就可以掩得过了。"莫怀古听了大喜道："受教。"果然次日备了几色礼物，将那假玉杯一并亲自到严府送上。世蕃见了大喜，设宴相谢，莫怀古亦以为掩饰得过了，尽欢而散。

到了次日，严世蕃召汤裱褙入府内去认识那玉杯是真是假，那汤裱褙故意失惊道："罢了，罢了！"世蕃急急问道："何故如此失惊?"汤裱褙指着玉杯说道："这个哪里是真的玉杯呢?"世蕃道："你怎么知道不是真的?"汤裱褙道："若是真的'温凉宝杯'斟酒在内，随着酒气立即温凉，又五色随着酒色变易的。若是大人不信，可即刻试之，自然就辨得出真假了。"世蕃即令人取了酒，满满的斟在杯内，果然五色不变，酒又不温不凉，如同常杯一样。世蕃见果然不是真杯，不觉勃然大怒，说道："莫怀古何等样人，焉敢竟是当面相欺，这还了得！"汤裱褙从旁说道："这都是那莫怀古看大人不在眼里，所以如此。"世蕃此际犹如火里加油一般，哪里忍耐得住，即时吩咐左右道，亲到莫府搜取真杯，领着家丁、汤裱褙等而来。

再说那莫怀古自送了假杯之后，心中只是不安，正与雪娘商议此事。忽见莫成慌慌而至，急说道：“祸事到了！”怀古忙问何事？莫成道：“如今严府验出了假杯，这位严大人亲自前来搜检呢！”说毕，便往里面而去。怀古听得此言，吓得魂不附体。

正在无可如何之际，只听得一片声叫道：“快些出来接见！”莫怀古急急出迎，只见世蕃盛怒，立于堂上叱道：“你是何等样人，敢来哄我？该当何罪！”莫怀古道：“卑职只有这只玉杯，今已与大人了，何处说起乃是假的？”世蕃道：“你休要瞒我，那温凉杯的缘故我已知之。今送过府者，乃是假的，一些也不是，还敢在此胡言搪塞么？本部堂要来搜了呢！”莫怀古只得答理硬强说道：“任大人去搜就是了。”

世蕃越发大怒，吩咐左右进内，将妇女、家人拦住一边。随即率领狠仆入内遍行搜检，所有箱匣尽行打开，却终搜不出来，便说道：“你却预先收藏，故无真杯踪迹。今我限你三日，却要那真杯呈缴。如若不然，将你的首级来见。”怀古唯唯而退，世蕃恨恨而出。

怀古气倒在地，雪娘急入相救。约有半个时辰，方才苏醒。怀古道：“怎么不见了真杯？如何是好？”雪娘道：“适见莫成在内，此际却不见了。莫成想必怕搜，着早将真杯藏过，从后门去了，也未可知。”怀古正惊疑之际，忽见莫成却从屏门后转出来说道：“险些被他搜出真杯来了。”遂将预知世蕃必来亲搜，故此预先藏过了真杯，从后门走了，待他们去了方才回来的话备说一遍。随将真杯交还怀古。怀古接了，复以世蕃限期对莫成说知。莫成道：“老爷之意若何？”怀古道：“此杯乃先人遗下的手泽，岂肯拿去以媚奸贼？宁舍此官不做，亦不肯为此不肖之事！”莫成道：“如此老爷则当早自为计。”怀古听了，即令莫成与雪娘连夜收拾了细软，黄夜走出城去了。

次日，人报世蕃。世蕃大怒道：“这贼怕他飞上天去不成？”即时召了张居正到府，告知备细。居正道：“这也不难，待弟这里出一角广缉逃官的捕文，又到赵兄处说，差了兵部差官沿途赶去，不问哪里拿着，只称太师钧旨，就交该处有司正法就是了。”世蕃大喜。居正即便前去行事不提。

再说莫怀古一行人出了城，急急望着小路而行，一路上怕惊怕恐的，行了两夜，是夜宿于野店。那雪娘本是身怀六甲，此时胎气已足，又因在路上辛苦，动了胎气，晚上腹中作痛，到了二更半后时分，产下一子。怀古虽则欢喜，然在奔逃之时，未免觉得凄凉，又嫌累赘，又不敢在店息肩。次日只得雇了一乘暖车，与雪娘坐了，仍复没命地奔逃，不敢少息，正欲奔回四川而去。

这一日，正来到黄家营地方。怀古乘着马，押着车子先行，莫成在后照料行李。怀古正行之际，忽然前面走出几个人来，大声喝道："逃官往哪里走？"那怀古在马上吃了一惊。说时迟，那时快，那几个差官不容分说，早把怀古与雪娘拿下，吓得仆夫魂不附体，急急奔回，路逢莫成，告知原委。莫成大惊失色，乃不敢进，将行李寄于野店。沿路探得前面只有黄家营总兵戚继光驻扎，谅此去必交与总兵正法。莫成即便赶上，遥望前途数人，细看果是主人。莫成此际不敢前进，躲在松林之内，时已天色昏黑。

再说差官押着莫怀古夫妇，往前直进。问从人此地知府、知县衙门何在。从人称道说："此地名野店铺，三百里均是山路。前面二十里，就是黄家营。那里有一员总兵驻扎，奉得皇命有先斩后奏之权，生死机关，在他自主。"差官听了，即令从人赶早前行，急急地奔驰，一更以后，方才来到营门。差官立时通报，进见了戚总兵，备说逃官莫怀古已获，现奉太师钧旨，不问何处，即叫有司正法。戚继光便问逃官何人？四个差官道："前任苏州府知府，擢升京秩的莫怀古。"

戚继光听了是莫怀古，不觉心中吃了一惊，暗暗叫苦不已。原来戚继光前在苏州参将任上时，曾与莫坏古结为刎颈之交。今日闻知，岂不吃惊？只得强装面目道："既是逃官，又有太师钧旨，即当正法！但不知有何凭据发来否？"差官道："有。"即向怀中取出牌文一道。戚继光就灯之下细看，果见有丞相与兵部的印信。将牌文收下，吩咐道："犯官权且监在后营，待等本镇立传军官，摆围处决就是。"差官道："小的明日黎明就要起身的，大老爷休得迟误。"说毕就将莫怀古夫妇交与军士收入，差官自去休息不题。

再说那莫成看见主人入了营门，遂急急的赶上。正到营门，遇着几个差官刚刚走出来，慌忙回避。待他们去后，乃直闯到帐中，早被军士拿下。莫成道："我不是歹人，乃是犯官莫怀古的家人莫成，要面见大老爷，有机密事报。"

军士将莫成带到内账，继光正在灯光之下，踌躇设法，要救莫怀古。忽然见莫成来到，即时斥退了军士，遂问："莫成，你家老爷所犯何罪？你且将原委说与我听。"莫成便将如何起，如何止，说与继光知道，说罢，痛哭伏在地下，哀求拯救主人。继光道："你且起来，我自有处法。"

即令人取莫怀古夫妇至，彼此相持对哭。继光道："此非是哭处，须得想出个计策，脱此牢笼。若是天明，则难活矣。"怀古道："死就死了，还有什么计策？"莫成道："小人倒有个计策在此。"继光道："快些说来。"莫成道："小的蒙老爷豢养深恩，又为小的成了家室，今既有了后嗣，死无恨矣！欲替老爷一死，不知可否？"继光听了，不觉双膝跪在莫成面前道："若得如此，你主人不致死了。"怀古道："岂有此理！此我之事，岂忍累你性命？"莫成道："小人不过是一个无用的家奴，老爷乃莫氏一家香火的独苗，岂有就死而不顾宗祧耶？"当时叩头流血。怀古道："我今有子了，还怕什么？"莫成道："出胎十多日，何便为人？老爷休要错了主意！"便向戚继光道："乞大老爷将小的立即绑了出去，放了家主，则死亦瞑目矣。"

继光不胜嗟叹，劝怀古道："兄勿过迂，莫成有此忠义之气，只索成某美名罢！"怀古方才允肯，与雪娘当着莫成拜了几拜。继光即令人将莫成上了锁，怀古开了锁，随取号衣军帽，令箭一支，交与怀古道："快些改换，星夜奔走，勿得留恋。令妾自当随差回京，谅亦无妨大害。"旋又对雪娘道："少顷娘子须要做出真情，休露出马脚来。"雪娘应允。继光便催赶怀古起行。于是夫妻、主仆、朋友大哭一场。

时已交三更，继光迫令怀古急去，遂将莫成、雪娘依旧带回后营。随即吩咐人去请几位差官，一同前来监斩。一面吩咐军士摆围押犯，不必多点灯火。差官已到，继光道："特请尊差来此监斩犯官。"差官道："大老爷处决就是。"继光道："不然。夜里去行刑，须要跟同处决。"当下吩咐押犯前去校场伺候，继光随后就与众差官押后而至。只听得前面那莫怀古，大骂严贼、汤裱褙不止。

到了校场，继光升座方毕，只见一妇人扑至公案之前。军士将她乱打。继光喝住细问，方知是怀古之妻雪娘，要求面诀。继光道："这也使得。"即令军士把她领到怀古行刑处相见。那雪娘一见，就相抱而哭，说不尽夫妻的情义。那莫成道："你且附耳朵上来，我有话讲。"雪娘忙附耳上去。莫成道："我腰下现藏了玉杯在此，你可取去藏过，交与戚老爷收贮，待等老爷回日交还。"雪娘闻知，旋向莫成腰间取过，藏于身上。又说了许多的话，又哭个不止。

继光在座，叱令众军士，将那个妇人带过一边，立即行刑。众军士领命，将那雪娘扯过一边去了。莫成大笑不止，引颈受刑。继光在座，不觉掉下泪来。那差官见了问道："犯官被获，立置典刑，大老爷为什么掉下泪来呢？"继光道："上天有好生之德。今见人死，岂有不下泪之理？"当下刽子手呈上了人头。继光用银朱笔，点将下来，囚在小木笼之内，复又用封皮封了，交与差官，随即又具了申复完案文书。

那几个差官得了莫成的首级，也不曾细看，回到寓中，天已大明。少顷，戚继光着人送了申详的文书过来。差官对来人道："犯官还有一个妻氏，怎么不一并解去见太师爷呢？"差官回衙，以此言对戚继光说知。继光随请雪娘出来，告知备细。雪娘道："既如此，即便请行。如若到了北京，必当要亲杀那二贼，与我的老爷报仇！"戚继光大喜，以好言慰之。

雪娘抱着半个月的孩儿，慷慨就道。那些差官看见雪娘抱着个孩子，呱呱的终日啼哭，各不耐烦，便顺着手夺了那个孩子，抛在地下，驱押而去。幸得那些戚府的从人，把那个孩子抱回。戚继光见了大喜，雇了乳母，好生抚养。又念着莫成乃是一个忠义奴仆，便叫从人去备了棺木，以木作首级，衣冠殓之，葬在荒郊之外，暗暗的作了记号，大大的设一个奠祭功德超度，以报忠义之心。又令人走到四川，去报与那莫夫人知道，把那孩子附回归养，取名为寄生。此是后话。正是：

惨遭倾陷事，谁不痛伤悲？

毕竟不知那个莫怀古他夫妻二人如何报仇雪恨，且看下回分解。

第六十回　臣忠士鲠万古同芳

却说雪娘随了差官，回到京城，差官将莫怀古的首级呈了。

汤裱褙此时亦在旁。世蕃验看毕后，令裱褙验看。裱褙看了道："此不是莫怀古的首级，此乃是其仆莫成之首级也。"世蕃便问："何以分别？"汤裱褙道："怀古须长，左耳有痣。今首级须短而耳无痣，此其仆莫成之首级也。"世蕃大怒，即时差廷尉往黄家营去拿问戚继光进京，自不必说。

再说那汤裱褙便向世蕃乞雪娘为妻，世蕃即以雪娘赐之。是夜，汤裱褙大醉，正欲与雪娘成亲。不料雪娘身怀匕首，就帐中刺之，旋亦自刎。次日，人报雪娘与汤裱褙皆以刀死，世蕃不胜惊讶，只得着人收殓。

及至提到戚继光到京，责以假首之事，继光探得雪娘已死，遂坚不承认。世蕃因见汤裱褙已死，无可对质，况是私事，只得罢了，仍放继光回任。后来莫怀古之子，于隆庆年间及第。莫成之子得莫夫人视如己子，教令读书，亦中进士。那莫怀古自从得脱，竟不敢回家，由粤径航海逃难而去。后听严家父子破败逮罪，方才敢回家中，此是后话。

再说嘉靖皇帝，一日染病沉重，自知不起，乃召严嵩等人入内，以太子托之。遗诏仍以严嵩为相国。嵩等受命讫，帝大叫一声而崩，寿享六十二。当日文武百官，请太子挂孝，停梓棺于正殿。过了三天，嵩等秘不发丧。

张皇后闻知，不胜优惧。即召一班旧臣，奉太子即位于柩前。改元隆庆，尊母张后为皇太后，立妃袁氏为皇后。葬帝于恭陵，颁诏大赦天下。严嵩等心中不安，屡请放回田里。帝不准，仍命兼丞相事，拜海瑞为文华殿大学士，遣使往迎。

再说海瑞自到南京，诸务悉心尽理，处事亦属和平，即诸王亦多敬服。光阴迅速，不觉在任三年。

这天，海瑞正欲请旨陛见，忽接哀诏，海瑞大哭，即与文武挂孝开丧，设位遥祭。海瑞闻得新君登极，即修本遣使，参奏严嵩父子之罪。海瑞心忧严嵩危国，又不得进京面奏，遂终日忧心如焚，不觉染成一病，乃对夫人曰："我不幸，今与你中道分别。我自出仕以来，历任封疆，却未曾受民间一丝一线。今有红袍一件，贮于箱中。倘我死后，当以此袍为殓，亦表我生平之耿介也。"

说毕而终。夫人大哭，即遵遗命，将此大红袍蔽瑞之尸，备棺而殓。诸王闻知，各皆悲泣，俱来吊唁。张夫人搜检行匣，竟无分文，遂不得还乡。诸王飞章具奏。

且说赍恩旨之使，一日到了南京，闻知海瑞已死，叹惜不已。回京复命，称说海瑞一身别无长物，临殆只有大红布袍一领蔽尸。其家眷贫不能回粤，现在南京落魄。天子闻奏，念其忠勤耿直，敕赐谥曰忠介，命本省拨帑项银一万两，送海瑞灵柩回籍安葬，追赠少保。及阅海瑞奏，乃参严嵩父子之事，旋有许多廷臣参劾严之党羽，天子大怒。立下嵩与世蕃、张、赵等于狱，百姓无不欢喜。从此天下肃靖矣。

后人有待赞海公之忠心爱国，其诗曰：

正气贯天日，艰难国运时。

忠心盟白水，赤胆古今稀。

又有短章以赞之云：

五指灵钟岳，华芳冠四时。

如撑凭指掌，得此可挣持。

时有颠道人，有无题诗十首：

其一

一帘花影拂轻尘，路认仙源未隔津。

密约夜深能待我，胆大心细善防人。

喜无鹦鹉偷传语，剩有流莺解惜春。
形迹怕教同侣妒，嘱郎见面不相亲。
其二
惭愧题桥乏妙才，枉将心事诉妆台。
津非少妇偏能妒，山岂彭郎易起猜？
底事妄传仙子降，何曾亲见洛神来？
劝君莫结同心带，一结心同解不开！
其三
惺惺最是惜惺惺，倚翠偎红雨乍停。
念我惊魂防姊觉，教郎安睡待奴醒。
春寒被角倾身让，风过窗棂侧耳听。
天晓余温留不得，隔窗密约重叮咛。
其四
回廊百折转堂坳，阿阁三层锁凤巢。
金扇暗遮人影至，玉扉轻扣指声敲。
脂含重熟樱桃颗，香解寒衾豆蔻梢。
傍烛笑看屏背上，角巾钗索影先交。
其五
窗外闻势竹声吟，暂将小别亦追寻。
羞闻软语情犹浅，许看香肌爱始深。
他日悲欢凭妾命，此身轻重恃郎心。
须知千古文君意，不遇相如不听琴。
其六
窗外闻声暗里迎，胸中有胆亦心惊。
常防遇处留灯影，偏易行来触瑟声。
条脱光寒连臂战，汤苏春暖放钩轻。
枕边梦醒低低唤，消受香郎两字名。
其七
闻说将离意便愁，情郎无计泪交流。

身非精卫难填海，意是游鱼任钓钩。
锦衾角枕凄凉况，从此相思又起头。
影散落花随马勒，同仇心事怕逢秋。

其八

知郎无赖喜诙谐，极决承欢事事偕。
学画鸳鸯调翠黛，戏签蝴蝶当荆钗。
减侬绣事来磨墨，助我诗情坐向怀。
百种温柔千婉转，不留踪迹与同侪。

其九

对面欢娱背面思，人生能得几多时？
盟心好订他生约，咬指难书薄命词。
相思满腹凭谁寄？凄凉犹恐被人知。
强笑暂将愁闷解，前事回思自觉痴。

其十

同心好叠寄书函，字字簪花细细缄。
紫凤已飞空寄曲，青蝇虽小易生谗。
半矜秋水怀新月，遍体余香借故衫。
安得射来双孔雀，教他带绶一时衔。

后人只录十首，以志其意。后来皆以《大红袍》一书为美谈。不知海公乃是当时杰士，千古忠臣，死而后已，则作书者亦从此而已矣。我深怪今之说《大红袍》者，则以海公遇事辄奏，如做知县时，便劾严嵩，殊不知尊卑有分，不得妄奏哉！

又以海公审断宫闱，以何妃生子不为王裔，严嵩故陷西宫，海公令滴血以验真假，此真所谓村野之谈。纵帝宫闱不净，亦不于严嵩主政之得奏帝者。海公又何从不审之？至于明遣刺客，而赖何氏，则更荒唐。谁道竟无其事，则不必更有其文！以史校之，竟无何氏在宫，亦无何太师，究竟何人？官居何职？一派胡言乱语，殊堪笑煞！故特标明，免愚者为其所惑，而玷我海公也！

夫人臣事君，宜得际遇。若非其时，则徒有鞠躬尽瘁之心，偏乏言听计从之日。所以得际遇者，嵩也。其不合时宜者，海公也。海公秉丹心于方寸，而帝虽知公之贤之忠，而言不曾确听，计不曾确从，此亦公之时与命也！嵩之遇帝三载三迁，骤秉钧衡，旋晋太师，数十年如一日。虽有继盛等之劾奏，而留中不发，卒得安享，此所谓得其时者也！至于世蕃恃父之势，肆其凶横，无所不至，竟至诬陷亲王，污辱秀士，擅杀大臣，恶贯满盈。父子不败于嘉靖之朝，而败于隆庆之日，可谓成败有时者也！人几疑其幸免，而隆庆诛之，始快人心。不然读书者至此，则不禁喟然而叹，慨然废卷矣！

海公小红袍

第一回 海刚峰请旨归田 张居正负幼登殿

解组归来鬓已斑，林泉清趣且偷闲。

君恩应比如山重，梦寐难忘忆圣颜。

日午天青，幂罩关山，双旌又来。料苍生属望，梦难辞鞅掌，那避喧哗。遗爱长存，殊勋不泯，谁识心劳抚字哉！征途上，早流连瘦马，荒驿宫梅。林居拟遂初怀，却缘甚、趋庭鲤对乖。慨当时虎视，双眸炯炯，俱成鹤发，满颔皑皑。朔雪迷空，蛮烟匝地，须信人生亦有涯。丹青在，共临风延伫，眄想徘徊。

这《沁园春》一调，专为忠君爱民、毕生劳瘁、以民生国计抱负终身、至老而无倦者，后之人，故美之以词颂，采之以传奇，千载而下，知所以为忠也，为诈也，为不肖也，为贤也。然世人多以忠贞节操为千古美谈，奸邪谗佞视为遗臭万世。那知无奸邪谗佞，无以见忠贞节操之人；无忠贞节操之人，无以除奸邪谗佞之党。试举《小红袍》一书。

话说明朝有一位大臣，谥忠介公，姓海名瑞，号刚峰者，广东琼江县人。赋性忠直，器宇魁梧。年二十七时，以贡士起家，授淳安县令。因那时严嵩权奸当国，他便与严嵩作对。严嵩百计谋害，幸老天庇佑，后竟扳倒严嵩，为国除奸去暴。又曾保全国母、太子，功在朝廷，中外悦服。嘉靖天子钦命南直操江之任，御赐飞龙旗两面，上写着：“逢龙截角，遇虎敲牙。”到任以来，奸邪屏迹，官清民乐，这也不表。

有松江府华亭县书生姓陆，名秀，字元龙。父陆汉臣，母何氏，遭恶宦阴谋架陷，父母相继沦亡。陆元龙落拓风尘，栖身无所，幸徐尚书告归林下，怜才物色，招入为婿。适海爷按临南直操江，不怕皇亲国戚，惯要剪除，元龙就去呼冤，立刻为伊剖断，冤申枉雪。又有郭成，字文孝，诨名孤儿，江宁府上元县人。父早逝，孤儿性孝谨，随母寄食舅氏，遂弃举子业。海爷怜他孤苦，赠他白金，得以攻书入泮。恰好秋期将至，郭成赶闱，陆元龙亦与秋试。元龙得中经魁，郭成得中第十四名举人，二人来到操江衙门拜见恩师。海爷道：“贤契自从一别，苦志诗书，可喜一举成名，不负当日老夫冰鉴。”二人道：“多谢恩师提拔，衔环难报。”海爷道：“贵同年在此，我有杯酒称贺。”左右备酒，席间说些别后寒温。海爷道：“二位贤契，我端正书札在此，俟进京时递与相国李公，自有好处。”陆元龙、郭成二人拜别辞出。于是二人择吉进京。

到了相府，投递海爷书信。李太师细问海操江在任如何，二人称道海爷居官公正廉明，太师甚喜。郭成、陆元龙告别回寓。

看看春期已到，二人进场。榜发，俱各高中了进士。陆元龙殿试中了探花，郭成钦点翰林，在京供职。

海爷三年任满，回京复命。皇爷大悦，道：“爱卿忠正清廉，不负朕所托，今升卿为兵部尚书。”海爷忙叩头奏道：“臣蒙圣上加恩，本当尽忠报国。但今臣一则精疲力竭，二则年迈无子，三则学疏才浅，不堪为官，望天恩赐臣告归林下。”皇爷道：“卿素负才能，赤心为国，正宜助朕掌理朝政，岂可辞朕而去？”海爷又奏道：“臣果系老迈，不堪办事，乞天恩放归田里。臣死在九泉，亦感皇恩。”皇爷见海瑞决意要去，乃道：“爱卿既决意要去，朕亦不忍强留。今准卿告假一年，还乡祭祖，候限满之日，来京供职。”海爷谢恩退朝，同僚尽来送行。海爷荣归林下。荏苒流光，过了许多岁月，暂且按下不表。

且说隆庆皇爷登基六载，风调雨顺，国泰民安。不期本年二月间，龙体欠安，至四月甚至沉重。娘娘心中忧闷，叫一声："万岁呵！太后寿高年迈，王儿又小，若有不测，叫四岁孩儿怎能治国?"皇爷道："御妻呵！不必忧虑，只消把王儿托付一个忠臣，总理朝纲，便可无忧了。"娘娘道："不知万岁要托何人?"皇爷道："你且回避，只留王儿在此，朕自有主意。"皇后退入后宫。

皇爷命内侍传到十位朝官见驾。内侍传出旨意，那十个大臣，即刻随宣进入寝宫朝见。皇爷道："朕今宣卿等非为别事，只因朕病体沉重，恐有不测。太子年幼，无人保驾，特宣卿等，凭太子自择，学那周公辅成王故事，负幼登殿。"诸臣听令。皇爷道："王儿你去择来。"那太子遍观，中意张居正，便跑身边，要他抱。居正抱起太子。皇爷道："王儿可谓目下有珠。"即命太子拜他为师傅，封为太师，其妻林氏，封一品夫人，入宫保护太子。"明日传集百官，朕当传位，命太子临朝登基。"诸人各各谢恩退出。

到了三更，百官齐集午门。忽听金殿钟鼓齐鸣，净鞭三响，百官随班入朝，三呼拜舞，俯伏金阶。那居正抱了小主，端坐龙亭之上。两边宫娥彩女，内侍太监，团团簇拥。居正心中暗想："果是快活！难怪前朝臣子，多有谋位之意。且待我试他一试。"就把太子放在旁边，自己端坐。一霎时头眩目暗，一交跌坠下金交椅。只见殿中有数十个青面獠牙的天神，手执刀斧，走上前来，夹头夹脑乱砍。居正大叫，爬起来抱了太子，将身复坐龙亭之上，那一班神将忽然不见了。居正心中大惊道："看这小孩子，他倒有这福分。"便开口说道："诸卿，老夫承天子之命，抱新君登位，改年号为万历元年，但愿诸位辅佐圣躬，风调雨顺，国泰民安，君圣臣良，四海升平。文武百官，加升三级，天下百姓，赦免本年钱粮。钦哉谢恩！"

百官退朝。居正抱太子乘辇退入寝宫，朝见隆庆皇爷，奏道："臣奉旨抱太子登基，百官俱各悦服，洪福齐天。"隆庆道："托付有人，寡人之幸也。”命排宴，以劳太师辅佐之功。

居正受宴毕，谢恩出朝，回归宅第，心中暗想：“今日抱太子登基，看他小小孩子，倒有大人福分。老王爷托我保驾，总理朝纲，待我慢慢计算，谋夺天下，有何难哉？但我所生四子，长名茂修，次名惠修，三名明修，四名因修，虽各在京随侍，但未有前程。我今官居极品，不怕朝中百官不来奉承。只消吩咐几个心腹官儿，何怕功名不显？”

不说居正以下设想，再说隆庆皇爷，自从传位太子之后，龙体日加沉重。忽一日龙御上升，新君哀举，班诏天下，百官治丧挂孝。那张居正见上皇驾崩，越发胆大。心中想道：“朝中文武，也有敬我的，也有怕我的，也有怪我的。敬我的立刻加升，怕我的越加威严。唯有怪我的，我定要立刻削职，或诛戮，或贬，或窜。即时廷臣尽是我党，便不怕人了。”于是所升的不是他门生故旧，便是他干儿义子。朝中一班正人君子，个个怨愤。

不期恼了一位皇叔，乃镇东辽王，十分怀忿。一日早朝，出班奏道：“臣镇东辽王，有表章冒奏天颜。”内侍取上，铺上龙案。那五岁皇帝，哪晓得本中所言甚事？居正在身旁，看见本中所言之事，俱是劾他专权误国、杀害忠良之事。不知居正看了本章，意下如何，下回分解。

第二回 杀亲王巧传御笔 戏宫女假寐龙床

大家设镇重藩封，保障边疆得安宁。
本为幼君除弊政，权奸矫旨害贤王。

再讲张居正看见东辽王奏他专权误国等事，心中愤恨，道："东辽王！你虽是金枝玉叶，但你职非言官，出位言事，分明欺主年幼，毁谤大臣，心怀不善，莫非要谋夺江山么？"

辽王大怒，骂道："你这奸贼，欺主年幼，把持朝纲，杀害忠良，满朝尽是狐群狗党之人，异日必有弑夺之祸。乞主人速将居正尽法，以免祸根。"居正忙代传旨意道："辽王擅骂宰相，当殿欺君，候旨定夺。"遂将御笔塞在小主手中。原来居正要谋大事，只教小主写一个"斩"字。居正接上，大呼道："奉圣旨，立拿辽王斩首！"

两边校尉尚未动手，早被辽王趋至御座之前，将手把居正一持举起半天，大喝道："奸贼！我王室至亲，并无不法，你乃假传圣旨杀我么？"说罢，将居正扯下一丢，跌得半死。朝臣见了，俱来相劝。那内侍恐惊了龙驾，忙传旨请退班，抱了幼主，退入后宫。诸臣只得退朝散班。

那居正回府，心中想道："可恨辽王，今日在朝中把我这等羞辱，我必要把他摆布。"心中沉吟半晌，道："有了，我今点齐铁甲奇兵一千，围住他府第。用一个心腹官员，传旨将他满门取斩，方泄我恨。左右，你去传兵部陈爷，叫他预先点一千铁甲奇兵，明日午门候旨。"左右领命去了。

次日五鼓，居正入朝，即将自己写的旨意呈上幼主。那幼主不知，又批一个“斩”字。居正捧了圣旨，传宣道：“圣上有旨：着兵部陈文，提御林军一千，围着镇东辽王府，满门斩首回奏。”

陈文接了圣旨，来到王府，大叫道：“圣旨下，跪听宣读。”辽王忙穿衣冠，接入跪下。陈文开读诏书道：“镇东辽王，欺君慢上，实有反逆之心，应该满门取斩，以正国法。钦哉谢恩！”辽王听了，怒发冲冠，也不谢恩，站起来大叫道：“先帝呵！满朝多少忠良，你不付托他辅佐幼主，偏偏托奸贼。如今把幼主欺骗，把我一门抄斩。天使大人，待本藩回奏太后，然后就刑罢。”陈文道：“旨意已下，谁敢迟延？左右动手！”铁甲奇兵一刀将辽王斩了头下来。众人一齐动手，见一个杀一个，见两个杀两个；从辰时杀到午时，把一家千余人杀了罄空。陈文入朝缴旨。居正又着人抄没家产，抄出白银二百万两。居正命人搬入相府，将王府封锁。次日，陈文升为吏部尚书。

居正每日朝罢，进宫教习幼主，这些太监、宫娥，轮流伺候奉侍，日日在宫中饮宴，然后回去。

这一日，太后传旨说：“太师教习太子有功，内宫赐宴。”居正谢恩入宫，吩咐不用太监服侍，只留宫娥斟酒，饮了多时，不觉大醉。见执壶的宫女花容月貌，十分美色，不觉春心摇动，微微笑道：“你这宫娥过来，我太师问你，你叫什么名字？”那宫娥走到太师跟前，含笑答道：“奴名叫灵儿。”太师道：“好一个灵儿！我且问你，你是伺候太后娘娘的，还是伺候先帝的？”灵儿道：“是伺候先帝的。”太师道：“你年纪多少了？先帝可曾幸过了么？”灵儿见问此话，脸皮都涨红了，只得说道：“今年十八岁了，已被先帝幸过三年了。”太师见了，越觉姿容妖媚，一手把她搂着。灵儿春心亦觉摇动。两边宫女，俱各走开。太师色胆如天，两手抱住灵儿，便扯裤。灵儿道：“这个使不得。”太师道：“不妨，我与你干了此事，异日必另眼看待你。”灵儿道：“妾虽经先帝宠幸，未经大战，必须轻些，莫作残花看待。”太师道：“我自然晓得。”灵儿道：“这儿恐有人来不便。”太师道：“不妨，我与你到龙床之上去。”

两人来到龙床，正要行事，忽外面大叫：“太后娘娘驾到！”居正听了，大惊失色，慌忙假睡在龙床之上。太后见居正睡在龙床，心中不悦，命太监传宣道：“太后娘娘有旨，张太师讲书饮酒，如何耽搁许久？速即回府理事，毋得迟延。”

居正一场没趣，忙出宫回府，心中想道：“我今日擅睡龙床，被太后娘娘知道，倘相传出宫，岂不被人评论？我想古来欲谋篡位者，手下必有雄兵猛将，钱粮足备，方能成事。但在京时预备，恐露人耳目。荆州是我家乡，又离京甚远，叫四孩儿在家密密召集，若京师有个动静，只需一支令箭调来。便是钱粮兵备，动费浩大，一时难以凑集。我想宋朝杨家将的子孙，聚集在峋屺山，田地甚多。宋朝以杨业有功于国，赐免粮额。我今差了心腹官员，细细商量，照亩加粮，以备养兵之费。若遇外方兵起，我就将京中羽林军尽出，京师空虚，然后令四孩儿提兵入朝，那时取了天下，易如反掌。”

居正正在思量，只见堂官禀道：“启太师爷：今有外邦使臣来京进贡，现番使候见。”居正一闻此言，心中大喜，道：“着他进来。”堂官引进使臣参见太师，命他坐下，问道：“贵使从贵国到此，有多少日子？”使臣道：“由海外而来三月有余。所有进贡礼物，乞大人转奏万岁外，更有些微小礼，乞太师笑纳。”未知另送太师何物，下回分解。

第三回 造假宝大廷充贡 赐宫室乳母荣归

外邦寄宝贡朝廷，巧造工师用意灵。

不是天心偏眷顾，栝棬杞柳那宁馨。

那外邦使臣来到京师进宝，参见张居正。叙话已毕，就把礼单呈上。内开走盘珠一百粒，珊瑚树一双，猫儿眼宝珠一匣，黄金一千两。这是另送太师的。太师命家人收入，吩咐备酒相待。

席间，太师问道："贵使进贡万岁的，不知是何宝物？乞先与老夫看过，方可奏闻。"使臣道："领命。"便叫跟随的将官："宝贝扛来！"排列堂上。太师先取一件问道："这叫作什么名？"使臣道："名为百喜图。那炉中有一百个'喜'字，炉内有十二个孔，按定时辰放出烟来。这是无价之宝。"太师又指一物问道："这是何名？"使臣道："名为醉仙塔。将塔放在金盘之内，将水从塔顶灌下，就变成酒，人饮一杯，立时醉倒。"太师又指一物道："这是何名？"使臣道："名为醒酒毡。人若饮醉仙塔之酒，睡而不醒，只消扛在毡上，立刻就醒了。"

太师大喜道："真好宝贝也！"须臾酒罢，使臣辞归馆驿。太师道："贵使此三件宝贝，暂放在此，明日早朝，抬向金殿，老夫代为转奏。"使臣领命回去。

太师心中想道："这几件宝贝，万岁库中也没有的，我正是爱它。只是它要进与万岁，这便怎么处？待我连夜传名工巧匠，照样造件假的抽换便了。"叫心腹家人传名工巧匠，连夜做成。次日五鼓，太师带了使臣入朝启奏皇爷。那万历帝怎知真假，命太监收入，着光禄寺排宴赏劳。礼部端正回礼，装点旨意。使臣谢恩回去。

其年正遇乡试场，居正之子茂修，次子惠修，双双入场。试官知是太师之子，双双取中高魁。过了残冬，会试场期又到，二人进场，又中了二名进士。三月殿试之期，居正俯伏金阶奏道：“臣华盖殿大学士张居正启奏：臣子茂修新中进士，乞皇上念臣犬马之劳，赐茂修状元及第。臣结草衔环，以报圣恩。”皇爷道：“依卿所奏。赐茂修状元，惠修榜眼，俱入翰林。”

居正又奏道：“臣在京保驾多年，祖宗坟墓无人祭扫，望皇上赐臣妻回乡祭扫。”皇爷准奏。传旨：“着地方官起造乳母娘娘宫室，设立下马牌，不论文武官员，至乳母宫前经过，必须下马。再赐黄金千两，彩缎千端，以报乳母之恩。”该部奉了旨意，文书行到荆州，地方官员督工起造，三个月方完。巡抚拜本回奏，皇爷龙颜大悦，钦赐乳母驰驿归乡。满朝文武尽送至码头方别。太师秘密吩咐道：“荆州婴山我密招一千人马，头目沈勇，是山东人，我已给他总兵札付。夫人回去，必须给他兵粮。”夫人应诺，带了两个儿子，望荆州而去，不表。

那沈勇自少学得十八般武艺，在山东大路上做个响马，为因犯事解京，蒙太师相救，着他在婴山召集勇壮亡命之徒，以待机会，不知他仍行打劫来往客商。闻得夫人奉旨还乡，由此经过，只得带领部下，向前迎接。忽一日报道：“娘娘车驾已到。”沈勇引众参队跪下，禀道：“小人婴山头领，带领众人迎接娘娘驾。”夫人传下：“免见，仍扎原处。”沈勇退去。

夫人又行不上十里，只见荆州合城大小文武官员，俱来迎接进城，荆州府城，排列半副銮驾。迎入府中，诸亲送酒接风，纷纷不绝。忙了月余，方得宁静，按下不表。

且说万历天子一日登朝，百官朝贺已毕，班中闪出首相张居正奏道：“今有九关口操练人马日久，三边总制拜本来京，乞皇上恩典给粮，以劳兵士。”皇爷道：“既如此，传旨户部，给发钱粮八十万两，以赏边关兵将。”太师领旨谢恩。忽班中闪出大臣奏道：“臣兵部尚书、吏部尚书、都察院有本奏上。”内侍取本，摆在龙案之上。皇上举目一观，内中多是陈奏臣相专权误国、纳贿害贤等事。皇上沉吟半晌，道：“三卿本章且留下，候朕批发。但朕昨夜得了一梦，众卿为朕详解之。”未知所梦如何，下回分解。

第四回　圣天子感梦赐祭　陆探花抚几哭师

恤典遥颁祭老臣，谗言入耳总为真。

陆郎承旨驰驱去，椿正荣时八十春。

再说万历天子早朝，忽忆那夜得了一梦："恍然如在御花园饮酒，瞥见文班中走出一人，身极长大，手拿弓箭对朕面上射来。朕见无人救驾，飞身跑走。却见前面一派汪洋大海，海中一只小船，船中一人，头带乌纱，身穿红袍，一阵狂风，吹到朕前。朕看那人满面瑞气，口称：'万岁不必惊慌，有臣在此保驾。'忽然惊醒。不知长人弓箭是什么，红袍纱帽是什么人。众卿为朕解之。"那皇爷连问数声，两班寂然，无人答应。皇爷不悦。

忽左班中闪出一人，俯伏金殿奏道："臣吏科给事中孙成奏闻陛下：那长人手提弓箭者，乃是奸贼之姓，日后自知。只是大海有船，船中有一人，狂风吹到驾前，满面瑞气的臣子，据臣详解，一定姓海名瑞，字刚峰。先帝时曾拜御史，原任南直操江，乃是一个保驾忠臣。"皇爷闻奏，道："太后曾对朕说，恩官海瑞是个忠臣，朕几忘了。"便道："孙卿所奏甚是有理。即着行文司，宣召海瑞来京。"忽闪出一位大臣，俯伏金阶奏道："臣大学士张居正奏闻我主：那海瑞三年前已经身死，不必宣召。"皇爷听奏道："原来死了！可惜忠臣弃世。朕今着礼部员外郎陆元龙，赍诏前去祭奠，钦哉！"元龙领旨，捧了丹诏，离去京都，望广东一路而来。

一日海爷在家，心中想道："老夫还乡以来，十有余载，不知朝中如何局面？今年已七十八岁，只为膝下无儿，唯与一二知己，日夕谈心。幸喜身体康健，夫妻偕老，这也不在话下。但闻得先帝去世，少主年幼，却被奸臣张居正把持朝纲，害国蠹民。老夫意欲上京奏主除奸，只是期缘未到，因此心志不遂。哎，张居正呵！我海瑞若有日朝天，断要把你治罪正法。”海爷正在思量，忽见夫人出来叫道：“相公，可叫人往城中买办小菜？”海爷道：“海洪你去买来。”

海洪提了篮儿，望城中而来。不期当头一个人，忙忙走来，把海洪撞了一跤。海洪爬起，一把扭着那人喊叫道：“你这狗才，如何白昼抢夺？”惊动街坊人众，围着观看。众人道：“海大叔，这是何故？”海洪道：“是我拿银子往城中买些零星物件，这狗才把我推倒，要夺我的银子。”那人大叫道：“我是本县差人。本官差我到府报事的。”众人道：“什么事？”那人道：“朝廷差翰林院送御祭到海大人府中，我事急撞了此人，哪里是抢夺他银子！”众人道：“你这人敢是疯癫么？海老爷好好在家。”那人道：“那钦差的家人个个传说，只因朝廷得了一梦，吏科孙老爷详解，应在海老爷身上。朝廷要召海老爷进京，张太师奏海老爷已死三年，故此朝廷差官赍御祭来祭。本官特差，前来通报。”海洪道：“放你娘狗屁！今不用你去报，我系海爷紧邻，与你代报罢。”“如此却好，只是有劳大哥了。”差人辞别回去。

海洪买了杂物小菜，忙忙回家。海爷一见就骂道：“狗才，怎么去了半日？”海洪将遇差人之事，细细说知。海爷听了，心中暗想道：“这是张居正的诡计。”便问道：“你可知御祭是几时来的？”海洪道：“明日就到。”海爷道：“你们要吃御祭吗？”海洪道：“老爷未曾吃，如何叫小人等吃？”海爷道：“你们要吃御祭，必要准备孝堂，合家穿白。厅上排设灵位，用木牌写神位，把我名讳写在上面。”海洪道：“别的倒也容易，只是许多白衣白袍，那里制办得来？”海爷道：“这有何难？只需去乡中有孝人家借用便了。”海洪即去备办。

海爷入内与夫人说道：“夫人呵，只为张居正在万岁跟前说我死了，钦差派我门生陆元龙前来御祭。我已吩咐海洪预备孝堂木主，迎接差官。”夫人道：“如此岂非戏弄朝廷？诚恐得罪。”海爷道：“夫人，我正要上京去面奏朝廷，剪除奸相。”夫人道：“相公呵，八十年纪，为何还比得少年气概！”海爷道：“自古道：‘江山易改，禀性难移。’”夫人道：“只是相公好端端在此，叫妾身哭出什么？”海爷道：“夫人此言差了。若是我果然死了，你就哭天哭地，下官哪里听得见你？我未死，哭了几句，与我听一听。”夫人带笑哭将起来。海爷哈哈大笑道：“哭得好，哭得有趣！海洪你扮做孝子，海安接待宾客，海保记账，海重备茶听用。一家具要穿白挂孝。”

到了次日，那礼部陆元龙捧了御祭，来到海府，心中想道：“恩师必未归天，断是奸贼要害恩师，妄奏朝廷，说御祭到了，不怕恩师不去自尽。张贼呵！我若有日得手，必把此仇来报。”心中正在思想，已到海爷门首。县官排道进去，笙箫鼓乐，响沸连天，惊动邻里。

众人尽说道：“奇了，我等本处人，不知海爷去世，怎么京师倒晓得？”海安入内报道：“御祭到了。文武官员俱穿素衣，五彩龙亭供了圣旨，老爷快排香案出去迎接。”海爷道：“接了圣旨，就难以进京了。”海安道：“老爷如今八十年纪，还要进京做什么？”海爷道：“你不晓得。去请列位老爷到东厅少坐。”海安领命。海爷又叫海重道：“你可认得陆老爷么？”海重道：“怎么不认得？”海爷道：“既认得，可对陆老爷说，夫人请老爷进来。”海重领命，忙到东厅说道：“陆老爷，夫人有请。”元龙道：“列位请了。”慌忙移步进内，只见孝堂上排着木主，心中想道：“难道恩师真个死了？”心中好不感伤，止不住两泪交流，含悲走上孝堂。元龙双手按定灵几，只见木主上写着：“南直操江海刚峰府君灵位”。陆老爷叫声：“呀呵！我的恩师果然死了！”双膝跪下，泪如泉涌，叫声：“恩师呵！门生日望相会，谁知今日断送，幽明永别。可恨那奸贼忌害忠良，此仇何日得报！”欲知后事如何，下回分解。

第五回　海操江缴旨入京　周进士赋诗脱罪

传宣谕祭到林泉，衰朽如何惜暮年？
秣马脂车图报国，剔奸诛佞削职权。

话说海爷听见陆元龙哭拜，便对夫人说道："这个门生哭得伤心，请他进来问个明白。"夫人即叫海重去请。海重领命，请元龙进见。

元龙见了海爷道："呵！恩师，早知恩师在世，门下何必这等伤心？恩师上坐，容门生参见。"海爷答礼。元龙袖中取出白银一锭，双手送上道："些微薄礼，望乞笑纳。"海爷收了，道："多谢。请问尊夫人还是在家么，还是在京？有几位令郎了？"元龙道："房下在京，生了两个儿子。"海爷道："你在京可曾拜在张阁老门下么？"元龙忙忙打躬道："门下遵师教训，岂肯作权门鹰犬？"海爷道："好！这才是我的门生。"元龙道："朝内奸佞满朝，忠良十去八九。门下也曾几次告假，圣上不准，只得勉强供职。圣上要差人赍送御祭，门下特讨这个差来，见恩师、恩母。"海爷道："请问贤契，你如何知我未死？"元龙道："一则京师并无传言，二则是恩师是有胆量的，岂肯便死？故此特讨此差。再不想恩师这样排布，把门生唬得魂不附体。"

海爷道："贤契，那张居正所行之事，必然尽知，可细细说与老夫知道。"元龙道："恩师听禀：昔日先帝托孤居正，他抱着幼主登基，忽将小主放在旁边，他自己坐下龙亭，谁知百神扶助，把他跌下。他爬起来抱小主从新坐下，文武百官朝驾。那四岁的幼主，知什么？任他传宣旨意，要升便升，要杀便杀，难以尽述。万历元年，镇东辽王骂他奸恶，他第二日着兵部提兵围住王府，将他一门千余口杀得罄空，又将他金银抄为己物。又使人丈量峋屺山杨家将田亩，照亩加粮，人人痛恨。又将外国进贡宝物，叫巧匠连夜照样做个假的抽换。又常酒醉戏弄宫女，擅睡龙床，被太后娘娘撞见，立时逐出。如今皇帝长成了，他不便自行，乃哀求皇帝赐他长子状元。目下因皇上梦兆，要宣恩师到京授爵，他竟敢谎奏恩师已死。故此皇爷差门下资御祭到府，恩师当香案接旨。”海爷道：“不可开读，若接了，便进不得京了。”元龙道：“恩师要进京何事？”海爷道：“老夫进京，要扳倒张居正。”元龙道：“这个使不得。目下朝廷就是他做，倘被他暗害，如何是好？”海爷道：“贤契你不晓得。当初严嵩也是我扳倒，何况于他！”元龙道：“恩师既不开诏，叫门下怎么回京复旨？”海爷道：“不难。待我先赶到京，交还敕旨，你随后慢慢来京便是了。”元龙道：“既如此，门生也要假祭一番，掩人耳目。”海爷道：“悉听尊便。”

陆爷出厅，忙叫左右排下祭礼，换了素服假祭。各官依次祭奠已毕，纷纷辞出。

海爷便叫海洪、海安：“你二人快些收拾行李，同我进京。”

海洪道：“进京何事？”海爷道：“要做官。”海洪道：“小人有了年纪，身体多病，又兼肠胃不时泄泻，去不得的。海安跟去罢。”海安连忙说道：“小人近日脚硬，又兼每夜梦遗，去不得的。还是叫海洪去的是。”海爷道：“胡说！我与你二人是老伙计，总要齐去。”主仆三人相议已定，里面夫人、小姐闻知，再三相劝。海爷道：“下官与夫人做了一世夫妻，只生一女，我进京之后，可叫女儿时时来往。就是海洪、海安待我如同父母，我待他亦同子侄。他如今上京，他的妻子在家，夫人另眼看待她。”夫人、小姐含悲领命。

海爷又唤海洪、海安：“你二人速去端正盘费。”二人道：“老爷进京，如何要小人端正盘费？”海爷道：“我当初还乡之日，两袖清风，你难道不知？今要进京，不是你端正么？”

海洪道：“老爷说也好笑，老爷两袖‘清风’，难道奴才两袖不是‘明月’？”海爷道：“蠢财！那许多祭客送的许多纸锭，要来烧化，这岂不是盘费么?”二人道:“这锭只好阴间去用,阳间哪里用得着?”海爷道:“狗才!为何这等不明白?拿到纸锭店中,怕不换十余两银子,就可做得盘费了?”二人说“是”,忙叫集家人,尽行挑入城中,换出花银二十余两。

次日,主仆三人正要起行,只见女婿吕端忙忙跑到,说道:“闻岳丈大人进京,小婿特来送行。”海爷嘱道:“我去后,贤婿宜常常来家看望岳母。”吕端含泪领命。海爷竟出家门,洋洋而去。

行不半日,两个家人叫道:“老爷,小的二人挑不得了。老爷家里说过,行李三人轮挑的。”海爷道:“如此你们先挑一程。”二人道:“小人出门挑过了。”海爷只得挑起,肩头疼痛,寸步难行,叫道:“海洪,我老爷挑不起了!”海洪道:“挑不起回去罢。”海爷道:“你去雇个牲口罢。”海洪即刻雇了牲口。主仆一路行来,到了临青地界,渐渐红日沉山,晚烟四起,远望前面挂一盏灯,知是歇店之处。

海爷上前问道:“店家可有干净房子么?”主人答道:“没有了,只有一间柴房是空的,未曾打扫,不敢得罪老爷。”海爷心中想道:“天色已晚,无处可歇。”便应道:“就是柴房也罢,你去打扫起来。”店家道:“如此请进。”便走去打扫。

海洪搬进行李,主仆三人进店一看,只见客人纷纷,十分热闹。海爷也不管他,只在房中独坐。店家端正了一碗热菜,一盘牛肉,一壶酒。海爷自斟自酌,心内想道:“我这番进京,要扳倒张居正,本章也不用几句。只是面见他时,看他将什么话问我,我回他什么言语,只需一句不投,我动手便打,看他怎么样!”海爷心中暗算,手中便停了杯不饮。海洪看了,便说:“老爷怎么不饮酒饭?夜深了,请吃完睡罢。”海爷也不答应,只是心中暗想。

只听得楼上叹气声,将靴向楼板一蹬,板隙灰尘掉下来,落在海爷碗内,如下了胡椒一般。海洪就骂:“那楼上狗娘养的!不管楼下有人,只管蹬你娘的屁!”海爷说:“不要啰唆。我已吃饱,不吃便了。”

主仆正在讲话,又听见楼上有人叫道:“小使把窗门开了。”有人应道："晓得。"呀的开窗门响。有人道："呵呀！你看星月交辉，好青天也。我久未作对，今晚对此天气，不免做一对看看。"便朗吟："星出天开面"海爷在楼下听见："呀！楼上什么人作对，怎么只念一句便不念了？待我答他一句。"便叫道："楼上人听着：'云飞月脱衣'。"楼上人听了，暗想："楼下人却也稀奇。我在这里作诗，谁要你多讲？但听他所对的诗句，却也有趣。待我再吟一句，看他怎么。"便吟道："雪消山露骨。"海爷应口道："冰融水剥皮。"楼上听了，又暗称："楼下人的奇才，怎的如此敏捷？此人不但才高，而且胆大。他敢与老爷我作对，一定不晓我是进士，故敢在此放肆。待我再吟一首，与他暗谜，看他怎么意思。"便吟道：

小小青松三尺高，他人不识是蓬蒿。

一朝得地身长大，未许樵夫下砍刀。

海爷听了，想道："那人好大话！我再和他一首。"便信口吟道：

我是苍松肯比蒿？经冬愈茂见贞操。

松高百尺为梁栋，蒿纵参差受折烧。

海爷吟罢，那人听了大怒道："可恨那楼下匹夫，大言欺人，出口不逊，眼内无珠，我且去打他几掌。"忽又想道："不可造次，凡事三思而行。待我再吟一首，将我前程安在诗意，看他如何。"便吟道：

十年窗下磨穿砚，烈火炉中走一遭。

碎骨粉身全不怕，留将清白示英豪。

海爷道："他诗中意思，不过是两榜出身，有何稀奇？待我回他一首。"便吟道：

世上英豪谁敢敌，气冲斗牛鬼神惊。

虽言目下身褴褛，曾与君王佐太平。

楼上那人听了："嗳唷，不好了！楼下那人口气不小，必是朝中一个大臣。我想前日得罪当朝宰相张居正，为此负罪在身，百计思维，终是无人解救，何不去会他一会？或者是个救星，也未可知。"叫家人："你到楼下请那位答诗的老爷上楼相会。"

家人下楼来，见三个头上都戴着毡帽，身穿布衣，十分褴褛，看不上眼，便大胆上前道："老人家，老爷唤你上楼。"海洪听了这话，大怒喝道："好大胆狗才！"赶上一掌打去。那家人正在洋洋得意，不提防被他打了一交，爬起来也不回言，忙跑上来。

那人见了便问："那位老爷可肯上楼么？"家人道："不肯。"那人道："为何不肯？"家人道："小的道我家老爷叫你上去，不想那旁边一个慌慌张张赶上前，把小的打了一掌。"那人道："狗才该打！方才我叫你'请'那位老爷上来，你怎么'叫'他上来？快去请来。"家人不敢违命，只得下楼。

起先被他打怕了，远远站着说道："老爷，家爷有请。"海爷道："就去。"移步来到楼上，举目一看，只见那人身挂铁链，面色愁苦。海爷道："你是什么人？"那人道："晚生周元表，山西太原府人氏，新科进士，殿试二甲二十八名。因张居正要见面银子，每一名要一千二百两，晚生等三十四人，多是穷儒，哪里有银子与他？我等只得自家端正一本见驾。谁想圣上就着张居正批本。那奸贼就说我等初登仕籍，便目无国法，擅谈首相，律该斩首。幸亏万岁念我新进书生，开恩免死，发远边充军。"海老爷道："你们问罪在哪里？"周爷道："问在金山衙。"海爷道："便叫解差过来。"

解差听了，忙上楼，两眼看着海爷，便问道："老人家，你在此做什么？"海爷道："你在此做什么？"解差道："我奉刑部大人之命，押解这位到金山衙去的。"海爷道："既然如此，可放了此位爷锁。"解差道："老人家尊姓？"海爷道："我的姓是说不得的。"解差道："为什么呢？"海爷道："我们若说出来，你们跪也来不及了。"解差道："说也好笑，你且说来，待我们慢慢磕头。"

海爷道："我这是百家姓所无的。"解差道："莫非桑树里钻出来的？你是老人家，我不打，快快下去。若是个后生家，便奉承他几拳。"海爷道："我实对你说，你不要骇怕。"解差道："我是鼓楼上的雀，经风经浪过的，不怕，不怕！你说来。"

海爷大叫："海洪！"海洪在楼下听见，忙上楼来道："老爷叫小的何事？"海爷道："你去取我的冠带过来。"

海洪取上冠带，海爷穿好。解差忙忙磕头道：“求老爷开恩。”海爷道：“你认识我吗？”解差道：“小人实不认得。”海爷道：“我乃南直操江海爷便是。”解差速又磕头：“小人有眼无珠，乞大人饶命。”周爷连忙也跪下道：“大人救晚生一命。”海爷扶起道：“解差，你把周爷锁开了。”解差连忙解开。海爷道：“海洪，银子拿一两与店家，叫他备酒，快来与周爷压惊。”海洪取银子与店家。二人在楼上吃酒，谈这张居正专权之事，直到半夜方止，各人安歇。

次日起来，海爷对周爷道：“贤契，你只在此等候，等老夫奏过圣上，自有旨意下来。”周爷再三致谢。

海爷主仆三人，即刻起身，忙去赶路，并无耽搁，不消半月，到了京城。海爷道：“海洪！已入京城了，你去寻个下处才好。”海洪道：“我们若下饭店，便要买饭吃，未免破费；不如寻个施食的所在，食了不用还钱，更妙。”海爷道：“胡说！世间哪有吃饭不用还钱之理！”海安道：“我想国子监祭酒杜元勋，是老爷的好友，我们竟到他家，谅他必不敢算钱。”海爷道：“这倒使得。”海安道：“虽然使得，但老爷将什么礼物送他？”海爷道：“不用礼物，只写个帖子拜望拜望就是。”

海安道：“既然如此，快些写来。”海爷持笔，正待要写，忽想：“且住！全要白吃他饭，正要奉承他才是。”便写了“原任南直操江海瑞拜”，付与海洪。

海洪拿帖来到杜元勋府门，管门的看了帖，辍转身如飞跑到里面道：“呵！不好了！”杜爷道：“有什么不好？”管门道：“大门外有鬼了。”杜爷道：“胡说！有什么鬼？”管门道：“就是南直操江海瑞老爷进来了！”杜爷听说，心中吃惊，忙叫家人速备祭礼焚化。家人领命，立刻排祭堂中，纸钱纷纷烧化。杜爷跪在堂中，说道：“老师呵！门生虽然未曾孝敬，时常思念老师，望你快快投生去，不要在此出魂恐吓门生。”

这杜爷在堂中拜祝。海爷在门外等了一会不见出来，心中想道：“这老杜晓得我要打扰他，他故不敢出来。难道他不出来，我就不敢进去么？”说罢，竟自进了大门，直到堂下。只见杜元勋俯伏堂上，口内说道：“老师阴魂可曾进来么？若在门外，门生即当奉迎；如已进来，即请进来上坐，饮酒一杯，门生敬焚化纸钱，送老师归天。”海爷见了，方知是疑我已死，来此出魂，故不敢迎接。便大脚步踱上堂前，大叫道：“贤契，我来了！”杜爷听见，抬头一看，唬得一身冷汗，战战兢兢，叩祝道：“请恩师阴魂上坐，酒肴纸锭，俱已端正。伏维尚享。”海爷哈哈大笑道：“杜贤契，我不曾死，你不要骇怕。”杜爷听见，立起来，按定精神，仔细一看，叫一声“恩师”，海爷也叫一声“杜贤契”；杜爷又叫一声“海大人”，海爷也叫一声“杜朋友”。二人哈哈大笑，挽手移步，中堂坐下，吩咐家人把行李搬进来。

杜爷道：“自从恩师归乡，不觉十有余年。师母大人在家，谅必纳福。”海爷道：“多谢贤契。老夫在林，闻得张居正专权，但路途传闻，不知详细。乞贤契告我。”杜爷道：“恩师，目今朝廷隆重于他，他便作恶多端。”海爷道：“他因什么事，上本说我已死？”杜爷便将皇上做梦，要征召恩师入朝，他恐恩师入京与他为难，故此妄奏恩师已死。说了一遍。

海爷道：“原来是这个情由。杜贤契，你晓得我今日来京之意么？”杜爷道：“不知。”海爷道：“我今特来，要扳倒张居正。”杜爷道：“呀呵，这使不得！如今朝廷十分宠任，恐被他算计，反为不好。”海爷哈哈大笑道：“贤契，难道我不是他对手么？你不记得严嵩的事么？”杜爷道：“咳！恩师，一发一败，自古皆然。今恩师年纪已老，何苦结怨于人？”海爷道：“如此，你莫不是也拜他门下么？”杜爷道：“呀！门生遵恩师之训，怎敢拜他门下？”海爷道：“如此你不必劝我。”

二人饮了半日，席散。海爷叫：“海洪，你把本章拿来。”

海洪送上本稿，海爷付与杜爷道：“贤契，烦与我誊清，明日好去上一本。”杜爷即刻把本誊清，送还海爷。叫人打扫西厅书斋，安顿恩师主仆三人。到晚间，送些参汤出来，海洪接过，就收拾去睡。

方才二更时候，海爷床上就开口叫道：“海洪！海安！天明了，快些起来。”海洪道：“只有二更时候，起来何事?”海爷道：“不要管我，只要你起来。”二人无奈，只得爬起道：“老爷何事?”海爷道：“我要去见驾上本。”海洪道：“呀呵！老爷家中夫人、小姐再三相劝，杜老爷又劝，只是偏偏要去上本。老爷，小人劝你不要去惹祸罢!”海爷道：“你们那里晓得我的心事！快取面水过来。”二人无奈，只得端来面汤、参汤。海爷用过，便开口说话。不知所说何话，下回分解。

第六回 张太师朝房受辱 孙司礼内廷阻君

声势凌人气象雄，目无君长傲三公。

朝房受辱知多少，依样葫芦恨未工。

话说海瑞将欲上朝，嘱咐海洪、海安道：“我与你做了一世伙计，如今大家老了。我今去见驾，若能扳倒张居正，主仆依旧完聚；如不能扳倒，只好来生与你相会。”二人听了，就哭起来，道：“老爷不要去罢！”海爷道：“怎么不去？你们把我这毡帽、布袍、包袱包了一个包儿，到天明在东门外伺候，我若出来，换了衣服好走；若是不出来，必然撞死金阶，你须当买了一口棺材，把尸骸带转家中，埋在祖冢之上。我在黄泉，感你大恩。”二人道：“呀吤老爷吓，使不得，回去罢！”海爷道：“你两人是晓得我性子的，你何必多言！取冠带过来。”二人无奈，取上冠带。

海爷穿了衣，戴了冠，左手拿御祭旨意，右手拿参劾奏章，叫道：“海洪！你手中照路灯笼，是国子监衔头，你把他扯落下来。”海洪道：“这是何故？”海爷道：“我若扳不倒张居正，岂不是连累了杜爷？”海洪将灯笼红字扯碎。海爷接了灯笼道：“你二人去睡。”二人道：“小人跟去。”海爷道：“不要你去！”二人含悲送出家主。

海爷大踏步，行了曲曲弯弯，来到东华门。果然早了，门尚未开。那门上有四个銮铃，海瑞动手将索上一扯，那铃就响，管门的就问何官。海爷暗想：“待我骗他一骗。”应道：“华盖殿张。”管门的就把门开了。海爷移步，向内就走。

后面又来几个官儿，灯笼十余个，照得如同白昼。海爷便把自己灯笼丢去。那后面的官儿向前面的官儿说道："年兄，前面走的这老头，你可认得么?"内中有年老的道："你低声些。此人是南直操江海瑞。"又一个道："就是他，来做什么"那年老的说："想是张太师奏他身死，朝廷差官祭他，他必定发怒来京，与太师作对。"另一个说："这等是一位老先生，我们应该上前奉承他。"那年老的道："说不得，这人不是好惹的。"后面官儿三三两两议论，海瑞总不听他，只管向朝房而聚。

及到了房前，举目一看，呀呵！今日朝房比旧日大不相同。我想严嵩在日，他也有些般排布。又见一副对联，两边写道：

托孤寄命，调和鼎鼐，万民有福；

赤心为国，燮理阴阳，今古无双。

海爷看罢，哈哈大笑："好对!"待我也送一副与他。拿了笔，在墙上写道：张居正，正而不正。欺幼主，卧龙床，黑心宰相。

写完大叹道："呵，我写了此对，不觉遍身爽快，待我再奉他一句。"又写道：

张茂修，修而不修。仗父势，不读书，白眼状元。

海爷正在写字，忽听得人言道："相爷来了!"海爷想道："我这冤家，我若出去，撞他不好收煞。罢了，我且躲在屏风背后罢。"

那张居正入了朝房，抬头见海爷所写的字，勃然大怒道："好大胆！谁敢在此动笔乱道!"各官听见太师在内发怒，俱各进见，个个下礼。张居正手也不动，只说一声"罢了"。海爷在屏风后看见，仔细想道："这狗头好无礼，各官下礼，怎么动也不动，就像生疔疮一般！待我少停也做个贼腔与他看看。呀呵！此时不走，更待何时?走罢。"别转头一溜，竟往外走。太师一见，忙忙问道："方才出去是何人?查班同了班役出去查来!"

查班官奉了太师之命，四下团团跟寻不见，来到六部朝房，见了一个白发官员，现在内面默默而坐，查班官叫道："白发老头儿在此，我们快去拿他。"班役忙抬头一看，吃了一惊，暗道：这不是恩官海老爷?"小人陆茂叩头。"海爷听说，内心想道："陆茂名熟得紧。"

便说道："陆茂，你这名字，我一时记不起来。"陆茂道："老爷当初作云南清吏司时候，是小人伺候。"海爷道："是呵！你起来。我与你久违了。一向好吗？"陆茂道："多谢老爷！太太在家纳福。"海爷道："你如今在哪里？"陆茂道："小人伺候张太师。"海爷道："呀！陆茂，那老张叫你来拿我呀？"陆茂道："不敢！小人奉太师之命，请老爷相见。"海爷道："陆茂，你去对那张居正说，我老爷偶有足疾之病，走不动，叫他来见我。"陆茂应声"晓得"，回身去了。

查班官问道："是什么人，不拿他？"陆茂道："老爷，你说他是什么人？"查班官道："我不认得他。"陆茂说道："幸是老爷不认得他，若是认得他，也唬了半死。"查班官说道："他是何人，这般厉害？"陆茂说："这个人十分厉害古怪，我家太师做梦也是怕他。他是南直操江海瑞。"查班官说："如此，怎生回复太师？"陆茂说："莫慌，跟我来。"

二人回到朝房。太师问道："那人是何人？"陆茂说："太师爷，这人是拿不得的。"太师道："胡说，他有几多大官儿，拿他不得的！"陆茂道："他官儿虽然不甚大，名头却大得紧，故此不敢拿他。"太师道："陆茂，他到底是何人？"陆茂禀道："他是先帝同年操江海瑞。"居正听陆茂说是海操江大人，吃了一惊，道："他几时来京的？"心中暗想："我好好在京为官，不合奏他已死，钦差御祭，如今惹火烧身，这便怎么好？有了！""陆茂，你去对他说，太师爷请他相见。"陆茂道："小人也曾说过，他不肯来。"太师道："他怎样说不肯来？"陆茂道："海大人说他偶有足疾，不便行走，反要太师爷去见他。"太师道："罢了。当日是我惹事，如今不得不下气了。"遂移步慢慢踱去。

陆茂跟在后面，来到户部朝房。陆茂把眼望去，不见海爷，心中想道："自古道：'江山容易改，禀性最难移。'他当初诨名叫作'海鬼头'，如今年老还是这样的。方才在这里，如今不知走在哪里去了。"便往各处朝房去寻找。

忽见海爷在工部朝房外蹲伏阶前抓痒，连忙禀复太师爷道："海老爷在这里了！"那太师爷只得微微含笑，上前先作一揖，口中尊道：

“刚峰老先生，久违了！”海爷也不立起，身手也不动。太师笑道：“刚老先生，老夫因你久不相会，所以与你打躬行礼，你怎么……”刚老动也不动，海爷道：“老太师近来新朝例，凡受人打躬者，不许动手。”太师笑道：“哪有此理？”海爷道：“既无此理，怎么我海瑞方才躲在屏风后，见那六部九卿四相行礼见太师，太师两手也不动了？”太师道：“呀！刚老先生，你在家多年，不知缘故。”海爷道：“怎么的？”太师道：“我老夫当年左手抱了当今天子登基，御赐我左手上绣一个五爪金龙；右手亲把御笔代天子判断批文，朝廷赐右手一个五爪金龙。若老夫的手动一动，各官立身不起了。”

海爷听了，哈哈大笑道：“老太师的手不动，海瑞知道了。我海瑞的手不动，老太师可知道吗？”太师道：“怎么的？”海爷道：“老太师，我海瑞当初，先帝拜我做同年，把我两手扯到金阶同步，论起来我的两只手也绣得两个金龙。我这两脚比你太师更是繁华。”太师道：“什么的？”海爷道：“我当初与严嵩作对，绑在法场。先帝闻知，奔到法场，亲身脱了龙袍，披我身上，抱着我头哭我，两个龙眼泪滴在我两脚之上。若依你这样说来，我这两个脚上也绣得两个五爪金龙。故此老太师叫我去见，我不敢去，反劳太师前来看我。老太师，我海瑞正是爱惜你。”太师道：“刚老先生，老夫为何要你爱惜起来？”海爷道：“若我不爱你，动了一动手，你这奸贼就当不起了！”太师道：“呀呵！刚老，老夫不得罪你，你为何出此言？太重了。”海爷道：“你还不得罪我么？我海瑞好好在家，你为何在圣上跟前说我死去？还不是得罪我么？”太师道：“刚老息怒！这是老夫不是了，但有个缘故。”海爷道：“是什么缘故？”太师道：“只因与刚老别后，时时想念，逢人便问，但恐你有什么病疾。一日问了一个夏布客人，他说刚老已死三年，老夫常常啼哭。这日圣上问我，我故实情奏上。皇爷特差御祭祭你。”

海爷道：“放你娘的狗臭屁！圣上好一个朝纲，被你弄得七颠八倒。你这奸贼，我海瑞眼中实在容你不得！”

海爷说罢，撩拳按掌，便要擒拿。居正见不是头路，思量移步要走，被海爷大踏步向前，持右手拖着袍袖，左手提起牙笏乱打，一时间朝房大乱。两边的文武官员商议："我们看他二人提着牙笏乱打，一时间大乱。若扯海爷，他必说我们是一伙奸党；若扯着太师，太师又说我们帮了海爷。只好远远立开，拱手相劝罢。"众人道："说得是！"众官只得远远作揖，口内只叫道："老太师、海老先生息怒。"不表众官之事。

状元张茂修入朝，闻说父亲与海瑞相争，说道："呀呵，不好了！这个冤鬼来了，这便怎么处？啊，有了！此事看来难以分手，必须托孙公公阻住皇爷，今日不坐朝方好。"想定了主意，忙忙来见孙太监，便双膝跪下，口叫："千岁公公救命！"

那孙太监名叫孙凤，乃是当今最得意得宠的内监。见茂修跪在地上，口口声声叫"救命"，吃了一惊。忙问道："有什么事？快起讲来！"茂修立起身道："千岁公公，今有旧臣海瑞，无故闯入朝房，与家父相争，执笏乱打。今日他若上朝见驾，必有本章参劾。若皇爷升殿，我父亲这性命难保了。"孙凤道："原来为此。这是你父亲不是了。"茂修道："怎见得是父亲不是？"孙凤道："那海瑞老头儿，已告老在家，朝政不理，与他半点无相干。他一年半载死了，万事俱休。偏偏要奏他身死，惹他生气，故此来京作吵。"茂修道："呵，千岁，事已至此，悔也不及。只求千岁开恩，阻住圣驾，再作商议。"孙凤道："既然如此，你去对你父亲说，现叫他差人打听海瑞的下处在那里，备酒与他赔话，送他盘费，劝他回去。复圣上不坐朝罢。"茂修再三称谢，不表。

再说海瑞自己扯住太师，至天明还不见圣驾上朝。海爷哈哈大笑道："好手段！你敢阻挡朝廷不坐朝。你若能阻得一月不坐朝，我便饶了你。"把手一放，大踏步走出朝房，来到东华门。

海洪二人看见，大喜不胜，叫道："老爷回来了！"海爷道："正是，取包袱过来。"海爷脱了冠带，换了毡帽，穿了布衫，说道："你二人自回去，不必随我。"二人自回下处。海爷看见无人，一溜去了。

那张居正父子回家，茂修说道："爹爹，孩儿今日见海瑞老头儿，在朝房与父争闹，孩儿久闻他在先帝时扳倒严嵩，力救东宫国母，真真是个不避死的人。今日入朝，必然上本。倘或如先帝时这般执法，我父子前程就不保了。所以相求孙公公，阻住圣上不出坐朝。那公公说是爹爹的不是，那海瑞已经告老在家，怎的爹爹在万岁跟前奏他已死，惹出事来！如今事已至此，叫爹爹打听他的下处，请他到来，赔了不是，备酒席请他，送他盘费，劝他回去罢。”太师听见儿子此话，即叫家人：“你去打听海爷寓在那里，下帖相请，说太师爷备酒谢罪。”差人去了回来，寻找半日不着，“启上太师爷，海爷下处无处找寻。”太师听了，闷闷不乐。

到了次日五更，太师上朝，查班官忙忙报道：“启上太师爷，海老爷先在这里了。”太师大惊：“呵！他今日又来作什么？我想今日躲他不过，不如竟去会他。”便移步来到吏部朝房。见海爷踱来踱去，太师忙赶上前迎住道：“刚老先生请了！”弯着身子揖下去。那海爷竟无半点恼怒之色，也微微笑道：“老太师请了。”太师道：“老夫昨日细想，果然是老夫不是。请人相请老先生相量，备酒赔罪，怎么再找不着。不知先生的贵寓实在何处？”海爷笑道：“我的下处，是不论的。今日在东，明日在西，那里找得着？”太师道：“原来如此。老夫备了水酒，与老先生赔罪，不要见外。”海爷道：“岂敢！我海瑞不是要太师赔罪来京的。只为受先帝大恩，要作忠心报国之人。只为近日朝政紊乱，百姓离散，定要把朝纲整顿整顿。虽然老太师赔我罪，我怎肯甘休？”太师听了，心中无奈。

不想那太监孙凤早已闻知，说道：“方才孩子们来报，海瑞又在朝房与太师作吵，我只得再阻着圣上，着莫临朝罢了。孩子们，你出去对百官说，今日万岁不临朝了，叫他们散去。”内监领了言语出来传话。海爷听了道：“好手段，奸贼内廷线索果灵！也罢，今日不朝，明日再来。”

孙凤一连阻住三日，至第四日，阻不得了。海爷至第四日四更时候，又走到朝房坐待，百官亦就陆续起来。未知此日天子有无坐朝，下回分解。

第七回　金銮殿披鳞叠谏　安乐宫赐宴酬恩

一封朝奏九重天，为国除奸进谏虔。

沥胆披肝冀天听，内宫嘉予锡琼筵。

再说孙凤因张居正之子张茂修求情，阻海爷面君，今日已是第四日了，暗想道："如何海爷又在朝房坐待？我若再多言，天子知此情节，反取罪戾。不如听了皇上自便也罢。"少顷只闻龙凤楼中画鼓响，景阳宫内御钟鸣，净鞭三下，金銮殿上一朵红云捧玉皇，万历天子坐朝是也。原来乃内侍太监孙凤启奏，这几日朝中无事，因此未曾出朝。天子奈这几日连夜梦寐不祥，因此不听孙凤之言，故要临朝。两班文武，朝参已毕，传旨："有事启奏，无事退班。"

一声旨下，班中闪出一位白发老臣奏道："臣原任南京操江海瑞见驾，愿我皇万岁！万万岁！"圣上道："赐卿平身。"海瑞又奏道："臣本章一道，御祭旨意一封，并乞御览。"内臣接去，铺在龙案。圣上细观，便开言道："张先生，你前奏海瑞已死三年，今日又来见驾，为何？"张居正忙忙俯伏金阶奏道："臣该万死！因旧年广东有一个夏布客人说道，海端已死三年，故此奏闻陛下。"圣上道："既是别人传言，与卿无干。"居正忙忙谢恩："愿我皇万岁！万万岁！"居正又奏道："这钦差陆元龙不读御祭旨意，律该问斩！"海瑞忙奏道："启陛下：臣接旨意，见是御祭，臣不曾死，祭什么？是臣不肯开读，与陆元龙无干。"圣上道："依卿所奏，不必究问。"

海瑞又奏道："张居正大奸大恶，欺君误国。臣参他六款：第一款，私杀皇亲镇东辽王；第二款，丈量田亩，虐害军民；第三款，私卧龙床，戏弄宫女；第四款，私存国宝；第五款，卖官鬻爵，广结奸党；第六款，诈索规例，贪婪强虐。乞陛下逐款拟罪。”张居正听了，忙忙跪下，奏道：“臣启陛下：那海瑞因臣奏他已死，故此进京冒奏。但圣旨御祭，海瑞就该自尽，不当进京见驾，惊唬万岁，实为欺君，法当处斩。”

圣上听了两下言语，心无定见。问两班文武：“今有张居正、海操江两下上本，罪该不小。但张卿是朕把笔先生，海卿是先帝恩官，一时难以分处，两班有能干将此本评论。”说犹未毕，闪出一位公卿奏道：“臣吏部给事孙成领旨评本。臣评得海瑞见了御祭，就该自尽，不当来京见驾，律当斩首。”海爷看着孙成，心中想道：“他是奸党了。”只有张居正心中大喜，暗想：“孙成平日不曾与我怎么，今日肯帮我。”圣上又问道：“海瑞惊驾之罪已评，张居正六款如何？”孙成又奏道：“臣评张居正诈称海瑞已死，现有欺君之罪，也当处斩。”海爷又看着孙成，想道：“好个反复奸臣，少不得死在我手。”只见圣上又问道：“孙成所评，但张、海二人俱是功臣，赦其死罪。”二人谢恩。孙成又奏道：“臣又评得张居正六款，款款有据，实该满门处斩。”皇爷大怒道：“朕已有旨赦免，你又敢冒奏。好大胆！日后再有评此本者，全家取斩。”

皇爷骂完，起驾回宫。海爷气冲牛斗，忙上前将龙袍扯住，被值殿将军阻止道：“海先生，这是万岁，你不可造次！”海爷急得放声大哭，声震朝外。皇爷在内宫听见，心中想道：“原来海瑞这般厉害，所以母后常常说他忠心似铁。寡人不免进内，与娘娘说，候娘娘旨意便了。”遂传旨内侍：“到安乐宫朝见娘娘。”

天子来到安乐宫，向太后请安道：“母后在上，臣儿朝见，愿母后千秋！千秋！”太后道：“王儿到此何事？”皇爷道：“母后呵！今有旧臣海瑞来京，面奏张居正六款，臣儿不准。他十分强霸，大闹金銮。臣儿不能自主，特来请了母后懿旨。”

娘娘惊道：“这什么缘故？”皇爷道：“只因臣儿得了一梦，梦海中瑞气前来保驾，传问朝中文武，主何吉凶。据吏部给事孙成奏道，此梦应在忠臣海瑞身上。臣儿即传旨宣他，张太师奏他已经去世三年。臣儿念他有恩于先帝，故此钦差御祭。谁知海瑞未死，赶到京都缴旨，奏参张太师六款。臣儿不准，他便硬奏。要行，扯住龙袍。臣儿不能决断，全仗母后懿旨。”太后闻奏道：“王儿呵！你的龙位全仗恩官海瑞保全。当初你的王祖宠用严嵩，留了妖道姚谦，出入宫中。你祖母后奏，王祖不听，将你祖母贬入冷宫。你父王号哭苦谏，王祖并将你父王囚入高墙。适遇海恩官来京候选，他就奏上一本，请赦国母、太子。王祖大怒，将龙泉宝剑架在海恩官头上。他真是忠臣不怕死，铮铮保奏。王祖只得准奏，赦了娘儿两个。后来立了你父王做了东宫，你方能接位龙亭。”皇爷听了娘娘懿旨，心中十分感激。辞别国母回宫。太后便差内监到海爷寓所问候。

恩官海爷正在书房闲坐，忽报娘娘旨到，海瑞忙排香案接迎。谢恩已毕，与内监分宾主坐下。海爷道：“老公公，烦你代奏娘娘，说臣赖国母洪恩福德，身体康安，不胜感激。”二人正说话，又报太后懿旨到，海瑞俯伏尘埃接旨。内监传旨道：“海恩官路途辛苦，特赐筵宴一席，以当洗尘之敬。”海爷谢恩，两个内监辞去，不表。

那孙成在朝批本，触犯天颜，回衙又生一主意，下回分解。

第八回　孙给事舍命评本
徐国公抬像叩阍

心丹全不避艰危，铁板评章誓莫移。

子继父兮忠贯日，母能大义仰坤仪。

再讲给事孙成道："今日早朝，上论各官评本，可笑六部九卿，面面相觑，不敢领旨。独我不怕奸臣，出班评本。圣上大怒，传旨明日若有人再评此本者，全家斩首。我想：忠臣不怕死，怕死不忠臣。明日早朝，再评此本。倘然朝廷震怒，全家处斩，也是甘心。"想定主意，就起身来到寿器行。跟随的家人问道："老爷到此何事？"孙成道："买一件东西。"跟随道："什么东西？"孙爷道："我明日要死，先买几副棺木。"家人心中暗笑，便说道："老爷不要做官便罢，为什么要死起来？"孙爷道："你不晓得，倒是死了干净。连你明日也不免矣。"家人不敢作声。

孙爷店店看过，都不中意。后到一店，见许多货物，便叫道："店家请了！"店主还礼道："相公请了！到店有何贵干？"孙爷道："要买棺木。"店家道："不知相公要买行材的，要买沙方的？"孙爷道："行材也要，沙方也要。"店家道："相公要几口？"孙爷道："要买行材七八十口。"店家道："敝店是要一口一口零星碎卖的，若是行贩，便不肯卖。"孙爷道："照时价估值便了。"店家道："如此行材三两一口，也有五两一口。"孙爷道："可有沙方么？"店家道："沙方也有，请内面看。相公，这一口，纹银一千两，这一口纹银五百两。"孙爷道："这样贵么？"店家道："相公，这一口只要五十两。"孙爷道："只要五十两就是了。店家，你可认得吗？"店家道："小人不认得。”孙爷道：“我就是给事中孙成。”店家忙忙跪下道：“小人有眼无珠，多多得罪。”孙爷道：“买卖不须下礼。我有黄金二百两，要沙方三副，行材八十一口，明朝抬往西郊法场伺候。店家，我还有一言，我明早要上朝强谏，情愿全家处斩。若是把棺木用了，就是我与你完了一事；倘蒙圣上赦免，棺木不用，你便抬回卖与别人，这黄金也送了你。”店家道：“多谢老爷！”孙爷吩咐完了，主仆二人举步回府。店家想道：“朝中多少官员，那个及得他这般忠义。伙计过来！你去灯笼店无字灯笼买二百个，红纸买二十张，剪就‘忠臣孙成’四个字，每个灯笼上贴了，明早伺候。”伙计答应一声，各去预备。

孙爷回府，即差人去买鱼肉，要三十桌酒席。众家人纷纷备办。又要麻索一百条，家人也买到。又发帖到兵科衙门，请拨家将二十名听用。兵科陈爷看了帖，即拨家将二十名来到孙府进见孙爷，跪下道：“兵科家将叩头。不知老爷有何吩咐？”孙爷道：“起来，劳你的十个前门把住封锁，慢慢食酒。十个把住后门，也把门锁了，慢慢食酒。我家内共八十一口，不许家人一个放出。”家将领命去了。

孙爷退入堂内，来见母亲道：“母亲在上，不孝孩儿拜见。”太太道：“呀呵！好端端的，为何这般礼数？”孙成道：“母亲听禀：只为旧臣海瑞老爷，他是先帝恩官，因奸臣张居正屈害忠良，欺君误国，海爷心中不服，来京上本劾他六款。圣上传旨两班文武评本，还是张居正有理，还是海操江有理。不想那百官都是贪生怕死之人，并无一人领旨。孩儿心忿，出班奏道：‘张居正罪该满门处斩。’圣上大怒，道儿妄谤大臣。传旨如有人再评此本，全家处斩。呀呵，母亲呵！欲尽忠就不能全孝，伏望母亲恕儿不孝之罪。”夫人闻言大悦，道：“我儿呵！你父当日要作忠臣，几次花绑衔刀，为娘也曾绑赴法场，至今名标青史。你今能承父志，强谏君王，不特忠臣，还是孝子了。”

连忙起来，又入房来见夫人道：“夫人，下官今只一言相告，夫人休得见怪。”夫人道：“相公说哪里话来？常言道：妇人三从四德，夫唱妇随。相公有何话说，妾身哪敢违背？”孙成道：“这也难得。夫人呵！你道是什么事？”夫人道：“相公不说，妾哪里得知？”孙爷道：

"只为海瑞来京与张居正作对，奏他六款。万岁叫人评本，我评张居正罪该满门处斩。万岁大怒，传旨明日再评此本者，全家诛戮。我明日上朝，又要评此本，万岁必然斩我满门。我已与婆婆告明，特来与你说知。"夫人闻言，半晌不开口，腮边两泪交流。孙爷道："夫人呵！岂不知死生有命，那怕白刃加身？今日下官办有水酒，请夫人不必悲伤，开怀饮酒。"孙爷说罢，抽身来到厅堂，吩咐即刻排席内堂，请老太太。

徐氏夫人含泪来到厅堂，婆媳相见，行礼完毕。太夫人道："贤媳呵！你乃开国功臣之后。你父因你公公为国捐身，把你配与我儿成亲。难得你丈夫今日为国尽忠，也不枉你父亲之意。自古道，死生有命，何必悲伤！"孙爷道："母亲请上坐，夫人你去西首坐，孩儿东首坐。"

三人坐毕，叫道："家中男女过来，府中除去厨子、水火夫、雇工的不预席，其余大小共有八十一口，我老爷备有二十四桌酒，你们坐了。前后门有陈府家将二十名，前门三桌，后门三桌，一同饮酒。"众家人道："老爷平日家法最严，小人怎敢与老爷、太太、夫人同坐？要老爷说明，小人才敢就座。"孙爷笑道："只为我明日要上朝评本，圣上若然发怒，必把我们处斩。今日这酒，叫作团圆酒。"家人等唬得战战兢兢，忙跪下叫道："老爷饶命！"孙爷笑道："你们不要怕，落得饮酒。怕也要死，不怕也要死。"太夫人道："众家人且站起来，开怀吃酒。你岂不晓老爷的性子？如今不必多言，吃了酒，明早同老身们齐去法场走一回。倘然朝廷恩赦，却不道恭恭喜喜回家。"内有一个老管家说道："兄弟，你不要怕，我当初也曾跟先太老爷同绑法场，复得回来。今日既蒙老爷备酒，且落得醉饱一番，明日再作主意。"有几个不怕死的同声说："也是。"大家流星赶月，喝拳行令。

看看吃到三更时候，孙爷席上抽身，手执酒盅，跪在太太跟前，说道："母亲，不孝孩儿敬酒！"孙成将酒献上，太太接过饮干。孙爷又斟一杯送与夫人道："下官也敬夫人一杯。"夫人接来也饮干。众家人妇女一同跪下："小人们也敬太太、老爷、夫人酒。"三位也接过饮干。

堂上饮酒已毕，太太即忙出位道："我儿如今先把我绑起。"孙爷道："是，母亲请坐，待孩儿拜别。母亲呵！枉养孩儿半世，今朝反害母亲。养育之恩，今生料难报答，只愿来生报答亲恩。"说罢拿索在手，先将太夫人绑了，后将夫人绑了。说道："叫陈府家将入内！"孙爷吩咐道："你们将我满门八十一口男女，尽行绑了！"家将领命，众人绑完。孙爷叫取一条长索，将个个臂膀穿上，叫抬进三乘轿子，将绳索结在太夫人轿杠上。开了大门，灯笼点着，点得如同白日，俱望西郊法场而去。又吩咐厨子、水火夫、雇工人等道："我今上朝，你们把前后门关好了。"众人一齐答应："小人们晓得。"

孙爷举步来到朝房坐等。那棺材店主人到五更时候，忙忙叫齐伙计，将棺木抬扛至法场，点起二百个灯笼。只见法场俱是"忠臣孙成"四字，照得如同白日。太太见了心欢道："我儿有此忠心。"家人也有哭，也有笑。那哭的问那笑的道："哥哥，死在目前，有什么好笑？"那笑的道："兄弟你看灯笼上，多写'忠臣孙成'四字，岂不快活？"

不表法场闹热，再讲万历天子五更登殿，说道："今因先帝旧臣海瑞，与张太师作对，上了六款，款款俱是大罪。寡人难以分别曲直。不想给事孙成也敢出来评本，奏张太师该满门处斩，甚为可恶！所以寡人传旨，再有评此本者，满门诛斩。谅他今日必不敢再来评本。但那海瑞果是忠臣，昨日朕见太后，太后细述始末，十分尊敬他。谅他今日必又劾奏，叫朕怎么处置呀？"

那百官都上朝了，内侍传旨："百官有事启奏，无事退班。"那内侍话犹未毕，班内闪出四个大臣，俯伏金阶奏道："臣吏部一本，为升任员缺事。""臣户部一本，为奏钱粮事"。"臣都察院一本，为不法减宪事。""臣海瑞一本，为藐法欺君事。"

接本官接铺在龙案，圣上看过道："吏部、户部、都察院三本，候旨定夺；海恩官这本昨日看过，何必再上？"海瑞道："臣昨日虽上，未蒙圣上准行，故此今日又上。若是今日圣上不准，明日又上。

若蒙圣上准了，臣就不上。”皇爷道：“恩官老了，差不多些罢了。”海瑞道：“臣姜桂之性，至老愈辣。今日万岁若不准臣所奏，老臣必碎首金阶。”

圣上正在两难之际，只见孙成出班，俯伏奏本。圣上道：“孙成，今日所奏何事?”孙成道：“臣当评本。”圣上道：“又评何本?”孙成道：“评海瑞奏居正之本。”圣上道：“今日怎么评法?”孙成道：“依前评法，张居正该满门处斩。”圣上勃然大怒：“寡人昨日传旨，再评此本者，该满门诛戮。好大胆泼官，又来评本！敢是要死么?”孙成道：“启万岁：臣母、妻及一家男女共八十一口，早已绑赴法场候旨了。”皇上拍案大怒，喝道：“绑了！”直殿将军赶上，将冠带剥下，就绑了。圣上又传旨道：“将孙成押付法场，并满门一同处斩！”那海瑞见了。心中大怒，大叫道：“万岁使不得！”赶上龙床，正要衔衣强谏。圣上吃了一惊，忙忙跳下龙床，退入后宫去了。海瑞道：“罢了！罢了！我看圣上到这田地，作我海瑞不着。赶到法场，陪孙成同死罢！”大踏步来到法场而去。

到了法场，见孙成一家俱绑在这里等刑，候旨开刀。海瑞抱着孙成大叫道：“孙先生，只望来京扳倒奸臣，报答圣恩，不想张居正安然无事，反害你一门惨死。我海瑞寸心如割，今特来陪你同死。”孙成道：“海老先生说哪里话来?我孙成自愿作个忠臣，与你何干?我到阎罗殿上告诉此情，老先生还要再寻机会，作了阴阳二路夹攻，必要扳倒奸臣，方消我气。”

二人正在言语，不想来了一位救星，是开国元勋，称第一位龙虎将徐电是也。徐电打围回来，一路想来：“我祖徐达，佐太祖平定江山，蒙太祖封中山王之职，又赐打王金锤，上打昏君，下打奸臣；又画龙像一轴。供奉在我家中。今日本藩到郊外打围，得了许多野兽，好不快活，就此回府。”徐千岁一路行来，由法场经过，只见法场中人众纷纷。徐爷道：“手下家将打听，今日所决何人?”家将一打听，忙忙回禀：“启千岁，不好了！圣上将郡马全门处决，不知何事！”千岁闻言大惊，立刻叫家将传令，叫监斩官刀下留人，如有违令开刀，其罪不小。

千岁飞马回府，吩咐左右把龙像请出，挂在龙车。千岁手执金锤，即刻来到朝门，三声大炮轰天。圣上听见，忙叫太监查看。回报是徐国公,请了太祖龙像，到朝见驾。圣上心中一想："不知王叔今日何事请龙像到朝？朕当接见。"圣上出金銮，同百官来到午门，接进龙亭，供奉殿中，就叫："王叔，今日何事，请龙像上朝？有何本奏？"只见徐千岁手执金锤，怒气冲冲，总不开口。圣上又道："到底何事？乞王叔奏明。"徐千岁道："万岁听信奸贼张居正，屈害忠良，今日杀到臣妹丈的家里来了。"圣上道："御姑丈是谁？"徐国公道："吏部给事孙成。"圣上道："呵，朕实不知。今朕即传旨赦孙成一家入朝见驾，加官压惊。望王叔奉回龙驾罢。"徐千岁大喜，领了旨意，奉龙驾回府而去。

这朝中赦诏飞奔法场而来，监斩官接了，忙令军士将孙成全家尽行赦绑。那家人八十一口男女，欢天喜地，一齐回府。

孙成来到金阶叩首谢恩。圣上开口道："赐卿平身。朕不知孙卿是朕御姑丈，倒着卿受惊。今赐卿御宴一席，与卿压惊；再升卿为都察院掌堂都御史。"孙成正要谢恩，闪出海瑞，跪在金阶："臣海瑞启奏：孙成该贬不当升。"孙成听了想道："呀！海瑞莫是方才唬昏了，怎么要贬起我来？"只见圣上问道："海卿，孙成怎的该贬？"海瑞道："孙成明知张居正是万岁宠用的，他偏奏他斩罪，明是欺君，理该贬削。"那圣上原是不喜孙成的，只怕徐王叔厉害，巴不得有人劾他，便连忙传旨道："依卿所奏，该贬何职？"海瑞道："今有湖广荆州理刑陈大成任满应升，乞将陈大成升署御史，孙成贬作理刑厅，两相确当。"圣上便传旨："孙成速到吏部领凭，赴任供职。"各官退朝。

海爷对孙成道："先生不要看我，我对你说明朝廷贬官有例，理应速行，不许耽搁。如若挨延，我便奏你违旨欺君了。"孙爷口虽不应，心中实愤恨，把眼铮铮看海瑞。海瑞道："你看我则甚？快些去吧。你要阴阳夹攻，我要内外夹攻。"孙爷心中不快，无奈回家，拜见太太、夫人。

太夫人道："我儿，你娘今日本拟九泉相会，不想蒙圣上天恩赦免，又加我儿官职。如今实授何职？"孙成道："母亲说也不信。孩儿因海瑞忠义，舍死评本，朝廷准家舅保奏，赐儿都察院之职。不想海瑞反奏孩儿当贬不当升。朝廷准奏，贬儿荆州理刑。他又对儿说，朝廷贬官，如若挨延，还要奏儿违旨欺君。想他许多年纪，天下大事也见得多，为何今朝七颠八倒起来？"太夫人听了，说道："儿呵！那海瑞忠臣，是有智有谋的人，不应如此，其中必有深意。为娘女流之辈，不解其中深意。你速去见你舅舅，一则谢他保命之恩；二则求他参解贬官之意。他是国家重臣，精于世故，必能参透。"孙爷道："母亲主见极是。"

孙成辞了太太，打轿来到王府，也不用通报，一直来到后堂，拜见王妃岳母："岳母在上，小婿拜见！"王妃道："贤婿常礼罢。你母子受惊了。海瑞怎保你？"孙成道："岳母大人，小婿一言难尽"正言间，徐千岁来到，叙礼坐下，千岁说："妹丈受惊了。"孙成道："呵，舅舅，为臣理当如此。"千岁道："好个理当如此！侍女们，备酒！"须臾，酒席排完。二人对坐，饮酒中间，千岁问道："妹丈你去见驾，圣上怎说？"孙爷把事情细述一遍。千岁听了，开言便说。

不知所说何事，下回分解。

第九回 赐红袍耳目官邀宠 接刑篆旧令尹指奸

红袍载锡主心欢，耳目荣封岂易官？
位比公卿崇禄爵，代天视听任包弹。

话说孙爷在徐府，同岳母、舅舅饮酒，将降职情由细细说明。千岁道："妹丈，你既降职为理刑，就该去到任便了。"孙爷道："舅舅呵！只为奸臣家在荆州，那万岁乳母现在家中，我此去必定有祸患到头。"千岁道："妹丈呵，我猜着了。那海瑞必道你是忠义之辈，故将你降职荆州，是要你察访豪奴的恶迹，锄灭奸党势焰，做个里应外合之计。况且有我在朝相帮，哪怕姓张的奸臣！侍女过来，你把我钦赐绿龙袍拿来！"侍女取过龙袍，送与千岁。千岁又道："你传外边管印官儿，把我钦赐金镶御印送进。"侍女领命，传出去取了御印奉上。千岁接了御印，开口叫声："妹丈！你将龙袍衬在衣里，我将御印打在衣上，速往荆州去。哪怕他怎么权奸，就是内监与你作对时，你只需把这与国同休的印信，并这龙袍与他一看，这班阉狗，就不敢放肆了！你当速速上任，使他一时措手不及，就不上他那讹头了。"孙爷道："领教！"忙忙取了龙袍，作别起身。

回到府中，拜见亲娘。太夫人道："我儿，你舅舅怎说？"孙爷道："舅舅说海瑞知孩儿是个忠义之辈，故意使孩儿做荆州理刑，把张家恶奴扳倒。他在朝自然有本接应，这叫作'里应外合'。叫孩儿速速上任，使他措手不及。"太夫人道："既然如此，我儿速速起行。"孙爷道："孩儿晓得。"即去吏部领凭。

忽报圣旨下，孙爷忙排香案，跪听宣读。

诏曰：降职理刑孙成，钦赐七级，纪功九次，往湖广荆州府上任，须至要清廉正直，除强奖善。王封圣旨一道，到荆州地方，命原任理刑陈大成开读遵印。钦此！

孙爷接过圣旨，送天使出门，入内拜辞母亲。太夫人道："做娘的同你妻子在京，倒也安稳。你此去须要做个好官，不必挂念家中。"孙爷答道："多谢母亲。"回身入内，向夫人道："下官奉命远出，不能奉承膝下，专望夫人孝敬婆婆。"夫人道："做媳妇理之当然，相公不必挂虑。"孙爷道："如此，深受夫人之德矣。沈能、李贵过来！"两人应道："有！"孙爷道："你去马号挑选二十匹好马，家里家丁会拳棒的，点齐十来人，明日清早，同我起身赴任。快些端正。"叫了几个妇女，把行李装备发出厅堂，着管家的家人点明。诸事料理已毕，一宿晚景不提。到了次日五鼓，一齐起身望荆州去了。

再讲朝中海瑞道："昨日奉降孙成为荆州理刑，又蒙圣上传旨，催他起身。今日探听已经起身去了。我这里再把六款本章备办停当，再去见驾。"便将本章存在袖内，上轿出门，早来到东华门。只见文武官员纷纷俱进朝房。忽闻金殿上钟鸣鼓响，天子登朝。

百官朝贺已毕，内侍传旨道："有事出班启奏，无事退班。"只见班中一位大臣，俯伏金阶奏道："臣华盖殿大学士张居正有短表章奏上。"内侍传旨道："奏来！"居正道："一本为提调巡抚事；一本为清净钱粮事。"皇爷道："二本准，着该部议奏。"居正谢恩。

又见班中闪出一位大臣奏道："原任操江海瑞有本奏。"内侍道："奏来！"海瑞道："臣非为别事，单为除奸剔佞。"说道将本章上呈。内侍排在龙案之上，皇爷举目观看，道："海瑞爱卿，这是前日旧本，朕已看过。还有什么新本，再与寡人看看？"海瑞道："新本多得紧，只怕万岁一时不及看了许多。如今且把旧本准了，明日再进新本。"皇爷道："既然如此，准卿所奏。"海爷道："既准了本，即将张居正拿下。"皇爷道："朕为这六款上俱无凭据，怎么就要把他拿下？"海爷道："新科进士周元表等三十四人，他们十载寒窗，苦志攻书，进京求荣，怎反受辱？那张居正每人要他见面银一千二百两。周元表无银送他，居正上本处他极刑。幸蒙万岁开恩，将他免死，充军出京。老臣途中遇着，不忍他无罪受刑，留他在临青候旨。望万岁依臣所奏，赦免书生三十四人，召还京中，各封官职，方是不负读书之士。”皇爷道：“依卿所奏，着该部传旨，到临青赦免周元表，并赦三十三人，俱召回京供职。”海爷俯伏谢恩。

皇爷道：“海卿，你年高衰老，朕不忍你在朝为官辛苦。今赐红袍玉带，黄金彩缎，驰驿荣归去罢。”海爷道：“谢万岁天恩！但臣年纪虽老，精力还在，可以为官，不愿安闲林下。”皇爷暗想：“这老头儿倔强得紧。无奈是先帝恩官，朕不忍难为他。叫他回去不肯回去，偏要在朝为官。也罢！料来宰相、尚书、九卿、都察院科道等官，不可与他做，若做了益发厉害。待朕偏把个无官无印的官名与他做做，他就不得弹劾了。”便说道：“海卿，你要在朝为官，别的官儿朕不忍劳动卿，今做了寡人耳目的官罢。”海爷听旨，忙叩谢道：“我主万岁！万岁！万万岁！”满心欢喜：“怎么叫作耳目官？从来没有衙门，也没官职印信。这虽是万岁哄我，倒中我的意思。”当下退朝，各官散出。

海爷回到杜家，各官俱来贺喜，祭酒杜元勋亦出来称贺。海爷道：“贤契，我此官无印无职，空名何喜可贺？”祭酒道：“恩师，今朝廷封恩师为耳目官，就是朝廷的耳目了。上可与宰相同列，下可与九卿同坐，非同儿戏。凡天下的本章，多可以上得。”海爷道：“贤契，你也知此意么？我想皇上上了我海瑞的当了。我今连夜做起本章，贤契须要帮我一帮，明日又要上新本了。”祭酒道：“遵命！”师生二人连夜做成本章。誊清已完，早已五鼓，进朝俯伏金阶，手捧本章。

皇爷看了，说道：“海卿，你无衙无印，怎么又上起本来”海爷道：“万岁，臣蒙万岁封为耳目官，就是圣上的耳目了。圣上是心性为主，臣是耳目为用，那有耳有闻不与心知、目有见不与心闻之理！”皇爷听奏，心中懊悔道：“朕倒上了海瑞的当了。”没奈何，只得说道：“准卿起奏。”海爷平身起立旁边。各官多有本章呈奏，皇爷一概命张居正批发。

各官退朝。居正捧本章对海爷道："海老先生，圣上十分宠任老夫，这本章多付老夫标看，劝你差不多罢了。"海爷道："再养你几时体面，哪里肯罢！不必多讲，请了。"两个分别，不提。

再讲那陆元龙道："下官陆元龙，奉钦差御祭。恩师接了圣旨，叫我不必开读，他要自己进京缴旨，叫我随后慢慢而来。故此在路耽搁，今日才得到京。且先见恩师，再作道理。"那陆爷也不坐轿，也不骑马，步行来到杜家门首。门公传报进去，海爷叫"请进"。陆爷道："恩师在上，门生陆秀拜见。"海爷道："贤契免礼，请坐。左右备酒。"杜爷也出来相见，一同坐下，饮酒之间，讲些朝廷政事及奏劾张居正之事，直至更深，方始辞回。

次日陆爷见驾，海爷也有本章代他奏明。皇爷传旨："陆元龙御祭旨意，已经海瑞代缴，与你无罪，着仍旧入翰林院供职。"陆元龙叩首谢恩。师生退出朝门，各回寓所。

且说理刑孙成到了荆州地界，吩咐船家停泊码头。三声大炮，文武官员俱来迎接。听事上前禀道："启上大老爷：荆州府所属经历、照磨、知县各官，多有手本投递、迎接。"孙爷道："传话外边官员：各回衙门理事，守卫汛地，改日请见。"听事走出船头，吩咐各官散去。

随后陈大成旧任来到。听事忙忙报道："启上大老爷：原任陈爷接见。"孙爷吩咐安排香案。陈爷上船跪下，孙爷手捧圣旨，开读曰：

诏曰：湖广荆州府理刑陈大成为官清正，恩官海瑞特本保奏，今升为十三道御史之职，作速来京补授。其理刑印信，接诏之时，即交与孙成顶补。钦哉！

陈爷谢恩已毕，即刻交清印信。陈爷道："钦差大人，你前日忠心为国，不想今反受屈。"孙成道："不敢！海老先生在万岁驾前，竭力保奏大人。"陈爷道："极蒙海老先生抬爱，此番上京还要求大人指教。"孙爷道："依弟愚见，大人进京，还该拜在海老先生门下，一定有益。弟还求大人指教，不知张宦家中作恶怎样，乞一一指教。"陈爷道："那张宦势力如天，族支弟侄恃势欺压官府。还有豪奴数人，重利苛剥百姓，打死人命，如同儿戏，强占百姓妻女，奸淫乡邻，人人害怕。大小官员，如同走狗一般，一时不及讲尽。"孙爷道："呀，有这等事！陈大人，圣上命你速即进京供职，你切不可依附张姓，辱没了海老先生一番举荐。"陈爷道："岂敢为那忘恩负义之人！大人放心。"陈爷辞别，回府收拾进京。

孙爷见陈爷去了，就向衙役道："这里叫作什么码头？"衙役道："这里叫作西码头。"孙爷怒道："今日本厅上任，须要吉利，怎么在西码头、白虎头上上岸？应该在青龙头上上岸才是。难道荆州大省份，没有东码头吗？"衙役应道："有是有个东码头，向来上任的官府多在东码头，自七八年以来，都在西码头上了。"孙爷道："为怎么的？"衙役道："只为东门内新造乳母娘娘府，是奉旨起建的。内中张老太太居住门前，竖立下马牌，文武各官至此须下马。有八名太监把守，手执御赐五爪金龙棒，十分厉害。凡官员不下马者，就算逆旨了，立时打死无论。所以近日到任官员，俱由西码头进城。"孙爷听了，哈哈大笑道："你们说哪里话！本厅不在西码头上岸，快将坐船移到东码头青龙头上上岸。"衙役答应"是"，即刻叫船户将船撑到东码头上岸。

孙爷道："吩咐本厅这里上岸，要放大炮三声，进城也要放三声，到乳娘府经过也要三声响炮，敲锣的要响，吆喝的要高声，吹打的要闹热，如有一件不遵，到衙重责四十大板。"衙役听了，舌头伸出，不敢答应。内中有几个大胆的跪下禀道："太爷吩咐，下役怎么敢有违？但张居正府中厉害得紧，只怕使不得。"孙爷喝道："狗才！怎么使不得？有我担待！"衙役答应"是"，退出与众人相议道："列位，你看这个大爷，买腌鱼放生——不知死活。难道张府的厉害，他还不知道？"众人七舌八嘴，纷纷议论。内中有年老的书办道："你们不必议论，且看乳娘府怎么样就是了。"众人道："这话不差。"未知孙成过了乳娘府，动静如何。下回分解。

第十回　乳娘府献袍斥监　盐运道惧罪鸩金

天子加恩拜乳娘，赐他内监护宫墙。

莫言司马为官小，五爪龙袍满袖香。

话说孙成接到刑厅之印，直由东码头上岸。大炮三声，众衙役执事序次排设，齐齐整整。只听得锣声鼓乐，喧天动地，前头喝道之声，如雷贯耳。到了城门，又是三声大炮。一路行到乳娘府门前，故意扑通、扑通三声响炮，惊动内里八个太监，忙把盘龙御棍赶出拦住。“呔！那个狗官如此大胆！难道没有眼珠么？”这两边衙役看见，说道：“不好了，快走罢！”内中有大胆的道：“列位，我且躲在僻处看看，不知太监打官府是如何打法？”只见那八个太监手执御棍，正要打去，孙爷不慌不忙，在轿中轻轻脱下大红圆领，露出御赐徐千岁的袍，只见五个金龙盘旋遍体。太监看见，大惊失色，连忙跪下，大叫：“千岁王爷饶命！”孙爷道：“本厅不是千岁，是千岁的郡马。”太监听了，只管磕头道：“求郡马爷饶命！”孙爷轿中大笑道：“你这阉狗，下次不可放肆。若再大胆，取你狗头解京！”太监道：“郡马爷，以后再不敢了。”那一班的衙役，远远看见，说道：“伙计，我们这个本官，想是有甚大的来头。你看许多的太监，俱在那里叩头，我们过去罢。”

众衙役依旧吹打喝道，大锣依旧响天。早已惊动府中太太，叫人外面查探。回报是钦差徐王的郡马孙成来做理刑。太太心内暗想：“丈夫身掌朝纲，怎么差个郡马来此为官？看他这个模样，像是与我作对的。”便吩咐家人不许在外闯祸，外面的号灯俱收拾回家。家人奉了太太之命，即刻收回号灯。

孙爷离了张府，一路迎来，来到平桥边。只见十余人枷犯，看见新官到任，俱至轿前跪下，口称“救命”。孙爷叫住轿，问道：“你们是什么人？所犯何罪？”众枷犯道：“小人们多是穷民，只因家中父母年老，儿女幼小，口食不周，因此篮提肩挑几斤盐，各处卖了度日。不想盐捕拿获，解到盐院大人衙门，每人打三十板，枷号三个月。已经枷死数人，某等谅必难免也是死了。求大老爷怜念蝼蚁之命，超活小人们，真是百代公侯！”孙爷心中一想：“也罢！”吩咐左右：“把枷打开，将这十余口盐犯尽行放了。”衙役禀道：“这是盐院大人枷的，恐怕放不得。”孙爷道：“胡说！有本厅在此，快快放了。”衙役只得一个个放了。孙爷道：“吩咐直到城隍庙。”庙中当家道人，忙出迎接。

孙爷行香已毕，正要出庙。不想那地方保甲见孙爷把盐犯放去，忙报盐院大人。大人大怒，便叫巡捕问道：“那新任理刑姓什么？是怎么来头？”巡捕道：“启禀大人：那理刑姓孙，是吏部都给事降职出来的。”盐院道：“他虽是降官，不该擅放本院的枷犯。巡捕，你将令箭一支，速传理刑来见。”巡捕得令，捧了令箭，上马一直往城隍庙来，遇着孙爷道：“太爷在上，卑职奉盐院大人之令，有令箭来请太爷相见。”孙爷内心自想：“必是方才放枷犯之事。他既无分晓，我便去见他。”

即同巡捕到了盐院衙门，一直闯至花厅。见盐院在内，孙爷就当厅而立，把手一拱道：“请了！”盐院看他大模大样，心中大怒，立时变脸道：“你是什么官，敢与本院打拱？”孙爷道：“难道你不认得我吗？”盐院怒道：“你虽是都给事，但今做此官，行此礼。理刑只是理刑，本院钦差为盐院，论爵而行，如何擅放本院枷犯？”孙爷道：“我放了，因此大人发怒耶？吓，大人，你难道不晓得，这一起犯人是朝廷子民，只因日食不周，肩挑手提卖几斤食盐，如何把他枷死几个？”盐院道：“本院执掌盐政，盗卖私盐，有关国课，故把枷号示众。你怎把他放去？”孙爷道：“大人要拿私盐，有大人的私贩在那里。这几个穷民，几斤几两的，拿他何用？”盐院闻言道：“在哪里？”孙爷道：“大人要卑职去拿私贩，只消大人令箭一支，封条几张，卑职便去拿来。”盐院大喜，忙将令箭、封条交与孙爷。

孙爷接了出衙，上马带了差役，一直往北关外。只见河船无数，孙爷吩咐衙役：“这船尽行封了，船梢尽行锁拿。”衙役禀道：“太爷，这是官盐船只，怎么封得？”孙爷道：“你不要管，封了拿来便是。”衙役不敢违令，只得把船梢拿下几个水手上岸。孙爷又吩咐道：“你们在此看守，不许船户弄了手脚，如违，立时重处！”

孙爷回至盐院衙门，入内禀道：“大人，卑职把盐尽行封了，私贩现拿几个在此，乞大人审究。”盐院大喜，即刻坐堂，吊进私贩喝道：“你这狗才！怎敢连船满载，贩卖私盐？”只见船户喊道：“冤枉吓！小人船上是大人的官船，现有盐场官监押，不知何故把小人拿来！”盐院惊道，“贵厅，这私贩是那里拿的了？”孙爷道：“是北关外拿的。”盐院道：“错了，这是本院的官盐船，如何拿来把他做私贩？”孙爷道：“卑职不错。请问大人这船可曾掣过吗？”盐院道：“怎么不曾掣过？”孙爷道：“大人被他骗了。”盐院道：“怎见得？”孙爷道：“官盐每包重二百五十斤，为何船内的每包都有三百余斤？况且奉旨掣过的盐船，立刻开卸；若不开卸，即系私贩。今此盐船停在河内，半月不开，便是违旨了。还求大人照律惩治。”盐院听了，心内吃惊，忙赔笑道：“贵厅，你我在此做官，凡事须要宽恕些。”孙爷也不开口，忙脱下大红圆领，露出龙袍，坐在当中椅上，唬得盐院魂不附体，忙又打拱道：“晚生有眼无珠，大人乃是圣上国戚，多多有罪！左右备酒。”

盐院正在备酒相陪，只见巡捕官禀道：“各盐商请见。”盐院对孙爷道：“大人少坐，晚生出去就来。”盐院出去，相见商家，道了始末。盐院道：“我正要传你，各人如今来得正好，少不得凑成三四万银子，送与孙太爷，方买得他不开口。”众人无奈，只得应许辞出。盐院进衙陪席，酒至数巡，孙爷道：“大人还是何等出身”盐院道：“晚生忝在两榜，原任西宁道升来的。”孙爷道：“呵，你就是李显么？

这怪不得。我与你去船上盘一盘。”盐院道：“晚生知罪了。方才众商人说，公鸠四万银子，送大人买茶。”孙爷道：“既是大人见赐这宗银子，相烦差人送上京师，与定王舍亲收，待他买茶，与海忠臣吃。”盐院听了，心中暗想：“怪不得这样厉害，原来是定王至亲，又是海瑞相好。”便应道：“晚生一一领教。”孙爷饮毕辞去，盐院送出头门。孙爷仍到城隍庙。

次日孙爷上任，行香拜圣。通城的百姓，一传两，两传三，俱说好个清官理刑，不怕上司，不畏权贵，我等有冤枉的，速速到他衙门投告。理刑一概不准，众百姓浑呆了，都说清官也怕张府势焰，各人散去。

过不数日，孙爷打轿来拜张府。那居正四个儿子，两个在京，两个在家奉伺太太。见孙爷来拜，兄弟连忙接入府内。下回分解。

第十一回　张明修赴宴遇仇　陈三枚奉旨搜宝

莫是冤家莫聚头，天公凑合暗相投。

一经恶报昭彰日，桎梏加临不自由。

话说孙爷拜望张府，三杯茶罢，辞别起身，二位公子双双送出墙门。只见门首一人，手拿状子，喊叫申冤。孙爷吩咐左右，将状子接上，展开一看，喝道："大胆！堂堂相府，你竟敢大胆前来妄告！左右，将这狗才赶出去！"那人又赶上前，大叫道："吓！大老爷，张三公子强占小人的妻子，有千人作证，人人共知，小人岂敢诬告？乞大老爷申冤呢！"孙爷又喝道："你这奴才，当时强占你的妻子就该控告，怎么到如今才来刁告？打下这狗才的狗腿！"左右将那人按到地下，打至四十板，骂道："你这奴才，下次若再大胆，活活打死。赶他出去。"左右将这人赶出。张家两位公子在旁看见，心中大喜，忙上前打躬。孙爷道："二位先生，这般刁民，大胆放肆，学生已经诫他，下次再不敢了。"二人再三称谢。

孙爷上轿回衙，暗暗想道："差人去叫方才被打的人，至放告日期，再来控告。"又吩咐书办，写了放告日期，令粘各处。那受冤百姓见告示，各各端正状子，专候至期投递。

看看到了放告日期，孙爷去请张家二位公子。门公递帖进内，报道："启上二位公子：理刑孙爷有帖请酒。"兄弟接帖看了，即刻打扮，双双乘轿出门。不及一箭之地，四爷轿杠忽然折去一根。四爷道："三哥，我不去。"三爷道："四弟怎么不去？"四爷道："我轿杠无故折了一根，今日出门不吉。刑厅若然问起，只说有恙不来便了。"

三爷到了刑厅衙门，门上通报，孙爷叫开门迎接。且到花厅，分宾主坐下。三爷深深打躬道："承公祖见招，舍弟本欲领教，奈偶沾小恙，有负盛情。今反要公祖费心，实不敢当。"孙爷道："岂敢！水酒粗肴，有慢休怪。请问三先生，令弟什么贵恙？"三爷道："不过感冒风寒。"孙爷道："该请医调治。"三爷道："领教。"

须臾席齐，宾主分坐饮宴。那外边告状的人，将状子拿在手中，等了一回，不见孙爷上堂，三三两两议论起来。有的道："想是今日不坐堂了。"有的道："我们不管他收不收，进去一同喊叫吧。"众人道："有理。"那百姓真蛮，一齐拥至后堂，沸反盈天，口叫大老爷申冤。吓得管门的吃了一惊，喝道："你们这百姓来此做甚么？"众人道："我们众百姓俱是含冤受屈的，蒙大老爷今日放告，特来告状。"门上道："就是告状，须候大老爷升堂，如何到此吵闹？衙役打出去！"

衙役正在赶打，那孙爷在花厅闻知，便问左右："外边喧闹何事？"家人禀道："老爷，今日是放告日期，因老爷在此饮宴，未出坐堂，故此众百姓在外边喧闹。"孙爷道："咦，我忘了。你出去，叫众百姓到花厅来投递。"家人听了领令，将众百姓叫进，跪在地下。左右接上状子。孙爷展开一看，这状子十张内倒有八张是告张宦及族众强占妻子、打死人命、白夺田地、拆毁房屋，无法无天的事。孙爷便对张三爷道："三先生，烦你把状纸看一看，还是准他，还是不准他？"三爷不知状中之事，忙接来一看，不看之时尤可，看时倒吃一惊，不敢作声。孙爷道："三先生，那荆州百姓可谓刁恶之极，晓得三先生在此饮酒，故意反来控告府上。"三爷立起身，深深打躬："公祖大人，乞看家父薄面。"孙爷道："三先生请坐，那状子上情由，还是真的，还是假的？"三爷又深深一拱道："不要管他真假，乞大人一概不准他便了。"孙爷道："三先生，荆州百姓多是刁恶，若一概不准他，他便要谈论本厅了。左右，你去叫当班的拿链子来！"衙役答应一声，不片刻链子拿到。孙爷喝道："衙役们，把张公子锁了！"三爷登时失色，急忙跪下："乞求大人看家父薄面。"孙爷变了脸道："胡说！本厅从来没有人情的，锁了！”衙役不敢容情，将公子锁起。孙爷吩咐收监。

跟随公子的家人，匆忙报到府中，四爷闻说大怒。太太见讲，两泪交流，与儿子相议，忙写一封家书，叫进家人李贵领了言语进京。那孙爷收进状子，凡是被告张家奴仆，或是族众、亲属的，该打二十板反打四十，该问徒流的罪改作军遣。张太太知此信息，日夜望京师回信，不表。

再讲京中忠臣海瑞做了耳目之官，衣衫褴褛，饮食淡薄，却是气象高峻。满朝文武，哪个不怕？那这做良臣的还胆大不怕，那这有心病的，素拜张居正门下，不是告养回家，便是告假请假。若耳目不准，就有这般费力。

一日，海爷正在寓所闲坐，门公禀道：“老爷，今有新科进士周元表等三十四位老爷禀见。”海爷大喜道：“请见！”门公传出，众人一直来到堂中，道：“恩师大人在上，门生周元表等拜见。”海爷忙立起身，哈哈大笑道：“列位贤才请起！周贤才，你来得却好，老夫明日正要奏本朝廷。左右，快备十席饭，与各位接风。再发名帖一张，快请兵部给事前来与席。”须臾给事来到，躬身禀道：“老大人在上，晚生陈三枚拜见。”海瑞忙忙回礼道：“众贤才过来见了陈先生。”众人一一见过，让坐上席，不过是豆干、豆腐、豆腐皮、笋干之类。

酒过三杯，陈爷开口道：“请问这各位先生是谁？”海爷道：“俱是新科穷进士，多是老夫在临青新收的敝门人，共三十四位。他们倒胆大得紧，连上了张居正数本，圣上大怒，将他们问了充军之罪。老夫保奏，叫他们回京复职的。”陈爷道：“原来是贵门人。今日召晚生不知有何吩咐？”海爷道：“老夫特备水酒一杯，与贤契饯行。”陈爷吃了一惊，道：“请问大人，晚生不到哪里去，怎么要大人费心。”海爷道：“怎不到哪里？明日自知。”陈爷不敢再问。

须臾席散，陈爷先行辞回。海爷道：“陈贤契，你此去一路须要小心，与我问候孙理刑。凡事须要谨慎用计，不可怠慢。”陈爷道：“领命！”辞别先回。海爷吩咐周元表道：“周贤契，我欲扳倒张居正，明日奏闻圣上，举荐贤契与陈兵科往荆州搜宝。那权臣十分厉害，凡事要大家商议而行，不可托大。”周爷道：“领命！”大家打拱辞出，海爷连夜修成本章。

次日五鼓，皇爷登殿，百官朝贺已毕，海爷俯伏金阶奏道：“臣耳目官有本奏上。”皇爷道：“卿奏何事？”海爷道：“今有新科进士周元表等三十四人，被首相张居正索礼不遂，诬陷充军，乞皇爷赦免。”皇爷道：“周元表擅毁宰相，朕故定他罪。若说索礼陷害，有何凭据？”海爷又奏道：“张居正不独贪财害贤，而且私换国宝，欺君罔上，罪在不赦。”皇爷道：“若说私换国宝，更无凭据，焉可加罪！”海爷道：“万岁可拨钦差到荆州，围门查搜，便有证据了。”皇爷沉吟良久，开口道：“行人司何在？”旁边转出一人，俯伏金阶道：“臣行人张茂德见驾。”皇爷道：“朕差你往荆州搜宝，你当速行。”茂德正要谢恩，海瑞忙跪下道：“万岁若差行人司去，怎搜得宝？臣保兵科给事陈三枚为正搜宝，新进士周元表为副搜宝。”皇爷道：“准卿所奏。”即宣二人上殿。皇爷开口：“今有耳目官海瑞，保你二人往荆州张居正家中搜宝，回京之日另行升用。即往吏部领敕出京！”二人叩首谢恩，退出朝门。海爷又忙奏道：“更有进士三十三名，乞皇上赐其顶选县缺。”皇爷依奏。

海爷回衙，即叫海洪道：“你去对陈、周二位说，叫他速速出京，不可迟延。”二人得了言语，各带家丁二十名，望荆州而去。

不知后事如何，下回分解。

第十二回　驰家信败露机关 扮相士夤缘[①]妙计

缄书星夜赴家山，搜宝关心莫等闲。

漫说深藏最高着，真机败露信愚顽。

那张居正退朝回府，坐在书房暗想道："海瑞今日这本倒也好笑，请旨着陈三枚、周元表到荆州我家搜宝。他做了三朝的官，颇称能干，为何今日动起这本，想是运倒了。我想钦差在路行得慢，我这里修一封家书，差一个善走之人，回家通信，叫将国宝收藏；及钦差到时，早已无影无踪。那时我奏他诬谤大臣，怕不治一个大罪？"想定主意，即忙修好书信，叫过家丁张恶，吩咐道："我有紧急家书一封，赏你白银三十两，你要连夜赶至家中，呈与太太。若有迟延，取罪不小。"张恶应道："小人晓得。"接了书信、银两，连夜往荆州而来。

且讲海爷请出杜爷道："元老，你这家中，可有能干的家丁，叫一个来。"杜爷道："老师要他何用？"海爷道："我要差他连夜赶到荆州，送一封书信与孙理刑的。"杜爷道："既如此，有一家人名叫陈贵，做事能干，又能日行七百里，可叫他去。"海爷道："如此极妙，速速叫来。"杜爷叫过陈贵。海爷修好书信，向杜爷借出白银二十两，付与陈贵，吩咐道："张府亦必有人赶信回家，你若能先到理刑衙门，回来重重赏你。"陈贵领命，书信、银两结束停当，别了家主，即刻起行。

张居正父子一日在书房闲坐，只见门公进禀道："启上太师：家中太太差人下书，在外伺候。"太师道："叫他进来！"差人进入书房，

---

① 夤（yín）缘：比喻拉拢关系，阿上钻营。

跪下道："太师爷在上，小人叩头。"太师道："起来，太太在家好么？"差人道："太太在家纳福。有一封书信送上太师爷。"太师吩咐下去，给他酒饭。将书拆开一看，怒气冲天："哎吓！可恼！可恼！"状元一见，连忙问道："母亲书中写的什么来？"太师道："吓！我儿，可恨荆州厅孙成，他依着妻舅徐千岁的势，把你三弟拿下牢狱。你母亲着急，要我这里救援。"状元兄弟二人听了，连叫三声"爹爹"："要放出主意来。据孩儿愚见，不如反了荆州府，把孙成狗头杀了，方出这口恶气。"太师道："这使不得！"状元道："这既使不得，传一道假旨，拿孙成斩首，亦可报得此仇。"太师道："亦使不得！"二人道："这又使不得，那又使不得，难道由三弟凭他凌辱么？"太师道："且看机会。"

再讲荆州四府孙成一日坐堂理事，忽见外面一人，骑在马上飞奔檐前，滚下马来，倒在地下。孙爷忙问何人。那人歇了半晌，方说道："我是京中来的。"孙爷道："来此何干？"那人道："要回避衙役，方敢说出。"孙爷会意，叫衙役尽行退出，方问道："你如何睡在地下？想是路上身体倦乏么？"那人道："是。"孙爷道："如今衙役已退，四处无人，你到此何事，快快说来！"那人道："小人陈贵，奉海大人之命，送书与老爷的。"孙爷道："既如此，可将书信拿来。"那人便向皮袋中取出书信呈上。孙爷拆开一看，知了来意，便叫陈贵道："你在这衙内安息几日，打发你回去。"陈贵道："是。"

孙爷叫门子传几个皂快进来，皂快入内，叩头毕，孙爷道："你们班内伙计，有力大会拳棒的，挑选几个来。"衙役道："小人奉公守法，并无有会拳棒的。"孙爷道："吓，本厅不是访拿你们，是有要事差遣他们，不必动疑。"众人议了一会，挑出二十名会拳棍的进去。孙爷又在家丁内选几个，一同叫进私衙，赐他酒食。吩咐道："不日内京中张太师必有差人回家，你们分一半在相府前后查探，一半在相府左右查探，遇有生面说京腔的，不论多寡，尽把秘密拿来，不许放出一个，又不许传扬。事成重重赏你。"众人应道："晓得。"孙爷道："且慢！还有一说，你们趁未开城时，就去打听，晚上要等闭城门后回家。切要！切要！不可有误！”

那衙役并家人领了言语，在相府左右前后查了二日，并无生面京腔之人。刚刚守到三日，远远见了一个大汉，骑一匹快马，如飞奔到相府门前。众人一齐观看，见那人威风凛凛，汗流满面，众人道：“一定是了。”一个道：“且问他一声，然后动手未迟。”众人道：“不错，不错。”就有两个皂快走上前问道：“马上的大叔，可是京中来的么？”那人道：“正是！”皂快又问道：“可是相爷差来送书的？”那人道：“正是。”皂快道：“拿了！”众人走上前把那人拖下马来，拉拉扯扯到刑厅衙门。那人大喝道：“你这狗头！拿我做什么？”众人道：“连我也不知，你自己问我本厅便了。”说话之间，已至堂下。

孙爷正在堂上审事，皂快禀道：“启老爷：京都来的差人拿到！”孙爷大喜，道：“带进来！”皂快把那人推下阶下，那人大模大样，在堂下踱来踱去，立而不跪。孙爷喝道：“怎么见了本厅不跪？”那人道：“我正要问你官儿，我又不犯法，拿我何事？”孙爷喝道：“你这狗头！硬头硬脑，见本厅这等放肆。你既不跪，左右，取大板过来！”衙役答应一声，取过大板。那人见不是势头，只得跪在地下。

孙爷喝道：“你这狗头好大胆！你偷了某乡宦家若干金银首饰，本厅差人到处缉捕。你一向躲在何处？速速招来，免受刑法。”那人听了大惊道：“老爷在上，小人不是贼，并未偷人财物。小人是京都人，叫作张恶，一向在相府伺候太师的。大爷若不信，现有太师书信一封，叫小人赶快送与太太开拆的。”孙爷道：“既如此，取书上来！”张恶忙把书呈上。孙爷拆开来书看。张恶道：“这是太师爷家信，开不得的。”孙爷道：“怎么开不得？”看完了书信，便叫左右将链子把张恶锁了。张恶急得只管磕头：“求老爷放我回去。”孙爷只做不听见，立起身来，叫掩门退入后堂，重赏那些皂快、家丁。心中暗想：“海刚峰正直、老练、能干，但不知钦差何日方到？”便叫心腹家丁出去暗打听不提。

那周元表、陈三枚二位差官在路商议道：“我二人承海大人保举，往荆州搜宝，但要搜着才好，不要被张家做了手脚，有负海大人之托。”二人一路行来，时刻打听。一日，陈爷问家人道：“此处离荆州还有多少路？”家人道：“只有百多里了。”陈爷道：“既如此，叫船家住船。”便向周爷道：“周年兄，我们去搜宝，还是怎样搜法？”周元表道：“但凭年兄高见。”陈三枚道：“相府房屋甚多，不知他存在那里。倘然搜他不着，便不妙了。小弟幼年学麻衣相法，颇知相命风水。今假作相命先生，往荆州打听消息如何？”周元表道：“此计甚妙！”陈三枚命取布一幅，上写“麻衣相法”，换了衣裳，扮作江湖游客，叫只小船。又对元表道：“你且停泊这里，船头收起虎牌、旗枪，吩咐手下人不可吐露风声。”元表应道：“是！”

陈爷叫船摇到岸边上岸，吩咐随身家人道：“我先往打探国宝。你见我进了相府，你便下船，明日再来打听我的消息。如今随我而行。若要吃东西，各自去买。三日后，我若没有响动，你即往大船报与周爷，会同荆州四府孙爷，竟往张家搜宝。若是不见我，即着张嗣修身上要人。”二人应道：“晓得！”

三人行行止止，入了荆州府内。东观西望，只见那边一个大酒楼，许多人在那里出出入入。陈爷也进去，店中只见坐客满堂。孙爷也拣一小桌坐下，轻轻吩咐家人：“你到外边自己买吃。”二人去了。那酒楼走堂的便走来问道：“先生吃什么酒？”陈爷道：“只要好菜二味，美酒一壶是了。”走堂立刻拿到，陈爷自斟自酌。

少停，吃酒的人都去了，只剩隔桌两个老人。那老者见相面先生一人自饮，冷冷清清，便说道：“先生独酌么？何不我们合作一桌，同饮如何？”陈爷正要探听张家之事，便应道：“如此极妙。”即将自己酒肴移在桌上，与老者同饮。饮不多时，老者问道：“先生贵处？”陈爷答道：“江西。”老者道：“几时到的？”陈爷道：“昨日才到。”老者道：“烦先生与我们看看如何？”陈爷道：“使得，请左手一观。”老者即舒出左手。陈爷相了一会，道：“尊相幼年运气不通，令堂面上有刑克，独成立家，早年劳苦不消说了。到了五十三岁，才得享福，后来衣禄无亏。”说得老者十分快活，称赞道：“果然相得好。”陈爷又把那一个老者左手一看，道：“这位老丈自幼蒙父兄福庇，衣禄丰足，刻下又行年运，主有大吉。”说得老者二人十分喜欢，道：“先生果然神相！我们要酬些相金，尤恐见慢，今日酌酒资，算我们的账吧。”陈爷道：“多谢了。”

正言之间，只见一人踱将进来，老者慌忙起身，那人不回礼，直入里而去。陈爷问道：“老者，这是何人，如此大样？”老者道：“轻声！这是张府总管。他在本处作恶多端。近来四府刑厅与他作对，他假作穷居，在此开店。”陈爷道：“他既惧怕刑厅，就该迁移别处，不该在此开店。”两个老者道：“先生有所不知。他田地甚广，又放债刻剥，那肯搬移别处！”陈爷道：“他有几个儿子？”老者道：“他现有一房妻子，旧年又娶一个妾，并无子女。”陈爷道：“有多少年纪？”老者道：“六十一岁。先生！吓，我细细告诉你：你去相他，相得准，包管有些油水。”陈爷道：“但不知他的出身如何？”老者道：“他七岁卖到张府，后来长大敢为，十分能干。相爷喜欢他，叫他做了总管，在家料理业产。又与他弄个副总劄付在身，他怕朝中忠臣作对，不敢上京谋缺，只在家中管理。”陈爷道：“多谢老丈指教！”老者道：“先生再请几杯。”陈爷道：“好了。”老者叫走堂的过来，算了酒钱，便对柜上掌柜的说：“这位先生相法极精，真是柳庄再世！相我二人，句句不差分毫。”

二人在外言讫，早已被总管张能听见，便叫先生请进奉茶，陈爷进内坐下，把张能仔细一看，假作吃惊之状，道：“这位太爷，好相貌！”张能满心欢喜，道：“乞先生细看，直言无怪。”陈爷道：“吓，尊相是一位贵相，只有一言得罪，休要见怪。”张能道：“岂敢？请教。”陈爷道：“细看贵相，幼年尊堂早逝，无依无靠，得贵人抬举，离祖成家。若论早年生子难招，目下虽有小星，总之不能收成。旧年该见喜发财，来岁自有贵子。这才是大人的后代。”张能道：“我年纪多了，恐不能生育。”陈爷道：“命中所定，该有贵子，何怕年纪多？但目下该有小小惊恐，而大事无妨，日后封君稳稳。”说得张能心花都开起来，即说道：“先生好神相！实不相瞒，我是相府一个总管，副总之职分。只为四府刑厅与相府相对。我故此假做买卖营生。我府中四公子。也曾吩咐我，请相士相面，并看风水。难得先生如此神相，先生你在此坐坐，我去去就来。”

张能忙往张府，到书房见了四爷道：“启上四爷：有一个半仙相士，在小人店内。”四爷吩咐：“请来！”张能忙往店中，对陈爷道：“我家四爷要请先生相面，若相得准，不但发财，还有发迹。但有一句话叮嘱你，不可漏泄。我家四爷一心要做皇帝，先生你要奉承他几句。”陈爷道：“领教。”

说话之间，已到相府。引进书房，张能先进去通报。四爷吩咐：“请进。”

不知后事如何，下回分解。

第十三回　张嗣修龙形惑相　周元表搜宝探奇

虎步龙形岂易夸，天将压汝祸来加。

十年梦想荣华事，镜里山河莫怨嗟。

话说陈爷假扮相士，走进相府书房，见了张嗣修，道："四爷在上，相士人见礼。"四爷把手摇摇，道："相士不必多礼。"陈爷道："请左手一看，再请行步。"四爷将左手伸出与他看一遍，然后即踱了几步。陈爷称赞道："好个龙行虎步！是个大贵的相了。请退了左右。相士好说。"四爷吩咐："左右退去。"众家人退去。陈爷就跪在地下，口称："万岁"。四爷道："先生因何这样称呼？"陈爷道："非是相士这样称呼，因贵相是个九五之相。但不知怎么，如今尚不发动。若不是阳宅不利，定是阴基有碍。相家善看风水，待我细看一看便知。若有不利关碍之处，即改移，顷刻成功了。"四爷听见，心中大喜道："如此妙极了！就烦先生先看阳宅。"陈爷道："既然如此，万岁请前带路。"四爷道："先生不可这样称呼，被人听见不便，且待异日罢！"

二人走出门前，先生把眼细看说道："果是不差，门外这两口井破了风水也。"四爷道："再请进内一看。"二人来到后堂坐下，陈爷就说："墙外那口井冲破龙脉，该筑一个照墙保护龙脉。只为南方火旺克金，金不能生水，有墙遮了水火，就能相济。"四爷听说，心中大喜。一声吩咐："左右，把门外两口井填塞了，快打一个照墙。"左右答应一声，即刻就去动手。四爷又道："烦先生再进里面一看。"陈爷跟着四爷，逐处房屋楼阁细细观看，果然好风水。

后来到一个大楼，见两扇铁锞大门，锁锁着。陈爷道："这是什么所在？不识可使相家看否？”四爷道：“使得。”便进去取钥匙，把门锁开了。二人移步进内，见中间三架朱红桌，放着三只盒儿。陈爷问道：“这是什么东西？”四爷道：“这楼叫作聚宝楼，这盒内俱是宝贝。”陈爷暗想：“果有宝贝，但不知就是朝廷的不是。”便问道：“不识肯与相家看看否？”四爷道：“先生既是心腹之人，看看何妨。”便将盒盖掀起，件件取出。先是一个金盘，盘内安着两粒明珠，一粒是夜明珠，这一粒是避水珠。陈爷又指道：“这光闪闪的，是什么宝贝？”四爷道：“这名醉仙塔。”陈爷又指一样道：“这名什么？”四爷道：“这名醒酒毡。”陈爷道：“请收了。”四爷把来收好，同行下楼，又到后楼门花园，各各团团看遍。

回到书房坐下，四爷叫备酒，陈爷已安心，便要脱身，忙辞道：“不敢打扰，即告辞了。”四爷道：“哪有此理！今晚在此草榻，明早还要劳先生到敝坟一看。”陈爷不得脱身，只得住下。

到次日看坟回来，又要辞出，四爷又不肯放，道：“先生，我这里用得你着，只住这里罢。”陈爷道：“相家家中有八十岁老母，并拙荆、小儿等，专靠相家养活，住在这里，谁人照看”四爷道：“这也不管。”陈爷被公子恋留，看看过了三日。陈三枚家丁不见主人出来，只得回到船上，禀与周爷道：“启上老爷：家老爷吩咐，若三日后没有消息，叫周爷会同理刑厅孙爷同去搜宝。倘若不见家爷，就在张府公子身上要人。”周爷听了言语，吃了一惊，暗想道：“陈年兄在相府不知生死。”连忙上轿，来见孙爷，将陈爷私行入相府，三日不见出来之事，细细述了一遍。孙爷听见大惊，即刻备帖，到守备衙门，点出兵丁千名，千总外委十名，同了钦差周元表，一直来到相府，吩咐兵士把相府前后门团团围住。

那相府管门家人看了，匆忙报与四爷。四爷大惊，连忙出厅迎接。孙爷口称：“圣旨到，跪听宣读。”公子连忙排香案，俯伏尘埃。周爷读诏曰：“今有耳目官海瑞奏，张居正原籍荆州家中，私存国宝。今差陈三枚、周元表同往张居正家中搜宝，来京缴旨。谢恩！”张嗣修惊得魂飞魄散。周爷吩咐：“进后堂各处细细查搜，如有徇情隐匿者，即行斩首。”众人答应一声，纷纷到各处翻笼倒箱。不一时，沸反盈天。

那陈爷在书房听见，知是钦差来到，忙打开房门，奔至大厅。孙爷、周爷二位看见大喜，道：“陈先生在这里了。”陈爷道：“快将张嗣修锁了。”衙役忙上前，将四爷锁着。陈爷道：“孙老先生、周老先生跟我来。”三人忙举大步，穿廊过户，来到聚宝楼前。叫左右打开了锁，取出四件宝贝。孙爷道：“陈先生，这是什么宝贝？”陈爷道：“这是醉仙塔，这是醒酒毡，这是夜明珠，这是避水珠。”二位道：“请问先生，这宝有何奇异？”陈爷道：“醉仙塔放在金盘之内，将水从塔顶上灌下，变成美酒，凭你大量之人，吃了一杯，即醉倒。醒酒毡放在地下，将醉人抬放上面，即刻醒转。夜明珠放在暗室中，四壁光明，如同白昼。避水珠若放水中，那水两边分离。”说罢，孙、周二位大喜。陈爷就把醉仙塔、醒酒毡收存。周爷就把夜明珠、避水珠存在身边。大家下楼，来到厅上，只见相府管家跪下禀道：“启上三位老爷：家太太请爷们少坐，有酒宴款待。”三人道：“你谢太太，说我们心领了。”三人退出相府，鸣金开道，同到理刑衙门，同坐大堂。孙爷吩咐：“将公子押禁牢中。”衙役将四公子押进狱中。

四爷道：“禁子，我家三爷在哪里？”禁子应道：“在这里。”四爷道：“请出相见。”禁子应声：“晓得！”即刻到号房，请出三爷。三爷见四爷身挂锁链，吃惊道：“四弟，你又因何事，也到这里？”四爷道：“呀呵！不好了。只因有一相士到府，说是江西人，能看风水。弟因叫他观看，他见了聚宝楼，要看宝贝。弟不合与他看。不料他是钦差兵部陈三枚，奉旨到我家搜宝。他假作相士，私行察访，弟不知，留他在家中，被他看出底蕴，暗通副使周元表、理刑厅孙成，到我家搜出宝贝，又把我锁拿狱中。”三爷听见，心中着急，埋怨小弟不小心，轻易露出人耳目。如今被他搜去，必然进献朝廷，取祸不小，必至害了爹爹。

不说牢中烦恼。张府太太急得两泪交流，心中埋怨太师：“你在朝中为相，难道这件大事，略不差人通知家中预将宝贝存起？今被钦差搜去，必然奏与朝廷。倘圣上发怒，合家难免罪名。如今两个孩儿又被拿去，无人料理，此事怎好？丫鬟，你速出去叫众家人进来。”丫鬟应道：“晓得！”即刻叫进。众家人来到大厅，道：“太太有何吩咐？”太太道：“众家人们，今宝贝被钦差搜去，上奏朝廷，必然罪及满门，如何是好？”众家人道：“太太不必心焦。我们众人都已打算，只需扮作强盗，赶上前去，把宝贝抢了回来，不是就没有凭据了？那时太太再写信寄去，太师哭奏朝廷，扳他诬陷大臣，不特我们满门脱祸，他们还有诬害之罪！”太太听了，心中大喜，即说道：“难得你们真心救主。事平之日，太师必有重赏。你各人即刻就着点起有勇力的一百余人，暗存兵器，赶去前途等候为要。”家人领命，各又带了盘费刀斧，陆续而去不表。

不知后事如何，下回分解。

第十四回　两钦差解宝遇劫　婴山盗拯溺反仇

搜宝归来意扬扬，春风几度促行装。

烟波万顷滩声急，中有危机祸暗藏。

且讲四府孙爷次日治酒，与陈三枚、周元表二位钦差饯行。三人入席坐下，孙爷说道："二位年兄，弟想张府有智谋的家人甚多，倘或在半途抢夺国宝，如何是好？弟今拨兵二十名，沿途护送，方保无虞。"二人道："难得年兄如此费心。"孙爷谦逊几句，即吩咐传营兵进来。左右即时传进，跪下道："大老爷在上，营兵等叩头。"孙爷道："起来。今有二位钦差大人解宝上京，路中恐有歹人，特差你们一路护送，须要小心，回来重重有赏。"营兵领命。二位钦差饮完了酒，辞谢出门。孙爷直送到码头作别。钦差吩咐开船长行，扯篷喝号，立刻离了荆州地界，滔滔往前摇去。

不两日，已来到湖广北关口。日晚泊船，船中备酒，官舱内两位钦差饮宴，船头上家人兵丁饮酒。钦差吩咐家人道："此处地方最恶，恐有干系，你们各人不可上岸闲步。"各人齐声应道："晓得！请大人放心。"饮毕和衣而睡。忽听得岸上鸣锣击柝之声，往来不绝。原来是荆州四府孙爷，一路打发文书前去，路中一站一站的地方官，要拨兵马接应。知这北关口最是险恶地方。另外着本处兵役，严密关防，故此热闹。兵役听见十分安心，到夜半的时节，各各疲倦，各去睡卧。

那张家总管带了一百余名家将，多是白布包头，手持刀斧，来到岸边。看那只大船上提铃喝号，知是钦差坐船。总管喝道："此时不下手，更待何时？”众人答应一声，登时点起亮子，照耀如同白日。呼哨一声，早已跳在钦差船上，手持刀斧，登时砍倒数人。余人慌忙爬起，怎奈张府家将十分勇猛，船中之人又被他砍倒几人。周爷看见，心中着忙，带了夜明珠、避水珠走到船尾，将身跳入水中。陈爷看见，慌忙也向江中跳下。那二十个兵丁，并周、陈二家家丁，杀的杀，跳水的跳水，尽皆丧命；只有数个会泅水，泅到岸边逃命。巡逻兵丁见势头不好，各各散去。张家总管搜出两件宝贝，只不见那夜明珠、避水珠，想是落水钦差带去身边，便叫一声：“众兄弟，有了宝贝，不必追寻。吩咐开船去吧。”水手忙忙将船撑开，滔滔浩浩往荆州回转去了。

周元表带了盒子，跳下江中，自分必死。岂知盒内有了避水珠，放出光来，可照十里。信步而行，行到岸边，爬上岸去。回头一望，见那号大船数十人摇橹，望荆州而去，知是张府假扮贼船来劫宝贝。暗想：“不知陈年兄与国宝可在船否？”忙忙回来原处一看，只见船上家人兵丁杀死无数，并不见陈爷。再查宝贝，毫无影形。心中着急道：“如今失了国宝，怎么回京复旨？”

不说周爷着急，再说陈爷跳在水中，心忙意乱，开步乱走，不想越走越深。忽一阵波浪打来，把陈爷荡漾一通，沉在水底。心中暗想：“此番我的性命活不成了！”正存此念头，真是鬼使神差，只一跳踏在一块大石上，立起身来，抬头一看，茫茫大水，无际无边。看那船只，无形无踪，实在怕人。心中想道：“倘有波浪再打下来，我必葬于鱼腹矣。”

那泅水的家人，逃上岸后，见贼船已去，便去雇了船只，沿江来救主人。大家相议道：“兄弟们，如今强盗已去，我们何不高声叫一叫。”众人齐说“有理”，便大声叫道：“老爷在哪里？快些出来！”家人各处叫喊，早已惊动周爷。周爷听见是家人声音，便应道：“我在这里！”家人听见，叫道：“好呀！”忙把船摇近，扶上周爷道：“老爷受惊了。”周爷问道：“陈爷在哪里？国宝可在吗？”家人道：“国宝已抢去，陈爷不知去向。”周爷道：“如此怎好？”心中暗想道：

“我如今失了国宝，怎见得海公之面？我想这劫宝贼徒，谅不是别处来的，一定是张府家人假装强盗前来劫去。我今再转荆州，去见孙爷，再定别计。”想罢，吩咐家人，回转荆州。家人领命，即将拨转船头，往荆州摇来。

再讲陈爷立在水中石上，十分着急，叫道：“老天呵！我陈三枚虽不算作忠臣，也要扶助幼主，除灭奸邪，不想今日却死在这里。到如今怎能够三呼万岁朝金阙？怎能够晨昏定省拜双亲？怎能够金屋画眉相唱和？怎能够堂前训子读文章？老天呵！如今但愿奸臣诛灭，天下太平，我陈三枚就死在九泉，也得瞑目。”

陈爷正在自叹自嗟之际，忽听得远远鸣锣之声，抬头一看，只见一只大船，高高点起灯笼，远远鸣锣喝号而来。陈爷大喜道：“如今有救命了！”那船来到相近，陈爷高声喊道：“救命！”

那船上的人道：“哥哥你听见么？水上有人喊救。”一个道：“兄弟，我们问他一声。”一人说：“我去禀了大王再来。”说罢，连忙进舱：“启上大王：前面水中有人叫救。”那大王道：“既然如此，救他起来。”喽啰答应一声，走出船头，叫船家收舵，将船摇近石边，叫道：“水内的人，你要性命不可乱动，我来救你。”陈爷大喜，叫声：“恩人，我在此！”船上人把火一照，看见石上伏着一人，便叫道：“你伸过手来。”陈爷把手伸上，船上人伸下手把陈三枚轻轻提上。

陈爷衣服扯去了水，把眼望舱中一看，只见中间坐着一人，头上大红扎巾，金风抹额，当中一点火焰；身上穿的大红短短绣龙紧身，外边套着金线镶边战袄；腰边插两把宝剑；足踏乌靴。两边站立十来人，雄赳赳，气昂昂，都是浑身纯锦绣披挂左右，刀枪戟剑，排得明晃晃，光亮亮。陈爷心中暗想：“呀呵！不好了，我看他这个光景，一定是个不良之人。”

陈爷正在思想，忽听得舱内喝道：“带那水内之人进来！”

水手答应一声。就叫道：“水内汉子，大王唤你进去！”陈爷见说，只得移步进入舱中，把手向上一拱，口称：“老亲翁请了！”那大王道：“你是什么人？”陈爷道：“老亲翁，我乃京中兵科给事陈三枚。”大王道：“你既是官儿，为何落在水中？”陈爷道：“老亲翁，一言难尽，弟乃两榜进士忝在二甲头名，前在山西为四府，后升主事，连转兵科给事。只因忠臣海瑞，奏荆州张府藏匿朝廷国宝，圣上特差弟同了进士周元表来此搜宝。弟又会同荆州孙成，将官兵围住张府，搜出四件国宝，回京复旨。船泊此处，不想强人杀下船中，将家丁、兵役杀死。我一时着急跳下水中，不想被水浪一推，打在石上。幸蒙老亲翁垂救，改日必当重报。”

那大王听罢，登时瞪起两眼珠，喝道：“你即什么搜宝钦差么？”陈爷道：“正是！”大王道：“嗬！你来得正好。左右把他绑了！”左右答应一声，走出两边喽啰十余人，将陈爷拿住，麻绳草索绑得紧紧。陈爷见了这般光景，叹道：“早知如此，不如死在水中，还是干净。”那大王又喝道：“速将他推出斩首！”喽啰忙动手来推。陈爷大叫道：“老亲翁，我与你前世无冤，今世无仇，怎么要杀我？望你说个明白，我就死也得甘心。”那大王道：“不必多说，推去斩来。”陈爷心中暗想：“呀！是了。我闻得张嗣修在荆州暗招兵马，谋为不轨。这个强盗必是张居正手下兵将，叫他在江中埋伏。我今落在他手中，料无回生之日。”正押出船头，旁边转出一个副将，忙上前禀道：“大王，我今夜若是杀了钦差，那府中太太、三爷、四爷怎知大王的功劳？依小将愚见，不如带转山寨，拘禁栈房，明日解到府中，悉听太太发落，岂不是好？”大王道：“此言说得有理。左右，把陈三枚放了绑！”一声军令传出，登时把陈爷放了绑，换条铁链锁在舱中。

大王传令：“将船回去。”水手拨转船头望上摇去。只见远远的一只小船，如飞的摇到大船边，跳出一人，跪下禀道：“小的打听得荆襄标商同钦差学政船只，明日五鼓出关，有重船十余号，真有百万银子在内。特来报明。”大王道：“好呵！赏你一锭银子。再去打听。”探子叩头谢出。

不知打劫如何，下回分解。

第十五回　孙娘子婴山解难　沈大王江畔捐躯

家人叶象利休贞，玉洁冰清自性成。

解难难中还自解，祸淫福善较来平。

话说婴山大王沈勇，闻报荆襄标商同钦差学政有十余号船只，即欲前去打劫。心中想道：“久闻标商多是有手段的，又加学政坐船，有兵卒护送，必须点齐四路副将，一同下江抢劫方好。”即时传令喽啰：“随四将下山，先去打劫，我随后便来接应。”四将得令，领了喽啰，纷纷下山而去。

且说寨中有一位夫人，是被沈大王劫上山的良家妇女。这日，在山中自叹道：“自叹红颜多薄命，夫妻母子各分离。奴家邱门孙氏，祖籍荆州人氏。丈夫邱佐卿，早年入泮，娶奴完亲一载，生下一子，取名喜宝，才得半岁。我只为今年春间去婴山烧香了愿，婴山大王看见奴家十分姿色，统帅喽啰半夜打进奴家，银钱衣服半件不取，单单把奴抢至寨中，强迫成亲。奴家誓不从他，便要强奸。幸遇一个同难婶婶苦劝，又兼寨中美女极多，无暇及我，所以至今未曾受辱。但愿夫妻、母子完聚。呵！且住！我方才听得使女们纷纷传说，昨晚大王江中拿一搜宝钦差，锁在栈房，要解去张府请功，谅必性命难保。奴家久欲自尽，不如救了钦差再死，也得瞑目。况且强盗今又下山抢劫，寨中无人，正好行事。”

孙氏想完主意，忙忙取了钥匙，出房来到栈房门首。只听得里面自言自语道：“苍天，苍天呵！我陈三枚只望水中逃命，谁知又遇强人。如今解去张府，必然性命难保。天呵！不想我这般结果！”孙氏听了，忙开钥匙，推门而入。陈爷正在伤心，忽见一个美貌妇人在面前，问道："你是什么人？"孙氏道："老爷不须骇怕，我来救你的。"就把链子扯开。陈爷道："娘子，你到底是何人，前来救我？"孙氏道："奴家荆州人氏，夫君邱佐卿。奴家孙氏，被强人抢至寨中，强奴成亲，奴家就死不从，那贼也不杀奴家，止是居留寨中。今日闻大人被拿，要解张府请功，性命必然难保。幸遇强盗下山打劫，寨中无人，奴家特来解救大人。如今速速跟奴家出去。"

陈爷听了，忙忙跟了孙氏，走出山寨，并无人查究，早已到了东山脚下。孙氏道："老爷此去，多是人烟所在。奴家虽未失节于强人，丈夫决不肯信。但愿老爷到了荆州，将奴不肯失身之事，说与奴丈夫知道。奴的贞心可表，奴死九泉亦感老爷之德。"说罢，往山下便跳。

陈爷慌忙拦住，说道："恩嫂，不可寻此短见。待下官送恩嫂到府，说明恩嫂贞节，使恩嫂夫妻、母子团圆，略报恩嫂大恩。切不可如此。"孙氏道："既蒙老爷好意，奴家暂留性命，请老爷快行，不可迟延。"于是二人望着荆州大路而行。

且说大王沈勇带了四个副将，数百喽啰，装载五只大船，沿江顺流而下。早有探事喽啰飞报："启上大王：那标商货船，帮着学政官船早已出关，就在前面停泊，要等齐船只前行。特此报知。"大王大悦道："再去探来。"吩咐头目："去船头观望！"头目走到船头，远远一望，只见那边灯笼明亮，上写"钦差湖广学政"，一连高挂灯笼五六十盏。船上兵役手执刀枪，两边排列。头目忙忙报与大王道："启大王：那船上兵将手执兵器，甚是强勇。更有标客相帮，利害难当，不可惹他。"大王喝道："胡说！长他人志气，灭自己威风。大王还要助张府打遍天下，哪里稀罕这几个标商！"遂唤张雄二将过来。二将应道："有！"大王道："与你令箭一支，带领四号船只，箭手四百名，向他船头先放。看他势败，然后枪刀齐举，杀上船去，我这里再发兵接应。"

二将接了令箭，带领船只，箭手一字儿排开，对着官船喝令放箭。众箭手把箭乱射，箭如雨点一般飞来。官船上面各兵叫声："呵呀，强盗来了！”慌忙报与学政。学政大怒，叫众家将吩咐兵丁不许乱动，都伏舱中，手执军器，把住舱口，等他箭射完，跳上我船，钻进舱来，进一个杀一个，进二个杀二个。若杀死一人，我赏银五两。你们若有被伤，我赏银三两。须要协力，不可有违。家将得了号令，传与兵丁，俱伏在船舱口里，强盗那知官船早已预备。官兵伏在旁边，见一个进来，提起利刀便砍下头来，一连钻进十余人，一连砍死十余人。余的强盗大怒，一拥而来，都被家将兵丁乱砍、乱刺，那里抵挡得住？

船上呐喊哼喝，那边标客听见官船上沸反盈天，连忙接应。

那大王见前船去许久不来回报，便摇动大船前来接应。这边护标好汉拦住，把箭乱射。射死十余人。大王大怒，跳上标船：“孤家来也！”那护标大哥，见伊来得勇猛，谅是强盗头儿，袍袖一起，那支练就百发百中神箭，嗖的一声，正中咽喉。大王叫声：“呀呵，不好了！”即翻身落下水去了。众贼看见大王死了，副将也不见一个，相议道：“我们何不趁此顺风逃回罢。”众人道：“有理。”连忙把船摇转，望山寨飞奔而去。

不消半刻，到了山寨。内中一个头目道：“众兄弟，如今大王死了，副将也杀了，山寨无主，料想强盗做不成了。况且我们本事低微，若在此耽搁，倘官兵到来，料想活不成了。不如收拾金银财宝，各人回去营生。”众人道：“有理！大哥主意不差。”便把抢来妇女个个放去，金银每人分开。头目又道：“兄弟，我们大家散伙，这山寨何用？不如一把火烧个白地！”驮了包袱，下山去了。

欲知后事如何，下回分解。

第十六回　孙理刑再会钦差　陈给事重围相府

祖饯归来为计程，斜风细雨阻人行。

中原逐鹿称高手，一计生时一法生。

再讲钦差陈三枚自婴山脱难，同着孙娘子来到荆州城内。陈爷道："恩嫂，这是荆州城了，我们进去报与孙四府便了。"二人移步来到衙前，投一店家歇下。陈爷道："店主借你笔砚一用。"那店主取过文房，陈爷写了数字封好，谢了店家，大踏步走到班房。叫道："班头哥在哪里？"衙役道："做什么"陈爷道："我这一个纸，烦你传递进去，投与太爷看。"衙役道："你这人，我看你不蓝不白，递得，我与你递；递不得，不要害我。"陈爷道："必要递的，决不害你。"衙役道："既如此，你且坐在这里，不可远去，我与你递进。"

衙役执了纸条，投进内堂。孙爷看见，吃了一惊，方知钦差国宝遭劫，水中逃生，衣冠不整，不便进见。立刻叫家人取出一套冠服，送与钦差大人更换。家人抱了衣服，来到班房，陈爷接来穿好。孙爷已开门迎接。

二人上堂坐下，开口道："不想老先生国宝遭劫，弟毫不知情。如今怎好？"陈爷道："事且慢表。现有恩嫂孙娘子在门外店中，乞先生抬轿接进。"孙爷忙问何故，陈爷细细说了一遍。孙爷立刻差人抬轿接进内衙。陈爷又将被劫情由详述一遍，孙爷吃惊道："此事怎好？"陈爷道："且等周年见到处。"孙爷叫备酒压惊。

二位正在花厅饮酒，门上来报："启老爷：城守营有帖差人要见。"孙爷道："传进来！"投帖人进见跪下道："家爷多多拜上太爷。

老爷前日奉命点兵二十名护送国宝，在北关口被大盗杀死十五名兵丁。家爷已经出详，求太爷一同通详。”孙爷道：“你回复你贵老爷，兵丁伤的请医调治，我这里立刻通详便了。”投帖人辞去，孙爷吩咐道：“书办备文书通详。”

忽报门前钦差周大人到了，孙、陈二位听了大喜，忙开门接进。周爷看见陈爷在此，先叫道：“陈年兄，原来在此呵！”陈爷也赶向前将手扯住道：“周年兄也到此，呵呵！”孙爷便扯二位上座坐下，叫家人再备酒来。

三人欢饮一会，周爷开言道：“我当夜跳入水中，信水而行，幸不沉溺。走至湖滩上，远远望见盗船已去，正在无可奈何，忽听见家人叫唤，方敢答应。救上船中，不见先生；问起，方知先生也跳下水。弟正在悲伤，不想年兄在此，这是万千之喜了。但不知国宝下落如何？”陈爷道：“弟见年兄下水，弟一时心忙，也跳下去，哪知国宝下落如何！”陈爷道：“想必被强人抢去了。”周爷道：“抢去是抢去，幸喜还有两件在此。”

孙、陈二爷忙问道：“哪两件在此？”周爷道：“那一粒夜明珠，一粒避水珠，是弟带在身上，故此还在。”孙爷道：“虽然宝珠还在，但四件失了两件，怎能回奏？不知此宝系何人抢去？”周爷道：“孙先生，弟已知抢宝之人了。”孙爷忙问道：“兄知是何人？”周爷道：“那夜思想，心中甚是疑惑，一面自己开船，叫人尾在贼船之后。次日回报，贼船回转荆州，城门未开，他便叫开城门进去。弟想城门乃是禁城，怎么叫得伊开？谅他一定是奸相府中家人假扮强人，抢去两件宝贝，叫我们难以回奏。”陈爷接口道：“不特年兄晓得，弟也知是他家所使。”孙爷道：“二位先生，若是张府假盗劫去，料想急切之间一时必不提防。我们急急再围住张府查搜，谅必难脱我手。”二人道：“此算甚妙！事不宜迟，作速打点起身。”孙爷即差人叫城守再点兵二百名，随带家人衙役，三顶大轿，一直到了张府，仍把前后门围住，打进府中。

管门的报与太太，太太此惊不小，想道：“难道他晓得是我假扮的不成?”只得戴了凤冠,穿了霞帔,出了中堂,与三位见礼道:“三位大人,老身虽是女流之辈,但蒙皇上封为乳母一品之职。三位虽是口衔王命,也不该三番两次打扰相府。”孙爷道:“太太在上,昨日下官搜出国宝,遗失一物,如今再来搜搜。”太太闻言,发怒道:“你多大个官儿,如此无礼!难道没有国法么?”孙爷道:“下官当初扳倒奸臣,尚且舍得满门取斩。今日口衔王命,正要治那不法之人。”

孙爷口中说话,目观四处,见太太身边有个使女紧随,便叫衙役把她拿来。孙爷道:“你是伺候何人的丫头?”丫头道:“伏伺太太的。”孙爷道:“我有句话问你,你若从直说来,与你无干;若有半句遮瞒,便拶断你的手。左右取拶子!”丫头吓了一跳。孙爷又道:“你太太将宝贝存在何处?快快说来!”丫头道:“呀呵,老爷!小婢只晓伏伺太太,那晓得甚么宝贝”孙爷道:“不招么?左右拶起来!”丫头痛得十指连心,叫道:“老爷饶恕,我招,我招!”孙爷叫放拶。那丫头见了太太,又转口道:“老爷呵!果然没有宝贝!”孙爷大怒道:“贱人!你敢翻供么?左右着实拶来!”拶得丫头屎尿直流:“呵唷,顾不得了,愿招罢。”孙爷道:“快快招来!”丫头流泪道:“放在太太房中龙床顶上。”孙爷道:“是何人拿来与太太?”丫头道:“是太太叫人装作强人,在半途劫来的。”孙爷道:“即是招了,将她放了,押到太太房中。”三位一同起身,随着丫头同走。

太太连忙赶过拦住道:“那使不得!我身受王封,谁敢大胆进我房中!”孙爷道:“太太不必拦住。下官与钦差大人奉旨搜宝,谁敢阻挡?家将们!往房内搜来!”三位一齐步进房中。太太见了,心中着急,连忙叫家人:“你们快些动手抢夺。”家人道:“前后门俱有兵把守,小人就夺了宝,如何出得去?”

太太道:“如今怎么处?也罢,你们速找婴山大王,叫他一不做,二不休,把他两个钦差杀了,夺回国宝,差人上京报与太师,再作计议。”家人领了言语奔去,前门被兵士拦住,不许放行,只得退回,由狗洞爬出,死奔前去。

孙爷同钦差进入房中,果见床上放着两个描金盒子,知是宝贝在内，慌忙取下，揭开盒盖，果是醉仙塔、醒酒毡。心中大喜道：“宝贝既在，出去罢。”一群人众回到堂上。孙爷叫放了丫头，向太太打拱道：“打扰不当，容改日请罪。”说罢，即同二位钦差上轿，一路洋洋得意回衙。

不知后事如何，下回分解。

第十七回　邱佐卿重谐凤侣　陈国舅朋比为奸

谁把鸾胶续断弦，彼苍默佑总无偏。

别时莫道相逢日，月有盈亏缺复圆。

话说张太太见孙理刑同二钦差搜宝回去，心中又气又苦，骂道："孙成这狗男女，我与你无冤无仇，你三番两次与我作对；今番又被他搜去国宝，若还奏上朝廷，合家性命必然难保。我只得再差人去婴山叫沈勇，务必带齐人马，半路夺回方好。"

如今不说太太之事。再说三位大人回进私衙，孙爷即将二次搜宝做了文书，详报上司。吩咐备酒款待钦差。陈爷道："且慢，小弟有一桩心事未妥。"孙爷道："什么心事？"陈爷道："就是救小弟那位邱恩嫂，须要年兄备乘暖轿，小弟亲自送恩嫂回府，表他贞节，使他夫妻、母子团圆，我心方安。"孙爷道："正该如此。"就对家人道："你去备一乘四人扛暖轿来，我同陈、周二大人，亲送这位孙娘子到东关外邱家庄去。"家人领命，即刻传衙役备了一顶大轿，陈爷就请孙氏大娘上轿。孙氏道："奴家蓬门之妇，怎敢当三位大人相送！"陈爷道："恩嫂言之太重了，快请上轿。"于是孙氏娘子上了轿，三位大人后随，一路来到邱家门首。

衙役拿了名帖到门上，只见一人立在门首，两手抱着一孩儿，在门首买糖果与小儿食。衙役便问道："邱相公在家么？四府太爷同钦差陈、周二大人来探。"邱仲接帖一看，心中暗想："我与三位大人素无情面，如何今日亲身来拜？"便对衙役道："邱仲就是在下。不知三位大人到此有何见谕？"衙役道："非为别事，特送大娘回府。"邱仲道："你不要哄我。我妻子春间被强盗抢去，至今日杳无音信，三位大人如何晓得"衙役道："在下也不知详细。相公接了三位大人，自然晓得。"

邱仲只得入内，端正衣冠出来，接三位大人进厅，口称："大人台座，容生员邱仲叩见。"陈爷说道："不敢！恩兄在上，弟辈也有一拜。"三人谦逊让位坐下。邱仲正要开口，只见一乘大轿抬进厅来放下，轿内走出孙氏娘子。邱仲一见大惊，忙出座位上前说道："贤妻呵，你被强人抢去，怎得回来？"孙娘子只是低头不语。陈爷忙上前说道："恩嫂请进香闺，待下官与恩兄细说。"孙氏进入里面，陈爷与邱仲依旧坐下。

茶递一巡，陈爷道："弟陈三枚，在京官授兵科给事之职。蒙圣恩钦差来到荆州搜宝，同此二位周钦差、孙老先生往相府收了四宗国宝回京。船停湖口，至夜被强人抢宝上山。下官急忙跳入水中，又被贼首拿去山寨，幸蒙恩嫂解救逃走。恩嫂即欲投槛捐生，下官再三劝阻，故此特同两位亲送恩嫂回府代白贞节，使恩兄夫妻、母子合家团圆，以报救命大恩。"邱仲道："呵呀！如此说来，大人真是我的恩人了。若非大人劝阻，我夫妻、母子怎得相会？丫头，你请大娘抱小官儿出来拜谢。"陈爷慌忙拦住道："不消，下官特为表白恩嫂贞节，故同孙、周二大人亲来到府上叩谢。今心愿已酬，即此告别。"说罢，就同孙、周二位起身上轿。邱仲款留不住，遂送出门前，各各拱手而别。

陈爷道："孙年兄，此番宝贝解京，恐怕又有强人打劫，如何是好？"孙爷道："弟早已打算了。今日弟相送大人起程，将真宝留在弟处。大人只带空盒下船，传扬二位年兄已经解宝进京。弟这里暗暗差几个能干家人，驾一小船，内藏真宝，尾着大人船后，一同进京。路中倘有不测，真宝还存。"陈、周二人道："此计甚妙！"就把宝贝付与孙爷，捧了空盒，坐轿出衙。四排府道相送，一路宣传："钦差二次搜宝解京。"到了码头下船，两下拜别。刑厅回府，暗暗差四个得力家丁，藏了宝贝，随后跟随不提。

那张府太太，差人前往婴山，叫沈勇夺他宝贝。谁知来到山中，寨屋俱无；一向恩养的人，一个也不见了。家人只得忙忙回府，报与太太。太太大惊道："如此怎好？两个孩儿又被他拿去，家中无个男人，怎能计较？你们内中拣一个能干的，与我再赶书信上京罢。"家人答应一声退出。大家相议道："兄弟，你我看相爷的势败了，我们在此，将来必然性命难保，不如各各收拾逃走去了。"

再讲前日的家人，由狗洞爬去送信来京，到了太师府外，进入府中，呈上书信，太师拆开一看，大惊失色道："呀呵，不好了！孙成这匹夫如此可恶！听了海瑞之言，竟与老夫作对，将我三儿拿禁狱中，又把我家奴与族间弟兄尽情惩罚。我几次要动本，怎奈耳目官海瑞十分厉害，因此不敢下手。不想今日又把四儿拿去，搜出国宝。若被他奏闻朝廷，取祸不小。咳吓，太太呵！我曾差家人提书回家，专叫你将国宝焚毁灭迹，怎么不听我言，被他搜去，如何是好？如今事在燃眉之急，我只得二路救应。严福过来！你带能干勇猛家丁一百名，速速出京，见了解宝之官，只说海老爷吩咐护送的兵丁，不必跟随。那周、陈二位差官，必然听信。他跟随家人有限，骗到旷野之处，连钦差一起杀了，劫取国宝回来，重重赏你。"严福领了言语，自行打点。

太师又叫家人去请国舅陈爷相见。家人领了严命。须臾，陈国舅请到。太师接进，吩咐备酒。二人饮了半晌，国舅开言道："不知太师亲翁呼唤有何吩咐？"太师道："弟有一言相恳，望老国舅亲翁垂救。"国舅道："岂敢！有何见教，再无推辞之理。"太师道："弟蒙先帝托孤，在朝廷保驾，无不忠心报国。不料海瑞来京，与下官作对，把吏科给事孙成假降作荆州四府刑厅。那孙成依了海瑞之势，在荆州屡次与我家作对。把我三男监禁牢中，又将我四儿拿去。假说我家私存国宝，两次到家吵闹。弟想孙成与老夫作对，前世冤仇了，断断饶他不得。特请国舅亲翁大才赐教。"国舅道："据老先生主意，要怎样他？"太师道："弟想要杀他，方出此恨。"国舅道："这有何难？只消太师上他一本，就要活不成了。"太师道："若上本，是极容易的事。怎奈徐千岁是他妻舅，又有海瑞照应，故此不敢奏他。”国舅道：“既如此，何不瞒了徐、海二人，假传圣旨一道，把孙成斩了，何难之事？”太师道：“不可。荆州百姓素爱孙成，闻知朝廷要斩他，倘或激变起来，此事便弄大了。”国舅道：“既如此，便假传圣旨，说孙成清廉正直，特召进京，加官进爵。骗他来到半途，再传假旨，将他杀了，岂不干净？但这道旨意，必要托太监孙凤打了玉玺，差人扮作差官，悄悄出京方好。”太师喜道：“此计虽妙，但是孙成为人强横，若中途斩他，他倔强起来，要到京师面圣，这便怎处？必须亲身前去，他方不敢违拗。”国舅道：“老太师，但是叫我怎样法儿出京呢？”太师道：“待老夫奏闻圣上，说国舅要出京公干。”

国舅道：“嗳吓！老太师，我做国舅的出家，有何公干？倘被海瑞疑心，连我都有不便了。”太师道：“我有句话在此，只是不便说明。”国舅道：“但说何妨？”

未知太师要说何话，下回分解。

第十八回　孙太监私行玉玺　徐千岁遣将迎差

专司国玺擅经权，受贿残良最可怜。

莫是哲人能逆算，几令身赴玉楼筵。

再讲张居正与陈国舅相议出京之计，张太师道：“只需国舅告假养病，便可潜身出京。”国舅道：“极妙！领教。”于是饮毕，国舅别了太师，回府而去。太师即备一副金玉玩器，暗暗送与孙凤。原来那孙凤掌管团营，乃是万历君极宠用之人，命他兼管玉玺，朝内各官俱称他千岁，他与张居正，国舅陈堂三人结成一党。当日得了礼物，便把玉玺用了，将假圣旨送还太师。

太师即忙叫过心腹刑部员外郎陈明，吩咐道：“我有旨意一道，差你往荆州，加升孙成为都察御史，叫他立刻起身。你先到真定地方，等待陈国舅读了圣旨，将他取斩，一同回来，重重有赏。断不可泄漏风声，倘有外人知道，连你性命也难逃。”陈明连声“不敢”。于是领了假圣旨，即日起程。

再说耳目官海瑞，为了国宝，日夜关心，说道：“我早已差人打听搜宝之事，怎么至今没有回报？”海爷正在犹疑，门公报道：“差人回见。”海爷连忙叫他进来，问道：“你打听钦差搜宝之事怎的？”差人禀道：“小人到荆州，闻钦差大人取宝进京，孙爷点兵护送。如今约略将近就到。故此小人先赶回来，报与大人闻知。”海爷闻言大喜，重赏差人。就打轿来到徐府，将手本投进。徐爷吩咐：“请进。”

海瑞直进大厅，打拱道：“千岁在上，耳目官海瑞叩见。”徐爷道：“岂敢！请坐。”海爷道：“千岁在上，海瑞安敢有座？”徐爷道：

“哪有不坐之理。”海爷告坐。坐下茶罢，徐爷道：“老先生光降，有何见教？”海爷道：“千岁，只因钦差前番搜国宝，被强盗劫去，此番又搜出国宝，离此尚远，恐怕又有强人抢夺，特求千岁差人前去接宝，才无疏虞。”千岁道：“领教！”吩咐排酒。海爷道：“不消，就此告辞。还有书信一封，相烦贵差付与钦差陈三枚。”千岁接了书。海瑞即时辞出。

徐爷即刻就传堂官道：“差你带领家将二百名，各带军器速速出京，随路接应国宝。如有强人抢夺，就便杀了，护送来京，重重有赏。若有误事，取罪不小。外有海爷书信一封，寄与陈三枚钦差大人，不可有误。”堂官接了书信，忙去收拾，点齐能征惯战家将，即刻出城而去。

钦差两大人行至中途，便换小船，照管宝贝。约略离京只有四十里，岸上来了张府家人抢宝。看见前面有官船摇来。便大叫道：“前面可是钦差搜宝的船吗？”船上应声道：“正是！”岸上张府家人道：“既是钦差，海爷差我们前来接应国宝，吩咐一路护送的官兵尽退回去，不必护送了。”那船上的家人，闻说是海爷吩咐的话，便连忙叫护送官兵：“你们退回，不必护送了。”那官兵恨不得叫他们回去，便答应一声，即刻去了。

船上家人见官兵退去，便来至小船，入见陈、周二位大人道：“启爷：有海老爷差来接国宝了，小人已吩咐护送官兵，各回汛地去了。”陈爷道：“海老爷有书么？”众人道：“没有。”陈三枚就对周元表道：“年兄，此事有些可疑。”周爷道：“年兄虑得不差。既是海爷差来接宝，怎的没有书信通知？如是，是假的。家人，你过去吩咐接宝众人，叫他远见跟随，不许迫近宝船。”家人领命，即出船头吩咐。张府家人要等到空野处下手，也不答应。

又行一日，迎头来了五六号大船。那大船的人，见这边船上高插着旗枪。又有许多大船，前后相随，便大叫：“前面的船，可是荆州搜宝官船么？”钦差船上应道：“正是。”那大船上人道：“既是宝船，速报与钦差大人，说京都徐千岁差人接宝。”钦差船上的家人商议道：

“我们老爷俱在后头小船上，离此尚远。我们且回复他，只说老爷吩咐少停相见好吗？”众家人道：“说得有理。”便向船头叫道：“徐家将爷们，家老爷吩咐少停相见。”徐府家人应道：“是！”

且说那张府劫宝这伙人，对着众人道：“列位，这桩事有些不便了，方才打发的官兵退去，如今又有什么徐爷家将来接国宝，这便是怎处？”内中又有两个后生的小伙道：“管他徐府！只要有个好动手的地方，抢他娘就是了。”众人道：“兄弟主意不差！”

那钦差船上的家人来到后面小船，报与二位老爷道：“启爷：方才又来了五号大船，口称是徐府家将，差来接宝，要见二位大人。”两位钦差听见，心中又是疑惑。周爷就对陈爷道：“年兄，前日说是海大人差来接宝，没有书信；今日又有徐千岁家将接宝，到底谁真谁假，扰得我心中纷纷乱乱。”陈爷道：“这不难，只消传那徐府家将一二人上来，探他口气就明白了。”

周爷道：“年兄高见极是。”周爷就吩咐家人：“你去叫徐府家将二人上船来，我有话吩咐。”家人应道：“是！”

不上半刻，叫到徐府家将两个。家将过船来见钦差，道：“老爷在上，徐府家将叩见。”二位老爷道：“不敢。二位年兄奉了徐千岁之命，来此接宝，可见过海大人否？”徐府家将说道：“虽未见过海大人，但海大人有一封书信在此。”陈爷道：“既如此，快请拿出来。”家将闻说，即于怀里取书信呈上。二位钦差展开细看，心中大悦，就叫：“二位年兄，张居正这奸贼，若是没有海大人与他作对，不知他还要怎样乱作了。我且请问年兄，前日有百余名差人，口称是海大人差来接宝，一到这里，就把护送的官兵发回，却又没有海大人的书信。我心内正在疑惑，不知真假。”家将道：“二位大人这等说起来，这班人定是张府差来抢宝的了。”陈爷道：“怎见得是抢宝？”家将道：“海老爷是个精细的人，他既差人来接国宝，岂能没有书信？是抢宝的无疑。况且海老爷恐怕途中有人劫宝，故使兵丁护送。今离京尚远，岂肯叫官兵散回之理。即此想来，断是张府假托来劫宝无疑了。”陈爷点头：“年兄料得不差。但如此怎好？”家将道：“二位老爷放心，有我等在此，万无一失。但今晚就去查他。若是张府的人，就把他杀个干净。就此告辞了。”陈爷道：“请了！”

徐府家将回到自己船中。吩咐手下人道：“你们快去探听前面那接宝的人，看他动静如何，速速回报。”手下人答应一声，即去打听。即刻回报道：“将爷，我们去打听，这班人交头接耳，言语支吾，不是个好人模样。”家将道：“不消说了，兄弟们各各预备，若有风吹草动，便把他们一齐杀了。”众人答应，各去预备不提。

欲知后事如何，下回分解。

第十九回 劫奇宝空捞水月 升豸宪梦入南柯

得失由来本自天，机关用尽枉徒然。

豺声蜂毒心何忍，假旨欺君欲害贤。

再说张府劫宝家人，内中有个头领的，叫道："众兄弟，你看那钦差官船，如今泊在荒野地方。此时不下手，更待何时"众人道："是!"便一同呐喊争先，爬上船来。不想那官船上的人已晓得他们是劫宝，早已预备。见爬上船来，大喊一声，"快走"，跳下水去。张府家人抢入舱中，不见一人，只见两个黄绫包袱，端正正放在桌上。心中欢喜，叫道："宝贝在此!"登时抢在手中。再到后舱各处搜过，并不见人，说道："两个官儿想是跳下水去了，倒造化这狗头。"

不想这边纷纷乱乱，那边徐府家将早已知觉，便叫道："兄弟们，强人在那里抢宝了，我们快赶上去。"便七脚八手，把船赶来，跳上大船，不见一人，只听得水中喊救，忙忙救起十余个家人，即刻便来追赶那贼船。

那张府家人抢了宝贝，欢天喜地，正要起身，不想被徐府家人杀上船来，唬得魂不附体。各人只得手执刀枪，齐出船头迎敌。只听得大喝道："强盗，快快留下宝贝，饶你性命！若有半声不肯，把你个个剥皮来!"张府家丁也大喝道："休得夸口，我们也杀你片甲不回!"两边乒乓杀起来。怎奈那徐府家将个个勇猛，大刀阔斧杀来，又加箭如飞蝗，张府家人怎敌得过，也有被枪刺的，也有被箭射的，纷纷落水。家将跳上船来，夺回黄绫包袱。

却说那钦差大人，二人在后面小船内，听得前船沸反连天，知是徐府家将与张府劫宝的家人相战，暗暗心惊，不知可能杀得过否。正在惊疑，只见五六只大船，紧急摇来，船头立着四五个人，叫："启老爷：方才强盗在官船上抢了宝贝，被我赶上杀了许多人，夺回宝贝，特来禀知。"陈爷道："好吓！难为列位将爷了。左右，你将宝贝接过。再烦列位将爷，将强盗枪刀器械收藏，候到京师送与海大人观看，作个凭据。若能把那落水的强盗再拿得几个，更好。"徐府家将答应道："是！"便去收拾枪刀，一同上京。

荆州理刑孙爷自从送了宝贝起身，日夜忧愁，不知此番路上可得平安否。正在暗想，忽报圣旨到，已至码头了。孙爷忙忙冠带排道，来到码头迎接。

只见钦差手捧圣旨。孙爷叫排香案，开读诏书："荆州理刑孙成，为官清正，四境安宁，朕心感悦。今升为都察院左都御史，速即来京供职。钦哉！"孙爷谢恩已毕，捧过圣旨，便请钦差上坐，道："大人请上，受弟一拜。"钦差道："弟也有一拜。"两人礼毕坐下，孙爷吩咐排酒，宾主交饮。半晌，孙爷开口道："钦差大人现居何职？"钦差道："向为山东青州府，蒙恩升授刑部员外郎之职。"孙爷道："失敬了！"钦差怕他再问，露出马脚，忙忙起身辞去。

孙爷送出钦差，退入后堂，吩咐家人预备行李。通省官员闻知，纷纷俱来贺喜，俱送礼物。孙爷一齐辞谢。惊动了地方百姓，沸反盈天："可惜这样好官升去，无法可留。"便三三两两议论开来，家家结彩，户户焚香。孙爷在轿中看见，街坊上燃灯结彩，百姓手执香花，挨挨挤挤随轿后到码头。

孙爷回身把手一拱，道："众位百姓，本院无有仁恩惠政及你们，今日何劳远送？本院心中不安。众百姓请回罢。"众人道："大人吓，百姓受大人数年大恩，今日大人高升进京，无计可留。但愿大人留靴与众百姓，作个遗爱。"孙爷道："既如此，左右，取过马扎来。"孙爷坐下马扎，脱下旧靴。百姓奉上新靴，孙爷穿上，说道："本院在此为官，没有什么好处，何劳你们众百姓如此相爱？愿你们老者要教训子孙，少者要孝敬尊长，安分谋生，不可为非。你们请回去罢！"

百姓同声应道："多谢大人教训。"孙爷走进舱中，放炮开船。百姓无奈，只得散去。

不讲孙爷进京之事。那张居正一日正在后堂闲坐，管门的进来道："启上太师爷，劫宝的回来，要见太师。"太师叫传进来，劫宝家人进前叩头。太师问道："你们劫宝，宝在哪里？"家人道："太师爷，不好了！小人一路留心，打听去临青地方，遇着钦差回船。小人遵太师爷吩咐，假称是海瑞差来迎接，就把护送官兵散去。跟到荒野之地，跳上差船，抢出宝贝。不想有一起徐府家人，好不厉害，个个如狼似虎，抢上船来，把小人们杀的杀，丢下水的丢下水。幸得小人略知水性，泅水逃生，来报太师爷。乞太师爷定夺。"太师听了，惊得呆呆半晌，心中暗想："此番宝贝到京，朝廷看见，怎得是好？呵，有了！待我去请陈国舅来，叫他一面去斩孙成，我一面告老回乡，再图后事。"

未知太师裁夺如何，下回分解。

第二十回　害忠良重传假旨　祝眉寿载赐红袍

寿等嵩华身正健，天家载赐五云章。

门迎紫气莲台曜，砌满芝兰绕膝香。

话说张居正听了家丁抢宝不遂，又恐钦差解宝来京，取罪不小。便再想一计，吩咐家人备酒，一面差人下了请帖到陈国舅府中，请国舅商量。

不消半日，国舅来到，太师接进，分宾主坐下。茶罢，国舅开言道："承老太师呼唤，有何见谕？"老太师道："岂敢！老国舅前日曾许出京一事，弟已端正停当。特请老国舅相议出京之策。"国舅道："既如此，老夫领教便了！"太师吩咐排酒。

二人分宾主坐下。酒饮三巡，国舅请出圣旨来看，早有玉玺在上。两道旨意：一道是捉拿的；一道是行刑的。太师问道："老国舅，这两道旨意还是一路同去，还是作两下去？"国舅道："凭太师主意。"太师道："作一同去罢。"国舅道："老夫明日早朝告病。但是老太师要选个能干的假作差官同去才好。"太师道："领教。"二人酒罢辞别。

太师即刻叫过家人蒋胜，吩咐道："你们扮作钦差，明日同陈国舅出京，有一道捉拿孙成的旨意在国舅身边。我前日升孙成为都察院左都御史之职，召他进京，现今想必离任了。你此去必然遇着，须要细心盘问。若是孙成的船，就禀知国舅，立刻拿着，须要小心前去。"蒋胜应道："晓得。"点起家将八名，假做锦衣校尉。又点个长大汉子，打扮作跟随人。来日天亮，就要启行。

次早，皇帝五更三点登殿，朝贺已毕。班中闪出一位大臣，紫袍金带，俯伏金阶，道："臣大学士陈堂启奏：臣连日身躯疲倦，日夜不安，告养二月，再行供职。"皇爷准奏。陈堂谢恩退出，回府吩咐家人："若有太医前来，回说国舅爷只要静养，不必看脉。"家人应道："晓得！"正在吩咐，门公启道："太师张府差人要见。"国舅道："叫他进见！"差人跪下禀道："国舅爷在上，蒋胜叩头。"说道："家太师拜上国舅爷，出京须要小心。"国舅道："不须挂意。"便点起家丁七八个发船，即时出京。

再讲海爷退朝后想道："今日朝中见国舅陈堂告病，我看他面上并没有病容，因此差人打听。回报太医院前去医治，他并不许相见，故此可疑。又差人去打听，回报他带领家人，秘密出京，不知去向。老夫想陈堂是张居正一党之人，不知出京何事？莫非是徐府救宝一事又生别件诡计？我今连夜修成本章，明日亦告假出京，密密跟着他，看他作何事情！"

张居正自打发国舅陈堂出京之后，便把告老本章端正。次日皇帝登殿，张居正出班奏道："臣华盖殿大学士张居正，有短章上奏：臣因老迈，筋骨衰弱，不能辅佐圣朝。愿万岁放归田里，臣感恩不浅。"皇爷道："先生年纪虽多，精神还好，岂可舍朕而去？"

居正见皇爷不肯，又奏道："臣委实精神恍惚，筋力衰微，乞皇上天恩，放回田里。"皇帝尚未开口，闪出海瑞跪下奏道："臣启陛下：华盖殿乃擎天之柱，足智多谋，两班文武俱服驱使。况且臣年八十五岁，尚在朝中保驾，张居正午未七旬，岂可偷闲？万岁不可准行。"皇爷微微笑道："张先生，海恩官所奏不差，断要在朝保驾。海恩官，你说今年八十五岁，不知几时生日？"海爷道："明日就是臣亲生之日。"皇爷道："这也妙呵！明日寡人就与海恩官庆祝千秋。烦张先生代朕率左班文臣，徐王叔代朕率右班武将，一同拜寿。再赐恩官免朝一月。"两班百官一同领旨退朝。

张居正回府，心中着急："可恨海瑞死死与老夫作对，今日又奏不许我告老。倘或国宝到京，皇上知情发怒，难免欺君之罪，如何是好？"

海爷回府，心下想道："我只为陈堂出京，恐有诡计，打点要告假出京，不想圣上赐我免朝一月，正合我意。我明日接了圣旨，做过生日，后日就可出京了。""海洪、海安过来！"海洪应道："老爷何事？"海爷道："我要买长大链子一条，铁锁两把，快去买来！"二人领命买回，海爷又叫快去预备行李。

那祭酒杜元勋，闻皇上要与海爷庆寿，忙忙燃灯结彩，预备酒席。海爷也自欢喜。

忽然家人报道："启老爷：家里太太到了。还有老三房、大相公、大娘，并小姑爷、小姐都来驾寿。先是太太、大娘、小姐三位先到。"海爷闻报，心中大喜，移步中堂，早见三乘轿子放下，三位女眷出轿。太太先开口道："相公请坐，受妾身一拜。"海爷道："下官也有一拜。"夫妻见礼完，大娘同姑娘上前开声道："爹爹公公请坐，女儿、媳妇拜寿，望爹爹福如东海滔滔至，寿比青松日日增！"海爷道："我儿罢了。"外边两杠寿礼抬进。海爷道："怎么要夫人费心？"夫人道："相公，这是老三房大侄儿与女婿备的。"海爷道："原来如此。"太太道："相公有所不知，老三房三叔、婶婶对我说，相公年老，不可无嗣，特将长子带来承嗣。"海爷道："呵，老夫人，下官一世，家徒四壁，怎好屈抑于他？"太太道："妾身亦曾与三叔、三婶道及，奈他志立甚坚，说道：'不孝有三，无后为大。我家宦族名门，安可无后？'立意要妾依从。"

厅堂上正在言谈，门上又报道："启老爷：姑爷同大相公到！"海爷道："请进。"郎舅二人步上厅堂，道："爹爹，孩儿来了。"家人铺上细毡，请大娘过来，夫妇双双拜了四拜。姑爷吕端同小姐上前道："岳父大人在上，愚婿叩贺，望岳父大人寿同日月。"海爷道："请起！"

海洪禀道："杜老爷同杜夫人送寿礼，同来拜寿。"海爷抬起头来，见他二人进来。杜爷道："老师、师母请坐，受门生夫妇拜祝千秋。"海爷忙称："不敢！有劳二位。"拜罢，杜爷道："请师母、世嫂、世妹，同到后宅。"海爷道："极好的。元老今朝做主，接待客官。”杜爷道：“不用老师费心。门生已经吩咐总管：东厅接待文官，西厅接待武官，中厅接待公侯驸马伯。调三班戏子伺候。”海爷道：“劳元老费心，老夫妻委实不安。”

忽报圣旨到，太监孙千岁领旨意一道、寿礼十二色，前来拜寿。海爷忙摆香案跪下，听宣读诏曰：“耳目官海瑞，乃是皇考恩官，保驾三朝，匡扶社稷，实为有功。今恩官寿诞，朕特命司礼监孙凤赍旨到寓，赐恩官龙凤烛一对，寿面千条，大红五爪蟒绣龙袍一件，羊脂白玉带一条，霞帔一副，凤冠一顶，御酒一坛，御宴一席，龙头剡杖一条，寿糕成盘，寿桃两盒。钦哉谢恩！”

海爷谢恩毕，孙凤开言道：“海老先生请坐，待咱家拜个寿。”海爷道：“千岁，这个海瑞不敢当！”孙凤道：“咱家是奉旨而来，代圣上拜寿，怎敢有违？老先生坐了。”孙凤跪下，海爷连忙也跪下，对拜四拜。旁边走过郎舅二人，齐声道：“老千岁在上，晚生们也要一拜！”孙凤道：“不敢！海老先生，这二位是何人？”海爷道：“老千岁，这是老朽的承继小儿，前科入贤书。这是小婿吕端，先帝榜眼，告养在家。”孙凤道：“吓，原来一位是天子门生，一位是一榜春元，今日又会，失敬了！”海爷吩咐中厅排酒，搬演戏文。

门公报：“启爷：各位功勋千岁们送寿礼，亲来拜寿。”海爷道：“有请！”孙凤即立起身辞行，海爷留不住，送出。转身接进各功勋，多是蟒袍玉带，进厅拜寿。海爷再三不敢，各人道：“本藩奉皇上旨意，带同五军提督、总兵各武职拜寿。”海爷道：“岂敢！既蒙列位千岁下降，老夫特备水酒一杯奉敬。”各人序爵位坐下。海爷又请提督、总兵西厅饮宴。

宾主正在酬酢，门公又报：“张太师送礼前来！带同各位大人、五府六部、九卿四相各文官拜寿。”海爷连忙出位，接至东厅。都是九卿六部、翰林科道。张太师道：“海刚老，老夫奉圣旨带同列位拜寿，请刚老上坐。”海爷道：“岂敢！”太师道：“刚老，老夫是奉皇上圣旨，老夫怎敢有违皇上旨意？刚老上坐。”海爷道：“既蒙恩典，只常礼吧。”各官一同跪下，海爷忙陪跪下。各官拜完。海爷道：“请老太师同各位大人，奉敬一杯水酒。”众人道：“多谢！”当时三处饮酒，演唱戏文，鼓乐喧天，笙箫动地。

这里方才献酬交酢，忽报：“太后老娘娘懿旨到！”海爷忙排香案迎接。只见太监李登手捧懿旨，四个内监各捧描金盒一只，直上大堂。海爷俯伏阶下，李登宣读诏文：“海老爱卿三朝元老，先帝恩官，忠心为国，有功社稷。今乃八旬寿诞，赐卿玉如意一柄，百花绣袍一袭，玉带一条，霞帔一件，命李登代贺千秋！”海爷叩头谢恩毕，接过懿旨，收过礼物。李登辞别，海爷留住饮酒。

海爷陪酒未及半刻，又报：“正宫娘娘懿旨到。”海爷忙排香案，重来接旨。太监李保捧了懿旨，带同四个小太监，手捧金盒，直进大厅，开读诏曰：“海爱卿乃是先帝恩官，有功于社稷。今乃八旬寿诞，赐卿龙凤绣旗一对，哀家御手亲绣‘忠心贯日’四字。又赐黄金四锭，大珠十粒，绣龙蟒袍一件，命李保代贺千秋。”海爷谢恩毕，接过懿旨，收过礼物。李保辞别，海爷慌忙留住饮宴看戏，海爷相陪。

酒饮三巡，又报：“圣旨到！”海爷重又迎接厅堂，宣诏曰：“海恩官，忠臣不可无后。今幸有嫡位接续宗支，特授刑部员外郎之职，明日现任见驾任事。钦哉，谢恩！”海爷接过圣旨，文武百官见半日之间，皇恩叠叠，无不啧啧称羡，独有张居正心中不快。须臾宴罢，各官辞去，海爷便预备来日出京之事。

忽报：“搜宝钦差陈爷、周爷在外要见。”海爷闻报大悦，忙说：“请见！”陈、周二人进见，礼毕坐下。两人便把前日情由，细细道明。海爷大喜，叫取出国宝观看，果是外国稀奇之宝。今有四宗国宝，不怕奸贼腾空飞去。吩咐备酒。二人道：“门生今日初回，不知恩师寿诞，未备贺敬，另日补过。请问老师，这四宗国宝，还是今日奏驾，还是明日奏闻？”海爷道：“二位贤契，老夫刻有要事，万难迟缓，俟干办完日再处。”

未知海爷有何要事，下回分解。

第二十一回　陈三枚解宝回京　海刚峰法场夺旨

奉使归来不计程，关山迢递若为情。

星霜雨雪休辞瘁，博得行秋循吏名。

且讲陈三枚、周元表两位钦差，听见海爷说有要事，未曾言明，二人便请问道："恩师，既有大事，乞为示明。"海爷道："二位贤契有所不知，但贤契乃是心腹，说也无妨。只为前日国舅陈堂，忽然告病，我心疑惑，差人打听。谁知陈堂私自出京，不知作何勾当，因此放心不下。却蒙皇恩一月免朝，故此老夫安闲在家，明日便要出京，看他动静。"二人道："既是老师要出京，这宝贝怎么安放呢？"海爷道："这宝贝我同二位送到徐府代收，候我回京之日，共同呈缴。"须臾酒完，三人即抽身到徐府。

门官通报，徐千岁出厅相接。海爷道："请千岁上坐，容耳目官海瑞谢劳。"千岁道："常礼罢。刚老有何紧要之事，如此慌忙？"海爷道："千岁，前日陈堂告病私自出京。海瑞知他是张居正一党，恐他另生弊端，因此也要出京私访，故此不及献宝，只将四宗国宝，请千岁过目收下，俟海瑞回京之日，面奏圣上。"千岁道："原来如此，将宝贝取来。"陈、周二位忙将宝贝捧上。徐爷看罢，赞道："果然奇宝！我今日且收下，待老先生回来面奏罢。"海爷连忙辞出，回家收拾行李。次日天明，带了海洪、海安竟出帝城，直到张家湾，方晓得陈堂雇船去真定府。海爷思忖："陈堂去真定府何事？必有诡计。"便雇船随后追寻。

且讲孙成向授吏科都给事，只为评本触怒朝廷，降职湖广荆州府理刑。今蒙圣恩升为都院左都御史，即日起程，吩咐左右开船。左右答应一声，扯起风篷，望帝都而来。一路威风，各处官员俱来迎接。

一日，来到武昌交界地方，迎头遇着张府家将蒋胜，带了十余名校尉，自己扮作钦差模样，看见前有一只官船上来，鸣锣掌号，船头金牌写道："奉旨荣升都察院。"蒋胜知是孙爷，叫校尉问道："来船可是荆州四府孙爷么？"船上应道："正是！"校尉道："既是孙爷，快报圣旨下。"孙爷闻知，心下疑惑："朝廷既升我为都察院，为何又有圣旨到？"只得出船头接旨。蒋胜手捧假旨，宣读道："咨你孙成，在任不法，逆旨欺君，实为有罪。着差官拿来解京。谢恩！"两班校尉动手，将孙爷除下冠带，加上锁链。

孙爷道："钦差大人，我孙成逆旨欺君，有何凭据？"蒋胜道："孙大人，这是朝廷旨意，谁敢有违？若论凭据，且到京中见驾分别便了。"孙爷内心暗想："这必是张居正又弄了手脚，前来害我。但是海恩官在朝，如何不阻挡他？圣上吓！我孙成忠心为国，除奸去佞，你怎么昏昏不明，听信奸臣，诬陷忠良！"

不表孙爷被拿。这国舅陈堂捧了假旨，一路行来，到了真定府，地方官预备公馆。陈堂吩咐府县，校场搭起篷厂，好便开读圣旨。县官领了言语，忙去搭盖。海爷随后赶来，打听得知陈堂在校场搭厂，其中必有缘故。海爷道："海洪、海安，你二人速跟我往校场察访。"

主仆三人，一路行来，只听得路上纷纷传说：今日钦差在校场监斩。海爷想道："他杀什么官？"忙忙来到校场。立了一会儿，见两人骑马飞奔前来。这边有一衙役问道："来了么？"两个骑马应道："来了！"衙役又道："国舅爷在此等得不耐烦了。究竟那犯官几时到的？"骑马的道："明早准到。"海爷暗想："谁与陈堂作对，特私自出京，来此杀人"

此时天色将晚，海爷叫海洪寻饭店歇下。便叫海洪："我前日叫你买链子、铁锁，可曾带来么？"海洪应道："带来了。"海爷道："我明日要用你，你四更可得起来。"海洪道："老爷又不上朝，四更起来何用？"海爷道："你们不知，明早校场杀人，故此要早起。"海洪道："他们杀人，与老爷何干?"海爷道："我做朝廷耳目官，凡天下大小事情，都要查察。今陈堂私斩官员，我怎么不去打探?"主仆三人用完饭，各去安歇。

四更起来，忙忙梳洗。三人离了饭店，一路匆匆来到校场，不见有人。海洪道："大人，来得太早了!"海爷道："不要管他，只在此等他。"不上片时，早有人挨挨挤挤而来。众人道："陈国舅来了!"海爷听说，抬头一看，只见八人扛着龙亭，亭中奉着诏书，陈国舅紧跟在后面，府县官员一齐来到法场。海爷道："海安!你去打听，杀的什么官，速速回报。我在龙亭边等你。你来寻我须高声喊叫。"海安领了言语，急急忙忙上前查问。

那亏了孙爷，被校尉拿来，一路悲苦，不知上京如何。看看来到真定，进入府城，见了一个差官，飞马而来。喝道："太师有令，把犯官孙成绑赴法场。"校尉答应一声，忙把孙成绑起，抬到校场。报马先至校场，见太师报道："绑到了!"海爷听见，忙问海洪道："报什么?"海洪道："听不仔细。"海爷道："你跟我挨近。"海爷用尽平生之力，挨近龙亭旁边。众人道："你这老人家挨近什么?难道也要看杀人么?"海爷道："列位讲话欠通。你后生的看得，难道我老人就看不得了?"众人说道："不是如此说，只怕你老人家被人挤跌了。"海爷道："不要你管。"

正在争论，只听得海安叫道："海老爷在哪里?"海爷忙应道："在这里!"海安听见，忙将手分开众人，挨到海爷身边，喊道："老爷，不好了!杀的是荆州四府孙爷。"海爷听了此言，好似半天空打下霹雳，大吃一惊。一时人急计强，挤到龙亭边，伸出左手，就将圣旨抢在手中。

要知后事如何，下回分解。

第二十二回　孙刑厅死里逢生　陈国舅同条共贯

凶星炯炯吉星临，转难消殃喜不禁。

虎尾春冰难免祸，铁人际此也伤心。

话说海爷闻说是斩孙成，一时着急，忙将圣旨抢在手中。看守的衙役大怒，喝道："这是朝廷的旨意，你敢抢去么？"几个人便把海爷擒住。海洪忙上前喝道："呔！狗娘养的，眼珠都瞎了！这是朝廷耳目官海大人！你敢大胆么？"

那陈堂闻报，知有人抢去圣旨，正在发怒，忽听见说是海瑞，吃了一惊，忙上前叫道："海刚老请了！"海爷只做不知，便说道："我只道是谁，原来是国舅老爷。"陈堂道："请问老先生到此何干？"海爷道："我蒙皇上赐免朝一月到此，还要请问国舅告病在家，不知到此何干？"陈堂道："弟奉圣旨到此。"海爷道："你奉旨来的么？"走上前一把扭住，大叫："海洪，拿链子来！"海爷接过链子，一头锁住陈堂项上，一头锁在自己项上，唬得文武官员沸反连天。海爷道："海洪，你去把孙爷放了，请来相见。"海洪放了孙爷，同来相见。海爷大叫道："文武各官听着：我乃京中耳目官海瑞。陈堂假旨私杀孙成，我今回京与他面圣。孙理刑仍回荆州供职，候旨定夺。"孙爷道："老大人，晚生无老大人相救，今日一命丧九泉。"说罢跪下，叩头不止。海爷道："先生你快起来，速速回任，不可在此耽搁。我前日看你在金銮殿上评本之时，何等侃侃议论，视死如归，怎的今日这等畏刀避箭的话？快去，快去！"孙爷应道："是。"换了朝服，上轿去了。

陈堂对海爷道："刚老，你我做大臣的，把链子对锁着，像什么样？求刚老开了恩罢。”海瑞道：“国舅爷，我海瑞是没情面的，就是这样罢！”陈堂道：“刚老，链子不开也罢，把这旨意还了我罢。”海爷道：“我要问你，这旨意还是那里来的？你若要圣旨，与你同到京师金銮殿上交割。请下船罢！”陈堂不肯走，海爷扯了便行。文武官员看了，又惊又好笑。

一日，孙爷回到荆州府，百姓闻知大喜，满路香花迎接。孙爷进衙，即刻坐堂，叫禁子：“监中调出张明修公子见我。”禁子禀道：“启老爷：三太爷署印时，就把公子放了。”孙爷大怒道：“哪有这等事？皂快，你们合班都随我来！”

孙爷即刻上轿，一直来到张府，团团围住。管门人报，兄弟二人正不知何事，只见门公禀道：“公子，是四府孙成，不知怎的复了任，又把我家围住，今已进大堂了。”张家兄弟听了，魂飞魄散，好似上天无路，入地无门，只得硬着胆出来道：“晚生不知公祖到来，有失迎接，多多有罪。”孙爷道：“左右，拿链子来锁了！”左右如狼似虎，取出链子锁了兄弟二人，一路威风，转至衙门。

孙成立刻坐堂，叫把他兄弟带上来。二人跪下，道：“公祖大人在上，晚生兄弟叩见。”刑厅大怒道：“你等竟敢胆大回家受用么？推下打！”八条红签丢下，左右扯下二人，每人各打四十板，打得鲜血直流。孙爷吩咐收监不表。

再说海爷同陈堂来到京中，陈堂道：“海大人，弟的性命难保了，求老先生念同僚情面，将此事丢开吧。”海爷哈哈大笑，道：“陈堂陈国舅，说哪里话来？你与张居正不肯开恩丢开孙成，叫海瑞如何丢开得你？不必多言，快走罢！”陈堂又打拱道：“求赐一顶小轿坐罢。”海瑞道：“论其理，我海瑞有旨意在身，我该坐轿，你该步行才是，如今念你是先帝母舅，我与你一同走罢。”

说话之间，已到朝门。早有人报知太监孙凤。孙凤大惊，来到朝门，遇着二人。孙凤含笑上前，说道：“海老先生久违了！这几日好吗？”海爷应道：“叨福。”孙凤又对陈堂道：“老国舅，你老人家为什么这般光景？”陈堂道：“老公公吓，只为圣上旨意被刚老抢去了，又把老夫这般出丑。”孙凤道：“海老先生，这斩孙成的旨意，是咱家亲手打过朝廷的玉玺，拿来与咱家看一看。”海爷哈哈大笑道：“你要看么？这是海瑞抢的假的，怎敢与老公公看？如今不必多讲，总要呈奏万岁。”

三人正在谈说，只见张居正忙忙走到，面皮失色。见了海爷，深深一拱，道：“海老先生、老国舅，你二位做什么？”海爷道：“老太师，是你写的斩孙成的旨意，这怎么就忘记了。”太师道：“老夫未曾写什么旨意。”海爷道：“咦，你不曾写么？旨意现在，还敢强辩么？”居正道：“刚老请息怒，老夫知罪了。”海爷道：“你知道了么？”将手拿起登闻鼓槌乱打。四人在朝门外沸反，朝内早已知闻。穿宫太监忙启奏：“万岁，今有耳目官海瑞与国舅陈堂、张太师，陈国舅与耳目官两两搭上铁链，在朝门外相打。”皇爷见奏疑惑，想道：“前日国舅告病在家，为什么与海瑞对头锁链？其中必有缘故。候朕升殿，传宣三卿进见，便知端的。”

未知后事如何，下回分解。

第二十三回　叩丹墀三奸伏罪　临海表一纸征兵

象简朝天若辩奸，圣明纳谏赖忠言。
只缘蔓草除难尽，空负精心一寸丹。

再说皇爷闻内监启奏，耳目官海瑞与国舅陈堂在朝堂对头锁链，前来见驾，不知为何事情。皇爷令内侍传旨："九卿科道速来见驾。"内侍领旨，忙忙出来传进百官，同入宫门。

皇帝登殿，诸臣朝见已毕，传旨："陈、海二卿去了锁链，前来见驾。"海爷上前跪下："臣耳目官海瑞见驾。"皇爷道："爱卿平身。前日因卿寿诞，赐卿免朝，为何把陈国舅锁扭前来，又与张华盖争讼？"海爷道："臣启万岁：臣蒙皇恩，免朝一月，只因出城还愿，听得沸沸扬扬，传说陈国舅到真定府。臣不知他到真定府何事，故此也到真定。只见校场中搭起篷厂，只说国舅奉旨杀官。臣想：'臣是万岁耳目官，有事安敢不听不闻？'故此在那里打听。只见龙亭上奉着圣旨，臣知此旨是假的，故将此旨抢来，面奏万岁。"内侍取上圣旨，皇爷龙目一看，想道："这也奇了！这笔迹是张先生的，玉玺是孙凤掌管的，那太师国舅是告病在家里，原来是私自出京，假传圣旨！论起来，他三人欺君假传圣旨的罪，就了不得。若不依律穷究，海恩官怎肯甘休？不如且骗过忠臣一次，再来处治。"

皇爷正在迟疑，海爷又奏："万岁，陈堂、孙凤、张居正，正是合伙欺君，不法已极，乞绑赴法场处斩，以正国法。"皇爷微微笑道："海老爱卿，你难道不知么？这道旨意，是寡人命张先生写的，玉玺是寡人命孙凤打的，特差国舅出京。他三人无罪。"海爷道："启万岁：臣是朝中耳目，因何真假不知！”皇爷道：“海老爱卿，朕劝你世事之情，看破些吧！”海爷道：“臣该遵旨免究，但他三人有曹操之奸、董卓之权，今若不除，必有非常之变。”皇爷含笑道：“海先生，他三人都是寡人之命，怎好罪他？先生将就些吧！”海瑞道：“若是这等说，真是昏君了！”皇爷心中想道：“好个忠臣海瑞，真是铁面无私，不怕死。”便道：“海先生，你乃耳目之官，他三人行事瞒骗与你，应该定罪。传旨：将孙凤逐出朝门，永不复用！国舅陈堂除官在家，张居正降三级任事。钦哉，谢恩！”内侍传旨退朝。皇爷下龙案，退入后宫去了。

海爷无奈，只得出朝，遇着徐千岁同祭酒杜爷特来迎接。徐千岁道：“谢海爷救孙成之功。”又问：“皇爷怎样处治？”海爷细细述了一遍，千岁作别而去。

二人同到衙中。海爷又说起朝中之事，无奈圣上十分隆宠，故此奸臣大胆。杜祭酒道：“看起来，张居正是扳不倒了。”海爷道：“我若扳不倒张居正，誓不为人。我要问你，不知陈三枚、周元表可曾出头吗？”杜爷道：“他二人只因搜宝回来，可似在路上冒了风寒，至今未愈。”海爷道：“我明日要去看他。”说罢，退入后衙，与夫人、小姐相见。

次日，海爷坐轿来到陈府，家人请海爷步进书房。见陈爷在床上，海爷问道：“陈先生贵体可好吗？”陈爷道：“多谢大人，晚生略好些。”海爷道：“周贤契在哪里？”陈爷道：“周年兄在外书房。”海爷道：“老夫也要问候他。”陈爷便叫家人引海爷到外书房，周元表在床上看见，说道：“恩师，晚生不能起接，多有得罪。”海爷道：“好说。贵体可瘥①么？”周爷道：“叨福，略略瘥些。恩师出京，事体如何？”海爷细细道知，周爷听了，叹道：“恩师，如此看来，皇上看了宝贝，又不将他治罪，便怎么处？”海爷道：“若皇上又不将他治罪，老夫便去召杨家将来。”周爷道：“恩师，圣上如此宠爱他，杨家将焉

---

① 瘥（chài）：病除，病愈。《水经注·沔水》“泉源沸涌，冬夏汤汤，望之则白气浩然，言能瘥百病云。”

能除得他?”海爷道:“贤契，这宗事体哪里知道。我已修书一封，差你同年林天佐，往海外岣屺山请杨令婆。只等他兵马一到，不怕张居正不死。”周爷道:“只怕杨令婆不肯起兵前来。”海爷道:“贤契，你有所不知。当年张居正丈量天下田亩，那太行山，系宋真宗赐予杨令婆为食邑之地，历代不往收钱粮。张居正将他田亩尽行科收粮食，以致杨令婆不能住扎，移居海外岣屺山。他若说起张居正，恨入骨髓。老夫若有书去，他必欢喜而来。”周元表道:“若如此说，不怕扳不倒张居正了。”海爷道:“贤契，你且耐心静养，俟贵体痊日再议。”海爷辞回，只在寓所等候不提。

要知后事，下回分解。

第二十四回　峋屺山对景称奇　梅花海引人入胜

层峦耸翠出重霄，路入梅花得趣饶。

是有金萱不知老，与山齐寿乐逍遥。

再讲那林天佐，前日奉海爷之命，传送征书一封，护批一道，要往峋屺山杨府请兵。他一路不辞风霜，跋涉而去。但碍路途遥远，不知何时得见令婆之面，如今已到海边了。瞧看远远有一座高山，倒插大海之中。“不知可就是峋屺山不是？须得有人来，且问他一声才好。”林爷正在思想，忽见一个老人，手携竹杖而来。林爷见了大喜，叫声：“陈贵，你快下马前去。”

陈贵上前问道：“借问这山可是峋屺山么。”那老者笑道：“小哥，正是。你问他做什么？”陈贵道：“我要上山去，故此动问。”老者道：“小哥，你如何去得？”陈贵道：“怎的去不得？”老者道：“你不知此座山乃是当年宋朝有名的杨老令婆新住在此，她手下的兵将，十分厉害，若非诚心诚意，怎敢上去！”陈贵道：“借问公公，这山在海中央，如何上得？”老者道：“此间无船，只是马儿行走。”陈贵道：“水里边，马如何走得？”老者道：“他山上的马是练就的，海边浅水之处，用大大的木头打在海内，名曰梅花桩，马从桩上行走，如同平地。”陈贵道：“公公，世人传说杨令婆长生不死，可是真的么？如今还在么？”老者道：“她是一位地仙，如何不在！说她在太行山，山中有仙树、仙桃，人食故长生。如今这山也有一异名，名曰雌龙井，至闲时俱用大石遮盖，但五月初五日，端午时节，于是开了井盖，打起水来，和米做成酒，人饮了酒，不论男女身体康健，勇力加倍，又能长寿。”陈贵道：“老公公，我们要去见她，不能前去，奈何？”老者道：“小哥有事要去，我教你个法：巡海边去，有五六里路，海边有一鼓亭，亭内有一将官把鼓，那山上闻知，便放马来，骑上去即可至山上了。”陈贵道：“我又听见人说，有人去求见令婆，令婆不肯相见，那人再三拜恳，方命侍女端出二盒牙齿来与人看，真面真身，总不能得见。”老者道：“你不知：这牙齿，是令婆六十周天时落的，何又出新牙。如今不知换了多少花甲，故留下这牙齿。”陈贵道：“指教！”回报与林爷。回头一看，不见老者，知是神明指点。

主仆上马加鞭，行了五里，果见前面有一座大亭。近亭一看，却造得十分巍峨，墙分八字，琉璃瓦盖得明明亮亮，二人直上，并不见有人。四壁描金彩画，两旁朱红栏杆，两边放着朱红漆鳖皮大鼓。林爷道：“陈贵！你到里边问一声，看有人否。”陈贵领了主命，步上亭中，叫一声：“里边有人吗？”只见里面走出一人，头戴大红扎巾，身披织锦战袍，脚踏皂靴，相貌威严。林爷忙上前打拱道：“将军请了！”那人道：“尊驾何来？”

林爷道：“弟乃是明朝本京人氏，幸叨两榜出身，官拜翰林，姓林，名天佐。只为朝中首相张居正卖官鬻爵，杀害忠良，私存国宝，私行丈量天下田亩，每有反叛之心。朝中有个耳目官海瑞，就是当年为南京操江，他忠心耿耿，必要扳倒奸逆，以安社稷。奈朝廷宠爱他，不肯将他正法。海大人无奈，特遣小弟到此，求恳老令婆发兵除奸去佞，保得明朝江山，真有莫大之恩！现有海忠臣亲笔请书一封，乞将军代为一报。”

将军听了，说：“呵，林先生原来是海大人差的。海大人名闻四海，天下人共敬。弟虽在海外，也时时闻他好名。果是忠心为国，正理朝纲，除奸剔佞，实在可敬。我令婆常称他是明朝第一个忠臣；提起张居正这贼，心中愤恨，要起兵去除他，又恐朝廷生疑，说我们图谋天下，故此忍耐至今。既先生奉海大人之命，求恳令婆，待弟与你齐去，谅令婆必然听从。”说罢，手拿鼓槌，走上扶梯，打了三下。

只听得对面山上炮声大响，远远望见山中，一个坐在马上，带两匹空马由梅花桩上行来，到了鼓亭下马。林爷走上前，拱手道："将军请!"那将军连忙答礼。鼓亭将军细细述了来意。那将军道："林爷，你且此间暂坐，待小弟回山代达，看令婆怎说。"林爷道："有劳了。"那位将军上了白龙马，回身又下水中，由梅花桩上如飞而去。

上了山，进入府中，叫侍女通报说："有明朝忠臣海瑞特差翰林林天佐送书前来。"侍女捧了书入内，少时出道："太太吩咐，请差官上山。"那将军得了言语，随即上马下山，过梅花桩，至鼓亭下马。对林爷道："俺家太太说，林爷鞍马劳顿，请上山相见。"林爷大悦，就将空马骑坐，即同将军下海，由梅花桩上缓缓而来。

不止片时，上了山。抬头四处观望，不觉精神开爽。道："妙吓!你看岣屺山的景致，山顶上，仙鹤双双飞鸣，白猿阵阵跳跃。高高低低，多是奇峰怪石；大大小小，尽是翠柏苍松。红的红，青的青，尽是仙桃；白的白、绿的绿，尽是瑶草琪花。看不尽许多奇景，真是难描难画。"林爷正在贪看景致，忽听得将军道："林爷且在外厅坐坐，待俺禀过太太，再来相请。"那时将军来到大堂禀上，太太传语请见。守山将军重出大门，到外厅相请。

林爷随着后面，来到大堂。只见珠帘当中，外放天然几桌，安置玉瓶；内插珊瑚树，高数尺。右边一张梨花太师交椅。林爷忙上前朝上跪下道："太太在上，卑职林天佐拜见。愿太太寿与天齐。"帘外丫头传语道："太太吩咐：请林爷少礼，命焦将军陪坐。"林爷道："太太在上，卑职哪里敢坐。"又传语道："林爷远来，焉有不坐之理?"林爷道："如此告罪了。"侍女奉上香茶，林爷用完。开言道："卑职恩师海瑞，多多拜上太太，愿太太寿与天齐。愿太太早发慈悲之念，削除奸佞，救济万民，感恩不浅。"传语道："俺太太说，既蒙海大人来书，无不从命。请林爷到花园饮酒，焦将军陪宴。"

焦将军引了林爷，来到花园，看不尽奇花异草。当中花台上，筵席已端正，宾主双双坐下，开怀畅饮。后事如何，下回分解。

第二十五回　天波楼杨令婆兴师　北潼关高德礼失守

楼号天波宋代时，救民除暴见兴师。

潼关若早壶浆往，败绩归来悔已迟。

且说林天佐在花园厅上，看不尽许多排设。焦将军相请入席，说道："这是山厨水酒，怠慢莫罪。"两人入席，书童在旁斟酒。林爷觉得酒味芳浓，便问道："这酒用何制酿，如此芳烈？"焦将军道："这酒不是寻常的，乃是峋屺山第一种仙酒。每年五月五日午时，取雌龙井水和禾米酿成，又芳烈，又补血。凡人饮了此酒，身体康健，寿命绵长。此乃太太敬重林爷，故特备此酒相敬。"林爷道："如此说来，乃小弟之幸也。"二人饮了多时，林爷起身道："蒙太太厚款，小弟心领了，就此告辞。太太那里不能面谢，烦将军鼎言，求太太发兵早些，以救国家之难。"

焦将军领命，就转身入内见太太："林爷谢太太赐恩，就要下山了。要求太太早早发兵，以除谗佞。"太太道："我知道了，请林爷鼓亭安歇，明日早行便了。"

别后下山，焦爷上马相送，依旧下水过海，由梅花桩上行过。登时上岸，行到鼓亭，鼓亭将军出接。林爷拱手道："小弟奉太太之命，今夜要在此打扰一宵。"鼓亭将军道："岂敢！这是随便的。"当晚备夜饭吃了，焦爷辞回。

过了一宵，来日清早，焦爷又到鼓亭与林爷见礼，说道："太太有表章一道，相烦林爷带去拜上海大人，上达天听。如不表明，反被张居正朦胧圣上，必说我们杨家造反了。请收过表章。"林爷道："太太主见极明，小弟领教！”便把表章收好，作别起行。主仆二人，一路迢迢往京城而返。

杨老令婆自林爷去后，传令山前众将，各各预备，等待黄道吉日，就要起行。太太吩咐已毕，众将得令，个个摩拳擦掌，预备厮杀。

过了半月，说是黄道吉日，太太身穿八卦仙衣，带了一群将士，五色旌旗摇动天日，鼓角齐鸣。到了台前，炮响三声，吹打上台，两边众将上前参见。大小三军，各分队伍。太太手执金字大红旗，叫道：“杨豹、焦天听令！”只见左边闪出一将，头戴虎头金冠，身穿黄金锁甲，手执竹节钢鞭，威风凛凛，应道：“有！”又见右边闪出一将，面如锅底，眼似铜铃，手执开山大斧，杀气腾腾，应道：“有！”太太道：“你二人带领本部人马，前进京师，不许骚扰地方。我自有兵接应。违令者斩！此番出兵，但要除奸去佞。倘皇上回心，屏逐奸邪，我就要回兵。”二将道：“得令！”接了令箭，带了人马下山而去。太太又叫：“岳金定、孟银銮听令！”令二人也带本部人马，各相随丈夫前往京师，须要秋毫无犯。二人道：“得令！”二员女英雄，一样打扮，头戴凤冠，双插雉尾，身穿软甲，腰束战裙，手舞双刀，领了人马，浩浩荡荡，尾着杨、焦二将，往京师而来。

那前队的人马，行不数日，已到潼关地界。潼关的探事蓝旗小卒，飞报入城：“启上总爷大人：今有峋屺山杨家将人马杀至关前，请令定夺。”那守关总兵高德礼，也是科甲出身，蒙圣恩钦点潼关总兵。接任以来，四海升平，万民感服。今闻探子报说峋屺山杨家将兴兵除奸，要进潼关，暗想道：“我想杨令婆是要谋夺明朝天下，假以除奸为名。我受朝廷爵禄，怎肯容你猖狂？左右，吩咐守关将士，多备火炮灰石预备！”严守到了次日，杨、焦二将叩关讨战。高爷叫：“左右，取我披挂出来。”家将忙把盔甲抬至。高爷即刻披挂，头戴金翅高盔，身披滚龙锁甲，腰挂七星宝剑，座下一匹黄膘马，手把竹节钢鞭，带了三千人马，放炮开关，冲出吊桥。

杨家见有兵来，杨豹提枪拍马冲出阵前。高德礼开声喝道：“来将通名！怎敢兴兵犯界，是何道理？”杨豹大叫道：“你这老头儿，莫非就是守关的总兵高德礼么？我乃大宋敕赐无佞府天波楼杨家令公令婆与天同休的后裔杨豹将军便是。只为你朝中豺狼当道，奸佞弄权，故此我奉太君之命，到京师除奸去佞，救济万民。快快开关，休得拦阻！”总兵见说，高声喝道：“杨家小将，你又不奉朝廷宣召，又无兵部火牌檄文，妄说要除奸佞。到底朝中哪个是奸，那个是佞？说得明白，放你过关。”

杨豹见说，便叫道：“高将军，难道你不晓得？京师张居正独占朝纲，欺压群僚，私存国宝，蒙蔽幼主，致天下生民涂炭，四海悲哀。我想你做个总兵，难道朝廷忠奸还不晓得？还要在此守关怎么？快快开关，放我过去，早除奸佞，换个清平世界。”总兵听说，暗暗思想：“我是张居正门下，张太师是我恩人，命我守关，此恩安敢有忘？但他为人奸佞，举朝皆知，谁知杨家远隔边界也知。但我为守关之主，安可容他过去！”便喝道：“杨豹，你这除奸去佞的话，自有朝廷做主，与你杨家何干？明明借端生事。快快回去，万事俱休；若有半声不肯，我的钢鞭打下，立刻即死。”杨豹大怒，把长枪照面挑来，高总兵展开钢鞭，两人在关下大战二十余合。

那高爷怎敌得杨家小英雄？心中想道：“杨家将果然名不虚传。”拨转马头，败下阵来，杨豹紧紧相追。守关兵卒放过总兵，正要闭关，却被杨豹赶到，连挑数个，把着城门，招呼后兵抢入城中。杨豹传令：“众军士：太太有令，不许杀伤军民，快快赶到京师。”众人应声：“得令！”即刻穿出北门，直望京师而来。

后事如何，下回分解。

第二十六回　林天佐请兵销差　佘太君上表除暴

为承师命递征书，万里归鞭得意如。

同是丹心扶社稷，却教明主把奸锄。

且说忠臣海瑞自救孙成以后，随即回京。心存除奸，志安社稷。只因圣上护短，所以不能扳倒奸贼。今喜得陈三枚、周元表二人病体已痊，只待林天佐请兵回来，一同奏本。“只怕此番张居正必不能逃了。”海爷正在思想，家人来报：“启爷：奉差峋屺山林公回京请见。”海爷大喜，忙叫：“请进。”

天佐来到书房，拜见恩师。海爷道：“贤契一路风霜。到那峋屺山，可曾见到那老令婆么？”天佐将见令婆之事细述一遍。海爷大喜道：“贤契，此功不小，且你吃了杨家这酒，必定福寿绵长。”林天佐道：“若得如此，专赖恩师的福庇。方才恩师说，陈、周两位有病，于今可好了么？”海爷道：“且喜平安，正要打点明日复旨。”

师生正在言说，家人来报：“陈、周两位老爷特来拜谒！”海爷道：“妙呵！正来得好，快请相见！”家人领命，传出：“二位老爷，家爷有请！”二人移步进入书房。拜见方毕，海爷便叫：“林贤契过来，见了陈先生。”陈爷问道：“此位贵人尊姓大名？”海爷道：“就是周年兄的同年二甲第九名的进士，新任翰林编修。”陈爷道：“原来就是林先生。”林爷道：“不敢！”二人见礼毕，周爷又与林爷同年相见。海爷道：“林贤契代老夫往峋屺山走了一遭，今日老夫与他接风，难得二人又到。左右快快备酒！”

四人一同坐下，饮过三巡，陈三枚开言道：“不知林先生到峋屺山，有何贵干?”海爷道：“只因老夫扳不倒张居正，故此劳往峋屺山，请杨家将起兵前来，除剔奸佞。且喜他不辞劳苦，见了杨令婆。杨令婆已许发兵，想不日可到了。”陈爷道：“呀呵，妙呵！这便是圣上洪福齐天了。”海爷又道：“令婆现有表章上达天听，我不便代他条奏，须送到千岁府中，央他上奏方好。”三人齐道：“尊见极是。我们奉陪恩师同到徐府如何?”海爷道：“这极好!”吩咐端正手本投进。各人立刻上马，挨次出门，不上一时，早到徐府。

徐府家人将手本投进。徐千岁闻知，忙出厅吩咐：“请进。”海爷带来周、林、陈三位，上厅道：“千岁在上，海瑞率三门人拜见。”千岁道：“又来客套了，常礼罢。”四人依次行礼毕，坐下。茶罢，千岁开言道：“国老，前承你救了舍妹夫，尚未报答。”海爷道：“岂敢!不瞒千岁说，我海瑞扶弱除强，是我的本性。”徐千岁问道：“陈、周二位贤契好了?”二人忙欠身道：“托赖千岁洪福。”海爷道：“今有峋屺山杨府佘老太君，有本章一道，说道他兵马不日来京，除奸剔佞，这本必须千岁代奏方妥。”千岁听罢道：“有这等事?”海爷将本呈上。千岁接了，微微笑道：“难得杨令婆肯出力相助，我明日与他代奏便了。但这国宝作何计较?”海爷道：“国宝明日也要进上。”千岁吩咐家将，取出三桩宝贝放在正中桌上，大家同来细看，果是至宝。海爷道：“如今且别，明日各人行事罢。”四位辞出，不表。

次日早晨，但见文武百官俱集，传旨：“有事启奏，无事退朝。”班中闪出一位大臣，俯伏金阶奏道：“臣定国公徐电见驾，愿我主万岁！万万岁!”皇爷道：“皇叔平身。”千岁道：“今有峋屺山杨令婆有本奏上。”皇爷命取进，铺在龙案之上，只见本章上写道：

峋屺山杨佘氏奏闻大明皇帝：臣诚惶诚恐，稽首顿首，为清理朝纲事。切念陛下承祖宗之基业，受万里之江山，君正臣良，万民乐业，方可长享太平之盛世。今有辅佐张居正，骚扰朝纲，蒙蔽朝廷耳目，卖官鬻爵，杀害忠良，私睡龙床，抽换国宝，丈量加征田地，税入私门，种种奸恶，难以表白。伏愿皇上速奋朝纲，以泄万民之愤恨；斩元恶之首，除羽翼之党，保万世之基业，以慰四海之民心。今臣领兵前来，观政上国，乞速施行，不胜战栗之至。

皇爷看罢，心中大喜。忙宣张居正至龙案旁，将本与他观看。居正看完，忙俯伏奏道："臣启陛下：杨家将乃宋朝之臣，历辽、金、元三朝，不服王化，自归海外，盘占峋屺山，与我国家风马牛不相及，有何为国除奸之理？他明明要夺中国花花世界，藉端起兵。望皇上速发大兵，阻截杨家兵马，庶免大患。"

未知皇爷旨意如何，下回分解。

第二十七回　献奇宝张太师结舌　嘉智义孙娘子荣封

真情败露枉徒然，秦镜澄时鉴不偏。

曾似冰清巾帼女，褒嘉智义万世传。

再说皇爷听居正启奏，发兵阻截杨家兵马，心中忧虑，进退不决，正在惊疑，只见耳目官海瑞俯伏奏道："臣启陛下：杨家将久居太行山，历代并不征收钱粮。他世代忠良，并无过患，谨守外臣之职。今张居正欺君罔上，每多不法。杨家将乃是远方之臣，今朝为国除奸。臣乃耳目之臣，岂容坐视？望陛下将居正拿下，以正国法，以服远人之心，天下幸甚！"张居正忙奏道："臣与海瑞向来不睦，但臣辅助陛下多年，从无差错。今不作速发兵阻截，杨家将兵马入京，只怕江山不保！"海瑞又奏道："臣保杨家将兵马决无为害。只乞皇上速除张居正，不可迟延。"

皇爷心中无定，便问两班文武，此事如何调处。闪出徐国公奏道："臣徐电，敢以合家性命，保杨家将兵马无害。"君臣正在议论，忽见班中又闪出二臣，俯伏金阶奏道："臣兵科给事陈三枚，臣新科进士周元表，蒙圣恩特差正副使往荆州搜宝，得三桩宝贝，来京见驾。"皇爷道："取来！"内侍领旨，到午门外抬进放在金阶。

皇爷举目观看，问道："这宝贝叫作何名？"海爷忙跪下道："臣昔年奉先帝之命，往外国封王，曾见过此宝：一名醉仙塔，一名醒酒毡，一名夜明珠。此珠黑夜拿来手中，光如明月一般。醉仙塔用金盘一只，将塔放在盘内，取水从塔顶淋下，遂成好酒，不论好量，只吃一杯，立刻醉倒；扛放醒酒毡内，其人立醒。真是外国之宝。这是外国进贡朝廷，被张居正用假的调换。无法无君，罪不容诛。”万岁道：“张居正，这宝贝是那里来的？”居正道：“臣该万死！这宝原来是外国送与臣的，臣该进上才是。但臣想万岁宫内异宝甚多，故未曾奏闻。臣该万死！”皇爷道：“既是外国送与先生的，赦卿无罪。”

陈三枚又奏道：“臣往荆州搜宝，又有张华盖四子张嗣修蓄养士兵。家将沈勇，手下有几千兵马，霸占婴山，抢夺人家子女，掳掠百姓钱财，纵横无忌；又在路上兴兵抢宝。张嗣修实有谋篡之心，望万岁速拿解来京审问，则天下苍生咸感陛下隆恩，永保太平之乐矣。”万岁道：“据卿所奏，有何凭据？”三枚道：“其夜，贼众将臣抢上婴山，捆绑囚禁，待来朝送至张府处死。幸有荆州难妇邱孙氏，被贼抢掠在山，守节不辱，困在寨中。她怜臣被困，盗取钥匙放臣。臣就与她同奔至荆州，见了理刑孙成，送她回家。我主若问凭据，只需调邱孙氏来京审问，便知不是臣冒奏。”

皇爷听了，想道：“张居正果然不法。”便道：“知道了，不必再奏。难得卿搜宝有功，加升大理寺少卿，更兼吏部事务；周卿加为刑部主事。”二人谢恩。

海爷又奏道：“婴山贼将沈勇，召集人马，恐有反乱之事，宜敕荆州文武起兵征剿。再宣孙成见驾，审问张嗣修谋逆。”皇爷即命兵部：“行文到荆州，着孙成会同总兵等官协力征剿。还有邱孙氏贞节可嘉，封为智义夫人。再传圣旨一道，将张府门前下马牌打碎，内监召回京都。孙成加为都察院，仍管荆州理刑事。”海爷又奏道：“张居正法该抄族，陛下若不忍加罪，亦当暂禁天牢。倘其杨家将兵马一到，将他献出，可保国家无事。”皇爷道：“京都城内，九门外城，速拨兵将把守，再拨兵马司带羽林军一千，围住张居正府第，不许私放一人出城。该地方管守房屋，不许运动家中什物。张先生暂且告假，随班上朝。”

张居正又奏道：“臣为国家效力二十余年，望我王开一线之恩，赦臣还乡。”海爷忙奏：“圣旨已下，不必违逆。”即此退班，皇爷起驾回宫，百官退出。张居正行至午门，深深打躬道：“老千岁、海大人，犯官全仗二人周旋，留些体面。”二人只做听不见。

徐千岁至府，立刻差拨家将，将张居正前后门把守，不许放张家父子私自出去，并家人搬运物件。须要小心严守。

海爷回府，写了书信，差人赍至荆州，交与孙成。孙成将书一看，乃是通知京中张家败露之事，预先密令孙成关防张府脱逃寄顿等情，另有圣旨在后。

要知后事如何，下回分解。

第二十八回　乳娘府下马牌推倒　皇都城无敌将团围

乍荣乍辱一生身，好是鹪鹩暮与晨。

燕北忽传烽火急，只因除暴救黎民。

那日孙成接到海爷书信，正在预防张府，忽报圣旨来到，孙爷忙令安排香案，跪下宣读。诏曰：

张华盖颇有过失。将内监召回京师，乳娘府前下马牌即行除去。荆州理刑为官清正，加封都察院右佥都御史，仍管理刑之事。即会同武职，征剿婴山一带地方土贼，并审明张嗣修不法之事。事定之日，回京见驾。荆州邱孙氏，贞节可嘉，敕封为智义夫人，着地方官立匾旌赏。钦哉，谢恩！

孙成谢恩已毕，即差人将张府下马牌打碎，赶去八员内监。又做成匾额，同府县官到邱家悬挂。

次日孙成坐堂，监中调出张二子。兄弟二人，每人先打四十大板，然后问道："张嗣修，你招兵买马，谋为不轨，速速招来。如再不招。左右取夹棍伺候！"嗣修受刑不过，只得招道："呀呵！公祖大人，只因当年有个江西客人，善晓风水，更知麻衣相法。他说犯人命当大贵，父亲不合听了相士之言，在婴山私招兵马。"孙爷问："那士兵头领叫什么名字？"嗣修道："士兵头领原是山东响马，名叫沈勇。"孙爷道："如何于今不见？"嗣修道："自从钦差搜宝之后，他就死了。那些士兵见没了头领，放火烧寨，各自散去。"孙爷道："既已招明，左右抬过一边。再换明修上来！"孙爷道："张明修，可知罪么？"明修道："犯人知罪了，只望大人开恩。"孙爷道："既如此，再扯下去打。”左右又把明修按倒，重打四十大板。明修爬不起来，孙爷喝叫抬下去。左右把明修抬出。

孙爷又叫押嗣修过来。嗣修道：“大人开恩呵！”孙爷道：“嗣修，你家有犯禁的东西么？”嗣修道：“只有一件五爪龙袍。”孙爷就传经历厅：“烦贵厅至张家取五爪龙袍呈验，如若抗拒，将张太太锁了来，不可徇情。”经历领令，立刻上轿，来到张府。张太太出来相见。经历道了言语。太太思想：“此事隐瞒不得。”只得吩咐侍女，内房取龙袍交与经历。经历忙忙回转，呈上。孙爷抖开一看，便问嗣修道：“这是你穿的？”

嗣修道：“是犯人做的。”孙爷喝叫：“扯下去打！”左右扯倒，打到五十，已是死了。孙爷道：“再打二十！”左右又打二十板，真叫作：死也不饶人。孙爷想道：“料不能活。”就叫将尸首拖出去。

孙爷退入后衙，立刻叫家人收拾行李，次日发牌起行赴京。文武官员尽来远送。百姓手执香茶，一路不断，直至码头，方肯转回，不表。

且讲杨家将杨豹、焦天兵马进了潼关，秋毫无犯。看看来到京城，安下营寨，守城将官看见，十分准备。杨、焦二将出马，向城上喝道：“守城将官听着：俺乃是杨家将杨豹、焦天是也。我奉杨老令婆将令，提兵到京，为国除奸，速速奏与万岁知道，拿出奸相张居正，立刻退兵；如不将他献出，恐后悔无及。”守城将官听了，飞马入朝奏知万岁。万岁暗想：“此番张先生性命必不能保了。”便开口道：“朕想杨家将乃宋朝之臣，他自霸占峋屺山，朕不计较他。他不思赤心报国，反敢兴兵犯关，明明欺侮寡人。两班文武，谁敢领兵去退贼兵，与国分忧？”班中早闪出耳目官海瑞。

不知奏什么，下回分解。

第二十九回　海恩官谏主献奸相　岳金定走马捉周连

献却奸臣便退师，至尊何用自嗟咨？

忠言逆耳难相入，一失兵机莫恨迟。

再讲杨家兵马围住皇城，皇爷问道："谁人出城退敌？"海爷出班奏道："臣耳目官海瑞启奏我主：那杨家将居住峋屺山，一心归正。昔年居住太行山，虽不受朝廷俸禄，亦曾与国家出力。先帝时，三边总制曾先征伐河套，被河套兵马围住京城，亏得杨家将传言要起兵勤王，河套兵闻知此信，惧怕杨家兵马厉害，慌忙退去，方得江山太平。他是天性生成的忠良将，世代保国安民。只因当年张华盖丈量太行山钱粮，迫他迁徙海外，他怀恨在心。今若要杨家退去，只需献出仇人，自然退兵。"皇爷道："海卿差矣！张华盖是我国大臣，岂可送与海外之人？"海爷道："万岁呵！前番臣到京师，就将张居正六款启奏陛下。陛下不听臣言，以致惹动了杨家人马。今日若再不听臣言，只怕杨家兵马打入皇城，大有不便！"

张居正慌忙俯伏奏道："臣效犬马之劳二十余年，乞皇上开恩，不拘何地，赐臣自去偷生。臣不胜感德之至！"皇爷道："朕岂不知先生功劳？今事至此，不知先生要往那里去？"海爷忙奏道："万岁若然许他告退，杨家兵马岂能退去乎？望皇上速速献出。"居正又奏道："万岁念臣老迈，放臣去罢。"海爷怒道："居正奸贼，万岁年幼，被你欺弄；如今年壮，你还敢欺主么？"

皇爷心中纳闷，开金口道："两班文武，谁与寡人分忧？"连问数声，无人答应。皇爷怒道："自古文官把笔安天下，武将持刀定太平。

太平之日食朝廷大俸大禄，今日国家有难，便无一人肯与国家出力，要你群臣何用？内侍快宣五营大都督周连见驾！”内侍领旨，忙唤：“万岁有旨，传五营大都督周连见驾！”周连闻召，忙出班俯伏金阶，奏道：“臣周连见驾！愿我主万岁！”皇爷道：“卿家，今有峋屺山杨家将，擅兴人马，围困皇城，卿当带羽林军五军，出城退敌，有功之日，加官进爵。”

周连领旨，忙出朝点齐人马，放炮开关，杀出城外。海爷同诸臣俱上城观战。只见杨家将阵内，旗门开处，冲出两员小将，威风凛凛，杀气腾腾，大喝道：“明邦主将听着：我峋屺山杨老太太部下大将杨豹、焦天是也。因你朝廷奸相张居正，私丈太行山粮税，以致我迁徙海外。今日特兴人马问罪，你速速献出奸臣，万事皆休；若有半句不肯，管你江山难保，社稷丘墟，那时悔之晚矣！”周连大喝道：“杨家将休得无礼！谁敢出马见个雌雄？”

杨豹大怒，正要出马，忽听脑后銮铃响处，一马冲出，乃女将岳金定也，大喝道：“来将通名！”周连道：“我五军大都督便是。我且问你，你杨家不思报答朝廷水土之恩，反兴兵来作乱，围困京师，是何道理？”金定答道：“周将军，你岂不知：‘乱臣贼子，人人得而诛之。’那张居正病国害民，你速速把他献出城门，即刻退兵；若不听我言，打进皇城，玉石俱焚。”周爷喝道：“休得多言，看枪！”一枪便刺。金定把鞭架着道：“周将军，你不能为国除奸，反来与我交战。若我鞭打，不要懊悔。劝你速速把奸臣献出，饶你性命！”周连大怒道：“你这贼人，有何本领，敢在此开口！”又一枪刺来，金定把身闪过，道：“你这厮，既不听老娘相劝，看你有何本领，与我老娘交战！”说罢，舞动双鞭。二人战上二十余合，周爷气力不加，心中想道：“这女子看不出倒是厉害，不要遭他毒手，快快走罢！”兜转马头，望本阵走回。金定哪里肯舍，拍马紧紧赶下，马尾相交。金定伸出玉手，轻轻把周连提过马来，叫军士绑去。官军正要来救，被杨家兵马杀回。

海爷在城上观望，心中大悦：“好个杨家女将，果然名不虚传。”原来皇爷在金銮殿等候周连捷报，早有掠阵官飞马报道：“周都督被杨家女将捉去了。”不知皇爷听报如何，下回分解。

第三十回 孟银銮飞铙取盔 焦将军掣鞭擒敌

十万貔貅意气雄，腰横秋水拥雕弓。

不因为国除奸贼，便把全师扫一空。

再说皇爷在金銮殿，欲待周连捷报，忽听掠阵官报道："周连被女将捉去。"皇爷大惊失色，忙忙传旨道："众位王兄，那一位肯为朕出阵去拿杨家女将，以泄寡人之忿？"众王爷一同跪下奏道："臣等想杨佘氏，先有表章奏闻，乞皇上依她所奏，自然退兵，何必与她战斗？"皇爷道："列位王兄如何也出此言？"便叫左军都督张凯见驾。张凯俯伏金阶。皇爷道："卿家，你速领本部人马出战，退敌杨家人马。"张凯领旨出朝，披挂上马，领兵出城，直到阵前，大喝："杨家反贼，速来受死！"

探马报入中军道："王城内又有将军讨战出马。"岳金定道："不怕死的又来了，待我再去捉来！"孟银銮道："姐姐已立头功，待小妹去罢。"登时持刀上马，冲出阵前，大声喝道："你是何人，敢来送死！"张凯抬头一看，是一员女将，明盔亮甲，手执七星宝剑，好不威风。乃喝道："女将听着：我乃天子驾前左军大都督张凯也。我看你年幼无知，好好下马受缚，免我动手。"银銮笑道："张将军，我乃孟良之后孟银銮，奉老太太之命，前来斩锄奸臣张居正，你速奏你主，献出奸臣，我便退兵。"张凯听了大怒，提刀就砍。银銮哈哈大笑道："张将军，何必大怒！我乃海外远臣，尚且为国除奸；你为国家大臣，不能去邪削佞，反来与我交战。也罢，看天子面上，不取你首级，且取你头上盔缨与你看看。"张凯心中不信，举刀又砍，银銮举剑一来一往。战上二十余合，张爷手软力疲，招架不住，心中暗想："这女将果然厉害。"带转马头，落荒而去。银銮随后赶来，掣起飞铙，"呼"的一声响，就把张爷头上盔缨拖下来了。

张凯惊得魂不附体，大败进城，入朝奏道："臣该万死，那杨家女将真是厉害，她说看万岁金面，不取臣头，但取臣盔缨。果然将飞铙掣起，把盔缨抓去。万岁呵！看来战她不过，不如依她所奏，把奸臣送出去罢。"皇爷道："胡说!"便叫："中军都督常庆，你去退杨家人马。"常庆奉了皇命，带领人马出城，直临阵前，高声叫战。

那杨家探卒报入，焦天一听大怒，冲出阵前，举起宣花斧就砍。常庆忙把刀架住，喝道："来将通名!"焦天道："我乃宋朝驾前大将焦赞之后焦天是也。你不听好言，只怕你顷刻丧身!"常庆大怒，举枪交战。不上三合，焦爷掣出金鞭，将常庆打下马来，被杨家兵卒绑了，押至中军。

杨豹道："贤弟得了大功，可喜！可喜！但我想擒来二将，俱是皇朝大臣，不可得罪。"吩咐："把二位将军放了，请来相见。"小军得令，登时放起二将。周连、常庆上帐相见。杨豹道："二位将军，小将等山蛮无知，冒犯虎威，多多得罪!"二人道："岂敢!"杨豹吩咐备酒压惊，二人杨营饮酒。

那掠阵官见常庆被擒，飞报入朝。皇爷闻奏大惊，半晌无言。只见海瑞出班奏道："万岁，如今事急，无可解救。乞万岁先将张茂修代父送出，看杨家可肯退兵否?"皇爷道："这个使不得。现有周、常二将在他营中，未知生死，怎可再把自家臣子送与他?别议良策。"海爷道："万岁不必忧心，臣谅周、常二将，决然无事。待臣前去，着他回来见驾。"皇爷道："既是老卿要去，就此出城罢。"

后事如何，下回分解。

第三十一回　杨家府回兵释将　张状元代父抵奸

拜赐君恩犒劳还，旌旗掩映好天关。

讴歌载道欢呼舞，朝野于今始解颜。

再讲海爷领了旨意出城，单身步行，直到杨家营门。军士报道："耳目官求见！"杨、焦二人闻道，连忙远远出营，前来迎接。同入帐中，让海爷上坐。二人慌忙拜道："大人名扬天下，古今罕有，今得一见仪表，小将们万幸！"海爷道："岂敢！二位将军英名盖世，万邦无敌。今蒙远劳台驾，与国除奸，可敬！可敬！"杨豹道："不敢。左右备酒。"海爷道："不用了。此番老朽前来，只因万岁龙心不安，要请周、常二将回朝见驾。若蒙二位见许，就此告别。"杨豹道："小将正要送二位将军回朝，恰好大人驾到，今就送二位将军同行。"海爷与周连、常庆谢了。

回到金銮，俯伏丹墀。皇上看见大悦道："赐卿平身。你被杨家捉去，他怎生待你？"二人道："启万岁：臣被杨家捉去，十分优待，并不敢半毫轻慢。他说蒙天朝水土之恩，思欲为国除奸，以报皇恩，非敢兴兵造反。他正要送臣回转，适遇海大人到，故此一同送回。伏乞皇爷依他所奏，送出奸臣，他必然退兵。"皇爷道："据卿所奏，杨家果无反心了？但是兵马不退，终非了局。卿有何法，使他回兵？"海爷道："依臣之见，总要状元张茂修送出。他若肯退兵，张茂修代父死难，也博得个孝子之名。"皇爷无奈，只得传旨，将状元张茂修献出。海爷忙传宣道："万岁有旨，着锦衣卫将张茂修绑出，献去杨家收管。"两边将校将张茂修登时去了冠带，绑出城门。

海爷随后跟去，来到杨营，高声喊道："奉圣旨，将状元绑交杨营，代父之罪。"杨豹出营迎接，道："既蒙圣恩绑交奸臣之子张茂修，把他斩了！"军卒答应一声，登时把张茂修砍下头来。杨豹吩咐号令营前，复对海爷道："海大人，复望大人回朝奏闻圣上，请张太师出来，与我们一会。"海爷道："将军，今日已晚，等待明日罢。"

海爷进城入朝奏道："万岁，臣奉旨送张茂修到杨营，杨豹已把张茂修正法，还要张太师明日出城相会。"张居正听见，忙上前跪下，两泪交流，道："望万岁天恩，赦臣残生。"皇爷见了，不觉龙目也垂泪来说道："张爱卿，朕今亦不能做主，你自己求恳各位王爷，转求海老爷与你周全罢。"居正闻言，便望着各王爷叩头，哀恳众王爷转恳海爷。当下有徐千岁道："海老先生，如今当着万岁金面，恕了他罢。"海爷道："千岁，怎么样恕法？"千岁道："恕了他死罪，活罪难饶，将他家产抄没，送与杨营作犒军之费用便了。"海爷道："只恐杨家不肯，奈何？"

正在商议，忽报皇太后娘娘懿旨来到，各官跪接。只听太后诏曰："张居正私藏国宝，假传圣旨，本应斩首尽法。姑念先帝托孤之臣，幼主怜念，不忍加诛。望诸卿速即另议退兵之策，以安君心。钦哉，谢恩！"海瑞对太监道："劳公公回复娘娘，海瑞遵旨便了。"内监去了。皇爷又问道："海老卿有何良策？"海爷道："万岁速命徐千岁将居正家产抄没，代臣送与杨家。再做起夹底棺木，将张居正存于底下。命家丁尽皆挂孝，送到杨家营前。杨家见了居正既死，必然消恨退兵。"未知皇爷如何下旨，下回分解。

第三十二回　张太师盖棺诈死　海操江复任微行

为奸为佞苦营求，祸到头来死便休。

今日盖棺还不死，岂伊不死学庄周。

且说皇爷听海瑞陈奏，一一依议，传旨：克期宣进徐王兄，先即速带羽林军去抄张居正家产；一面准备夹底棺木，将张居正放于底下，上面用铜封好。海爷领了金银缎帛，押着棺木，来到杨营。

杨豹接入帐中，谢过赏赐，便对海爷道："海大人，不知奸相怎生面目？求开棺盖，与末将一观。"海爷道："这也不必了。二位将军，老夫备有水酒，带同门下林天佐，与二位送行。"说罢，就命家将排酒。杨、焦二将领了酒席，立刻传令兵马退回。

海爷带棺木回朝，面奏皇爷道："臣蒙圣旨，犒赏杨家兵马，并验棺木，他已遵旨退兵了。"皇帝听奏大喜，忙令内监打开棺木，放出张居正，令他速速回乡养老。又传圣旨："升杜元勋为礼部侍郎，林天佐为翰林学士，荆州理刑孙成为掌堂都御史，海瑞复任南直操江，赐飞龙旗二面，尚方宝剑，五爪龙袍。钦哉，谢恩!"各臣三呼万岁，叩首谢恩。皇爷驾退后宫，诸臣出朝。

海爷回府，便叫海洪后堂请出夫人相见。夫人道："老相公，唤出妾身有何吩咐?"海爷道："老夫人，下官蒙圣恩复授南直操江，即欲上任。我想前日在南直为官，倏忽光阴又是二十余年了，不知目下民风如何？我依旧私行到彼，察访奸恶，不便带家眷同行。夫人只在孩儿衙中，颐养优游。我恐同僚饯行拜送，又要耽搁多日。那南直贪官污吏、奸恶顽民闻知，得以潜踪敛迹，故此女儿、女婿也不与他说明。明日就要起身了。”夫人说道：“老爷呵，你今年纪高迈，比不得中年康健，凡事务必将就罢。”海爷道：“夫人，又来取笑了。我是老江湖了，何须夫人吩咐？海洪，你叫轿子送夫人到太爷衙中去。”当时夫人拜别，上轿去了。

次日海爷起来，便叫：“海安、海洪过来！”二人应道：“老爷何事吩咐？”海爷道：“海安、海洪，我与你三人，是老伙计了。如今原扮作山东卖花椒的客人，往南京走了。”二人听见，暗暗埋怨道：“这不是真真活受罪了。”只得收拾行李，主仆三人改扮，头戴白毡帽，身穿海青布衣，青牛皮鞋子，紫花布袜子，背了袋子，出京去了。

话分两头。再说江南池州府青阳县，有一人世代科甲人家，姓周字国治，少年入泮，走过十五遍文场，总不能中试，只博个副榜贡生。妻秦氏，不幸早逝，双生二子，长子名文桂，已经入学，娶媳妇金氏早丧，又继娶袁氏。只因媒人之语误配婚姻。那袁氏父亲叫作袁有相，有名光棍。大儿袁阿狗，次儿袁阿牛。父子三人，俱是无赖凶徒，欺负周家父子俱是书生文学，较讨盘礼盒仪聘礼，件件费嘴费舌。国治恐媳妇过门不贤吵架，故此送文桂招赘入门，望他夫妇和睦。不想这袁氏原是恶妇，嫌丈夫懦弱贫苦，终日吵闹不堪。周文桂无奈，禀过父亲，游学进京。幸得次儿周文玉娶媳张氏，美貌贤德，夫妻双双孝养公公。生下一个孙男，名唤观德，年纪长成一十三岁。孙女莲香十岁。此时虽然家道贫穷，幸而子孝媳贤，得以相安过日。

那一年，天年荒歉，文玉失馆，闲坐家中，未免口食不给。国治只得使文玉至袁家探问文桂信息。下午文玉回家，国治问道：“你去袁家探问，嫂嫂怎说？”文玉道：“爹爹不要说起。孩儿到袁家探问，嫂嫂便开口大骂，并道哥哥并无书信寄回。孩儿不信，查问左右邻里，多说哥哥游学在京，学习刑名之业。前年蒙登莱道请在衙门，今春寄有银信回来，想必是袁家父子吞去。孩儿闻得此言，又与嫂嫂理论。可恨那袁家父子出言詈骂，竟将银两埋匿，只把空信掷还。孩儿无奈，只将空信带回，与爹爹看过。”

国治接过书信一观，内说：“不肖游学至京，与登莱道唐公倾盖相知，带往衙署掌管刑名。因思二弟在家，馆金无多，就与东翁说了聘他主使。今寄回银五十两，半为父亲薪水之用，半为二弟盘费。乞即遣他起程。”国治看完，骂道：“贱人！如此可恶，把银两一起侵吞，毫无一些与我。只是这机会错过，如何过得日子？儿听：我想你好友赵廷章，仗义疏财，济人急难，你去与他商量，或肯周济，亦未可知。”文玉道：“父亲主见极是！”即刻别了父亲，到廷章家中。

廷章接入，分宾主坐下。茶罢，廷章就开口道：“周兄，到此有何见谕？”文玉道：“小弟与仁兄忝在知心，不揣贫穷，一向不识进退之言，与兄相商。只因家兄在登莱道作幕，念小弟在家贫苦，难供甘旨，特寄白银五十两，半为家父薪水之供，半为小弟路途之费，命弟到署中办事。不想恶嫂父子将银两一起侵吞。老父气塞，无奈着弟向仁兄相商，意欲求借些小盘费。但不知仁兄可肯玉成否？”廷章道：“此乃小事，何必挂怀。弟便依仁兄所寄之数，一半与老伯安家，一半与兄盘费。但有一说，令尊老伯年逾桑榆，令昆玉远离膝下，倘有些微所得，亦当即刻回家奉养，不可贪图厚利，久羁异地。”文玉道：“仁兄金玉之语，弟当铭刻。”交付银两，两人辞别。

文玉回家，对父亲说了。国治甚喜，叫儿子预备行李，择日起身。到了这日，文玉对张氏道：“贤妻，我只因家计艰难，不得已出外谋生。你公公膝下无人，专望你小心服伺，愚夫感德不忘。”张氏道：“丈夫放心，妾身颇知妇道，岂敢怠慢公公。但官人路上风霜，切宜保重。”文玉道：“不须吩咐。”当下辞别了父亲，背了行李，出门而去。

不想国治年老，因两个儿子俱离身边，未免悲伤，染成一病，张氏甚是忧愁。一日，备下小菜汤粥等物，同观德、莲香来到公公床前，道：“公公请用这薄粥。”国治勉强吞了半碗。张氏道：“公公呵！伯伯与丈夫远离家乡，但愿公公身体健康。不日二人自然回家，父子团圆。”国治道：“媳妇，但愿如此便好了。”那观德、莲香也叫道：“祖父大人，今日身子可好否？”国治道：“孙儿、孙女呵！难得你二人小小年纪，也知孝道。公公年纪八十，不为无寿，但愿你读书上进，荣宗耀祖，我在九泉，也得瞑目。”观德道：“祖父大人，不是孙儿夸口，若肯苦心攻书，管取龙章宠赐，报答祖老亲恩。但愿祖父身体康健，寿增百岁。”国治哈哈大笑道：“好个有志孙儿！”

再说那周文玉，只为家贫失馆，蒙兄寄银相招，往登莱道作幕，可恨恶嫂将银侵吞，以至束手无策。多亏好友赵廷章赠送盘钱，得以起身。但是父老家贫，妻贤子幼，未免挂怀，这也无可奈何。你看红日西沉，难以行走，前面一排招商饭店，不免投宿一夜。

文玉走进店前，只见一堆人簇拥着一个少年书生，在那里争论。听得店主人说道：“你身无行李包袱，什么人敢留你过宿？速速往别处去罢。”文玉见了上前，呼道：“兄长，你出门为何不带行李？难怪店家不留。但小弟看你身虽狼狈，相貌不凡。请问尊居何处，出外何干？”那后生见问，两泪交流，沾了一衣襟，道：“小弟家住扬州，父亲现任司马，母亲诰命夫人。小生姓杨，名龙贵，曾经入泮黉门。只因今秋乡试，届期收拾行李上路。主仆二人前至深山，忽遇假虎四人，将我主仆二人唬倒，行李抢去，衣服剥了。小仆与他争夺，被他杀死。我舍命奔走，一路求乞至此。又闻大盗打劫皇杠，地方保甲严禁，不许容留生面之人，故此哀求店主暂歇一夜。”文玉道：“如此说来，却是一位贵公子。但此去扬州，却也不远。也罢，待我与店家说明，相留同宿一宵，明日再作计议便了。”说罢，便与店家说明，请龙贵同进店中。

用过晚膳，收拾同宿。龙贵问：“仁兄贵处尊名？乞为示知。”文玉便把乡贯姓名说明，又道：“兄今身无分文，如何走得长路？弟薄有盘费，愿分一半与兄。”龙贵道：“原来仁兄也是圣门弟子，又如此义气，小弟此去倘得侥幸，少不得就要上京，必要到登莱道衙门拜谢。”二人说罢，一同安宿。

次日天明，文玉起来，取出白银十两，衣衫一套，相赠龙贵。龙贵再三称谢。早饭毕，二人携手出店。行到三岔路口，文玉道：“小弟不送，就此分别，后会有期！”龙贵道：“小弟与仁兄萍水相逢，邂逅相遇，何幸不才叨蒙厚德！小弟今日分别尊台，希图上进。倘异日少能寸进，自应结草衔环以投大德。”说罢相别而去。文玉独自一人，晓行夜宿，迢迢只望登莱而走，未知何日得停。

再说那袁家父子，自从文玉讨银之后，心中恨恨不忘，每同二子相议，意欲谋害周家父子性命。忽见阿牛进前说：“爹爹若要谋害周家，儿有一计。”

不知阿牛是何计策，下回分解。

第三十三回　袁阿牛嘱盗诬扳 周文玉凭鸦问卜

买盗扳良剧可怜，聊将乌鸟卜金钱。

个中冤狱凭谁雪？血染鹑衣哭老天！

话说袁氏父子相议谋害周文玉，阿牛道：“阿爹，阿哥，我有一句话与你商量。我想妹夫周文桂，前年穷得不像模样，不想游学进京，寻个登莱道衙门做相公，寄回许多银两。我合家度日受用，好不快活。闻得今年又叫伊弟文玉前去，前日起身。我想妹夫此后银子并无半毫寄到与我。如今伊弟若去，必定说以后银子不要寄到我家。我想伊弟去尚未远，不如路上把他害了，使他去不得登莱衙门。我自已到妹夫衙门，学习学习，也做个相公，趁些银子回来，岂不是好？”阿狗喜道：“是个妙计，待我赶到中途，把周二杀了。”阿牛道：“这个使不得，倘被人晓得，捉去官里，就要偿命，岂不是害人反害自已么？”阿狗道：“据你何计？”阿牛道：“有一机会在此：前年教师叫作大头林三，做了强盗，在山东打劫了皇杠，被太平府拿获收监，要跟追银两余党等人。待我入监中，叫他扳扯周文玉同伙打劫，官府定拿他收监追比。我到登莱道衙门，说周二有病在家，叫我先来顶替，岂不是好？”阿狗喜道：“妙计！妙计！真有相公之才。”

父子三人商量已定，并与女儿说知。袁氏甚是欢喜，取出银两付与阿牛、阿狗前去行事。二人接了银子，即刻起身。数日间就到太平府，将这银两送与禁子，进监见了林三。假作师徒情意，便大哭起来，叫声：“师父吓！你本是一位好汉，怎么得如此受苦！”林三抬头一看，认是袁家兄弟，忙问道：“你二人因甚到此？”二人齐道：“承师父教我拳头，此恩难报。闻知师父监禁，特来问候。若有什么机会，可以出监，再作区处。”林三道：“难得你兄弟倒有仁义，特来看我。不知有何机会，快快说知。”阿狗道：“我有一个冤家，叫作周二，名文玉。他要去山东，必然由此经过。他家中十分富厚，我兄弟别无孝敬师父，只有白银十两，送与师父监中使用。待复讯之时，师父可咬定周文玉是个盗首，所有赃物俱在伊家中。官府一定拿他，夹打成招，问成死罪，师父就有生机了。”林三听说，心中大喜。接银说道：“承你兄弟好意，待复讯之日，一定扳他率众抢夺，坐地分赃，所有皇杠金银，俱存在他家里便了。”二人辞出。

且说太平府丞梁爷，因山东大盗强劫了皇杠，布政司行下火牌，催促追究。已经缉访多时，拿得大盗林三，加了严刑，不肯招供赃物伙党人等。即日传绑升堂，吩咐监中调出大盗林三复讯。

快役将林三提出，跪在阶下。梁爷道：“林三，你既做了江湖大盗，劫了皇杠，存在那里？伙党何人？速速招来！”林三道：“老爷呵冤枉！叫小人招什么吓？”梁爷怒道：“啐你狗才！前日真赃已露，还要抵赖！不夹不招。左右，取夹棍来，把林三夹起！”三收五敲，林三受刑不过，叫道：“爷爷呵！打劫皇杠果是有的，但不是小的为首。”梁爷道：“那个为首。”林三道：“是池州青阳县人周文玉纠合我们，同行打劫，所有银两俱存在伊家。被获之时，文玉叫小的不要招他，自然替小的上下干办无事。如今受刑不过，只得实招。”

梁爷当堂出票，差张凤，赵祥吩咐道：“你二人追缉，沿途不可走漏。限你三日，过限不到，重打四十大板，决不轻贷。”二人领票出去。又把林三收监。太府退堂，不提。

且讲府差二人接了官票说道：“昨日耳语，闻周文玉要往山东，谅他必然往北逃走，我们往北追赶。一路上饭店、埠头、庵堂、寺观，逐一查访，见有池州声口的，便把他拿住，定有重赏。”

那日，文玉自与杨龙贵拜别之后。一路行来，早到太平府城。天色已晚，寻店安歇。次早起来洗脸，忽听得头上乌鸦叫不停声。文玉道："好奇怪，乌鸦乃不祥之鸟，怎的在我头上乱叫？莫不是我父亲家中有什么不测呵？爹娘吓，孩儿只为家贫，不得已远离膝下，有日客囊充足，早计回家，奉养朝夕。咳，乌鸦吓！你既有灵性，前来报我，若果家中有事，你可再叫一声，向南飞去；若还前途有事，你便叫一声，向北飞去。"却也奇怪，乌鸦如晓得说话一般，竟叫一声，向北飞去。周文玉暗想："时乖运蹇，难道前途有什么灾难？"心中甚是不安。

交过房饭钱房宿，正要出门，只见三四个人进入店中，公差打扮，把文玉上下一看，便问道："客官有些面善，敢问贵处那里，贵姓大名？"文玉心中暗想："他问我何故？自古道：平生不作亏心事，半夜敲门也不惊。"便答道："小生姓周名文玉。"差人动手就拿。文玉叫道："你拿我何事？"张凤道："大胆狗才！你做江洋大盗，劫了皇杠，我奉本府太爷之命，特来拿你！"取出官票与周文玉看了。周文玉看了大惊道："我是读书之人，要往山东，由此经过，那里是盗贼！天下同名同姓尽多，不要错拿了。"赵祥道："放你娘的屁！你既是周文玉，我不管你，你自去府堂分辩！"说罢，上了铁链，拖拖扯扯，来到府堂衙门。

传票进衙，二府即刻升堂，叫将强盗带进。快役扯进文玉。跪在阶下。二府喝道："你这狗才，为何不守本分，纠合党羽，打劫皇杠？快快招来，免受刑法。赃物寄顿何处？羽党何人？若有半句支吾，左右取夹棍伺候。"文玉道："爷爷呵！小人世代书香，家在池州府青阳县，平生无公私告犯；况打劫皇杠，又无凭据，何可诬陷良民？"梁爷道："我问你，今要往何处？"文玉道："小的要往山东登莱衙门，相会兄长。"梁爷道："你兄在道署何干？"文玉道："在署中作幕。"梁爷道："你这狗才，明明是行劫大盗，却哄本府。本府早已晓得，你要往山东纠合羽党，前来打探。幸亏早知消息，不然连本府的前程，也送在你手里。左右，与我着实夹了！"

左右将文玉套上夹棍，三收五敲，文玉可似杀猪一般叫起来。梁爷道："现在你的同伙、大头林三在此为证，还要强辩？左右，带林三上来！"禁子立刻到狱吊出林三上堂。

未知审问如何，下回分解。

第三十四回　梁司李酷讯成招　赵廷章周全友谊

捶楚加入涕泪潸，心如铁石法如山。

何尝借取秦明镜，一鉴无私脱狴犴。

且说那梁二府审问周文玉，酷棍不招，令禁子立调林三上堂。二府道："你可认得此人么？"林三道："爷爷呵，他就是周文玉，纠合小人打劫皇杠，小的怎么认不得他？"又向文玉道："大哥，你好负心也！你纠了众贼，招我入伙，打劫皇杠。你将金银尽行存去，害我在监中百般受苦。你道往山东纠合党羽，前来劫监，又无音信。我受刑不过，只得供你。你可从实招成，休得怨我哩！"文玉抬头一看道："呀呵！我何曾认得你？何时与你同伙？几时打劫皇杠，与你分赃？我与你从未识面，何得诬陷平民？你何狠心呵！"林三道："周文玉，你好巧言花语，若不与我同伙，我怎知你姓名、住址？你若说我诬扳你，和你两个脚夹起来，看你耐得过耐不过？"二府便喝道："周文玉，你这狗头，林三当面对证，还敢抵赖么？左右，取紧敲来！"皂役喝一声，将索收紧连敲。周文玉痛苦难禁，登时晕死，左右把水喷醒。二府道："文玉，招了罢。"文玉自思："严刑难受，不如暂且屈招，或有申冤之日，亦未可知。"

便叫道："坐地分赃是有的，纠合行劫实不知情。"梁爷道："既是坐地分赃，怎么不晓得同伙行劫？如今赃物放在你家么？"文玉道："爷呵，银两当下分散，小人家中分文俱无。"梁爷道："好个利口，倒推干净。左右，着他画供，上具收监。待本府申详上司，着池州府抄家搜赃便了。"

文玉画了口供，同林三收监。二府退堂，即办文书申详布政司。布政司行牌火速至青阳县，着该县即日起赃，毋得延缓。青阳县拆了文书，带齐书役、保甲来到周家搜赃，不表。

且讲文玉妻室张氏，自丈夫去了半月，不料公公得病。请医问卜，全无功效，已经三日水米不沾，势甚危急。张氏棺衾无措，十分忧闷，倚床流泪。忽见公公开眼说道："贤媳妇呵！方欲睡熟，见许多执事人役，向我叩头道：'城隍爷以我一生聪明正直，奏闻上帝，以我为太平府土地，即日要到任了。'只是难为你贤孝媳妇，今生不能报了。"张氏道："公公，梦寐之言，不足深信。公公保重身体。"

忽听得外面观德喊道："我家只有祖公与母亲、妹子三人。"县太爷叫皂役进去拿来。皂役人去，只有一个妇人，东走西跑，床上卧着老人，只有一丝残喘，不敢拿他，只把妇人扯出。太爷问道："你是周文玉何人？"张氏道："是文玉妻子。"太爷道："你公公哪里去了？"张氏道："公公卧病在床，命在旦夕。"太爷道："你丈夫周文玉在太平府纠合强盗，劫了皇杠，被官缉拿，招出合伙同谋，窝存赃物。本县奉布政司火牌，特来起赃。左右细细搜来！"衙役到前堂后室，各处搜检。只见箱笼橱柜之中，俱是破衣破棉，并无银两。搜了半日，不见形迹。太爷打轿回衙，将他母子带进。张氏大哭道："爷爷呵！公公命悬顷刻，若把小妇人带去，公公若死，何人收拾？"太爷道："也罢，拨了四个衙役在此看守，候他事完，带他堂讯。"一面带了观德，起轿回衙。

那周国治病在床，听得砰砰硼硼，倒箱倾笼，家中如同鼎沸，倏然一惊，早已气绝了。张氏见公公已死，哭倒在地。莲香亦大哭起来。左右邻舍见县官去了，进来一看，见这凄凉光景，个个叹息，坠泪扶起张氏醒来。齐说道："你速速打点收殓公公，啼哭何用？"张氏收泪，思想："家中并无分文只字，又无族房亲戚，何处告贷？前日丈夫起身，多蒙赵家伯伯周赠。如今事急，不免将女儿卖与他家，收殓公公便了。"张氏对衙役说明，衙役拨伙计跟她同去。张氏扶莲香至赵家敲门。

原来赵廷章闻知搜赃事情，及张氏同女儿到自己的家中，早知来意，只是恐有拖累，自己躲过，叫妻子出来迎接。张氏哭诉情由，复说："棺衾无措，情愿将女儿莲香卖与贵宅，得些身价，收殓公公。"说完叫莲香叩头。王氏大娘忙扶起，抬头见莲香相貌端庄，是个有福之人，心中已有定见。说道："周婶婶，叔叔虽然落难，日后必有清官雪冤申枉，不必哀痛。奴家赠银二十两，婶婶收去，收殓公公。令爱，妾身意欲求为养媳，不知意下如何？"张氏慌忙跪下道："妾夫屡蒙周恤，此番又蒙大德，使小女不至流为下贱。此恩此德，没齿不忘。"王氏扶起张氏道："婶婶不要折杀奴家。"入内随即取出白银二十两，交与张氏。嘱道："你到家只说将令爱卖在我家，得银二十两便了，不必说了联婚事情。待官人往乡回来，还要暗地相帮。"言说未了，衙役喝道："及早回去买备棺衾，毋得累我。"

张氏回家，收拾公公已毕，将余银暗带身边，同衙役来到公堂。正值知县升堂，衙役将张氏母子带上。那县官是捐纳出身，甚然凶恶。喝道："周张氏！你丈夫做了大盗，打劫皇杠，赃银存在那里？快快招来，免受刑法。"张氏哭道："爷爷呵，小妇人世代书香，知文识理。只为家贫，丈夫往登莱作幕，不想半途被何人诬陷作强盗，屈打成招。小妇人在家针指度日，那有什么赃银存匿之处？爷爷若不信，可问邻里便知了。"知县喝道："好利口的妇人！这是上司行文前来，追此赃银，非同小可。不打如何肯招？左右，拶指起来！"衙役把张氏拶指，可怜张氏痛苦难言，叫苦呼天道："爷爷呵！此乃无影无踪之事，叫小妇人招出什么？"

县官叫把那小子带上来，衙役将观德带上。县官喝道："你这小子，快把你父亲打劫的金银存何处，速速招来！"观德道："爷呵！小人的住房，不过一亩，上至椽瓦，下至地墓，爷爷俱已搜遍，更有何处可存许多银子？"县官道："你必是寄顿亲戚之家，不打如何肯招？把他夹起。"左右把观德套上夹棍，观德大叫一声，昏昏死去。

县官见二人至死不招，便叫松刑。俱令书办立了文案，把文玉房屋变卖，妻子官卖，限三日内当堂呈缴。衙役带了母子二人出行，母子沿途啼啼哭哭，路人尽为怜悯。

原来赵廷章与文玉素好，只为他身遭陷害，昨日将他女儿收为养媳，赠银二十两，一面叫人探情。家人回报："县官将他母子动刑不招，发出官卖。"廷章忙叫总管赵昌、赵茂，将银一百两，假作远方客人，向官买他母子；再赠他盘费，叫他先往太平府监中看待丈夫，然后到南直操江海大人处，击鼓诉冤，必然昭雪。赵总管领了言语，带了银两，扮作药材客，来到青阳县衙口，当官承买，携他母子二人出了城门，来到一个庵寺。原来此庵就是赵廷章所建的。内面走出两个老尼，将张氏母子接入，茶饭相待。张氏再三称谢，只见两个总管，说出底事。

不知所说何事，下回分解。

第三十五回　遇假虎土豪聚会　盗美人公子遭凶

风生山谷虎来时，假虎无常任所之。

画虎画皮难画骨，荒山匿迹那人知？

且说赵昌、赵茂对张氏说道：“周家大娘，我二人不是客人，乃是赵相公家中总管。只为相公不好出面，特遣小人前来相救。有银二十两在此，叫大娘速往太平府探望周相公下落。又闻人传：二十年前的操江海大人，奉旨复任南京。大娘可打听他到任之时，告状鸣冤便了。”说罢，取出银两，交与张氏。张氏接了道：“二位管家，你与我多多拜上赵相公，我母子今生若不能报，来生犬马亦报洪恩。”赵昌道：“大娘何出此言？但此处前途须要保重，我要回家复命了。”说罢辞出。张氏母子匆匆起身，恨不得飞到太平府监中，探望丈夫消息。

再说袁阿牛自从买盗扳害周文玉，他便收拾行李，往山东而来。贪赶路程，寻不着歇店。到一山林，前不着村，后不着店，心中正在惊慌，忽闻虎啸数声。阿牛取出齐眉棍，见林中跳出四只猛虎，拦住去路。阿牛想着：“我听得人说，山东路上惯有假虎抢人财物的，想必是强人装作的。”忽然一个老虎跳将过来，阿牛趁势一棍打下，那虎扑倒在地上。后面三只老虎喝道：“好汉住手，通个姓名，我愿拜你为师。”阿牛道：“果是假的。我坐不更名，行不改姓，池州府袁阿牛便是。”那三虎道：“呀呵！原来是袁二哥，我们江湖上久已闻名了。”

四只老虎齐脱了虎皮，一齐拜见道：“我们多是林二师父的徒弟，前番劫了皇杠，躲避在此。不想师父被太平府捉去，无计可救。今日相逢，三生有幸。”阿牛道：“请问尊名？”两人道：“我兄弟刘仁、刘义，这二位亦是同胞兄弟，叫张三、张四。今遇师兄，请到我家商量去救师父。”阿牛道：“我要去登莱道衙门做师爷，今夜借府上一宿，明日就要起身。你们要救师父，只需请我家兄阿狗，自有计策。”当晚阿牛在刘家歇下，次日辞别而去。

不日，到了登莱道衙门，门上进内报道：“周师爷，外面有一位袁相公，说是师爷的舅爷，待来拜见。”周文桂心内暗忖道：“前日我弟书到，要我推荐幕府，我特寄书叫他前来。如何我弟不到，却是二舅来此，其中必有缘故。且请他相见，便知端的。”吩咐门上请进相见。阿牛大喜，忙把头巾端正，衣衫抖抖，摇摇摆摆直进宅门。文桂出迎，即叫家人取进行李，在官厅相见，拜叙寒温。文桂邀进书房，问道：“二舅起身时可曾见过舍弟么？不知家父安否，乞为指明。”阿牛道：“亲家今岁犯病，病尚未痊。令弟不能远出，故此叫小弟前来顶缺。”文桂道：“既如此，亦宜有书信通知才是。”阿牛道：“只因家事匆忙，只是口信，未曾写书。”文桂听说，心中不解：“好笑我家兄弟，自己既不能远行，不该打发二舅到此。他仍粗俗之人，无半点斯文气象，署内如何容得他？叫我挂心不下。如今事在两难，怎生是好？”又想道：“既千山万水而来，怎好叫他回去？且在此暂住几时，再作区处。”文桂将阿牛留于署内，不觉住了月余。

一日，道爷寿诞，知府送一班女戏。那晚，道爷治酒花厅，遍请署中幕友。阿牛在席中看戏饮酒。内中一个小旦刘二姐，年纪只有十八九岁，却生得风流秀丽，诸人俱各称美。道爷年虽六十，却是爱色之人，便留在署中服侍，甚是宠爱。不想刘二姐自少风流，虽在幕中享受繁华，但对此道爷须发皓白，无一毫知趣，心中闷闷不悦。袁阿牛那晚见了刘二姐风流美貌，灵魂却被她勾去了，时时计算要勾搭她。

一日，书童在身边伺候，阿牛便问道：“那女旦刘二姐，我甚是爱惜她，不知她的卧房在哪里？”书童笑道：“相公，你问她怎的？若说她的卧房，只因与公子私通，被大人知道，把公子痛责，把小旦存在后花园，拨四个养娘看管。你问她怎的？正是野狗妄想天鹅肉！”阿牛笑道：“哪有这话。”当晚睡在床上，心思一计：必须打合公子，引我到园中盗出美人，然后再作道理。

这登莱道名唤唐天表，为官倒也安静。只因公子私通小旦刘二姐，思将儿子打发上京会试。谁想那公子唐彬留恋女色，不肯登程，不免被父亲怒骂一番。他便推道：“年来笔砚荒疏，无人指教，要请周文桂结伴上京去，一路与他讲习谈话，方好前去。”道爷知文桂果然饱学，可以教诲公子。但他在幕中料理公事，怎好远离？只因欲丢开公子，也顾不得周文桂，只得叫他做伴进京。

唐爷来到书房，文桂接见坐下。道爷便把唐彬要他同往京中之事说了。文桂道：“既蒙台谕，岂敢有辞？”道爷甚喜，辞出。

文桂即与袁二说道：“方才东翁要我伴公子上京会试。你在此无益，我送你盘缠回去罢。”袁二听了此言，暗忖道：“我正偷盗刘二姐，如何是好？”便应道：“妹丈既伴公子进京，我在此权住一两月。”文桂道：“二舅文书卷案一毫不晓，岂可在此搅扰东家？还是回去的是。”阿牛又算一计，便说道：“我想家中无事，又费妹丈盘缠，不如随公子上京，途中亦可助半臂之力。”文桂见他十分要去，便道：“既要同去，快些收拾行李。”袁二大喜。

次日，唐彬拜别父亲，同文桂、袁二并家人一齐上路。公子道：“周先生，你是南方人，不惯骑马，坐了轿罢。小弟性好骑射，坐了牲口。袁二舅也会骑马，再雇牲口一个。”一群人众迢迢而行，日晚各自歇店，饭后各自安寝。

袁二独睡不着，翻来覆去。只听得公子在床上长吁短叹，袁二已知其意，问道：“公子此行鹏程万里，有何心事不乐？”公子道：“袁二哥，小生心事，你哪里得知。”袁二道：“弟颇知一二，公子若与弟相议，何怕事不成功。”公子见说，低声道：“袁二哥，小生不敢隐瞒。只因小旦刘二姐与小生恩情难断，奈家父不容我相见，将二姐存在花园，又把小生调离上京。我寸心难舍，长吁短叹。可惜没有昆仑手段的好汉，何难盗取红绡。”袁二道：“原来为此，这有何难？小弟管包手到拿来，还胜昆仑手段三分！”公子大喜道：“袁二哥，你若真个盗得刘二姐出来，便是我大恩人了。但不知怎生设法？”袁二道：“只要明早打发我妹丈车子先行，公子只说忘记一件要紧物事，同袁某回署，我同你飞马跑回，等到半夜打进花园，把刘二姐抢出，同进京中，岂不快活！”公子大悦。

到了天明，公子就对文桂说：“弟要赶回去取要紧的物件，烦袁二哥同行。请先生前途相等。”即早，文桂坐车先行，公子带了阿牛并两个家人飞马回转。及到城内，天色尚早，躲在僻处。等到三更，四人来到花园后墙，袁二爬过墙去，扭落铁锁，开了后门，四人同入。袁二取出短棍一枝，打倒养娘二个。那刘二姐在床上忙忙爬起，开门一看，疑是强人，口称：“大王饶命！”公子上前扶起道：“美人呵，我不是强盗，就是公子唐彬，同袁相公算计，取你一同上京去，一路快活。你快快同我出去！”二姐抬头一看，果是公子，便说道：“你来取我出去，倘老爷查出，取祸不小。不如送我回转苏州，待你上京成名之后再来娶我，方保无事。”

二人正在说话，袁二在旁恨不得一口水吞在肚里，登时起不良之心，想道：“我担尽干系。美人若被公子取去，叫我一向机谋尽成画饼。不如就此把他杀了，背出美人，岂不是好？”遂向公子腰边拔出宝剑一口，将公子砍倒。家人正要喊叫，被袁二一连杀死。刘二姐惊倒在地。袁二慌忙抱起，叫声：“二姐，你不要怕，我送你苏州去。”背了二姐，走出花园，有马现在，天色微明，飞奔而去。

后事如何，下回分解。

第三十六回　登莱道文桂陷狱　荒山寨张氏守贞

为子申冤冤莫申，无冤受屈到青衿。
德门人事空萧瑟，否极泰来吉曜临。

再说登莱道花园，袁阿牛杀了公子主仆五人，背了刘二姐，逃走而出。天明，园公报与道爷。唬得唐道爷魂不附体，含泪忙入后花园而去，果见孩儿杀死，又杀死养娘两个、家人两个，单单不见了刘二姐，放声大哭。心中想道："孩儿去了，怎的又回，被人杀死在此？必是周文桂郎舅二人同谋。如今只拿文桂、袁二，便有着落。"便叫家丁备棺衾收殓，一面出令箭一支，差人赶上前途拿捉。又令地方官协同查缉，不提。

再讲阿牛带了刘二姐往南一路而走，打从太平府经过。行至荒山，被那日假虎张三、张四兄弟留住。问道："袁二哥，你说往登莱道衙门做相公，为何去不多时，便就回来？这个美人又是那里来的？"袁二大笑道："我到道爷衙门，蒙唐爷十分敬重，将这刘二姐送与我为妻。如今要去苏州干了公事，不日就回。且问你们可寻着我兄，救出林三师未曾？"众人道："已经打发刘家兄弟前去相请，想不日必到。二哥，你且在此暂时安身，待救了林师父，再去何如？"袁二道："此却有理！"那刘二姐本是桃花水性之人，便从袁二在山安歇。

且说那周文桂在饭店等了两日，不见公子、阿牛二人回来，正在迟疑。忽见两个公差手执令箭上前问道："你这位相公，可是登莱道大老爷署中周师爷么？"文桂道："正是。你们二位想是道爷衙门里的。公子怎的不来？"两个差人登时变了脸，劈胸揪住，大骂道："你干了天大的歹事，还要假问公子！”取出大链，照头便套。文桂忙叫道：“到底因甚大事？也要说个明白。”差人道：“你杀死公子，又杀死养娘、家人四个。奉大老爷令箭，前来捉你，送到地方官审究。如今袁二哪里去了？”文桂听了，唬得魂飞魄散，叫屈连天。差人哪由分说，解到登州府衙门。

知府立刻升堂，差人跪下禀道：“启上大老爷：小人奉登莱道大老爷之命，有令箭一支，文书一角，追究周文桂凶犯一名听审。更有袁阿牛一名，不知去向。乞大老爷一并拘拿审究。”知府拆开文书看了，想道：“署中法地所在，竟有如此大胆凶徒！”吩咐带进。左右把他拖到阶前跪下。知府道：“周文桂，你为道署幕友，知文识理，怎么心怀不良，纠合妻舅杀死公子主仆五人，席卷金珠，拐去美女？快快报来，免受重刑。左右，取夹棍伺候！”文桂道：“太祖公，生员家住池州府，素守诗书，并无为非做事。因前年上京游学，寓奎光阁得会唐公。蒙唐公青眼，怜我孤寒，请作幕友，去年同到登莱道衙门。只为公子来京会试，要我做伴。我有一个妻舅袁阿牛，强要同行。来到码头，公子说忘带物件，同袁阿牛和两个家人回取。生员在店专等。忽然来了两个差人，说我同谋杀人。呵，太公祖！这是冤惨弥天，叫生员怎的招供？”知府道：“既然是你妻舅袁阿牛同去，你哪有不知之理？如今袁阿牛哪里去了？速速招来！”文桂道：“自从那日与他别后，并不知他的事情。”知府道：“胡说！哪有不知之理？左右，取夹棍来！”皂役把文桂套上夹棍。文桂大叫道：“冤枉呵！叫生员怎生招得？”知府道：“这样歹人，称甚么生员！打嘴巴！”文桂道：“小人委实不知，求大老爷察情。”知府道：“委实不招么？左右，紧紧收来！”皂役尽力收敲，文桂登时死去。军牢将水喷醒。

文桂心中想道：“这宗事，必是阿牛做的。我今受刑不过，且招他作同谋，暂延性命，或且有申冤之日。”便招道：“爷爷呵，果是与阿牛同谋杀的。但他不知何故，连杀四命，拐带美女，逃走何方，小人真实不知。”知府道：“既是招了同谋，画供收监。再差快手二十名，各处缉捕阿牛便了。”禁子把文桂上了刑具收监，不表。

再讲袁阿狗自陷害周文玉之后，只在家中闲坐。忽见刘仁、刘义来到，阿狗接入。细说阿牛之事。二人道："现在荒山相议，要救林三师父出狱，特来请大哥同去相帮。"阿狗听了，满口应承，即同二人起身。不日来到荒山相会。阿牛把前事说了，便叫刘二姐出来拜见伯伯。阿狗一见，魂不附体，说道："兄弟，你得了此美人，也要与我受用受用。"阿牛道："那有大伯要弟妇之理？哥哥若要，待我再抢一个送与哥哥。"当日大设筵宴，六人结拜兄弟，各各饮得大醉。次日，阿牛带了张三、张四，扮作老虎下山抢劫。

那周文玉之妻张氏，只为丈夫被盗林三扳害，拘在太平府监中；又行文到本县，顷刻间惊死公公。幸亏赵廷章伯伯十分看顾，假手当官买回，又赠银两做盘缠，先去太平府监中探视丈夫，后到操江海大人处抱状申冤。只因母子二人未曾出过门，饱受路中辛苦，不觉得了一病，倒在店中。店主倒也好心，亦叫妻子伺候茶汤。看看挣得起床，即欲辞谢店主动身。店主道："你母子病体未好，就要起身，恐你有要事，我不便阻你。但路上恶人极多，须要小心。"张氏母子再三称谢，背了包袱，出门而去。

一步挨了一步，自早至晚，还走不上十余里，天色已晚。张氏道："早晨店主所说之话，不可不信，且挨过山岗，寻个人家投宿方好。"观德道："母亲说得极是。"遂挽手同上山岗。忽林内大吼数声，跳出四个白额猛虎，拦住去路，唬得母子浑身抖战。只见，两个老虎把张氏背上山去。观德定睛一看，见是人假装的，忙上前喊叫道："大王爷爷呵！我们是落难之人，包袱情愿送你，还我母亲罢！"一边喊叫，一边追赶。不想心忙脚乱，一跤跌下深坑，未知生死。

袁阿牛兄弟四人，抢了张氏，来到荒山。大叫道："阿哥，快来迎接嫂嫂！"阿狗听见，把灯一照，果见阿牛抢了一个半老妇人，倒有三分姿色。大喜道："待我来做新郎。"张氏听了，大怒道："走狗强盗！我张氏乃是三贞九烈之妇，岂肯无耻偷生？你速速送我下山。若是用强，我便撞死在此。"阿狗正在扯曳，刘二姐走出，看见这妇人十分烈性，便对阿狗道："你们不可用强，待我慢慢劝她，待她回心，然后成亲罢。”

二姐扶了张氏进房，便把自己在登莱道衙中之事对张氏说出，道：“被阿牛杀死公子，将奴劫来此处，只得勉强相从。我劝大娘且忍耐，暂时不可轻生。”张氏听见登莱道衙门，触动了心事，连忙问道：“大姐，那道爷署中有个作幕的相公周文桂，你可晓得么？”二姐道：“周文桂就是强盗的妹夫。”张氏大惊，忙问道：“强盗叫作什么名字？”二姐道：“他姓袁，名阿牛，就是劫皇杠大头目林三的徒弟。如今相议，还要去劫太平府，监中救出林三。”

张氏听了此言，心中思想道：“是了，一定是袁阿牛见我丈夫要登莱道作幕，嘱托强盗扳害丈夫，拘禁监牢，自己入了道署。不知怎样又害了大伯，拐了刘二姐。我今把姓改换，打探强盗动静，再寻出头日子罢。”

且喜前日那周观德跌下山坑，造化不至丧命。次早天明，慢慢爬上山来，沿途求乞，来到太平府衙门，探听父亲信息。正值知府升堂，比追周文玉。观德在头门观望，只见里面逼打，心如刀割。禁子带出收监。观德跟到监门口，放声大哭，拜求禁子，要入监看视父亲。不知入监如何，下回分解。

第三十七回 太平狱周观德探父 登州府杨龙贵访朋

髫龄才智两双全，雪恨申冤告诉便。

自是苍天多福善，笃生孝子世芳传。

话说周观德看见禁子拖父亲进监，赶到牢门上，叫道："监门上的伯伯，方才拖进去的这个犯人，乃是我的父亲。我家住在池州府青阳县。我同母亲一路前来，母亲半路被强人抢去，我单身求乞至此。万望伯伯慈悲，放我进去见父亲一面，感恩不浅。"禁子道："看你小小年纪，倒有孝顺之心。我放你进去，但见了就要出来。"观德道："这个自然。"禁子放开牢门，观德进去，倒身就拜，道："伯伯，不知我父亲在哪里，要求指点。"禁子道："你起来，跟我去。"禁子领了观德，弯弯曲曲来到一处，用手指道："你父亲就在这里。"观德举目一看，只见乌黑黑不见天日，不觉放声就哭。禁子道："小子不要哭，你听里面呻吟的，就是你父亲。"观德睁眼一看，摸摸有一人伏在押床。观德上前抱住哭道："爹爹呵！孩儿观德在此看你。"文玉忽听此言，吃了一惊，忙举目一看，大叫道："儿呵！你因何知我受苦，来到此间？我且问你，祖父病体可好吗？"观德道："爹爹呵，说来也伤心！待孩儿细细禀明。但父亲押在床上，如何过得？万望禁长伯伯行个阴功，暂放出片时，感恩不浅。"禁子便把押床开了。

文玉爬起坐下，便叫："儿呵！你今快把家中情由，细细说与我听。"观德双眼流泪道："爹爹吓！自从爹爹起身之后，公公病势沉重。谁想地方官府追赃，到家拿我娘儿两个，可怜公公立刻惊死。母亲只得将妹子卖了与赵员外家。多亏赵家伯母，怜我母子遭难，将妹妹收作养媳，赠银二十两为公公殡殓之用。次日差人带上公堂，县官把我母子拶起，要追赃物入官。唤邻里审问，各言周家贫穷，县官就将房子封锁变卖，又把我母子两个召媒官卖。又亏赵廷章伯伯叫人假作客商，当买我二人；赠我盘费，叫我母子来太平府探听父亲。我母子行至半途，可怜又被强人把母亲抢去。孩儿跌落山坑，幸得不死，一路求乞到此。"

文玉听说，大叫一声，跌倒在地。观德连忙扶起抱住，连叫："爹爹醒来！"文玉悠悠回转，号哭道："父亲吓，生我孩儿不肖，连累父亲。此仇何日得报！贤妻吓！你自来女德贤淑，今日因我累你，被贼抢去，不知生死。儿吓！你年纪幼小，害你一路受苦，我心如刀割。儿呵，我想此番实遭难，多是大盗林三扳害为父的，只怕多凶少吉了。"观德道："爹爹呵！你今且自宽心。儿闻海爷又复任南直操江，不日到任。待孩儿赶到南直，与爹爹申冤。又要寻找母亲，那时自有团圆。"文玉道："儿吓，你年少有胆，既然如此，事不可迟，快往南京告状要紧。"商量定当，禁子催促出监。观德无奈，只得别了父亲，出了监门，不表。

且说杨龙贵，字天荣，乃扬州人氏。父亲官拜兵部尚书，只因乡试，火速赶回。不意遇着猛虎，性命几乎不保。幸得义士周文玉赠银，方得回家。叨蒙祖父荫庇，得中举人。已经赴过鹿鸣宴，打点行囊上京。一心念念不忘周文玉之恩。暗想："此番路由山东经过，不免径进登莱道衙署，拜见恩人一面，此心方安。"便问家人杨德："前方是甚么地方？"杨德道："是登州城了。"龙贵道："既如此，你们去寻一个洁净饭店歇下。"主仆二人进店，把行李歇下，用了中饭。

公子打扮作书生模样，也不带家人，也不骑马，步行到道爷衙门。叫一声道："听事的，我是京中兵部尚书杨老爷公子。有个好友周文玉，他说哥哥周文桂在署作幕，烦你与我通报。"听事的听了此言，把公子上下细看，说道："杨公子，你说是现任兵部公子，小人不敢得罪。那周文桂，他是杀人劫贼，正在缉拿，公子还来问他？"公子道："怎见他是杀人劫贼？"听事的便把阿牛杀死公子，自身逃走，连累周文桂夹打成招，如今监禁在牢，只怕严刑追逼，性命难保。

公子听了叫道："呵呀！如此说来，非常之祸了！我且问你，她有个兄弟周文玉，可曾来么？"听事道："并没有甚么兄弟来。"公子道："这也奇了。"心中一想："必须进监去问周文桂，便知伊弟下落。"即便辞了听事，来到监口，叫声："禁子何在？"禁子出来应道："你是何人？"公子道："我是京中兵部杨老爷公子。有个朋友周文桂在监，我要见他，烦你引进。"说罢，袖中取出一小包付与禁子。禁子接了，放进公子，领到文桂号房。禁子叫道："周文桂，这是一位京都兵部杨老爷的公子，前来看你。"文桂不知其中曲折，立起身来问道："仁兄，小弟与兄从无会面。如今落难在监，敢承不弃，前来看顾？请道其详。"

公子道："小弟杨龙贵，夏间在太平府与文玉相会，结为生死之交。他说要来登莱道署中会仁兄。弟因乡试已迫，不能同行。今特来会他，不想仁兄遭此大变。不知令弟在于何处，弟要见他。"文桂听说，心中疑惑。说道："杨兄呵，不说起舍弟还可，说起他来，着实可恼。春间他寄书来说失馆，家中艰难。故我对东翁说后，立刻差人寄回银两，叫他到署办事。不想到了秋间，他自己不来，也无书信通知，只叫小弟妻舅袁阿牛到此。如今杨兄说在太平府与他相会，他既不来署中，又到太平府何干？叫我好不疑心。"

公子道："我因路中被难，蒙他救济。他说要来此间，难道又回去？这事不明不白，还求仁兄剖断。"文桂道："我只为没良心的妻舅袁阿牛来到署中，正当东翁公子眷恋女色，东翁追他上京，他要弟做伴同行。袁阿牛也要做伴。谁知出门不远，公子与恶舅商量，只说忘带物件，与他回转家中寻取，叫我在饭店中端等。不知何故，到家把公子杀了，劫去女子，不知去向。东翁不问情由，着济南府把我拿回，屈打成招。我受刑不过，只得屈招与阿牛合谋。如今要在我身上追出阿牛，逢限打比，多管性命难保。"

龙贵听了，心中一想："我与伊弟相交，并未说有甚么妻舅袁阿牛，其中必有情弊。我欲赶到池州查问。但是会试在即，父亲寄书来催，不能延缓。这怎么处？也罢”便说道：“周兄呵，你且在此忍耐，待弟进京，与家父商量。闻得海操江复任南京，不日按临。只待家父奏闻圣上，将兄案发在操江审问，便可申冤了。这里二十两银子，兄且收下，以为监中使用。”

说罢，便在身中取出付与文桂。文桂接了，忙忙拜谢。龙贵别了，退出监门，立即离监进京。

哪知太平府周文玉，在监受了许多冤惨，一日耐过一日，又因袁阿牛纠合刘家兄弟，牢中劫出大头林三，逃走出城，官军追赶，不知去向。次日官府调出文玉拷打，可怜文玉受此屈打，甚是惨伤。

再说海爷受了皇爷圣旨，私行到南京，已是半年，一日来到太平府，抬头见个饭店，十分洁净。海爷道：“海洪，此店好像当年王小三的。”海洪道：“不差。”海爷道：“就在他店歇罢。”

主仆进入店中，只见堂上供着一尊红袍神像。海安道：“这是他家祖宗。”海洪道：“财神也，不是什么祖宗。”海爷道：“你们不要争口，叫店家出来。”海洪叫道：“店家有么？”只听得里面应道：“来了吓！原来是三位老客官，要在敝店歇么？”海洪道：“正是。我且问你，前年王小三是你何人？”店主道：“是我父亲，已死去多年了。”海洪道：“我且问你，这堂上供奉的官儿，是什么意思？”店主道：“此中有个缘故，待我慢慢来说。”不知何事，下回分解。

第三十八回　王小三供像报德　海操江南直升堂

焚香绣像受恩覃，报德当年王小三。

廿载操江今视昔，本来面目有何惭！

再讲海爷主仆三人歇在王家店中，见堂上供奉一幅红袍像，不知什么意思。但问店主，自可明白。店主人道："其中缘故，客官有所不知，待我们从头说与客官知道。客官请坐。"海爷坐下。

店主人就说："不瞒三位客官说，当初我的生母，全亏了堂上供奉的这个老爷，他乃是南京操江姓海讳瑞的老爷。那年微行察访，扮作百姓模样，歇我店中。谁知一住三月，盘费用尽。主仆三人，常时苦闷。先母见他腰内无钱，将花银一两借他，做就红袍。哪知他就是操江大人假扮的。次日就穿了这一件红袍，叫先父进衙，借与花银二百两，叫先母做成布红袍五百件，限初八日挂在操江辕门口发卖，每件要买足银五十两。到初八日，合城文武官员参见，忽发出告示要百官照本院身上红袍样式，方许进见，如有不遵者，决不宽恕。那时上至布按各道，下至府县杂职，以及文武大小官员，见了告示，那个不着急？一时又做不及，借又无处借，闻说敝店有卖，一时间你争我夺，将红袍卖了个干净。落后有一个外道，因来迟些，无袍可买，他再三恳求，先母更有算计，将零碎剩下的前衿后幅、领头袖尾，杂凑做起，也卖了足银一百两。先父得了此宗财，一时发迹起来。故此知恩报恩，画这恩主神像，供奉家堂；每月朔望，供奉三牲叩谢。近日又闻得海大人微行各处，不知他又歇在何处。"

海爷道："原来有此缘故，也算你父母不背德。我今要在宝店歇几日，出外卖花椒，使得么？”店主道：“住我房有房钱，吃我饭有饭钱，什么使不得？”海爷道：“如此，把我行李搬进来！”店家搬进行李，端出饭来，三人用了，就出去各处闲走。

来到一个石坊下暂歇，海爷偶抬头一看，上写道：“奉旨旌表郭氏百岁坊孝子郭孤儿建。”海爷道：“原来就是那善人郭孤儿家。他母亲守节存孤，到今一百岁了，这是该建的。”又行过前面，见一群人围着一个叫花小厮，海爷也挨进去看，见那小厮衣衫褴褛，面色黄瘦，带哭叫道：“列位老爷相公们，我难童周观德，池州青阳人。只因父亲被盗扳害，屈招坐狱，向我母子二人原籍追赃。县官把我母子二人官卖，幸亏好友代我假买，反赠盘费，使我母子往监探父。来到中途，可怜母亲被假虎抢去。我进监看视父亲，可怜打得一身稀烂，叫我来到南京告状。不料海大人尚未到任，只得在此求乞度生。恳求四方仁人君子，乞舍我一个钱，感恩不浅。常言道：‘救人一命，胜造七级浮屠。’”两边人众听了，都说道：“可怜这孩子，父母落难，说得真正可怜，多把钱给他。”内中一个恶人，见各人给他有三百余钱，散在地下，他一起抢去。观德连忙扯着哭道：“这是列位伯伯给我的，你怎么抢去？快些还我。”那大汉瞪起两眼，喝道：“你这小厮可恶，怎么在我地方诈骗人钱？难道你不晓我贝飞虎的大名么？这钱送我买酒吃！”观德抵死不放，被大汉起了一拳打去，立刻打倒。大汉移步就走，众人面面相看，不敢作声。

海爷忍不住，赶上拦住说：“大哥，你是好汉子，常言道：‘义士不食嗟来之食，好汉不受无义之财。’我看这小厮说得凄凉可怜，也算是个孝子。劝你还他罢。”那大汉忽见三个老头儿扯住劝他，心中大怒，把手一拨，这三个俱是年老之人，怎禁得起？俱一齐跌倒。大汉洋洋去了。跌得海爷在地打滚，爬不起来，幸海洪二人跌得轻，连忙起来扶起。海爷一步一拐，扶回店中。

这里观德尚在啼哭。恰好来了一个善人，口叫：“小厮，你不要哭。这光棍惯吃白食，抢去了怎肯还你。我赏你三百钱。”说罢便取出钱付与观德。众人道：“郭老爷好善，又周济了小厮，万代公侯；

贝飞虎狗才，少不得自有现报。”各各散去。你道这郭老爷是谁？他就是当年郭孤儿，名文学。因告养回家，不愿做官。今日偶因路过，见观德可怜，善心布施。

海爷主仆三人回到店中，那晚海爷腰肋疼痛，头昏眼暗，一夜呻吟不休，一连三日不起。海洪忧闷，对海安道：“我老爷是九十多岁人了，前日被大汉推了一跤，倘有三长两短，我与你怎么处置？我想你早去买活血药与老爷吃，或且就好也未可知。”海安道：“待我问店主人便知。”就向店主道：“我们老爷前日跌了一跤，腰肋疼痛，两日发寒发热，爬不起来。你这里有好医家否？”店主见问，便叫：“客官，若问跌打损伤，我赛金丹药，甚是灵验。我先父去南海烧香，遇着一个道士，传个红花药酒神方，用人参、肉桂，浸入陈年老酒，若是跌打损伤，贴上赛金膏药，饮红花酒一杯，立刻即愈。今老客要用，我就奉送，何必去请医生？”海洪大喜。店主入内，取出膏药与海爷贴上，又饮了一盅红花酒，安静睡去。

过了一夜，次日痊愈。三人大喜，谢了店主，又去各处察访。访出三个土豪恶霸：一个毛察院丁忧在家，专一包揽词讼，欺压善良；一个李吏部公子李三，强夺人家妇女；一个田贡生，重利刻剥，倚势害人。海爷察访明白，回转店中，打点明日上任。一宵晚景不提。天明起来，用了早膳，算还房租饭钱。只说要往别处去，背上行李，别了店主。海爷道：“承贤主人施送膏药，无以为报，不日有一注大财，略表寸心。”店主不知就里，含糊答应。

主仆出门，一路来到操江衙门。走进大堂，海洪便把包袱打开，海爷就把红袍纱绢穿戴，端坐公座。海安便将堂鼓乱打。合衙官员、皂快、书吏团团围住来看。内中有几个老年署吏，略略认得是当年海爷，慌忙叩头。少停，只见江宁府上元县、江宁县、参将、游击、千把总、文武各官，飞马赶到堂上参见，说道：“卑职们不知大人按临，有失远迎，求大人恕罪。”海爷道：“本院奉旨巡边，一路察访而来，今日莅任，你等自然不知，何罪之有？各位请回衙中理事，候有事自当传见便了。”

各官见海爷当面吩咐，各打一躬，立刻退去。随后书吏人役叩跪进见，禀请任事。海爷传谕道："旗牌官过来！本院与你令箭一支，速速往拿恶官毛文奇，并李三公子、田文采。限三日内早堂听审，不得有违。"旗牌官接了令箭，带了军牢，立刻前去，不敢迟延。海爷又叫传："巡捕官过来！本院与你令箭一支，速速往拿恶棍贝飞虎。限三日内早堂听审，不得有违。"巡捕官接了令箭，带了军牢，立刻前去，不敢迟延。海爷又传："中军官过来！本院差你前往太平街王家饭店，请了王小三儿子。三日内堂谕话，不得有违。"中军官领谕立即往请，不敢迟延。海爷一一发放已毕，命书吏挂出虎头牌，着合城文武官员三日后辕门听点不提。

且说周观德受了郭文学三百钱度日，闻说操江海爷到任，自己作了状词，等放告日期，来到辕门。望内一看，唬了一跳，只见里面排列刀枪剑戟，军牢皂役，威风凛凛，杀气冲冲，好不骇怕，顷刻间三声大炮，两边院喝，大开仪门。远远见那海爷坐在上面，各官上前参见，各各心惊胆战。海爷吩咐退下，就命出放告牌。观德虽是心惊，但要报仇申冤，也顾不得惊恐，挨身入去。

不知后事如何，下回分解。

第三十九回　毛察院买罪酬金　杨尚书请旨提案

一从宦达赋归田，便把声名震市廛①。

雪逞霜威难忍耐，田园白占益堪怜！

且说海爷坐在堂上，发放已毕。左右抬出放告牌，海爷吩咐带进三人犯进来。左右吆喝一声，旗牌官将三犯带进，跪在堂前。海爷开口道："毛文奇，你做了一任察院，丁忧在家，应该闭户守孝。如何出入衙门，包揽词讼，诈害平民？本院奉旨先斩后奏，剪恶除奸。本当将你执法，姑念做个朝廷命官，待我请旨定夺。左右，带去收监！"皂快、禁卒将毛察院上了刑具，押进监中。

海爷又叫传带李三公子跪下，喝道："你既是官家公子，理该读书向善，为何倚势横行，强夺人妻？左右，扯下重打四十，收监候断。"

海爷又叫："带田文采上来！"旗牌押倒跪下。海爷道："田文采，你不过一个土豪，纳捐贡职，就敢倚富害民，种种不法！拿去重打四十收监！"又命："带贝飞虎上来！"飞虎伏在地下，不敢抬头。海爷道："贝飞虎，你这狗才，饮酒撒泼，非止一次。本院又亲眼看见强夺人钱。左右，拿下重打四十，再行枷示！"飞虎道："小人是谨守法度，并无抢夺人钱，求爷爷详察。"海爷道："你未夺人钱？抬起头来，看本院是何人？"飞虎抬头一看，这便是那日打倒的老汉，唬得半死，连连叩头道："小人该死！"海爷喝道："扯下打四十！"又叫

---

① 市廛（chán）：市中店铺。《孟子·公孙丑上》："市，廛而不征。"赵岐注："廛，市宅也。"

取一面大枷枷了，发在辕门示众。

又叫："带店家王恩进来！"左右带王恩跪下在地。海爷叫上案前道："店主人抬起头来，看本院是何人？"王恩抬头一看，就是歇店老客，惊得呆了半晌，忙忙叩头道："小人有眼不识泰山，多有冒犯，求大人恕罪。"海爷道："贤主人不要骇怕。前日本院跌伤，你与膏药医好。今特请你到来，要恩报你高谊。日后若有不法之人，你便来报。左右，取红绢一匹，金花两朵，美酒三杯，叫吹鼓手送他回去。"王恩领谢，一路上吹打回去。

海爷正要退堂，忽闻外面喧闹，忙叫人出查。须臾回报道："有一小孩喊叫递呈，被衙役拦阻，故此喧闹。"海爷道："叫他进来，不要拦阻。"衙役带进跪下。海爷在街上私访已认得，故意喝道："你这小孩儿，本院早已吩咐巡捕官收取状词，各人俱已遵令付交，你何得迟迟至今？又不理法，大胆喊叫！"观德哭诉道："爷爷呵！小人为父申冤，舍命前来。方才只为告状人多，把小人挤倒在地，因此来迟喊叫。"

海爷细想：我前日看这小厮啼哭诉冤，今日在台下又是这般形状，必是冤枉。"左右，取他状词上来！"海爷从头看过，乃问道："你这小厮状词，敢是说谎么？谁人主唆？"观德道："爷爷吓！这是小人父亲奇冤，自己代父申冤，并无人主唆，此是实情。"海爷又问道："这状是谁写的？"观德道："是小人亲手写的。爷爷若不信，等小人从头背诵。"便将状词诵起，一字不差。海爷道："你几岁了？"观德道："小人一十三岁。"海爷道："这也难得。既是冤枉，待我提案拘审便了。"随吩咐："旗牌官过来，这周观德是一个孝子，着你收养，不可轻慢。"旗牌官领命。海爷当堂发令箭，着中军官速到太平府提取周文玉一干人犯，限十日内午堂听审，不得有违。海爷发放完，吩咐退堂，不提。

再讲毛文奇、李三公子、田文采，三人在监中相议道："别个官儿还可央人说情，这海老头儿是执法不挠的。闻得前日当堂许开饭店王恩，叫他察访外面事情来报，这事有意做成他的。又闻与孝子郭文学甚是相得。莫若我们央他二人进去说情，谅可开恩。”二人道：“老先生此话不差，我们快去各寻门路。”毛察院就叫人到王恩家求他进去说情，许他花银五百两，是要现交的。王恩道：“毛叔叔，那海爷是威严的，只怕不肯，若肯时就如此说罢。”

王恩便打扮起来，先到旗牌家，央他引进。旗牌即禀知海爷。海爷吩咐：“进来！”王恩直入私衙，跪下叩头。海爷扶起问道：“你来何故？”王恩道：“前日大人吩咐小人的话，今日毛府有人来央我，求大人察放毛察院罪名，许送我白银五百两。小人进来问一声，不知肯否？”

海爷笑道：“王恩，我肯是肯的。但你去对他说，一个察院，难道只值五百两银？方才郭文学翰林进来，与李公子、田贡生说情，许他一万两银子，我就依他释放。你对他说，难道倒不如他两个？也要他一万两。我方肯释放。”王恩听了此话，把舌头伸出寸半，不敢作声。海爷道：“怎不答应？”王恩道：“小人想，此五百两银子，家中尚无处安放。”海爷道：“小庙鬼！不必多言，只去与他说罢。”

王恩忙忙跑回家中，与毛家人说要一万两。毛家人心中暗想：“家主原说与他一万两，我欺他小庙鬼，存起九千五百两。他如今也要全数，只得尽数与他罢。”便说道：“王店主，若事妥时，便与你一万两。”王恩道：“既如此，速速挑银。”毛家人忙忙回家，兑准银子，立即送到店中。王恩逐封点过收入，就去回复海爷，把前情说了。海爷叫退回。

次日辕门三声炮响，金鼓齐鸣。海爷升堂，命旗牌官监中调出毛、李、田三人听审。海爷先叫毛文奇上来，骂道：“你身为风宪之官①，就该安分守己，怎么肆恶乡邻？本院奉旨先斩后奏，且把你发配边卫，再行拜本奏闻。左右押出！”又叫：“调李公子、田文采上来！”二人跪在地下。海爷叫：“将二人拖下，每人打四十，发广西充军。”

① 风宪之官：指监察执行法纪的官吏。古代以“风宪”称御史。唐·元结《辞监察御史表》：“臣自布衣，未逾数月，官忝风宪，任廉戎旅。”

海爷正在审断，忽报圣旨到。海爷忙排香案跪接。钦差读道："皇帝诏曰：兵部杨一本奏称，海瑞清廉正直，审判公平。今有山东登莱道一案，杀子盗婢事，周文桂盗婢从无实据，冤屈可疑。着卿立行访究，审明复旨。钦哉，谢恩！"原来杨龙贵至京，得中状元，便求父亲昭雪周文桂之冤。圣旨读了，海爷送天使回京，出令箭到山东登州府，调杀子盗婢一案正犯周文桂至南直听审。

过了数日，太平府文书亦到，说大盗林三越狱逃走，只将现犯周文玉解辕门听审。海爷对海洪道："林三既脱逃，此案怎能审结？我必须亲身察访，你速速收拾包袱，明日与我微行。"海洪便去收拾，不提。

且说袁阿狗、阿牛兄弟二人，自从狱中劫出林三之后，只在荒山藏躲。又抢得张氏大娘到山，那大娘守志洁贞，不肯与阿狗成亲，阿狗把她囚在密室。后来阿牛又打劫一主大财，便将刘二姐搬回家中，买田置房，将姐姐周袁氏逐出外住，居然是个富翁模样。不期天眼恢恢，恶人自有恶报。忽一夜，家中失火，烧得家财尽绝。他父亲逃躲不及，烧死火中。阿牛依旧做狗偷鼠窃之事。

且说周张氏被阿狗拘禁密室，屡次觅死，又舍不得丈夫儿子。一日闻贼人下山抢劫，张氏想道："此时不走，更待何时？"便把房门扭开，走出房外，见寨中无人，便由山后走下山去。且幸无人拦阻，一路求乞度生，半饥半饱，来到上元县地方。

路边见一个神庙，张氏走近一看，头门上当中站着一位尊神，赤发獠牙，三只眼，金盔金甲，手执钢鞭，十分怕人；两边列着马、赵、温、刘四元帅。张氏走到大殿，正中坐着玄天大帝，披发仗剑，踏脚龟蛇；左手有执旗张大帝。右有捧剑邓将军。张氏跪倒尘埃，放声大哭道："圣帝呵！你金圈化身，威镇三界，伏望神灵鉴察。我周张氏丈夫周文玉，苦守书香，安贫守分，为何被大盗林三无端陷害，受尽囹圄苦楚！妾周张氏，立行孝道，守志冰霜，又被袁阿牛抢劫上山，幸妾乘机逃走。至此伏望神明保佑，丈夫冤清枉雪，夫妻母子团圆！"张氏哭罢又诉，诉罢又哭。

不期这日海爷微行，正到庙中歇息，坐在阶下。那张氏哭诉的话句句听得明白，吃了一惊。便问道："周家大娘，周文玉既是你丈夫，还有周观德是你何人?"张氏见问，慌忙站起，问道："老伯伯，周观德是妾身儿子，半路分散，不知老伯在何处相会?"海爷道："那周观德现在南京操江处告状，娘子去会他便知。且问娘子，你说被劫上山，不知此山在何处?如今强盗还在山中否?"张氏道："袁阿牛劫了一宗大财，带同刘二姐搬回家中去了。只有袁阿狗、林三数人，还在山中居住。这山就是登莱交界地方，名叫荒山就是。"海爷道："娘子既如此，速去南直寻你儿子，不日操江到任，包你冤仇雪洗。我今有碎银十两，赠你路中使用。"张氏接了银子，千恩万谢，出庙门而去。

后事如何，下回分解。

第四十回　活菩萨现身救苦　难兄弟背地陈冤

虔诚顶礼叩玄天，细诉奇冤泪涌泉。

天假慈悲来救苦，却教牢狱尽都蠲①。

且说海爷在古庙内，听张氏告诉，一一明白。赠了张氏盘费去后，又在包袱内取出印信，叫海洪赍到江宁府，拨出兵马，立刻到荒山贼巢擒拿大盗林三、袁阿狗，限十日内解到南直操江衙里听审。江宁府接了公文，知是海爷微行在此，大惊失色，忙会了游击、千总等官，带了兵马来到荒山擒贼。游击带了兵马赶到荒山，远远见山凹里一带屋居草寮，料是大盗藏身之处，吩咐兵士四周围紧。里面众盗一时无备，尽被拿着。立即放火烧了房屋。一直解上南京，不提。

且讲袁阿牛自被火烧之后，依然赤身一贫如洗。那日正坐在门首晒日，见四人像个乡下人打扮，向阿牛问道："大哥，此间有个袁阿牛家住在何处？"阿牛见问，心中一跳，慌忙说道："列位问他何故。"来人说道："有个荒山朋友袁阿狗，有银信在此，要他亲来交接。"阿牛大喜道："好也，区区就是阿牛。"那人闻说，一齐动手捉着，取出大链锁去。阿牛大叫道："你说有银信寄我，怎么把我拿着？"那人道："我今奉海爷令箭，请你领银，快去！快去！"扯着就走。原来池州府接了密札，即会合青阳县各营将兵扎在左府。先差四个马快密查，不期一查便着，并不费力，将阿牛拥簇到府，连夜起解。

再讲周文桂、周文玉兄弟二人，蒙操江令箭调到南京，因海爷出

---

① 蠲（juān）：除去，免除、去掉。同"捐"。《后汉书·虑植传》："宜弘大务，蠲略细微"。又见唐·白居易《杜陵叟》"十家租税九家毕，虚受吾君蠲免恩。"

外微行，且将二人监在狱中候讯。这兄弟因号房隔壁，不能会面。那晚因狱官点犯，至周文玉号房叫道：“周文玉！”内应道：“有！”文桂在隔壁听见，惊道：“怎么此人也叫周文玉？”比及点到文桂号房，狱卒又叫道：“周文桂！”里面应道：“有！”文玉在隔壁听见，也吃惊道：“此人怎么与我兄弟同名？”及点完，狱官出去。文桂便开言道：“隔壁的大哥，敢问贵姓尊名，家住何处？”文玉道：“弟姓周，名文玉，池州青阳县人。”文桂听罢，叫道：“呀呵！果是我的兄弟了。我问你因何也在这里？”文玉道：“你莫非我哥周文桂吗？”文桂道：“正是你哥哥。”文玉便把林三扳害之事说了一遍，文桂也把袁阿牛之事说了一遍。说罢。兄弟二人大哭不止。

那日，操江大人各处微访已遍，即日回衙挂牌，限日究审各案。差官带齐各犯人听候。到了这日，辕门三吹三打，大开仪门。那周张氏来到辕门，手执状纸，哀哀哭泣。巡风官上前拿住，抓到阶前跪下。海爷问道：“下面那妇人告什么状？取状子上来！”巡风官忙把状纸呈上。海爷一见，心中欢喜：“你这妇人，既是与夫申冤，所告之人，经本院早已察访明白，尽行拿解在此。你且退在一旁，待本院审究各犯人罪恶，雪你丈夫之冤便了。”周张氏大喜，叩谢大人。抬头一看，吃了一惊：“原来这操江大人，就是古庙救命之恩人。伊私行察访，乔装模样，叫我前来告状，此冤必得有申了。”

未知海爷如何审判，下回分解。

第四十一回　众奸徒到案伏诛　两善士当堂超脱

恶贯盈时法不饶，纵能脱网幸难侥。

方知积善天保佑，苦尽甘来万祸消。

再讲海爷升堂审案，在上面开言道："左右，把监中前日江宁府解到人犯、大盗林三，一齐带来！"巡风官忙忙不住，立刻往监中提出各犯。只见袁家兄弟阿狗、阿牛二人，链条铁锁锁着，林三脚镣手纽，并那一班假虎个个脚镣手纽，一齐跪在阶下。逐名唱过。

海爷先叫："林三跪下！"林三睁眼看见海爷，早已唬去了三魂。海爷喝道："林三！你这强盗，自己抢劫皇杠，罪恶弥天，怎么凭空陷害周文玉，害他受罪？快把真情供招明白，若有半句支吾，刀斧手看铡刀伺候！"左右答应如雷。

林三看不是势头，况且操江已经查访明白，谅瞒不过，只得答应道："小人该死！此事乃袁阿牛设计害他。阿牛叫小人扳害，伊送我花银二十两。"海爷道："既如此，带过一旁。叫袁阿牛上来！"阿牛趴上跪于案前。海爷一见，大怒，喝道："袁阿牛！你这个万恶强徒，周文玉与你无冤无仇，你为何买盗扳赃，把他陷害！不说你这样心肠，只是你这副贼形，也看不得。先拿下去，重打四十迎风板，再行审问。"左右军牢答应一声，登时拿下，按倒在地，脱下裤子，两个按头，两个按手，五板一换，十板一歇，尽力打了四十板，打得皮开肉绽，血流满地。海爷喝叫："带上来！"骂道："你这万恶强盗，快快把买盗扳赃情由，一一供招。"

阿牛哀哀哭道："望青天大人超豁小人冤枉。"海爷喝道："你买盗诬赃，现盗首林三已经供招你买嘱扳害，你还敢抵赖么？左右，取铡刀过来！”皂快慌忙取过铡刀，将阿牛扯去衣服，用绳捆了，拖放刀口。唬得阿牛魂胆俱丧，大叫道：“大人饶命！”海爷道：“快快招来！”阿牛道：“小人只因要谋妹丈几两花银，故此买嘱林三诬陷文玉。”

海爷道：“你这强盗，谋财害命，也非止一次。你既把周文玉陷害，你妹丈的银子可曾谋取么？”阿牛道：“呀呵，大人呵！只因妹子招赘周文桂在家，妹丈文桂去山东作幕，寄回许多银子，都是小人存过。后来妹丈之弟周文玉也要去山东作幕，小人恐怕伊去，小的欲去不得，故此买盗害伊，监禁牢中。小人就到山东幕府，对妹丈只说文玉因父病重不能前来，叫我替伊作幕。多蒙妹丈好意，留我在衙内。只因饱暖思淫欲。那日东翁做戏饮酒，见小旦刘二姐生得十分美貌，要谋她到手。故此设计害了唐公子，走到荒山合伙。”海爷道：“你后如何又能回家？”阿牛道：“爷爷呵！小人后来在狱中劫出林三，又打劫许多大财，故思想搬回家中，作个财主。”海爷道：“既作了财主，怎么又穷了？”阿牛道：“爷爷呵！可恨天君无道理，把小的家业烧得干干净净，因此又穷了。”海爷大笑道：“好个‘天君无道理’！我且问你，你妹子周袁氏既不孝敬公公，又与你谋害夫、叔，后来怎样？”阿牛道：“小人因有大财，嫌伊穷鬼相，把他赶走了。伏望青天宽恕！”

海爷道：“你这恶贼，既害了周文玉，又杀了唐公子，劫去女戏，又害妹丈抵罪，种种不法，还望宽恕么？左右，唤文桂、文玉上来！”左右答应一声，把二人带上案边跪下，二人哀哀痛哭。海爷道：“你二人多被袁阿牛陷害，本院早已察访明白。如今袁阿牛一一招承，我今释放你二人回去罢。”二人道：“多谢青天大人昭雪深冤。愿大人万代公侯！”衙役当堂便将他二人脚镣手纽劈开，兄弟再三叩头称谢，退下堂去。

海爷道：“带大盗袁阿狗与刘仁、刘义、张三、张四上来！”左右答应一声，如鹰拿燕雀一般，拖跪案前。海爷喝道：“你们这班强徒，如何假扮老虎？不知抢夺伤了多少性命！若非周张氏诉冤，怎能捕获？不要说本院深恨，这奸淫妇女，无所不为，本院奉旨先斩后奏。左右，把众强人押出辕门，斩首示众！”

剑子手即忙动手，把五人登时捆缚。五人一齐大叫：“望青天爷爷开恩！”海爷大怒道：“你做了强盗，还望什么开恩！速速斩来！”剑子手推出辕门，把众人一刀两断，献上头来。

海爷又叫周张氏、周观德与小旦刘二姐上来。三人跪在案前。海爷道：“你与儿子观德，节孝双全，本院十分钦敬。今日赠你花银三百两，回去夫妻、父子团圆。刘二姐放回不究。”三人叩头谢道：“蒙大人申雪深冤，生生世世不忘大恩！”

海爷又叫林三、袁阿牛，喝道：“你二人抢劫皇杠，并攻击客商，银两放在何处？”林三招道：“现存荒山草屋内。”阿牛招道：“被火烧在池州火场内。”海爷即刻行文该州县，起赃贮库。吩咐剑子手把二人用铡刀铡死。剑子手答应一声，将二人一刀两段，将尸拖去万人坑。那文玉领了妻子，与胞兄文桂叩谢辞出。

海爷判断已完，即刻上本拜奏朝廷，掩门退堂。那百姓莫不称颂：“海爷判断神明，真是龙图再世，我们万民有福！”

纷纷传说不提。下回分解。

第四十二回　显色相正直为神　庆团圆椿萱偕老

正直为神理自然，千秋户祝与家弦。

齐眉双庆团圆日，驭鹤骖鸾赴碧天。

再讲周文桂兄弟，自蒙海爷昭雪冤狱之后，领了侄儿周观德，合家骨肉叫船一路回家。海爷早已行文原籍，将产业房屋交结。及文玉到家，当官领回，收拾家伙。赵廷章闻知，忙带莲香媳妇到门伺候。文桂兄弟再三拜谢大德。周张氏母女相见，悲喜交集。文桂道："弟一家遭难，感蒙亲翁仗义疏财，患难扶持。今日一家完聚，皆称亲翁之恩。当结草衔环，以报大德。"廷章道："亲翁！我与你昔为朋友，今做亲家，幸喜令郎告准状词，操江海爷审豁冤情，足见周门世代积德，逢凶化吉。小弟这些周济，何足言谢？"文桂叫备酒接待赵廷章饮罢辞去。

自此周家兄弟、父子，重立家业，后来子孙昌盛，科甲连绵。

海爷自从判断周家冤狱之后，万民称颂。凡有土豪势棍，无不敛迹。忽一日，报有钦差到，海爷忙叫排香案迎接。钦差读诏曰："今有南直操江海瑞，忠心贯日，劲节干霄。两任南直，爱民如子，驱恶除奸，万民感德，四境肃清，诚为国家栋梁。今加升为兵部尚书兼吏部之职。钦哉，谢恩！"海爷谢恩已毕，钦差辞回，本省文武官员，俱来拜贺。

过了半年，海爷因年老多病，上表请归故里。圣上准奏，加封为内阁学士。海爷即遣海洪上京，接取太太，并叫儿子告养回家。海洪奉命去了。海爷命海安收拾行李出城，文武百官尽来送行。

不觉回到广东琼州府，本处地方官员尽来迎接，海爷一一辞免。叫海安重理田庐故业，只要如当初贫穷模样，不许别加修饰。

过不半月，海洪接取太太并公子已回，父子、夫妻相会，大排筵宴，遍请亲戚故旧。海爷说道："列位，海某自从二十七岁上京求取功名，虽蒙圣恩隆重，叠加升赏，但七十余年间，风波磨折，亦受过多少？今日回家，虽各位英贤才美，但回忆去年，亲朋故旧，俱无一个，未免可悲！"众人道："老亲翁夫妇齐眉百岁，古今罕有，又蒙圣恩隆重，异日青史留名，某俱沐余光矣！"当日宾主酬酢，尽欢而散。

再表周文玉兄弟，自从蒙海爷昭雪后，在家教训儿子。且喜观德天资聪敏，不数年间，经书尽通。学业大进。十九岁入泮，二十岁上京会试，得中探花。那时杨吏部在京，招他为女婿。观德挂念父母，上本告养。朝廷准了，观德辞了丈人，收拾回乡。到了家中，夫妻双双拜父母，伯父，一家团圆。

一日，观德对父亲、伯父道："儿有一言禀上：如今我家受此繁华富贵，皆赖海恩公之力。闻他告老荣归，今八月乃是夫妻百岁齐眉，孩儿同二位大人齐往广东他家庆寿，此是知恩不忘的道理。"文桂兄弟齐道："孩儿此言甚是。快去预备寿礼，三人同往便了。"

再说陆元龙、杜祭酒并那往日门下受恩众人，闻海爷告老回家，俱各备办前来广东贺寿。那一日，众人不约而同，俱至广东省大码头上停泊。是晚天清月朗，众人俱出船头玩月消遣。

只见水面上有十余号官舫，在水中行走，中间一座大船，现出两面大红绣金大旗，旗上写着"天下都城隍"，两边全副执事，排列牛头马面，左右鬼卒。当中坐一尊神，身穿滚龙大红袍，腰围玉带，头顶乌纱，威风凛凛。众人仔细一看，乃是操江海大人模样。正要喊叫，忽然不见。大家相会，俱说奇异。

次日一同来到海大人门前，各将名帖投进。海爷见了大悦，忙出迎接，进内一同坐下。茶罢，各道别后相思之情。海爷谢过，便道："暂住旁厅安歇。"

次日，乃寿诞正辰，诸亲邻里，俱来庆贺。各门人多是红袍玉带拜贺。是日，大排筵席，有官序爵而坐，无官序齿而坐。

酒过三巡，食供二套，各人敬酒三杯。海爷一一饮罢。说道："各位贤契，众位亲邻：老夫以贡士上京，挑选教官之职。因与严嵩弟侄作对，因祸得福，反升淳安县。以后遭严嵩百般谋害，俱蒙皇天庇佑，得以不死，反得扳倒严嵩，与朝廷除奸去恶。不想告老在家，又出个张居正，恃宠专权，杀害忠良。老夫心忿，又上京供职，再要扳倒他。蒙圣恩授为耳目之官，千方百计扳不倒他。后来多亏杨老令婆起兵来京，方得除他回籍。想起八十年间，做出许多惊天动地大事。今日年登百岁，又得贤契众亲们杯酒谈心，真人生之大幸也！"说罢哈哈大笑，寂然不动，早已气绝归天。众人大惊，俱各放声大哭。惊动里面太太，受不得哀痛，登时气绝归天。

当下，嗣子同女婿吕端料理丧事，奏本朝廷，万历皇爷差官御祭御葬，命地方官竖坊旌奖，赐谥忠介，加赠太师诰敕。

这一班门生，皆传说在船上见旗上写"天下都城隍"之事，乃鸠工在广东省城起盖庙宇，牌额书"天下都城隍庙"，殿上塑海爷金身，两旁塑判官吏。自此香烟不绝，千年永享。

是书名为《小红袍》云。

海刚峰先生居官公案传

第一回　断问强奸

海公在淳安，一县称其善于谳狱[1]。一日，谒顾代巡[2]，适有告奸者，狱已三年，和奸[3]强奸未决，属公定脱，盖欲试公之决也。公令隶有力者一人去衣服，诸衣皆去，独里衣，妇以死自持，隶无如之何。公曰："供作和奸，罢讼。"遂决。盖妇苟守真，衣且不能去，况可犯耶？

告欺奸

告状人陈福生，告为欺奸致命事。乱伦灭法周才，调奸姿婶，婶义不从，殴伤致死。陈福生状投地方，招过银买息，吴亦得银若干，凭德见证。有此不法，人伦大变，广财理贿，死魂莫申。乞恳亲提，明正典刑。上告。

诉

诉状人周才，诉为乞烛冤枉事。陈氏久病濒危，伊姑时常打骂，

---

① 谳狱：审理诉讼；审问案情。谳（yàn）：审判定罪：谳问，审问；定谳，定案，定罪。

② 谒（yè）：拜见，拜访。代巡，明代朝廷派往地方巡视的官员，是临时性差事。

③ 和奸：男女双方无夫妻关系而自愿发生性行为。《唐律·杂律·和奸无妇女罪名》："诸和奸，本条无妇女罪名者，与男子同。"

病转不痊，自分经死。伊母廖氏并兄叔等验明殡埋，里邻可证。殊仇恶福生，恃刁惯讼，捏陷欺诬，幸送爷台，复审冤烛。乞剪奸豁。上诉。

海公判

审得周才，分属宗盟，礼严毫发。周才少壮血气，两戒未遵，不知欲乃伐性之门，力为生乱之府。叔出行暴，婶媚兴狂，计从则灭叔，计忤则灭婶，欺奸致死，理或然也。据陈福生投词，固为奸死婶，吴招买息亦为奸亡。周之诉且云："伊姑打骂，自分经亡"，是欲诿罪于姑，姑嫁祸于东吴之意。其情愈真，其计愈穷。但陈福生既痛妹死非辜，情宜激切赴告。乃首扬以告词，随息以贿赂，是财为重，妹为轻也。此又不释之疑，令周才有可生之路。意者以里衣死持，而周之暴适当其会耶。天辟灭等周。取供。

第二回　僧徒奸妇

淳安县一小家妇，自母家归，避雨一野寺中。寺僧延入，而妇有姿，师徒皆欲淫之。乃妇意在其徒，师怒，杀妇埋园中。次日，母与夫家寻不得，交讼于邑，互谓杀之，公一时不能决而疑。适有门子[①]得罪当谴，公曰："汝故以得罪逋出[②]，遍践村市。但探出此事，当宥汝罪。"久之，门子入此寺，僧师徒以是美男，皆与狎昵[③]。有小沙弥语泄，而沙弥亦不甚悉。人以白公，公曰："是矣。"翌日，过寺中焚

---

① 门子：旧时在官衙中侍候官员的差役。清·袁枚《随园随笔》："今称府县侍茶者曰门子。"

② 逋出：逃出。逋（bū）：逃亡。

③ 狎昵（xiánì）：过分亲近。也指男女淫猥苟合。清·纪昀《阅微草堂笔记·滦阳续录二》："流连数夕，召其夫至，计月给夜合之资，狎昵经年，竟殒于消渴。"

香，频仰首向天自应曰："知道了。"独一僧于众中色变，公即令缚之，曰："上天已语我，杀其家妇者，尔也。"一讯吐实，瘗尸①出其园。抵二僧死，而二家疑解。

告打死妻命

告状妇张氏，告为杀命埋冤事。夫存嫁女云玉，配与兽心计生为妻，岂恶不务生理，酗酒宿娼。孤女终身仰望，反嗔苦谏。趁母家归，活活打死。夫杀妻命，纲常坠地，母痛女冤，情惨昏天。上告。

诉

诉状人计生，诉为劈冤事。岳母张氏，素嫉生贫，悔将女云玉嫁生为妻。趁女归家，遂串嫁于他人，反以死罪加与生身，似此冤屈，天日同升。妻失财无，情惨号天。含冤上诉。

海公判

审得云自看母，孤身归家，在路陡然遇雨，望门逃躲，不知身陷寺门。盖彼时只知避雨，而未及择地也。淫僧法长师徒突见。同炽淫心。不料，无节村妇，亦可色动，意在徒之少壮。恶僧忿徒怒妇，登时杀死藏尸。夫师徒见妇骋淫②，已各犯戒。而师复妒徒杀妇，手刃尤凶。徒拟充军，师应抵命。庶使僧俗，人伦不紊。

第三回　奸妇失节明节

胡州人有郝云衢，以奸杨文升妻田氏，致其自缢。经案，衢罪

---

① 瘗尸：掩埋的尸体。瘗（yì）：掩埋，埋藏。

② 骋淫：放纵淫欲。骋（chěng）：放开，发挥。

抵命。案谓：田氏以衢来奸己，即呼小庚儿杀人，韩升隔壁遥闻可证。且妇忍弃芳年，所以明节云云。乃公出巡胡州决。田氏，始为聂完妻，完死未半载，即嫁文升。嫁之四月，即生一子。其本房仅三间，人共七口。因判之。其略曰：妇不出闺，何由呼人小名？韩升未见，何由以闻声定罪？居仅三间，人共七口。奸与缢，皆非其地。怀胎改嫁，既已失节，而杀身明节，恐非其情。则缢或有故，情实可疑。招上得末赋云衢死，系狱二十年矣。问杨文升："汝妇改嫁生子，诸情招何不及？"曰："始上未之问也。"盖胡人畏刑轻死，不知辩解。

告强奸堕胎

告状人伍约，告为奸杀大冤事。虎侄钱豪淫纵匪夷，贪妻少艾①，立心不良，瞰②身远出，入室抱奸，嗔妻不从，殴踢堕胎。灭分伤伦，里邻骇证，恳恩究治。上告。

诉

诉状人伍文寿，诉为仇诬大变事。窃身与叔争基，致成血恨，辏因婶病堕胎，诬以强奸陷命。切思身既与叔极仇，一人岂强奸孕婶？干证受贿，血胎是祸，冤蔽覆盆，恳恩超豁。上诉。

海公判

审得伍文寿。强奸伍约之妻，乃以侄犯婶，因喊不从，踢堕胎孕，祖灵不肯，故遣某等见之。文寿诉称争基仇陷、贿买黑证，殊不知一人之心可结，众人之口难钳。伍族兄弟叔伯，并无一人冤之者，则强奸堕胎又奚疑焉。合就典刑，以扶人纪。

---

① 少艾：指年轻美丽的女子。《孟子·万章上》："知好色，则慕少艾。"赵岐注："少，年少也；艾，美好也。"

② 瞰（kàn）：窥视。汉·扬雄《解嘲》"高明之家，鬼瞰其室。"

第四回　奸侄妇杀媳抵命

淳安县王福与侄妇通奸，侄稔知，持刀以待，而福反杀侄。杀后始大惧，与二子谋曰："事已如此，无抵必死。适次子妇在家，必杀之，以两奸闻，则祸脱，而更为娶妇，犹不失妇也。"次子是之，而持刀股栗不前。乃长子以救父，奋杀之。于是，以两首诣邑，称杀奸云。公一见即曰："双奸则杀必一时，今尸色有鲜陈，必诈也。"参错诘问，对尽支离。刑之，遂得其真。以父及长子、侄妇成狱，旌表次子之妇、为之立庙致祭。

告强奸寡妇

告状人周氏，告为强奸寡妇事。夫丧抚孤，柏舟矢志[①]，不料邻恶兽心吴甲，夜潜入卧室，逞凶强奸，当氏喊邻，罄将首饰掳去。奸心不遂，则行盗心。生死含冤，无路控诉，冒恳天台，乞殄刁风。上告。

诉

诉状人吴甲，诉为凭空陷事。吴甲与周氏切近邻右，有患旦夕即救。不料周氏夫翁远出，半夜被盗，妇醒叫喊，甲即率众奋身赶捉，无踪。周氏惧夫谴责不谨，反捏救盗为盗。窃思守望相助，胡越尚且有难则救，似此凭空黑冤，乞诉断劈奸。上诉。

海公判

审得吴甲与周氏切邻，见妇孀姿，淫心久蓄。一日瞰伊家中无人，半夜本来逼奸恣欲，岂妇不从，见财起心，执财而去是实。盖欲

---

① 柏舟矢志：柏舟，柏木做的船。矢志，发誓立志。本为《诗·鄘风》篇名。《诗·鄘风·柏舟序》："柏舟，共姜自誓也。卫世子共伯蚤死，其妻守义，父母欲夺而嫁之，誓而弗许，故作是诗以绝之。"后以谓丧夫或夫死矢志不嫁。

以财为媒，料妇心畏夫翁，必悄地索财，就中可行奸计。况前后东西，俱有邻人，安得吴甲独救？此事不烛而自明矣。合拟满徒①，以惩恶行。

第五回 奸夫杀客为女有他奸

淳安县以画旗导新秀才适黉宫②。张家楼临街，有女窥见一生韶冶③，悦之，适一卖婆④在旁曰："此我邻家子。今为小娘执伐⑤，佳偶成矣。"女不言。卖婆又以女意诱生。生唾之，不从。卖婆之子固无赖，因假生夜往。女不能辨，久益缠绵。一日，其家有舍客官人夫妇，因移女，而以女榻寝之。其夜，有人双断舍客首。明发，以闻于公，公以为其家杀之，而橐装⑥无损，杀之何为？问榻曰："夜寝谁氏？"曰："是女之榻。"令立逮其女至，作威震之曰："汝奸夫为谁？"曰："是某秀才"。又立逮生至。曰："卖婆语有之，何尝至其家？"又问女："秀才身有何暗记？"曰："臂有痣。"视之，无所。公沉思曰："卖婆有子乎？"曰："有之。"逮其子至，视臂有痣。曰："杀人者，汝也。"即自输服。始假生与女奸，既夜至，扪枕上得头一双，以为女有他奸，故愤拔佩刀并杀之，而不知客夫妇也。即日械系

① 满徒：当为无期徒刑。

② 黉宫：（hónggōng）古代官学的泛称。元·洪希文《踏莎行·示观堂》词："郡国兴贤，黉宫课试，书生事业从今始。"

③ 韶冶：青春美华，服饰过分艳丽。

④ 卖婆：旧指出入人家买卖物品的老年妇女。明·冯梦龙《醒世恒言·陆五汉硬留合色鞋》："坐不多时，只见一个卖婆，手提着个小竹撞，进他家去。"

⑤ 执伐：为人做媒。明·高明《琵琶记·伯喈拒婚》："红楼此日招凤侣，遣妾每特来执伐，望君家殷勤首肯，早谐结发。"

⑥ 橐装：指珠宝财物。橐（tuó）：口袋。《汉书·陆贾传》："赐贾橐中装，直千金。"

抵命。士由是得洗冤矣。

告人命

告状人何经六，告为磊杀事。土豪沈一森，巨富不仁，势焰炽天，勇力绝伦，阳世阎浮弟。因借银十两，不服磊算，触犯虎怒，喝仆毒打，立时气绝。死者含冤，兄弟分离，手足妻子，割断肝肠，极大冤枉。望光上告。

诉

诉状人沈一森，诉为烛冤豁命事。愤贼何经六，荼毒万姓，害民百端。初十夜，潜入室中，偷盗财物。仆见捉获，是行打死，岂刁飘捏诳台，磊债杀命。切思人命大辟，蹈犯莫逃。况身黑夜杀贼，未尝白昼殴人，乞恩详情超豁。上诉。

海公判

审得沈一森，以万金土豪，所为不轨。盖罄西上竹而书罪无穷，决东海波而流恶不尽者。今因磊债货利，殴死何仲升，乃反以仲升黄夜入室偷盗，指贼打磊。此小人文过饰非之辞也。但人心不昧，乡有公评。约党里邻俱称：白昼打死，岂行窃之时乎？以斗殴杀人致死者律绞。

第六回 决东明乡刘松冤事

淳安县东明乡刘松，往斐子岩贩花，久不归。其父西于店主以得松秤，讼谓店主杀之。公曰：“杀人，则必焚秤埋锤，以灭其证；留秤，则杀必非也。”半载余，西得松瘗于王官营，为大抉出伤眷，尸旁有白髻子，而犹谓杀者，店主也。公曰：“此店主有仇人家杀也？”问：“谁家有服？”因得之朱守分。先拘其邻人。羁之，邻人出首，遂得其实。按其家赃物、凶器皆得。守分曰：“死不敢违。唯三人分财，一人死，不甘耳。”公曰：“一人死，一人偿，足矣。尔欲诬尔所仇乎?”不听。盖以安二人，使勿逃。次日，三在，二果来所，即逮讯之。皆以抵罪，第分首从耳。

告打死妻命

告状人陈仲升，告为号究妻命事。凶恶饶贵，霸截水利，身伦遭殴。妻吴氏情急奔救，遭凶打，破脑重伤，抬回气绝。金白等见证。妻遭横死，叩法检填，负冤上告。

诉

诉状人饶贵，诉为冤诬事。身与陈仲升争水，遭殴懵地。当其劝证，并无妇女在旁。次早，架冤称妻被身打死，统集弟侄，破屋划财，谎词耸告。痛思田野争水，隔家二里有余，恶妻瞽目①，不移门外半步，非杀妻图诈，必病危加凶。乞究根因超拔。上诉。

海公判

审得吴氏，以夫争水，而与人厮殴，奔出号冤，亦妇人女子常情耳。饶贵逞凶之甚，毙此妇于棍石乎；陈佩以婶身死，统族二十余人，蜂拥上饶贵之门，破屋划财，此亦妄举也。盖杀人偿命，罪固重于泰山，而划财之徒，亦未可藐如鸿毛者。饶贵合以斗殴杀人致死者律绞。陈仲升亦不合乘户卷掳，相应拟，各取供。

第七回　拾坯块助击

淳安县西山村王爱礼与胡进保相殴，进保幼男，拾坯块助击，不中爱礼。爱礼反拾以击进保，亦不中，中进保九十三岁母，积十三日

① 瞽目：本指只有一只眼或盲人，转指不明是非黑白的一类人。瞽（gǔ）：盲人。

死。成讼。坐爱礼抵偿，案定。公见此狱，因断曰："块击爱礼不死，而安能死进保母？母原不在斗，必误。而老易伤，故积十三日始死也。所当矜疑者，且遂立案，为误伤人命者儆。"

告殴伤

告状人胡进保，告为急救二命事。身于旧年，揭借王爱礼本银二两，未期过还，收帖存证。岂恶执券，复骗理论，反触丛打，伤颅可验。母见急救，复被折肱，胡文盛等救证。母命悬丝，乞台亲究。上告。

胡进保催状

告催人胡进保，催为抗提弊杀事。凶豪王爱礼，截打保母重伤，医生验明。七牌严提，弊抗不到。仁台视民瘼[1]犹己伤，凶恶藐官牌同故纸。母遭重伤，血髓时流，昨夜气绝。欲抬归殡，恐违天断。挨延日久，奸计百生。严拘早断，生死含恩。哀告。

诉

诉状人王爱礼，诉为冤陷捏骗事。枭恶胡进保，约借赡军银两，越限不还，坐取触恨。哨男胡成，擒身捶石乱打，浑身寸节有伤，幸弟救归，几死。二次恶反诈伤母命，蒙牌七捉，病莫起床。今幸死毂回生。匍匐上诉。

海公判

审得王爱礼，为富不仁，剥民肥已，盖流毒一方矣。今因逼债相殴，误伤进保之母。十三日而死者，亦非其心之所然，不过殴之急而失手矣。但七拘不赴，此之挠法之甚者也。尚且展晁错[2]之智囊，弄

---

① 民瘼：人民的疾苦。瘼（mò）：疾，疾苦。宋·脱脱等《宋史·魏了翁传》："戢吏奸，询民瘼，举剌不避权右，风采肃然"。

② 晁错（前200—前154），是西汉文帝时的智囊人物，汉族，颍川（今河南禹县城南晁喜铺）人。汉文帝时，晁错因文才出众任太常掌故，后历任太子舍人、博士、太子家令（太子老师）、贤文学。在教导太子中受理深刻，辩才非凡，被太子刘启（即后来的景帝）尊为"智囊"。因七国之乱被腰斩。

苏张[1]之舌剑，捏称遭打致病，抵塞前愆。殊不知，胡进保之母只凭伊口所谈而伤，亦经予目所睹。爱礼合拟周殡，以殄刁风[2]。不究。

第八回 断问诬林奸拐

淳安县崇义乡阎敬娶后妇，妇携女姚氏来，以为敬子妇。以后妇死，敬通于井得珠妻关氏，而井又因关通于姚，遂与偕逃。敬怨关，欲成讼。先是敬亦调狎其子妇，关知之。因以钳其口，不敢言。而敬与其党王大库素仇卢天林，因诬讼天林奸拐焉。关氏证其奸状，大库证其拐状，众口丛射。天林不胜拷掠诬服，谓已卖出。得出狱寻取。出即刎于敬家。敬恃案定，又恐卢天林子以冤父讼，遂再讼于按台，以属公。公知其冤，然无能难之。禁敬与关于二处。故令人作敬馈食遗钱于关，尽得关密语。又讯其主者，得二人共寝食状。猝以诘敬云云。敬莫能对，因吐前事。敬干法，天林冤雪。夫卢天林之钳于群喙，金铁莫能喻其坚，然不能无疑隙。藉公之决，必不令天林冤死。乃竟冤死。阎敬之再讼，持案定也，安知有海公鞫已？岂非天乎？而阴有使之者乎？

告强奸

告状人阎敬，告为剪奸正伦事。儿媳僻园讨菜，凶恶卢天林入抱奸，遂串偕逃。切恶强奸罪重，拐带非法，乞除奸党正法。上告。

诉

诉状人卢天林，诉为电烛虚诬事。身与阎敬，素执仇恨，驾捏伊

---

① 张苏：张仪、苏秦，战国时期纵横家。苏秦创合纵之法，游说六国合纵抗秦，张仪则施以连横之术，游说六国亲秦，拆散合纵。两人一同演绎了战国末期，群雄“混乱”的场面。

② 刁风：坏风气。

媳菜园被林所奸，偕同逃走。不思菜园非行奸之所，白昼岂捉奸之时？仇口称诬，难逃洞察，哀哀上诉。

海公判

审得阎敬，乃奸恶人也。既称天林奸媳，胡①不捉奸于房帏，而乃捉奸于菜园乎？其情犹涉狐疑②矣。若据大库与关氏所证，卢天林奸拐似真，则拟应戍无辞。然关氏之证，不过卖奸买奸之故，乃与阎敬有奸，串其媳与井逃走，恐阎敬与讼伊之罪难逋，故死证天林所奸是实。大库苦证拐真，不过仇恨相隙。殊不知，平白诬捏，陷人一命，情何狠也。关氏淫恶，合依官卖。大库奸党相助，拟之满徒。阎敬虚诬，合拟充军。天林累死一命，阎敬当给埋殡，与其子殡殓。各依律取供。

第九回　断问通奸

淳安县在城郭参将侄秀才郭应基，其舅死，因与其妇通，生一子，已二岁。舅弟刘茂，以其情讼于郡。其家巨富，徒党相翼，为说甚辩，谓刘茂谋产而诬贞妇，有关风化。公决之，一见妇，知为淫物。因令众各居一区，从门外拘一小婢，至加拶问③：“儿在何处？”曰：“在专诸巷郭秀才家，匿帐中。”及诸奸状悉得，令四卒往捕。其

---

① 胡：为什么。

② 狐疑：怀疑。汉·班固等《汉书·文帝记》：“朕心狐疑。”唐·颜师古注：“狐之为兽，其性多疑，每渡冰河，且听且渡，故言疑者而称狐疑。”

③ 拶问：加紧逼问。拶（zā），逼迫。

家重扉皆扃[①]，即逾垣排闼[②]抱儿出庭见，故令弃之地，妇讶然，奔前抱起，曰："罪自甘，但愿留儿也。"遂抵罪。

告通奸

告状人刘茂，告为兽恶败伦事。伦理风化所关，冠裳礼义所出。痛兄刘森，不幸早丧，淫嫂何氏，守制三载。岂甥兽恶郭应基，势横荒淫，奸嫂何氏，生子二周，秽迹四闻，乡邦耻笑，伦常扫地。生者莫知死者悲泣。冒恳天台，乞殄刁风。上告。

诉

诉状人郭应基，诉为蛊计害民事。窃身守法，素不为非。祸因母舅刘森早故。母妗[③]央基代管账目，仇舅刘茂，思欲谋兄家业，妒基若在，事恐难偕，设机陷阱，架捏母妗与基通奸。既云嘱托买奸，众口安得尽箝？显是诬捏。乞提斧断。哀诉。

海公判

审得何氏因夫早故，止茕茕[④]一妇，家务烦琐，莫能掌理明白，乃托甥郭应基为之代管，亦是为家之计也。但不合与基通奸往来，生得一子，已满二周者，是非以身尽托之矣。伦理何存？应基既称刘茂欲图兄产，妒伊在彼，捏陷伊奸。此难以抵辞也。身既入黉门，何不遵守法律，胡行狗彘[⑤]！甥妗两相调情，而求野合之欢者，诚非为也。学门岂容奸徒？合当黜退前程。何氏失节贪恣，归宗无异。其家室产业，悉附刘茂收管。俟二周之孩长日，家业还侄自己理掌。各取供。

---

① 重扉皆扃：厚重的大门从外面闩的紧紧。扉：门扇；扃（jiōng）：关门，上闩。

② 逾垣排闼：翻过墙头，推开大门。逾垣（yú yuán）翻越墙头。闼（tà）：门。排闼，推开门。

③ 妗（jìn）：舅母。

④ 茕茕（qióng qióng）：孤独无依的样子。战国·屈原《楚辞·九章·思美人》："独茕茕而南行兮，思彭咸之故也。"

⑤ 狗彘：犬与猪。常比喻行为恶劣或品行卑劣的人。彘（zhì），猪。《孟子·梁惠王上》："鸡豚狗彘无失其时，七十者可以食肉矣。"

第十回　勘饶通夏浴讼

淳安县乡官通判饶有财，夏浴空室，夜渴索茶，小婢持置墙孔，饮之，遂中毒死。其前妻之子，谓以继母有奸夫在，故毒杀其父。乃讼之于邑。置狱已久，不决，公当时巡行于郡，各县解犯，往郡赴审。其继妻再三称冤。公顿然思之：其妇如此称冤，莫非果负冤乎？径造饶室，详审秘探，阅浴处及置茶处。遂严钥其门，概逐饶通判家口于外，亲与一小门子宿其中，仍以茶置墙所。次早起视，果有蜈蚣堕焉。急命拆墙，遍内皆穴蜈蚣，焚烧移两时方绝，臭不可闻。遂开其妇之罪，冤始得解。妇叩谢而归。

告继母谋杀亲夫

告状人饶清，告为奸杀大冤事。痛母蚤亡①，清父再娶姚氏，后父广任，兽母不良，暗藏奸夫。清父任满归家，兽母恶声里闻，父怒究奸，岂恶置药毒死亲夫。似此冤，闻者寒心，骨肉相残，天伦灭绝，乞天法究。哀告。

诉

诉状人姚氏，诉为冤诬事。逆子饶清，恃尊无伦，污蔑继母，中剋之丑，痛不可言。身配于财，恰尽乃事，闺门整肃，敢容奸夫？况夫任归家，因夏浴空室，伤暑身亡，殊仇架捏毒死亲夫，不思伊父与身，枕畔恩爱，奚忍置毒谋害？谋毒重冤，氏担不起。幸告台下，乞天分豁。哀哀上诉。

---

① 蚤亡：比喻早死。蚤（zǎo），通“早”。明·冯梦龙《警世通言·俞伯牙摔琴谢知音》：“方才大人所弹，乃孔仲尼叹颜回，谱入琴声。其词云：‘可惜颜回命蚤亡，教人思想鬓如霜。’”

海公判

审得于财之死，非毒药之毒，蜈蚣之毒矣。但无用小婢，置茶胡不持入室而与，何持置墙孔而与之哉？因而中毒死者，亦命已矣。饶清谓继母有他奸夫，怒究之姚氏将药毒杀。而清之告，亦为父申冤之故也。但未询其实，陷母置狱，坏母名节，则伊为子之过矣。若非经吾睫亲睹，则姚氏偿伊父命者，将何以辞焉？非几乎屈陷一命，合拟忤逆罪加，姑且免究，的决惩戒。

第十一回 谒城隍遇猪跪吼

淳安县东门巷闵元庆有一猪。元旦，海公谒城隍，见猪跪吼。公曰："异哉。此必鸣冤也。冤则随我来。"猪即自行抵邑堂而不能言。公令人随所往，乃其主家，拘主家至，反复错诘①其家事，皆曰："无之。"曰："而与人讼乎？"曰："然。"曰："孰胜？"曰："民胜。"曰："何由胜？"曰："渠②将民奴殴死。"曰："汝自殴死，诬人也。猪即其奴矣。"猪闻，据地吼鸣，叩首如人状。主惊惧叹服，列事始末，始以坐法。而被诬者，公令释放，人称"神断"。

海公判

闵元庆与裴杰讼，特一时之愤耳。因愤受屈，亦不过小挫也。遽杀奴诬裴，而必期其胜，无乃为小愤而死二命乎？讼虽获胜而奴死。无辜屈裴抵命，应知冤魂必不瞑目于地下矣。猪陈其状，非畜之能

---

① 错诘（jié）：互相交叉，反复盘问。

② 渠（qú）：他。

灵，亦庆之罪不容逭[1]。盍拟大辟[2]以惩刁诬。取供。

第十二回　断赝金

淳安县有一涂阳明，以金授匠制环，环成持归，尚不知赝[3]也。经月始辨，以还，匠则饰词百端矣。遂以讼于公。公已知奸在匠，至即以系狱，而书一“金”字于其腕，曰：“字损，则重挞。”人皆不知其意。旋已，呼其妇伏阶下。囚群中忽召匠至，怒曰：“‘金’字在乎?”曰：“‘金’字在，尚好，底何敢有损?”曰：“‘金’字若在，尚是良民。”且令去。复问妇曰：“金子在，可持来。”妇曰：“然。”金到以偿民，而始挞匠。妇以声误，遂以金出也。

告盗金不还

告状人涂阳明，告为窃盗事。惯贼郑翊三，素藐法律，害人百端。前月，明到翊家制环，带金五两，移放桌上。岂恶蓦见，盗心炽然，将金盗走，变觅无踪。身与理谕，吐出均分，恶贼坐执不认，反逞凶暴。乞天拘究追偿。衔恩上告。

诉

诉状人郑翊三，诉为驾捏骗害事。窃身守法，素不为非，谨遵律条，秋毫无犯。仇豪涂阳明，素欲害翊，无一可就。前月来翊家叫代制环，并未见有金子。其今次月复来，即称遗失金子，为翊拾着，威振坐身。不思伊金失堕他处，坐翊所拾，又无赃勘，情实诬陷。恳恩

① 罪不容逭：不容逃避的罪行。逭（huàn）：逃避的意思。

② 大辟：夏商五刑之一，是死刑的总称，其执行方法是斩首，又称杀罪。《尚书·大传》：“大辟，死刑也。”

③ 赝（yàn）：假的，伪造的。

洞察，情伪立分。上诉。

海公判

审得郑翊三，乃奸诈人也，亦刁恶人也。涂阳明到伊家制环，将金放于桌上，为伊盗走者无疑矣。阳明理谕均分，本合将金吐还，胡不认而逞其暴以制人者何也？盗金坐执不还，反逞凶暴，将以制明之匆取乎？何刁之甚！合依刁恶取律，姑免究之。但恶逞凶饰诈，以擅逞凶暴坐不合。

第十三回　奸骂求粜不与

淳安县西乡有一妇，八十余，姓曹，其夫姓谢，蚤死，妇嫠处①。忽夜被人杀死，经两月莅者莫能察。公拘邻族至，询历皆曰："不知。"因问妇死前有何举动？曰："但放谷，而姑侄张珏求粜不与②，且詈③之耳。"公曰："是也。"令捕之之。珏无，拘珏母妻至，母曰："岁荒，珏出祟也。"曰："持钱几何？谁所与之？"曰："叔守礼与钱三百文。"拘守礼至，绐之曰："珏杀人，而汝给钱，又令逃去。其母已谓汝知情也。"守礼已具状，有"疑珏杀人"之语。其家相距二里许，因遣其妻先归，后遣其母继往，中间令人挑妻曰："母已谓杀人事，汝知也。"妻恚④且惧，语渐泄，因得其"杀人之夜，珏归，身作血腥，鞋污相易而出"诸语。即自远捕珏得之，一见输服，尚有妇金簪一对，并见其凶器等物俱在，狱始成。

---

① 嫠（lí）：寡妇。妇嫠处，即寡妇独居处所。

② 求粜不与：求卖粮食不给。粜（tiào），卖粮食。

③ 詈（lì）：骂，责骂；辱骂。

④ 恚且惧：愤恨并且害怕。恚（huì）：恨，怒。

告黑夜杀死人命

告状人曹贵，告为杀死人命事。痛姊居孀无子，独自嫠处三十余年，存有赡银二十两。岂恶张珏，系姊亲姑之子，闯知存有赡银，屡行盗窃不遂。前月十八夜，邀众持刃，将氏杀死，家财尽行搬走。似此不法，人命干天，乞提正典。上告。

诉

诉状人张珏，诉为烛电冤诬事。窃身买卖佣活，远久在外。祸因年荒，曹氏放谷，身与求粜，合口归家，即往外收账，并未在家。殊仇曹贵，架言①"曹氏是珏杀死"，不思荒年饥岁，奸恶成风，难坐是珏果杀，情实诬陷。乞天严办。上诉。

海公判

审得曹氏，存得赡银二十两，张珏窥见，思盗之心亦有之也。兹今年荒，曹氏放谷，求粜不肯者亦是也。然求粜不与者，细事也。执仇乘机劫杀者，则罪重矣。即云荒岁饥年，贼风并事，劫杀之罪，难坐尔身，则伊所带之金簪、首饰从何而来？合拟大辟，毋得他辞。

第十四回　仇嘱诬盗

淳安县有一吴满，与戚巳相仇。满被盗，巳获焉。而公快姚成为满亲家，因盗以诬戚巳。其时，群盗受贿，皆口钳之。探得戚巳财物，一概是吴满财物，戚巳莫能办，成狱六七年，往案皆实。及海公任淳安尹，将此宗卷阅，心下自觉疑惑未定。时群盗皆死，独戚巳存无可诘，而巳甚称冤，曰："狱成久矣，非老爷神明，不称冤也。"

① 架言：架词诬控。架：捏造，虚构。

问："赃在乎？"曰："在。"然仅布衣数事置库，取出细阅。次日，两造皆集庭下，指一青布氅①诘满曰："此衣汝自制，亦买者？"满答曰："自制。"曰："民家何由布面，复用蓝绢里，而缘亦蓝绢乎？"曰："大儿子以民年老进轻暖。而缘，乃制衣剩绢，因用之也。"公诰②戚巳曰："汝衣乎？"曰："非也。衣已易去矣。我氅，青布面、蓝布里，缘亦青布也。"发视面里，果如戚巳言。缘亦青布，岁久成蓝也。公曰："冤哉！"始知姚成为满之亲家，乃往嘱，典贿诸盗以诬戚巳。公即以巳械而械满，并以巳罪罪之。戚巳曰："民冤得释，但家如洗，满自富也。"复令：以吴满家给戚巳焉。一郡称神。

告窃盗

告状人吴满，告为缉盗安民事。恶贼戚巳素越分，聚群偷窃，远近遭殃，飞空泼祸。杉木系身鸠屯，岂恶于十三夜，罄行搬窃，获赃鸣众，情实不诬。乞剪獗猖，庶宁鸡犬。上告。

诉

诉状人戚巳，诉为赃陷事。土豪吴满，争娶成仇，无由报害，计砍杉木，赃浸门池。次早口称被盗，贿邻池内验赃，捏诬告县。窃思杉木唯竖造乃用，池中非贮赃之所。恳恩洞察，情伪立分。上诉。

海公判

吴满与戚巳，争娶宿仇，累岁秦越③，自砍杉木，私浸戚巳池中，计图报复。此操心甚劳，为计最拙也。里邻实指，盖但知戚池有赃，而未知所以然之赃也。戚系无辜，吴合反坐。其干证堕满术中，姑免究。

① 氅（chǎng）：外套大衣。北方人习惯将大衣称为"大氅"。

② 诰（gào）：告诫，勉励

③ 秦越：古国名，秦，今陕西，越，今浙江。以秦越两地相去遥远，喻时间长。

第十五回　决咸匿兄产

淳安县宝坻乡有一杨咸，其兄成危疾，泣谓咸曰：“我病必不起，有金两千两。子幼，必不能守，汝可有之。俟儿长，给半可也。”后背兄命，尽匿不与侄。成妻诉于邑，海公迟滞未决。适获盗至，其盗见咸即曰：“此人故吾偶，今暴富，皆盗资也。”咸急呼曰：“吾资，出亡兄所寄。非盗者。”公曰：“已知汝匿兄金，第虑汝不服，故令盗言耳。”遂尺产给成子。

告欺死瞒生

告状妇卢氏，告为欺死霸占事。缘夫与叔同爨[1]，叔身外游，夫耕供家。夫病将危，产业、金子尽付恶叔掌管。岂恶欺夫死儿幼，即行分异，家业悉被吞占，族长可证。原既兄托，苦乐宜均，何欺死瞒生，将业悉霸，今又逐身外居？号天情惨，粘单上告。

诉

诉状人杨咸，为捏冤霸占事。祖业潇然，身与兄各爨，刻苦外求，自治田产。岂嫂卢氏，捏称吞占耸台欺幼。切伊夫在，未买片地，兄病欲死，托事代辅伊子。咸恩骨肉，肃以承托。及今长成，反捏霸吞伊业，恩将仇陷，情实诬耸。若有欺幼吞占事情，罪甘斩首。

海公判

审得杨成，因子幼，而已病欲危，乃给金两千两，付弟杨咸掌管，亦成为家延之计也。乃咸枭利霸为己业，非欺死瞒幼者乎？既承兄托，当恤寡怜孤，家业均半则可，胡何言兄未置片土，实系己业，

① 同爨：同在一个锅灶里吃饭。爨（cuàn）：灶，烧火做饭。

与嫂侄无干而逐之外居者，诚何心也？则当以侄犹子比儿，即叔之田产，亦当三分之一，而况系己父所置之业乎？合给还侄如律。取供。

第十六回　贪色丧命

绍兴府会稽县东街，有富子姓陶名厥，盛服往市，经楼下，楼上有妇倾浴汤，误溅富子衣服。富子怒目妇，妇含笑巽谢①。富子仰见妇色艳丽，乃回嗔②，相揖而别。归而慕之，无由得之可谐，思久成疾。母爱子，私问致疾之由，子以实对，母深为子危，假以贸物，见妇人而亲密，乘间以诚告曰："吾夫妇老年只生一子，倘蒙怜救，誓当厚报。"妇怜之，与曰："吾夫某日当往外，昏时郎可至。"如期而往。妇匿之楼上，且安置翁姑③闭门户，登楼，子已死于妇床矣。盖久疾体弱，又惊喜交集故也。妇惊，呼翁姑见之，翁惧累自缢，姑亦惊悸死。邻人报其夫，执妇赴官。富子母，次早至，拟迎子归，适逢斯祸，奔归告厥父。父曰："是吾子之罪，非妇之过也，吾当救之。"诣海公曰："此吾子不才致此，大祸延及妇之翁姑。民颇有赀产④，今愿备衣棺，殓葬三尸，家赀付姚庆夫妇。乞贳⑤此狱，以释无辜。"公从其请，判令庆夫妇承富民家，而赡其老。

夫首妻谋杀奸夫吓死翁姑

首告人姚庆，状首为谋奸累死事。淫妾胡氏，龌龊淫贱，恣肆匪彝，闺门有亏，窝藏富于陶厥通奸，囚奸触詈致死，庆父被吓身死，

---

① 巽（xùn）：古同"逊"，谦让恭顺。
② 回嗔：由生气转为喜欢。嗔（chēn），生气。
③ 翁姑：公婆的合称。
④ 赀产：财物，钱财。赀（zī），同"资"
⑤ 贳（shì）：宽纵，赦免。

母惧又亡。淫贱恶妇，耻笑乡闾，累死翁姑二命，情实号然，乞天正法。首告。

陶珠出告救胡氏

告状人陶珠，告为乞恩宥冤活命事。理可以正公偏，不无曲直，罪可以惩恶逆，不无冤枉。姚庆具告台下，谓“妻谋奸，吓死公姑二命”，情由民子陶厥，命笃而死于庆家。庆之父母见尸，俱吓身死，其情实非于胡氏之罪，乃系民子不良所致。民甘殡殓三尸，家赀均分姚庆夫妇赡老。恳天恩豁释究。上告。

海公判

审得陶厥所死姚庆之家，为色所丧，其躯何惜之耶？姚庆父母悸之，双双自尽者，亦非冤也。今据陶珠所告，乃为罪系厥所致。其不忍罪冤胡氏，而出告以首明者，亦公心之议也。又致棺殓葬三骸，家赀给庆夫妇赡老。陶珠，诚厚道也哉。既谓“陶厥病笃”，胡氏合无罪矣。

第十七回　贪色破家

绍兴府东阳县，有一徽州商人，以赌倾产，僦[①]唐店居焉。屡逋僦税，商亲督之，夫出而妇代对。商人见其美貌，遂心动焉，欲就不能，乃俛[②]媒婆与妇说之，曰：“尔夫浪游，娘子不免饥寒，今徽州唐商人怜娘子，欲贷尔夫数十金，不责券，使贸易他方。唐商人与娘子处赡衣食，尔夫回，仍使复合，不索前银。”妇始不从，媒婆力说之。妇令媒婆回，俟与夫议。夫归，妇怨曰：“尔不事生业，贫受人欺，

① 僦（jiù）：租，租赁。
② 俛（fǔ）：同“俯”，屈身，低头。

生不如死。”夫询何故，妇以媒言告，时夫赀竭，正欲鬻妇①，揣如商计，则既得厚赀，而妇终复合，许之。以告媒婆，责以五十金。商如之言，数与之。夫留十金与妇，即行。是晚，妇约商会。商所畜骡，食人禾被杀，往讼于县，不克赴约。妇具酒肴，篝灯以待。久不至，隐几假寐。适有叫夜僧②过之，见门开，潜入窃其银。复欲淫妇，灭灯，抚妇臂。妇以为商，曰：“候君久，何来暮也？有少酒，欲奉君。”僧辞不饮，挽之就寝。妇抚其头，始知是僧，遂惊呼，僧惧，杀之而去。次日午，未举火，邻人省视，见妇被杀，惧累，告之官。官讯数曰：“妇家谁最密？”众以“媒”对。逮媒至，媒述商事，逮商，拷掠诬服，系狱中，凡十载。夫回，获利已十倍，闻商杀妇，往告公处，曰：“此商为吾妇不惜数十金，岂有初会即杀之理！必冤也！”公再讯商，言：“妇令媒约会，以骡讼在县，实未赴。但畏刑，诬服耳。”公令吏往县，讨旧卷来呈。始知商讼骡之夕，即杀妇夕也。洞烛其诬。复问邻人：“此夕，有何人过市中？”邻曰：“只有叫夜僧。自妇杀后不至，今住仙山中。”公令捕来，一讯即服。衲衣中藏数百两商银，犹有存者，遂伏辟。

邻里具呈

呈状人吴启、谢胜等，呈为究奸杀命事。梁金六娶妻聂氏，金六于本月十五日往外贸易，独聂氏一人在家。昨夜未知甚奸人，将氏杀死。理合具呈告明，为此具呈。

梁金六告赦唐婴

告状人梁金六，告为宥冤究妻死命事。身因贸易往外，妻聂氏被贼杀死。邻甲呈县，将唐婴伏辟。切思唐婴为身妻费金不惜，安有杀害之心？衾枕之情初构，帏帐之恩始投，岂行杀害！身思唐婴，必是畏刑诬服。叩天再行究察，身妻死冤得申，婴罪诬得释，冤民苏活。激切上告。

---

① 鬻妇：卖妻。鬻（yù），卖。

② 叫夜僧：夜间叫更的僧人。

海公判

审得唐婴，因见梁金六之妻，贪其恣丽，乃置金与金六贸易，遣之出外，再行匹配，亦贪色多奸之甚也。聂氏俟婴，岂婴为骡讼所羁，未及赴约。聂氏俟久，假几而寐，忘顾其门未拴，乃被孽僧法云入室杀死。邻甲呈县，拟唐婴供辟，此亦人之可疑者。然所疑者，唯知一耳。但知婴置金求合，不知杀妇之夕，乃讼骡之夕也。法云合拟大辟。各无罪。取供。

第十八回　许巡检女鸣冤

海公任淳安，宿上官驿，明烛独坐，忽闻窗外有如女人声者吟，曰：

夜月悬金镜，春风扬锦帆。
江花如有意，飞点绣衣衫。

又曰：

旭日转洪钧，园林万树新。
画屏朝弄色，彩槛外移春。
巢雀俱堪托，人家尽不贫。
独怜寒谷底，黄叶尚凝尘。

公大诧，曰："有是哉？女乎，何以至此？"女曰："妾非人，有沉冤欲诉耳。"公令前，即跪灯下，泣曰："妾，钦州许巡检女也。五年前，从父赴任至此驿。驿夫魏昭，悦妾貌，毒杀妾父犯妾。妾固不从，罗巾缢死。尸犹痊，园中浅土才覆面耳。唯老爷怜察。"忽不见。明早，公集驿夫庭下，曰："五年前，有许巡检负重罪逃至此，有能捕获者，厚赏。"魏昭曰："曾有人杀之矣。"公大怒曰："杀者，即汝也。"一讯即吐实。发女尸园中，面如生。命具棺殓，移葬之。

海公判

许巡检任上官驿，止带一女，而娇貌可堪。乃驿夫魏昭，知女姿色，淫心炽然，欲偕不能，辄起谋害，置药毒死许巡检。将谓必期其女之偕。岂女之贞，坚固不从，自缢而死。夫二命之死，实出无辜，应知灵魂必不瞑目于地下矣。而其女乃含冤于九泉之间，悲泣而陈其冤，非鬼之能言，亦昭之罪不容逭也。详其情，律实难容；察其行，罪实难逋。合拟大辟，以惩恶行。

第十九回　风掀轿顶

台州府仙居县地方，公至县地方，往过赴任，为大风掀去轿顶。公问："风从何方起？"吏白曰："东风。"公即令隶拿东风来审。隶默念：长官岂病狂耶？出，与众议。或教隶曰："试往东行，呼东风，或有应者。不应，伏请未晚。"隶如言，市中无应者。行十余里，至一村家门，有深池，一人徒倚于门。隶再呼东风，其人果应，盖此人号东峰。隶取牌，民愕然，展看，忽为大风吹去，飞入池中。隶归告公，公曰："必池中有冤。"抑亲至其地，集众涸池水，中有人骨一具。拷其民，民叹服言："前有孤客借宿，俊利其财，杀之，投入池中。"遂伏法。

海公判

范俊，乃一村之刁恶人也，舞断乡曲，村民遭毒，顽官法，藐宪典，诚乡间之恶虎矣。旧年十月，孤客伊家借宿，身带银百余两。胡见利生心，忍心坏法，欺一孤身客人，谋杀移尸，投入门池。夫何狠心之甚耶！然冤魂终不瞑目，负曲九泉。虽不能如人之言以陈冤，则有灵东风掣牌以入池，非冤魂之不容奸恶乎！大辟之罪，范俊安可逃之！

第二十回　谢德悔亲

台州府临海县一富民谢德，女聘儒生杨谟。生贫，德遂寒盟①。告县，县受赂不为理。生径奔省，往公处告，哀恳于公："老爷德政，人称神明。谟被抑不获申，所以奔诉，忍不引手为寒儒雪不平乎？"公沉思，忽变色曰："尔本巨盗，尚敢赖婚，杖之二十，送狱。"左右大骇，不测其故。公令快手临海邑逮谢德，并媒证言。前获江洋大盗，报有杨谟名，赃物藏谢德家。密谕杨谟无恐，调治杖疮。谢德至，诉曰："婿自为盗，前已告官离婚。民虽家计粗足，实由勤俭，非窝盗也"公曰："吾固知若非窝盗者，赃虽虚，岂无聘礼可赔？还之，尔女别嫁可也。"谢德喜，而言纳金。杨谟不伏，曰："本期雪冤，反遭诬枉。既夺我妻，伏陷我命。"称冤不已。公曰："尔为盗，罪在不赦，纵得妻，将安用之？"生哀泣曰："妻不敢望，但愿一见之足矣。"公谓德曰："汝可备一祭礼，令尔女就奠狱中，庶彼甘心。"女至，公择生破其械，授之衣冠，唤吏具花烛，令生、女即公厅成亲。公好谓谢德曰："婿本读书人，尔女嫁之亦不忝②矣。故恕尔悔婚之罪。"仍以前纳之金，给生为资装。生与女，拜谢而去。

告退亲

告状人杨谟，告为乱法折亲事。身幼议配桂英，媒书可证。胡谢德盛衰易志，向富离贫、前四月引身上门，勒写退书，遣女另嫁。切

---

① 寒盟：即寒盟背信，意为不守盟约，背信弃义。

② 忝（tiǎn）：辱，有愧于。

思夷邦且重匹偶，中国可坏彝伦[1]？姻盟可毁，王法无凭，号天整究。上告。

诉

诉状人谢德，诉为超豁女命事。身女许配杨谟，终身仰望。讵伊父死未几，倾家赌嫖，现今田不尽留，瓦无片蓄。婿非肖子，女矢二天，退礼休亲，虑孤女望。上诉。

海公判

谢德之女，既配杨谟为妻，金镞可朽，名不可谕也。德之嫖赌，任属泰山，胡不招赘于家，而箝其放心乎？乃若逼写退书，遣女另嫁，此又坏法乱纪，播中国之丑声，俾夷狄之人笑也。虽然，夫之不幸，妾之不幸，纵使杨谟消乏，亦桂英之数期矣，夫复何恨？若依谢德，是坏萧何。

第二十一回　乘闹窃盗

金华府金华县，有一富家汪大婚娶，邻有为盗者，亦随戚友往贺。席散，盗乘闹闯入，伏新婚床下，盗其金银首饰。富家疑昨席散，未见支观德。德出，彼被盗也。告于公，逮掠不伏。公沉思，乃书一“金”字于盗掌中，曰：“果尔耶，字当自灭，若非尔盗，字当在。”令之起立一边。公乃令一明白会干事的隶，去拘其妻至仪门。海公问盗曰：“‘金’字在乎？”盗曰：“在。”隶语其妻曰：“尔夫已招矣，说金子还在。”妻惊讶间，公复问盗：“‘金’在否？”盗又答：“‘金’字尚在。”其妻以为夫果服也，归取所盗之物，付隶呈于公。

---

① 彝伦（yílún）：常理，常道。清·顾炎武《日知录·彝伦》：“彝伦者，天地人之常道”。

公以示盗，乃伏于法。

告窃盗

告状人汪大，告为殄盗安民事。仇邻支观德，闯身代子完娶，乘闹入室藏躲，于本月十七日二更时分突出，家财皆什物件盗去一空。乞天拘究，追偿财物，除害安民。上告。

诉

诉状人支观德，诉为烛奸远害事。德素守分，毫不非为。奸豪被贼，搜诬德身。伊家婚娶，德本致贺，实为好意，岂有行盗之心？况且伊家人众业杂，独指德一人，白昼黑天，有何赃证？伏乞仁台做主，臂冤干善。上诉。

海公判

支观德不务本，不逐末，行检以启人疑，作保头、作赌局，盗贼之徒，所由决矣。既知相贺之礼，胡何乘机藏避？非伊窃者，谁也？汪大岂是诬讼哉？姑拟不合。原赃给还失主。

第二十二回　杨继儒释冤

衢州府西安县杨继儒，父为显宦，偕诸友郊外游，遇群妇女，杨避立路侧。中一少女，见杨少年飘逸，心念得婿如此，则遂平生。因询其姓名于小仆，仆报言，“此里中杨公子也。”女归，思之成疾。市有伢侩老妪，常往来其家，闻女病，登楼视之，觉女为七情所感，因以言挑之。女告以杨公子事。妪曰：“此何难？”归计：女虽见杨公子，特邂逅耳。吾有子年少未娶，黑夜令往，女必不知其故，真伪莫辨。乃以对其子言之。复诓女曰：“杨公子闻言甚喜，约今夕从后门登楼，请灭灯以待。”至夜，妪携子往，女以为杨也，纳之。自是，每夕必至，荏苒数月。偶有二表妹求学针指，以女同居。女谓妪子曰："表妹在楼，此夜，但于下相候。"又数月，三女饮醉，女倦先寝，忘赴妪子约。两表妹服男衣扮戏，戏倦乃并枕。妪子候久，蓦地登楼，时残灯尚明，见男女并枕，大怒，以女更与人通奸而弃己也，并杀之而去。女醒来见二妹被杀，惊呼家人曰："此杨公子杀之也。"告之县，县官逮杨，杨罔知其由。女力证为杨奸己与表妹，不从而杀之。杨受刑随招，随办系狱。不得白。后公至，谳狱，知其是冤。令女与杨对暴烈日中，杨困惫矣，公伪退阴处，令胥隶谓女曰："杨继儒杀人，亦为女而杀之，今已垂死，情亦可怜，合以一物遮蔽其日，亦见你相处之情。"女见杨疲，心亦怜之，乃脱一裙遮其日。公出谓女曰："尔言杨继儒强奸，何复遮其身？且继儒本公子，何由竟至闺中？"女不能讳，备述游春见杨，后张老妪引来，因表妹在楼妨碍，故杀之。公令逮张妪来鞫之，具言见杨女思成疾，所杀之情，妪并不知。公令拶之，妪即吐实，谓："女思杨公子成病，妪知其故，以己子来娶，属子往以代之，每夕往来。是夜，见女不下楼相候，乃登楼，见男女并枕，怒以为复通他人，因并戕之，不知为二表妹也。"遂逮其子伏法，妪亦连坐。杨罪得释，后登科第。

告杀死二命

告状人孟贵，告为凶杀二命事。枭恶杨继儒，倚父势宦，越分非为。女甥巧娘姊妹，于本月内到贵家习学女业，岂恶瞰见，昨夜逾垣入室，强奸身女秦娘不足，又欲行恣二女，姊妹不从，逞凶杀死。乞天拘究正典。上告。

诉

诉状人杨继儒，诉为烛冤豁命事。切儒父严肃家法，身素遵守训约，并未敢横为。殊仇孟贵，凭空架陷，捏称女甥被儒强奸不从，逞凶杀死，情实诬陷。白昼暗天，恳乞仁台洞察，真伪立分，豁冤。上诉。

海公判

审得张氏，构子姚六，窃奸孟贵之女秦娘，已数月矣。秦娘慕继儒成疾，被伊知之，乃即携子往奸代儒者，母子操心之甚，奸之至者也。何尤多疑，执一暴而杀二命，罪安逃哉？律拟大辟。张氏不合属子前往，祸由伊而得，亦以辟罪并坐，继儒等各无罪。取供。

第二十三回　以烟杀人

桐庐县有一旅店，居停商旅。湖广有一商，姓朱名德教，至之投宿，恂恂[1]雅饰，如儒生然。主家婢，时时睨客，商怪而不敢问，婢累咨嗟，临去语曰："烟来伏地。"客不解。夜半烟来极大，扑人口鼻，目迷喉干，不能声唤。忽忆婢语，乃俯伏于地，口鼻就以衣四塞，稍可呼吸。四鼓时，烟方息，商乃出。而归询，前途居人曰："此家姓魏，名长二，常以烟杀人谋财，屡矣。婢以此客良善，故漏是言。"客以之告于公，一家皆于法，特宥此婢。

告谋人

告状人朱德教，告为杀命谋财事。身系湖广荆州人，贸易度活，年尽归家。昨遇魏长之店，身向投宿，岂恶欲行谋夺财本，夜半三更，用烟将逼身死，幸婢漏言，得救教命。乞天剿除敦风。上告。

诉

诉状人魏长二，诉为凭空毁陷事。窃身开店，佣生住歇客旅，素不为非，公平取接，并无谋毒之行。殊刁朱德教，辄起祸端，平白诬捏，有甚赃证？若身素行谋人夺财，岂无乡邻见证？情实虚诬。哀哀上诉。

海公判

审得魏长二，乃狼心苟行之徒，亦奸党凶恶之徒也。不务本，不

① 恂恂（xúnxún）：恭谨温顺的样子。汉·班固等《汉书·冯参传》："为人矜严，好修容仪，进退恂恂。"

务末，诡计害人，情实可恶，然乃以开店为由，罹人于罗网之中者，据此凶恶，殆猛兽中之穷奇，蛰虫中之虺蜴①也。既云公平接处，何尤用烟杀人？非谓店舍，实系牢笼。若非伊婢漏言“烟来伏地”，则德教一命，几乎丧矣。此固天网不漏，亦诸恶之贯盈也。盍拟典刑，婢系无辜。

第二十四回　夫挞妇为有奸

金华府永康县，有一妇姓秦，嫁夫姓柳名清。一日，妇往母家，乘骡渡水，偶遇一刘进生，亦乘一骡至，绐②之曰：“骡性烈，至中流跳必堕溺，我驴驯，相易以度，抵岸各乘己者。”妇信之。及岸，进生鞭骡急往，不可追。妇归，其夫柳清以为妇有他奸，挞妇几死，乃赴公处，告求出妇。公无所问，但曰：“启衅者骡也，可牵来。”既至，既命系之廊柱，禁刍水三日。纵之，而卒随后往视。其骡果归进生家。卒报之公，然公令即逮骡主至，询，遂以杖之。

告奸易骡

告状人柳清，告为调妻劫抢事。窃妻秦氏，于母家归，路遇凶恶刘进生，见妻独归，乘骡一只，调戏不从，乘骡逃走。似此凶徒，荆棘蔓途，人民遭害。乞恩严缉剿灭。上告。

诉

诉状人刘进生，诉为捏诬脱骗事。生素守法，秋毫无犯。祸因路

---

① 虺蜴（huǐyì）：毒蛇和蜥蜴。唐·骆宾王《代徐敬业讨武曌檄》：“加以虺蜴为心，豺狼成性，近狎邪僻，残害忠良，杀姊屠兄，弑君鸩母。人神之所同嫉，天地之所不容。”

② 绐（dài）：欺骗，欺诈。

归，偶遇秦氏，抢行之间，各自而回，并未答有半言。殊清多疑，谓身调戏伊妻，情实虚妄。上诉。

海公判

刘进生，以秦氏一人自母家归，狭路相逢，意必欲图夺彼骡者无疑也。既夺骡真，调戏秦氏者亦真矣。然罪不至劫杀之律。姑拟徒一年，以惩好恶之行。骡合当官。

第二十五回　妻妾相妒

南京比部主事①陈应兆，正妻葛氏甚妒，陈娶一妾，妻每仇视之。陈偶顾妾而笑，妻问故，陈曰："美目盼兮。"妻曰："君悦其目耶？"陈笑而不言。次日，陈坐书室，妻令婢捧一碗至，陈视之，乃眼睛也。陈惊愕，妻曰："尔悦妾目，故以相献。"乃知其妾已死。陈无奈，只得在家，忍隐数日。侍婢忽有一小过，妻曰："尔不看样子。"婢惧为所戕，逃出，遇公出部访客，婢称冤于公，公问何故，婢述前事。公即到陈衙，令隶往搜，获得妾尸。公喝将陈妻系之带来，问葛抵命。陈罢官而回。

海公判

陈应兆，顾妾一笑，特一兴趣耳。葛氏以夫顾妾致愤，亦不过偏妒也，遂杀妾而取其睛，何也？无乃为小愤而死一命乎？妾虽被尔杀而死于无辜，应知冤魂九泉之下，必不瞑目矣，乃使婢逃，以白其情。非伊之罪贯盈，天不容奸，盍拟正与！应兆罔居官职，治家不正，其职亦奚留焉？

---

① 比部主事：刑部司官的最低官员。

第二十六回 姑疑媳与翁有奸

处州府严水县，有一詹尚贤，父子皆儒生。子肄业外馆。父詹希曾抱孙嬉，孙求翁金簪与戏，翁遂与之。其媳见子手执一金簪，恐子失堕，乃取插髻旁。姑素疑翁与媳有奸，私赠以簪。是夜，乃窃翁衣冠，入媳房调戏，以试真伪。媳本刚烈，大怒，遂咬下其耳。姑负痛归房，媳走诉父母。父曰："尔翁礼义君子，岂有是事？且何证？"妇曰："咬得一耳为验。"父曰："长厚者亦为是哉！"明日具膳，召翁，翁欣然至，耳故无恙。父责女曰："翁耳故在，岂得诬之？尔罪何如？"女归而愧，自缢。父赵景谟讼之公。又，姑久卧不起。枕畔有血迹，烛之，丧其耳，鞫问得其由，狱无所归，要归于其子。公乃细详律而批曰："媳本烈妇，事由其姑起，子往外读，非其子之罪也。宜坐之于姑。"

告奸媳致死

告状人赵景谟，告为号究女命事。身女珠玉，配与詹尚贤为妻。贤往外读，岂恶希曾以子在外，调奸恣媳，女坚不从，自缢身丧。切思女死无辜，情实惨然。人伦风化，律法不容紊乱。女因伊奸致死，冤含泉壤，乞天正法。上告。

诉

诉状人詹希曾，诉为烛冤事。纲常伦理，毫不容犯。身媳珠女，闺门烈妇。曾素守分，敢伤伦理。孽妻刘氏，多疑多妒，窃身衣冠以试媳奸，岂其贞烈，谓愧自缢，希曾敢坏法而调戏儿媳？乞天洞察真伪。叩诉。

海公判

审得刘氏多疑，素妒珠玉为有翁之通焉，亦不奸妒懦妇矣。乃以无知儿所戏之簪，为夫私赠予媳，即窃衣诈夫之身，而往试奸真伪，此妒心最甚，为计最拙也。然不知珠玉乃忠贞之妇，刚烈之女，谓姑为翁被戏，谓愧自缢，以成其名者，诚闺中之烈妇也。刘氏执妒之甚，致媳而死，罪由尔得，大辟宜坐。珠玉合行奖之。

第二十七回　断问冤儿报仇

温州府有一僧齐能，欲往北京礼部请度牒[①]。从杭州过，于一饶福店宿，身负百金，次日欲即往。饶福知其身有百金，乃款待留之。是夜，持刀劈开房门，入而杀之，将尸埋炕床下。妇适生子渐长，常欲杀父，饶福乃讼之于公。儿忽然语曰："我非尔子，乃是请度牒之僧齐能也。渠[②]杀我，夺金百两，尸尚在炕床下。"令隶往搜得之，饶福遂成狱。其儿依然去为僧。

告子打父

告状人饶福，告为忤逆不孝事。家门不幸，生下孽子饶承才，不顾天伦，持刀欲杀福命，似此父子不分，人伦大变，法律难容。乞天究治正法。上告。

诉

诉状人饶承才，诉为冤苦事。窃身齐能，因往吏部给度牒，揭金百两，遇福店投宿。岂恶见利生端，持刀劈门，将身杀死，尸埋房床下，负冤九泉，不甘瞑目，投伊妻游氏胎，欲报前冤，故常持刃欲

---

① 度牒：僧道出家，由官府发给凭证，称之为"度牒"。唐宋时，官府可出售度牒，以充军政费用。宋·赵彦卫《云麓漫钞》卷四："绍兴中，军旅之兴，急于用度，度牒之出无节。上户和籴所得，减价至二三十千。时有'无路不逢僧'之语。"

② 渠：方言，他，他们。

杀。乞天发验，究治正典。上诉。

海公判

审得饶福，以一僧齐能独宿伊店，裹箧系金百两，乃杀之以夺其财，埋尸炕床之下，机最密矣。而齐能负冤不甘，乃即伊家投胎，将欲来取冤者之人，岂真伊子哉？然天之不容奸党也，故使福告承才忤逆，方知齐能冤屈，饶福之奸始露，而承才即僧齐能。非冤冤相报者？盍拟大辟抵命。

第二十八回　七月生子为先孕

淳安县刘新女，嫁龚默，七月生子。默父应祥，以为先孕，出妇已三载。女舅父郑子成，与刘新有郤[①]，遂诬讼于郡，谓女孕出新。刘新、应祥、默皆诸生，廪于痒，俱蒙羞，而刘新益甚，无以自解。然而，海公已心疑之。偶读石室藏书，中载有七月生子事，临决，出以视诸人，于是群疑尽释，女冤得白。语曰："少所见，多所怪，故君子所不知阙如。而隽不疑，引经断狱，汉庭重之。《吾学编》亦载宋潜溪[②]学士以七月生，广右廉访陶公，亦然生，皆足征之。顷语未汝修云：七月子多寿，八月子多不寿。妇有怀孕经水不绝者，或又谓有女十二生子者，有十一生子者，皆世所有，安可执一论耶？"

---

① 郤（xì）：同隙，隔阂。汉·司马迁《史记·项羽本纪》："今者有小人之言，令将军与臣有郤。"

② 宋潜溪：即宋濂（1310—1381），字景濂，号潜溪，元末明初文学家、史学家。方孝孺之师，曾任翰林，修《元史》，被明太祖朱元璋誉为"开国文臣之首"，学者称太史公。宋濂与高启、刘基并称为"明初诗文三大家"。因长孙宋慎牵连胡惟庸党案而被流放茂州，途中病死于夔州。其代表作品有《送东阳马生序》《朱元璋奉天讨元北伐檄文》等。

告父奸女

告状人郑子成，告为剪奸正伦事。罔法刘新，素纵匪彝，人行畜事，奸女带孕三月，而归龚默之家。默父应祥，疑为他孕，亦已离出。似此天伦灭绝，宪典难逃，无父无子，天理不容。乞究惩恶正风。首告。

诉

诉状人刘新，诉为捏诬刁讼事。郑子成与新素隙仇恨，思欲坏新致死，以女孕虚陷。况女完娶已经三载，孕所当有，若系奸之孕，龚默岂不具词？其情可察。恳台劈冤斧刁。上诉。

海公判

审得刘氏嫁与龚默，已及三载，因生一子，唯怀七月之孕，公应祥疑为原有，令默将妇出之。而子成与刘新素有仇隙，思欲坏新于死，其情是实。新与刘氏乃父子之恩爱，天伦所不敢犯，分莫严于父子，则新岂有奸女之情？子成不过协其仇矣，而以无辜者陷于死，诚何心哉？合依诬坐，故拟满徒，以惩刁恶。

第二十九回　妒妾成狱

南京聚宝门外，有一王舜卿，父为显宦，致政归。生留都下，与妓玉堂春日久情深，不忍相舍。乃所携之银渐消，还只恋妓。后囊罄，然妓待如故。但鸨日憎，生不得已出院。流落都下，寓一城隍庙中廊下。有卖果者见之曰："公子乃在此耶？玉堂春为公子誓不接客，命我访公子所在，今幸毋他往。"乃走报玉堂春。妓诳其母，往庙酬香，见生抱泣曰："君名家公子，一旦至此，妾罪何言！然胡不归？"生曰："路遥费多，欲归不得！"妓与之金曰："以此置衣服，再至我家，当徐区画。”生盛服饰仆从复往，鸨大喜，相待有加，设宴。夜阑，生席卷所有而归。鸨知之，挞妓几死，因剪发跣足斥为庖婢①。未几，有一浙江客，兰溪人，姓彭名应科，闻妓名求见，知前事，愈贤之，以百金为赎身。逾年，发长，颜色如旧，携归为妾。初，商妇皮氏，以夫出，邻有监生，浼②妪与通，及夫娶妓，皮妒之，夜饮，置药酒中，妓疑未饮，夫代饮之，遂死。监生欲娶皮，乃唆皮告官。云：“妓毒杀夫。”妓曰：“酒为皮置。”皮曰：“夫始诒妓为正室，不甘为次，故杀夫，冀改嫁。”妓遂成狱。

生归，父怒斥之，遂矢志读书，登甲后，擢御史，按山西。时公已转江浙运使，生以之告公：“可为生根究此？”公诺之托，至浙询之，乃知妓成狱已久。一日，察院录囚犯，解妓往审，值公轿至，妓即扳公轿曰：“老爷神谳，小妇冤于囹圄，乞爷爷救之！”公沉思，曰：“舜卿曾托究此妓下落，今日可救之，以脱其罪，日后可好与舜卿相见。”乃即带归衙审，令隶去逮刘妪、胡监生等至，不伏。乃潜匿一卒于庭下柜中，监生、皮氏与妪俱受刑于柜外。公伪退，吏胥散。妪老年不堪刑，私谓皮曰：“尔杀人累我，我止得监生银五两，布二匹，安能为此挨刑？”二人曰：“老妪娘，再奈烦一刻不招，我罪得脱，当重报老娘。”柜中卒闻此言，大叫曰：“三人已尽招矣！”公出，卒面证，俱伏。公令人伪为妓兄，领回籍，后与舜卿为侧室，妓冤得白，公作文书申详察院，顾大巡见之，大为明谳，抑称之。

告谋死亲夫

告状妇皮氏，告为号究夫命事。孽妾周氏，不甘为小，苦要夫嫁伊身。夫坚不从，岂孽置药毒死。少年冤毙，闻者伤心。夫系无辜遭毒，情惨蔽天。恩爱相残，五伦灭绝。叩天法究，感恩上告。

诉

诉状人周氏，诉为冤诬陷害事。窃身嫁彭应科为妾，谨守闺训。

---

① 庖婢：做饭的婢女。跣（xiǎn）足：赤脚；光着脚。

② 浼（měi）：请托。

皮氏每怀妒嫉，置药欲杀妾命，岂夫误饮遭伤，殊仇反捏架言，欲嫁毒杀。不思酒由尔置，死夫一命不足，又欲害身以死，情实可怜。哀诉天台做主劈冤。上诉。

海公判

审得皮氏，以夫久外不归，乃与胡才成奸，应科娶周氏而归，伊见执妒，置药毒之者实矣。岂周疑不饮，科乃饮之，而中毒死。何尤反陷周之不甘为妾，杀科将以再事他人？恶毒之心，胡甚之耶！然伊虽恶毒不尽，亦无此能陈告，必胡才之奸计也。皮氏大辟抵命，胡才合应拟戍矣。

第三十回　击僧除奸

缙云县有一吴国卿，与郭外①寺僧善圆相交，从游最久。一日，国卿过寺，值僧他出，径入其所居奥室，见榻前悬一小木鱼，无心敲之。忽榻后板铃响，一少妇出，即士所识中表戚袁兆之妻也，两相骇诧。板即地屏内一片，板巧合缝，可开可关，所谓地窨子也。妇惧缩入，生亦奔归，遇僧于门。僧既惊失顾户，而又讶生色异，知事已露，故以好词挽生返，曰："今日之事，势不两生，唯足下自裁。"生亦嗟讶②曰："自堕火坑。"知贼秃不能释，乃思计之：不若假强而与之复返。待其至寺，要我以死，则哄之诵经拜忏，我甘自缢，可以脱身而回。及至寺，僧果要生死，生以是之而与僧言："我死不惜，弟求诵经拜忏，再求麻绳一条，我甘自缢耳。"僧喜而从之，亦拜诵如

① 郭外：在城的外围加筑的一道城墙，即外城。内城叫城，外城叫郭。东汉·许慎《说文》："郭，外城也。"

② 嗟讶：嗟（jiē），文言叹词：嗟乎，嗟叹。讶（yà）：惊奇，奇怪，惊讶。

法。生持绳以视之，僧乃催其急死，生曰："尔可再拜诵，我死亦甘。"僧如其言。当其拜伏地下，生用椅以僧颈压之，用麻绳缚住，走告于公。僧遂成狱。后得出其中，有五六辈，皆先后盗入者，或以求子诱入者。其寺遂焚。

告僧盗妇入寺欲杀见者

告状人吴国卿，告为逆法大奸事。王谟宪典，诛戮奸恶，萧何法律，岂容逆贼。孽僧善圆，为恶百端，恣素匪彝，暗开地窖，窃藏良家妻女。卿往寺请僧，不期袁兆妻，忽然从地而出，孽恶恐身首扬，不容归家，勒身缢死。幸今走脱，急奔台告，乞天剿灭。上告。

海公判

审得善圆罪恶弥甚，律所难容矣。且居僧娶妻，尚有罪戾，何况挖地窖谋夺人妻，逆法之甚，不可言也。既舍身出家，当该遵守佛法，何容非为大奸？若妇凡五六辈与尔偕瑟偕琴，尔乐无穷耳。然乐虽无穷，罪恶贯盈，王章所不赦也。谋人妻女，罪固难容，而乃逼国卿自缢者，何由也？其情刁恶，律不容奸。盍依大辟之律，庶不坏于萧何。

第三十一回　断问奸僧

公在浙江处州府，过上京，夜偶得梦，见群僧。独后有一僧年少，跪泣，似有所诉。既觉，令隶人于途中伺候，如遇有一群僧，可叫来见我。只说本官喜斋僧，隶如命伺郭外。果有游僧十人。隶前致词，僧相顾错愕，姑与入见公。公曰："某素愿斋僧，但一时未备。"

乃呼群吏各领一名去。僧各就随吏往受斋，唯一少僧不遣。公入具五刑①，谓少僧曰："尔等情状，我已悉知，可速直言，吾贯尔刑。"少僧乃即垂泪泣曰："固所愿也。今遇大人，小妾申冤之日。"公曰："有甚冤，可尽诉来。"少僧曰："妾非僧，乃广东潮州府人。父姓刘名昌，为江西南昌县知县。随父往任，遇此九人，一家皆杀害，财物尽劫，唯留妾一人，削发为僧，云游江湖。妾忍耻随之，正图乘间雪不共戴天之仇。"公即令人擒九僧至，行囊千金，以其半入官，以其半与女，令人送之归乡，九僧问典刑。又令女补状以存案。叩谢而去。

告劫杀

告状妇刘桂兰，告为劫杀大冤事。痛父刘昌，带家眷往江西南昌赴任，陡遇恶僧法云寺九人，各执械器，将身一家杀死，财物劫夺一空，独留妾，命削发为僧。切思一家冤毙，冤魂莫申，欲雪仇恨，奔诉无门。幸今俱至台下，恳天作主冤治平冤，举家衔恩。哀哀上告。

海公判

审得桂兰，随父往任，举家乃被僧法云等所杀，将桂兰去发，以之随事贼党云游，情实可怜矣。刘昌之举家俱死无辜，负曲九泉，必不瞑目于地下耳。顾法云等至处州来者，亦天之使也。一家含冤于冥途，天岂不为诛戮，纵伊奸党乎？各拟典无辞。其所劫之金，尚剩千两，给半与桂兰，以为终身之计，余者入官。各宜取供。

---

① 五刑：由五行相克而产生的。"火能变金色，故墨以变其肉；金能克木，故剕以去其骨节；木能克土，故劓以去其鼻；土能塞水，故宫以断其淫；水能灭火，故大辟以绝其生命。"（《逸周书逸文》）。五刑即：墨刑，在额头上刻字涂墨；劓（yi）刑，割鼻子；剕（fei）刑，砍脚；宫刑，毁坏生殖器；大辟，死刑。女性犯人五刑则是指：舂刑、拶刑、杖刑、赐死、宫刑。

第三十二回　大士庵僧

淳安县去城数里，有新创大士庵，金像犹未成。有一缙云县客人赵蓁，携金过其地，适岁除①，旅店不得，乃投庵中。僧善明款之。蓁乃问神像不完之故，僧告以乏金，但得银六两足矣。客乘醉启囊如数与之。僧见金多，密与其徒议曰："此商岁暮独行，四无人知，杀之而夺其财，非计耶？"其徒曰："不可。"僧强之，徒曰："出家人，不可为此逆天事。"遂下山去。僧持刃向客曰："尔欲全尸乎？分尸乎？"商曰："吾金尽以奉师，乞全余生。"僧即挥刃向商，商知不免，乃曰："吾师不见恕，乞烹鸡具酒，与我一醉饱，死亦甘也。"僧许之。商默祷于大士曰："某施像本为善念，乃获恶报。神如有灵，幸托梦与我妻子，令使寻尸。"鸡酒至食毕，就空室中自缢。僧拟埋之。适天明，锁之以俟晚。

近庵有一富人，姓陶名兴，无子，每元旦往烧香。是夜，梦神曰："尔须早往，做一善事。"富人惊起，尚未明，即往。见门外一美妇，装饰华丽，从一婢持灯入寺。富人讶其早，踵其后②。烧香毕，问僧曰："适为谁宅眷？何美丽如此？又何早如此？"僧答以无人。富人曰："若不见之，必和尚匿之耳。"索至空室中，见有锁，排闼③而入。见商悬梁上，一妇人以肩乘其两足。人至，妇始隐。解其缚，心坎尚温。以汤灌之，复苏，备言始末：昏瞶中，有人以肩乘其足，得不死。乃擒僧，银尚未启。客讼之于公，僧遂成狱。

① 岁除：年终。宋·王安石《元日》："爆竹声中一岁除，春风送暖入屠苏。千门万户曈曈日，总把新桃换旧符。"

② 踵其后：跟在他后面。踵，追随。

③ 排闼：推门，撞开门。闼（tà）：门，小门。

告杀人谋财

告状人赵蓁，告为夺财欲杀命事。窃身因买卖晡回，岁暮，投大士庵借宿。岂恶善明，瞰身带银百余，辄起奸心，持刃欲杀命，哀求容身自缢，幸得陶兴相救，死中灌。似此不法，冤蔽无申。乞天剿除奸恶，民得安乐。奔告。

诉

诉状人善明，诉为电烛黑冤事。刁恶赵蓁，任意妄为，假称贸易往外，实为乘机偷盗。祸因旧年三十日夜，诈言投宿，岂恶夜半潜地入房，将善明衣服等件，尽行搬出庵门，欲走未及，被身捉获，惧刑自缢。殊仇陶兴，受贿偏证，架言谋杀，情实虚诬。叩天劈奸正法。激切上诉。

海公判

审得善明，以赵蓁孤身一人借宿，见囊资百余，因利举端，持刃以杀者无疑矣，何言盗衣服，惧刑自缢？此难以饰词也。然若非神明灵显，使陶兴相救，则遭恶之手，几乎丧矣。非神明之报应哉！合拟大辟减等。

第三十三回　一子两继

严州府寿昌县有江仲，生五子。值年饥，家窘，复生一子，令仆弃之。仆抱出，适市有富翁，姓张名聘，见之以问仆，仆告以不忍之故，无以为计。翁曰："予无子，肯与我，当谢以金。"仆曰："令有所归，足矣，敢望金乎？"乃以付翁。后数年，民生计日遂，而五子先后皆丧，民老而孤，追叹曰："昔幸有子，倘不弃之，犹或可延宗祀。"仆曰："主人亦悔昔之弃子乎？此子尚在，但恐不可得。"民惊问其故，仆曰："前与张富翁，今已长，读书甚聪慧。"民喜，求以金赎，富翁不允。讼之公，公不能决，乃令两家各娶一妇。此子往来数年，后各生有子，各奉其祀焉。

告取于

告状人江仲，告为霸子绝祀事。窃身家贫，因值饥年，子多不能应供，乃将小子与张廷聘继祀。岂知不幸，四子俱亡，身老孤苦无祀，将银与聘求赎，殊恶霸执不还，绝人祀庙，情实惨然。乞天判归。衔恩上告。

诉

诉状人张廷聘，诉为刁奸灭祀事。窃身老迈无子，江仲遇荒，令仆江兴将儿抛置于水，幸身窥见，将金求与继后，抚养一十五载。岂恶以今无子，欲取续枝，不与，告耸台下。窃思先既弃舍，今又何用赎？伊谓祀典无人，身肯以绝守宗庙？乞天恩断。上诉。

海公判

审得江仲，先年家贫，因遇饥荒，子多不能应供，令仆以小子抛弃于江，乃张廷聘求之，抚养继后，已经十五载，恩义亦重深矣。江仲今既乏嗣，置金求赎，虽则为无后之虑，乃不合先年弃舍，非能生不能养哉！若将子还伊祀典，廷聘岂不绝典乎？然宗庙祭祀，所不可绝者。江仲与廷聘，既虑祀典，各取一妇，任子往来，则仲、聘亦各不为绝后是非两计也。合宜取供。

第三十四回 断问猴精

绍兴府新昌县一乡，叫长沙村，有猴精，凡遇牛马辄跃而骑之，啮其领，断筋而死。其后投一野寺，僧宿为之暖足，夜则引僧至人家盗财，或淫人妇女。人或见之，即口噤不能出声。来去任意，如此者数年，远近患之。遍召师巫，咸不能制。及后有一道士，自言能制之，乃燃炭数百斤，投大铁索其中，书符召将。忽神凭观者，骤揆红炉，取铁索以往。至一岩穴，猴居其中，其人即以索锁其项，项灼几断，猴即把其人之手，啮其脉云："吾死尔亦死。"其人拖归，掷付道士。神去，其人死矣。解送公处，公责其猴，供云："某年啮马牛若干，本处富翁家，盗财若干，引僧奸盗人家妇女数十。僧见住长福寺。"皆历言其详，公急遣人捕之。僧至，乃同猴尽招。公令斩而焚之，以僧置狱。

长沙人民具呈

具呈人陆思、谢爱等，呈为除妖以安人民事。窃今长沙地方，数年以来，陡然有一猴精扰乱地方，或盗民家财物，或奸淫人家妻女，远近遭害，师巫莫能制治。本月内，忽一道士宋真，制治已捉，解送台下，乞天处治安民。上呈。

海公判

审得野僧真定，与猴精往来，害人百端，或相与偷盗，或相与迷惑人民妻女，任意妄为，扰乱长沙，已数载矣。人民莫知其所，遭妖毒害，实为可矜。乃今道士宋真，用符已获，亦是诸恶贯盈。野僧之罪不容逭也。合遣人民拆毁野寺，财物入官，猴精处斩焚化，野僧大辟毋辞。

第三十五回　玉蟾救主

温州府泰顺县管下东阳乡，有一富翁，家有佣工数十年，发黄齿落，痴愚尤甚。其翁姓苏，有子名苏应试，每携侪类①，登山临水，觅景寻芳，佣工常携壶执杯以随。一日，应试与二客酒酣，分韵联句，曰："花摇琼海乱，酒载玉山颓。"因下韵不续，思索未就。佣忽续吟曰："伴玩年来久，骑鸾日下回。"客惊，谓试曰："闻君家苍头甚愚，今所吟诗岂愚人哉？且骑鸾有仙意，岂神仙乎？"佣曰："然。"客曰："尔仙既能诗，盍更见教。"佣复曰："瑶池王母宴群仙，罗列杯盘庆绮筵。误取一枚仙李子，谪来人世不知年。"客曰："既为仙，岂无戏术可观？"佣曰："有。"即取手中杯掷于空，化为双鹤飞远。客曰："吾闻仙人跨鹤，尔能否？"佣曰："能。"拍掌，鹤舒翼下，佣即跨之，升空而起。主客拜地求度。佣曰："我，白玉蟾是也，以赴蟠桃宴，越次食仙李，王母怒之，来尘世为佣。今限满归天。诸君非仙材，难上升，但异日有难，连呼我名，我来救君厄也。"遂去。后应试与二客被仇陆友奴诬以杀人狱，公开棺验伤。试谓客曰："昔日玉蟾云，有难来救我，今其时矣。"乃呼其名者三，俄见棺中死尸复活，起坐于地，公骇怪异，观者如堵。尸言："我死非由此三人。"乃于稠人中指一人曰："此人是也。"乃即陆友奴。公拷讯，友奴乃服。三人遂得释，其尸仍倒地。

告打死仆命

告状人陆友奴，告为磊债杀命事。土豪苏应试，家财万贯，行上盖都。痛仆陆福，误借伊银七两，偿不甘磊算，触犯虎威，喝党余廷才、王礼棍石丛打，即时气绝。死者含冤，生者莫为。望光上告。

诉

诉状人苏应试，诉为烛冤豁命事。惯贼害民一乡，大蠹伊仆陆福病笃，岂恶友奴飘捏磊债杀命，诳台诬陷。窃思人命重罪，岂敢轻犯？且系久病自死，又非磊算，合口乞恩详情超豁。上诉。

---

① 侪（chái）类：同辈，同类的人。也指同类事物。唐·裴铏《传奇·韦自东》："自东知雌雄已殒，应无侪类，遂掩关烹鹿而食。"。

海公判

审得陆友奴与苏应试，借偿不甘，而致仇恨，不过一时之小忿耳，何尤陆友奴将仆陆福杀死，告谓磊债不甘偿还，应试喝党打死，屈试抵命？情何恨哉：然天理彰彰，岂容奸恶。福死无辜，应不瞑目，乃复生以诉白，稠人中指出尔者，非冤报之显然，亦伊罪之不容逭。盍拟典刑抵命，应试等系无辜。

第三十六回　谋举大事

绍兴府诸暨县，去城十里，长洋地方，民俗多信神佛，持斋诵经，男女纷杂，男呼斋公，女呼斋婆，彼此通家往来，作会其中。有一姓朱名如张，一妻饶氏美丽，姓傅名仕志者见之，闷闷无策，致思成疾。有游僧化缘见之，说曰："贫僧观斋公，心中似有不悦。"斋公笑曰："尔但抄化之徒，何能预人心中事？"僧曰："贫僧知斋公七情有感，郁而未遂，第言之，必能为斋公效一筹。"仕志不得已，告以所说未遂事。僧为谋曰："明日轮诸公大会，斯时贫僧当来，来则事必谐[①]。"仕志喜，许以事成，某当重谢。至期，大众毕集，僧伪邂逅[②]，求斋公来会所，遽于斋公前叩首呼"万岁"，于所悦之妇前叩首呼"主母"。众骇问，僧曰："试请主公照水。"则冠冲天，衣赭袍，腰玉带。令所悦妇照之，严然后服。僧又曰："诸公俱从龙华会中来，皆是佐命者，请照之。"则冠冕兜鍪[③]，人各异壮。盖此僧能妖术，以惑众耳。众以为奇遇，送礼僧为国师，僧因言于所悦之妇丈夫

① 必谐：必成，一定成。

② 邂逅：不期而遇，偶然相遇。《诗·唐风·绸缪》："偶然今夕何夕，见此邂逅。"

③ 冠冕兜鍪：指首位武将。冠冕：第一，首位。兜鍪（móu）：原指头盔，代指士兵，武将。

曰："主母非若妻，宜献主人，重酬，若别娶可也。"其夫听命，果厚得金，僧亦得金三十两，时同会三百余人，不知其幻，以为真主，遂觊非望。彼此传，纠聚凶徒，谋举大事。斋公不能止。俄有告变者于海公处，海公令巡捕捉拿笞问，具吐前照水中所见，事以妖民。后海公奏闻上，请各分首从拟罪。止僧逃去。

除奸安民呈

呈状人刘福等，呈为举谋大变事。窃闻明官莅政，先剪奸顽，民食国土，必守训典，以报君恩。本乡奸党傅仕志、朱如张等，妄生枝叶，辄觊非望，纠聚凶徒恶党数百余人，思欲谋举大事，礼拜妖僧为国师，扰乱地方，人民惊恐。理合呈明，乞究剿灭，免生祸患。若不除剿，恐成变害，人民涂炭，百姓遭殃，实为大害。恳恩杜绝奸恶，以安民业，庶邑无流亡，民无沟壑。为此激切具呈。

海公判

审得诸暨县管下长洋地方，多有懦弱之徒，不务本逐末者多矣。而今傅仕志、朱如张等，听信妖惑，遂成百端，纠聚众党数百之余，自称为主为臣，骚扰地方者何也？即今刘福等呈明，尔众党悉被捉拿，罪岂容逭？非自罗于罗网之中，而丧却残躯乎？殊不想皇王之恩当报，反思谋举非望，情实可恨。傅仕志、朱如张等十人，不待时斩，余徒各以从者拟死。

第三十七回　奸夫误杀妇

严州府分水县，有一人姓苏名策者，少入郡庠①，习举子业，家

① 郡庠（jùnxiáng）：科举时代称府学为郡庠。

道殷实，父母具庆，止鲜兄弟。父母与其娶郭廷材之女为妻。夫妇如宾，奉侍二亲，曲尽孝养之乐。谁知乐极生悲，父母相继亡故，苏策夫妇，哭之尽哀，以厚礼殡葬，后服满赴试，屡科不第。苏策乃谋其妻曰："吾自幼习儒业，将欲显祖养亲，荣妻荫子，为天地间之一伟人，斯为可也。奈何苍天不遂吾愿，使二亲不及见吾成立大志以殁，诚乃天地间之一罪人也。今无望矣。展转寻思，曾忆古人有言：若要身带十万贯，除非骑鹤上扬州。意欲弃儒就商，遨游四海，以申其志，乃其愿矣。岂肯拙守田园，甘老丘林而已哉？不知贤妻意下如何？"郭氏曰："妾闻古人有云：在家从父，出嫁从夫，所以正妇德也。君既有志为商，妾当听从。但愿君此去，以千金之躯为重，保全父母遗体，休贪路柳墙花，以随其志。倘得获微利之时，当即快整归鞭，此则妾愿毕矣，外此非所慕也。"苏策听闻，妻言有理，心中喜不自胜，遂即收置货物，径往四川成都府经商。郭氏与之饯别而去。后来，郭氏正在妙龄之际，欲心人皆所具，虽有云情雨意，亦不甚至显露。

苏策一去六载未回，一日忽怀归计，遂收拾财物，先入诸葛武侯庙中祈签，问其吉凶何如。当下祈祝以毕，祈得一签曰："逢崖切莫宿，逢水切莫浴，斗粟三升米，解去一身屈。"苏策祈得此签，惘然不解其意，只得趱回。不则一日，舟夫将船湾于大崖之下，苏策忽然想起签中所言"逢崖切莫宿"之句，遂自省悟，即令舟夫移船别住。方移时，大崖忽然崩下，陷了无限之物。苏策心下大喜，方信签中之言有验。一路无碍。至家，郭氏接入堂中，再尽夫妇之礼，略叙久旷之情。时天色已晚，郭氏烧水一盆，谓苏策曰："贤夫路途劳苦，请去洗澡，方好安歇。"苏策听了妻言，又大省悟，神签有言，"逢水莫浴"，遂乃谓妻言曰："吾方才到家，身子疲倦，不洗澡罢。贤妻不劳候问。"郭氏见夫言如此，遂即自去洗澡。郭氏正在浴之间，却被一人预匿房中，暗执利枪，从腹中刺了一下，可怜郭氏娇姿秀丽，化作南柯一梦。其人潜躲出外去讫。苏策见郭氏多久不出，执灯入房唤之，方知被人所杀。号哭一场，几遍昏迷。

次日，欲要具状告理，又不知是何人所杀。正在犹豫之间，却有邻舍王成茂知之，慌往海公处首告，谓苏策无故自杀其妻，实乃败坏伦理。海公看了状词，即拘苏策审勘。苏策遂以祈签之事告知。海公自思：苏策才回，决无自杀其妻之理。乃谓苏策曰：“汝去六年不归，汝妻少貌，必有奸夫。想是奸夫起情造意，要谋杀汝，汝因悟神签之言，故得脱免其祸。今详观神签中语云：‘斗粟三升米’，吾想，官斗十升，止得米三升，更有七升是糠无疑矣，莫非这奸夫就是康七否么？可试思之，果是真否。”苏策曰：“小人对邻，果有一人名康七。”海公即令左右，拘来审问。康七叩首供状曰：“小人因见郭氏美貌，不合故起谋心。本意欲杀其夫，不知误伤其妻。老爷明见万里，小人情愿伏罪。”海公押了供状，断其偿命。

邻甲出首杀妻

首状人王成茂，首为杀妻坏伦事。恶毒苏策，狠心狗行，久流江湖，六载不归，伊妻郭氏，恪守妇道。策偶昨归，郭氏想因言触怒，悖恩忿激杀死。似此坏伦违法，理合首明正法。上告。

海公判

审得康七，以苏策之妻郭氏美丽姿色，立心不良，乘策贸易在外，往奸郭氏者，律固不容赦也。而昨十七夜，苏策外回，伊遂持枪预匿房中，欲谋苏策者，甚非为也。将以谋杀其夫，而妻尔可长得，他财尔可收取，为终身之计乎，心胡狠哉？岂天之不纵奸恶，神明之有灵验。苏策必然遭尔之毒矣，安有郭氏之死乎？非天之所为，而策安能抵伊之奸恶徒哉？律法难容，情理极恶，盍就典刑偿命，以劈奸恶。

第三十八回　奸夫盗银

处州府缙云县，有一人姓赵名增，家亦中平，娶妻金氏，生得美貌，聪明乖巧，住居村僻处，屋一间，又无邻舍，家中以织席为生。妻勤纺织，仅可度日。

一日，赵增谓妻金氏曰："吾想起来，我与汝在家勤谨，止堪度日，所余止有四两之数，吾今留起一两五钱在家，与贤妻聊作食用、纺绩之资，更有二两五钱，吾欲往西京做些小可买卖营生。待去一年半载，若苍天不负男儿之愿，得获寸进之资，随即回归，再图厚利，乃其志也。不知贤妻意下何如?"金氏曰："妾闻大富由天，小富由勤，贤夫既有志经营，谅苍天必不辜负所愿也，妾意岂敢抗拒?但资财鲜少，贤夫可宜斟酌而行。倘得获其所欲，亦当早寻归计。此则妾所至望矣。"赵增闻妻之言，不觉喜慰于心，遂即将银贩买其货而行。

次年，近村有一姓郑名应光者，年方二八，生得容貌俊秀，聪明乖觉，能诗词歌赋，未娶有室。偶经斯处，窥见其金氏貌类西施，就有眷恋之心，即怀不舍之意。随即跟问近邻来历。陡然思忖一计，写伪信一封，乃入金氏之家，向前施礼，言曰："小生姓郑名应光，旧年在西京尊嫂丈夫处相会，交契甚厚。昨日回家，承寄有信一封在此，吩咐自后，尊嫂家或缺用，某当一任包足。候舆回日，自有区处，不劳尊嫂忧心。故今专此拜访。"金氏见郑应光生得俊秀，语言诚实，又闻丈夫托其周济，心便喜悦，笑容可掬。两下各自眉来眼去，咸有不舍之心。情不能思，遂各向搂抱，闭户共枕同衾，宛若仙家玉树，暗麝驱人，不可名状。郑应光乃起，口吟诗一首，以戏之。曰：

天缘造就到仙房，暗麝熏人透骨芳。
云夹兰台因见雨，露垂瑶室便成霜。
临时吃尽销魂片，今夜方耽续命汤。
兴逸不容古句尽，心魂撩乱魄忙忙。

金氏见应光吟诗一首，心中亦思一首，要以和之，乃谓应光曰："妾虽不能吟诗，今见叔佳句，令人喜爱，妾当和一律，与叔证之。"曰：

贪春仙客步兰房，锦帐齐掀满帐芳。

月朗今宵疑不雨，天寒明旦自成霜。
踌躇心上鱼惊钓，进步厨前鸟就汤。
管取称君方便好，岂能怜我尚忙忙？

二人吟诗已毕，云雨才罢，郑应光细思诗中之言，乃笑谓之曰："吾谅尊嫂与丈夫未尝经惯，岂真全未识风流者乎？"金氏曰："妾别夫君一载有余，往日与其欢会之时，自以为儿戏耳。今宵与贤叔接识，方觉股栗。所谓'平生未识灯花关，倏到花并骨尽寒'者也。望君推心，今后交感之时，忽以见惯等闲者相待。"郑应光笑曰："自识制度，不待嫂说。"自此之后，金氏住在村僻，无人闲管此事，就如夫妇一般，并无阻碍。

不觉光阴似箭，日月如梭，赵增在西京经营九载，趁得白银一十六两。自思家中妻又少貌，不觉来此九载，若久恋他乡，不顾妻室，不免辜恩负义之诮，遂即收拾回程。在路夜住晓行，不则一日到家，已是三更时候。赵增自思，所住房屋止一间，门壁浅薄，恐有小人暗算，不敢将银进家。预将其银藏在舍旁通水阴沟之内。已毕，方才唤妻开门。是时，妻正与郑应光宿歇，极尽欢娱之意，忽听是丈夫唤门之声，即忙起来开门，与丈夫进家，郑应光惊吓，藏在门后，候其开门，潜躲出外。金氏整备酒饭，与丈夫略叙久旷之情。食毕，收拾上床宿歇。金氏乃问曰："贤夫出外经商，九载不归，家中甚极劳苦，不知亦趁得有银帛否？"赵增曰："银到趁得有，止是不多。"金氏曰："在何处？"赵增曰："我因家中门壁浅薄，恐有小人暗算，未敢带入家。一十六两银，将纳藏在舍旁通水阴沟之内。"金氏闻说，大惊曰："贤夫，既有许多银归来，可速起取藏在家更稳，不可藏于他处，恐有知得者，那时悔之晚矣。"赵依妻所说，忙跳起来寻取此银。岂知应光只在舍旁窃听，听见赵增夫妇言语，其银乃藏在阴沟之内，已被先盗去了。赵增寻银不见，因与金氏闹曰："吾半夜独自回来，并无一伴跟随，及藏银之际，又无一人知觉，既有人盗去此银，必是汝因吾出外日久，家中与人通奸，今日必然与之在此歇宿，见我唤门之声，汝即潜放出外，其人窃听得知，因而盗去。汝实难推辞其责矣。"

其妻止是再三推说，无有此事，赵增不信，遂以前情具状。径往海公案前，陈告其事。

海公观罢状词，就将其妻勘问："汝有奸夫之情？"其妻坚意不肯招认，海公遂发赵增回家。乃出告示，令左右张挂在衙门前，再将金氏枷号，押出衙门外，只说要卖，其银还她丈夫。等候看有人来，与此妇说话者，即便拿来见我，我自有主意。张权领命而出，依其所行，押于门外。将及半日，街市之上传开谣嚷，人皆言金氏被海公枷号，押在衙门前，要官卖。郑应光听见此说，忙来与金氏私语。张权看见，即扭郑应光，入见海公。海公问曰："你是甚人，敢来到此？"郑应光曰："小人是这妇人亲眷，因见如此，故来看他，非有他故也。"海公曰："汝既是他的亲眷，曾娶有内眷否？"郑应光告曰："小人家贫，未及婚娶。"海公曰："汝既未婚娶，吾将此金氏嫁与你。"乃问书手，此妇值价多少？书手复曰："此妇值银三十两。"海公再叫郑应光曰："据书手说来，值价三十两，我这里官卖，止要汝价银二十两，汝可即备来称完。"应光告曰："小人家道贫穷，难以措办。"海公曰："既二十两不出，可备十五两来称。"郑应光又告贫难。海公曰："谁人叫汝前来看他？若无十五两，实要汝备十二两来称。"郑应光不能辞推，即将盗来原银，熔过十二两，诣台称了。海公将郑应光发放出外，随拘赵增进衙问曰："你看此银是你的不是？"赵增认了禀曰："此银不是前银，小人不敢妄认。"海公又发赵增出外，又唤郑应光问曰："适才叫他丈夫到此，给付与他，他道，妇人甚是美貌，心中不甘，赏要价银一十五两，汝可揭借前来，称完领去，不得有误。"郑应光只得回家。海公唤张权吩咐曰："汝可便说，海爷吩咐其银不拘成色，不必上铺煎销，止要如此拿去称便是。"张权领了言语，直尾其后而去，正值郑应光又将银上铺，张权即以海公前言与说，应光只得将原银三两，凑称完足。然海公又发应光出外，复唤赵增进衙，将应光三两碎银与之认。赵增认了大哭，曰："此银正是小人原银，不知何处得之？"海公恐赵增妄认，枉了郑应光，乃复以言诒之，曰："此银乃是我库中取来的，何得假言妄认？"赵增再三告曰："此银实是经小人眼目，老爷不信，内有分两可辨。”海公复诘其实，即令一一试之，果然分文不差。就拘郑应光审勘，应光叹异伏罪。海公即将其银追完，将应光以通奸窃盗问罪。金氏亦以受刑。复将赵增夫妇判合。放回。

告妻藏奸窃盗银两

告状人赵增，告为败伦匿奸窃盗事。淫妻金氏，纵肆匪彝，以身出外，贸易未归，遂招奸夫在家，任意往来。增昨昏黑归来，带银一十六两，岂奸心狠恶毒，奸妻少貌不足，窃听增言，盗去财本一空。切思此祸，由恶氏所得，乞天究治正法。上告。

海公判

审得金氏，以赵增经营在外已久，少年之妇，欲心难制，见郑应光少年姿丽，遂两下情同鱼水，已历年矣。应光既奸其妻，罪固不道，何又盗其财本？非奸之徒，孰若是焉？合就通奸究盗之律，杖一百，徒三年。金氏淫纵太甚，实乖闺门之德，合以官卖，故免究之，但所刑难免矣。许令赵增带归，改过自新。如律取供。

第三十九回　捉圆通申兰姬之冤

绍兴府余姚县福安寺，有一和尚，姓曾名圆通。其人甚是骚烈，乃一野僧也。因见檀越余寿孔之妻，名兰姬，夫妇久调琴瑟之乐，未叶熊罴之祥，切情恳祷求嗣续。复每遇三元圣诞，建设醮祠。凡朔望之日，掌请圆通，在家理诵经文。圆通每窥见兰姬，貌若西施，鬓似潘皤，香尘步剪影翩翩，露出百般娇体态，红裙影动色飘飘，任是一般香绝质。圆通两眼睁看，无意诵经，须臾，欲心疏动，展转难禁，意图恣奸一遂，自思无计可成。

至晚转回寺中，密生一奸计。想兰姬有一使婢名唤月莲者，其事非他，计难成就。次日，乃往外，假扮游僧，以讨斋粮为由，来自彼家，贿托月莲，求兰姬睡鞋一双。月莲幼小，不堪事体，悄然窃出与之。圆通喜不自胜。转回寺中，自以为庆，每日沉吟思奔。

次日，偶或于檀越来寺议设醮事，行童报知。圆通乃思曰：今日计可成矣。不免将睡鞋一只，故丢在寺门之边。事无不谐矣，寿孔见有睡鞋一只在寺门首，拾取进寺，心甚惊疑，乃与圆通话毕，归家大怒，根究兰姬睡鞋，乃不见，心转疑惑，谓兰姬与圆通有往来，遂将兰姬逐回母家，径自休退。圆通闻知计就，潜迹逃回，归俗处于东源太平乡，改姓魏名德，蓄发三年。

值兰姬之父伍文寿将兰姬改嫁，魏德买求邻居方成应，径往伍文寿家求姻。寿与成应颇有相好，遂许其姻。令择吉日过聘，刻期毕姻。成应回，乃将前情说与魏德得知，魏德即纳彩亲迎，夫妇适谐伉俪，自矜冯孟之配。乃自羡天假良缘意，配耦记红鞋，夫妻连侣并，琴瑟两和谐。

倏忽韶光掣电，时值中秋佳节，月色腾辉，乐声鼎沸，夫妇对饮于亭，两情交畅，德乐饮沉醉，携妻而笑曰："昔非月莲之功，安有今日之乐？"伍氏闻言即疑，遂询其故，魏德将前情一一说知，伍氏听罢，不胜抱恨，怒而不敢言。身虽遭德计袭，心实为德茹冤。酒阑已罢，魏德先睡。时至三更，兰姬自缢而亡。次日，伍文寿闻知驰视，正欲赴县具告，适海公出驿相拜，伍文寿乃即拦马头具告。魏德亦捏虚情抵诉。海公即将二人收监。是夜，焚香祷告穹苍曰："海瑞受臣子之职，唯欲下民咸乐其土，以副厥职，故心愿也。今据伍文寿状告，兰姬生死不明，予虽颇识治体，但其死情，实难辨真假。欲由已断，犹恐枉屈其人，只得祷告我天，乞明示之，无任仰荷。"祷告已毕，后堂独坐。至三鼓时分，忽然一阵黑风侵入，海公云："是何怨气？"又一霎之间，有一女子，跪在堂下。海公问曰："汝是何州人氏？有甚冤屈？"兰姬诉云："妾乃余姚县伍文寿之女，原配余寿孔为妻，冤遇魏德，乃系福安寺僧，姓曾名圆通。妾夫妇无嗣，常请圆通设斋礼诵。岂料恶僧圆通窥妾，暗施巧计，抵家假讨斋粮，密哄小婢月莲，盗妾睡鞋一双，诈使吾夫得知，贻辱妾身，将妾逐转母家。圆通即逃山下蓄发，盗姓改名，多方贿谋妾，妾计中牢笼。至今中秋夜，饮酒醉，发出真情，妾始知祸衅之萌，冤根如此。螯缚难申，良夜自缢。伏乞天台爷断，剿除恶奸，以垂戒后世。则贱妾羞辱，得赖仁台，弗遗臭于万年。魏德除灭，妄冤得申，九泉之下，虽死犹生。”诉讫，忽然而去。次日，海瑞坐堂，差谢升去禁中，取出伍文寿、魏德二人审问，即将魏德捆打枷号，追究睡鞋事。魏德心惊色变，俯首无对天，且难禁刑究，只得直招。海公将魏德家财没官，判断合皆凌迟。自此，则兰姬之冤恨得申矣。

告死生不明

告状人伍文寿，告为号究女命事。痛女兰姬，嫁与魏德为妻，岂恶悖德，不顾恩义，将女兰姬，立急勒死，实死于无辜，又未病有半时，生死不明，情最惨伤。乞天惩究，女冤得白，生死感恩。激切上告。

诉

诉状人魏德，诉为架捏害命事。窃身娶妻兰姬，陡于昨十五夜，中风身死，文寿亲睹，收殓明白，并无勒死之情，岂恶捏词，耸告爷台。祸因索取妆资不遂，假称生死不明。乞天洞察，真伪两分，超豁。上诉。

海公判

审得魏德，即系福安寺僧圆通也。以余寿孔之妻伍氏兰姬美貌，思奸不能，辄起诡计，哄小婢月莲，盗出伍氏睡鞋一双，寿孔因见鞋而生疑，将伍氏退休者，非落伊之诡计者也？知计就，而逃归蓄发，巧计谋娶，奸诡之甚，谁若似哉！不过一点淫欲之念顷生衅萌，将寿孔夫妻百年姻缘，一旦轻折。伍氏之辱，有奸之冤，从何洗矣？若非天不容奸，酒酣自露真情，则伍氏之究，终不得白，而空徒抱恨于寿孔之疑也。奸恶之徒，祸萌非小，情实可恶，盍拟凌迟之律，庶不坏萧何。

第四十回　谋夫命占妻

金华府汤溪县管下上平村，有巨富者，姓陶名镕，逾年六十。妻周氏，生有一子，唤名陶一贯，年二十有五，娶媳孟淑姑，年方二十，娇容美貌。忽一日，陶一贯往县坊买办家，方遇一先生算命，一贯见之，也将八字与之算一张。道：有一百日血光之灾，除是出路，方可躲避免遇。一贯乃思，有一堂兄陶一万，在衢州府江山县经营，不若去那里躲灾避难，二来去彼处经营。遂到家与父母道知其故，陶镕道："我有玉箱环二对，珍珠百颗，把与你，去哥哥处货卖，价值万余。不知孩儿会博换否？"陶一贯听父如此言，喜不自胜："买卖岂不会乎？"父子正言之间，忽旁边媳孟淑姑，向前禀曰："公婆在上，容妾一言，丈夫在家，终日饮酒，若将许多宝贝与他前去，诚恐途路有失，悔不及矣，怎可放心与他自去？妾想，如今太平时节，媳妇愿与丈夫同去，不知公婆意肯从否？"陶镕曰："吾亦正虑他好酒误事，媳妇若肯同去，最好。今日是个吉日，可便收拾起程。"即将珍珠、玉箱环付与一贯。吩咐过了，百日之后，便可回来，不可远游在外，使父母挂心。陶一贯应诺，拜辞父母离家。

夫妇行至晚，寻店安息，略具杯酌。正饮之间，却有一个道人走入店来，看见陶一贯夫妇在，乃曰："贫道来此，化斋一食，不知长者肯舍否？"陶一贯平生敬奉上帝，好舍，一心好道，便邀道人请坐同饮。道人曰："陶一贯，你夫妇二人何往？"一贯惊曰："先生，吾与尔素未相识，何以知吾姓名？"道人曰："贫道久得真人传授，吉凶无所不知，今观汝二人气色，目下必有大灾临身，切宜谨慎可也。"一贯曰："我等凡人无知，有眼如盲，不知趋吉避凶之方，况兼家有父母在堂，先生既知休咎，望乞怜而救之，久当不忘大恩也。"道人曰："贫道观汝夫妇，行善已久，岂忍坐视不救乎？今送汝两丸丹药，二人各服一丸，则自然除免灾难矣。但汝身中宝物，牢收随身。汝若有难，可奔山中，来寻雪涧师父。"道罢相别。

一贯在路，不则一日，将近江山县，一贯乃谓孟淑姑曰："吾在家中，交结得一个朋友，唤做吴成立，今往江山县，要从他门首过，不免去他家拜访他，少住几日，再去何如？前岁，他到我汤溪县来做买卖，我有恩惠与他，今既到此，不免同贤妻往到他家，住歇几时，再往江山县，何不好也？"夫妇直到吴成立门前，先托人报知。吴成立闻知，即整衣出迎一贯夫妇入内，坐下。相见已毕，茶罢，成立问其来情，一贯即以因算命欲要躲灾，承家父将珍珠玉箱环与弟往江山县经商，因从府前经过，敬到尊府拜访。吴成立听罢，细观孟淑姑，生得美丽，心下生计，遂对一贯曰："贤兄宽心嬉要，此去江山县，止仅一日，既有珍珠等宝，不必江山去换，我这里十里之外，有一地方广阔，人民富足，专尚宝贝，若将此处去换，必有大利益，何用江山去卖？"便交家中，置酒相待，又唤当值吴四，去接邻人张婆，来家陪侍。吴四领诺去了。移时，张婆就来相见，邀请孟淑姑，到后堂与吴成立妻相见。管待已毕，至晚，收拾一间房，与他夫妻安歇。

过了数日，吴成立见财色动心，暗地唤吴四，吩咐曰："吾去汤溪县做买卖时，被一贯将本钱尽都赖了，今日来到我家，他身旁有珍珠数颗，玉箱环二对，你今替我报这冤仇。可将此人引诱至无人处杀死，务要刀上有血，将此珠玉二物，并头上的围巾，前来为证，我即养你一世，决不虚谬矣。"吴四见说，心中大喜。二人商议已定。

次日，吴成立谓一贯曰："贤兄所带珍珠等宝贝，今日可带往前去博换何如？"一贯曰："但路径少惯，可得一引去何如？"吴成立曰："小弟令吴四同贤兄前往。"一贯乃以为真心，岂知是计，遂与之同往，珍宝随身。二人行到无人烟处，吴四腰间拔出尖刀，言曰："小人奉吴长者命，说你在汤溪县时，曾赖了他本钱，今日来到此处，交我杀你，并不管我之事，你休得有怨于我。"遂执刀向前来杀。一贯见了，惊得魂飞天外，连忙跪在地下，苦苦哀告曰："吴四哥见禀，他在汤溪之时，我多有恩德在他处，今他见我妻子美貌，恩将仇报，图财害命，谋夫占妻，情实冤惨。乞念我家有七旬父母，无人侍养，饶我残生，则阴功莫大矣。”吴四听说，言曰：“只是我承主命，就要宝物回去，且问汝宝物见在何处？”一贯曰：“宝物随身在此，任君将去，乞放微生。”吴四见了宝物，乃又言曰：“吾闻图人财者，不害其命，今已有宝物，更要取你带的头巾为证，又刀上要见血迹，方可回得，不然，吾亦难做人情矣。”一贯曰：“此事容易。”遂将舌头咬破，喷血在刀上，遍有血迹。吴四曰：“我今饶你性命，你可急往别处去躲，不要连累于我。”一贯曰：“吾得性命，即如放龙归海，似虎归山，不受羁縻，自当远去矣，安敢有累于君哉？”遂即拜辞而去。

当日，吴四得宝物，急回去送与吴成立。成立看见吴四回报，大喜，吩咐置酒，在后厅请嫂嫂孟淑姑叙情。孟淑姑见天色已晚，乃谓吴成立曰：“叔叔令吴四同丈夫前去换了宝珠，何至今不见回？”吴成立曰：“吾家颇亦丰富，贤嫂与吾成其夫妇，则亦快活一世也，何必挂虑丈夫乎？”孟淑姑曰：“妾丈夫见在，叔叔出此牛马之言，心岂不自愧？”吴成立见孟淑姑秀丽动人，向前搂抱求欢，淑姑大怒，将成立推开，言曰：“妾闻在家从父，出嫁从夫，妾夫又无弃妾之言，妾安肯伤风败俗，以污名节乎？今实要辱妾，只叫吾丈夫与妾一语，妾宁死而不受辱也。”吴成立曰：“汝丈夫已被我杀死矣，若不信，吾将宝物来与汝看，以绝念虑。”言罢，即叫吴四将宝物丢在地下，言曰：“娘子，你看这头巾并刀，俱有血迹，你若不顺我时，想也难免其死矣。”淑姑见了宝物，哭倒在地，成立向前抱起，言曰：“嫂嫂不须烦恼，汝丈夫已死，吾与汝成其夫妇，谅亦不玷辱于你，何故执迷太甚乎？”言罢，情不能忍，又要求欢。孟淑姑自思：这贼将妾丈夫谋财害命，又要谋我为妻，我若不从，必遭其毒矣。乃将好言以之曰：“叔叔既要妾为夫妇，妾当从命，奈妾有半年身孕，汝若要妾成谐老夫妇，待妾分娩之后，再作区处好吗？如即勒妾苟合，则妾实有死而已，不愿与君为偶矣。”成立自思：分娩之外，谅不能逃。遂从其所言。就唤黄婆吩咐曰：“汝同这娘子，往深村中神庙里安歇。我有一所空房在彼，汝可将她藏在房中，等她分娩之时，不论男女，将来丢了，待满月时，报我知得。那时成亲，亦未晚也。”当日，黄婆依言，领淑姑去了。

后一贯父母，见儿子媳妇不归，又无音信，心中挂念，乃与妻将家私封记，收拾金银，夫妇二人沿途来寻，在路不题。不觉光阴似箭，日月如梭，孟淑姑在神庙边空屋下，住了数月，忽日生下一儿，黄婆近前言曰：“此儿将去丢在水中罢，不然吴长者得知，说我不听他言，违他之命，责我不便。”淑姑再三哀告曰：“念他父亲痛遭陷害，看此儿亦投三光出世，望乞垂怜，待他满月，或有人无子者，抱去抚养，亦可，若无人要，然后丢也未迟。”黄婆见淑姑情有可矜，心亦怜之，只得听其所言。

不觉又是满月，淑姑写了生年月日，放在孩儿身上，丢在神庙中，候人抱去抚养，留其性命。写书一纸，道：金华府汤溪县人氏，陶应吉，年一岁，十月十五日午时生。写毕，遂与黄婆抱至庙中来。正欲放下儿子而去，却遇陶镕夫妻来到。乃是神庙中，神明灵显，见孟淑姑受苦如此，故令陶镕夫妻到来。淑姑见公婆二人，大哭一场，诉说前情。陶镕二人听了，苦不能忍，乃欲具告，为子申冤。偶值察院缉拿访察，有衢州府一起劫贼，事不能决，令海公勘审。海公手下张权，前往衢州府，调卷讨原告，归至此处过，镕即将是事告知公差，乞作方便：“带镕等同往海爷处告理，庶吾子冤申，媳无被贼所得，生死感恩。不然，吾夫妻年老，媳妇又是女流，恐贼知之，赶至途来，将吾夫妻杀死，媳妇夺去，可不是一家冤恨，空抱怨在九泉之下矣！”公差听说情由可恶，遂带之同往，至海公台下告理。海公再差张权，漏夜前去拿到，不可有停。张权领诺而去，迳抵江山县管下长坪来，走入吴家，即锁了吴成立，星夜回至本衙，回覆：“吴成立已拿到了。”海公令左右，将成立重责了七十，收监，未及审勘，发令陶镕等告状在外俟候。忽然，有一个抄化近来，乃是一贯，见了陶镕，大哭一遍，父子相认。海公事毕，令张权取出吴成立来审勘，又叫带陶镕进来对状。张权乃禀，陶镕衙门外候审，遇见儿子，子正欲投告。海公令放进来审，一贯跪在地下，即将前情诉告一番。海公大怒："有此奸恶。"再将成立打了二十。成立受刑不过，一一供招。海公判其家财一半，给赏吴四，追给宝贝还一贯，各无罪赎。吴成立妻，发边远配军，具奏朝廷。文书到下言：吴成立违法太甚，图财害命，谋夺人妻，情实难容，合行处斩，以戒后恶。次日，海公令左右，将吴成立押赴市曹，斩首示众。

告谋财害命占夺人妻

告状人陶镕，告为冤惨事。痛男陶一贯，同妻孟氏，往江山县换珠，身带玉连环、珍珠数百颗，值银三万两。行至长坪，投宿吴成立家。岂恶贪媳孟氏美貌，辄起不良，喝仆吴四，将贯杀死。珠宝尽夺一空。勒媳相从，孟氏不允，禁系深山空屋。似此冤恨，惨切号天，人莫之何？奔告台下，乞天剿除奸恶，庶民得以聊生，男冤得申，媳冤可白。冒死上告。

海公判

审得吴成立，贪孟淑姑之少艾，所举不良，情实可恶矣。乃令仆吴四，引入深山谋害，益欲一举两利者也。幸天意攸存，不绝善人之命，使一贯珍宝随身，以续其命。不然，岂不作冥途之怨鬼哉！夫成立夺宝矣，胡又杀其一贯，杀一贯甚矣，胡为又占其妻，据此残忍，非唯人道所为，虽蜇蛇猛兽，未有如此之毒者也。其妻李氏，合宜苦谏，何助恶匿非？律拟边远配军。吴四有施恩全义之德，盍将成立家财，给半与之。黄婆行救生之策，不将负屈孤儿，抛丧江滨，不绝一贯后嗣，亦合给一半家财，与之赡老。仍给追原珠物，应还一贯，父子回家，俱系无罪。但吴成立罪恶非轻，律所不容，合就拟决，不待时矣。庶使奸恶不生，萧何之律行耳。

第四十一回 开饶春罪除奸党

处州府宣平县，有一人姓王名德兴者，负千金往省贩买绸锻。行及五日，将到杭州，至东平地方，时值天暮，乃投张盛店安歇。是夜，张盛置酒相待。德兴行路辛苦，大饮至醉，自入卧房，解开银包，将店钱称定，以待来日好早行。不防间壁周三、周五兄弟二人窥见，二人就起盗心，要窃德兴之银。两人画下一计，称言："明日去某处买卖。"

次日，德兴辞谢店主张盛而行，周三兄弟直随其后而走。见德兴于饶春店安下，二人乃假扮作客人，叩饶春之门，叫："王兄相访。"春即开门，看是何人。周三兄弟拔刀，望饶春当头劈下，饶春奔入后厅，声喊"强人至家"，即令妻子从后门径走。周三兄弟将德兴银两尽行劫去，径投入城隐藏，住东门口。德兴心忿不已，暗疑饶春有私通之意，乃具告海公台下。海公即差张权前去，拘饶春到厅听审。须臾，饶春赴台，海公大喝曰："你这狗才头好胆，与贼相通，谋人财本，该得何罪？"乃令左右，拷打一番。饶春哀告曰："小人平生守分，不敢为非，自从王德兴入家，小人未曾出门，又未曾有亲戚到家行动，不知是其强盗暗算，蓦见有银，持刀至家劫去。日月三光可证，小人若有私通，不唯该斩，而粉身碎骨，亦当甘受。"海公听罢，令左右将饶春收监，再遣张权往各处密探消息。张权领旨去了。几月回报："小人觅地遍访，并无踪迹。"海公沉吟半晌，此事这等难明，乃悄行禁中探访，乃听得饶春在狱中，自嗟吁曰："其素好善，今陷屈囹圄，苍天何不救吾屈乎？想是吾命该受非灾，唯皇天怜之，保佑我也！再言海爷清正，谅吾冤日后必白。但愿功业绵绵，明申吾屈。"海公听罢，自思：此事果然冤屈，奈不得其实，无以放出；又唤张权，拘原告王德兴来审：“你一路来，曾转何处住否？”德兴答道：“小人只在东平地方，张盛家歇一晚。”海公听了，发兴出去。

次日，自扮为徽州客人，径往东平张盛家安歇，托买毡套，凡遇酒店，无不投入买酒，已经数月。忽一日，同张盛往景仙桥买套，又转店吃酒，遇着二人，亦在店中饮酒。那二人见张盛来，与他稽手：“动问这位客官，何州人氏？”张盛道：“徽州客官也。”二人遂与张盛笑道：“周三兄弟获利十倍。”张盛诘云：“他拾得天财乎？”那二人道：“他两个去杭州做买卖半月，拾得银若干，就在省中致家。有如此造化。”海公听在心，王德兴事，想必是这两个贼了。遂与张盛回转家来。乃问：“适才二人姓甚，名谁？”张盛答曰：“一个唤作李大，一个唤作姚启。”海公记了名字。次日，叫张权收拾行李转府。复令谢龙，拿数十匹花绫缎子，径往周三家去卖。

时九月重阳，周三、周五兄弟在家饮酒，二人乃叙前事，今以固矣，兄弟欢乐畅饮。谢龙直入其家，周三起身问曰：“客人何处？”谢龙答道：“南京人氏。”周三遂拿五匹问道：“这五匹要多少价？”谢龙道：“五匹缎子，要银十八两。”周三即将三锭银——有十二两重与之，龙收起银讫。周五亦买五匹，给银六锭——十二两与之。谢龙得了数锭银子，忙入府中报知海公。海公将数锭银子吩咐库吏藏在匣内，与盐课银同放，唤张权拘德兴来审。德兴至厅跪下，海公将匣内银与德兴看，德兴只认得数锭，泣云：“小人不瞒老爷说，我的银子，乃系江西锭子，青丝出色，匣中只有这几锭是小人的，望老爷做主，生死不忘。”海公唤张权，将德兴依原收监，速令张权牌拿周三兄弟，又令再往东平拘李大、姚启至。

次日，四人俱赴厅前，跪下听审。海公大怒道：“周三、周五，你这两贼，全不怕法，黑夜劫财，坑陷饶春，是何道理？好好招来，免受刑责。”周三兄弟不肯招认。海公即叫李大、姚启：“你云半月获利之事，今日敢不直诉。”李大、姚启，只得直言其情。周三兄弟俛首无诉，从直供招。海公令左右将周三、周五各打四十。唤出王德兴，给周三兄弟家产与之偿银；发出饶春回家务业；又发出李大、姚启归家；周三兄弟典刑。

告通贼劫财

告状人王德兴，告为劫夺财本事。窃身贸易营生，带银一千余两，投宿饶春家。岂恶瞰身有银，陡立不良之心，私通强盗，二更时分，持刀人房，财本劫去一空。冤同海岳，乞天拘究追偿。衔恩。上告。

海公判

审得周三、周五，乃螫毒之人也。住居东平，与张盛仅值左邻，素不安分，情实可睹矣。王德兴，因往省贩买绸缎，身系千金，投宿张盛之家，恶贼兄弟窥见，盗心炽然，举谋陷害。乔装客人，跟其后往，瞰德兴寓居饶春之店，是夜，兄弟乃行劫夺。二更时候，挥刀杀入饶春之室，将兴财本，尽行劫去。立心不良，夺人财本，真乃螫虫中之虺也。然饶春置狱，非伊兄弟之害乎？今周三兄弟已获，饶春合无罪矣。二家产业，合给德兴，以偿财本。俱各无罪归家。但二奸罪恶，律所不容。速就大辟，庶荆棘不蔓途耳。

第四十二回　判明合同文约

严州府淳安县，离城十五里，瓜蒌村，有一人姓褚名喜者，娶妻已故。弟褚乐娶妻吴氏，生有一男，名唤胜祖，时年三岁。兄弟二人，专靠耕种度日。

其年，因天旱无收。一日，诸乐对兄褚喜曰：“看这田禾无收，如何度日？不如同兄搬去分水县管下地方高阳村，奔我姨夫曾士学处趁熟，将勤补拙，谅亦不至零落，不知哥哥意下何如？”褚喜曰：“吾年纪高大，难以前去，兄弟可同侄等前去走一遭。”褚乐曰：“兄弟往他处去趁熟，人有前后，眼下哥哥年纪高大，家有桑田物业，又将不去，今日可请友人刘社长为明证，立两纸合同，兄弟与哥哥各收一纸，以为后日照证，不亦美乎？”褚喜曰：“兄弟所见极是。”遂请刘社长来家，写合同文约，各收一纸，安排酒宴相待。酒席之间，刘社长对褚喜曰：“我有一女，名唤赛娇，愿与褚二兄为媳妇，就今日议结姻盟。”褚喜见说，欢欣答曰：“既蒙不弃，选个吉日下此定礼。”数日完备，褚喜令弟褚乐：“今可收拾行李，带了妻子等，前去趁熟，不可挨延。”褚乐听兄之言，遂即收拾，带妻子等别喜而行。

来至高阳村，投见了姨夫曾士学。茶罢，士学乃问褚：“姨夫今日车驾光降寒门，未及远迎，望乞恕罪。”褚乐乃备言，告知趁熟之来。其士学大喜，留之在家。不觉，褚乐之妻患脑疽疮症，医疗不痊，一命倾世，褚乐痛哭。殡葬已毕，恹恹成病，治疗略可，曾士学劝褚乐：“休忆妻子，将息身体，好生看管儿子胜祖便是，不要忆他也。”至后又过半年，褚乐头痛发热，延及六七日，又归泉世。曾士学令人将褚乐葬于其妻之侧。

不觉光阴似箭，日月如梭，胜祖在曾家一住十五年，长成一十八岁，聪明智慧，读书学礼。一日，正值清明佳节，曾士学夫妻，打点祭物，同胜祖去上坟祭扫，到坟前，将祭物供养，曾士学曰：“婆婆，我有句话对你说，胜祖今已长成了，今是大利之年，我有心交他将父母骨殖还乡，认他伯父，不知你意下何如？”婆婆曰：“丈夫若言及此，亦是阴也。妾岂有不肯之礼？”二人商议已定，交胜祖拜了父母的坟。胜祖问曰：“父亲，此二墓是何人的墓？”士学曰：“孩儿休问。”烧了纸将回，胜祖曰：“父亲，何不通名姓，使孩儿有失其亲。”曾士学曰：“我儿，非是我不通名姓。这是你生身父母，我是你养身父母。你乃是淳安县离城十五里瓜萎村人氏，你伯父褚喜无子，你父亲姓褚名乐。因为年歉，来我家趁熟，时你母亲带着你，一起来到。到你年方三岁，你母因患脑疽疮身死。你父因头痛发热而亡，我夫妻备棺木殡葬了，将孩儿嫡亲儿看养。”士学方才说罢，胜祖向坟前放声大哭曰：“不孝子那知生身父母双亡！”士学曰：“孩儿不须烦恼，选个吉日良辰，将你父母骨殖还乡去，认了伯父褚喜，葬埋了你父母骨殖，休要忘我夫妇养育之恩。”胜祖曰：“父亲母亲之恩，过如生身父母，孩儿岂敢有忘？若得身荣，当结草衔环报答。”道罢回家，交人选择吉日，将父母骨殖包裹已了，收拾衣服、盘缠、合同文字，做一担儿挑了，前来拜辞。曾士学言曰：“你父亲来时，盘缠并无一文。一头挑着骸骨，一头是此穷家私，孩儿路上小心在意，到地头时，便稍信与我知之。”胜祖曰：“父亲放心。”遂拜别士学夫妇而去。

然，褚喜忽一日自思：我弟褚乐夫妇二人去趁熟，至今十五年，并无音信，不知有无。我今老矣，无人服侍。乃娶一婆婆王氏，带着前夫之子，大家一同过活。王氏自思：我丈夫褚喜，有个兄弟和侄儿趁熟去了，倘若还乡来时，那里发付我这孩儿？心中好生不乐。当日，褚喜因往人家吃酒，不在家中，下午席散回家。却好胜祖于路问人，来到家中，放下担子，王氏问曰：“你这后生，欲要寻谁？”胜祖曰：“姆娘，孩儿是褚乐之子，于十五年前，父母与孩儿出外趁熟，今日方且到家，望乞姆娘垂怜。”正议论间，褚喜醉回，见了胜祖，遂问之曰：“你是谁人，来此何干？”胜祖云：“伯父，孩儿是褚乐之子褚胜祖。”褚喜问：“你那父母在何处？”胜祖曰：“自从离伯父，到高阳村曾士学家趁熟，过不得三年，父母双亡，止存得孩儿。亲父母已故，多亏曾士学看养。今将父母骨殖，还乡安葬，望伯父见怜，便是生死骨肉也。”当下褚喜酒醉，王氏言：“我家并无人在外趁熟，不知你是何人，敢来诈认我家？”胜祖曰：“我见有合同文字为照，因此来认伯父，岂有胡认之理？”褚喜并不肯看文约，王氏交褚喜打逐胜祖出去，免得在此胡缠。褚喜依了妻言，手拿块砖，将胜祖打破了头，重伤出门，倒在地下。有刘社长听知其故，前来看问褚喜打倒的是谁，褚喜云：“诈称褚乐兄弟之子，来此认我，又骂我，被我打倒，推死在地。”刘社长曰：“我听得人说，因此来看，休问是与不是，待我扶起来问他。”刘社长问道：“你是谁？”胜祖云：“我是褚乐之子胜祖的便是。”社长问道：“你许多年纪？那里去来？”胜祖云：“孩儿在高阳村，曾士学家，抚养长成，如今带父母骨殖回乡安葬，伯父伯母言孩儿诈认，我见将合同文字，又不肯看，把我打倒在地，多得老爷救命，实乃无恩可报。”社长叫胜祖挑了担子，“且同我回去。”即领胜祖回家。放下担子，刘社长道：“婆婆，你的女婿褚胜祖，将父母骨殖回乡。”再后出来与胜祖曰：“我是你丈人，婆婆是你丈母。叫赛娇女孩儿出来，参拜了你公婆的灵柩。”安排祭物，祭祀化纸已毕，整酒席相待。社长言曰：“明日你去海公处，告理被晚伯母、亲伯父打伤事情。”当日酒散各歇。

次早，胜祖径往海公处陈告。海公随即差人捉褚喜夫妻赴审，又拘刘社长明证。一干人犯，俱至厅前跪下，海公问：“褚喜，这胜祖是你侄儿否？”褚喜夫妇告曰：“此子不知是谁，非我亲侄。既是亲侄，缘何多年不知音信？”海公取两纸合同一看，大怒，将褚喜收监问罪，胜祖慌忙告曰：“老爷，可怜伯父无子年老，乞老爷恕饶。”海公又要将晚伯母收监问罪，胜祖又告曰：“望老爷只问小人之罪。”海公曰：“汝伯父伯母，如此可恶，既不问罪，亦难全恕。”喝令左右，将褚喜打了二十方可。胜祖又告曰：“宁责小的，莫责伯父。望老爷只要明白家事，小的久不忘恩。”海公见胜祖孝义，各发回家。判令王氏所带之子，驱逐出外，不容再入褚喜之家。刘社长选择吉日，令女赛娇与胜祖成亲。一家团圆，夫妻谐老。后胜祖亦登科第。

告谋家业

告状人褚胜祖，告为吞家绝食事。窃父逃荒，投居高阳曾士学家，岂遭不幸，父母俱亡。士学将身恩养一十五载，今令祖带父母骸骨还乡。岂伯褚喜，切听晚妻王氏，睥睨局谋，不认胜祖，乱打重伤，幸得刘社长救护。切思一家艰苦置产，伊独霸为已业，狼心狗行，不依文约合同，情实惨然。乞天俯断，永感天台。激切上告。

诉

诉状人褚喜，诉为号天究占事。窃弟褚乐，因先年岁歉无收，悉将产业典身，当银二十两，同妻等投居高阳，已经十五载矣。后夫妇双双已死，并无有甚后嗣。岂恶瞰身年老子幼，顿生祸心，欲谋家业，假称是弟嫡儿胜祖，冒告天台，乞天详情杜害。哭诉。

海公判

审得褚喜、褚乐，以耕种度活，因遇荒旱无收，令乐带妻等投奔曾士学家趁熟，盖亦为家延之计也。临行设立合同文字，以留照验，思者备矣。褚乐夫妻不幸俱死，止存三周胜祖，士学恩养，已经十五载。今乃归家相认，褚喜合皆收留。兄伊无子，胜祖又已有业，何听继妻之言，欺死瞒孤，吞祖产业，将以继妻所带之子为后嗣，亲侄胜祖为陌路人也。合就欺死瞒孤之律，胜祖坚石孝义，告言愿代其罪，姑且不究。但王氏所带来之子，不许续褚家之后，盍行逐出，庶免衅萌再生。各回宁家务业。取供。

第四十三回　通奸私逃谋杀妇

淳安县有一姓胡名广者，其家颇好生。有一子胡远大，以屠宰为业。每日辛苦，朝夕无暇。胡广因思：屠杀非终身活计。一日，与儿远大道："为屠夫之事艰苦，何如为商之乐？"遂将钱本吩咐与远大，出外经商。远大依父之言，将钱与买物件货等，前往松江贩卖。去到其地，大有所得，遂乃致富。一日，父子又商量道："住居淳安城外，亦是一马站头，不如起造数间店宇，招接四处往来客商，比作经纪，尤有出息。"胡远大道："此言极是。"父子遂起店宇于当要处。后来果有进益，其家遂富足丰实。

远大娶妻许氏，颇有姿色，每日事姑嫜[1]恭敬，只是嫌她有些风情。远大常出外买卖，或一二个月归一次，或半年回家一次。城东十里外，有个船稍名叫冯生，每日往来于胡家店，最稔熟，遂与许氏笑

① 姑嫜：古时对丈夫的母亲和父亲的称谓。

语，绝无疑忌。年久月深，两情缱绻①，乃成欢娱聚会，如同夫妇。冯生俟候远大出外经营，遂语许氏私约道："吾与娘子，莫非夙昔有缘，情好非一日。然欢娱有限，思恋无奈。娘子何如收拾所有金银物件，随我奔他处去，得永为夫妇，岂不美哉？"许氏许之。二人指天为誓，乃择十一月二十二日，日子好，以此为约同去。

至其日，许氏将房中所有银两、金等，悉行收拾，以待冯生之来。黄昏时，忽有一和尚，求宿于胡家之店，称是大悲寺僧道隆，因抄化而来，天色已晚，特来投宿一宵。胡广乃是个平日好善之人，便与之歇。时至大寒欲雪，胡广夫妇闭门熟睡。二更时候，冯生来门下叩门，许氏房中暖得有酒，与冯生同饮数杯，少壮行色，语话良久，遂携所有之物，与冯生同去。才出门外，但见天阴雨湿，路滑难行。对此风景，添出愁闷，思忆公姑，泪下如雨，许氏遂不肯行，乃告冯生曰："妾欲去不得，别约一宵同去，何如？"冯生无计奈何，思之：万一迟留，恐漏泄此事，机会必不再矣。彼自有丈夫在，岂有真恋我哉？见其所有物件，颇足致富，欲谋之而不得，遂拔刀杀死许氏，将银两物件，竟乃夺走。时尚三更，四下皆寂静，并无知者，将尸置于古井中而去。未几，和尚起来出外登厕，误跌下井，井深不能得上。至天明，和尚徒弟行童起来，遍寻和尚不见，遂唤问店主，胡广起来，遍寻至饭时，亦不见许氏。径入房中，看四壁皆空，财物一无所留，胡广思付：许氏定是与和尚走了。上下山中，遍寻无迹，遂问卜筮，先生占云："寻人宜向东南方，寻取可见。"胡广如其言，寻至屋厕枯井边，但见芦草交加，微带鲜血。忽闻井中人声，胡广遂托东舍林三，将长梯及绳索直下井中。但见下有一和尚，连声叫屈，许氏已被人杀死在井中。林三将长绳缚了和尚，吊上井来，众人乱拳殴打，不由和尚分说，乡邻五保具状，解入海公处问。海公即将和尚根勘。和尚供具，是大悲寺僧，因抄化而来，投宿胡家店，夜半起来登厕，误被跌下井中，见有一死妇人，横死在内，不知是谁人杀死。海公

---

① 缱绻（qiǎnquǎn）：情意深厚。缠绵。形容感情深厚。唐·白居易《寄元九》诗："岂是贪衣食，感君心缱绻。"

道："分明是你杀死，欲利彼之财物，尚何抵赖？"令打三十收监。海公暗忖之：既是洛阳和尚，与胡家店相去七百余里，岂仓促间能与妇人私通期约，必是冤屈。朝夕根究，无明白处。心下偶思一计，唤狱司，就狱中所有大辟该死人，将一个来，密地剃了须发，假做僧人，押赴市曹斩了，号令三日，称是大悲寺僧，为谋杀胡家妇许氏事，今已处决。又密遣人出城外，探知消息，或有议拟此事是非，急来通报。

手下公差诸人，行至城外十里之间，固到一店中买茶，见一婆子，因问："前日胡家杀了许氏之事，曾结断否？"公差等道："和尚已偿命了。"婆子闻说："这和尚屈死，枉了他。"公差等细问因依，婆子道："是一稍子杀死。此去十里头，有一船稍名冯生，往来于胡广家，最熟，与许氏私通，因谋他财物，遂杀了许氏，弃尸于井，不干和尚事。"众公差即忙回报于海公，海公便差张权数人，捉拿冯生到衙，拷打根问。冯生苦不肯招认，难以决案。海公次日再收复审，冯生死不供招。海公乃笑曰："杀一人，不过一人偿命，今和尚已偿命矣，安得更要你偿命？但是胡广所告，失了金银四百余贯，是你捡得去，你若将还他，便可清脱汝之罪。"冯生被海公一赚，便肯供认。供具是旧日胡家，曾寄下金银一复，至今收藏家中。海公差人押冯生回家，取金银来到，便叫左右拘唤胡广，前来认取。胡广一见了金银物件，及锦被一条，果是我家的。海公再勘，胡广并无寄典银两之事，又拘唤王婆来证，冯生仍抵赖不肯招认，海公道："许氏之夫，经商在外，汝以淫心，戏之成奸，因利财物，遂致谋害，见有胡家物色在此证验，尚何得强辩不招？"喝令左右，极法拷打，冯生难禁严刑，只得一一招成，遂问抵命。和尚冤始白矣。

告和尚杀媳

告状人胡广，告为劫杀事。痛男娶妇许氏，内经奉养，恪尔周旋。枭恶野僧道隆，瞰媳姿色，假称借宿，昨夜二更，持刀劈门，将许氏杀死，房内金银物件，劫夺一空，埋尸井中。邻居林三等证。似此不法，谋财害命，情实惨然。叩天追究，偿命正法。禀告。

诉

诉状僧道隆，诉为恳恩豁命事。窃身云游抄化，求宿胡家店一宵，岂身命薄，撞遇横祸。伊媳许氏，贫憎并未窥见半面，昨偶到伊家投宿，安有就得私通之由？况且尸身既投置于井，道隆必不尚在井中喊叫，情可洞察。乞天超豁蠓命。叩诉。

海公判

审得冯生，贪财害命，罪恶诚贯盈矣。许氏背义，与人通奸，已遭谋杀之患，此固不足惜矣。然冯生淫戏人妻室，贪财妄举害命，扬刀诛戮之罪，尔为首矣，奚可逃哉？盍就拟典，候秋季处决。道隆无罪，许令回归本寺。所有金银赃物，合就入官，但给十两与胡广，领以作收殓之用。

第四十四回　假给弟兄谋命夺财本

永康县有一人姓秦名兆者，因往杭州买卖，行到温州府平阳县管下地方耸岭，天色已晚，遂宿于李婆店里。陡遇一杭州卫前所旗役，姓范名衡，在店歇。范衡一见秦兆入店，遂问："客官何处人氏？要往那里经商？"秦兆答道："小弟是永康人，要去杭州里做些小买卖。"范衡乃曰："兄要往杭州买卖，却要我在府前居住，如此，待我同兄一起前行，到舍下居住，即买卖等亦便，可不好也？"秦兆多感若似恩，实无以报答。二人遂买杯酒，订约为兄弟，相邀饮至更深，及尽欢悦，遂共同床，睡了一宵。

次日天渐晓，二人饭罢，整顿行李，辞店主而去。行至地名黑山，并无人家，但见岩崖旁，有古井。范衡因见秦兆所带财物多，心欲谋之，遂与秦兆说："日色颇热难行，且放担少歇一回。"秦兆依其言。二人放下行李，同坐石上，语话良久，悄无人行。范衡诈称腹疼，着秦兆近前，为之抚摩。秦兆不知他启谋心，只管尽为之抚摩，被范衡乘力一推，秦兆倒跌落于井中去了，范衡尽夺其所有财物而去。秦兆在井中放声叫屈，不能得上。近者皆莫知之，饥饿日余。

次日，有一起油客，亦在黑山歇凉，忽闻井内有人叫“救命”之声，请客皆疑为怪，遂各解篓索相接，投下井去。秦兆见有索下井，甚喜，遂以索系腰，与诸客钓上井来。众客问其缘故，秦兆具言被同行伙伴范衡谋陷情由，具告以连日不曾得食，饥饿困苦。众客听罢，甚哀怜之，竞以饭与之食，秦兆拜谢无限。众客去后，秦兆思量：财物尽为一空，无处投奔。遂径往海公衙陈告。当下府前，范衡仅隔几间便是他的房屋，乃出门买办物件，被秦兆看见，走近前一把扯住，喊叫入海公衙内：“小人才方告的，此贼便是。”海公即将范衡根勘。范衡心虚情亏，不能抵讳，只得一一招认，谋劫财物是实。海公即将原赃追还秦兆，将范衡判断谋财害命，本合处死，秦兆已在，减一等决，配在边远去处充军。

告奸谋劫杀

告状人秦兆，告为奸谋劫杀事。逆贼范衡，瞰身揭银二百余两，半路相遇，陡起奸谋，假称结连兄弟，同兆行至黑山，推身落井，财夺一空。幸遏油客数人，救身出井，庶得复生。似此奸谋，夺财害命，情极不法，乞天拘究追偿。衔恩。上告。

海公判

审得范衡，以秦兆孤身一人，自往贩买，身带本银二百余两，伊见之，便怀不义，诱之同结兄弟，以伴同行，使兆不防。伊之好歹，奸计之巧而且远也。黑山将兆推落井中，财本尽夺利己，猛蛇之毒，孰甚伊焉！即谓秦兆既溺于井，命必尽矣，岂知天理昭彰，使秦兆遇众油客，而得救其生，非天之杜绝奸恶，秦兆可以逃不测之祸者哉？本合依谋财害命律矣，但秦兆未死，姑具大诰减等，处断边远充军，其银合给还兆领归。如律取供。

第四十五回　通奸谋杀亲夫

浦江县城西二十里，地名杏村，有一人家，姓蒋名义，家道颇富，以商旅为活。其人最良善。其妻卓氏，年方十九，每日蒋义出外买卖，其舍傍。有一风流年少者，名彭十二，常往来于蒋义家，因与卓氏相通，卓氏心甚爱之。日久月深，而情缱绻，因此，卓氏遂与其夫不和。

一日，蒋义出外，彭十二遂与卓氏私议道："我今蒙娘子爱惜，情意甚密，深望幸矣。倘或有日家长知道，两下耽误，岂不深可耻哉？欲要取个久远之计，不若装着甚么计较，候待蒋义归，置之陷阱，庶得两情永谐鸾凤。"卓氏许道："此事容易。彼若归时，汝故意请他去，用醇酒灌他，饮醉之后，那时任从你发落便了。"商议已定。

越几日，蒋义外回，彭十二遂往其家贺之，因前日同卓氏商议者，乃即行之，便请蒋义饮酒。蒋义见是相熟之人，亦不推辞，随彭十二到彼舍。酒食已齐备，彭十二尽意奉劝，蒋义痛饮大醉。待辞归，彭十二乃跟蒋义之后而行。行至半路，亭子下有井一口。时值天晚，蒋义醉倒不能行，彭十二蓦见四边无人，遂拖蒋义堕入井中而归。

次日，十二密以告卓氏，卓氏甚喜。又越数日，其邻人皆问卓氏："蒋义这几日何往？"卓氏告以相约同行之人在途等候，邻人信其言。彭十二与卓氏喜不自胜，自谓可以永谐连理，日夕在家欢悦。

蒋义在井中尚未曾死，但不能起得来，此井乃是一枯井，无水。无人到来挑水，任蒋义在井中叫，皆不觉得，又饥饿，实难禁持。但蒋义为人生平忠直，人最良善，其家有一土地极灵，见彭十二与卓氏同欢共乐，蒋义被计，置于井里，乃往井救之，变作一人，在井边坐住等人。看看邻居吴恩者出门来坐戏，又与蒋义为友，其人扬手招恩曰："井中有一人，在内坐倒。"吴恩往看，果有一人在里，乃细看之，略认得些，但未省到蒋义身上去。吴恩令仆下井，挈之上来，乃是蒋义，饥饿无力，不甚软昏。吴恩见是友人蒋义，遂扶入家中，将热汤接之，方且苏来。吴恩与之抚摩，遂即壮硬，别恩而归，正值卓氏与彭十二在对饮高歌，忽见其蒋义之来，皆惊怖惶惶，疑其是鬼。彭十二即持刀赶逐，不容其归。蒋义无可投奔，遂具状入海公衙陈告。逐一供具，是谓妻与彭十二通奸，反因谋害事情。海公即差人拘卓氏、彭十二一同到厅跪下。海公将二人根勘，二人无词抵答，一一招认通奸设计谋害事。因海公视供明白，叠成案卷，将卓氏问死，彭十二杖一百，流三千里，永不许还乡。

告通奸谋害

告状人蒋义，告为通奸谋害事。枭恶彭十二，贪妻卓氏，背地通奸，立心不良，设计杀害。假情致酒，用乐插和，灌义大醉，推身堕入枯井。幸得吴恩救出，死中复生。义昨归家，岂恶谓身已死，与妻娱乐畅欢，见身入室，持刀赶逐。似此奸恶，奸妻心尚不足，反行谋害之毒，乞天灭剿，生死衔恩。激切上告。

海公判

审得卓氏与彭十二通奸，淫恶之甚，不可言矣。今据蒋义之词，则其奸毒又何狠哉？用酒灌醉蒋义，推入枯井，二人将欲永效百年。岂知蒋义生平积善，虽遭强暴之陷，而竟得吴恩以救者，非天之助善锄恶，而孰能以此乎？卓氏淫恶而奸毒，谋害亲夫，速就大辟。彭十二奸毒，奸人妻室，谋夫性命，合拟典刑，然蒋义虽遭伊害，未曾被死，合杖一百，流三千里。庶无奸恶之徒害谋诡计，往往成风耳。

第四十六回　匠人谋陈妇之首饰

淳安县离城三十里，有个地名石桥村，有一陈升策，家颇富足，生有二子，长曰陈贤，次曰陈能。陈贤娶王材之女王氏，陈能娶林华之女林氏为妻。一家勤于稼穑。陈贤之妻王氏，敬事姑嫜，极尽和顺，一家大小，无不欢乐。

忽一日，王家着小厮进贵报知王氏道："老官人因往庄中回来，偶沾重疾，叫小娘子回来，看待他几日。"王氏听得父亲沾病，心下忧惧，吩咐进贵厨下酒饭，即与丈夫说："吾父有疾，着人叫我回来看视，可对公婆说我就要一行。"陈贤道："目下正值收割时候，工人不暇，且停待数日去未迟。"王氏道："吾父病卧在床，望我之归，以日为岁，如何等得？"贤乃是实意要阻她，不肯与去。王氏见丈夫阻她行意，闷闷不悦，至夜间思忖：吾父只生我一人，又无别兄弟倚靠，倘有差池，悔之不及。不如莫与他知，悄悄同进贵回去，彼及知时，料亦无妨事。

次日，陈贤径起，得早赶人收稻子。王氏起来，梳妆齐备，吩咐进贵，开后门而出。王氏前行，进贵后随。其时天色尚早，二人行上数里，来到松林，露气漫漫，对面不相见。进贵道："日尚未出，露又下得浓，不如入林子里坐着，待等露收而行。"王氏是个机警女子，乃道："此处路僻，恐人蓦见不便，可往前面亭子上去歇。"进贵依其说。正行间，忽前头有三个匠人，肩挑着斧锯，三人赶来，要入城中盛家，起手动工的。恰遇见王氏头上，插戴银首饰极多，内有一姓万名兴的最凶狠，与二伙伴私道："此妇人想是要入城去探亲的，只有一小厮跟行，不如劫夺了所戴首饰来分。"一姓曾名隆者亦道："此言极是，我前去将那小断拿住，你二人一个将女子眼目扪了，一个夺首饰。”径被曾隆之弟曾盛用手抢入袖中去，王氏紧紧抱住，死不放手，万兴拔刀，将王氏左手砍了一下，王氏跌倒在地，被三人将首饰夺走，去了。进贵近前来看时，王氏不省人事，满身是血，连忙复回陈家报知。正值陈贤赶工人方回，听得此言，大惊道：“不听我言，遭此毒手。”慌忙叫三四人取轿来到松林。王氏略苏，陈贤便抱入轿中抬回家。下看时，左手被刀伤处，其掌将坠，一边吩咐家人，请医人救治。乃即具状，同进贵往海公处陈告。

海公看了状子，又无名姓，乃问进贵：“那三人尔可认得否？”进贵道：“面貌认他众人不着，只是每人有一斧锯，似木匠模样。”海公思道：即是木匠，如何这般样早便去人家？莫非今日日子吉利？甚么人家创造屋室早来起手者？喝令张权：“为我往城中遍查，看有人起手造房子的否。”张权听了吩咐，往城遍查。行至东街盛家，乃择本日卯时，起手动工造房子。乃入衙覆。海公遂即批张权左手，仰速拿盛裔，到厅听审无违。权即至盛裔家，见了盛裔，将海公所批之手与看，邀盛裔就行，盛裔全不知是甚么缘故。“我又未曾被人告，久未告他人，是何故也？”心下疑惑，虽不能决，只管同张权往海公衙去，至堂下跪着。海公乃问：“伊家今日起手造房子？”盛裔答：“小人择今日起手造房子。”海公又问：“有几个木匠在？”盛裔答曰：“有十人。”海公问：“匠人同一起来，两起来？”盛裔答曰：“匠人作两起来。”海公又问：“哪几个在先，哪几个在后？”盛裔曰：“是万兴、曾隆、曾盛这几个木匠先来。”海公曰：“是这三个人先来。尔可知这三个今早所作之事不知？”盛裔答曰：“所作何事？人小不知。”海公曰：“陈贤之妻，归家看父病，行至松林，遇见三个木匠，肩挑斧锯，见了王氏头戴首饰，三人将王氏左手砍了一刀，劫抢首饰而走。止知三人是木匠，未识名姓，我今就着张权，同你去伊家，教张权是那三个，是可即与我拿来。”盛裔允诺。海公又道：“盛裔，事与你无干，但我叫你到我厅前，止是问你一个木匠来历，你不必惊骇。三个木匠要与我火速拿到，不可与之走脱。”盛裔曰：“小人晓得。”盛裔回来，见了木匠俱在，乃进前与万兴、曾隆、曾盛这三人言：“海爷差张牌来叫你三人去建造后堂，可即同张牌前去，不可有违。”万兴、曾隆等三人不知其故，遂同张权进府衙去。见了海公，三人跪下，张权回禀：“万兴、曾隆、曾盛三个木匠俱拿阶下。”海公乃问：“万兴，你三个在盛家，今朝起手造房子，还是早时来，将午来？”万兴答：“早晨来。”海公问：“既是早晨来，还是寅时、卯时，天光未天光？”万兴曰：“卯时来，已天光，但天色早，未曾十分天光。”海公默思之：是此三贼矣。乃曰：“既未十分光，曾见一妇人一小厮否？”三人愕然：“甚么妇人、小厮，小人们俱未曾见。”海公曰：“那妇人头戴有许多首饰在头上，黑早出松林去，你等今日来盛家得早，岂不见乎？”俱惊讶无答。海公乃令左右，将万兴身内搜检过，看有首饰否。左右即将万兴搜检，果搜出有首饰数件，再将曾隆、曾盛来搜，俱有首饰。海公喝令每人打四十，极法明审，三人抵赖不过，只得一一吐实，供具谋夺之情。海公令司吏叠成卷文，问拟三人大辟，给首饰还陈贤而去。人称神见，此亦海公之一明判者也。何啻包公之莅政，可不是古今之同一辙乎哉！

告打抢杀害

告状人陈贤，告为急救事。痛妻王氏，往归母家看父之病，行至松林，陡遇强徒三人，见妻女子之辈，头戴首饰数十两重，身伴唯进贵一人，亦系童儿，奸徒三人，挺抢首饰，身妻死恋不与，恶贼拔刀，将妻左臂一劈，血流遍体，命若悬丝。恳恩严缉追究，生死有赖，人民得籍。哀告。

海公判

审得万兴、曾隆、曾盛三人，因见陈贤之妻王氏所带首饰颇厚，而行劫夺者，情实可恨矣。夫王氏以父重疾而归，遇伊恶贼，便行抢夺强暴。其妇之未概与，而待伊等之抢，王氏不甘，将其首饰死恋不舍，乃遭尔恶之毒，将刀砍伤左臂，虽有进贵在旁，预先已被捆缚，奸恶横暴，为寇之魁耳。抢其财，又伤其命，虺蝪之毒不过此哉！赃证俱真，大辟奚辞。三贼俱各拟典。

第四十七回　判烛台以追客布

江西铅山县有一姓饶名儒者，家亦富足，父母具庆，兄弟饶学。一日，父母呼儒曰："吾家虽殷富，每思成立之难。吾今唤汝训诲，汝能遵依吾言，当思祖德之勤劳，怀念父功之刻苦，孜孜汲汲，以成其事。汝切勿守株待兔，以恋娇妻。当收资本，往外经营，则可以盈其资财，于身不弃，于人无愧，可以长守其富矣。不然，非我所知也。吾今令次儿饶学守家，令汝出外经商，保使得获微利，以添用度。不知汝意如何?"饶儒曰："儿承大人亲诲，当铭刻于心，不敢违背，只不知大人要儿往何处经商?愿赐一言，儿当领命而行也。"父曰："吾闻杭州极好卖布，汝可将赀本往松江各处收进，前往杭州，不消一年半载，自可回家矣，岂不胜如坐守食用乎?"

饶儒依了父言，遂将银两，径至松江各处，收布五担，前至杭州，住在东门城外姜美胜店里安下。发卖未及二日之间，饶儒自觉不乐，乃令家童，沽酒散闷，贪饮几杯，俱各沉醉。不防姜美胜近邻，有一梁德会者，蓦见饶儒带布入店，即于是夜三更时候，将布五担，尽行偷去。次日天明，饶儒酒醒起来，方知布被贼盗去，遂即叫店主人姜美胜近前告诉，曰："吾今初到杭州，投汝店内安下，你是有眼主人，吾是无眼孤客，在家靠父，出路靠主。何得昨夜见吾醉饮几杯，行此不良之意，串盗来偷吾布五担?吾意汝为典守之人，决亦难辞其责，今不根究来还我，吾必与汝兴讼，那时悔无及矣。"姜美胜辩说曰："吾为店主，以客来为衣食之本，安有串盗偷货之理?"饶儒并不肯听，一直扭到海公台前告理。

海公道："贼情之事，要见赃证，今既无赃，不准状词。"饶儒再三哀告，海公即将姜美胜当厅勘问，姜美胜仍辩说如前。海公思判不得，即唤左右，将饶儒、姜美胜俱且收监，悄地吩咐手下吴升，遍行密访，看是何人盗此布，可速回报。吴升领命，遍地密察，已经三日，却无踪影，乃回复海公："小人遍处密访，皆无踪迹。"海公乃曰："此事无赃、无证，实难判断，却如之何？只得取出饶儒、姜美胜二人来，发放回家罢。"遂令左右，取出饶儒二人出监发放。二人至厅跪下，海公乃曰："汝布不知何人盗去，至今三日，不见踪影，如何得明白？况且又无赃证。"遂即将二人每责十板，发放回家。去毕。岂知梁德会盗其布匹，已藏在村僻去处，即将其布首尾记号，临时涂抹，更以自己印记印上，使人难辨。摆布停当，然后挑入城中去卖，一发都卖与方材铺内。梁德会得银入手，并无一人知觉。

后来，海公因将饶儒与姜美胜二人责打发回之后，海公乃自思之：将何以得明此可也？忽然忖起一计：不若令吴升前去拘此二人，一路扬去，说今衙内有一烛台，会报祸福，使众人聚集观看，那时，料可以有得明处。遂令吴升，前来拘饶儒与姜美胜说："布贼已获了，老爷衙底有烛台说出来，今来拘你去审。"街市之内，闻知海公衙内有一烛台，能说祸福，各奔争而来看。海公见人多集，遂喝令左右，将门闭上，把内中看者，扯下三四人跪了，海公乃曰："吾在此判事，那许你等混杂。何故不遵法度，擅入公厅？实难饶你等罪责。令着汝四人，将内中看者，报其姓名，俱各要罚布一匹。汝四人可即拘齐布来，庶免你四人之罪。"四人领命而出，顷刻之间，进府交纳。

海公乃令饶儒进前曰："汝看这里许多布在，汝可认看，有你的布在无。"饶儒即将许多布，从头一匹认过，认至其中，抽出二匹，乃是自己所失之布，遂告曰："老爷，这二匹是小人的布。"海公曰："此布首尾印记不同，你怎认得是？"饶儒曰："此布首尾印记虽被贼换，小人中间还有暗记，尺寸可验。相公不信，可将丈尺量。如若不同，小人甘当认罪。"海公如其言，果然毫末不差。海公遂问四人："此布是何人的？"四人即出究问，知是方材铺内的。海公便令拘方材追问，方材指是梁德会所卖与的。海公又唤左右，拘梁德会审勘。梁德会拘到厅下，海公喝道："此贼好大胆，窃偷饶儒之布，卖与方材，是何道理?”梁德会曰:“小人未曾卖布与方材。饶儒布被盗，亦不干小人事。”海公道:“这贼尚得刁嘴。”喝令责打四十。梁德会看见方材在证卖布，姜美胜在说:“平生无徒，非卖盗来的布，却哪里来的?”梁德会见事至如此，不能走脱，又受严刑不过，只得一一招认，不合盗布。客布五担止卖去二担，更有三担寄在僻静乡村之内。海公令公牌张权跟去追完。饶儒、姜美胜二人，感谢而去。海公见梁德会平昔惯贼，是一恶人，遂拟问，发边远充军。

告引盗偷走财本

告状人饶儒，告为殄贼追偿事。窃身装载布匹，往省货卖，投居姜美胜店。岂恶人面兽心，见身带得货物布匹，记有五担，是夜串贼搬走一空。窃思父娘财本，跋涉江湖，被贼所袭盗去，冤同山海，乞天拘究追偿。衔恩。上告。

诉

诉状人姜美胜，诉为烛冤事。身素守分，毫不非为，祸因昨夜盗入胜室，止挑去饶儒布五担，美胜并悉无知。岂儒坐身串同，逼勒赔偿，情实可矜。窃思胜籍伊客为衣食之本，安有串贼偷盗之心?伏乞仁台做主，劈冤干善。上诉。

海公判

审得梁德会，乃盗跖之首耳，罪恶盈甚，府县案盖叠鱼鳞矣。今又窥见饶儒来姜店居，止有布五担，辄起盗心。彼夜即掘挖入姜美胜店中，盗走饶儒之布五担，价值一百余两。伊尽夺之以利己者，非不狠毒哉?然诸罪贯盈，天网不漏，使惯贼梁德会，自露真赃于方材之铺，必不知恶贼之所盗，即饶儒亦谓姜美胜串同之疑，从何白乎?固白天之所使，实人之不能为也。赃既真实，罪所不逭，盍拟充军毋辞。原赃给还失主。

第四十八回　为友申冤以除奸淫

江山县有一姓王名谟教，为人春风，好交结名士，娶一妻，姓熊名月娇，容貌美丽，但侈于风情。王谟教有一朋友陈英策，乃是个轩昂丈夫，往来其家甚密。熊氏颇以言语调之，陈英策以与王谟教交厚，敬其是嫂，纵有戏谑，不及于乱。

一日，陈英策因遇重阳，来寻王谟教赏节，适王谟教上庄未回，熊氏闻知陈英策来到，即出见之，笑容可掬，便邀入房中安顿坐定，抽身向厨下整备酒食，进来，与陈英策无疑坐在一边相陪。酒至半酣，熊氏道："叔叔，今日重阳佳景，婶婶在家，亦等候叔叔回来，同饮酒否？"陈英策答道："贱叔家寒，薄酌虽有，不能够如此丰美。"熊氏有意劝他，才饮了数杯，淫情逸兴，斟了一杯酒，起身持与陈英策道："叔叔先饮一口，看滋味如何好否？"陈英策大讶道："贤嫂休得如此，倘家人知之，则朋友伦义绝矣。从今休使这等见识。"言罢，推席而起，走出门首，却遇王谟教回来。见陈英策，就欲留住，陈英策道："今日不得与故人叙话，贤兄远回劳苦，勿留小弟，再日相会。"径辞而去。王谟教入见熊氏问："陈故人来我家，如何不留待之？"熊氏怒云："你结交得好朋友，今知你不在家，故来相约，妾以谓是你故交之友，好意备酒待之，反将语言戏妾，被我叱几句，没意思走去。问他则甚。"王谟教半信半疑，不敢出口。

过数日，陈英策往母舅家回，至街头，恰遇王谟教过来，陈英策近前，邀入茶店中坐定，沽买一壶，叙饮三杯，酒中，陈英策乃道："兄之尊嫂，是个不良之妇，从今，与兄不能相会于家，恐遭人有嫌疑之诮。"王谟教道："贤弟如何出此言？便是嫂有不周言语，当看我往日情分，休要见怪。"陈英策道："贤兄门户，自宜谨密，只此一会，余无所嘱。”饮罢，各散而去。

越日，英策往省贸易，欲见王谟教相辞，不遇而行。比及王谟教知之，英策离家已四日矣，怅怅不悦，亦欲往省中收取账目，乃邀家人胡一同去。岂知胡一与熊氏通奸，情意甚密，人莫之知。胡一因恋熊氏之故，乃推辞不肯去，被王谟教打责一番，只得收拾行李。临起身，入房中见熊氏，商议其事。熊氏道：“但只要你有计较，谋取他回来，我自有主张。”胡一欢喜领诺，遂同主人离家。行至九江地头，要过黑龙潭，王谟教乃在往日相识稍公张富讨船，至晚泊船，买香纸做了神福。胡一乘机劝主，痛饮至醉，张艄都去歇息。至半夜，王谟教起船小便，胡一扶出船头，乘他宿酒未醒，忽声水响，推落在江中去了。胡一假作惊色，叫道：“主人落水！”比及张艄起来看时，救之不及。江水深不见底，又是夜里，如何救得？只得挨到天明。胡一乃道：“张驾长，主人今已落水，不能得救，没奈何，只得回去报知。”张艄心下顿疑：王某死必不明。将船开了而去。胡一抛走回家见熊氏，密道其事，熊氏大喜。虚设下灵席，日夜与胡一饮酒取乐，邻里颇有知者，隐而不言。

忽日，陈英策思乡，岑寂无聊，偶出镇口闲行，正过游来亭，远远望见着王谟教来到。陈英策认得是王谟教，连忙走近前，携住手道：“贤兄因何来此？”王谟教道：“自从别后，一向思慕，今有一事相托，万望勿阻。”说罢，眼泪双垂。陈英策道：“前面亭上少坐片时。”遂邀到亭上坐定。乃问：“日前，小弟起身之际，正待见贤兄一辞，不遇，径行。今幸此会，为何怏怏不乐？愿闻其故。”王谟教泣涕逾甚，道：“当日不听贤弟之言，惹下终天之别，一言难尽。”陈英策尚不知其死，乃道：“贤兄烈烈丈夫，如何出此言？”王谟教道：“贤弟，自从那日相别之后，我亦有往省之行。行至镇江，却被家人胡一，利吾之妇，用谋乘醉，推落江心，尸首已葬鱼腹，只灵魂不散，欲诉无由。今遇故人，得以面陈，乞为伸理此冤，义当重报。余无所托。”陈英策听罢，毛发悚然，抱住王谟教道：“贤兄此言是梦中耶，果有此情乎，必不敢负贤兄之托。且问当时落水之间，曾有人知否？”王谟教道：“镇口艄公张富颇知。吾与贤弟幽冥之隔，再难会也，从斯别矣。”道罢，陈英策忽然昏迷，半晌而醒，寻取故人不见，连忙回转店中，收拾行囊，辞别店主人而归。

回至家中访问时，王谟教已死过六十日矣。陈英策备香纸，径至其灵前哭奠，熊氏恨之不出见，唯王谟教妾赵氏，出之接纳，悲诉其冤情。陈英策抚慰良久而别。回至家中，心下甚是不乐，乃曰：“吾与王兄结交兄弟，有同生死之誓，正谓此不良之妇，因以弟兄间阔。今此淫妇，与仆胡一通奸，谋杀亲夫，何忍得不为故人申冤，具状以告乎？况之曾以幽灵托我，岂可负故人之托，使之负屈于九泉之下？”展转思量，慰慰不已。遂具状于海公处陈告，谓仆与主母通奸，谋死主人之情。海公即差张权，拿胡一并熊氏到厅前跪下，海公根勘，胡一争辩，不肯招认，只得发熊氏、胡一二人监狱，究问数日未决。海公思量：通奸之事的有，谋死主人，但未得证见，如何肯认？乃密召陈英策问云：“汝故人既有此托，曾言当日船艄是谁？”陈英策道：“九江镇口张富也。”海公次日又差张权，前到镇口，拘得张富来衙，问其王谟教过江情由。张富答道：“那日夜深落水之时，江水最深，黑夜不能得救，彼及落水，我等俱睡了。落水之后，胡一方叫知，待起救不及矣。”海公听得张富之言，心下自已明白，乃与胡一曰：“汝试以语言证之，胡一若果有亏心，必自招认。”遂取出熊氏、胡一二人，当厅审问。胡一见张富在旁，便有惧色。海公问：“张富，王谟教在你船上，落水是自失耳，还是胡一推落耳？”张富指言：“当夜是胡一推落下水。”胡一心慌。海公喝令严刑拷究，胡一只得吐实，招认谋死情弊，遂成案卷。海公判令熊氏、胡一死罪，给钱赏张富回家。陈英策为友申冤雪恨，不负故人之阴魂投托，仗义之人矣。王谟教妾赵氏生有一女，年方十二，就嫁与陈英策之子为妻，承王谟教家业。

告通奸谋主

告状人陈英策，告为逆天通奸谋主事。窃身契兄王谟教，娶妻熊氏，岂恶仆胡一，贪氏美丽，每行调戏，熊氏淫贱，背夫与奸，计谋害主，乘酒推落江心。奸恶诡计，人莫能测，契兄谟教，陡遭恶手谋死，阴魂不散，冤灵托身，代为雪冤。似此逆天侮法，通奸谋害，情实可惨，恳天除害，杜奸正法。上告。

诉

诉状人胡一，诉为黑冤事。枭恶陈英策，素不安分，为害百端。祸因与身有仇，常欲害身，趁今主之死，捏言家人与主母通奸，谋死主人，情实胡陷。既言有奸之情，邻甲岂无一知，独伊知之？仇挟陷害，情理炽然。乞天详察豁命，如果有奸罪，甘大辟。哀诉。

海公判

审得熊氏，乃一淫毒之妇也。以夫王谟教远游商贾，伊之情意一兴，彼之不得应制，乃与仆胡一通奸，其情实可恶矣。然既奸之，又共谋之，恶胡甚哉！若非阴灵不昧，冤魂投托故人，谟教之冤，焉能申雪？固知伊等之罪太甚，阴灵必不瞑目于九泉矣。胡一以主酒醉，乘机谋死，律所不逭。熊氏与仆通奸，令仆谋害亲夫，二人俱合拟死，庶使萧何不坏，奸淫杜绝。张富应合给赏回家。陈英策为友而代雪冤，生则有同志之交，终则有不负幽魂之托，谟教终天之恨，皆得英策而申雪矣。合令英策之子，赘入王谟教之门，以承其家业，续谟教之后。如律取供。

第四十九回　奸夫淫妇共谋亲夫之命

临海县离城五里，地名张家村，有一人姓张名才，家业颇殷。娶妻饶氏，丰姿美貌，但是好情之妇，因见其夫朴实敦重，不会调情遣兴，心下甚是不乐。其舍旁有一姓蔡名廷生者，人貌清秀，乃是个风流子弟，与张才平日结契兄弟，尝往来张才之家，无间亲疏，不时与饶氏交接言语，饶氏甚爱慕之。

一日，张才出外，恰遇蔡廷生来其家，饶氏不胜欣喜。延入房中坐定，乃谓蔡廷生云："丈夫今日往庄所算田租，一时未还。难得叔叔今日到此，略闲暇些，有一句话，要对尊叔说知。且请坐，少停片时，待妾入厨下便来。"蔡廷生遂应诺，安坐等候。少顷，饶氏整备得一席酒，入房中来，与蔡廷生同饮。酒至半酣，饶氏有心向着蔡廷生，乃云："妾闻叔叔已未娶有婶婶，夜来独睡，岂不寒冷乎？"蔡廷生答曰："小可命薄，姻缘来迟，衾枕孤眠，是所甘愿矣。"饶氏笑云："叔叔休瞒我，男子汉久无妻，夜度如年，适言甘愿，乃不得已之情，非出实意也。"蔡廷生见饶氏言语，皆有意于他，不觉心动，乃云："贤嫂记念小叔单冷，宁肯念我哉。"饶氏遂答曰："妾心爱叔已久，尝欲诉妾衷曲于我叔者，爱怜之心倒有，只恐叔无心恋妾矣。"二人戏谑，彼此乘兴，遂成云雨。正是，色胆大如天。两下相投，情意稠密。但是张才不在家，蔡廷生即来饶氏房中歇宿，张才全不知觉。

忽日，饶氏与蔡廷生，两个戏谑作趣，却被张才之仆窥见，心下颇知其事，欲将此事告知主人，又恐主人见怒，若不说知，又恐久后必主成祸，心中甚是不平。忽日，张才往庄交租，与佃人算账，不得回家，宿歇庄上。因残秋天气，良夜生寒，夜寐不着，乃谓仆云："今夜秋色，令人悲伤，寝寐不安，未知家下亦如是否？"仆答云："主人因风追感，良夜生寒，有帐寐之想，寝寐不宁；主母在家，夜夜娱乐，兰帐生辉，夜夜暖矣。"张才怪疑，便问："尔何如出此言语？"其仆不肯与说。及其恳切，乃直言主母与蔡某往来交密之情。张才闻知，心下不胜懊恼，恨不得到天晓。转回家中，见饶氏面带春色，愈疑其事。是夜，诘问蔡廷生来往情由，饶氏欲遮掩，乃正言之："尔不在家时，我便闭上内外门户，那曾有人来我家？而将此言诬我？"张才云："不要性急，日后自有端的。"饶氏忧惧不语。

次日，张才又往庄所去了。蔡廷生来见，饶氏不乐，因问其故，饶氏遂以丈夫知觉情由告知。蔡廷生云："既如此，不须忧虑，从今我不来你家，便息此事矣。"饶氏曰："我道尔是个有为的丈夫，故从于汝，原来是个没智量之人，我今既与你情密，虽图终身之计心则安，缘何就说开交之事?"蔡廷生云："然则如之奈何?"饶氏云："必虽谋杀吾夫，可图久远。"蔡沉吟半晌，没有机会处。忽计上心来，乃云："娘子的有实愿，我谋取之计有了。"饶氏问："何计?"蔡云："尔夫庄上之路，有一险处，名日巅坳，离伊庄十里之路，伊夫回，要从此过，不若我往是处等候，待他回来，推落坑底去，必触死矣。久远可图。"饶氏云："叔有此计，若完事后，其外我自调度。"蔡廷生宿了一夜而去。次日径至巅坳等候，恰遇张才独自而归，蔡廷生乃近前与张才曰："尊兄回来。"又道："你看此坑下有一蛇。"张才遂将身侧视，被蔡廷生乘力一推，张才立脚不定，跌落坑底，可怜一命，遭奸恶之手而死。当下蔡廷生谋取张才之后，跑走回家，来见饶氏，道知其事。饶氏悦云："想今生，我与你有缘矣。"自是，蔡廷生无忌出入其家，不顾人知。若亲戚问及张才多时不见之故，饶氏掩讳，只告以出外未回。然其家仆知主人没下落，甚是犹疑，又见饶氏与蔡廷生如夫妇一般，心下不忿。欲告首于官跟究，恐怕无一见证，只得委曲隐藏。饶氏知之，遂将其仆赶逐出外。去后，其仆心愈疑之。

忽日夜，张才乃托梦于仆，谓他被蔡廷生谋死于巅坳，今又奸我之妻，今来托梦于你，代我申冤，我自阴魂作证。其仆进郎，得了是梦。次日，即具状于海公处陈告。海公审问云："既你主人被蔡廷生谋死，有人知觉否？有谁见证乎？"进郎即以托梦之故，直说于海公，又饶氏与蔡廷生如夫妇一般，嫌疑不顾，直说一遍。海公审问明白，即差公牌谢龙，速拿饶氏并蔡廷生，到司审问。谢龙径至彼家时，饶氏与蔡廷生正在围炉饮酒，谢龙近前一把拿住，即拘至厅前跪下。海公问及于蔡廷生，廷生争辩答云："张才当日往庄收租，一向未见归家，其饶氏门户紧密，往来有数，那有通奸之情？张才往庄未见下落是真，只不是我谋死，进郎所告，不过是不忿主母逐赶他出外，故捏是情来告。”海公云：“既不曾与饶氏有奸，如何同饶氏围炉饮酒？尚敢争辩。”喝令严刑拷打。蔡廷生惊慌，不能遮掩抵饰，只得逐一供招与饶氏通奸谋害张才情由，海公叠成文卷。遂问饶氏与蔡廷生二人抵死。放进郎回归，葬殡主人，续主家业田宅。

告为主申冤

告状人张进郎，告为逆天奸谋事。痛主张才，与蔡廷生结契弟兄，待如同胞。岂恶廷生，悖德忘义，私奸主母饶氏，窥主往庄交租，乘后追赶谋害，推主坠死巅坳坑底，复与饶氏成其夫妇，谋取家业。似此不法，逆天大变，情实惨然。乞天究勘抵命，剿灭奸恶，生死衔恩。哀告。

诉

诉状人蔡廷生，诉为冤诬事。切身贸易在外，于昨方归，张才因往庄而被劫，生实不知，身以友义往其家问顾。岂恶张进郎，素妒生往伊家，挟有仇恨，见身昨回，捏言通奸谋杀诬陷重罪，冤枉迷天，恳台恩豁超拔。上诉。

海公判

审得蔡廷生，乃一游手好闲之徒，专擅风情之喇棍也。则以张才之妻饶氏淫乱，伊奸之为己妻，反生衅端者，恶之甚，不可言也。初假以弟兄相呼，而后终以仇敌相拒，奸恶狠毒，巧机谋害，谁能测哉？张才遭伊毒手而丧其命，丧命而着其妻，着妻而损其家业，即斯三者，皆无故而受荼矣。九泉之下，岂肯瞑目于地者乎？乃托仆进郎，代尔申雪，魂魄自作证见。应知天理彰然，冤魂显赫者也。饶氏与蔡廷生，不合通奸，谋死张才，应合拟死。张进郎，既能为主申冤，许令承业续后。

第五十回 开江成之罪而诛吴八

临海县离城二十里，地名江源口，亦一大乡境也。有一姓丘名显者，家道殷富，以经商为业，娶妻连氏，貌丽而贤，善持家法，夫妇和顺。

一日，丘显欲整行货，出商于外，连氏劝云："万事付之于天，富贵有时，何必奔波劳苦，离家远出？况我独自支持，无人看顾，不若勿行，另取善计可也。"丘显依其言，遂不思远出，只在本地生放营活。

时对门有吴八者，最刁，贪淫好色。因见丘显之妻连氏美貌，日夜慕之，欲与相会，再不能勾。

一日，丘显往庄，侵早出门，被吴八看见。食后，吴八整齐装扮，径入丘显舍里，立于帘外，叫声："丘兄，在家否？"彼时，连氏方起来，乃听得帘外有人叫声，问道："是谁叫？丘兄早已上庄去了。"吴八不顾进退，直入帘里，来见连氏，云："小弟有件事，特来相托，未知即回么？"连氏以吴八往日邻居，不疑，乃云："彼有事未决，想必日晚方回矣。"吴八见连氏云鬓半偏，启露丹唇，不觉欲心火动，用手扯住连氏云："尊嫂，且同坐，小可有事告禀。待丘兄回时，烦仗转达知。"连氏见吴八有起不良之意，劈面叱之，云："你为人堂堂六尺之躯，不分内外，白昼入人家，调戏人之妻小，真畜类不如也！"遂进内宅去。吴八被其叱，羞脸难藏而出，致恨于心。回家自思：倘或丘显回来，彼妻必以其事说与，岂不深致仇恨哉？莫若杀之，以泄此忿。即持利刀，复来丘显家。正遇连氏倚栏，而有所思之意，不提防吴八复来。吴八向前怒道："认得吴某否？"连氏转头，见是吴八，大骂云："奸贼，缘何还不去？"吴八抽出利刀，将连氏咽喉一刺，连氏闷地而倒，鲜血倾流。吴八悄视，四下无人，乃脱连氏之衣，放于尸傍。次后，将头上簪拿下而回，并无人知觉。

时连氏有一表弟，姓江，名成，撑船度活。是日，天晚泊岸，湾船于江口，径上岸，探望连氏。行入其家，叫无人应。待至房中，转过栏杆边，寂无人声。江成见其家中，无一人影，随复登舟。

是夜，丘显归来，唤其妻不应，及进厨下，点起灯照时，房门又未曾落锁。丘显疑虑，持灯行过栏杆边，方见杀死在地，血流满阶。丘显抱起看时，咽喉下伤着一刀，大哭道："是谁谋杀吾妻？"

次日，邻居闻知，都来看，果是被人所杀，不知如何。邻人道："门外有一路血迹，可随此脚迹而去跟究之，可知贼人所在矣。"丘显依其言，即集邻里数十人，径寻血而去，其血迹直至江成船中而止。丘显上船，扯住江成骂道："我与你素无冤仇，何得杀死吾妻？"江成惊恐愕对，不知所为何来。被丘显绑缚到家下，打了一番，解送海公处陈告。海公审问，邻里干证皆言，血迹委的在其船中而没。海公跟勘江成情由，江成哭云："曾与丘显是亲戚。抵暮，临其家，无人即回。不知杀死连氏在家，'履上沾得血迹，不知杀死之由也。"海公自忖道：既是江成杀死，其船必有利刃、簪物等件。今江成之船，无是等物，此必有不明之处。今将江成监于狱中。心下生一计，乃密嘱手下张权，往江源口左近地方访问，假称："丘显之妻连氏，被江成所杀，今被丘显将江成拿到海衙，已问偿命了，但未曾有实证。当时，江成所杀连氏之际，曾有利刃、簪物等件，今被所捉，弃丢在街。有人拾得者，将来海衙，以证江成死罪，官给重赏。"张权领命而去。过一月间，并无消息。

一日，吴八又见舍傍一妇有貌，心甚图之。其妇之夫贫穷。吴八乃往之调戏彼妇，遂与成奸。吴八切心爱恋，乃买酒与其妇同饮。饮至醉后，乃谓妇云："看尔有心顾我，当以一场大富赐尔。"妇笑云："自君来我之家，未曾用半文钱，有甚大富？尔自取之，莫哄妾矣。"吴八云："是真，我非哄也。"妇问其故，吴八云："即目丘显之妻，被江成所杀，有利刃、簪物，江成将弃丢了，在江口亭子上那山树下，今江成问了死罪，但要此物件去作证。海公已有榜文张挂，究问有人捡得簪物者，官给重赏。我知其下落，尔可令丈夫去彼处取，至海公那里讨赏。”其妇心中不胜之喜，即对丈夫说知。其村民直至其所，取之，果有簪物利刃。即忙持往海公处讨赏。海公问之：“从何得来？”其王安乃是一村夫，将以是事直告于海公，谓：“在江口亭子上那里一树下得之。”海公问：“谁教尔在此处觅？”村民不能隐，直告以是妻说与知之。海公又令张权密嘱云：“尔先往王安之家，窥看其妻在家作甚工绩，看有甚人往来？或有奸夫，可即拿来。”张权去了。海公乃对王安曰：“尔且在廊下俟候，等我问事完了，给钱赏尔回去。”张权领旨，往其家看，恰遇吴八正与其妇作乐饮酒。吴八乃对妇曰：“想尔夫将必回矣。”妇云：“夫归若得重赏，合当与尔共分。蒙君指教，皆赖君之恩也。”吴八笑云：“不待分我，留在尔家置酒。剩者，当歇钱也。”其妇大笑。不提防张权在外听见，直撞进房中，将吴八并其妇捉了，解入衙来见海公，禀知妇人酒间与吴八所言之事。海公根勘其妇：“何知所杀连氏之刀、簪物等件所在？”妇惊惧，直告以是吴八所教。海公审问吴八：“尔怎知之？莫非是你所杀，将此物件埋于其所？”吴八答云：“小人因往亭子乘凉，上此山行，要在此树下过，见其树下，一勺之土新而且高，我将手剜开，其下见有是物。怎管我事？是我所杀死？”不肯招。海公怒云：“这贼，分明是你杀死，尚敢争辩。既不是你杀死，如何与王安之妻通奸，教王安取来讨赏？”喝令严刑拷打。吴八慌忙，不能抵辞，只得供认，因与连氏调戏，被其叱辱，愤恨杀死，及与王安之妻通奸情弊。海公叠成案卷，问吴八典刑，王安之妻官卖，于是江成之冤释矣。若似者，海公之明镜，奚啻包公哉！江成感恩生死不已。海公之明见，释冤真神断焉矣。

告为妻申冤

告状人丘显，告为号究妻命事。兽亲江成，瞰身往庄，乘机入室，调戏身妻，连氏不允，愤恨杀死，履下血迹可证。似此凶恶，侮法违制，白昼入室，无故杀身妻，冤同渊海，乞天斧劈刁恶。衔恩。

上告。

诉

诉状人江成，诉为烛冤事。窃身与连氏姑表兄妹，昨因省归，船泊江口，身往其家访望，并未见有人在。冤遇天暮，身即便回。岂料连氏被人杀死，血流满地，脚履血上，误带血迹。丘显指身所杀，众口哓然，不容身诉，情实冤枉，恳天施恩，超害蚁命，生死衔恩，公侯万载。望光大诉。

海公判

审得吴八，不务本逐末，专一调戏人妻小，实乃刁奸恶毒之徒。以丘显往外，遂往调戏其妻连氏，亦违法之甚。胡为调奸不从，趁伊淫恶之忿，杀死其妇之命，桓之恶有若是焉？夫连氏之被杀，丘显岂疑谓尔“但知寻血踪迹”。所言“江成之谋，为真奸恶，行凶甚毒”，机虽未露，何为又奸王安妻？饮酒戏谑，自露所杀真赃，非连氏之阴灵不昧，尔罪贯盈难通，天使奸恶自露，言于王安而作证，盍拟以大辟。王安之妻应氏，淫贼太甚，不合与吴八而通奸，律拟官卖。江成的系无罪，归家务业，干证各无问罪。如律取供。

第五十一回　周氏为夫申冤告张二

永康县在城有一人姓盛名显达，家业富足，其人良善忠厚。乃交一友姓张名二，为人狠毒，吝财谲诈，独奉承显达，欲图骗其财物。

一日，显达令人请张到家，置酒待之。饮至半酣，显达席中与张二云：“吾与贤弟交契多年，尝以知己事商议。今有一事，欲与贤契商议，以决可否。”张二云：“小弟家贫，多得贤兄恩惠周济，若有甚事可代得力处，小弟虽水火之中，亦不避矣！何有不可，愿闻其故。”

显达云："非为别事，我想人生在世，不可虚度光阴。意欲收些货物，前往苏州走一遭，又恐程途修阻，待我问卦吉凶，若允前往，当邀贤弟相陪。"张二闻其言，心下暗喜，不良之意已在。乃欢喜笑云："贤兄要往苏州买卖，特问术士之可否，见得极是。只恐尊嫂不允兄行矣。"盛显达答曰："若许我行，嫂亦无阻矣。"张二云："衙前初来有一先生，姓曹，号东溪，此人推占极验，虽与之占，吉凶可决。然今天晚，待明日与兄同去。"酒罢各散。张二欣喜归家，自言："造化来到了。"

次日黎明而起，先到衙前见曹先生，与之云："少刻，我同一友来占卦，你只管以好许他，我自当重谢你。"言罢而去。少顷，二人果来衙前见曹先生。显达便以出往之事告知，求先生一卦，问其吉凶。曹东溪应命祷嘱占得一蹇卦，本身弱被他人制，倒是一离别卦也。曹东溪待说明之，见张二以目斜视，遂乃云："此卦中平，君去之无妨，只要途中提防谨慎些。我且写下占词，牢记在心，谨防便是。"其词云："此去前程不相宜，却寻荆棘作止栖。同途之辈非好伴，若不提防恐差池。"写毕，显达受了卦，将钱酬曹先生，与张二回至家下议之。显达云："吾欲往外，今占此卦，不当为好，使吾心犹疑，迟惑未决也。"张二答云："曹先生许兄仍行无妨，何用疑虑乎？"显达乃曰："贤弟，万事由天，莫管他甚么休咎。倘或有不测之处，只要提防就是。"张云："如此，方是为一男子汉。今此不立志，轰轰烈烈，更待何时也。"二人遂买货物，装载下船定了，遂欲起身。比及显达之妻周氏知其事，欲坚阻之，而显达之货已发离本地矣。临起身时，周氏以子年幼，又以劝之莫去。显达云："吾意已决，不必多言，倘得货物脱手，不消半载之间，吾便回矣。只要你谨慎门户，看顾幼子，余无所嘱。"言罢，登程而别。周氏掩住双眸，心中悲切惆怅，只得闭住外户门，转入内宅。

张二哄得显达装货同行，心下喜之不胜。便生计较，要害显达。乃谓显达曰："今日天色渐晚，与兄前村沽买一壶，回来船中做个神福，以好明日早开船。"显达依其言，与之同往前村店里买酒。张二到店中又云："此店有上好烧酒，不若同兄在此饮了几杯再去。"显达以其故友，随其所为，遂在店与之饮。张二有心连灌显达几杯，不觉醉了，二人遂依然回转船中。张二道：如此正好下手。黄昏时候，船艄各已息歇，四下无人，用手一推，显达跌落在水去了。然后，乃叫艄公："快起。吾兄跌落水中，快来为我救起。"艄公起来时，昏黑不见，跌落已多时了，不能救得。张二假作悲伤。艄公谓："是酒醉自跌落水，不疑张二谋杀。"次日，依然开船去了。

张二得到苏州，转卖其货，遇偶倍利而还。将银两作三份而分，自留起二份，止将一份送至盛显达家，来见周氏。周氏见张二回来，乃问："叔叔既转，盛兄如何不回？"张二云："盛兄在后回，先令我带银归着，他收完账目便回。"张二就辞欲去，周氏留之，备酒相待而去。

过了几日，张二要掩饰其事，心生一计，慌忙来至其家，道："尊嫂，差了。盛兄已回，来至半路，被水溺死。"周氏惊云："盛兄溺死？谁对尔说知？"张二答云："有一客人，与之同回，彼客上岸起早，盛兄在船，夜遭贼水至，船沉水底，因此溺死。是这客人说知。"周氏曰："既然如此，客人今在何处？可叫来问他详细。"张二答云："此客过往的，昨日来说是事，今日去了。"周氏心下自晓：吾夫死必不明！必是此贼谋死！故来假言粉饰，可将言语探之，必知端的。乃谓张二云："吾夫去时，我不忍与之分别，我将一玉绦环与之记别。我夫今既死矣，玉绦环必无矣。然他之死不足惜，唯吾之玉绦环可惜矣，今再无得有。"张二见周氏言"死不足惜"，所惜者是玉绦环，以谓周氏不恋丈夫之意，不识根究者，乃曰："玉绦环？前日我回，盛兄曾付与我，既是尊嫂的，即当奉还。"遂持玉绦环还周氏。周氏看见玉绦环，便知丈夫之死，的是张二谋杀无疑矣。乃具状于海公处陈告，谓张二谋财害命。海公审问明白，令公差即拘张二到厅听审。公差拘得张二厅前跪下，海公乃问："尔何得谋死显达，而夺其财本？"张二死不肯招。海公怒云："尔既不曾谋死显达，何如玉绦环在你身上？分明是你谋死，何得争辩？"喝令极刑拷勘。张二挽手无对，只得供出谋杀之情。海公遂问张二抵命，追家财给还周氏。于是，显达之冤得审矣。

告为夫申冤

告状妇周氏，告为夺财谋杀夫命事。痛夫盛显达，揭本二百余两，与恶贼张二往苏买卖，岂恶张二，悖义忘德，谋杀身夫，尸首丢落江滨，财本罄夺一空，见有玉绦环可证。乞怜人命关天，冤魂莫奈。夫遭横死，人财两空，负冤上告。

诉

诉状人张二，诉为冤诬事。窃身与盛显达构本买卖，冤遇命薄。显达乱宿妓娼，将本尽行消乏。身即先回，岂知显达嗜饮，被水溺死。伊妻周氏，驾捏耸告爷台，谓身谋财害命。不思伊夫嗜酒，倾废财本，水溺而亡。况所归各有先后，怎言是身谋死？情实诬陷。乞究根因，超拔。上诉。

海公判

审得张二，以财动心，所谋盛显达，情实可矜矣。夫人命至重，动关天地，冥冥之中，冤魂安肯闭目？今托物鸣冤，使奸恶自露原赃，非天理彰焉已。张二以僻地掩人之不见，劫其物而杀其命，一概血证，即拟上刑。周氏合着亲人，寻显达尸首归葬，勿致抛散江滨。张二家财，亦合给令周氏收归。取供。

第五十二回　开许氏罪将猫福抵命

仁和县离城十里，地名葛家村，有一葛怀亮，家道极富，不幸早死。其妻许氏贤惠，处家有法，但未生有子，只有二仆，一姓曾，一姓猫。曾仆敦厚，勤于事业；猫福刁诈，每偷盗稻谷。一日，被许氏撞着，偷米一桶，许氏怒之，遂被逐出。猫福疑是曾兴报主母得知，故被其撞着，逐遣出外，深恨于曾，每思以仇报之。

一日，许氏令曾兴往庄取苗租，曾兴听主母之遣，乃至庄，来取苗租。已经三日，曾兴方回，时带有百余两银而归。许氏将银放在床上，令曾兴在房间对过，然后收起。许氏遂往亲戚家饮酒去了。

猫福知得许氏不在家，抵暮入其家，欲盗之物，直入其房去，却撞着曾兴在房里对整银两。猫福怨恨起来，指道："你谮主母逐我出外，你今把持家业，是何道理？"拔出刀来，将曾兴当头劈下，昏倒在地，血喷流出。猫福将其银尽夺走回，并无人知觉。比及许氏饮酒而归，唤曾兴不见，及进房中，乃见被人杀死在地。许氏大惊，哭云："妾身何不幸也！命何若似薄乎：丈夫早丧，只得此得力之仆一人，今又被人杀死，惹出其祸。怎生伸理？"后邻人知之，果出首于海公，谓："许氏有奸夫，曾兴妒奸，故被奸夫所杀。"许氏哭诉，不知杀死情由。海公根勘，再拘邻里问之，其中有几个与许氏亲戚者言："曾兴之死，未知是谁所杀。然许氏素无污行。"海公迟疑，不能决得，只得将许氏收监。

海公转入私衙，唯思此桩事，没得一明白处。所首告者谓"许氏妒奸杀死"，所证者谓"许氏无污行"。正在思想之间，忽然，一猫跳上桌来，海公忽然忖到：莫非姓猫者矣？

次日升堂，取出许氏审问，云："尔家有姓猫人否？"许氏答曰："妾家只有一仆姓猫名福，已逐出外年多了。别无姓猫者。"海公自思：是了。即差公牌，拘得猫福到衙勘问，猫福不肯招认。海公令公差："再往其家搜取，有甚物件，将来我看。"公差至其家，只搜得一个篋，篋内尚有银一百余两，公牌即将来持见海公。海公乃令许氏认之，许氏将篋接过手，遂哭云："这篋正是妾的。当初曾兴往庄，取得租银回来，妾将此篋与之，当盛此篋。缘何上有血迹在？"海公审得明白，乃问猫福云："杀死人者，是你。怎得在我跟前抵赖！即非尔所谋杀，此篋从何得来？篋上现有血迹可证。"喝令："夹起来！"猫福不能隐，只得吐实，供出杀死情由，海公遂问之处死，释放许氏。于是，曾兴之冤得申。许氏不为此而毙狱矣。

邻甲出首

首告人葛成、张大邦等，首为妒仆奸杀事。葛怀亮之妻许氏，以亮早丧，内外无碍，藏奸往来，有仆曾兴，见氏污行，紧密门户，触氏之怒，于昨十三日将仆杀死。似此奸淫，理合首明。乞天究治正罪，杜灭奸恶。为此首告。

诉

诉状妇许氏，诉为烛冤豁命事。窃夫早故，妾身失天，妇道闺门，素无污行。冤遇曾兴取租归家，带银一百余两，未知甚贼窥见，苗至葛门，将仆杀死，银夺一空。邻甲不询来历，首谓妾“妒仆奸杀”，况身是日，邻家饮酒，所杀之后方归，实不知其由。恳乞爷台做主，洞察真伪。哀哀上诉。

海公判

审得曾兴所死，实遭猫福之毒手。葛成等所首谓：许氏奸夫所杀。然但知其兴之被人杀死，未询其杀死之由。猫福以昏黑入其主母之家劫财，而又杀兴之命，谓房间为僻地，将以掩人之不见也。岂知暗室亏心，神目为电哉！夫曾兴死于无辜，九泉之下，阴魂必不瞑目者。令托物鸣冤，使人首出原赃血证，盍拟大辟。许氏无罪，原赃应给收归。葛成、张大邦等各不究。

第五十三回　决何进贵开赵寿

淳安县管下地方南村，有一姓徐名高者，其家富足，一子名昌贤，父子二人，忠厚诚实。徐高是一春风之人，自幼与何进贵相交。进贵家贫，唯作中保以度活，思欲买卖，又无钱本，难以措手。若独以作保觅些小微利趁口，怎能够发达？心下思忖，必须要寻一生活方可。不若明日往徐兄处，借些本钱，寻一买卖做。待后起胜些利息还他，彼又得其所益，岂不是两相美乎？

次日，径往徐高之家，特作相望之意。徐高出，见何进贵，便请入后厅，坐定，徐高遂吩咐家下，整备酒席相待。何进贵笑云："小弟这几日俗事，未及问候，与老兄多时未曾相会矣。"徐高云："我正大思慕贤弟，幸得贤弟到来。"二人遂对席而饮。饮至其中，进贵乃曰："弟有一话，久要见贤兄商议，但不敢开口，特恐贤兄不允。"徐高答云："我与贤弟，自幼相知，有甚话，但说无妨。"何进贵云："小弟因家贫无措，意欲做一买卖，以延终身之望。怎奈缺少银两做本，故来见兄商议，借些本钱。不知肯做成否？"徐高云："贤弟有此志，乃是好事，本当做成才是。怎奈目下小儿娶亲，要银使用，一时未有银，此则不能应命。"进贵知其不肯，再不开言，即告酒多，辞之而去。至家愤恨不已，致隙于心，每思害之无由。

一日，徐高父子因往庄而归，行得半路之际，徐高先回，其子昌贤从后，独自缓步而归。行至地名石曹，止一独家村，有一赵寿在此居住。恰遇何进贵来，昌贤见是父亲往日结交契友，近前，与之施礼，曰："尊叔何往？"何进贵见是徐高之子，遂心下旧恨触起，奸恶炽然，袖中拔出尖刀，将昌贤左劈一刀，跌倒在地，再将其身遍体搜寻，内有银十两，尽行劫去。

其后，徐高至晚见子不回，急往寻之。至石曹，见昌贤被人杀倒在地，徐高不胜痛恨。心下止谓是赵寿所杀，遂集邻往石曹验视。皆说："是昌贤行至此，赵寿见其身带有银，故此谋杀。况此乃是独家村，是他杀死无疑矣。"徐高即捉其夫妇，解送海公处，具告谋杀夺财。

海公审勘，邻证皆说"是赵寿谋死"。赵寿被众人所证，不得分说。唯称屈不已。海公见其不胜呼"屈"，亦疑枉之。只不得一明白处开得他，迟疑不决，只得将来收监。海公入衙自思：是事如何决之？赵寿若既杀昌贤，必不将尸尚留在门之途，当以远弃其尸才是。心下自忖，无比烦恼。

次日，出堂坐定，即令取出这一干人犯审问，又不得其明白处。正在审问之际，忽见廊下有了人，面怀奸色，自作吟哦。海公见之，察其人，必是奸恶之徒，喝令将府门闭了，将赵寿枷在阶下，待封了门锁，令左右不许人出入。径转后堂坐，默然所思，却有昏沉之意。其子在衙，要讨荷花戏耍，张权摘之进入。海公遂问曰："你将此荷花来做甚么？"张权答云："公子讨此荷花，今来进贵人。"海公忽然思到，遂又出堂，令左右将那进衙看审之人俱拿下。各不知情由。海公叫各人都要报名，前头跪的，所报皆不是。问及进贵来，海公曰："尔名唤甚的？"进贵答曰："小人名唤何进贵。"海公心下愈明，遂放俱各出去，独留进贵在此俟候，众各出衙去了。海公乃吩咐手下的，看刑具俟候，遂问之曰："何进贵，杀死昌贤是尔，以累他人偿命，怎得如此多奸？"何进贵乃曰："老爷怎么如此审状？徐高所告'赵寿杀死的'，确无疑了。何今没头绪，说小人谋杀？人命之事，岂是小可？"只管强口争辩，不肯招认。海公见其面色变异，双眸眊然，知之杀者实矣，况且言语刁尖，乃怒之曰："既不是你杀死，如何进我衙来，买嘱禁子狱卒，要摆布死赵寿？分明是你，怎得在我跟前放刁！"喝令严刑着实拷勘。何进贵入衙门，本是买嘱禁子，打点赵寿死，以免后话，见海公言之，谓其真知，又且受刑不过，只得招认，不合谋死昌贤，搜其银两而走。及拘徐高问之，始知因当时借银不允致仇。海公审得明白，遂问何进贵死罪，释放赵寿。赵寿叩头称谢而去。于是，昌贤之冤得申雪，赵寿之枉得白。海公者，察言观色，能知何进贵之奸，遂决其狱，不亦神乎？

告谋子命

告状人徐高，告为劫杀男命事。枭恶赵寿，瞰男昌贤往庄独回，至伊石曹，乘其孤身，将男杀死，身带银两，悉行夺去。邻甲周兴等视验可证。切思无辜，遭毒所杀，冤同海岳。似此奸恶，民遭毒害，不得聊生，乞天拘究正罪。上告。

诉

诉状人赵寿，诉为凭空冤捏事。窃身守分，素不为非。冤遇昌贤被贼所谋，移尸于寿门首，寿并一不知。岂徐高以子遭贼杀死，跟究无踪，诬告身杀，不容分诉。切思伊子虽遭谋杀，实与寿无干。人命重情，诬陷之罪难当。恳乞仁台做主，超豁蚁命，严究根因，辨分皂白。哀哀上诉。

海公判

审得何进贵与徐高借银不肯者，不过小忿矣。何进贵胡为持之为仇隙，石曹地方，遇徐高之子昌贤，杀之，以劫其财。凶恶之行，谁可测焉！夫天理恢恢，毫无所漏。况昌贤遭死非命，负屈九泉，必不瞑目者耳。亦知伊之罪不逭，故自托物鸣冤，使伊买嘱狱卒，以露其迹。今既口实，合拟上刑。赵寿无罪，许令归家。

第五十四回　判奸友劫财误董贤置狱

杭州府仁和县有一姓董名宏大者，是一侍郎①；一姓孟名应梁者，亦是一侍郎。两人自幼交好，在任之时，内子俱各有孕，因指腹为亲，曰：“两生男，则结为兄弟；两生女，则结为姊妹；若一生男，一生女，则结为婚姻。”后董宏大得一男，名贤；孟应梁得一女，名淑姑。董侍郎遂央媒去议亲，将金钗二股为聘，孟侍郎慨然受之，回金簪一对。但董侍郎为官清廉，家无余钱。一日，休官归家而死。殡葬之资亦无，孟侍郎助其资用，与之殡葬。后，孟侍郎官亦罢休，家富巨万。

① 侍郎：古代官名，正三品。明朝在中央设置吏、户、礼、工、刑、兵六部，与前代相比，明朝最初在每部增加尚书侍郎各一。胡惟庸案之后，朱元璋废丞相之职，取消中书省。六部因此地位得到了提高。每部只设一个尚书，两个侍郎，原有的各科尚书降为郎中。各部尚书和侍郎的官阶也上升。其中以吏部（主管文官升迁）最为重要，户部人员最多。礼部（主管祭祀大典）与工部（主管公共建设）地位较低。

董贤虽会读书，一贫如洗。十六岁，以案首补廪①，托人往孟侍郎家求完亲。孟侍郎嫌其家贫，思欲与之退亲，故留难②曰："彼乃侍郎之公子，吾女亦千金之小姐，须当要备六礼行亲迎，方可成婚。今空言完亲，岂为婚配之礼？岂不闻：聘则为妻，奔则为妾。可叫之必须要备聘礼来，方可成婚。如若不能备礼，不如早退亲。我多退些礼银与他，别娶也罢。"媒者归，回董贤之言："孟侍郎所言留难，亲事要有聘礼，方许成亲。不然，则求早退婚。"董贤曰："我家贫穷，那讨聘礼？他女许嫁我矣，终不然嫁得别人。"

又延过三年，其孟淑姑，见父留难，不肯与之完亲，乃谏其父曰："君子以信处人，以义服人。严父当时与董侍郎同僚，最相厚孚③，指腹为婚。今董侍郎死，家道萧条，大人见嫌，欲求退婚，何也？吾闻君子，不以趋富嫌贫为尚，必当不负义爽信则可。"孟侍郎辄曰："彼有百金之聘礼，仍汝去矣。不然，难为非礼之婚也。"孟淑姑知父实欲退婚，乃背窃父之银两，乃已之镯、钿、钗等，可有百余两，密令小婢春容往董贤家，约曰："小姐命我拜上公子。我家老爷嫌公子家贫，欲与公于退亲。小姐仗信义，不肯从，每日与父母争辩。今老爷云：'公子若有聘礼百两，便与成亲。'小姐已收镯、头钗、钿等物，已有百两以上，约汝明日夜间，后花园来接。切莫失约，我等专候。"董贤闻言，不胜欢喜。

次日，有一相知契友丘孔教，往董贤家来邀董贤去嬉，看见董贤双眉舒展，笑容可掬，乃曰："贤弟今日喜笑欣然，莫非有甚好事？可带小弟一分，也不妨。"董贤乃曰："不瞒贤兄说，我因家贫，孟侍郎要与我退亲。不肯退亲，要我聘礼百两，方许我亲事。今蒙小姐盛情，令春容来约我，今夜在后花园相会，赠我百金聘礼，以完亲事，

---

① 廪生：廪膳生员，科举制度中生员名目之一。明朝府、州、县学生员最初每月都给廪膳，补助生活。名额有定数，明初府学四十人，州学三十人，县学二十人，每人月给廪米六斗。清沿其制。

② 留难：无端阻留，故意刁难。汉·桓宽《盐铁论·本议》："间者，郡国或令民作布絮，吏恣留难，与之为市。"

③ 厚孚：交情深重，彼此信任。厚：厚重，深厚；孚：相信，信任。

故以为喜也。”丘孔教闻所说，就起奸心，遂生计曰：“贤弟有是好事，我备一壶与汝作贺。”饮至晚，加毒酒中，将董贤醉倒。丘孔教抽身，径往孟侍郎花园去。见其门半开半掩。至花亭，果见春容在，持一包袱。丘孔教曰：“银事可与我去。”春容曰：“待我认着。”遂扯在月中认，曰：“汝非董公子也。”丘孔教曰：“正是我。汝约我来。”春容带包袱回见淑姑，曰：“小姐，来接银者，似非董公子模样。”淑姑曰：“此事只他知，所来必是他矣。岂有别人乎？你可与之。”丘孔教见春容认他不是董公子，带包袱回去，心下恨之，遂腰间取出尖刀，持在手上，以待春容再来，杀之，夺其银。及春容复至花亭，再又详认，果不是董贤，心下惊疑，乃曰：“汝不是董公子，到此做甚？汝是贼也。”丘孔教已早持刀在等，见春容说他是贼，银两不肯与之，遂将春容一刀刺死，夺其银两，急走回来。董贤酒尚未醒，丘孔教亦佯睡其旁。

顷刻，董贤方醒，乃谓丘孔教曰：“吾今要往孟家花园去接取那银回来，以作聘礼，好完亲事。”丘孔教曰：“此时夜静无人，贤弟有此佳会，可急往之。”董贤忙至孟家花园，四顾寂然。及至花亭，见春容在地，曰：“莫非睡去乎？”推之不醒，皮肉冰冷，呼之不应，身旁无一余物，止见其血流在地。再视之，腮下有一刀痕，吃了一惊，逃回家去。

次日，孟侍郎唤春容不见，寻至花园，花亭之上，见春容被人杀死在地，不知何故。一家惊异。淑姑心下自思曰：春容是我叫她在花园约等董公子接银，与之作聘礼，莫非是他杀死？不然，无别人到来。心下迟疑，亦不出口。孟侍郎根究无踪，乃思之曰：前日，董贤求完亲，我欲与之退婚，他坚不肯退。今春容被人杀死，不若乘此，令家人往县去告，谓其“谋财杀命”，此婚便可退矣。遂令家人，往县告之。

梁知县即拘两犯审问，孟侍郎只称：“春容与之有约，偷银与他，何其以忍心害理，杀死春容。乞父母惩究，庶死魂有赖。”董贤曰：“前日，因与汝求完亲，汝嫌我家贫，欲我与你退婚，我坚不肯。故你施下计策，令春容到我家来哄道：小姐有意于我，收拾金银首饰一百余两，令我夜间在花园来接，我痴心误信她。乃至后园，见春容已被人杀死在地矣，并无银两，必此婢有罪犯，汝将来杀死她，故令她来哄我，思欲图赖我耳。若我果得她银，人心合天理，何忍又杀她？”梁知县曰：“既如此，乡老大人，要令爱小姐到来，方可审得。”孟侍郎曰：“全凭父母断问。”随即令人拘到孟淑姑来，梁知县问曰：“孟淑姑，尔父所告，尔夫董贤谋死春容，道你知其来历。一是汝父，一是汝夫，汝是干证，好从实说来。”淑姑曰：“妾父与董侍郎同僚，指腹为亲，受金钗二股为聘，回他金簪一双。后董侍郎家道萧条，妾父要与退亲，妾不肯从，乃收拾金银首饰百余两，私令春容去约董贤，是夜到后花园来接。夜间果来，春容回报，我着令交银与他是实。但，次日早晨，见春容被杀在花园，不知是他不是？”梁知县曰：“此淑姑已说得明白矣。既金银交付与尔，则春容之死，非尔而何？合该抵命。”董贤曰：“孟淑姑所说前事极真，我死无怨。但说我杀死春容，得她银两，死亦不服。”孟侍郎曰：“父母，一赃真，百赃实。”董贤曰：“此想是前生冤业，今生填她命，百口亦难辩矣。”遂自诬服。梁知县乃判问其典刑，已成狱三年。

后海公因查勘盐课至杭州来，宿于馆驿。夜至三鼓，梦见一人啼哭来诉，身穿一件行衣，头戴一顶五云巾，称道：他是仁和县人董宏大，曾任北京礼部侍郎，子董贤，仁和县学廪生。他曾与之聘孟侍郎之女淑姑，今因家贫，孟应梁要退亲，小姐不肯，私令春容约董贤至花园，私赠金一百，却被丘孔教将春容杀死，夺去银两，陷吾子问死，现监仁和县狱。今遇明公，特来告投，乞为雪冤，不绝老夫之祀典矣。言罢而去。海公醒来，乃是一梦。

次日，径往仁和县去。时梁知县尚未升堂，出迎之，入堂坐定。海公曰：“贤知县三年前，闻有一杀死侍妾，劫其银两者，何如发落了？”梁知县曰：“已问典矣，尚在狱里。”海公曰：“枉他否？”梁知县曰：“赃、证俱明，不枉。”海公曰：“然，则将斯宗卷看之。”知县遂令吏揭来与看。海公将卷展视毕，乃曰：“何如此便拟董贤抵命？

岂不枉了?”遂令来审过，乃叫狱中取出董贤来问，董贤所诉，如梦中之诉同。海公曰：“可拘孟应梁到审，再令张权往拘丘孔教。”两犯俱赴厅前。海公曰：“孟侍郎，你何如嫌董贤家贫，逼勒退亲?祸由尔始。”又唤丘孔教曰：“尔这畜生，狼心狗行，累人至死，该得何罪?”丘孔教曰：“生员未曾累有甚人，何如有罪?”海公曰：“尔怎得将酒毒倒董贤，杀死春容，夺其银去，累董贤问死?”丘孔教争辩曰：“春容所约，约董贤?约我?”海公曰：“这畜生尚敢说约，董贤以你心腹相待，将所约之事与你说知，你便生计用毒，杀死春容，夺走其银，尚来争辩。”喝令极刑拷打。丘孔教见海公所转他言语皆真，又受刑不过，遂招曰：“不合因财动心，将董贤用酒灌醉，杀死春容，劫走银两，其金钗等物尚在，未动。”海公审其明白，遂拟孔教抵命。将孟侍郎斥骂一会，问不应之罪。释放董贤，仍判董贤与淑姑夫妇和合。一府之人，谓其神断，皆言：海公之明见，如包公无异哉！董贤、淑姑二人，拜谢而去。

海公判

审得丘孔教，贪黩害义，残忍丧心，毒酒误董贤，几筵中暗藏机阱，持刃以杀春容，花亭上，骤起虎狼。利归己，害归人，敢效郦寄卖友①；杀一死，坑一生，犹甚蒯通误人②。金镯宝钗，昔日真赃俱在；铁钺斧锧，今秋大辟何辞！孟应梁，枉则冠裳，不顾名义，厌贫

---

① 郦寄卖友：典故。西汉时期，郦寄与吕后的亲戚吕禄关系很好，得到了荣华富贵。吕后死后，众大臣策划诛灭吕氏。将军吕禄掌管北军，太尉周勃不能进入其中，于是同郦寄的父亲商议，让郦寄骗吕禄出游，周勃才得以进据北军，乘机杀了吕禄。天下称郦寄卖友。

② 蒯（kuǎi）通误人：蒯通本名蒯彻，汉初范阳固城人，因避汉武帝之讳而改名通。蒯通在韩信的帐下当谋士，当时韩信接受刘邦的命令，带领大军进攻齐国。郦食其因为给刘邦出了馊主意，建议刘邦分封诸侯，被张良所止。他戴罪立功游说齐王投降刘邦，韩信听到郦食其已经说服齐王投降，也正要退兵，但蒯通却极力鼓动韩信偷袭齐国。韩信采纳了他的意见，趁齐国不备，一举攻克齐国都城临淄。司马迁对此评价为“甚矣蒯通之谋，乱齐骄淮阴，其卒亡此两人！”班固也认为“蒯通一说而丧三俊”。一是韩信攻占齐国，惹得齐王田广烹杀了郦食其；二是韩信打败田广，田广被杀；三是韩信提出立自己为齐国假王，惹怒刘邦，为自己日后埋下了杀身之祸。

求富，思退亲而背盟，掩实捏虚，几陷婿于死地。侍儿因而丧命，嫡女默地悲心。本应按律施刑，惜尔官休年老，姑从未减，薄示不应。董贤，虽在缧绁之中，非其罪也。孟淑姑，既怀旧念之志，永为好分。昔结同心，曾盟山而誓海，仍断合卺，俾夫倡而妇随。

第五十五回　判误妻强奸

临海县在城有一姓宋名尚德者，其人性气多奸，痴疑过虑。其妻余贞妹，乃是一刚毅之妇，性最真烈。宋尚德每虑妻贞妹，恐其不正，与人通奸，心下尝以是为念，不务生活。其妻曰："吾观尔是一男子汉，昂昂丈夫，怎不寻一活计？终日在家中坐食，岂坐食山崩乎？吾恐诚非计也。"宋尚德曰："非我不图生活，但虑你也。"贞妹曰："虑我则甚？只管去寻一生活便是。"尚德曰："虑你则甚？你是一个妇人，家中又无三口五口，只我夫妻两个，倘若我去后，只你独自在家，或有甚后生之人，见我不在家，将来调戏你，况你又是妇人家，水性杨花，有甚变异，可不玷辱我也？因此虑在，故我不求生活。"贞妹听夫之言，乃正言以语之，曰："我谓你因甚不求生活，却为我虑矣，恐有玷辱于尔者。妾虽独自在家，开户紧闭便是。况我唯要正大，有谁敢欺我耶？君若不决其疑，妾且誓之：贞妹不存刚烈，伤风败俗，有辱丈夫，四体不得周全。"尚德曰："你之志，吾今已知。倘有一等之人，见你这般刚烈，持刀来强奸你，不由你不肯。"贞妹曰："吾见其持刀者至，亦不受辱，任从他杀。"尚德曰："倘人来得多，则何如？"妻曰："吾便先自刎，以洁身明志，此为上策。断然不受其辱耳。"尚德曰："若是，则吾可去矣。我今往杭州贩些杂货，到衢州府去，你可门户紧密，各宜谨慎。"夫妻两个话别而行。贞妹见夫出，往买卖，不胜喜矣。朝夕勤谨绩纺，不觉日月易过，夫去已四月耳。

尚德在外，每疑虑不决，只疑贞妹在家，必有往来者，终日不悦。时尚德有一知己者，名唤马春，在杭州卖布，亦与之共店，见尚德整日不悦，乃问其故，尚德曰："贤弟，非为别的，吾今出来，家中无人看管，吾妻又且年少，倘有甚污名，我颜何存？她虽常在我面前夸她贞烈，妇人之家，心性无定，有何准信？因之，故不悦之。"马春曰："贤兄不必多疑，尊嫂既有志于贞烈，必以节自持，贤兄不必疑虑也。况我观之，尊嫂果是刚烈的。"尚德见马春如此劝他，遂又生疑虑，言：要与马春有往来？越是不悦。遂收拾回来，不入其家，只宿于友秦化家。秦化问其何故，尚德乃以其妻之事，言与秦化知之。"他言他何等贞烈，我看之，与马春似有往来之意，故我不回家去。意欲令汝前去与我试之。"秦化曰："我一人不好去，更要一人方可。"尚德曰："汝可邀张光邦同去便是。"秦化遂邀张光邦同去。其门紧闭不开，秦化曰："既是不开门，可哄之。谓：'尚德兄有信回来'，他必然开矣。"贞妹听得说是丈夫有信回，忙来开门，秦化与张光邦见开了门，二人汹涌突入。贞妹曰："我夫有信，乞还视之。"秦化曰："你丈夫的信，要往房间去，方与你看。"贞妹斥曰："我夫有信，你将来还我便是，有许多话，敢在我面前野说？"张光邦极是个轻薄棍徒，不与再言，便往抱之。贞妹不胜愤怒，闪开光邦，走入房间，光邦、秦化二人，遂赶入房内去。秦化背后将贞妹两手挟住，张光邦乃解脱其下身衣裙，秦化见其辱之太甚，遂放手远站，贞妹两手得脱，即挥起刀来，杀死张光邦。秦化见张光邦杀死了，吃惊，急走出外。贞妹是个妇人，无胆略，恐杀人有祸，又性暴怒，不忍其耻，遂自将刀，自刎而死。

秦化忙奔回见宋尚德，即以所事告知。彼时，尚德方悔是错。又恐妻家父母及张光邦父母得知此情，必有话说，心下生计，与秦化商议先去呈明。二人商议已定，遂往县官处呈明，呈为"强奸杀命"，谓：张光邦强奸他妻，他妻贞烈发怒，挥刀杀死。妇人无胆，自刎身亡。吴县尹即拘来问，先审下干证，曰："你何以知见？"秦化曰：

“我因往他家拜访宋尚德，因呼不应，只见房门大开，我往视之，见光邦死在地下，余氏刎死房门内，下体无衣，因而知之。”吴知县曰：“亦皆成奸否？”秦化曰：“张光邦被其所杀，谅未成奸。”吴知县谓宋尚德曰：“你妻既未辱，光邦已死，法无追殡。”尚德曰：“然，虽一命偿一命，彼罪该死，吾妻为他误死，乞法外断给殡银。”吴知县云：“此亦去得。”遂断光邦家出一棺木，贴尚德收殓余氏，光邦父母自己收拾，各泼放无罪。已经一年之久。

一日，海公往杭州而归，从临海县经过，夜宿于三府馆。至二鼓时分，忽见一妇，披发前来，悲泣不止，诉曰：“妾嫁与宋尚德为妻，妾身姓余名贞妹，素存刚烈。岂恶夫尚德，痴心多疑，令友秦化、张光邦调戏妾身，妾愤怨将光邦杀死，误妾自刎。不义之夫，乞为申冤诛戮。”言罢不见。海公记在心里。

次日，即令公牌去拘各犯宋尚德、秦化二人到审，再往临安县调卷宋尚德。宋尚德、秦化俱赴厅前，海公问曰：“宋尚德，你这奴才好大胆！你何得狐性多疑，以烈妇为淫妇，令秦化、张光邦往之强奸，误烈妇自刎？”尚德曰：“没有此情。是光邦自往之，故我妻杀死，误我妻自刎。吴大爷判问明白了。”海公曰：“分明是你叫他二人去，尚敢争辩？秦化共往相助，光邦行强，冤魂自来告诉，已明白矣。敢得多嘴。”喝令用严刑笞掠，尚德只得招出。海公遂拟尚德死罪，问秦化满徒三年，再行旌奖余氏。

海公判

审得宋尚德，狐疑成性，狗辈痴心，见妻平日坚刚，自许贞节，命友秦化，相纠光邦，往之调戏，用试真心。秦化牵制其手足，薄恶光邦剥落其衣裳。秦化先出避嫌，余氏持刀歼恶，先杀光邦，再则自身，坚刚自持，皎皎英风若在。贞烈苦守，巍巍气象犹存。名堪万古，合行旌励。秦化谬承主使，三年之徒宜加。宋尚德误妻枉死，合正大辟之诛，用作多疑之戒。光邦之死自取，律无应究之条。

第五十六回　乌鸦鸣冤

海公一日在苏州府坐堂，正在问理词讼，只见有七只乌鸦，立在衙前，大叫数声，望西飞去。海公知有冤枉，默忖一时，即唤两名皂隶，发下牌票，吩咐去拿乌七来见。

两人领了牌票，满街去拿，那里有个乌七？过一夜，明日，两人又往四乡去拿。又缉访了一日，看看到晚又无，他处借歇。只见一人，忙忙赶路，皂隶问曰："尔要往何处去？"那人曰："我要去请乌七，与我杀猪。"皂隶听得便问，曰："那乌七是甚么人？"那人曰："他是我乡中屠户，往日贫穷，今日不知得甚横财，陡然发迹起来。"皂隶得知于心，即声曰："我是府中差人，要去他家催粮，正是路生，你可引我前去。"那人引路，不一时间，即到乌七家中。其人大叫一声，乌七连忙出来，两个差人，即取出牌票，与乌七看了。乌七曰："我平日不拖欠钱银，海爷叫我为着甚事？"皂隶曰："尔只同我去便是。"乌七一面整饭，皂隶吃了，连夜同皂隶入到苏州府中。皂隶带见海公，公即令摆下刑具，大喝曰："奸贼好大胆，前年人命之事，可详细报上来，免我六问三推。"乌七初不承认，后被刑不过，只得供曰："不合前年十月初九日，有一孤客，内店借宿，见他带银百两，彼时将酒灌醉，用石沉于后门塘内。今蒙爷爷鞠明，不敢隐瞒，所供是实。"乌七供罢，海公即命上了长枷，使令差人，向乌七后门塘内捞起尸首，具棺停住，出告示，令客人之家收尸。过了数日，却有一客人，从苏州经过，闻其此事，乃去一看，却是父亲，三年前在苏州行医，不知去向。便入衙，见海公。公问其姓名、籍贯，乃江西建昌人，姓王名文质，子名王真孙。海公审得是实，即以乌七所存家私，尽行官卖，给与王真孙，奔父丧归葬，乌七秋后处决。苏州一府，无不服其神明。

海公判

夫以人来投宿，是出外靠主，乌七乃敢恣行凶逆，见财起谋，用酒醉倒，劫其银而沉其尸。盖杀人抵命，律有明征。今乌七罪状既明，冤魂寻归有自，着落里地。将乌七家产尽行出卖，其价银一并给付王真孙奔丧回葬。乌七秋后处决。立案存证。

第五十七回 黄莺诉冤报恩

徽州府婺源县，有一人姓童名施恩，为人朴实善良。一日，带银二百余两，往南京买卖。行至芜湖地方，路遇轿夫名张招前来叫曰："客官抬轿去?"童施恩曰："我有行李在此，正欲顾轿。但我是个客人，要个老实的当者方好。"张招曰："客官不必忧虑，我等乃是老实之人，我自为客官担带，你只管坐轿便是。"施恩忖他是久惯轿夫，想亦停当，遂乘轿前行。未及五里，见一猎者，手执数个黄莺来，施恩问曰："这几个黄莺肯卖否?"猎者曰："正是要卖的。"童施恩遂问买之，旋即放生。不想银包开时，被张招、张才二人看见，见其中有一二十两之多，兄弟遂生心曰："银包里尚有得那多银，这皮箱内不知几多了。"兄弟便起奸心，抬至一深林，四边寂寥，杳无人迹，张才遂腰间取出一斧，从童施恩背后劈着，一斧中其头脑，施恩跌倒在地，血流涌出，即时气绝。张招二人，把其身尸埋在林里，将皮箱并银包尽行取去。踪迹甚密，人莫知者。

次日清早，海公坐堂，忽见数只黄莺，在檐前哀鸣不止，又飞集庭中，又飞入堂前，叫声悲哀凄惨，似有鸣冤之意。海公见其若是，心下却有戚然之意。乃谓手下曰："看这数只黄莺，声声悲惨，莫非有大冤枉?"其叫声愈惨。海公曰："若果有冤，我命手下随你去。"

即差张权跟随鸟去，待有下落回报。其数只黄莺，飞有十里之地，即停宿路旁，以待张权。乃走上三十里，见一深林，数黄莺即飞入林中，栖一新土堆上，大声悲鸣，张权惊得胆落魂丧。张权既见土堆，随走回报，具说一番。其数只黄莺亦复集庭前，点头哀噪。海公曰："此是冤魂，不必疑了。即叫手下人等，跟我同至土堆，相验实迹。立即起行。"海公去到深林，开土堆，只见一尸埋不多久，正翻掘时，见有一斧在旁，盖张招兄弟埋童施恩时慌慌忙忙，忘记堕落一斧在此也。海公令取斧，其柄上有记号，云"张才置"。海公随即回衙。彼夜三更时候，见一人颜色憔悴，披发行泣。因前跪曰："大老爷做主。"海公曰："你是何人？有何冤苦？"其人曰："小人冤家，正是柄上记号的名字张招、张才兄弟也。"言罢放声大哭，起身而去。

次日，海公出堂坐定，随吩咐手下，将深林附近人家，乱拿数个人来。差人领命，忙忙前去。到深林左近地方，有一村，人烟只有几十余家，俱是抬轿营生。差人即乱拿三五个到官跪倒，海公问曰："你等作何生活？"皆应曰："扛轿为生。"海公曰："你既以扛轿度活，何得假此为由，害人性命，谋取财物？"皆应曰："不敢。"海公曰："你现五日内，谋死一个客人，埋在深林里，还不肯认耶？既不是你们谋死，你等可各将姓名一一报来。"众因通报名姓，果有张招、张才之名，海公随即差人去拘张招、张才。顷刻拘到。张招兄弟心胆惊慌，面无血容，初间诘问，尚不肯服，海公大怒，命取刑具，吓得张招、张才心亦慌乱，无辞抵应，只得将前日童施恩买黄莺放生，银两出现，小人因之起心，将他谋死，一一情由，从头招认。只见勘问之时，数只黄莺突飞入堂前，号鸣哀惨，仍飞集张招头上，及其招认之后方去。乃知此数只黄莺，即前日施恩所放生者也。张招、张才既审谋财害命，所供是实。

海公判

童施恩慈心，既捐金以全鸟，张招、张才，奸心凶狠，反利物而害人。深林之鬼莫申，冥途多恨；堂檐之鸟如诉，冤债稍酬。倘此数鸟不逢童施恩，难脱一时微厄；抑童施恩不得此黄莺，何雪百恨深冤？蠢鸟无知，尚明报本，生人有觉，何忍行侥？怨未雪，而鸣庭悲伤，鸟情何切；仇已报，而飞集方息，鸟义何深！非人为鸟死，鸟为人申矣！张招、张才不合谋死童施恩，劫其财物，律所不道，各拟上刑，永无兹赦。

第五十八回　白昼强奸

徽州府婺源县，有一姓曾名会、一姓吴名高二人，乃是棍徒，整日街坊须索酒食，窥窃人家妻小，龌龊光棍。

一日，见一小士行过，年尚十一二岁，眉目秀丽，丰姿俊雅。曾会见之，乃曰："此小士真美貌也，待之长大，当与之结契。"吴高谓之曰："你说这小士生得好，他的母亲更生得美貌，绝色无比。"曾会曰："你晓得他家？可同我一看何如？"吴高遂同之去。直入其堂，果见那妇女在堂，直赛嫦娥，妙绝天仙。骤见二生面人来，即斥之曰："你甚么人？无故敢入人堂？"曾会曰："敬问娘子，求一杯茶吃。"妇人曰："你这光棍，我家又不是茶坊酒肆，敢在这里来乞茶吃！"转入后堂，不睬之。曾会、吴高二人见其美貌，看不忍舍，又赶入后堂去。妇人喊曰："有白撞贼在此，众人可来拿！"曾、吴二人起心，不顾法律，即去强抱曰："我贼不偷别物，只要偷你。"妇人高声叫骂，其夫李永诲在外，闻家中喊嚷，争入家来，却见曾会、吴高二棍在家，便持杖击之，二棍不走，与李永诲厮打出大门外，反称"永诲之妻脱他银去，不与他奸。"李永诲与之争辩不过，后只得具状于县官处告理，谓曾会、吴高强奸他妻。曾会亦捏情来讦告，谓吴高与李永诲之妻通，脱骗他银。县官准了两张状子，即拘两下到审。曾会、吴高二个是做光棍的，口嘴不差，一口诬捏出来。吴高道："老爷，永诲之妻，与小人通奸是实，不敢瞒着老爷了。然他虽与我有奸，得我银二十余两，又替他借得曾会银六两，他今见曾会往伊家来，便偏向曾会，故我与他相打。今他脱银过手，反装情捏词。况强奸他妻，只一人足矣，岂有两人同强奸者？老爷可详情时。”蔡知县是一糊涂之官，被曾会、吴高二人虚设言语答应，他遂以为真，依其言语发落，言：“若是强奸，必不敢扯入门外打，又不敢在街上骂，即邻甲也不肯。此是李永诲纵妻通奸，这二光棍争锋相打是的矣。”各发打二十，收监。又差人去拿永诲之妻，将来官卖。

后永诲之妻无奈，出叫邻佑曰：“妾身从来无丑事，今被二光棍捏我通奸，县官要将官卖，你众人也为我去呈明。”邻有识事钱化教之曰：“蔡知县昏暗不明，你欲明白此事，可往海都堂那里去告。他是个公直正大之官，善审冤枉之事，除是他，你这事便得明白。你可急去投之。”永诲之妻依其言，即往海公处具告。言：“曾会、吴高二光棍，白昼入家，调戏妾身，妾喊骂不从，夫往本县告他。他反捏情谓我脱他银，与我通奸。今大爷要将妾官卖，有屈无申，敬来投光，望爷爷做主。”海公准其状，即差皂隶王英，去婺源县蔡知县处讨人。再，又问永诲之妻姓名与其年纪，及房中所用之物，一一说来，海公写在单上。

顷刻，王英拘了各犯，俱到堂前跪下，海公乃问曾会曰：“你何得调戏人家妻小？”曾会曰：“非是小人调戏他妻，他妻与吴高通奸，脱我银六两，我往他家取，他欲不还，故说强奸他妻。然他家是土娼，何如言人调戏矣？”海公曰：“你既说与吴高通奸，脱你银六两，非是强奸，乃是通奸，必知其妇之姓名，房中床被器物若何。”曾会曰：“他虽与我们有奸，未问其姓名，但其房中所用之物，不过是青铜镜添镜匣等件。所睡之床，是一张洒金凉床。”海公又问吴高曰：“曾会说，你与这妇通奸在先，你必知其姓名矣。”吴高答曰：“行院妓称名土娼，只呼小娘子，因此不知名。曾与我说，他父名周日新，母姓饶氏，但不知他真假何如。其床被器物，曾会所说皆是矣。”海公曰：“我今亲押你二人同去勘李永诲夫妇房中，便知是通奸强奸。”去到房，则藤床、锦被、白铜镜、描金镜匣，永诲之妻向说不差，曾会、吴高所说皆妄矣。海公仍带曾、吴等人衙，曰：“你说通奸，必知他里内事，如何李永诲内中物全说不对？此强奸是的矣。”吴高曰：“通奸不是，即李永诲亦得曾会银六两许他去。待我等去，岂他妻不从。”海公曰：“你将银买了李永诲，如何同曾会去。若非强奸，何用白昼入人内室？你两个男人，抱着一女，非强奸如此。况所言之事，无一相同，尚敢争辩！”发打三十，加刑拷掠。二人不能隐忍，只得供招出来。海公遂问曾、吴二人典刑，蔡知县罚俸二个月。

告强奸剥县招

告状妇周氏，告为强奸事。律法典制，淫污必戮。台教日甚，礼范尤严，陡有棍恶曾会、吴高诸刁顽，穷凶极逆，窥夫出外，白昼入室，劫制妾身，要行强奸。妾身不从喊骂，幸夫撞入，彼反行凶，推夫乱打，邻甲同知。夫状告县，岂恶讦告捏情，谓妾与之通奸，脱骗伊银，县审将妾官卖。切思白日行强，妻辱夫伤，冤屈尚不能申，反遭官卖之辱，以成通奸之律，白日黑天，冤屈无申，投台做主，严究根因殄恶[①]。上告。

海公判

审得曾会、吴高，无籍棍徒，不羁浪子，违礼悖义，有乖法律之条，恋色贪花，实为禽兽之行。强奸贞义之妇女，殴打人妻之丈夫，反将秽节污人，藉口通奸脱骗。既云久交情稔，应识李妇行藏；至问以姓名，则指东驾西，而百不得一二，更质以什物，则系风捕影，而实不偶二三，便见非腹里之旧人，故不晓房中之常用。行强，不容宽贷；斩首，用戒刁淫。知县蔡不得其情，欲官卖守贞之妇，轻用其捶，反刑加告实之夫。理民反以冤民，空食朝廷廪禄；听讼不能断讼，那堪父母官衔？二尺[②]之法不明，五斗[③]之奉应罚。

---

① 殄恶：极恶，绝恶。殄（tiǎn）尽，绝。《说文》：“殄，尽也”。

② 二尺：指写在书简上的法律条规。

③ 五斗：即五斗米，晋朝县令的薪俸。典故源于《晋书·陶潜传》：陶渊明为了养家糊口，去做县令。但县令的俸禄只够买五斗米。一天，上司派督邮来督察。骄横的督邮一到彭泽县就差人把陶渊明叫来见自己，而且要穿好官服，否则将影响他的前程。陶渊明忍无可忍，说：“吾不能为五斗米折腰，拳拳事乡里小人邪。”便交出官印，回乡下种田去了。

第五十九回　判给家财分庶子

苏州府吴县有一乡官知县郑文忠，家富巨万，娶妻蒋氏，生长子，名唤应策；一妾黄氏，生次子，名唤应秋。其应策，悭吝爱财，贪心无厌，不许父生幼子，分彼家业，常有意害其弟。文忠逆知其意。

忽一日病疾，自思不愈，乃召应策嘱之，曰："汝是嫡子，又年长，能理家事，今契书、账目、家资、产业，我已立定分关尽付与汝。黄氏所生应秋，未知他成人否，倘或年长，汝可代他娶妇，分一所房屋，数十亩田与之，令勿饥寒，足矣。黄氏若愿嫁，则嫁之，若肯守制，亦从其意。汝切勿苦虐之。想我此病，终不愈矣，汝可勿负吾之言语。"应策见父将家私尽付与他，关书开写明白，未曾与弟均分，心中欢喜，乃无害弟之意。黄氏见文忠病笃，将关书付与应策，乃抱幼子泣曰："老爷年已七十余，小妾年方二十有三，此呱儿仅三周，今老父将家私尽付与大郎官，此儿长大，日后何以资身？"文忠曰："我正为尔年小，我死之后，未知你守制何如。欲以言语嘱咐汝，又恐汝改嫁，则误我幼儿事。"黄氏乃答曰："小妾侍奉老爷，得此子了，所不守制者何？若以此为虑，妾发誓之：所不守节终身者，粉身碎骨，不得善终。"文忠曰："既如此，我已准备在此矣。我有一轴记颜，交付与汝，切宜谨密藏之。日后，大儿应策倘无家资分与应秋，可待廉明官府，将此画轴去告之，不必作状，自能使幼儿成大富矣。"越月，文忠病故。

不觉日月如流，应秋长成，求分家财，应策羁住，全然不与，且曰："我父年上七十余，尚能生子？汝非我父血脉，故分关开写明白，不分家资与汝。安得与我争也！"黄氏闻说，不胜愤怒，又记夫主在日，曾有遗嘱与我，若大子不分家资与我子，可将往廉明官处告。今有海都堂在我苏州坐，极是清廉，不免彼处告之。遂将夫遗记颜一轴，赴府口告，曰：“妾幼嫁与故知县郑文忠为妾，生男应秋，哺三周而夫故，遗嘱谓：‘嫡子应策不以家财均分，只将此一轴记颜，在廉明官处告理，自能使我儿大富。’今闻老爷清廉，故来投告，伏乞做主。”海公将画轴展开一看，其中只画一郑知县像，端坐椅上，以一手指地。海公详察其故不来，乃退堂，转入私衙，不能想得。复又将此画轴挂起再视，曰：“他以一手指地，莫非地下有黄金？是谓欲我看地下之人？此皆非也。何以代他分得家财，使斯儿得成大富？”再三视之曰：“莫非即此画轴中藏有甚留记？”乃拆起视之，其轴内果藏有一纸书，在上言：“老夫嫡子应策，贪财忍心。又妾生幼子应秋，今仅三周，诚恐应策不肯均分家财，有害其弟之心，故写分关，将家业并新房屋二所，尽与应策。唯留右边房屋一所与应秋，其屋中栋左间：埋银五百两，作二十锭①；右间埋银五千两，作六埕②；中堂后间埋银一千两，都与应秋，准作田园。后有廉明官看此画，猜出此书，命应秋奉银一百两酬谢。”海公看了画轴，猜出此情，即令差人，去拘黄氏并应策等到官听审。公差随即拘到厅前。

海公乃问曰：“应策，黄氏所生之子应秋，与你是甚么？”应策答曰：“是小弟弟郎。”“既是你兄弟，家私合分与之，怎的家财尔霸住不与？”应策答曰：“他虽是与我弟兄，我父七十岁，何能生得他？故父将分关契书，交付与我掌管，不分与他。我今何如？又，今何如又背父，行将家财分与之？”海公曰：“依你这等说，你父不肯分与应秋了，非你霸也？”应策曰：“是。”海公曰：“你父若肯将家财均分，何如？”应策曰：“我父在日，若肯与之，则当分之。”海公曰：“也罢，你父已死多年矣，不必言他在日肯分与不肯。且依我说，将三分之一分之，何如？他亦是你父所生之子，与你兄弟，可念手足情分也罢。”应策曰：“这是我父在日分与我的，未曾叫说分与他。莫说一

---

① 锭：古代一百两银子等于一锭银子。
② 埕（chéng）：酒瓮，坛子。

分，半分亦无。”海公曰：“尔实在不肯？”应策曰：“他无分，安得叫我将来分与他，必不然也。”海公曰：“尔既实不肯也罢，倘有契书遗嘱，是你父分与的者，尔尚不肯？”应策曰：“若果有，是我父所分与的，我必不与争，仍与他去。”海公曰：“亦不容尔争。”乃叫黄氏云：“我今为汝断此家业，若是不经我目，亲勘过与你，伊母子终不能得其尽有，必须要我亲自到你家，面交与你。”黄氏曰：“全望老爷施恩，为小妾做主。”海公曰：“无妨。”

遂往其家，中堂坐定，乃叫应策：“尔旧房子是哪一所？”应策曰：“旧房子右边，那一座便是。”海公遂往旧房子，坐在堂上，又叫应策曰：“你父将此所旧房屋分与应秋了。”应策曰：“没有。俱未曾有此说。”海公曰：“不要多口。你父曾有遗嘱分关在，正恐伊是个贪财忍心的，故将遗嘱一纸与之，执照分业已定了。”应策见有遗嘱，遂不能争，乃曰：“凭老爷公断。”海公曰：“此屋中所有之物，尽与应秋。其外田园，照旧与你。”应策曰：“此屋止些小物件，情愿都与弟去。”海公曰：“汝父遗嘱之所言，此屋左间埋银五百两，作二十锭，可掘来，与应秋。”黄氏、应秋二人共去掘开，果得银二十锭，有五百两重。应秋始信，是父遗嘱所言。不然，何以知之？海公又曰：“右边亦有五千两，与应秋的。更中堂后厅，有黄金一千两，可悉取来。”应秋、黄氏二人，得了这多家私，不胜欢喜，向前叩头，曰：“妾母子得老爷明见，为妾做主，老爷万代公侯。”于是，应策见海公正直，不敢争分，遂成弥满，抑感海公之德也。

海公判

审得应策与应秋本同气异母弟也。父以七十，产此幼孩，而义母以一弱妾，使当时临终，而即以家业平分，焉得壮子能容一稚弟弱妾乎？关书独与长子，而画中之豫图，实乃公诒燕[①]之良谋也。今金银屋舍既明，兄弟务宜笃相好，毋相尤，庶存没有光，可慰先人于地下

① 诒燕：为子孙妥善谋划，使子孙安乐。《诗·大雅·文王有声》：“诒厥孙谋，以燕翼子。”郑玄笺：“传其所以顺天下之谋，以安敬事之子孙。”诒（yí）：传给；赠予，给予。

矣。存案示儆，各不准拟。

第六十回　判家业还支应元

安庆府桐城县，有一姓支名康者，其人家富巨万，屡好积善，一生忠直，但是无子，只生一女，名唤贞玉，嫁与邓景成，支康素爱惜之。时支康年已七十七，自思无子，年已高迈，不能做事，朝夕忧怀：若是无子，吾后绝矣，空图有此家业，必为他人得矣。因之益行阴德。忽一日，一妾名唤莺姑，即有怀孕，支康知之，乃祷祝天曰："支康年上七十七，未有儿子，吾屡行阴德，思欲得一儿，以传后代。幸今小妾莺姑有孕，乞天怜念周庇，得产一儿，庶吾祀典不绝。天其鉴之。"不觉莺姑身怀已满，产下却是一儿，支康不胜之喜。过了一年，支康忽然有疾，求医不痊，乃知他病不好，思道：吾子仅只一周，尚是呱儿，吾病又笃，若死之后，家赀谁人厮看？岂不被他人占之？不如生一较计，写下一遗嘱，中间包藏几个字眼在内，将家业令吾婿景成看管，哄之用心，庶家业不坏，吾幼子有靠。遂写下遗嘱，令景成至床前与之曰："景成吾儿，我有一件事，托付与你。自古道，有男靠男，无男靠女。你是半子，我今虽生有应，见他是呱儿未晓，吾恐此多家赀，被他人所占，意欲将这家业，尽付与汝收管，何如？"景成曰："岳父不必挂虑，吾蒙恩德宏厚，一凡之事，小婿自当看管，不必岳父嘱咐。待应元舅日后长大，小婿依然交还他管。"支康曰："我今现有遗嘱在此，交与你执照。"且为之读曰："老夫七十有七，生子应元，续接家产田园尽付与女婿，外人不得争执。"景成听读讫，不知其意，止知言外人不得与争，遂以为喜，岂识外人以指他言？就将遗嘱藏起，自去管业。过了几日，支康乃死矣。景成好心殡葬于他。

其后，景成得了这多家业，将及二十余年，应元已长大，能谙世事，因自思曰："我父基业，因为我年幼不能管理，悉付景成看管，今已二十余年矣。我今年长，可以掌理，不若托人去说，问他取回，自己收管。"遂托亲戚吴隆去与姐夫说，要取原业。邓景成见吴隆来说，应元要与之取家业，心下遂怒起来，乃曰："那家业是我岳父付与我的，关书契簿将与我了，今何得又问我取？且岳丈说，外人不得与我争，他不是我岳父生的，安得敢来争取！"事久不决，因告之官，经过几次衙门官府，皆不能判给还应元，俱依嘱咐之言，断以邓景成，支应元抱恨不已，心不肯休。

时有一相知者，名蔡正，教之曰："尔此事已历府县数次，俱不能为你判给明白，今有海都堂，见在苏州府坐，善断异状，极是清廉。不如径往苏州府海公处告下，方能判给还你，不然，则不能也！"支应元依其言，遂往苏州府海公处投告，谓其强霸家业，陷他无倚。海公见其状词，遂面审应元一番。应元口称父丧子幼，权付代管，岂知立执不还。审其口词明白，遂令公牌往桐城县提人去。后郭承领命直至桐城县县堂投下公文，知县遂即拘邓景成与郭承同住苏州赴审。不几日，邓景成已到苏州，投入客店安下，然后入海公府阶下跪着，应元亦至阶下候审。海公问曰："邓景成，你缘何久占应元家业、田园，立执不还？"邓景成答曰："小人不曾占他甚么家业，我的家业，是小人外父与小人的，与应元不相干。"海公曰："应元是支康之嫡血亲儿，尚且无干，你是他女婿，有何相干？"邓景成曰："小人外父明说了，他不得与我争执，现有遗嘱在证，请老爷观看。"遂将遗嘱致上。海公看讫，笑谓之曰："你错了，亦是你不晓得读，分明是说'老夫今年七十七，生子应元，续接家私，田园尽付与'，婿非指，言应元是他亲子，将家业悉付与他也。"景成曰："他说外人不得争执。"海公曰："尚不知解外人者，指谁也？应元是他嫡子，岂是外人？你为女婿，方是外人，分明说你为外人也。此句当连上读下，不是家产'尽付与女婿'，乃是'女婿外人，不得争执'。此你外父恐汝生心，故将遗嘱瞒你，免汝生心，况他子幼，不能掌理，权付伊管，你即以为真与你也。合当要把还应元去，不得再争。况你白白里亦得二十年家业管，似亦足矣。”邓景成见海公解得有理，方始明白，无词抵答。即将原付文契一一交还应元收管，允服供招。于是，应元此讼始息，景成之心始休。复还，仍复相亲。非海公之神断若此，则支康虽藏心机，终徒然也。

告霸占家业

告状人支应元，告为强霸家业事。窃父支康，八十生子，痛念年老子幼，俱生后患，姑将家业、田园，权付婿邓景成暂管。应元今已长成，求还收管。岂恶占为己物，霸执不还。府县经历，断给归成。切思以子承父，古今通例。有男归女，律典何存？亲男反致立锥无地，半子怎得连倾万阡[1]？乞天斧断，庶免不均。激切上告。

海公判

审得支康，七十有七而生应元，旷古亦罕。一周之后，支康遂丧，则茕茕弱妾，呱呱婴儿，将谁何靠？惜乎！支康深机远虑，为子深谋，设使留其家赀，则虽有后而无后，故行藏其暗机，则终无业而有业。然临终之际，呜咽叮咛遗嘱之言，意有为在，虽然面付半子，其意实在亲男。应元既是嫡血，便当继承先业，邓景成乃系半子之分，恶得执占不还？支家旧物，速宜完璧。存案示惩，各不拟。

第六十一回 缉捕剪缭贼

池州府青阳县有一姜老钱，乃是剪缭者，会作把戏，结交者皆是一党之徒，一姓高名昆木，一姓骆名得来。三人共帮，每跟姜老钱剪

① 阡（qiān）：本义指南北走向的田埂。

缭。姜老钱以作把戏为由，聚集人看，待其闹嚷人众，高、骆二人混杂人群，遂行剪缭。

一日，往南京来作生意，却在应天府前，姜老钱将把戏做起。聚人来看，时老钱有几样巧本事，引得人动，遂各奔看，甚是人多。高昆木、骆得来二人，见人多丛杂，便往其中将一客袖中一包银，用刀破袖子，银即坠下地上，得来便捡藏起。客人只顾看把戏，不觉其银被人剪去，待其把戏做完人散，客人方知，寻袖中之银，不见了，只见袖口一大穿。客人悲哀，遍寻无迹，不知其银是何人剪去。时有一卖笔者在旁，与客人相挨，共起站立看把戏。客人寻取银不见，无踪可寻，遂向其卖笔者取，谓之是他与我相挨，共一处立，必是他剪无疑，问他取，卖笔者曰："其中丛杂，几多人在，岂知是甚人剪去？却问得我取，终不然，我会剪缭？"客人曰："是你在我身旁立，非你则谁？"遂扭之要往县去，却遇海公出来相拜，卖笔者遂往投之。海公问曰："你二人因甚事拦街具告？"卖笔者叫曰："冤枉。"海公遂令带着，待回衙审。

海公后相拜转府，即令巡捕带那拦街具告的两人来审。卖笔者与客人跪在阶下，海公问曰："你二人称冤，所告甚事？"客人曰："小人浙江严州府人，往来南京贩。今日出来，袖中藏有银包一个，内银二十两。因在应天府前看术士做把戏，被此卖笔者剪去，小人问他取，不肯吐出还我，欲扭之往县告投，幸遇老爷案临，伏乞追偿。"海公问卖笔者："你既剪他银，合当还他，如何奸刁不吐？"卖笔者答曰："小人上元县民，姓周叫应生，卖笔度活，素不敢非为。看术者把戏，非止小人一个，其中甚多，岂知谢思教被人剪缭，指问我取？乞老爷斧断。"海公曰："谢思教，尔既称是周应生剪你银去，曾见形迹否？"谢客曰："形迹虽未见，是他与小人相挨，非他更何？"海公曰："既未见形迹，亦难言你银是他剪去。周应生，尔去务生，不管尔事。"思教曰："小人银被他剪去，合当追还，怎得就放他去？"海公曰："尔的银不是他剪，可且出去，你待明日再来，我自有主张。"二人遂出。

海公即差门子游春与手下萧成二人："去寻那做把戏的那里做，尔二人可随往其中去看，身上各带些小银，倘或跟究得贼出来，重赏你二人。我想其中必有奸矣。尔等可速往之。"游春、萧成，领命出府去寻把戏看。行至三山街口遇姜老钱正在彼处做把戏，二人遂入群去看。不久之间，高昆木、骆得来见游春、萧成身上似有银在，便来下手。不知游春、萧成是来根究剪缭的，眼虽看把戏，心唯顾在袖里之银。高昆木用手一托，将萧成袖口剜破一孔，萧成知其来剪，便翻身一捞，将高昆木拿住。骆得来说："既是他来剪你的银，你银被他剪过手否？"萧成曰："银实未曾托去，只是剜破我手袖，我便知得，将他拿住了。"骆得来曰："若银不曾被他剪去，放他去也罢。"萧成怒曰："他是贼，来剪我银，放他去罢，你来说得人情，要你来讲？"姜老钱见昆木被拿，骆得来被叱，亦收拾把戏不做，往前来曰："若只剜破手袖，叫他赔个不是之礼何如？"萧成曰："不肯，我只扯去见老爷，便不要他赔我。"遂扭高昆木而行。老钱等见萧成扯住昆木，要见海爷，不肯放手，遂赶去抢。萧成见其后头赶来甚疾，遂即呼地方之人范第郎曰："我奉海爷差遣，命我往捕剪缭贼，我二人在三山街口遇做把戏，我等在看，此贼来剪我银，被我拿住，后头那两贼叫我放他，我不肯，扭至此来，那贼想是同伴的人，后头赶来，莫非要抢此贼去？尔可代我拿住，共解见海爷。"言罢，二人果至，要抢昆木回去，被范第郎邀几人亦拿住，共解入都堂府见海公。萧成禀曰："剪缭贼已拿到了。"海公问曰："在那里拿来？"萧成答曰："小人行至三山街，此贼在彼做把戏，我等在看，被那高昆木来剪手中之银，小人知觉，将他拿住，扭来见老爷。那做把戏的二人赶来，要抢昆木回去，幸得地方范第郎拿住绑了，共解入府来。"海公见萧成所禀明白，便重打二十再问曰："你这三个狗骨头，是哪里人，如何不务生，做此剪缭贼？前日剪去客人谢思教的银二十两，可一一招来。"姜老钱见海公往日是个神断的，心下惊骇不已，直招出来，乃曰："小人三人本是一起剪缭的，假将把戏为由，乃是池州府青阳人氏，乞望老爷赦。"海公再问："谢客那二十两银还在否？"老钱曰："尚在身上。”海公即拟三人问徒，将银给还谢思教领归。

海公判

审得姜老钱、高昆木、骆得来三人，不务农业，游手好闲，白日攘夺，情尤可恶。其视穿壁窬墙①，瞰人于暮夜者，此尤甚焉。况银在萧成身而公然思欲剪去，利其银而不畏其人，银虽未遂贼手，衣已剪破明证，若不痛加惩治，则剪剥不已，必至剪径，明火执枪，兹其驯至重笞②四十，加号一月，各拟徒年半，以儆将来。

第六十二回　判赖人代赔贼赃

苏州府常熟县，有一人姓曾名虎儿，一生撒泼，无徒光棍。舍旁有一吴友郎，妻许氏颇有姿色，虎儿见之，遂往其家，要许氏与他成奸。许氏不肯，乃喊叫起来。看着友郎与弟得郎从外而回，闻家中喧嚷，入至家去，见虎儿在里调戏他妻，遂骂曰：“人家各有内外，尔何不识廉耻，入人家调戏我妻，是何理也？”兄弟乃欲打之，赶其出，曾虎儿见其兄弟欲打他，惊惧跑出，不胜愤怒，怀记在心。

一日，去盗王长者牛三头，王长者告于林知县处，知县问其徒罪。虎儿心下思起旧恨，遂往吴友郎之家去搅闹，诬言与他妻通奸，他盗来银两物件，悉皆友郎得去，他今问徒，要与许氏取银去赔赃。不然，要叫吴友郎将许氏嫁银来还。友郎与之争辩不过，亦无银与他，遂被其在县扳扯，言他做贼所盗来物件，尽是友郎之妻许氏得去。“许氏与我通奸，我今犯法问徒，往他家取银赔赃，岂知许氏背

①　穿壁窬墙：指翻墙头或钻墙洞的盗窃行为，亦指进行这种行为的窃贼。窬（yú）：从墙上爬过去。

②　笞（chī）：笞刑，中国古代五刑之一，以竹、木板等拷打犯人臀部，背部和大腿。

义不还。望乞老爷追给还小人，以偿赃赎。”林知县次日令手下去拘友郎、许氏二人到衙，问曰：“许氏，你与曾虎儿通奸，他称所盗之银什物，悉是尔家藏，今要问你取偿赃赎，你怎么说？”许氏唯是叫屈，被虎儿骂曰：“你这贱妇，我因为你，方且做贼，所有偷来物件皆在你家，我今遭难，问你讨些银与我秤纳罪赎，尔就负义不认，我方告你。尚在此叫屈？”知县见虎儿所言，以为是真，欲问许氏官卖，暂且收监。

友郎无可投处，朝夕悲泣，不得妻子出来，又无银与虎儿，甚是懊恼。其邻有一老者教之曰：“虎儿今扳你夫妇，本县焉得明白？除非清廉官府，方开得你夫妇。现今海爷在我苏州府坐，可往告之，尔屈便申矣。”友郎依其言，遂具状往告。海公审其缘故，友郎一一诉上。海公即令萧成往县监，取许氏来衙，再拘虎儿。萧成即刻将各犯拘到厅前跪下。海公问曰：“曾虎儿，你做贼犯罪，怎得诬人，害人置狱，牵枝带叶，图赖人罪？好好招来，免受刑宪。”虎儿答曰：“小人正因与许氏通奸，方去做贼，所盗来之赃物在他家。林大爷将我拟徒，追我原赃，我问他讨银出来赎赃，他背义不认，故我扳他，怎是小人诬害？”海公曰：“你这贼，分明图赖，尚敢巧语花言，千方百计害人夫妇分离。不言他奸猾多般，但察其言词多诈，应知是害人者也。”喝令拷打笞掠，逡巡起来。虎儿见海公所博他言，句句应心，不能粉饰，又吃刑不过，遂招出来：因先年调戏许氏不从，被友郎兄弟欲打斥骂之恨，故欲害他，以雪其恨。海公遂拟满徒，再笞四十，将友郎夫妻发回宁家。

告陷妻官卖

告状人吴友郎，告为骗财灭命事。惯贼曾虎儿，为害百端。前月盗王大富牛，已被告县问徒追赃。岂恶无倚，凭空架捏，谓身妻与伊通奸，所盗赃物，俱悉身妻所得。诬捏陷害，假情瞒县，误拟身妻官卖，现系县监。似此凶恶，牵扯枝叶，平白诬捏，骗财灭命，冤惨迷天，夫妇遭害，屈受非刑，乞击冤诚。哀告。

海公判

审得曾虎儿之恶，流毒一方，虽止穿壁窬墙之鼠盗，其恶实过乎行劫。况友郎素未有犯，公然思欲害之，平地风波，拆人夫妇，窃盗之恶轻贷，诬捏之情难容。既盗大富之牛，罪宜自偿，奚容扳西扯东？合宜取律重惩。姑照原拟，问满徒三年。友郎夫妇应无罪犯，许令归家。存案示儆。

第六十三回　判奸僧杀妓开释詹际举

苏州府有一妓，姓马名爱玉，貌甚妖美，飘逸温雅，常与富宦子弟交接，或游郊外，或游寺院，但与一黄公子最密。

一日，黄光父公子黄裕祖请詹际举，请爱玉劝酒，詹际举乃是一俊秀之士，少年子弟，爱玉一见，心甚爱之，但碍黄公子。詹际举心亦动情，止以裕祖相知可人，故不敢启齿。两下情兴，虽有相顾，不能便效衾枕之愿。詹际举遂口占一律以挑之：

白酒入花前不穷，恋游朝夕似飘蓬。
溪边杨柳浮波缘，郭外江天落照红。
情怜草色三山远，心有灵犀一点通。
试问临皋千里客，可舞佳句托飞鸿？

际举吟罢，爱玉当席亦回一首，乃曰：

凉宵清夜但论文，金鸭香消手自焚。
更喜同心堪作社，相看口壁不离群。
空庭兔魄无尘染，幽室鸳帏有麝熏。
岁岁只求唯聚首，乐昌终是属徐君。

两下吟罢，眉眼交接。黄裕祖知其有意，乃即与际举曰："詹兄，今夕小弟送兄与爱玉一夜，何如？吾观尊兄与爱玉情似可投，不免就此今夕完其宿愿也。”詹际举曰：“岂敢，尊兄甚可，焉敢高攀？”裕祖曰：“不妨，虽是小弟旧故，我与尊兄则一可就此会矣。”际举曰：“如此，乃吾兄之德耳。”饮至晚方散，裕祖一起，同往爱玉家去。爱玉止整一桌盒，邀际举与黄裕祖在月下饮，饮至更深，三人畅兴，共赋一诗曰：

暑退凉生月正空，早秋一叶动离衷。
常怀好事从天降，那得音书蓦地通。
千里相思徒夜梦，百年姻眷托云鸿。
何时重整秦淮社，携手花前到处同。

吟罢，裕祖辞别要回，言曰：“小弟告辞，明宵相会。”际举、爱玉送之出门，二人亦转入房去寝。

次日，裕祖又备酒到禅关寺，亲自往爱玉家，邀际举等往禅关寺饮酒。时禅关寺僧正明，乃是野人，见爱玉美貌，心下欲火炽燃，思欲就之不能。至晚，各散酒而归。正明遂乔妆往爱玉家去，要与之歇。爱玉乃是个精丽之妇，正明虽粉饰乔妆亦认得，着一见之，遂不肯接。正明再三求之，亦不接他。正明不胜愤恨，思欲害之，无由。遂往街叫夜。

一日，爱玉生日，际举请饮酒，是日，畅饮更阑方散，爱玉要回，际举命仆送之。行不两三家，正遇僧正明来，正明见是爱玉，人送他回，遂将石头远远打来。际举的仆乃是个小厮，见石头来得多，飞跑走倒转。爱玉走之不及，被正明赶着，一刀杀死。其仆走回报知际举，际举走来看时，爱玉已被杀死矣。际举甚是懊恼。

次日，爱玉家忘八知之，谓爱玉是际举谋杀，遂具状往县陈告。柳知县审其口词明白，即令公差去拘詹际举，公差即刻拘到厅前听审。柳知县曰：“詹际举，你何如杀死马爱玉，自罗王法，其罪怎逭？”詹际举答曰：“小人与他无冤仇，杀他则甚？没有此情。望老爷开豁。”其忘八者曰：“老爷，此际举甚是刁恶，焉肯就认？是日在伊家饮酒，怎说不是他谋死？况尸首与伊止隔三五家，此可足证。”知县要问际举抵命，迟疑未决。忽然，一阵风吹下一张纸，内有数字言

"此事正明，何用迟疑？"柳知县见了"正明"二字，益言际举谋杀是真，遂问抵命。

过了一月之余。一日，海公往禅关寺请同年而回，是夜二鼓尽，见一妇妖娆体态，缓步前来，称他是妓家，姓马名爱玉，特来诉冤的。海公问曰："你有甚冤枉，可从头诉来。"爱玉答曰："小妾有状，请老爷观看。"将状递上，遂去。海公次日升堂，将其状看，曰："恶僧正明，黑夜杀人，坑陷际举屈受非刑。海公明镜，冤魂诉明。"海公看毕，遂差萧成去拿正明，再往柳知县处调卷，取詹际举等一并到审。萧成领命，即刻将各犯拿到厅下。海公问曰："正明好胆，这野秃，怎得杀死妓妇，连累詹际举抵命？该得何罪？"正明答曰："小和尚素守五戒，未行甚恶。杀死妓妇，小和尚不知。"海公曰："爱玉在际举家饮酒，夜回被你杀死，怎得争辩不招？爱玉冤魂来告的，是际举扳扯你不成？尚有状在。"遂掷下状与看。正明见其状中之白，大惊，心虽惧，亦不招认。海公发打四十，夹起来，正明只得从实招出。海公拟抵命，释放詹际举。于是苏州府人无不畏矣。

海公判

审得正明，出家五戒，首重色欲，盖以僧非俗比，而俗不可混于僧也。今正明不守佛规，妄燃欲火，乔妆以往妓家，爱玉知其不纳，遂怀杀害之愤，假言喊夜为因，暗行杀害掩人，正明绝欲而纵欲，爱玉无辜而丧九泉，阴灵不昧，冤魂亲显诉情。詹际举应合无罪，许令归家务业。野僧正明，纵欲杀死爱玉，重罪莫宥，合拟上刑。

第六十四回　判风吹木丘叶

常州府无锡县有一姓丘名木者，乃是游手无徒光棍，专一窥窃人家妇女，穿壁窬墙。

一日，在城外西路去会贼伴来，要盗曾善家财。行至一草坪，却遇蔡垣之妻祝氏母家而归，略有姿艳，丘木见其独自行来，心下遂起奸心，乃曰："嫂从何来？"其祝氏愕对，又问曰："嫂从母家回乎？"祝氏心下自思：此人素与面生，何如叫吾嫂？抑亦知我在母家归来，想必是光棍油花之徒，乃不答而行，遂入小径，以避嫌疑。丘木见其从小径行路，即便追赶入小径去，叫曰："嫂莫行，待我来引路。"祝氏心慌，躲避无由，被其追到，遂将祝氏抱住，曰："今日要求嫂一乐，乞怜之。"祝氏斥之曰："你这光棍，不知廉耻，我与你素不相识，敢在我妇人面前油嘴欺我乎？"愤力一展而走。丘木见其坚烈，身有首饰，腰间拔出尖刀，从后刺去，祝氏被着一刀，昏倒在地，丘木将其首饰尽行剥下，尸首埋于林内。

过了一月，蔡垣见祝氏不回，乃往岳母家去寻。行至半途，见祝氏独自在前途，蔡垣便叫曰："你回矣。"祝氏不应，走入小径林中去。蔡垣不知是冤魂，只疑祝氏同甚奸夫去，赶入林内，见其在一大树下坐，待至树下，不见。心下疑怪，只见树下一推土新，露出一些蓝裙，待掘开，见是祝氏，颈上被伤一刀。蔡垣不胜悲号，不知是甚人杀死，无一踪迹，只得具状，往海公处陈告。海公问："其有对头否？"蔡垣曰："不知甚贼杀死，只在城西僻径寻着，因此投告老爷，乞为做主，缉访追究。"海公自思：此妇被人谋死是实，怎奈没对头？遂发蔡垣且回，待缉访出时，你来侯候。再差吴升密行挨查，遍访捕缉，不能访得。

海公心甚懊恼，乃在后堂将此状看，翻来覆去，不得一个头脑。忽然，一阵风，吹下一叶在桌上。海公见有叶在桌，心下解猜，豁然思道：莫非姓丘名木也。遂差皂隶密问，看有丘木者没有？皂隶即去查问，果有一丘木，乃系捉风捕影，穿壁窬墙之徒。皂隶回报海公："丘木查着了，乃是惯贼。"海公即令拿来。隶者少顷，拿丘木到府跪下。海公问曰："丘木，你这贼，怎得谋死祝氏，剥其首饰？钻挖凿壁，罪尚不免，焉敢谋劫，该得何罪？好好招来，免受刑具。"丘木答曰："小人不敢玩法，并未杀有甚人。"海公曰："祝氏母家回来，你欲强奸不从，愤怒杀死，焉得争辩不认？”喝令极刑重笞，丘木吃刑不过，只得从实招出。海公审勘明白，遂拟死罪，令蔡垣殡殓祝氏归葬。

告究妻命

告状人蔡垣，告为乞究妻命事。痛妻祝氏，自母家归，岂知中途陡遇猖獗，剥夺首饰，将妻杀死，尸首尚弃城西山僻。号妻无辜遭杀，不得真名填偿，乞究追偿，迫切上告。

海公判

审得丘木，乃惯贼凶徒。以祝氏母家独自而归，中途相遇，便生不良，况僻地掩人之不见，劫其物而杀其命乎！且人命至重，动关天地，冤魂冥冥之中安肯闭目者？今托物而鸣冤。赃证既明，合拟上刑，原赃并冤尸，蔡垣应当收归。

第六十五回　判赖奸误侄妇缢死

宁国府宣城县有民吕恭敬，娶妻阿姑，性妒多疑。有侄吕克忠，娶妻施淑姬，性和知耻。叔侄同居共爨，每事阿姑持调，家业惧系掌管，淑姬唯理厨下。每日清早，要在阿姑手上讨钥匙，至晚交还阿姑收管，永不改易。

一日，克忠往庄交苗，阿姑邻家饮酒，只恭敬与侄妇淑姬在家，至暮阿姑未归，淑姬厨下收拾完成，遂将钥匙送入婶妈房中去，而恭敬亦已出外，殊不知也。及后阿姑归，乃问钥匙，施氏对说：“已在你房内矣。”阿姑曰：“谁拿入我房？”施淑姬曰：“我等婶妈不回，厨下已收拾完成了，便先送入房去。”阿姑便生疑心：往日钥匙要我讨方交还我，今日如何我不在家便送入我房，必与我丈夫有奸，故致此早。遂问恭敬：“你今干甚事来，可对我说。”恭敬曰：“我未干甚事。”阿姑曰：“你今奸侄妇，何故瞒我？”恭敬曰：“胡说，你今日酒醉，发酒疯耳。”阿姑曰：“我倒不发酒疯，你发色疯。你今瞒我，日后自要死也。”恭敬心无此事，便骂曰：“这泼皮贱妇，说出没忖度话，讨个证做来我便罢，若悬空虚捏我，即活活打死你这个贱妇。”阿姑曰：“你干出这无耻事，将打来吓得我，便讨个证做与你。今日我不在家，如何侄妇便将钥匙送入我房来，不是你与他有奸，故致钥匙在我房中。”恭敬曰：“他见你至暮不回，厨下无事了，故便送入我房，我亦在外，不知他几时送来。怎以此事证得？你不要说此无耻之话，恐惹外人取笑。”阿姑见夫言软，愈疑是真，便放声大骂，与夫搅闹。恭敬发起怒性，扯倒乱打，阿姑又骂及淑姬身上去。淑姬听得婶妈与叔翁吵闹，不知何故，潜起听之，乃是骂己与叔翁有奸，欲辩之，彼二人方暴怒，又恐激其厮打，只得入房去，却自思曰：我开门，婶妈已听见矣，又不辩而退，彼必以我真有奸，故不敢辩。欲再去与之说明。他平素是多疑妒忌的人，反触其怒，终身被他臭口辱骂。且是我自错，不合送钥匙在他房去，此疑难洗清白，玷污我的名节，不如死以明其志矣。遂自缢死。

次早饭后，施淑姬未起，阿姑将其房门推开，视之则缢死于梁上。恭敬计无所措。阿姑曰：“你说无奸，何怕羞耻自缢？”恭敬难以与辩，只遣人去庄赶侄，及克忠回问妻死之故，叔婶答以夜间无故彼自缢死。克忠见其言语变易，乃不听信，遂赴县具告。姚知县即令拘阿姑与恭敬来审，止称其病苦难禁而缢死。克忠疑其是与阿姑争口，故致其自缢，乃曰：“老爷，小人妻子所死，实有不明，望老爷追究。”姚知县再三穷究，不得明白，遂令将阿姑逡起，阿姑吃惊，便说出来：“我与侄妇本是同居共爨，家事都是我管，侄媳妇唯理厨下，每日清早，要问我讨钥匙，至晚交还付我收。昨日，我在邻家饮酒，至晚归来，钥匙已放在我房内，我疑男人扯侄媳妇有奸，故不待我回，先将钥匙放在我房。两人自相角口撕打，夜间淑姬缢死，不知何故。”克忠曰：“此可信矣。但老爷参详，有无奸情，则生死明白。”姚知县曰：“若无奸情，彼不缢死，此欺奸侄妇该死的矣。”喝令承招。恭敬哭诉曰："望老爷再行洞察，两不污名，使狱无冤狱，死无污行可也。"姚知县曰："尔何不认得，分明欺奸侄妇，不然，则彼因何自缢？"发下打三十，逼勒成招，成狱数载，已历几番审录，不能得白。

一日，海公在宁国府过夜，宿东察院，至四更时候，得一梦，梦见一人，手持一张状，称他是冤状。海公接过来看，状中只写四句，乃曰："宁国宣城吕恭敬，娶妻阿姑多妒忌，淑姬缢死欲明节，姚公屈断问典刑"。海公惊醒，却是一梦。心下暗想，莫非宣城县狱，有赖奸屈拟死罪者？

次日开门，各官入参。海公乃曰："姚知县，我近闻你判有一吕恭敬奸情的状，枉问其罪？"姚公答曰："是。"海公曰："尔可令吏取此卷来我看。"姚知县连忙令吏书取吕恭敬这宗卷来，递下与海公看。海公令拘各犯到审。吕恭敬等，俱赴台下。海公问曰："恭敬，你怎该乱伦奸侄妇？"恭敬答曰："人生一世，死者何惜，但受污名，是为不甘。"海公曰："你经审录多遍矣，更有何冤？"恭敬曰："小人与侄妇无奸，可剖心以示天日，今卒陷于此不明以死，使我受污行恶名，侄媳妇污名损节之声，我侄疑叔疑妻之心不释，一狱而三冤，恶得无冤？"海公问曰："阿姑，你钥匙在房，证出夫奸，是明白矣，且问你当日饮酒回家，是甚时分？施淑姬厨下收拾完备否？"阿姑曰："厨下收拾完成，锁门齐备了。我归之时已一更矣。"海公曰："此无奸矣。你一更方回，厨下作事已完，收拾锁门停当，淑姬待候多时，你不回来，遂将钥匙送入你房，以免俟候。再问你归时，淑姬已睡否？自己房门已拴闭否？"阿姑曰："我归时，淑姬房门已闭，睡多时了。"海公曰："既是房门紧闭而先唾，则施氏别嫌疑可知。何再有奸乎？然其后自缢者，必是知阿姑与恭敬搅闹，他自思之，以己自错，不合送钥匙入阿姑房去，启其疑端，辨不能明、污名难洗，此妇必是畏事知耻的，故忿激自缢，欲以明志，非是有奸，惭愧而死也。"海公从头研审明白，谓阿姑不合陷夫于不赦之罪，诬侄妇以难明之辱，致克忠有不释之疑，皆泼妇之无良，以致无辜之缢死，合以威逼拟绞。恭敬发放无罪。克忠曰："老爷神见，使吾叔冤枉释明，吾妻名节可白，生死感激矣！"叔侄叩头，拜谢而去。于是，此冤辨明，一郡称仰。

海公判

审得犯妇阿姑，嫉妒多疑，狗辈痴心，空捏淑姬，无辜死于非命，妄证夫罪，陷囹圄者历年。狗彘忍心，似武牝之毒手，陷夫于不赦之罪；长舌煽佞，如虺蜴之狼心，诬侄妇以难明之辱，十恶之律不恕，五刑之条应加，不诛无以儆恶，拟绞唯以正刑。恭敬无罪，应合省发。

第六十六回　判狐疑杀妻

常州府无锡县有一姓蒋名应世者，娶妻丘兰妹。其蒋应世为人平素多心，狐疑妒忌，往往每怀丘氏与人有奸，尝试其妻曰："吾昨日听见人说道，你有往来的人。"丘氏答曰："谁对你说?"应世曰："旁人说来。"丘氏遂骂云："莫信他人吐血，我有往来，你岂不见?"

一日，应世出外，适值丘义郎来看妹，丘氏见兄弟来，便安备午饭与之食。应世回入家来，见妻与义郎对坐共食，心下遂不悦，及待义郎去了。至夜，夫妇上床安宿，正行云雨之际，应世乃问其妻曰："物事我的好吗？吾力壮大矣。"丘氏亦戏言答之："你的物事不好。"应世怒之曰："我的不好，义郎的好。"妻方悟醒，乃曰："你作死说出此语。"应世遂疑妻与义郎真有奸，发起暴性，愤怒起来，遂取刀望妻而杀，丘氏曰："你真作死，无故挥刀杀我何为?"丘氏躲避不及，被其劈断一手，再其一刀，中其项腮，杀死在地。应世即收拾行李，将门闭上，黉夜逃走出去，外人皆不知。

次日，邻居见应世家至午大门未开，往入其家去看，见丘氏杀死在房中。众人商议，即邀地方具呈海都堂处。海公曰：“既是蒋应世无故杀妻，黄夜逃走，你等知他走在何处去？”众答曰：“不知走在哪里去？”海公思忖一会，乃曰：“逃人命者必走出关，你众人各回，我自差人根究。”众人遂出了府。海公即命公差韩福、高迁二人，往关处缉拿。二人领命行了数日，出了关外，并不见踪，至晚歇宿谢三店。二人食了晚饭，在店前行耍乘凉，却见第三家店有一妇人，散发走出，复入。韩福、高迁往来看之，见应世在彼店歇，正在饮酒。韩福近前曰：“蒋二官，你同小娘来，要往那里？”应世答曰：“我止自来，并无妻子矣。”高迁曰：“不是你妻子，是你的冤魂来矣。”应世曰：“我无甚冤魂，你等休胡说。”言虽如此，心下实是惊恐。韩福取出绳子，将应世扣住，曰：“你杀妻子逃走出来，地方具呈，海爷差我二人来拿你根究，到此见伊妻子，散发走出店门，复入。我等方知在此店来拿你，尚敢说我胡说。”说出真情，应世遂不能抵对，惊吓得面如黄蜡。次日，韩福、高迁二人，速忙将应世带回府见海公。海公问曰：“应世，你因何杀死妻子？”应世不能饰词，遂一概招认，说他疑妻与人有奸，故而杀之，今被公差拿到老爷台下，不得不招认，但求老爷赦。海公曰：“你是多心多疑之人，无故杀死妻子，怎赦得你的罪？”遂叠成案卷，问偿命。

地方呈杀妻

呈状人张谟等，呈为杀妻事。狠心蒋应世，娶妻丘氏，年来无异，本月十二夜，不知何故，将丘氏杀死，黄夜逃走。切思人命关天，众等恐累，理合呈明，检验收殡，立案照提，连佥上呈。

海公判

审得蒋应世，多心多疑，狠毒太甚，每怀疑妻有外交之人，故夫妇就枕，言语相戏，妻应物事之不好，遂疑为真，愤激暴怒，一刀劈绝咽喉。嗟哉！丘氏言语轻快，起伊之疑，一旦死于刀锋。应知阴灵不昧，九泉之下，安肯闭目？伊虽暮夜潜逃，欲图疏漏，岂知旅店显现，终获凶身，非天理之昭彰，冤魂之显赫也？今汝以疑杀妻，非出尔反尔？不诛无以儆于后人，问死以偿命于逝者。

第六十七回　开李仲仁而问江六罪

凤阳府临淮县有一吴富，娶妻游氏，淫肆强甚，背夫养汉，其后富知觉，惩谏不从，气病而死，游氏遂成土娼。时有女名秀玉，年已十六，绝色美丽。见母不正，女亦效尤，曾与富家子弟李仲仁最相密好。游氏思欲不嫁，留以纳客。其家族中人多，见有是事，几个是大者出来斥骂游氏曰："男大虽婚，女大当嫁。今秀玉年已二八，何不出事他人，选个相当者嫁与，留在家里则甚？"众人遂代其主张，乃以嫁与华家。然虽嫁与华家，不时回来交纳旧相知攒钱。华家后来知得，乃转嫁与江生梁。秀玉在江家原心不改，依然蹈旧之行。人皆知之，俱图其貌。有一叔公名江六者，其人生得丑陋，亦系凶恶之徒，往来调戏。秀玉嫌其丑恶，拒不肯从。江六怀恨在心，每欲害之无因。

一日，秀玉归母家，嬉李仲仁来叙旧情，游氏置酒与秀玉，与之同饮。饮至其中，秀玉曰："妾与君相交数年，极尽欢娱，奈未遂吾一愿耳。"仲仁问曰："我与尔欢乐若此，有甚愿不遂耳？"秀玉曰："但得身寄君家，死亦足矣。"仲仁曰："只怕尔无此心。"秀玉曰："吾意已久，唯君勿负可也。"二人乘兴，调情一番。送李仲仁出门边，值张毛送剑来还仲仁，遇仲仁于游氏门首，遂持剑与仲仁而去。秀玉见其剑好，要问仲仁讨去，再三看视说好。仲仁知秀玉所爱斯剑，乃曰："乐爱此剑，拿去便是。"秀玉遂接过手，多谢作辞而回。秀玉将剑挂在床头帐上。

次日，秀玉心下自觉不乐，乃往门首站嬉，倚门而立。却遇江六往过，乃曰："你在这门首嬉，欲等奸夫乎？"秀玉不答而入。江六亦赶入来，秀玉再走入房，江六又随身追入房，强抱秀玉曰："难得这机会要与我好。”秀玉曰：“你是亲叔公，亏你说出此话，何不自耻。”江六曰：“别人都与你好得，独我不肯，便以为耻。”秀玉曰：“我岂肯干此丑事，我又不是娼妓，尔勿痴想，断然不从你是的。”江六曰：“你休瞒我，你在娘家，曾有几多奸夫，返将来制我。你若不肯便杀死你。”秀玉心慌遂喊：“有贼！”江六不胜愤怒，遂伸手将秀玉床上的剑拔下来杀死秀玉，拔剑而去。

游氏闻得女房内喧嚷，及其来看，已杀死在地矣。游氏痛哭，乃令人去赶婿江生梁。生梁见妻，遂问其杀死之故，游氏唯应以不知。问剑是谁的，亦言不知。待捡起剑来视，剑上着得有字，“李诚甫”字号。江生梁遂将这剑持与邻人看，问诚甫是谁？邻人曰：“李诚甫是李仲仁之号。”江生梁遂赴县陈告，谓李仲仁因奸杀命。李仲仁亦往县具诉。孟知县即提两下审问。生梁曰：“剑上着得你名号在，非你杀死而谁也？”李仲仁曰：“吴秀玉奸夫多有，非独我也。今言剑是我的，上可名字作记，此我不争辩论，但剑是彼问我求者，故我送他。若是我提去杀他，则剑必不弃在地矣，定是带回。抑且白日青天，岂无人见？望老爷参详。”孟知县再问邻人，其俱答曰：“李仲仁与吴秀玉有奸是的，其杀死事密，众人真不知是谁杀死也。”孟知县见众人证出通奸是实，乃曰：“此是李仲仁杀死的矣。通奸既真，杀死可知。且剑上记号明白可证，合当偿命。”遂拟典刑。仲仁抱屈置狱。

后仲仁之妻见夫问死，囚禁重监，乃命其小叔仲义往监去看。仲义依嫂之言，即入县监看兄，二人相见，痛戚悲哀。狱禁见其兄弟悲惨，乃问曰：“李仲仁你今问死，如此悲哀，莫非冤枉你不成？”仲仁答曰：“我实未有杀人之罪，本县大老爷朦胧问死，故我不甘受罪，因此悲惨。”狱卒曰：“你既冤枉，可令你兄弟前往苏州府处海军门那里，告下一张状，要其亲提审问，你冤方可白矣，不然，官府问状，大体止是如此。”

仲仁听其所言，即令弟仲义前往苏州海公处投告。海公审问明白，遂即差皂隶往该县去提仲仁、生梁等到审。皂隶领命，遂往该县讨人，不一日之间，各犯俱已提到。海公曰："游氏，尔女在房被人杀死，尔何不救？"游氏曰："小妾在内厅厨下，因此不知，及知出救，女已死矣，人不见了。"海公曰："江生梁告说是李仲仁所杀，果否？"游氏曰："正不知是他不是，只剑上记号明白，我婿江生梁方且告他了。"公曰："仲仁说，这剑是他送与尔女的，其杀死实不干他事，依你这般说仲仁杀死可疑，又该将他偿命矣。"游氏曰："唯老爷洞察便是。"海公迟疑不决，恐问枉了，则仲义此状子亦徒然告矣。遂发明日听审，仲仁收起监中，然后退堂，心下唯想：这起人命枉将仲仁问偿是的，但只未曾探出一个行杀之人，因此，不好开他。寤寐思服，不能决得。昏倦睡去，见一人将一纸条与他，不言而去。海公看之，纸上有字，写着"六人过大江。"海公醒来，乃是一梦。遂自思想：吾梦见一人，将一纸条与我，不言而去，字条上写着"六人过大江"，此是何说？六人六也，大江姓江者是大也，莫非江六者杀也？

次日，即出堂令皂隶拘仲义、江生梁等到衙听审，各犯俱赴台前跪下。海公曰："江生梁，你家有名江六者否？"生梁答曰："小人家里，只有亲叔叫作江六，其者没有。"海公曰："是矣。"即差姚审去拿江六来审。姚审领命，立刻拿到。海公喝令先打三十，然后再审，曰："江六，你怎得欺奸侄妇，抗拒杀死人命？"江六曰："小人未曾杀人，有甚欺奸之事？"海公曰："你见爱玉美丽，不顾伦理，去抱求奸，爱玉不从，你愤怒杀死，今他冤魂来告我，方来拿你，尚敢争辩不认？"江六曰："没有此情由，对证何据？"海公白："他冤魂亲自来告明，更要甚对证？"发下再打二十，挟起敲上二百，江六当不起极刑笞掠，遂指实供招，承认："不合调戏爱玉，阻奸不从，以故杀死雪恨。今蒙老爷神见洞察，不敢不认，甘心招出。"海公见其招供，审问明白，遂拟江六抵命，开李仲仁的罪。仲仁兄弟，拜谢而去。于是一郡之人，哄扬断问此狱甚实明矣。

告翻招

告状人李仲义，告为执拗天平事。人命大辟，法难恣情，灭律冤民，必投宪白。土娼吴爱玉，奸夫触奸杀死，伊夫江生梁，诬身兄仲仁杀死伊妻，蠢忤县官怒，妄坐正刑。切思娼妓之家，往来者多，嫉妒不少，直指身抵命，情实惨伤。恳乞仁台洞察，辨分真伪，超豁兄命。诳宪上告。

海公判

审得江六，狠毒苟行，淫恶靡彝。贪姿色而调侄妇，有乘人伦之分，忿淫心而杀爱玉，乱辱有服之亲，虺蜴之恶，孰若此哉？夫戏而不从，可增光于江氏，杀而灭踪，乃延祸于仲仁。若非天理昭然，女灵不昧，则仲仁之罪，控地何诉？即令供照已明，合于法律，以拟淫奸服亲，罪且不道。杀死人命，典又何辞？江六应盍拟死，仲仁无罪省发。

第六十八回　劫贼分赃不均李矮出首

秦州府张盛大，家富巨万，其人善良。其地方有惯盗曾奴、刘招二人，尝欲盗其财物不能。

一日，乃纠党杨汉、邓会等三十余人，明火劫掠，打入盛大家中，掳去财帛，不可胜计，淫奸婢妾，杀伤家奴，盛大被其禁缚捆制，任其搜掳而去。

次日，正欲具告，却有贼党漏夜将赃分开，内有李矮一分不均，李矮求之分过，被众党斥骂，李矮收屈，遂具状告首海公台前。海公令人拘张盛大到审，问：“果有此情否？”盛大答曰：“小人昨夜被劫，正欲具状投告，奈人身带重伤，故尚此来迟。今他贼党自首，望老爷追究。”海公曰：“既如此，盛大，尔可补状来，等待我拿到各贼，你再来听审。”盛大领命而去。海公遂将李矮监起，再差皂隶捕盗人等，立刻将各贼拿到。捕盗领命，登时拿到府衙。海公问曰：“曾奴，你等好胆，谁人许你等黑夜明火打入人家，劫人财物，杀伤家奴，淫奸婢妾？该问何罪？”曾奴、刘招二人答曰：“小人等素不妄为，李矮做贼，被小人殴打，他故意捏情出首，陷害小人们。”海公曰：“张盛大有状在，岂但只李矮出首？这多狗才，劫掠是真，不待再言，罪亦难容。”发下每人三十，一挟棍，勒其尽招。于是，曾奴等受刑不已，知难免罪，只得招认是实。海公遂将各贼问典刑。李矮虽在同伴，得其出首，姑念减一等，问充军。

李矮争赃出首

首告人李矮，状首为恶党牵玷事。自本善民，素非徒棍，不幸前月初八日出狩鱼，路遇强徒三十余众，执将灭命，哀告求免，逼往张家，同伙打劫，漏夜分赃，身系在内，实出不已。切思不法，恐祸延身，理合首明。乞念蚁命，情非得已。许开后善。上首。

盛大补告强劫

告状人张盛大，告为强劫事。台法霜清，民生有主。盗风蜂起，世法易常。身素孤弱，守积财物，陡于本月初八，夜静人定，强盗三十余党，明火持杖，打开大门，入室捆缚男女，杀伤老稚，淫辱婢妾，勒逼金银，抄掳钱帛，家财搜卷罄空，门壁粉碎，荼毒非常，冤屈弥天。恳乞天台，准差捕盗，缉拿贼党，正法惩恶，究赃追偿。开单粘告。

海公判

至恶者，莫如盗之行劫杀人放火，岂曰止为盗魁，盖十恶中之至恶，王法杀无赦者也。今曾奴、刘招等，不唯统众劫财，而又杀伤数命，乘夜纵横，举燧而行，猛过豺狼之势，毒甚犬羊之凶，日甚一日，谁可浸焉？此等凶恶之徒，拟次上刑，登时处决，庶雪神人共愤。

第六十九回　判鳄豪占妻

广德州有一宦家骆道贤，生子骆可显，倚仗父势，凌侮乡邦，人民皆惧其富豪，让他是公子。后来见人畏惧于他，愈作模样横行，好酒贪花，专尚淫乱，奸人妻小。

一日，因暮春天气，心下寂寥，意欲舒展情怀，乃唤家人骆三、骆四二人跟随，前去往庄取租。行上十里之程，过一旅店门首，尤得才之妻冯氏在店门首立，眉目秀丽，绝色标致。骆可显一见便心动，叹曰："此等红颜，真个倾国倾城，古今稀有。"再三顾视，贪其美色。冯氏心下亦有爱慕可显之意，自然眼角留情。可显遂诈称病发，竟投酒店中，煎汤表理。冯氏亦喜他入店，以为真是受伤寒风，急为他煎汤表理。可显看见室中无人，即在袖中取出纹银二两，并手上玉戒指、金丝环各二枚，送冯氏，问他结好求欢。冯氏欢然受了，即携可显入房就枕，云雨调情，千般播美。妖娆体态，胶漆相爱，胜如之久交之情况也。可显心中深喜得遂其欲，遂发家奴先去佃户家中，吩咐："午刻酒饭齐备之时，可来接我。我今且在此店中，养息片时。"奴仆听命而去。可显与冯氏卧榻之上，凤友鸾交，鱼水各谐，愈加欢欣。可显乃问曰："汝名何氏？丈夫是谁？"妇人曰："小妾姓冯，丈夫尤得才。今夫出外，下午就回。"乃问："相公为谁？高姓尊表？"可显曰："我乃骆道贤之公子也。今幸与汝交欢，真是前缘，原非偶尔。"冯氏亦曰："相公乃贵介公子，万金之躯，贱妾得充下陈，死生不敢忘矣。"可显见冯氏意厚情浓，留恋不舍，遂与之谋曰："尤得才出身微贱，我可辖得他，倒只说你是我妾，某年月日因还母家，被他强拐在此，遍处搜寻，并无踪影，今幸遇此。少刻家奴来，待你夫回，揭他去投明地方，将你抬回我家，永得快乐也。他若敢言，即以铁索扣住，送官跟究，问他拐带之罪，更要追他衣服首饰。”冯氏曰：“他娶我亦未久，此可做得。”

少顷，奴仆至，尤得才回。可显遂命家奴揭住得才，往投地方，言：“此贼子好大胆，数月前拐我一妾，来此开店。”地方不知来历，多疑尤得才真有拐带之情，不为他争辩。得才被他吓制，莫能辩说。且疑冯氏，或被前夫拐来嫁卖，移祸于我。骆可显有财有势，地方俱言得才不是，竟以冯氏与之抬回家去。可显遂置酒谢众人而回，又往有司告尤得才拐带人口，追赃问罪。此时对状，得才以婚书见官。官疑他是假造成的，托媒人作干证，官说是买来的光棍，不容分辩。又且受了可显的嘱托，遂将得才笞四十问徒，又将媒人笞二十问不应。可显乃是宦家公子，财势两称，人皆助可显。于是，可显为冯氏又假结两个父母，偏证尤得才。得才思想：衙门中有天无日，有钱无理，亦可横行，有理无钱，不免受屈。家世寒穷，钱财寡少，怎与他敌得过？且问官风势俱偏冯氏之意，向在彼而不在我，苦苦争辩，难当刑宪，不脱陷阱，只得受罪屈服，隐忍数载。

其后，卖妾之人余清郎，自湖广贩鱼而回，尤得才竟往问之取银：“你将拐来妇女卖我银去，移祸于我。”余清郎语之曰：“汝娶我妾，我娶冯女，媒妁婚书，明白可据，何为拐带？冯父现在，汝且宽心，我去请得冯父来，为汝暴白此冤。”遂一面写书去请冯父。骆可显闻得余清郎回来了，被尤得才取财礼，清郎要为之雪冤，心下遂生一计：先动手。乃对众人曰：“前者尤得才，卖妾于清郎之手，我初不信，今者闻知清郎要代得才暴白此冤，我今方信是真。又要寻个真对头，到此时方遇着我，必告官惩治他。”遂写状往县告清郎。

清郎知其有势，县里不能与敌，必须要个清廉官府方可。乃即往海公处，告他宦豪诬占妇女。海公审清郎口词明白，乃曰：“男女有别，奚容奸乱，况占人妻乎？”遂准其告。差公牌往该县提骆可显。可显见军门讨人，只得着往，具诉对状。状为“恶棍拐妾”。海公亦准之诉，遂吊原卷来看。见当时已告尤得才，拐带问结停当，今日又在县告余清郎，因思之曰：可显乃骆道贤之子，宦家子弟，何如只为区区一妇，每每缠告不了？清郎必是受屈，见前者判断不明，故不往县诉而方赴此告也。适若依此告，清郎拐带，则前者非矣。若明年再告一人拐带，则前两者又非矣。此必骆可显欺心谋人妻子，故前诬一人，今又诬一人，以行其奸也。必须拘妇人并妇人之父来审，方见真伪。可显闻得要拘妇人之父，即串假结父母出官。清郎禀曰："小人所嫁之父自冯富，今伏案不可鞫。"尤得才曰："小人先年凭媒娶到余清郎之妇是的。"海公曰："我自知真伪。"遂将冯氏真假父母一齐监起。单问冯氏年庚八字，父甚名，母甚姓，冯氏对曰："妾年二十三。四月十五日生日，父名冯富，母姓饶氏。"海公一一笔记之，又监禁一处。随呼可显所结之女父来审，问女年庚名氏，与冯氏所言不合，又拘清郎所举之女父来审问，其年庚名氏，一一与冯氏所言者相同。海公遂决真伪。即取二女父来对审问，但见天亲不假于人，如真父真女相见，相抱而对泣，假父假女则默而不合。海公曰："冯富，汝女原适谁人？案前三人，谁是你真女婿？"冯富曰："我女原嫁余清郎，唯识余清郎是吾女婿。他二人我不晓得。"海公曰："汝女还是明白嫁与清郎，还系清郎拐带伊女乎？"冯富曰："凭媒过聘，原无拐带事情。"尤得才曰："清郎既非拐带，则我娶清郎之妻，岂为拐带乎？小人有清郎之婚书在此。"清郎曰："此是小人笔，妇之临行，备载其间。"海公心下明白，所审清郎、得才、冯富等之言皆真，便知冯氏淫荡，喜新厌旧，爱富嫌贫，遂命手下拶起，冯氏只得从实供出：可显经店门口过，见身姿色艳冶，将银买奸是实。海公审问明白，遂将可显重打四十，不合将钱买奸良人妇女，强占冯氏为妾，买嘱媒人，假父偏证尤得才拐带，今又悬空架陷余清郎拐带。恃富贵、骋豪强而霸占良人妻妾，架罪陷妄加一等，问充军，仍追银二十两赔尤得才当日赃赎。假媒人、假女父各打三十，问以同恶相助不应之罪。冯氏背夫不义，去衣受刑，重责三十，断还得才。清郎所告，理实无罪，冯富不知，免究。

告诬捏拐带

告状人余清郎，告为宦豪诬占妇女事。孽豪骆可显，素倚宦势，积霸人口，毒害乡方，寒心惨骨。身妻冯氏厌贫甘离，转嫁尤得才。豪贪美貌，飘驾拐带，贿官问徒，害人不已。闻身外归，复砌冤词，诬耸告县图陷，前酷害才，今㤿害身，翼虎飞狼，啮绝民骨。乞天亲提法断，剿除恶党安民。上告。

诉

诉状人骆可显，诉为棍恶拐妾事。枭恶余清郎，素不守法，拐人货卖。先年窥妾少貌，潜拐归家，转卖尤得才为配，滥受礼银二十五两，远逃湖广，罪恶漏网。今闻获妾，日久怨消，复还故乡，仍思奸拐，贪淫灭法，黩货伤伦，夷行华地，人面兽心。乞剿棍恶，扫除浇风①，激切哀诉。

海公判

审得骆可显，宦豪禽兽，华夏蛮髦。倚宦势而乱人伦，衣冠盗贼；灭天理而姿女色，尘土妖魔。淫奸冯氏抬归，更嘱强梁，买嘱地方偏证，尤为惨毒。前以拐带陷得才，疗生白肉；后以拐事害清郎，祻惨黑天。假媒人，假岳丈，虚张声势；真奸宄，真寇贼，实犯律条。贪一淫妇，害两平民，宇中剧恶，操一歹心，用百诡计，天下枭邪，占人妻而陷人罪，皆曰无赦。追汝银而问汝军，谁云不宜？伪岳、伪媒不应助恶。清郎、冯富免究为良。冯氏背夫，受刑去衣重责。得才领妻，合律给银乐归。

第七十回　判江城匿名害人

高邮州有一人姓鲁名耀宗者，家财巨万，金珠累积，财宝丰盈，

① 浇风：浮薄的社会风气。南朝·宋·刘昱《广荐举诏》："其有孝友闻族，义让光闾。或匿名屠钓，隐身耕牧，足以整厉浇风。"

谷充实。其人好善，周济人急，但遇天年饥荒，人民乏食，即施恻隐，开仓赈济，由亲而疏，悉皆沾恩，自远而近，无不受惠。每日煮粥以养饥民，舍棺以葬饥死者，不特宗族乡党受其恩德，州郡之间，邻境之地，亦皆赖其救济。仰其德望者，莫不称颂其为仁人恩主。然其赈济之时，虽曰一视同仁，要亦因人之善恶，以为厚薄。若见其人平生存善心，施善行，则所与必加厚，且致矜怜悯恤之意。苟见其人平生刁恶非为浪荡，则所与只寻常，且致警惕之词。故君子谅其心，则知其有公溥之惠。小人不谅其心，则言其有厚薄之情。

时有狡谲之徒，姓江名城者，因来求济，鲁耀宗与之粟三石，以微言讽之，"勤俭，勿非为浪荡。"江城虽利其所济，实不悦其微讽之言也。即怀妨害之心，怨詈之言不觉传入鲁耀宗之耳，耀宗记在胸中。他日，天年大旱，绝粒无收；人民饥馑不堪，老弱展转而死于沟壑，少壮逃窜而散于四方。又皆求济于耀宗，耀宗亦赈济如故。江城闻其赈济，又同大众而往求之。耀宗见他来，因混同语众曰："我之济人，虽不望其报，不求其誉，但得吾之赈济，而养生丧死无憾，安可怀愤怨之心而思妒害乎？"众答曰："岂敢，天地岂有此负义人哉！即禽兽亦不如矣。"耀宗曰："鸦有反哺，雀有衔环，马有垂缰，犬有赞草，人若负义，宁不居禽兽之下乎？"江城闻得耀宗之言，心中甚懊恨，遂怏怏而出，语人曰："向者微讽之言，吾已不能当矣，况今日之抢白如此，其真不以人类待我耶。吾恨无机可乘耳。"

时荒凶不堪，天年值大旱，民多拘掳远方，衣服、器皿、物件典当谷食，耀宗受而藏之者盈满楼阁。旁人往来相语，皆曰："四方俱苦盗贼，耀宗独享安宁，非有厚德于人者，能如是乎？"及盗贼发觉，有司拿获，纷纷牵连四方，窝户破家荡产，苦楚万千。耀宗有一家奴名鲁长，为人性诳，及巧舌夸言。作一歌曰："盗贼纷纷到处多，我曹且唱太平歌。只因有德加天下，稳坐人间安乐窝。"耀宗闻之，心中大惊，乃召而责之曰："安不忘危，治不忘乱，君子之道也。古人有云：谦受益，满招损。汝今出此盈满之言，定招戕祸损伤，设若他人听之，倘生不测之事，祸及延家，悔之晚矣。须要责伊二十板，方可警汝后来能言语谨慎。”鲁长受责，不堪苦情，愤怨殊甚，怀恨万千，由是远住庄居，不复在家听用。

江城闻得鲁长有怨主之言，遂以鲁长名字，暗丢一状于督捕厅，呈耀宗窝藏强盗，以泄前者之愤怒。彼时贼风昌炽，各处各发官差捕兵四下缉拿，逃散他郡，甚难捉获，督捕官郑文冕，心中甚愤，日夜楚挞捕兵，人人受苦。一见呈状，即行准理，随差健捕谢元、余吉等领批关，会当方党里数十余人，围住耀宗房屋，搜促贼人赃物；一时间，沉天黑地，有屈无申，搜出各样衣服器皿物件，俱有当帖姓名、时日，字号、代保花押，并无一毫朦胧混沌。众人皆曰：“此不是贼赃，俱系各府县典当的物件，岂是贼赃?”捕兵不信，只管拘拿耀宗见官。耀宗无奈，只得具一状往诉，郑督捕亦准其诉，即加鞫问，耀宗哀诉曰：“小人幸承祖宗庇荫，家业富实，生放屡年，因此日积增添，岂是贼赃？且赈济凶荒，远近莫不利赖。小人家世清白，谨守礼义，毫不敢欺心妄为，此党里邻佑可审可讯。况家中亲戚朋友俱名门钜族，工人、奴仆皆忠厚朴实，并不交接一个虚花浪荡之徒。所藏物件、衣服、首饰、器皿，俱系远近人家典当者，尚有名姓字号，并无一件不明白，无来头的。只因少仆鲁长心性骁悍，好清过言，不守家教，小人惧他为非，恐有钳束不严之罪，故加责罚，警他后来，遂怀怨憾，欺天负义，乘风捏诬，架陷无辜，冤惨无地。乞爷扣拿孽仆，详问缘由，豁蚁命，万代感德。”公曰：“古称为富不仁，汝家巨富，未必全无过也。纵然施恩于人，亦有不到之处。权且收监。”即发牌拘拿鲁长并党里邻佑来审。少刻之间，党里王和、周人等二十余人齐齐赴厅递呈，保耀宗家世清白，平生淳善，仁惠州郡，济及万民，身家并无过犯。郑公详阅众人保状乃曰：“果有此良善乎?”众答曰：“不敢妄言，是真屈也。”郑公曰：“既有大德，民心何如？又有家奴之呈，此必是耀宗之富，将银买属你们大家保他。”众人曰：“耀宗大富，救济乡间，恩惠及人，坚固甚笃，小的众人今日保他，皆平天理，出于本心，皆是哀怜仁人衔冤受屈，岂有嘱托受贿之理？乞老爷详察冤枉，开施仁人，鼓善类，万代公侯。”鲁长亦赴郑公台下恳诉保耀宗。言“耀宗家世清白，并无过犯，不知谁人，假把小人的名字诬捏呈陷。”郑公曰：“你因不守家教，被耀宗责罚，受苦不过，故呈首他做窝家，以消愤怨，今如何不认？”遂用严刑拷打，鲁长死不肯认。乃曰：“小人受责，因自有过，故受家主责罚，安敢怨忿负心，架捏冤祻以害主乎？即打死小人，也认不得。”郑公乃是无断之官，见其不认首状，心下虽欲开耀宗，则疑其买嘱众人。欲问耀宗之罪，又恐枉了他，心下迟疑不决。遂解海公处，请裁审决。

海公见郑督捕带一干人犯入见，问曰：“郑所带赴我台下者是甚犯？”郑公曰：“卑职督捕，今天年饥馑，贼风昌炽，卑职奋究贼情。今有大富鲁耀宗，有家奴鲁长，出首家主做窝户，卑职勘究，耀宗称冤，邻人具呈告保，谓其家世清白，况且原系鲁长出首，今乃不认是他，谓言匿名。卑职恐有冤抑不便，不敢专擅，故送解赴台，请裁处决。”海公曰：“此是匿名的矣，但无得匿名之人以决。郑督捕，你且回本衙，不必俟候，我自审问。”郑公领命而回，归本衙矣。

海公遂将首状、保状从头观看，再将耀宗等专审一番，乃知是真匿名陷害，遂发收监。心下详察，未知甚人，只得退堂，备香祷告灶神，求语祝之报应。夜静之时，步出私衙，密听旁人之语，四壁悄然，忽闻东廊有声，乃往听之，却是吏书等饮酒行令，吟古诗四句云：“一为迁客去长沙，西望长安不见家，黄鹤楼中吹玉笛，江城五月落梅花。不许言江城二字，要言淮安五月落梅花。”海公听得其咏禁“江城”二字，遂想，此告匿名者莫非江城也？次日升堂，遂批手拿江城。江城拿到，海公喝用严刑一鞫，江城遂着供招：不合怀忿，故作匿名出首，欲害耀宗是实。海公遂拟江城问徒三年，开放耀宗、鲁长回家。

江城匿名状

首告人鲁长，首为斩窝救民事。积窝鲁耀宗，包藏祻心，藏匿贼种吴阿大、游尔纲等，昼宿房室，夜劫乡闾，金赀无限，财宝极多，富过中华，奸犹鬼蜮，贼受虚名，窝享厚利。若不剿除，酿成大逆。乞差密捕，搜拿赃犯，贼无所容，祻乱少息，民得安生。激切上首。

诉

诉状人鲁耀宗，诉为申冤事。身承祖庇，守分居田，赈恤穷荒，郡邑加誉。孽奴鲁长，野性枭悍，酗酒多端，不守家训，身惧仳狂，违越法度，严为钳束。咬恨怀仇，逃居外方，负义欺天，乘空架祸，飘陷酷冤。乞天开日，照破覆盆，豁全蚁命，生死感恩。哀哀恳诉。

邻佑具呈保耀宗

具呈人王和、周太等，呈为诬良善以毙狱事。鲁耀宗，生平淳善，乡党闾里悉受深恩，身家并无过犯，实遭诬罔，架捏窝情，白肉生疔，溥天称屈，无辜受祸，咸共怜悯。愿保良善脱离惨冤。迫切上呈。

海公判

审得江城枭恶，无端奸谲殊甚，狼贪不遂，即肆毒以害人，鳄暴无加，乃忍心而败类，忘慈仁之赈恤，负彼洪恩，愤警惕之言，架陷人奇祻。托鲁长之姓名，驾耀宗以窝户。人人称屈，个个号冤，义仆甘刑，虽几死而词不易。众心协力，即受挞而保益坚。鬼神悯彼善良，报应及汝姓字。信乎，天眼之恢恢，祻人反来祻也。据乎王法之显显，戕物乃至戕身。满徒不减，皆去瘴恶，攸宜配驿无违，咸谓问刑允当。耀宗清誉而遣还，鲁长平心而释放。

第七十一回　判谋陷寡妇

扬州府义真县民妇邵氏，嫁与丘元吉为妻。家颇雍食，夫妇六载，未生有子。一日，元吉因病身故，邵氏甘心守制，不事他人，孀居苦守，闺门整肃，庭无闲杂，唯有一侍婢秀姑，一仆得贵。得贵乃一小厮，辄用之，以给薪水买办，冠者①不用。人皆博其清洁，治家有法。

其后过有数年，得贵精壮，略知风情，忽一光棍支助唆之曰："你主母孀居已久，想必风情亦动，倘有汉子藏入陪她睡，她真个是喜也。从来寡妇都爱我男子无极，只是无路得入，你试引我去，何如？若得成事，我重谢你。"得贵曰："你说什么话？亏你敢说出！我主母极是正大，治家严束，夜则同婢持灯照顾四边，各门锁讫，然后去睡，纵有人出来戏她，亦有侍婢在旁，人怎奈她尔？勿说此话。"支助曰："既如此，你房门亦来照否？"得贵曰："都要照过。"支助曰："你既不肯引我去，我教你自戏她，何如？若得过手，切莫忘我也。"得贵曰："有何法可戏？"支助曰："你睡之时，房门勿关，自遣兴动情，裸裎②假睡。她若来照门，必然看见。见你裸裎赤身，其情定是引动，她自送来与你。"得贵依言而行。

夜间，邵氏同婢来照门，见其裸裎而睡，骂曰："这狗奴才，门亦不掩上，如此赤身去睡。"命婢与之扯上房门。次夜，得贵又如此模样而睡，邵氏照见，命婢去代他将被盖之，勿如此惊人。"这狗奴才，一发不成人了。"口便如此骂，心情却有些引动，奈婢在旁。第三夜，得贵亦不改，依原假睡而待。邵氏有意，遂不同婢来，自到床前，照见得贵赤身，形骸尽露，那物兴硬，春心引动，欲火难制，乃自解衣，从上压下，得贵便抱住，翻身与之云雨。从此，每夜必私出，与得贵奸而后入，又恐婢知，乃教得贵亦去奸秀姑。秀姑青春，其实喜悦。主婢两下都以行奸，彼此有情，不指瞒讳，同引得贵，共房而卧行奸。以及三五个月，邵氏与得贵如夫妇无异，更相爱敬，遂怀有孕。邵氏恐有人知觉不便，乃将银命得贵去讨药来，打下私胎，以免日后之丑。得贵乃是笃实之人，自得支助指教之后，得以成就，

① 冠者：中国古代男子二十岁行加冠礼，表示成年。汉·刘向《说苑·修文》："冠者，所以别成人也……君子始冠，必祝成礼，加冠以厉其心。"后因以"加冠"指满二十岁。

② 裸裎（luǒchéng）：赤身裸体。《孟子·公孙丑上》："尔为尔，我为我，虽袒裼裸裎于我侧，尔焉能浼我哉？"

以之为恩人，每事直与言之。主母将银命他讨打胎药，亦去与之商谈。支助乃是喇棍之徒，见得贵与邵氏通奸，身怀有孕，心下不胜欢喜：吾今可就耳。遂起奸心。哄得贵曰："我有一知己者，讨此药极验，我去代你讨。"得贵乃嘱之曰："吾以汝为恩人，故来商议，切莫与他人知道。"支助曰："我自晓矣。"乃往铺中，合下固胎散二三贴，与得贵带回。邵氏即将此药一时煎服讫，未见动静，乃复命得贵来问。得贵复来，曰："服此药时，全然不动，再令别人讨之。"支助曰："打胎，只是一次打得下，便下来，再后，则不能矣。况此药唯有斯人最高，然不下者，必是胎受得坚固矣。若再用虎狼药去打，则恐反伤母命，今后打不得矣。"得贵归言，邵氏信以为然。后来，十月已满，将期分娩，支助自思曰："吾知邵氏，今将应月，可就计之。不然，错过矣。"至街上，却见得贵在买办，支助曰："我今作补损药，要一血孩子用，你主母今当应月，生下孩子，必是不养起，或男或女，可将送我，何如？你得我指教，方有此享福，将此谢我，亦不妨也。"得贵许之。过数日，果生一子，邵氏命他密地埋了，得贵曰："晓得。"不将去埋，乃背地悄悄送来与支助。支助遂将得贵扯住，反言曰："你主母是丘元吉之妻，今你主人已死多年矣，富家寡妇，这孩子从何得来？干出此事，我必须要去出首。"得贵曰："我以你为恩人，每事与伊商议，今何故出此言也？"支助曰："好奴！你奸主母，罪该问死，怎将恩人称呼得？罢，你既若掩饰，可对主母说，要讨一百两银与我便罢，不然，我决不肯也。"得贵无奈，只得归说。邵氏听其所言，不胜怨詈："此是何物，岂比等闲之物，我叫你悄地埋了，你如何无故送与他人？倘若出首，怎生是了。"得贵曰："他是我恩人，故送与他。"邵氏曰："他是你甚恩人？"得贵曰："我与你今日恩爱，都是他教我方法，那等戏弄。今日，他说要孩子做药，安得不奉与他？谁知这贼都是巧计也。"邵氏曰："该死，你如此酬他恩。"心下自思：我落此光棍之手，前事已错，悔无及矣，若不将银买转孩子，他必然出首，那时难以收拾，不免罪戾。不如将银四十两，取此孩子来埋，以灭祸根。得贵将银换回孩子，背地里埋讫。支助得了银四十两，知此妇管银多，贪心不足，自思往之调奸，倘得成就，他的家事，定托我掌矣，可不是两得其益？遂又对得贵曰：“你可对主母说，要与我相好，我为他持家，倘若肯，则彼得我为主有靠，无人敢欺，不两全其美？不然，则我虽得他银，亦是徒然，定要告发。”得贵曰：“此难以轻许。”支助曰：“怎不肯得？”得贵无奈，止着回说缘故。邵氏曰：“听那光棍放屁，不要惹他便是。”支助见得贵不来回口，遂往其门，却遇得贵，乃即问曰：“那事成否？”得贵曰：“不许。”支助不问，直入其内堂。邵氏骂曰：“人家内外各有分别，尔这光棍，为何无耻，突入我室？”支助曰：“不准骂，吾是伊夫主，来代伊持家。”言罢，遂往前搂抱邵氏求合，邵氏愤怒已极，只是不能得脱，即着以好言慰之曰：“你且宽一日，待我择日与你成配，家事与你管。”支助曰：“我要现成，不待他日。”邵氏无计，遂曰：“好，且放手，与你去。”支助放手，邵氏走入房去，拔刀一把，将自刎死。支助方休而回。

侍婢秀姑，报知叔公丘大胜，言主母被支助强奸不从，自刎而死。丘大胜遂具状赴海公处，告为强奸逼命事。支助亦诉为逐侄妇嫁祸事。海公即拘来审。大胜称说：“邵氏守节十年，嫁，在当时嫁了，岂待今日？况他抱奸，秀姑在可证。因为逼奸无奈，邵氏方自刎死。”海公详其情，察其色，知支助是个喇棍，遂不容分说，严刑拷打，支助只得供出：“强奸是的，不从而刎死。但他曾与仆得贵通奸两载，生得一孩，密地埋了，故我纳得他跟脚，方往求奸。”海公遂将得贵打四十，得贵一一供出，皆是支助指教戏弄，哄血孩子过手，骗去银四十两。海公审问明白，遂拟支助，陷人犯法，因奸致死，问偿命。得贵不合欺奸主母，问死。

告强奸逼命

告状人丘大胜，告为强奸逼命事。枭恶支助，舞断乡曲。痛侄元吉，不幸早丧，吉妻邵氏，孀居寡守历十余年。助贪氏色，白昼入室，强奸行逼，邵氏孤寡，难拒凶恶，忿激自刎。切思十年孀居，一旦逼死，事屈情冤。乞天惩强，申雪寡命。迫告。

海公判

审得支助，乃刁奸恶毒之徒，千方百计，机心机声，以陷愚民。妄唆得贵，淫辱主母，罪恶弥天，空挟私胎，索要金银，贪心无厌，得贿之心不足，又欲白昼强奸，彼乃十年寡妇，节被玷于奸谋，一旦苟合情，岂甘于配恶？刎死皆由伊陷。偿命，谁曰不宜？得贵身系执鞭之徒，不合信奸人之言，大张色胆，笼主母以及乱，不唯齿于人人，而且贻讥于世世。淫奸主母，律所不容，盍拟上刑。

后　记

中国古代三大公案传奇小说《海公案》，是以明代清官海瑞为原型敷演而成的一部文学作品。全书由海公大红袍、海公小红袍和海刚峰先生居官公案传三部分组成，塑造了一个刚正不阿、清正廉明、疾恶如仇、为民除害的清官形象。

海瑞（1514——1587），字汝贤，号刚峰，广东琼山（今属海南）人。明朝著名清官，其一生经历了正德、嘉靖、隆庆、万历四朝。

海瑞四岁丧父，和母亲相依为命，生活异常清苦。母亲勤俭持家，教子有方，在她的亲自督导下，海瑞自幼即诵读《大学》《中庸》等书，加上良师的指点及严格要求，海瑞受到了良好的教育。

1549 年（嘉靖二十八年），海瑞参加乡试，写了一篇《治黎策》。在这篇策论中，海瑞提出，对待黎族百姓不能征剿镇压，只能疏导管理。他说："琼去京师万里，当事请裁，或致迟误。设县立所，限其大概；乘机审势，听其便宜。"并陈："招民、置军、设里、建学、迁创县所、屯田、巡司驿递事并图说。"这次乡试海瑞得中举人

1550 年（嘉靖二十九年），海瑞上京城参加会试期间，向朝廷上《平黎策》，再次重申了他的治黎策略。然而他的建议并没有引起朝廷的重视，海瑞在这次会试中落榜了。1554 年（嘉靖三十三年），两次会试都没考中的海瑞决定放弃科举考试，同年闰三月，海南承宣布政使司（相当于现代省级最高行政长官）指派海瑞到福建延平府南平县当教谕，成为正式教师。

1562 年（嘉靖四十一年），海瑞被任命为淳安知县。淳安县的案件很多，海瑞明断疑难案件，深得民心。他生活节俭，穿布袍、吃粗

粮糙米，让老仆人种菜自给。总督胡宗宪曾告诉别人说："听说海县令为老母祝寿，才买了二斤肉啊。"胡宗宪的儿子路过淳安县，向驿吏发怒，把驿吏倒挂起来。海瑞说："过去胡总督考察巡视各部门，命令所路过的地方不要供应太铺张。现在这个人行装丰盛，一定不是胡公的儿子。"打开胡公子的袋子，有金子数千两，海瑞把金子没收到县库中，派人乘马报告胡宗宪，胡宗宪因此没有把海瑞治罪。都御史鄢懋卿巡查路过淳安县，酒饭供应十分简陋，海瑞高声宣言县衙狭小不能容纳众多车马。鄢懋卿十分气愤，然而他早就听说过海瑞的名字，只得收敛威风而离开。

鄢懋卿嘱咐巡盐御史袁淳治海瑞和慈溪县霍与瑕的罪。霍与瑕是礼部尚书霍韬的儿子，也是坦率正直不谄媚鄢懋卿的人。当时，海瑞已提拔为嘉兴通判，因此事被贬为兴国州判官，任职期间屡平冤假错案。

1566 年（嘉靖四十五年），吏部尚书陆光祖主张文官选举，于是海瑞被选拔为户部云南司主事。

明世宗朱厚熜晚年，朝政废弛，深居西苑，痴迷于设坛求福。总督、巡抚等边关大吏争着向皇帝贡献有祥瑞征兆的物品，礼官总是上表致贺。朝廷大臣没有一人敢说时政。

这年的农历二月，海瑞在棺材铺里买好了棺材，并且将自己的家人托付给了一个朋友。然后向明世宗呈上《治安疏》，批评明世宗迷信巫术，生活奢华，不理朝政等弊端。在奏疏中，海瑞抨击世宗屠戮大臣不是个好皇帝，父子分离不是个好父亲，夫妻分居不是个好丈夫，"天下不直陛下久矣！""赋役烦增，万方则效，陛下破产礼佛日甚，室如是罄，十余年来，天下极矣！天下因即陛下改元之号而臆之曰：'嘉靖者，言家家皆净，而无财用也。'"这即是后人所说的海瑞骂皇上。明世宗读完奏疏，气得浑身颤抖，把奏疏狠狠地摔在地上，对左右侍从说："快把他逮起来，不要让他跑掉。"宦官黄锦在旁边说："这个人向来有傻名。听说他上疏之前，自己知道冒犯该死，买了一个棺材，和妻子诀别，奴仆们也四处奔散没有留下来的，他自己是不会逃跑的。”明世宗沉默了一会又读海瑞的上疏，一天时间反复读了多次，说：“这个人可和比干相比，但朕不是商纣王。”

1566 年（嘉靖四十五年）秋季，明世宗生病，心情郁闷，召来阁臣徐阶议论禅让帝位给皇太子的事，世宗说：“海瑞所说的都对。朕已经病了很长时间，怎能临朝听政。”又说：“朕确实不自谨，导致身体多病。如果朕能够在偏殿议政，岂能遭受这个人的责备辱骂呢？”遂令逮捕海瑞关进诏狱，追究主使的人。狱词送上后，仍然留在宫中不发布。户部司务何以尚，揣摩皇帝没有杀死海瑞的心意，上书陈请将海瑞释放。明世宗大怒，命锦衣卫杖责何以尚一百大棒，关进诏狱，昼夜用刑审问。有阁臣主张对海瑞处以绞刑，被首辅徐阶和刑部尚书黄光升压了下来。

1567 年（嘉靖四十五年）农历十二月十四日，明世宗嘉靖因病逝世。提牢主事听说了这个消息，认为海瑞不仅会释放而且会被任用，就办了酒菜来款待海瑞。海瑞自己怀疑应当是被押赴西市斩首，恣情吃喝，不管别的。主事因此附在他耳边悄悄说：“皇帝已经死了，先生现在即将出狱受重用了。”海瑞说：“确实吗？”随即悲痛大哭，把刚刚吃的东西全部吐了出来，晕倒在地，一夜哭声不断。

明世宗逝世后，裕王朱载垕继位，是为明穆宗。穆宗奉先帝遗诏，赦免了海瑞等所有谏言诸臣。海瑞被释放出狱，官复原职，不久改在兵部任职。后来调大理寺，提拔为尚宝丞（专门管理皇帝御玺、印鉴的官员）。

1567 年（隆庆元年），首辅徐阶被御史齐康所弹劾，海瑞上言说：“徐阶侍奉先帝，不能挽救于神仙土木工程的失误，惧怕皇威保持禄位，实在也是有这样的事。然而自从徐阶主持国政以来，忧劳国事，气量宽宠能容人，有很多值得称赞的地方。齐康如此心甘情愿地充当飞鹰走狗，捕捉吞噬善类，其罪恶又超过了高拱。”他的话得到了众人的赞许。不久海瑞被调往通政司，历任左通政、右通政之职。

1570 年（隆庆三年）夏天，海瑞升调右佥都御史（正三品），外放应天巡抚。海瑞上任之后，立即颁布《督抚宪约》，规定巡抚出巡各地，府、州、县官一律不准出城迎接，也不准设宴招待。考虑到朝廷大员或许仍须稍存体面，他准许有鸡、鱼、猪肉各一样，但不得供应鹅和黄酒，规定物价高的地方纹银三钱，物价低的地方两钱，连蜡烛、柴火等开支也在上述数目之内。

海瑞在应天推行“一条鞭法”：将过去按地、户、丁分别征收实行、征发徭役的赋役制度，改为按土地、人丁征收货币与白银；将过去由纳税户轮流征收解运改为官府自行征收解运。把田赋、力役和其他杂税合编为一条，统一按田亩核算征收。原来按丁户征役的办法一并改为摊入田亩。海瑞兴利除害，请求整修吴淞江、白茆河，通流入海，百姓得到了兴修水利的好处。海瑞早就憎恨大户兼并土地，全力摧毁豪强势力，安抚穷困百姓。贫苦百姓的土地有被富豪兼并的，大多归还原主。海瑞的这些举措，深得民心，百姓们叫他“海青天”。

1570 年（隆庆三年）冬季，都给事中舒化说海瑞迂腐滞缓，不通晓施政要领，应当用南京清闲的职务安置他，明穆宗还是用嘉奖的语言下诏书鼓励海瑞。不久给事中戴凤翔弹劾海瑞庇护奸民，鱼肉士大夫，沽名乱政，于是海瑞被改任南京粮储。海瑞要到新任，掌管吏部的高拱，早就仇恨海瑞，把海瑞的职务合并到南京户部当中，海瑞遂因病引退，回到琼山老家。

1572 年（万历元年），张居正主持国政，也不喜欢海瑞，命令巡按御史考察海瑞。御史到琼山，海瑞杀鸡做菜招待御史，房屋居舍冷清简陋，御史叹息而去。张居正惧怕海瑞严峻刚直，虽有诸多官员多次推荐，最终也不任用。

1584 年（万历十二年）冬，张居正去世之后，吏部拟用海瑞为左通政，明神宗朱翊钧向来器重海瑞的名望，1585 年（万历十三年）正月，召海瑞为南京右佥都御史，在赴任的路上改为南京吏部右侍郎，海瑞时年已七十二岁。上疏言衰老垂死，愿意效仿古人尸谏的意思，列举明太祖朱元璋刑法，建议以剥人皮装上草，制成皮囊等方法惩治贪官。百官恐惧不安。提学御史房寰害怕被举发，给事中钟宇淳又从中怂恿，房寰再次上疏诽谤诬蔑海瑞。海瑞也多次上疏请求退休，明神宗下诏慰留不允。

1587年（万历十五年），海瑞病逝于南京任上。海瑞没有儿子，所以去世后，佥都御史王用汲去主持海瑞的丧事，看见海瑞住处用葛布制成的帏帐和破烂的竹器，有些是贫寒的文人也不愿使用的，因而禁不住哭起来，凑钱为海瑞办理丧事。海瑞的死讯传出，南京的百姓因此罢市。海瑞的灵柩用船运回家乡时，穿着白衣戴着白帽的人站满了两岸，祭奠哭拜的人百里不绝。

海瑞在人民心中是正义的象征，所以在他死后，有关他的传说故事广为流传，有的被编成戏曲，更有专门描写他的小说《海刚峰先生居官公案传》《海公大红袍》《海公小红袍》。至于以他为题材的戏曲就更多了，传奇《朝阳凤》《吉庆图》《忠义烈》，京剧《五彩舆》《德政坊》《梁鸣凤》，等等，一直到20世纪60年代的《海瑞上疏》和《海瑞罢官》。

参与本书相关工作的人员：苏鸣、孙蕾、德臣、洪生、玉琴、双双、雪莲、春光、孙婷、李玲玲、宋林、黄玉京、洪升、廷献、杨帆、陈明、陈淑珍、何勇、张伟。